JÜRGEN R.TIEDTKE

AF199472

JÜRGEN R. TIEDTKE

Liebeshunger

oder

Der Stachel des Rochens

Roman

Impressum:

©2019 Jürgen R. Tiedtke

Herstellung und Verlag:

BoD- Books on Demand, Norderstedt

Titelbild:
Muscheln
©Wolfgang Wallenda

ISBN: 978-3-7448-9977-2

WENN DIR DEINE TRÄUME KEINE ANGST EINJAGEN, SIND SIE NICHT GROß GENUG

Ellen Johnson-Sirleaf
(Liberianische Präsidentin)

Autor

Jürgen R. Tiedtke veröffentlichte während seiner beruflichen Tätigkeit mehrere wirtschaftswissenschaftliche Werke und Prüfungsvorbereitungsbücher für kaufmännische Berufsschulen, Fachhochschulen, Akademien.

Als Mitherausgeber der Fachzeitschrift Industriekaufmann /Industriekaufleute im Dr. Gabler Verlag lernte er den Wirtschaftsjournalismus kennen und übernahm für Jahre federführend die Auswahl von Themen und Autoren dieses Ressorts. Auf dem gegenwärtigen Markt für schulische und universitäre Wirtschaftsliteratur ist er als Herausgeber einer Allgemeinen BWL im Springer/Gabler Verlag und als Mitherausgeber an dem Buch Kaufmännisches Rechnen (4.Auflage) beteiligt.

Seit 2000 tritt er als Autor von Kurzgeschichten in Erscheinung, insbesondere im Himmelstürmer Verlag, Hamburg; im Konkursbuch Verlag, Frankfurt am Main und im Novum pro Verlag
Für den Himmelstürmer Verlag schrieb er unter einem Pseudonym viele Erzählungen.

Sein erster Roman: Abseits, Amor schießt quer (2003, Verlag MeinBuch, Hamburg): Das Kinderbuch Anna, bleib cool, wird 2010 im B&Z Verlag Leddin veröffentlicht. Als E-Bücher werden zur Zeit bei Amazon Abseits, Amor schießt quer und Machos, Weicheier und Terrorkrümel, Kurzgeschichten angeboten.

Danksagungen

Ich danke allen Freunden und Bekannten, die mir bei der Entstehung des Buches geholfen haben. Sie alle scheuten keine Mühen, mich mit authentischem Material zu versorgen oder mich bei sprachlichen Fragen zu unterstützen; unter anderem: W. D. Knoblauch, (Hamburg), Susith Mendis (LA/USA), Anura de Silva (Paris), Wolfgang Wallenda (München), Sunhild Rohne (Forbach/Baden), und viele andere.

JÜRGEN R. TIEDTKE - Liebeshunger
oder Der Stachel des Rochens

Inhaltsverzeichnis

Prolog
(Dez. 2004)

Nächtlicher Aufbruch

Lautes Hundegekläff. Am Strand streunten herrenlose Köter herum und jagten sich gegenseitig Beute ab. Ich blickte vom Balkon aus auf den Ozean. Obwohl erst zwei Tage hier, war ich mit dem Umfeld des Fünf-Sterne- Hotels *Club Oceanic* in Trincomalee (auch Trinco genannt) vertraut. Es gehörte einem wohlhabenden Tamilen. Dieser hieß *Kanderamanpulle.*

Trincomalee ist Hafenstadt an der Ostseite Sri Lankas mit einem der wenigen Natur-Häfen der Welt. Ein verschmutzter ausladender Ort, arm, verkommen und voller Militär. Man sucht Terroristen, die Sri Lanka in zwei Staaten teilen wollen, hier Tamilen, im Westen Singhalesen.

Warum ich ausgerechnet hierher gefahren bin, es war Intuition.

Vor zwei Jahren passierte das Unvorstellbare.

Ich sah es vor mir.

Ich hörte mich schreien. Ich krümmte mich vor Schmerzen. Ein Infarkt schnürte meine Brust zu.

Seine Gewalt und Kraft waren brutal. Er wurde Herr über Gegenwart und Zukunft. Ich fühlte mich in einem Käfig gefangen. War Sklave meiner eigenen Ohnmacht.

Ein Jahr der Lethargie, zwölf Monate der inneren Zerstörung.

Dann befreite ich mich. Ein Glücksfall half mir.

Jetzt war ich hier, um mein Leben zurück zu gewinnen. Zwar kann niemand seine Vergangenheit auslöschen, ich also auch nicht, aber dorthin verbannen, wo sie keinen Schaden anrichten kann.

Ich verstaute alle wichtigen Utensilien wie Personalausweis, Visum, Führerschein, Fernglas, Geld, Handy, Adressenheft und meine tägliche Medikation in meiner Windjacke.

„Vergiss nichts, vor allen Dingen nicht den Reisepass, Moritz", sagte mir mein Freund Christian im gestrigen Telefongespräch.

Es konnte losgehen.

Niemand beobachtete mich, und nirgendwo war ein Mensch zu sehen.

Wer steht auch schon um vier Uhr morgens auf? Vielleicht jemand, der nicht zur Ruhe kommt, bevor er nicht einen letzten Hauch der Nachtluft geschnuppert oder fasziniert den asiatischen Sternenhimmel beäugt hat?

Es rührte sich auf anderen Balkonen nichts.

Dennoch war ich vorsichtig, stand ich doch unter Arrest - von der singhalesischen Polizei verordnet - und durfte das Hotelareal nicht verlassen, was ich gerade vorhabe.

Ich ließ mich die Balkonbrüstung hinunter gleiten und fiel auf den weichen Boden. Um mich herum Oleander, der mir Schutz bot, obwohl ich ihn im Augenblick nicht brauchte. Ich lief an den Balkons entlang zum Strand, warf mich in seiner Nähe auf die Knie und robbte durch das Loch im Zaun, das ich gestern entdeckt hatte, hindurch auf die andere Seite, die Erde roch gut.

Schon war ich am menschenleeren Strand.

Mein Wagnis nahm seinen Anfang.

Ich war auf dem Weg zur Hauptstraße, wo mich um fünf Uhr ein Taxi erwarten sollte, das mich zur *Nilaveli*-Beach bringen wird. Hier soll es Europäer geben wie mir der Botschafter in Colombo sagte. „Auf alle Fälle wird da eine Surfschule von einer Deutschen betrieben."

Anna und Surfen? Total daneben. Dieser Gedanke ging mir durch den Kopf, als ich dem schmalen Pfad durch den Palmenhain folgte, der zum Fahrdamm führte.

Dort werde ich von einem Chauffeur - Besitzer eines dreirädrigen indischen Autos - *tuk-tuk* genannt - mitgenommen. Ich hatte mich telefonisch zu heute Morgen mit dem Mann (Rupasingha) verabredet.

Das Wäldchen schien mir endlos.

Gespenstische Figuren, die aus den großflächigen Schatten der Palmenkronen, ihrer Stämme und aus Boden bedeckenden Sträuchern kurzlebig geboren werden und sich schnell wieder auflösen, wenn sich der Mond ungewollt verschleierte, flößten mir Furcht ein.

War sie auf mein Alter zurückzuführen?

Da bewegte sich doch etwas! Sofort beschlich mich panische Angst.

Ein Soldat, der – eben wie ich – auf der Erde kroch? Was wollte er? Ein Terrorist etwa, der mich töten will, und es auf mein Nachtglas abgesehen hat? Habe ich genug Geld bei mir, um mich freizukaufen?

Da, wo Aufständische das Leben regulieren, war alles möglich. Trinco war Domäne der Tamilen und um die Hafenstadt herum das Zentrum der Terroristen.

Meine innere Anspannung blähte sich auf.

Dennoch gab es kein Zurück.

Es raschelte lauter, als ob sich jemand durch Blätterberge windete. Kein Mensch, sagte ich mir, hinterlässt solche Geräusche. Schon gar nicht ein Soldat. Etwa ein Krokodil, das es noch immer in Wohngebieten geben soll, wie man mir berichtete? Die Warnungen schlug ich damals in den Wind, weil mein Ziel Vorrang hat.

Das bläute mir unentwegt mein Kopf ein. Mit widerlicher Aufdringlichkeit.

Auch jetzt!

Ich blieb stehen, als sich die Laute mit einem Knacken vermischten. Ich dachte an Äste, auf die man tritt.

Trotz meiner Konzentration auf die Augen könnten meine Blicke die Finsternis nicht durchdringen, und mein Nachtglas vermochte in dicht bewachsener Natur nichts auszurichten.

Jetzt ein Schleifen, als ob ein nackter Körper über eine raue Fläche gezogen wird. Laute, die mir nicht unbekannt waren. Dann kroch es hervor: ein graues, vorgeschichtliches, meterlanges Reptil, ein Waran.

Es sieht unerbittlich aus.

Doch ich wusste es besser.

Sein bösartiges Aussehen war nichts als Attrappe. Es verschwand in der Dunkelheit.

Meine Erregung zog sich so schnell, wie sie kam, zurück.

Ich sah den grauen Straßenbelag der Straße vor mir.

Geschafft!

Mir fiel ein Stein vom Herzen.

11

Ich duckte mich, als ein Militärjeep vorbei donnerte und an der Schranke zum Hotelgebiet Halt machte. Zwei Soldaten sprangen heraus, während der Motor vor sich hin surrte, liefen ins Wachhäuschen, betraten es für nicht mehr als eine Minute, eilten zum Wagen zurück und rasten davon.

Kontrollbesuch!

Ich blickte auf die Uhr. Ich war eher hier als abgemacht.

Noch hatte ich zehn Minuten Zeit.

Ich schritt, geschützt durch den Wald, auf und ab und fand im Rhythmus der Schritte mein inneres Gleichgewicht wieder.

Ja, ich war jetzt sogar über mich selbst erstaunt.

Ich war in Colombo noch verzweifelt. Wie konnte ich eine solche Ochsentour auf mich nehmen. Wofür?

Ein subtropisches Land mit seiner buddhistischen Kultur zu bereisen, ähnelt einem großen Abenteuer. Für junge Leute sicher keine Frage, für mich, der ich auf die sechzig Jahre zusteure? Außerdem fehlten mir exakte Planung und eine Strategie. Alles ging so schnell.

Hier in Trincomalee war ich gelöster, weil ich einen Hoffnungsschimmer am Horizont spürte: einmal sie noch sehen, ein paar Worte wechseln über Arien, ihren Sohn.

Da hörte ich das von einem *tuk-tuk* herrührende schrille Motorgekeuche.

Das Fahrzeug näherte sich nur langsam, verringerte seine schon gedrosselte Geschwindigkeit, kurz bevor es mich erreichte, und ich sprang im Fahren auf die schmale Bank hinten, eigentlich für Asiaten konstruiert. Ein Anhalten hätte das Wachpersonal misstrauisch gemacht.

Ein junger, sehr dunkelhäutiger Mann - unverkennbar das grobe Gesicht eines einfachen Tamilen - saß auf dem Fahrersitz. Seine weißen Zähne blitzten in der Dunkelheit.

Während wir den Eingang des Hotels passierten, sah ich, wie ein Mann zum Telefon griff, das an der Außenwand des Wachgebäudes installiert war.

„Sie holen die Polizei", meinte mein Fahrer in gutem Englisch.

„Nachts zu fahren ist verdächtig."

Wieder lachte der Tamile und sagte, dass sie ihn nicht erwischen werden. Sein Fahrzeug werde im Dorf versteckt, wenn er seinen Gast abgesetzt habe. Dennoch drehte er sich immer nach hinten um, damit wir vor unliebsamen Überraschungen verschont blieben, wie er verlauten ließ.

Dunkles Grau wich dem nächtlichen Schwarz. Äste der Bäume und Dächer der Häuser nahmen Konturen an.

Der Morgen dämmerte.

Die Luft war seidig kühl.

Meine Gedanken sprudelten wie ein künstlicher Brunnen um die Surfschule.

Ich schaute aus dem Vehikel an den Himmel. Die Wolken hatten sich in Nichts aufgelöst. Die Sonne schien hell und klar. Ein Morgen, der die Sehnsucht nach Vollkommenheit stillt. Unter diesen Voraussetzungen hatte sie ihre ausdruckstärksten Aquarelle an der Nordsee gezaubert. Wird es auch hier am Strand so sein? Ob ich eine Antwort bekommen werde?

Der Fahrer kannte den Weg.

Nach zwanzig Minuten sahen wir von weitem ein sich im Halbbogen bewegendes, rotes Licht.

„Keine Angst!" gab der Tamile von sich.

„Meine Freunde!" Wir hielten.

Vier junge Männer in uniformähnlicher Kleidung, über der Schulter Schnellschusswaffen.

Ich glaubte, dass mich mein Gefühl nicht täuscht: Man hatte uns erwartet. Nun gut. Hierauf sollte ich keine Gedanken verschwenden. Es schien, als sei man mir wohl gesonnen. Ich fragte nach einer Europäerin.

„Sie ist hübsch!"

Einer von Vieren erkundigte sich in schlechtem Englisch, ob ich die blonde Frau – und ein anderer deutete mit den Händen die Üppigkeit ihrer Busen an – meinte, die meist in aller Herrgottsfrühe zum Malen und Surfen an den Strand eilt, sein Bruder wäre bei ihr Gärtner und Steward.

Er grinste süffisant.

13

Ich überraschte mich, dass mir sein verschlagenes Lächeln nichts ausmachte. Mir war tatsächlich die Position seines Bruders gleichgültig. Ich wusste jetzt schon, das konnte Anna kaum sein, Surfen war nie ihr Ding. Er muss sich geirrt haben.

Ich nickte, stellte keine weiteren Fragen.

„Sie gehen jetzt diesen Weg hinunter", und er zeigte mit der Hand noch links, „während ich den Wagen verstecke. Da drüben anklopfen, wenn Sie zurückkehren wollen."

Meine Zeit war kurz bemessen.

Ich hatte mir ausgerechnet, dass mein Verschwinden im Hotel nur dann nicht bemerkt wird, wenn ich pünktlich zum Frühstück erscheine. Also circa um 7 Uhr – 7:30.

Es war inzwischen zehn Minuten vor sechs Uhr. Immer noch genügend Minuten Zeit, um Blicke nach dem langen Schweigen auszutauschen. Aber ich war mir sicher, sie hatte noch nie etwas für Sport übrig.

Buch 1

Auf der Suche nach einer Geschichte (2004)

Stadtteiljournalist – 10.05.

Christian von der Aue quält sich den Gang zum Chefredakteur entlang, dessen Zimmer am Ende liegt. Dabei läuft er an unzähligen geöffneten Türen vorbei. Lokaljournalisten denken sich ihre Zeilen meist hinter ihnen aus. Sie sehen ihm nach. Einige feixen, andere haben eine schadenfrohe Miene aufgesetzt.

Sie erhoffen seinen Abgesang.

Darüber ärgert er sich.

Nein... es ist mehr. Er ist zornig.

Immer wieder fragt er sich, warum man ihn ablehnt. Ohne Zugeständnisse, ohne Ansprache, ohne persönlichen Kontakt.

Christian von der Aue ist für sie ein Fremdkörper.

Weil er selten lacht?

Liegt darin ihre Abneigung begründet?

Der junge Mann hat seine Leichtigkeit hinter sich gelassen, die Fröhlichkeit der Kindheit, die Offenheit der Jugend.

Die Teilnahme am Töten verschließt die Seele, meinen seine Kollegen.

Was hat auch ein Korrespondent und Kriegsberichterstatter des Auslandsjournals dieser Zeitung unter ihnen zu suchen? Die Erklärung ist simpel, nur hat sich niemand die Mühe gemacht, sie anzuhören.

Christian hatte nämlich seinen Job satt. Das ist gelinde gesagt.

Er konnte die Arbeit nicht mehr ertragen und schon gar nicht mehr nach außen vertreten. Depressionen die Folge. Und damit wurde er – wie er fand – in der Fremde das schlechteste Sprachrohr der Medien.

Sieben Jahre Krieg, Mord, Totschlag, Anschläge, Gefechte und Terror. Afghanistan, Kuwait, Irak, Somalia die Länder und Orte, von denen seine Bilder zeugen und seine Texte handeln. Auch Ehrungen für von ihm geborgene Kinder in Bagdad - mit Foto, versteht sich - und für die Rettung eines US-Soldaten, den eine Meute mordender Saddam-Anhänger lynchen wollte, festigten nicht sein Rückgrat, das fast gebrochen ist. Hohe Geldsummen bieten keinen Anreiz weiterzumachen. So bewarb sich der Journalist im Stadtjournal und... hatte Glück.

Kann man von Glück reden, wo ihn seine Kollegen meiden? Er fühlt, dass sie um ihn einen Bogen machen, kaum dass sie ihn sehen oder hören. Bevor er die Kantine betritt, nimmt er ihr Tuscheln wahr. Sie schweigen, wenn er sich nähert.

Heute soll er beim Chefredakteur Rede und Antwort über bisherige Erfolge in seinem neuen Aufgabenfeld stehen. Nur hatte er bisher keine, obwohl er bereits vier Wochen als Reporter unterwegs ist.

St. Georg, Winterhude, Berliner Tor, Uhlenhorst, Mundsburg und Zentrum sind seine Einsatzgebiete.

Er klopft und hört ein emotionsloses Herein.

Das Zimmer, das der Journalist betritt, ist groß und luftig, hat mehrere Fenster nebeneinander, die bis auf den Boden reichen. Eins ist sogar zum Öffnen, anders als in den Räumen des Fußvolks.

Hinter dem wuchtigen Schreibtisch voller Zeitungsstapel, Bücher, Akten steht er,... der Boss..., gebeugt, beide Hände auf die schwere Holzplatte gepresst, Christian abschätzend.

Soll seine Haltung Angst einjagen?

Der Chefredakteur ist einen Kopf größer als der ehemalige Kriegsberichterstatter, hat doppelt so breite Schultern, volles, glattes Haar auf einem eckigen Schädel und listige Schweinsaugen. Mit ihnen scheint er seinen Besucher durchbohren zu wollen. Seine Handbewegung macht deutlich, dass man sich setzen möge, und dafür steht ein harter Stuhl ohne Seitenlehnen vor seinem Arbeitsplatz. Er selbst schiebt mit einem Fuß seinen Ledersessel nach hinten, lässt sich hineinfallen, zieht ihn mit dem anderen nach vorn und stützt seinen Kopf, getragen von den Handflächen, mit den Ellbogen ab.

Er blickt den Mann vor sich unverwandt an.

16

Und bleibt stumm....

Dieser wehrt sich auf seine Weise. Er kennt nämlich so ein Vorgesetztengehabe... schweigt seinerseits. Es war der Versuch einer Einschüchterung, die die Regeln des Gesprächs festzuschreiben wünscht.

Hat der Boss so etwas nötig?

„Viel ist von ihnen noch nicht 'rüber gekommen", sagt er in einem verächtlichen Ton. „Wir erwarten mehr von Ihnen, sehr viel mehr."

„Wer wir?", die Antwort.

Christian sieht seiner Miene an, dass die Gegenfrage verblüfft. Allerdings geht er nicht näher darauf ein.

„Meine Probezeit ist noch nicht einmal zur Hälfte vorbei."

„Wann geht sie zu Ende?"

„In zwei Monaten, jedenfalls ungefähr. Genaues steht in der Personalakte."

Das ist für den Boss eindeutig eine Herausforderung. Christian erkennt, wie dieser über diese Unverschämtheit nach Luft ringt und freut sich, ohne sein Gesicht zu verziehen. Dennoch ist sich der junge Mann   sicher, dass es keine weiteren Rüffel geben wird. Im Feld hatte er hundert Mal erlebt, wie Offiziere reagierten, wenn man mit gleicher Münze zurückzahlte. Außerdem hatte er genug Erfahrung, um sich die Butter nicht vom Brot nehmen zu lassen – auch nicht von einem so gewichtigen Kerl.

Vielleicht imponiert das sogar.

Dem Gesichtsausdruck nach zu urteilen allerdings liegt der Journalist falsch. Während der Regen an die Scheiben prasselt, und der Boss seine Augen durch sein Heiligtum schweifen lässt, die unerträglich graue Farbe der Wände verflucht, hört sich der junge Mann versöhnlich sagen:

„Sie müssen Vertrauen zu mir haben!"

„Hatte ich!", lässt er ihn wissen, und gibt zu verstehen, dass das Gespräch beendet ist.

„Ideen sprudeln nicht wie Quellen", sagt Christian.

„Man braucht oft Wochen und Monate!"

Dann macht er sich auf den Weg nach draußen.

Der Chefredakteur hatte fünf Minuten Zeit für seinen neuen Mitarbeiter.

17

Eine Foto-Ausstellung – 14.05.

Im Foyer der Ausstellungsräume stauen sich die Leute. Ein interessiertes Publikum. Die Wanderausstellung „Perspektiven" war gestern eröffnet worden. Geladene Gäste. Christian gehört nicht dazu. Noch war er in diesem Metier ein unbeschriebenes Blatt.

Er schiebt sich, einen Tag später, durch die Menschenmassen gegen den Strom, ignoriert empörte Blicke und überhört Beschimpfungen. Er rollt die Bilder sozusagen vom Ausgang aus auf. Beginnt von hinten. Er hat das Gefühl, dass endlich seit Beginn seiner lokaljournalistischen Tätigkeit auf etwas gestoßen zu sein, was einen längeren Bericht rechtfertigt, weil er vor Fotografien steht, deren Interpretation den Intellekt herausfordert.

Heute heißt es erst einmal, sich einen Eindruck zu verschaffen. Mehr nicht. Christian staunt, was für Motive Künstler eingefangen und verfälscht haben.

Eine verfremdete Welt.

Ein der Wirklichkeit abgewandtes Sujet.

Das muss Besucher aufrütteln, ihn auch.

Gleichzeitig werden in ihm Erinnerungen aus dem Irakkrieg wach, dessen Motivation und Begründung vielerorts entstellt waren. Warum hatte er die Berichterstattung nicht von Anfang an abgelehnt? Der Newcomer weist die Gedanken von sich. Er betrachtet das ihm schon bekannte Bild von *Jaschi Klein*, auf dem Stühle über dem Watt schweben, flitzt, als ein Platz auf der Bank davor frei wird, auf den Zwischenraum und zwängt sich hinein. Seine Augen entführen ihn in die aufrüttelnde Atmosphäre der Gezeiten.

Christian hatte vor langer Zeit hierüber nachgedacht, es war wohl vor einem Jahr, als er das Bild in einer Ausstellung gesehen hatte. Er erinnerte sich jetzt, dass er auch damals zu keiner Interpretation gekommen war.

Jetzt fällt ihm hierzu doch noch etwas ein.

Meint sie vielleicht, dass dieser Teil der Nordsee, ein bescheidener Küstenstreifen nur, dem Meer abgerungen werden muss? Der Stuhl als

Symbol der Zivilisation? Oder sind die schwebenden Sitzgelegenheiten nur ein Indiz dafür, dass man den Kampf um neues Gelände verlieren wird?

Ein Luftschloss vielleicht?

Er blickt sich nach allen Seiten um.

An der Schmalseite des Saales gleich neben dem Eingang hängt ein schwarz-weißes Foto, ein Mann steht seitlich davor, wiegt seinen Kopf nach links und rechts, sinkt in die Knie, richtet sich in den Zehenstand auf, macht einen Schritt zur langen Wandseite, sieht das Foto jetzt aus einem anderen Blickwinkel, schreitet zurück und verharrt vor dem Bild in der Ausgangsposition.

Christian betrachtet dessen Profil.

Er mag es auf Anhieb.

Leider verdeckt der Mann das Foto fast gänzlich.

Der viel Jüngere gesellt sich zu ihm wegen der Art seines Betrachtens. Sie ist ungewöhnlich.

Er muss vom Fach sein, geht's Christian durch den Kopf, vielleicht ein Fotograf, ein Maler?

Auf dem Foto ein packendes Naturereignis.

Sein Schöpfer hatte eine Allee im Herbst festgehalten. Nichts Besonderes, hätten die Bäume - an ihren Ästen kleben noch ein paar Blätter - nicht im Wind hinter einem Hauch von Dunst getanzt. Im Vordergrund, scharf herausgeschnitten, ein bis auf dreißig bis fünfzig Zentimeter abgetragener Blätterberg, den nur ein konzentrierter Beobachter als Collage erkennt. Ein Windstoß hatte sich in sein Inneres gebohrt, seine Spitze in die Luft gewirbelt und in einen rasenden Kreisel verwandelt, dessen Konturen sich auflösen wie eine Drossel im grellen Licht.

Unterzeichnet: Von der Vergangenheit zur Vergangenheit.

Merkwürdig. Er schwor sich, darüber nachzudenken. Hier fehlt die Zeit.

Er hatte während seiner Ausbildung gelernt, dass man bei einer ersten Betrachtung ein Bild nur auf sich wirken lassen sollte. Das tut er jetzt.

Der junge Journalist wird an *Marc Baruth* erinnert, der seine Land-schaftsinszenierungen ebenso wie *Jaschi Klein* verfälscht, indem er Ein-zelaufnahmen   unterschiedlichster Gegenden zu einer Einheit zusam-menfügt.

Er fragt sich, ob sich *Sieghart Peters* - der Künstler - mit dieser Foto-montage in die Reihe der anderen einreihen lässt, als ihn der Mann mittleren Alters neben sich anspricht.

„Eindrucksvoll!", gibt dieser mit einem Kopfnicken von sich.

„Fast ein nach einem Drehbuch realisiertes Bild in Licht und Schatten!"

Christian horcht auf.

„Hell und Dunkel lassen den mit trocknem Laub vollgestopften rotierenden Wirbel wie eine Windhose wahrnehmen, die schwindlig macht. Sichtbare, schnelle Bewegungen, phantastisch." Er hält einen Augenblick inne und fährt dann fort, indem er mit seiner Hand auf das aufgewirbelte Laub zeigt:

„Eine Frage der Beleuchtung."

Der Fremde hat Erfahrung. Das stand für den Journalisten bereits fest, als er ihn beobachtete, und das machte ihn sympathisch. Denn Schwarzweiß-Fotografie hat ihre eigenen Gesetze! Und die kennt nicht jeder.

„Mehr noch! Fast eine surreale Szene".

Schwarz-weiße Fotos lenken auf den Big Point, wollte er sagen, doch lässt er es. Belehrung braucht dieser Mann nicht.

„Mögen Sie Farbbilder?", fragt er unvermittelt. Der Journalist stutzt. Er schaut den Fremden skeptisch an.

Dessen Augen sind stahlblau. Spricht aus ihnen seelische Kälte?

Er merkt, dass er ihn durch ein Vorurteil zu klassifizieren sucht, einem Journalisten streng untersagt.

„Farbfotografien geben Stimmungen wieder", sprudelt es aus ihm heraus. „Sie verkleistern die Phantasie!"

Dann hört er: „Das ist gut! ..... Verkleistern!... Was für ein Wort! Verkleistern......"

Als sein Lachen durch den Saal dröhnt, drehen sich Leute nach ihm um, schütteln ihren Kopf, empört - man sollte die wohltuende Stille der Ausstellung nicht unterlaufen.

Wärme durchflutet sein Gesicht, die vermeintliche Härte, Unerbittlichkeit hat sich verflüchtigt wie *Eau de Cologne*, immer noch lacht er, zurückhaltender, aber wohltuend. Seine augenblickliche Anziehungskraft, sein Charisma, ähnelt dem seiner Mutter, Gräfin von der Aue, und er wird von ihm gepackt. Hoffnung macht sich breit. Es war das erste Mal, seit der Tagespresse-Newcomer wieder in Hamburg ist, dass er mit einem Unbekannten gedanklich auf gleicher Ebene liegt. Vielleicht kommen zwischen ihnen Gespräche auf, denkt er, und vielleicht gibt es heftige Diskussionen. Wer weiß?

Dann dreht sich der Mann vollends zu ihm hin, starrt ihn an, bewegungslos, wie ein hypnotisiertes Medium, die Mundwinkel nach unten gezogen, die Augen verengt. Eine Miene voller Aggression.

„Sie sind Experte!" zischt er dem Journalisten ins Gesicht.

„Absolut! Keiner hat grausamere Fotos als Sie geliefert! Sehr einprägsam. Dazu die unerträglichen Schilderungen des amerikanischen Vormarsches, den angeblich heroischen Kampf, und den erbärmlichen Rückzug einer schwachen irakischen Armee. Das war gekonnt... nur... ich hasse Krieg!"

„Journalisten schreiben nicht für sich!"

„Sind Sie davon überzeugt, Herr von der Aue?"

Dass er seinen Namen nannte, trifft Christian wie ein Keulenschlag. Beinahe wird er ohnmächtig, torkelt zur Seite und sucht eine Stütze. Er findet sie im Fensterbrett. Enttarnt, obwohl er seit mehreren Wochen keine Reportagen mehr über militärische Einsätze und über Terror lieferte – seine letzten Fotos stammten aus Afghanistan.

Der fremde Besucher entwischt ihm während seiner Starre, seiner Sprachlosigkeit.

Der Artikel, den der Journalist nach seinem Rundgang und Recherchen verfasst, kommt beim Leser gut an. Das bestätigen Kollegen anderer Zeitungen.

Ein Treffpunkt – 20.05.

Der Rucksack, in dem der junge unerfahrene Stadtschreiber seine Schreibutensilien sowie Handy und Geld verstaut hat, schnürt auf dem

Weg zu seinem Ziel: dem *Café Gnosa*. Er hat die Riemen zu eng gezogen. Er ist durch die Stadt geschlendert, an restaurierten Häusern der Gründerjahre vorbei, die seine Erinnerungen an Kindheit und Jugend wachriefen. Er durchschreitet energisch die Halle des überfüllten Hauptbahnhofs, des Öfteren angerempelt von Reisenden, Bettlern, Dieben, Strichern und schmutzigen Gestalten. Er merkt, dass er sich untreu geworden ist, denn eigentlich sucht er – auch im Zentrum einer Stadt - nach einer gewissen Stille, und die gibt es in Nebenstraßen und kleinen Plätzen. Dennoch bevorzugt er heute die Massen, die die langgestreckte Halle zu den Bahnsteigen durchströmen. Er passiert das Deutsche Schauspielhaus, das ihm - völlig zu Unrecht - wie eine Bedrohung vorkommt. Sie redet ihm ein, schnellstens zum Hansaplatz zu flüchten, von dort die Richtung Lange Reihe einzuschlagen.

Er schaut zum Himmel. Dieser hat sich verdunkelt.

Eine drohende Kulisse.

Graue Wolkenmassen schieben sich untereinander wie tektonische Platten im Meer, vermischen sich zu Ungeheuern und verziehen sich so schnell, wie die Gedanken in seinem Bewusstsein vorbei streichen.

Ein leichter Nieselregen hat eingesetzt, der ihn aus seiner Gedankenwelt in die Wirklichkeit zurückholt.

Regenschirme werden aufgespannt.

Links von ihm ein Gewürzladen im Keller. Die unzähligen Auslagen vor dem Laden schütz eine gelbliche Markise. Sie ist verwaschen.

Man steigt drei Stufen nach unten und steht inmitten von Säcken, Tüten, Ballen, Eimern und Regalen. Voll gepackt bis zum Rand. Manches ist gestapelt, anderes gelegt, gegeneinander gestellt oder hängt von der Decke herab. Kräuter über Kräuter, Gewürze aus aller Welt, deren Duftgemisch den dunklen Raum erfüllt und den Atem stocken lässt. Ein berauschendes Gefühl. Jedes Mal, wenn er sich in dieser Gegend aufhält, macht er einen Abstecher in den Keller.

Heute fehlt ihm hierzu der Antrieb.

Endlich steht er vorm Ziel seines Wunsches.

Über dem Eingang zum Café Gnosa prangt sein Schriftzug. Unten an der Scheibe erfährt man die Öffnungszeiten. Direkt davor am Rande des Bürgersteigs zwei junge Eichen, die bis in den ersten Stock reichen. Noch keine majestätischen Kronen und keine kräftigen Äste, aber Zweige mit jungem Blattwerk. In zehn Jahren werden sie überall Schatten spenden.

Plötzlich ein störendes, durchdringendes Schreien!

Christian blickt nach oben.

Eine Elster flattert über die Straße und findet Unterschlupf im Geäst. Ein unverwüstlicher Vogel, wie es scheint, der in der Großstadt zurechtzukommen weiß. Rotkehlchen und Dompfaffen haben geringere Überlebenschancen.

Das Café ist ihm von mehreren Besuchen bekannt.

Christian kann nicht sagen, was er jetzt hier will, und doch drängt es ihn, hineinzugehen und Menschen in Gesprächen zu beobachten, in ihrer Zuneigung zum Partner oder in ihrem Engagement zu dem, was sie sagen.

Was für eine Atmosphäre herrscht dort? Der Journalist bleibt stehen, denkt kurz nach. Seine Antwort: Morbid, aber behaglich.

Ihm kommen seine bisherigen Eindrücke in den Sinn.

Die Ausstattung gehört ins letzte Jahrhundert, Relikte der fünfziger Jahre, wuchtige Lampen spenden diffuses Licht, und an den getünchten Wänden mäßige Kunst.

Platz? Nur selten!

Junge Männer rekeln sich um Pariser Tische, Frauen mit kurzen Haaren tuscheln mit ihren Freundinnen, und oft tragen sie strenge Militärkleidung!

Leute von heute, sagt man.

Die Kellner sind ausgesprochen höflich. Der Tagesgeschehen – Schreiber glaubt nicht, dass sie es nur des Trinkgeldes wegen sind. Nettigkeit ist ihr Markenzeichen, wie man hören oder sich selbst davon ein Bild machen kann. Von den Gästen gibt es viele schrille Töne. Manchen vielleicht ein Dorn im Auge, ihm gefallen sie.

Normales ist viel zu häufig.

Als Christian die Tür zum Café öffnet, schlagen ihm Schwaden grauweißen Qualms entgegen, Zigarettenrauch, der ohne Vorwarnungen seine Augen strapaziert. Sie tränen sofort, so dass er glaubt, blind zu werden. Er tastet sich am Kuchen-Buffet vorbei - der Konditor genießt einen hervorragenden Ruf - nimmt rechter Hand nur Umrisse von Körpern wahr und spürt Erleichterung, als er den hinteren Raum über ein paar Stufen betritt. Hier ist die Luft etwas besser.

Wie er feststellt, hält Peggy Parnass Hof. Wer kennt die zarte, sehr zerbrechliche Gerichtsautorin in Hamburg nicht?

Im Raum schwebt gedämpft die Wahnsinnsstimme aus Afrika: *Rokia Traoré,* von einer CD aus dem Album *Bowmboi.* Sie braucht eigentlich Andacht, und man muss sie vor sich sehen, wie der Journalist das Vergnügen in der Fabrik hatte.

Ein freier Tisch? Fehlanzeige.

Er muss sich irgendwo dazu setzen. Das schätzen nur wenige Leute.

Gleich neben ihm an der Wand rechts zwei Frauen mit zurückgekämmtem Haar, Jeans und Rollis, flüsternd und andächtig, dahinter drei jüngere Männer, die herumalbern, und daneben eine gemischte Gruppe vor einer mit Gläsern zugestellten Tischplatte.

Niemand macht Anstalten, ihm einen freien Platz anzubieten.

Endlich erfolgreich? - 20.05.

Genau vor ihm auf der Fensterseite ein Mittdreißiger, der allein sitzt. Daneben zwei unbesetzte Stühle.

Christian mustert das Gesicht eindringlich.

Es ekelt ihn an. Der Mann sucht Fleisch, wie ihm scheint. Seine Augen bleiben an jungen, männlichen Körpern hängen. Sollte Christian die Hoffnungen mit seiner Anwesenheit begraben?

Soll ihm der Schreiber Gesellschaft leisten?

Der Journalist schließt für Sekunden seine Augen, um nachzudenken, ein Ritual, das ihm vertraut ist, wenn er etwas zu entscheiden hat.

Nein, lieber würde er das Lokal verlassen.

Der neue Besucher blickt sich weiter nach einer Sitzgelegenheit um. Manchmal werden zusätzlich Hocker an die Sesselgruppen gestellt.

Nichts von alledem.

Dann entdeckt er den Experten aus der Foto-Ausstellung.

Zufall?

Wesensverwandtschaft?

Der Mann schaut auf ein Buch, das in seinem Schoß liegt, streichelt den Handrücken der anderen mit der rechten Hand - unbewusst? -, als ob er zärtlich über eine Wange gleitet, und liest. Dennoch glaubt Christian zu sehen, wie er ab und zu seinen Kopf anhebt. Ein Blick in die Runde. Natürlich kann man sich irren, aber der Journalist kennt von sich, dass er selbst sein Lesen immer wieder unterbricht: Minuten innerer Auseinandersetzung.

Noch hat der namentlich Unbekannte den Stadtautor nicht bemerkt.

An seinem Tisch stehen zwei rote, abgewetzte Cocktailsessel unbenutzt herum. Sie stammen aus der *Adenauer*-Ära, ruhen auf vier Rundhölzern in Spargeldicke - überspitzt gesagt - schräg in den unteren Rahmen getrieben. Christian hat schon auf ihnen gesessen. Sie wackeln, was das Zeug hält.

Während der Journalist auf die leeren Sessel zugeht, blickt ihn der Mann unverhohlen an. Er richtet sich auf, sitzt nun stocksteif da und grinst herablassend auf den Ankömmling. Er hat etwas in der Miene, das seine Überlegenheit ausdrücken soll oder seine Verachtung.

Im Gegenzug schaut ihm Christian penetrant ins Gesicht, lässt seinen Blick über dessen Kopf kreisen und senkt ihn nach unten. Als dieser den kuchengefüllten Teller erreicht, umspielt ein ironisches Lächeln seinen Mund. In dieser Haltung entdeckt der junge Mann in sich wieder den Zug einer Unverschämtheit, der ihn auch im Feld begleitete - anders konnte man gar nicht überleben-.

Der Spezialist für schwarz-weiße Fotografie fühlte, dass man ihn erkannt hat. Er legt nervös sein Buch ab. Die verengten Lippen und die krause Stirn lassen Unbehagen vermuten.

Was dem Journalisten bei der Betrachtung der *Peters*-Fotomontage und des Mannes damals entgangen war, spürt er jetzt. Ihm fällt *Elfriede Jellinek* ein. Sie ist ihm verhasst, aber sie hat die Gabe, von sich über ihre Texte und Theaterstücke reden zu machen, und Vieles von ihr regt jeden Theater-Liebhaber auf und an. Sie sagt: *Ein Gesicht sei wie Gartenerde, von der keine Züge abfahren würden, und wuchert.*

Als Christian diesen Satz das erste Mal hörte, staunte er darüber. Er ist weder schön noch einprägsam. Aber er regt zum Denken an.

Wenn Gesichter Falten bekommen...

Was er schon oft genug wahrgenommen hat: Sie wuchern.

Ein Tiefschlag?

Für Frauen manchmal ein Weg zum Chirurg.

Auch beim Foto-Experten wuchern sie. Drei gleiten über seine Stirn hinweg, noch fein, aber unterbrochen durch Furchen; Kerben eher zum Nasenrücken hin. Über Jahre entstanden oder am Morgen einfach da gewesen? Ein schrecklicher Einschnitt im Dasein?

Christian schätzt ihn nach dieser Momentaufnahme auf fünfzig Jahre.

Er hatte längst einen Entschluss gefasst.

Dieser steht dem Journalisten ins Gesicht geschrieben, und der Mann hat ihn durchschaut.

Er steht auf, rückt die Sessel hin und her, irgendwie, aber nicht zurecht, schiebt den runden Tisch dem Journalisten entgegen, zieht ihn wieder zurück, überprüft seine Standfestigkeit und fällt ins weiche Polster.

Ein unverfrorenes Grinsen begleitet sein Tun, auch Spott, und in seinen Gesten Überlegenheit.

Ein Kleinkrieg par excellence.

So schnell lässt sich aber ein Christian von der Aue nicht kleinkriegen!

„Ist hier noch Platz?", fragt er und zerrt die Worte des Satzes gelangweilt auseinander.

Natürlich ist ... Der Fünfzigjährige kann Christians überflüssige Frage nicht verneinen.

Der Journalist wirft seinen Rucksack auf einen der freien Plätze. Danach schiebt er sich zwischen Tischkante und dem zweiten Sessel, was wegen der Enge schwer genug ist. Dann rutscht er die Rücklehne entlang sachte nach unten. Dabei hat er offensichtlich Spaß, denn er grient wie ein Kind, dem etwas Besonderes gelungen ist.

Da sitzt er nun, eingeklemmt, versteht sich.

Es wollte ihm zuerst nicht in den Kopf gehen, warum der Mann sich ausgerechnet hier und heute aufhält. Aber dann denkt er an sich, und hat die auf der Hand liegende Erklärung vor Augen: Der Ältere schätzt das Außergewöhnliche wie er selbst.

Der Journalist beschließt zu reden, zu erklären.

Ein Mann, der die *Kantsche* 'Kritik der reinen Vernunft' in der Hand hält und offensichtlich bis jetzt gelesen hat, ein Mann, der Fotos unter dem Aspekt der Beleuchtung und Farben analysiert, ein Mann, der kritisch beobachtet, dem ist alles zuzutrauen! Christians Vorstellung ist nämlich inzwischen ziemlich klar: Er hat es mit einem intellektuellen, eigenwilligen, empfindlichen Kerl zu tun.

Man kommt ins Gespräch.

Belangloses zu Anfang.

Dann besinnt sich der Journalist, hatte ihn doch der Experte bei ihrem Treffen in der Galerie als Kriegsberichterstatter entlarvt und verurteilt, gleichzeitig aber auch bewundert. Das Wort verkleistern kommt in Christians Erinnerung zurück, das er für Farbfotos in den Raum stellte und über das der Mann laut lachte. Und weil der Fremde dadurch ein gewisses Interesse am Journalisten bekundete, hatte er jetzt einen Gedankenblitz, nämlich über seinen Berufsweg zu erzählen. Und da er geschickt ist, lässt er eine Art Selbstkritik vom Stapel, in der Hoffnung, dass sie den Fremden in seiner Ansicht über den Kriegsberichterstatter beeinflusst. Er lässt ihn wissen, dass ihn der Ehrgeiz getrieben hätte. Weltbewegende Bilder wollte er machen, mit denen er berühmt werden konnte.

„Ich träumte davon, der beste aller Fotografen zu werden und sah mich bereits als Champion auf der Bühne bei der Verleihung des wichtigsten Preises. Kann man dieses Ziel ohne Sensationsbilder und plastische Berichterstattung anpeilen? Nein! Ich war unter anderem Berichterstatter im Irak. Meine Fotos spiegelten die Schrecklichkeit eines Krieges wider."

Herr von der Aue beugt sich zu ihm hinüber, um seiner Entschuldigung Nachdruck zu verleihen und sagt, dass nur die Unerbittlichkeit kämpferischer Auseinandersetzungen - flankiert von Terror (miese Bedingungen, auch für Journalisten) unterstützt durch Kicks, deren Wurzeln aus ruheloser Neugierde stammen (Flammen des Inneren, geschürt durch Angst) - Garanten erschütternder Fotos sind.

Echte, lebensnahe Fotos.

Die hätte er geliefert, wie jedermann weiß.

„Bis ich...“

Christian blickt zu ihm und spürt dessen Abneigung.

„Hätten Sie einen Sohn meines Alters, und hätte dieser mit meiner Fehleinschätzung, Verbohrtheit und meiner horrenden Dummheit Böses, nein, nicht mal das, Falsches gemacht, würden Sie ihm verzeihen, ihn an sich drücken und wieder zu sprechen beginnen, was Sie vorher unterlassen hatten.“

Sekunden springt aus seinen Augen Anteilnahme.

Dann sieht man Röte in sein Gesicht schießen, Wut aufsteigen.

„Natürlich!“, haucht er dem Journalist entgegen. Ein Flüstern nur. Soll dieses seine Verachtung ausdrücken? „Ein Unterschied!“

„Der wäre?“ „Sie sind nicht mein Sohn!“

Der Mann drückt seinen Sessel nach hinten, soweit man davon reden konnte – dreht sich aus dem Sitz, ergreift das Buch mit grünem Umschlag, ungeschickt, eine Visitenkarte fällt heraus, die der Journalist aufnimmt, ihm reicht und die der Ältere, als hätte er etwas Verbotenes zu verstecken, hastig in seine Tasche gleiten lässt – und geht.

Bei Max hat Christian auf ihr gelesen. Die Schrift war fett, die Umrisse einer weiblichen Figur kräftig. Was wird ein junger Bursche bei solcher Ansicht denken? Christian sieht in Gedanken eine Bar vor sich, fast nackte Frauen mit üppigen Busen, Kerzenlicht..., und spürt ihre schwüle Atmosphäre.

Er schaut dem Mann nach. Niedergeschlagen.

Sein Stadtteil

Christian steht an der Ecke *Budapester Straße* und *Feldstraße*. Schaut über den *Neuen Pferdemarkt* auf das Eckhaus gegenüber, ein Gebäude aus der Jahrhundertwende, in dem er im vierten Stock wohnt. Es sieht aus, als habe es gepanzerte Wände, so schwer erscheinen die Steine und so tief sind Fenster- und Türeinbuchtungen.

Es gibt halbrunde Balkons in geschnitzten Holzrahmen.

Man kann sich auf ihnen nicht aufhalten.

Auch bei ihm finden nur Bierkisten und Wasserflaschen Platz. Es ist eine Ausfallstraße, an der seine Wohnung liegt.

Von unten dröhnen Busse, Lastwagen, Motorräder und Pkw's Tag und Nacht. Manchmal rollen in den Morgenstunden Kettenfahrzeuge über den Asphalt, so dass man beinahe aus dem Bett fällt.

Die übrigen Journalisten, mit denen der Newcomer zusammen arbeitet, begreifen das neue Mitglied ihrer Gemeinschaft nicht. Oder wollen es nicht. Er erntet Kopfschütteln und Naserümpfen, wenn er ihnen von der Lebendigkeit St. Pauli's berichtet.

Sie winken ab, und er verfällt wieder in Schweigen, obwohl er sich gern mehr über die Atmosphäre dieses Stadtteils unterhalten würde.

Er erinnert sich noch an seine Jugend, wenn er sich vom S-Bahnhof Sternschanze mit der Menschenmenge zum St. Pauli Stadion am Millerntor treiben ließ. Schon unterwegs war die Stimmung einzigartig. Heute ist es nicht anders. Leider hat er seit seinem Job in der Lokalredaktion noch kein Spiel besucht. Er wird's nachholen. Noch einmal die knisternde Atmosphäre einatmen.

Das Eingangsportal seines Wohnhauses ist ehrwürdig und großzügig. Über der Doppeltür ein Halbmond aus Holz und Glas.

Er springt die Treppen hinauf, nimmt zwei Stufen auf einmal, ... und überschätzt sich. Seine Kraft langt gerade bis zum dritten Stock. Darüber macht er sich jetzt aber keine Gedanken, er hat Wichtigeres im Sinn, was ihm gerade eingefallen ist. Erschöpft und langsam geht er nun Stufe für Stufe hoch. In seinem Hirn wiederholt sich ein Wort: Internet.

Daher stürzt er sich sofort auf den Computer, nachdem er seine Wohnungstür verschlossen hat.

Er öffnet ihn. In Sekunden kann man die Maus auf t-online ziehen.

Von Google aufgefordert, die Suche zu starten, tippt er 'bei Max' in die Tastatur - und hat nicht nachgedacht.

Für diese Eingabe gibt's keinen Treffer.

Da fällt ihm ein, dass er 'de' vergessen hat, und fügt die Abkürzung hinzu.

Ob die Frau über eine Homepage verfügt? Mal sehen, wie ihre Preise sind, murmelt er.

Denk' ste! Er liegt falsch.

Ein Kosmetik- und Nagelstudio wird angezeigt.

Mm.

Weiterlesen, ruft er sich zu.

Sternstraße 18. Und die Postleitzahl? Der Journalist stutzt. Seinen Aufschrei hört zwar niemand, aber dieser ist berechtigt. Seine Adresse hat dieselbe Zahl. Er beschließt, die Tankstelle auf der Reeperbahn gleich morgen früh aufzusuchen. Da liegen Stadt - und Landkarten haufenweise herum, vielleicht auch ein Extrablatt über *St. Pauli*.

Sein Nachfolger für 's Auslandsjournal - jetzt in New York tätig - überließ ihm sein Quartier mitten im Herzen Hamburgs. Er war bei dessen Angebot mehr skeptisch als glücklich.

Er kannte den schäbigen Ruf des Stadtteils von damals, als er Hamburg für die Kriegsberichterstattung verließ. Er wusste um die *Davidswache*, die am meisten beschäftigte Polizeiwache Hamburgs. Und ihm war die *Herbertstraße* bekannt. Als Jungen hatte man sie des Öfteren in Augenschein genommen.

„Du wirst dich wundern", sagte sein Wohnungsvorgänger.

„Natürlich geht's in einigen Straßen noch rund, aber der Wandel ist unverkennbar, das *Hotel Hafen Hamburg* hat den Prozess eingeleitet."

Plötzlich fällt ihm wieder ein, dass er den Namen des Nagelstudios vom Fotospezialisten hat, genauer gesagt, von einer Visitenkarte, die dem Mann aus der Tasche gerutscht war. Was hat diesen zu Max getrieben? , fragt er sich. Komischer Name, Max ein Frauenname?

Ist sie vielleicht ein Mann?

Lässt man dort wirklich seine Nägel auf Vordermann bringen? Oder handelt es sich um einen Liebestempel der besonderen Art? Der Journalist steht auf, schreitet zur Balkontür und schaute auf die gegenüberliegenden Häuser, die etwas zurücksetzt sind und verkommen aussehen. Auch sie stammen aus der Jahrhundertwende.

In kurzer Zeit lernt er, dass *St. Pauli* ein gewichtiger Stadtteil zwischen Elbe und *Sternschanze* ist. Mehr noch, ein liebenswertes Fleckchen Erde. Auch wenn...

Eins muss man klarstellen: *St. Pauli* ist nicht   mehr Hamburgs Aschenputtel, kaum noch Zentrum der Mafia und weit entfernt im Fokus der Verbrecher. Es ist zwar durchsetzt von schmierigen Kneipen, von Stundenhotels, Dealerplätzen, Strichern, von Prostituierten, Zuhältern, vom Rotlichtmilieu und zwielichtigen Leuten unterschiedlicher Nationalität, aber überall, auf der *Reeperbahn* selbst und in den Nebenstraßen werden Wohnungen hochgezogen und eröffnen Hotels ihre Pforten.

Er ist weniger gefährlich geworden.

Christian beschließt, dem Treiben 'bei Max' auf den Grund zu gehen, und vielleicht kann er dort den Namen seines Kontrahenten erfahren. In Frisör- und Kosmetiksalons wird viel geredet.

Warum dieser Mann nicht aus seinem Kopf verschwindet, ist ihm immer noch unklar. Sein Grübeln über die Gründe bleibt ohne Erfolg. Neugierde ist es nicht.

Die Aura, die den Cafébesucher umgibt, sein Aussehen, seine Stimme, seine Aussagen rufen sicher die Aufmerksamkeit vieler Menschen hervor. Auch Christian ist von ihr fasziniert. Aber sich deshalb von jemand angezogen fühlen, nein, das kann es nicht sein, oder doch?

Kaum gedacht, äußert sein Hirn Bedenken. Was geht ihn dieser Mann an? Was hätte er davon, ihn näher kennen zu lernen? , fragt er sich.

Christian überlässt die Entscheidung seiner Weste. Besser gesagt, den Holzknebeln auf ihr. Er zählt sie ab, wie man das als Kinder häufig macht, und er im Geheimen sogar als Abiturient. Er befahl sich damals, alle Knöpfe seiner Kleidung einzubeziehen. Die Erinnerung in ihm wurde so wach, dass er sich jetzt als Abiturient sieht. Begonnen hatte er bei 'ja'. Soweit die Festlegung.

Er begann zu zählen. Ja... nein ... ja... nein... ja... usf. Lautet der letzte Knopf auf 'ja', wird er mit einer guten Note abschneiden.

Nichts als Selbstbetrug aus heutiger Sicht. Aber reizvoll ist sie auch jetzt.

Dieses Mal endet er ebenfalls bei 'ja'.

Also wird er Max aufsuchen.

Der Beschluss ist gefasst. Wie gut, wenn man die Verantwortung los ist. Dieser Gedanke ringt ihm ein verschämtes Schmunzeln ab.

Aberglaube, den alle von sich weisen. Und dennoch ist er nicht aus dem Leben der Menschen wegzudenken.

Ob er erst einmal zum Abendessen auf die *Reeperbahn* geht?

Es gibt so viele gute Lokale.

Christian liebt den Boulevard, und als er ihn vor seinen Augen hat, da ist ihm, als ob sein Magen an's Zwerchfell klopft, und sein Rachen vor Trockenheit gereizt ist. Schon auf dem Herweg hat der Journalist Dutzende von Leuten vor den Gaststätten auf Holzbänken ein Kühles trinken sehen. Wenn er sogar draußen speisen könnte, sein Glück wäre heute vollkommen. In lauen Abenden verlegen manche Restaurantbesitzer ihre Tische ans Mittelmeer. Sie stellen sie auf die Straße.

Jetzt ein gekühltes Bier. Er eilt in die Küche, reißt vor Ungeduld den Kühlschrank auf..., und dieser ist leer.

Ihn ärgert seine Nachlässigkeit. Man sollte ab und zu mal nachsehen, was die Küche zu bieten hat. Eine seiner schrecklichen Angewohnheiten ist, alles bis zum Letzten hinauszuschieben. Und dabei ist sein Nachholbedarf kaum zu stillen. Im Irak musste er tagelang ohne den Gerstensaft auskommen, und wenn Bier in ihrer Kantine ausgeschenkt wurde, dann war's 5 % iges *Kaisers*. In Ägypten gebraut.

Neunzehn Uhr fünfundvierzig.

Der Supermarkt hat noch geöffnet.

Auf den Weg machen!

Schon ist er im Treppenhaus, wirft die Wohnungstür zu, springt die Treppen hinunter, sprintet bei stehendem Verkehr nach drüben auf die andere Seite, und wenig später sind sechs Flaschen sein: *Beck's.*

Ihm kommen unzählige Leute entgegen. Ob Max unter ihnen ist?

Bestimmt ist sie eine abgehalfterte Nutte, geht's ihm durch den Kopf. Aber wie kommt er bloß auf diese Vorstellung? Kann sie nicht auch eine bildhübsche Kosmetikerin sein? Spielen seine Sinne angesichts der langen Zeit im Krieg verrückt und sehnen sie sich nach körperlicher Berührung?

Er langt bei der Ampel vor seinem Haus an.

Man kann sie selbst bedienen, was er tut.

Für eine Minute Herr der Straße, was für ein Gefühl!

Kindisch, geht's ihm durch den Kopf er, aber verlockend.

Als die Autos stehen bleiben, er über die Straße schleicht, grinst der junge Mann die Fahrer der ersten Autoreihe an.

Süße Rache für stetigen Lärm.

Dummkopf!

Die wütenden Blicke ringen ihm ein müdes Lächeln ab. In solcher Situation fühlt man sich pudelwohl.

Als er auf der anderen Seite ankommt, bleibt Christian einen Augenblick stehen und verfolgt den Auto-Pulk, der in beide Richtungen an ihm vorbei rauscht.

Was macht einen Stadtteil dieser Art wirklich aus? Eine ähnliche Antwort, die er sich im Kopf gibt, hatte er in einer Zeitschrift gelesen. Das waren die Zeilen in etwa:

Morgens in aller Frühe, wenn man ins Büro startet, hat man meist eine verschlafene Kleinstadt vor sich, die unzähligen kleinen Geschäfte – oft ein paar Stufen in den Keller - öffnen gerade ihren Laden. Wenn man mittags zurückkehrt, das allerdings ist selten, stößt man bereits auf ein ziemliches Gewusel von Leuten, ein Gemisch aus Einwohnern und Gästen.

Abends gewinnt man einen anderen Eindruck.

Neulich skizzierte ein Journalist einer Illustrierten, dass sich ab zwanzig Uhr ' ein Strom ungestillter Leiber durch die Straßen und Gassen St. Paulis ergießt'. Für den Journalisten zu pathetisch ausgedrückt.

Dennoch. Um diese Zeit flanieren unzählige Frauen an der *Davidswache* entlang, hocken an den Bars, alle hoffen auf Freier. Männer jeden Couleurs nehmen die Weiblichkeit gemein unter die Lupe, lassen schamlos ihre Gedanken über die bloßen Busen gleiten, die sie sich vorstellen, oder bleiben am Po hängen, wägen ab und eine Handbewegung macht deutlich, was sie wollen.

Die Mädchen folgen gezielt.

Wer nach Mitternacht kommt, riecht den sauren Schweiß abgekämpfter Leiber, sieht ausgequetschte Körper.

Trinker, Spieler, Abzocker, Besucher, erschöpfte Barkeeper, voll gedröhnte Junkees, Putzkolonnen, abgeschlaffte Nutten, hier und da Polizisten, arbeitslose und erfolgreiche Stricher, Zuhälter, die mit Riesenschlitten ihre Mädchen in ihre Wagen beordern, sie abkassieren manchmal erneut zur Arbeit schicken, jeden Abend dasselbe Bild.

Dummer Träumer, Christian!

Kaum in seiner Wohnung angelangt, schüttet er sich unbeherrscht eine Flasche Bier in den Mund.

Er zischt die Flüssigkeit hinunter. Die erste Flasche stillt den Durst. Mit einer weiteren kann der Abstieg beginnen. Sechs Flaschen insgesamt würden ihn satt machen. Also pfeift er aufs Essengehen.

Max – 01.06.

Christian steht auf den Stufen zum Kosmetiksalon. Los, fordert ihn eine innere Stimme auf: einmal um sich selbst drehen..., nur so kann man sich das Umfeld einprägen. Unübersehbar der riesige Bunker aus dem zweiten Weltkrieg, direkt an der U-Bahn-Station *Feldstraße*.

Ein widerlicher Koloss, der größte aus dem 3. Reich. Er hatte alle Bombenangriffe überstanden. Genauso wenig Zerstörungs-Erfolge hatte man nach dem Krieg. Kleinere Sprengungen hatten wenigstens zu ein paar Fensterlöchern gereicht.

Dieser Koloss macht Christian krank. Fast jeden Tag muss er ihn passieren. Sollte er wirklich einmal seine Wohnung mehr als rechtzeitig verlassen, nimmt er einen Umweg in Kauf.

Der Kasten aus Beton und Stahl überragt alle Gebäude seiner Umgebung. Er hatte sicher vielen Menschen Schutz geboten, wodurch er für Christian weder eindrucksvoller wird noch akzeptabler.

Es gibt genug Menschen, die behaupten, dass dieser Bunker durch seine Hässlichkeit, Größe und Farbe (grau) Mahnmal für die Zukunft sei. Der Journalist bezweifelt diese Auffassung, jedenfalls hat der Betonklotz bisher keinen Krieg verhindert.

Es ist leicht gewesen, die Lage des Geschäfts von Max heraus zu bekommen. Es liegt im Souterrain. Er nimmt die drei Stufen nach unten und blinzelt durch die Türscheibe: Gestylte Frauen in weißen Kitteln flitzen umher, verschwinden hinter Vorhängen oder tauchen vor ihnen auf. Das Geschäft floriert.

Am Eingang steht: Herzlich Willkommen.

Na, ja. Mal sehen!

Als er das Geschäft betritt, wird eine Kundin an der Kasse gerade von einer jungen Frau verabschiedet. Ihr elegantes Outfit und ihr Verhalten deuten auf die Chefin hin: Max. Sie hat freundliche Gesichtszüge, sagt ein paar Worte in einem angenehmen Tonfall und lacht herzerfrischend dabei. Durch Christians Körper fegt ein Sturm, so ist ihm zu Mute.

„Herr von der Aue?", fragt sie, sich an ihn wendend.

„Ja", sagt der Journalist zögerlich und blickt ihr ins Antlitz. Es war makellos, länglich und offen, er mochte es auf Anhieb. Leuchtende Lidschatten haben einen hauchzarten Fliederton. Dezent.

„Mir gehört das Etablissement. Max nennt man mich!"

Christian nickt. Max' Miene offenbart keinerlei Regung. Sie lächelt nur sanft. Dann wirft sie den Kopf nach hinten, zieht die Brauen hoch, was Christian aufforderte zu sagen, was er wünscht:

„Fußpflege!"

Ihre Lippen sind leicht geschminkt: rosa.

Ausgerechnet die Farbe, die Christian am weiblichen Mund am meisten schätzt, zurückhaltend und doch anregend! Wofür? Am liebsten würde er den Farbton mal probieren. Noch nie hatte er einer Frau auf Mund geküsst...Ja, seiner Mutter... Wehmut überfällt ihn. Wer weiß, denkt er, wozu Max in der Lage sein wird. Hoffentlich...

Sie öffnet ihn leicht. Begehrenswert!

Christian vernimmt ein leises „ja".

Er schämt sich innerlich. Wieso hatte er noch keinen Kontakt zur Weiblichkeit gefunden, seit er in Hamburg arbeitet? Ja, es gibt genug Frauen im Betrieb, aber die...? Sofort entschuldigt er sich vor sich selbst: Keine Zeit.

Quatsch.

Feigheit. Ängste!

Wäre er sich gegenüber ganz aufrichtig, dann würde er außerdem sagen, dass er noch kein Interesse am weiblichen Geschlecht gehabt habe. Zu sehr stand die Fotografie im Vordergrund, und im Krieg gab's andere Prioritäten.

Vielleicht aber sind es doch nur Berührungsängste, fehlende Erfahrungen die Ursache. Christian findet sich für ein ziviles Leben noch nicht reif genug, aber es tröstet ihn, er macht nämlich Fortschritte, wie er glaubt. Sein Wille in dieser Umgebung zu leben und mit diesen Menschen ist längst zurückgekehrt. Und fast auf jeder Stelle seines Körpers spürt er die Anziehungskraft, die diese Frau auf ihn ausübt.

Max führt ihn einen Gang entlang, von dem mehrere geschlossene Kabinen abgehen. Sie lässt ihn in einen lang gestreckten Raum eintreten. Hohe Fenster bis auf den Boden spenden Helligkeit. Der Ausblick in den Garten ist anheimelnd, zum Wohlfühlen. Sie bittet ihn, die Strümpfe auszuziehen, die Hose abzustreifen und sich in den Behandlungsstuhl zu setzen, der vorm Fenster mit der Rückenlehne zum Garten majestätisch aussieht. Aufgefordert zu werden, sich von seiner eigenen Hose zu trennen, scheint verdächtig, oder?

Aha, denkt er, also doch! Vielleicht hat sie deshalb bei der Begrüßung das Wort Etablissement gewählt.

Christian schaut sich um.

Dabei hat er, ohne es zu wollen, die   Praxiseinrichtung des Feldlazaretts im Irak vor Augen. Mein lieber Mann, was für ein Unterschied!

Max schreitet graziös beinahe wie ein Model über die Dielen, die Hüften leicht wiegend. Christian blickt ihr nach, ihre Sinnlichkeit spürend.

Sie weiß sich zu verkaufen, sinniert er.

Als sie sich bückt, um das Fußbrett nach hinten zu drücken, verrutscht ihr Kittel und für Sekunden sieht der junge Mann ihren Nacken und zwei Fältchen, die sich wie eine kurze Rinne über ihre weiße Haut ziehen.

Ihr Hals ist schlank und glatt.

Während sie noch am Fuß des Stuhls erklärt, was auf ihn zukommen würde, sind seine Gedanken dabei, sie oberhalb des Bauchnabels zu streicheln. Noch beim Aufrichten holt sie ihn aus seinen Träumen.

Jede Fußpflege bei uns, meint sie, ist mit einer Massage von Waden, Knöcheln und Zehen verbunden.

„Hinterher“, sagt sie entwaffnend. Als ob er etwas anderes gedacht habe.

Dann lässt sie ihn allein.

Ein junges Mädchen bringt eine Wanne mit warmen Wasser, schüttet einen Löffel Öl hinein, sagt, dass alles dem Wohlbefinden

diene, und erklärt ihm, dass in wenigen Minuten die Chefin zurückkommt. Sie legt Instrumente hin, stellt einen Fußbalsam dazu, eine Flasche Massageöl, deponiert ein Handtuch auf eine Konsole. Ihre zarten
Hände arbeiten so schnell, dass man diese kaum verfolgen kann. Nur
das kräftige Rot ihrer Nägel macht es möglich, einzelne Arbeitsschritte
zu erkennen. Dann verlässt sie den Raum, ohne sich umzudrehen.

Ein herbes Aroma aus Kamille und Streublume wabert durch den
Raum. Etwas aufdringlich. Aber besser, als wäre der Duft aus frischen
Blüten, etwas süßlich.

Das Wasser in der Wanne ist warm, weich und angenehm. Den
Füßen tut es gut, wie Christian findet.

Zeit genug, um sich noch einmal ausgiebig umzusehen. Aber eigentlich interessieren ihn nur die zwei Fotos, die an der weißen Wand
nebeneinander gehängt sind: Nahaufnahmen von *Oleander und Jasmin*.
Sie strahlen Harmonie aus, sollen wahrscheinlich beruhigen. Sie haben
allerdings kein Leben. Und solche Bilder ohne Thema und Lebendigkeit liegen dem Journalisten nicht. Eine medizinische Liege an der
langen Wandseite rundet die Möblierung ab. Also doch, denkt Christian wieder. Ihn lässt der Gedanke nicht los, dass all das, was er sieht
und inzwischen aufgenommen hat, nur Beiwerk ist und die Attraktion
dieses Salons in sehr menschlichen Aktivitäten besteht. Ob er daran
teilnehmen sollte? Christian grient verschlagen und hoffnungsvoll. Aussichten sind das...

„So, da bin ich wieder. Jetzt an die Arbeit!" hört er Max sagen, die
ins Zimmer rauscht und sich dadurch erhebliche Aufmerksamkeit verschafft. Frauen sind einfach raffinierter als Männer.

Sie bittet ihn, vom Stuhl auf die Liege zu wechseln und hüllt seine
Füße in Frottee ein. Dann beginnt sie, die Füße trocken zu rubbeln.
Eine Wohltat! Darauf legt sie das Badetuch über seinen Bauch bis zu
den Knien, streicht mehrere Male über die Zehen beider Füße und fährt
mit einer Bürste über die Sohlen. Der junge Mann zuckt steuerlos, ein
Zeichen dafür, dass seine Nerven verrücktspielen. Er muss lächeln, verlegen allerdings. Er beobachtet die zarten Falten hinter ihrem Ohr,
denn sie sitzt mit dem Rücken zu ihm am Fußende. Immer wenn sie
ihren Kopf nach unten beugt, glättet sich ihre Haut.

Christian genießt, wie sie erst den rechten, dann den linken Fuß anhebt, über ihren Schoß legt. Sollte er die Zehen bewegen? Lust dazu hat der Journalist. Man könnte doch zeigen, dass man verdammt lebendig ist. Nun werden die Nägel gekürzt, die Enden rund gefeilt und dann wird die Oberfläche geschliffen. Eindeutig gekonnt! Sie hat sich etwas gedreht.

Wie gut, denn Christian sieht ihr Profil, es fasziniert ihn.

Er zieht es in Gedanken mit einem Bleistift nach. Den Anfang bilden ihre gekräuselten Haare in der Stirn. Dann gleitet er über ihre schmalen, gestutzten Augenbrauen, gelangt zur leichten Kerbung zwischen den Augen, streicht über den Höcker der Nase, fährt ihren restlichen Rücken entlang, stößt auf die breiten Lippen, die ihn an *Julia Roberts* erinnern, und landet am etwas vorstehenden Kinn mit der kleinen Bucht in seiner Mitte.

„Verheiratet?", fragt sie ungeniert.

„Noch nicht!", antwortet der junge Mann verwirrt und gleichzeitig erfreut. Solche Frage hat immer etwas Intimes, und heute bei Max fühlt er sie in unterschiedlichen Körperteilen.

Max rutscht nach hinten bis zur Höhe seiner Oberschenkel. Christian registriert erregt das Gewicht. Er wundert sich über sich selbst. Selbst sein Einsatz im Irak hatte seinen Gefühlen nichts anhaben können. Er beginnt zu träumen. Max merkt sofort, was sich bei ihm abspielt und schnell befreit sie ihn von der Berührung, in dem sie wieder ein bisschen nach vorn robbt. Er atmet das Odeur ein, das von ihr ausgeht, und glaubt, dass es sich um eine Melange aus Jasmin, Sandelholz und Backpflaumen handelt.

Betörend.

Gleichzeitig wird Christian an ein Erlebnis erinnert, das ihn lange mit seiner Cousine Isabelle verband. Damals war sie vierzehn, zwei Jahre älter als er selbst – sie musste einen Flakon eines ähnlichen Parfums über ihre Haut gekippt haben – als ihre scheinbar harmlosen Finger in seine kurzen Hosenbeine schnellten. Sein Schreck war nicht groß genug, dass er sie zurückstieß. Nein, er ließ sie gewähren. Es dauerte nicht lange und der Knabe erlebte die erste Angst auslösende, herrliche Explosion.

Es war ein flüchtiges Glück.

Wäre Max nicht mit seinen Füßen so beschäftigt gewesen, sie hätte gesehen, was sie ausgelöst hat: Schweiß perlt von seiner Stirn. Aber sind ihre Sinne tatsächlich nur auf ihre Arbeit gerichtet? Immerhin hat sie es mit einem jungen Mann zu tun, dessen markantes Gesicht und schlanker, sehniger Körper einiges erwarten lässt, wenn, ja wenn...

Dann hört er, wie sie sagt:

„*Madame mystérieuse*" aus der *Armani Privé* – Kollektion.

Sie hat 's doch bemerkt! Wie sensibel Frauen doch sind...

Sie fragt:

„Wohnen Sie in dieser Gegend?"

Christian bejaht dies, und um seine Verlegenheit über seine geheimen Wünsche zu verdecken, redet er drauf los. Erzählt, dass er Journalist sei, noch nicht lange in Hamburg weile und eine Wohnung in der *Budapester Straße* habe. Sie hört aufmerksam zu, nickt, als ob sie ihr Einverständnis erklärt und schaut ihm ins Gesicht.

Erst jetzt sieht er, dass ihre Wimpern getuscht sind.

„Morgen Abend ist in der Aula des *St. Pauli-Gymnasiums, Budapester Straße*, eine Informationsveranstaltung für die Bewohner unseres Areals - in Paris nennt man es sehr hübsch arrondissement, mögen Sie' s? -". Ohne auf eine Antwort zu warten, fährt sie fort: „Es geht um die Schwimmhalle neben der Schule. Kennen sie diese? Die Bezirksversammlung und eine Bürgerinitiative haben eingeladen."

Der Journalist antwortet, dass er im Erkunden seines Umfeldes noch nicht so weit vorgedrungen sei.

„Meine Arbeit!", was so viel heißen sollte wie: ‚Keine Zeit! "

Eine Lüge.

„Ich werde es mir ansehen!"

„Begleiten Sie mich. Ich gehe in jedem Fall hin, denn es geht um Abriss oder Erhalt, und die Stadtvertreter votieren der Kosten wegen für eine Schließung."

Aus der Art, wie sie den Journalisten bittet, mitzukommen, entnimmt er, dass sie es ihretwegen, nicht seinetwegen tut. Vielleicht hat sie sogar im Hinterkopf, seine Beziehungen zur Zeitung auszunutzen.

Christian ist enttäuscht. Sein Selbstwertgefühl sinkt in Sekunden in die Tiefe. Als er ihr dennoch zusagt, strahlt sie.

Christian merkt sofort, dass er voreilig war. Sein Einverständnis rutschte ihm zu schnell aus der Kehle.

Erst denken, dann sprechen, Christian! Das ist wie ein vorm Feind zu früh abgegebener Schuss. Mit ihm wächst die Gefahr ins Hundertfache. Zu spät!

Wenig später verlässt er den Salon.

Dennoch strahlen seine Augen, als er die Stufen nach oben zur *Sternstraße* geht.

Die Aussichten sind beglückend, oder? Sofort kommen ihm Zweifel. Sind sie das wirklich? Sein Gesicht verfinstert sich.

Warum soll er sie begleiten? Merkwürdig, geht es ihm durch den Kopf. Eigentlich hätte man nach dem Grund fragen müssen. Es könnte doch ebenso gut der Mann aus dem *Gnosa* sein. Er verwirft den Gedanken.

Vielleicht kennen sich die beiden gar nicht. Mag sein, dass dieser sich nur die Visitenkarte eingesteckt hatte, um bei Bedarf die Telefonnummer zu wählen. Wer weiß?

Plötzlich fällt ihm ein, dass er vergessen hatte, nach ihm zu fragen. Blöd! Sie hat ihn so aufgeregt, dass er nicht einmal mehr denken konnte. Beinahe unverzeihlich.

Vielleicht aber wollte sie ihn nur mitlotsen, damit sie zur Anhörung eine Begleitung hat. Zu zweit, wird sie gedacht haben, ist man durchsetzungsfähiger, womit sie zweifellos Recht hat. Christian ärgert sich erneut. Über sich, natürlich.

Er könnte den Salon ein zweites Mal aufsuchen, könnte Fragen stellen, aber würde das nicht komisch aussehen?

Lächerlich!

Seine Empörung über sich hält sich in Grenzen.

Nein, er wird nicht zurückgehen! Sein Anliegen kann warten, sagt er sich. Er nimmt sich vor, sie rechtzeitig abzuholen und mit ihr dorthin zu schlendern. Sicher wird es eine Möglichkeit geben, sie nach dem Mann vom *Gnosa* zu befragen.

Eine gute Beschreibung seines Äußeren und seiner Sprache wird helfen, denkt er.

Bürgerversammlung

Die beiden stoßen auf Menschen, die sich vorm Schuleingang drängen. Es ist spät, Max hat herumgetrödelt und sich aufgepeppt. Für mich? Für die Bürger St. Paulis?

Ein Gespräch unterwegs zur Veranstaltung unterbleibt, weil sie auf ihren High Heels zu sehr auf den Bürgersteig achten muss, und sie in Eile sind.

Sie gehen eng nebeneinander her.

Mehr nicht...

Christian fühlt sich von ihr verraten.

Ihre Schweigsamkeit schnürt seine Kehle zu, ihre Gleichgültigkeit auch, obwohl es ihr Wunsch war, dass er sie begleitet.

Fragen sprudeln aus seinem Hirn wie eine Wasserquelle. Hat sie sich verstellt, als sie ihm die Fußnägel kappte? Hat sie ihm nicht zu verstehen gegeben, dass Sie ihn mag? Warum hat sie die Frage nach seinem Status gestellt? Oder ist es seine Sicht der Dinge - gefärbt - weil er sie seine Zuneigung fühlen ließ?

In solchen Augenblicken ist man blind.

Jedenfalls kommt sich Christian überflüssig vor.

Max nickt fremden Personen zu.

Sie scheint bekannt zu sein, und sie ist freundlicher zu ihnen als zu ihrem Begleiter. Viele Männer lächeln sie an, im Laden hatte Christian nur Frauen gesehen. Sie ist eine elegante Erscheinung, vielleicht der Grund, warum man sie grüßt. Frauen drehen sich zur Seite, wenn sie in ihrer Nähe ist. Das hochgesteckte Haar reizt zum Widerspruch, weil es frech aussieht, und der üppige Busen, ohne BH, füllt ihre weiße Bluse restlos aus.

Die Aula ist zum Bersten gefüllt.

Der Journalist beschließt zu bleiben, obwohl er vorher anderer Meinung war. Da kein weiterer Zeitungsschreiber des Stadtteil-Ressorts anwesend zu sein scheint, wird Christian die Auseinandersetzungen verfolgen und die Argumente aufschreiben. Der zuständige Reporter wird 's ihm danken.

Mit Aktivitäten oder Aufgaben lassen sich Stunden und langweilige Diskussionen gut überbrücken. Christian fühlt, dass ihm die Abwesenheit eines Kumpels gut tun wird.

Die beiden nehmen an der Seite Platz, wo einige leere Stühle stehen.

Max ähnelt einem Modell, stellt ihr Partner fest, als sie sich erhebt und nach vorn schreitet. Im wahrsten Sinne des Wortes. Ihre hohen Absätze unterstützen den Rhythmus ihres Ganges, das Wiegen ihrer Hüften. Sie erinnert ihn an *Claudia Schiffer*.

Wem winkt sie gerade zu ?

Leider versagen seine Augen den jetzt notwendigen Dienst. Er hat die Lesebrille versehentlich aufgesetzt.

Ärgerlich.

Hastig greift er in seine Jacke, fasst in die falsche Tasche, und als er endlich die Fernbrille auf der Nase hat, hat sich Max in Nichts aufgelöst. Sie wird zur Toilette gegangen sein, ist sein erster Gedanke. Kurz darauf hört er sie aber hinter dem Vorhang herzhaft lachen. Was hat sie denn da zu suchen? Eifersucht überfällt ihn. Wozu er überhaupt kein Recht hat.

Sein Herz schlägt heftig, die Brust droht zu zerspringen. Man sollte sich ablenken, aber wie? Ein weiterer Blick zur Bühne. Auf ihr ein langer Tisch und mehrere Sitzgelegenheiten.

Der Geräuschpegel um ihn herum ist hoch.

Nichts zu sehen.

Im Saal herrscht   Unruhe.

Max ist trotz des Lärms und Stühlerückens - trotz der Begrüßungen, Gespräche, Auseinandersetzungen, Ausrufe - unüberhörbar.

Christians Haut revoltiert. Alle Härchen haben sich aufgerichtet.

Angst? Wovor?

Vielleicht vor der Erkenntnis, wie ohnmächtig Menschen sind, wenn sie über keine Macht verfügen? Wie sie hier im Saal sind? Der Journalist ist felsenfest davon überzeugt, dass das Schwimmbad abgerissen wird. Viele Politiker sind nicht flexibel. Sie werden von ihrem Wunsch nicht abgehen. Geld winkt. Zum Wohle der Stadt. Das Gemeinde-Grundstück ist eine Perle, groß und mitten im Zentrum.

Man sollte das Unvermeidliche akzeptieren. Mit dem Gefühl der Wehrlosigkeit hatte der damalige Kriegsberichterstatter im Irak ständig gelebt. Man konnte nichts tun, wenn neben einem ein Soldat von Kugeln gefällt wurde. So sinnlos, wie unvorstellbar.

Max steht vorn an der Rampe, zurückgekehrt, und stützt ihre Ellbogen auf der Bühne ab. Von oben langt, zuerst nur sichtbar, eine Hand auf ihren Kopf und fährt sachte durch ihr Haar, das auseinander fällt.

Wer das wohl darf?

Christian steht auf und lehnt sich gegen die Wand, damit er besser sehen kann. Ein Oberkörper beugt sich hinter dem Bühnenvorhang hervor. Man kann nun das Gesicht sehen.

Christian zuckt unkontrolliert wie ein verendendes Tier. Blitze jagen über seinen Augenhintergrund. Er hört dumpfes Grollen.

Es gehört dem Mann, der ihm in der Ausstellung eine Abfuhr erteilte und mit dem er im *Gnosa* zusammen saß.

Sein Verstand sagt ihm, dass er sich mit Halluzinationen herumschlägt. Er taumelt auf seinen Platz. Die Wimpern vibrieren und bewegen sich wie Halme im Wind. Ihm ist, als ob ihn jemand wegzerren wollte. Noch widersteht er dem Druck.

„Ist was?", fragt eine ältere Frau. Christian blickt sie empört an. Ihm und was sein... Er bleibt eine Antwort schuldig.

Der Kerl auf der Bühne richtet sich auf, klopft mit einem Gegenstand ans Mikrofon und verschafft sich Gehör, während die offiziellen Vertreter vorn Platz nehmen.

Er wirkt absolut sachlich.

Max tippelt durch den Gang und setzt sich neben ihren Begleiter. Sie hat seinen Zustand nicht bemerkt.

„Dr. Sommeralm, Direktor der Schule!", haucht sie ihm ins Ohr, als ob's nebensächlich wäre. Ist es für sie auch! Wie sollte sie auch ahnen, was das für Christian alles bedeutet?

Plötzlich absolute Ruhe im Saal, eiskalte Stille wie in einem übermächtigen Kirchenschiff ohne Menschen.

Christian nimmt sich zusammen.

Der Direktor redet emotionslos, sagt, dass er Hausherr sei und dafür zu sorgen habe, dass um zweiundzwanzig Uhr die Veranstaltung beendet ist. Er verweist auf das Rauchverbot und gleichzeitig auf eine Pause, in der auf dem Flur geraucht werden darf.

Ist dies der Mann, der sich fachkundig über Schwarz-Weiß-Fotografie und über Farbbilder ausließ?

Nein!

Das konnte er nicht sein! Vielleicht ein Bruder? Ein Mann ohne Emotionen, ohne Herz? Muss nicht gerade er Flagge zeigen, weil seine Schüler regelmäßig schwimmen gehen?

Seine Haltung kühlt Christians Temperatur herunter.

Wie heißt er noch?

Er flüstert Max zu, den Namen zu wiederholen.

„Dr. Moritz Sommeralm."

Sommeralm!

Während er diesen daraufhin im Kopf wiederholt, fällt ihm der Vorname ein: Moritz. Sein Lachen war so laut, dass sich Max ärgerlich umdreht, und ihn Leute in seiner Nähe anmotzen.

„Max und Moritz!", zischt er ihr grinsend zu.

Sie nickt.

„Stimmt! Genauso!"

Das hört sich nach Vertrautheit an, nach Wärme, die Wilhelm Busch den beiden Jungen eingeblasen hatte.

Freunde? In jedem Fall!

Ein Paar?

„Was haben Sie? Sie zittern ja?", hört Christian Max ängstlich fragen. Ängstlich, das ist sein Zustand, den sie spürt...

Ist das genug? Nein, sie empfindet ganz sicher nicht, wie es um ihn steht. Sonst wäre sie besorgt gewesen und hätte ihn gestreichelt...

Darauf sagt er:

„Es ist heiß hier!"

Glatt gelogen. Hasst er nicht Lügen? Auch Notlügen? Nein, die sind immer erlaubt.

Es wird palavert und wenig argumentiert.

Die Leute murren lauthals, ein paar scharren mit den Füßen, als die Behörde ihre Sicht arrogant vorträgt, die Vertreter der Bürgerinitiative verhaspeln sich, so gelangweilt reden sie, Unbrauchbares kommt aus dem Podium der Aula, Stichhaltiges vom Direktor, aber kraftlos.

Dann erhebt sich Max.

Köpfe werden gedreht, Stühle verrückt, man horcht auf. Man starrt sie an. Kerle, deren Gedanken unter die Gürtellinie gehen, junge Männer, die ein sanftes Lächeln von ihr herbeisehnen, vielleicht ein Zunicken, ältere Menschen, die aus Max' entschlossener Miene Hoffnung schöpfen, junge Mütter mit dem beruhigenden Gefühl, dass endlich eine Frau die Diskussion an sich reißt, einige ihrer Kundinnen. Und dazwischen Neider, die sich in alles mischen, weil sie krank sind.

Man behauptet, dass Neid unheilbar ist.

Sie sagt, was Sache wäre und sie formuliert prägnant und doch so einfach, dass jeder sie versteht. Sie redet fünf Minuten, leidenschaftlich, spielt mit ihren Armen und Fingern, wippt auf den Zehenspitzen auf und ab, macht einen Schritt nach vorn und springt wieder zurück. Ein Bündel an Energie, dessen Engagement zum Triumph wird. Zwischenrufe und rhythmisches Klatschen verleihen ihm Flügel, diese befördern ihre Argumente in die Köpfe der Zuhörer.

Max macht Christian stolz, sie zu kennen.

Verflogen war sein Groll.

„Nur Verbrecher", krächzt sie, inzwischen heiser geworden, „nehmen den Menschen das, was sie zum Leben benötigen, nämlich die Schwimmhalle mit ihren Waschgelegenheiten, ohne daran zu denken, dass viele *St. Paulianer* weder über ein eigenes Bad verfügen noch über eine Dusche. Das ist die Wahrheit! St. Pauli ist nicht nur ein modern wachsender Lebensraum, sondern auch ein Stadtteil der alten, nicht restaurierten Häuser und Wohnungen."

Darauf fällt sie auf den Stuhl zurück, schwer atmend, aber in ihrer Miene spiegelt sich die ganze Zufriedenheit einer engagierten Kämpferin wider.

Standing ovations.

Der beschwörende Appell hatte Christians Welt in die richtigen Dimensionen zurückkatapultiert, seine lächerlichen Nöte und seine Enttäuschung.

Immer noch Applaus.

Plötzlich hört man von der Bühne andere Töne: Man würde haushaltsrechtlich das Vorhaben im Ausschuss diskutieren. Damit wird die Veranstaltung geschlossen. Die Leute gehen auseinander, entspannt und sogar ein bisschen mutig und ihren Gesichtern ist anzusehen, dass ihnen ein Stein vom Herzen gefallen war. Max bittet Christian zu warten, verabschiedet sich hinter der Bühne... wohl von Moritz, hakt ihren Begleiter unter, schwatzt drauf los, und zottelt mit ihm auf die *Reeperbahn.*

„Nach so vielen Reden brauche ich ein Kraftsteak!", lässt sie ihn wissen. Christian antwortet, dass er das bei ihrer Leidenschaft verstehen kann. Darauf blinzelt sie ihn an, sagte aber nichts weiter. Der Journalist wendet sich von ihr ab, um zu lächeln. Das muss sie nicht mitbekommen. Schließlich denkt er seinen Teil. Er betrachtet sie wieder von der Seite, nimmt nochmals ihren geschmeidigen Gang wahr, an dem er sich berauschen kann - und die ausholenden Bewegungen ihrer Arme. Er dreht sein Haupt etwas nach hinten, lässt die Augen über den Rücken gleiten und registriert den strammen Po, der mit jedem Schritt wunderbar hüpft. Ganz nach seinem Geschmack! Sie muss phantastisch im Bett sein, geht's ihm dabei durch den Kopf. Sofort schießt ihm Blut in die Wangen. Seine Sehnsucht lebt doch noch oder wieder nach dem Fiasko im Krieg. Lange nach Mitternacht fällt Christian erschöpft, aber glücklich aufs Sofa. Trotz der Müdigkeit ist an Schlaf nicht zu denken. Der Abend war so anders verlaufen als er ihn zu Anfang einschätzte. Moritz Sommeralm ist in weite Ferne gerückt. Sie hatte ihn nicht ein einziges Mal erwähnt. Rücksicht auf mich? Oder auf sich? Jedenfalls hat Max etwas in ihm belebt.

Enthüllungen – 03.06.

Google offenbart sechs Treffer.

Moritz Sommeralm ist mit einer Anzahl von Veröffentlichungen, Büchern, Essays, Literatureinführungen, Leserbriefen, Artikeln, ausgewiesen. Unter anderem mit philosophischen Beiträgen. Also ist er Germanist, was vielleicht den Schulleiter erklärt?

Endlich erste Ergebnisse.

Gekonnt öffnete Christian im Startcenter von *T-online* das Internet, tippt in die Spalte suche: http://Moritz Sommeralm. de und ... gelangt in die Homepage seines Kandidaten.

Vier buttons, die man wählen kann: wer, bücher, profil, kontakte. Mit einem Mausklick der linken Taste ruft der Journalist Daten über Moritz ab und erfährt, dass er verheiratet ist und seine Frau Anna - angestellte Architektin in der Sozietät Mustafa Hamerani & Partner - heißt.

Seine Neugierde ist geweckt.

Die Sozietät unterhält im Internet mehrere Seiten. Nach einer Firmeneinführung mit Firmennamen und Logo sind die gegenwärtigen Bauobjekte, Ort und Beginn ihrer Bautätigkeit, die Namen der leitenden Ingenieure bzw. Architekten tabellarisch aufgelistet. Sie allein nehmen viel Platz in Anspruch. Unter Fertiggestellte Objekte (nach Wohn- und Geschäftsgebäuden, nach öffentlichen Bauten wie Museen, Schwimmbädern, Universitäten, Behörden, Flugplätzen, Bahnhöfen und Sonstiges gegliedert) ist das Werk von Anna Sommeralm ausgewiesen, das am 16. Aug. 2002 eingeweiht wurde. Seine Neugierde hat endlich zu Erfolgen geführt.

Er lächelt, Suchfortschritte im Computer machen ihn zufriedener. Endlich Konkretes. Gleichzeitig denkt er an den Verlag, an seinen Chef und daran, dass er nun bestimmt eine Story liefern kann. Man müsste außerdem Moritz Schule besuchen!

Ein neuer Ausgangspunkt.

Sollte er hier aufhören und erst einmal weitere andere Quellen ausfindig machen?

Nein! Den jetzigen Weg fortsetzen!

Der Journalist scrollt weiter - tausend Mal praktiziert - und stößt auf Statements, über Mitarbeiter - alphabetisch -: Einstellungstag; manchmal Beendigung der Zusammenarbeit.

Ob Mitarbeiter ihre Einwilligung für die Eintragungen gegeben haben? Nein! Ganz sicher nicht. Firmenbosse sind - wie Vorgesetzte, d.h. Generäle im Krieg: im Allgemeinen rücksichtslos. Sie nehmen sich, was sie ihrer Meinung nach benötigen. Nur selten werden ihre

‚Maschen' entdeckt. Und wenn, dann sind es wahrscheinlich Zufällig-keitserfolge, die irgendein Spürhund für sich einheimsen kann.

Weiter Christian!

Annas Namen ist die letzte Angabe: Anna Sommeralm, geb. Bi-schhoff, Angermünde. Titel und Studienorte: Architektin – Leipzig (1986)/Braunschweig (1990).

Christian lächelt. Endlich ein weiterer Fixpunkt in ihrer Vita.

Zur eigenen Sicherheit rollt der Journalist noch einmal die Seiten zurück. Annas Einstellungstag war der 1. August 1995. Circa sieben Jahre später hatte sie demnach ihr berühmtes Bauwerk eingeweiht. Ver-dammt schnell! Wie alt kann sie gewesen sein? Vielleicht 40 – 45, als sie berühmt wurde?

Christians Augen gleiten über die letzte Zeile. Er stutzt!

Hat er endlich den Schlüssel zu Moritz Leben entdeckt? Er schiebt seinen Kopf näher an den Bildschirm heran, so dass ihm die Schrift größer erscheint, zieht mit den Augen ganz nach links und liest:

Anna Sommeralm ist seit dem 11.09.2002 spurlos verschollen.

Wieso das? Einfach so?

Flucht? Ist hierin die Ursache von Moritz ambivalentem Verhalten begründet?

Er liest die Zeile noch einmal.

Merkwürdig!

Warum hat man diese Formulierung gewählt? Man spricht nicht einfach von einer Kündigung, schon gar nicht von einem Ausscheiden aus der Sozietät. Wollte man ihr den Arbeitsplatz erhalten? Ist es daher eine Botschaft an sie mit der Hoffnung, dass sie sich im Internet einlog-gen würde? Sollte sie spüren, dass man ihr gegenüber keinen Groll hegt und auf sie wartet? Schätzt man sie als so wertvolle Mitarbeiterin ein, dass sie daraus die Konsequenz zieht, zurückzukehren?

Genug.

Die Informationen aus Hamerani's Internetseiten haben tatsäch-lich einiges Licht in die familiären und geschäftlichen Verhältnisse der Eheleute Anna und Moritz gebracht. Vielleicht sollte er nun als letztes nach einer Internetseite von Anna suchen.

Sein Chef wird staunen. Der Journalist hat etwas gefunden, was sich zu enträtseln lohnt oder vielleicht sogar zu entlarven.

Wie bekannt ist sie seit Jahren in der Sozietät Mustafa Hamerani & Partner in Hamburg beschäftigt. Ein nächster Klick offenbart ihre Ausbildungszeit als Lehrling im Bauhauptgewerbe, Abt. Hochbau und dort in der Zimmerei eingespannt. Der Gesellenbrief wurde ihr im Sommer 1984 ausgehändigt. Danach wurde auf ein Gebäude im Süden Deutschlands aufmerksam gemacht, von ihr konstruiert und im Bauprozess begleitet, das etliche Preise eingeheimst hat. Die Einweihung ist auf den 16. August 2002 datiert. Es folgen viele Aufnahmen, gute, sehr gute Details, die auf die Außergewöhnlichkeit des Baus schließen lassen.

Christians innere Spannung hat sich im Quadrat der Informationen vervielfacht.

Was nun?

Plötzlich kommt ihm eine Idee.

Er klappt sein *Facebook*-Konto auf, das er seit der Einrichtung dieses sozialen Netzwerkes (Februar 2004) im März eröffnete. Er gehört zu den ersten Usern. Vielleicht, denkt er, hat Anna es auch jetzt erst eingerichtet, wenn sie noch leben sollte.

Seine Suche stößt ins Leere.

Ein Gedankenblitz hilft weiter:

Hamerani überprüfen! Ob er ein *Facebook*-Konto besitzt?

Es ist leicht, über die eigene *Facebook*-Startseite Namen zu suchen. Christian wird fündig.

Unter Chronik gibt's keine bemerkenswerten Inhalte. Dann die Aussage unter gepostete Beiträge:

„Anna, wir halten dir den Arbeitsplatz offen, dein Mustafa - 15. März 2004."

Das darf doch nicht wahr sein? Hat der Architekt auch schon nach Anna geforscht? Hatte er gehofft, dass sie nachträglich das soziale Netzwerk in Anspruch nimmt?

Was sollte die Nachricht an Anna bedeuten?

Welche Beziehung hat der weltbekannte Architekt zu ihr unterhalten?

Verbirgt sich hinter ihr das endgültige Rätsel, das Moritz Sommeralm umgibt? War der Architekt der neue Liebhaber seiner Frau? Aber warum sollte sie dann von der Bildfläche verschwinden? Waren ihr etwa beide Männer über den Kopf gewachsen, und hat sie die Reißleine mit ihrem Verschwinden gezogen? Schämt sich Moritz Christian gegenüber sogar, dass sich seine Frau von ihm losgesagt hat und in die Arme eines anderen geflüchtet war?

Wer weiß, ob Moritz' Scheu einerseits und gleichzeitig seine Aggressivität andererseits hierin ihre Begründung findet? Ist er überhaupt ein Mann, der sich von anderen befreien kann, also auch von seiner Frau? Seine Hand, die zärtlich über Max Haare strich, wie sich Christian erinnert, spricht dafür.

Es kann aber auch sein, dass Max für ihn nur Notnagel ist, und er der Außenwelt etwas vorspielt. Geht es ihm denn um den guten Ruf? Eigentlich passt diese Haltung angesichts seiner Bildung nicht zu ihm.

Der Journalist ist längst in den Bann von Anna geraten. Er stellt sich die Frage, ob er Moritz Sommeralm besser einschätzen könnte, erführe er mehr über sie?

Plötzlich weiß er, was zu tun ist:

In den nächsten Tagen nämlich ihr Büro aufsuchen und sich ihren Neubau in Süddeutschland näher ansehen. Vielleicht atmet dieser etwas aus, vielleicht ist irgendwo etwas versteckt, das zur Lösung des Rätsels beitragen kann. Auch wenn er nach Stuttgart fliegen muss, in dessen Nähe es errichtet wurde.

Ein Regentag hängt vor seinen Fenstern.

Die Wolken drohen sich in Kürze zu entladen.

Er schließt den festinstallierten Computer, rafft seine Sachen zusammen – Ausweise, Portemonnaie und die ausgedruckten Seiten -, verstaut alles in der Jeansjacke, die er anzieht, nimmt seinen Laptop aus dem Arbeitszimmer und stiefelt los.

Ab ins Archiv!

Blicke in die Vergangenheit

Als Christian das Haus verlässt, nieselt es bereits, kein Grund, die Bahn zu bevorzugen. Fußmärsche sind Gelegenheiten, den Verstand zu benutzen und seiner ist lebendiger als je zuvor.

Es ist vormittags elf Uhr.

Das Verlagsarchiv ist mittags kaum besucht, und zwei Stunden sollten reichen, fündig zu werden.

Um fünfzehn Uhr ist Redaktionskonferenz. Das besagt, dass er noch genügend Zeit hat, viele Seiten über Annas Gebäude-Einweihung durchzublättern.

Danach zur Konferenz. Abwesenheit ist unentschuldbar.

Vorbehalte von ihm?

Keine. Der Zeitungsautor hat einhundert Tage Narrenfreiheit, und sollte er zur Rechenschaft gezogen werden – Gründe gibt es immer – dann werden diese an ihm abgleiten.

Man munkelt hinter hervor gehaltener Hand, dass das Profil der Zeitung abgestürzt wäre. Viele im Verlag erwarten vom Chefredakteur daher, dass er Tacheles redet. Er hätte, sagte seine Chefsekretärin neulich, alles Mögliche aus den Zeitungen ausgeschnitten. Wahrscheinlich waren es Nachrichten, Kommentare, Features und Artikel, die ihm nicht passten. Sie lässt noch durchsickern, dass er davon gesprochen habe, Ideen einzufordern, die das Blatt beleben würden.

Gut, dass in seinem Vorzimmer ein Plappermaul arbeitet. Der Mitarbeiter bleibt dennoch skeptisch, weil er kaum glaubt, dass ein Chefredakteur seiner Sekretärin Strategien verrät. Vielleicht spielt sie nur Fallenstellerin. Sie wird als missgünstig bezeichnet.

Der einzige Zeitungsbeitrag von Christian mit einem hohen Anspruch handelt vom Galeriebesuch, der die moderne Fotografie und seine Vertreter beschreibt. Die Konkurrenz, nicht die eigenen Leute, loben die Darstellung.

Ein leichter Regen löst das Nieseln ab.

Wenn alle Welt deshalb gereizt sein wird, dem Journalist macht er nichts aus.

51

Im Gegenteil.

Christian genießt die Tropfen, die über sein Gesicht laufen, ein gewisses sanftes Kitzeln verursachen, sein Haar durchnässen und ihm das Gefühl geben, dass ein Wasserfall seinen Nacken hinunter stürzt.

So etwas hält wach.

Außerdem tröstet er sich, dass man im Betrieb duschen kann. Saubere Kleidung liegt in seinem Schrank. Auch die anderen Journalisten haben sich so eingerichtet.

Für alles ist immer gesorgt. Die ständig neuen Bedingungen und Bedrohungen, denen Journalisten ausgesetzt sind, machen jeden Reporter flexibel. Entsprechend wird der Schrankinhalt gewechselt.

Immerfort geistern ihm die gefundenen Informationen im Kopf herum. Sie drohen sich mit dem, was er mit Moritz bisher erlebt, zu vermischen. Christian zwingt sich daher, diese beiden Zeitschienen deutlich zu trennen und fasst Zeitungsberichte, *Google*-Beiträge und *Facebook*-Ausdrucke noch einmal zusammen:

Moritz Sommeralm ist Schulleiter eines Gymnasiums, hatte bedeutende Schriften verfasst und seine Frau verloren. Sie verschwand am 11.09.2002. Vorsichtshalber sagt man, sie wäre von einer Reise nicht zurückgekehrt.

Anna war in der früheren *DDR* geboren, hat eine Ausbildung im Bauhandwerk hinter sich. Sie ist etliche Jahre jünger als ihr Ehemann. Die Worte, die ihr Chef fast zwei Jahre nach dem Geschehen ins *Facebook* postete (2004), sind intim. Sie lassen danach fragen, welches Verhältnis die beiden unterhielten, und was er mit diesem Eintrag bezweckt. Moritz Sommeralms Verhalten ihm gegenüber ist ambivalent, freundlich, anerkennend, ablehnend bis verachtend.

Das Bewusstsein des jungen Stadtteilschreibers ist über seine wenigen Eindrücke und Informationen gespalten.

Moritz und Max Beziehung entzieht sich seiner Objektivität, was bedauerlich ist, weil sie Recherchen beeinträchtigt. Diese Erkenntnis schafft ihm eine gewisse Erleichterung und nur das zählt. Er muss Max aus seinem Gedächtnis streichen und aus den gegenwärtigen Untersuchungen ausklammern, von den Gefühlen her kann er es nicht sofort. Er sagt sich, dass sich die unvollkommene Bindung zu Max   im Laufe der Zeit von selbst auflösen wird wie der Nebel an einem Herbstmorgen. Dieser allerdings ist eher nur ein kurzlebiger Draufgänger.

Ist er es in Wirklichkeit auch?

In den Kriegseinsätzen, ja. Aber hier?

Der Journalist verschiebt die Analyse auf später.

Er erreicht das Verlagsgebäude, wassertriefend, weist sich aus und hört, wie der Portier hinter ihm her meckert.

Es ist sofort klar, warum. Der junge Mann hat vor seinem Heiligtum eine gehörige Pfütze hinterlassen.

Das Bad im Keller ist unbenutzt, und so steht seinem Duschen nichts im Wege. Wenig später sitzt er im Archiv des Hauses.

Es ist heute nur vormittags geöffnet. Sonst dürfen es Journalisten Tag und Nacht aufsuchen.

„Wir schließen gleich!", flötet ihm die bleiche Bibliothekarin ins Antlitz, und aus der Betonung glaubt er herauszuhören, dass sein Kommen ungelegen ist. Aber darauf kommt es nicht an. Er wischt angeekelt mit einem Tempo die Spucke aus seinem Gesicht, die die Bibliothekarin beim erregten Sprechen versprüht.

„Viel Zeit bleibt Ihnen nicht mehr."

Das wäre ihm schon vorher bekannt gewesen, wollte er ihr zuflüstern, doch in solchen Situationen sollte man geschickter sein. Er braucht nämlich ihre Hilfe.

„Den Hamburg-Teil aller Exemplare unserer Zeitung vom 30. Juli bis 20sten August 2002...."

Wenig später wirft sie dem Besucher einen Packen Papier auf den Tresen, ihrer säuerlichen Miene ist zu entnehmen, dass sie im wahrsten Sinne sauer war.

„Schnell bitte!"

Christian blättert die Seiten nach Anna Bischhoffs Gebäude in Süddeutschland und etwaigen zusätzlichen Ergänzungen der Ereignisse hastig durch.

Schon hat er zehn Nieten!

Sollte man das Suchen nicht besser vertagen?

Er tut's nicht.

Der Newcomer reißt plötzlich die Arme hoch.

Gefunden murmelt er, welche ein Glück!

In der Ausgabe vom 17.08.2002 findet er den Bericht über die Gebäude-Einweihung ihrer Konstruktion. Er stolpert beim zweiten Lesen über die Anwesenheitsliste und filtert Moritz Sommeralm, eine Tochter Friederike, seinen Sohn Arien sowie einige Namen politischer, wirtschaftlicher und kirchlicher Vertreter heraus.

Friederike war ihm ebenso unbekannt, wie Arien. Der Journalist erinnert sich jedoch, dass er Moritz im Café mit einem Vergleich herausgefordert hatte, den dieser mit Bravour bei Seite wischte. Jedenfalls gab er nicht Preis, einen Sohn zu haben.

„Noch drei Minuten!", ruft ihm die Frau zu, und in diesem Augenblick empfindet er sie als penetrant. Ein bisschen Macht verdirbt alle Menschen, sinniert er. Christian nimmt die Zeitungen noch einmal in die Hand und lässt die rechten Ecken – ausgehend von dem letzten Exemplar   durch die Finger gleiten.

Sein Herz schlägt bis zum Hals. Sollte es das Schicksal mit ihm gut meinen? Eine Überschrift auf der ersten lokalen Seite vom Montag, 12.Sept. 2002, lautet: Im Sumpf versunken?.

Der Untertitel: Weltbekannte Architektin in Nichts aufgelöst.

Während der Journalist   sie an ihrem Pult neben dem Eingang beobachtet, benutzt er eine Gelegenheit, als sie in ihren Unterlagen herumblättert, die Zeitungsseite auf DIN A 5 zusammenzufalten und sie in seiner Brusttasche zu verstauen.

Natürlich wird er sie zurückgeben.

Dann legt Christian den restlichen Stapel auf ihren Tisch, zeichnet seinen Besuch ab und sucht sein Arbeitszimmer auf, immer noch aufgeregt.

Hier war etwas passiert, ging es ihm durchs Hirn, was bis heute ungeklärt blieb: Eine erfolgreiche Architektin – gerade mit ihrem Gebäude in Esslingen in die architektonische Geschichte der Neuzeit aufgenommen – und bei der Einweihung von den Gästen und Fachleuten gefeierter Star – verschwindet von der Bildfläche.

Ein Sensationsbericht in zukünftigen Ausgaben des Blattes könnte das Verschwinden neu aufrollen, und gleichzeitig Leser anlocken.

Tolle Aussichten.

Redaktionskonferenz

Ein ovaler Tisch, links und rechts Stühle für je drei Journalisten, die Stirnseite war dem Chefredakteur zugedacht, mit einem Ledersessel ausgestattet. Unterschiede müssen sein, soll er gesagt haben.

Er hatte sich heute Morgen zur Routinekonferenz nachmittags um fünfzehn Uhr angesagt. Wusste er, dass der Ressortleiter erkrankt ist? Dem Boss eilt der Ruf voraus, dass er Überraschungen liebe. Dies war sicher eine, und Christians Kolleginnen und Kollegen fluchen darüber ziemlich ungehalten. Sie lehnen den Mann im Vorfeld ab, obwohl sie bisher kaum Kontakt mit ihm hatten. Allerdings läuft das Gerücht herum, dass er von seinen Mitarbeitern eine strenge Trennung zwischen Geschäft und Privatsphäre verlange.

Man hat Namensschilder auf den Tisch gestellt. Jeder teilhabende Stadtteilschreiber nimmt im Vorbeigehen seins mit und baut es vor sich auf. Die Buchstaben sind so groß, dass die Konferenzleitung jeden einzelnen mit Namen aufrufen kann.

Die Sekretärin des Chefredakteurs hat dem Stadtteil-Sekretariat hierüber Anweisungen erteilt, und das hatte nichts Eiligeres zu tun, als diese zu erfüllen. Man wollte nicht auffallen.

Alle sitzen um den Tisch herum, Christian irgendwo in der Mitte. Eine Sitzordnung gibt es nicht, nur war dem täglichen Boss, wenn er dabei war, vorbehalten, irgendwo zwischen ihnen Platz zu nehmen. Er wollte einer von allen sein. Christian gefällt die neue Regelung besser. Was heißt auch schon einer von allen? Chef ist Chef, und dieser steht immer auf der anderen Seite. Einer, der Abstand halten muss, ganz besonders von der persönlichen Welt seiner Mitarbeiter. Daher sind Leute an der Spitze einer Unternehmung einsam.

Als der Boss das Sitzungszimmer betritt, scheint der Raum ausgefüllt. Da steht ein wuchtiger Mann vor ihnen, bald zwei Meter groß, der unter seinem linken Arm einen Stapel Zeitungen trägt. Er ist fett, und es macht plopp, als er sich in den Sessel quetscht, wobei er gleichzeitig die Blätter auf die Tischmitte wirft. Wahrscheinlich hofft jeder hier, dass er sich – eingezwängt zwischen zwei Lehnen – bis zum Sitzungsende nicht mehr erheben würde.

„Ihre Seiten!", schmettert er ohne Anrede und ohne Begrüßung los. Fast alle sind geschockt. Der neue Stadtteiljournalist aber nicht! Er hatte im Irak gelernt, wie Menschen ohne Respekt miteinander umgehen. Zwar ist man hier nicht im Krieg, aber das Produkt, das man verkauft, muss täglich der Konkurrenz standhalten. Ist sozusagen dem Feind ausgesetzt. Und dieser will anderen den Markt immer streitig machen. Das ist ein Gesetz der Marktwirtschaft.

Also bedarf es einer Reaktion.

Sein Auftritt sei Antwort auf die Leistungen der Mannschaft, gibt er von sich!

Der größte Teil der Schreiber macht ein betretenes Gesicht. Ahnt man, was jetzt in der Luft hängt?

„Ihre Theaterkritik in Ehren, Herr Braun!" ,wettert er los, springt leichtfüßig aus seinem Sessel, rennt um den Tisch direkt zu seinem Gesprächspartner, stellt sich neben ihn und bückt sich soweit, bis sein Kopf die Höhe der Ohren seines Opfers erreicht hat.

Alle warten angespannt und misstrauisch auf seine weiteren Ausbrüche.

Gesprächspartner?

Was für ein Hohn! Partner...... Er allein redet... ach, was... redet! Schreit! Gespräch? Nicht einmal ein Dialog liegt andeutungsweise in der Luft.

„Jeder Primaner in Deutschland weiß", raunt er ihm ins Ohr, „dass *Dorfrichter Adam im Zerbrochenen Krug* - ein kahlköpfiger und klumpfüßiger vom Leben betrogener Krüppel - erfahren sein muss, was bedeutet, dass er in die Jahre gekommen ist - und dass er eben Richter ist und nicht irgendein dahergelaufener Schönling, der seinen Hintern entblößt, um sich bei seiner Geliebten Gehör zu verschaffen. Das hätten Sie schreiben müssen! Es fehlte nur noch, dass er auf der Bühne urinierte und Sie es den Lesern verschwiegen hätten."

Dann legt er seine fleischigen Finger auf die rechte Schulter des Betroffenen und schüttelt sie so heftig, dass dieser beinahe vom Stuhl kippt.

„Die Überschrift zu Ihrem Beitrag ist lachhaft: *Richter Adam, einmal anders!* Was haben Sie sich bei diesem Schwachsinn gedacht? Hoffentlich hat er bei den Besuchern und künftigen Zuschauern nicht einen solchen Begeisterungsjubel ausgelöst, dass sich das Theater dem Ansturm seiner Fans nicht erwehren kann!"

Was für eine Riesenshow des Chefredakteurs, sinniert Christian.

Er ist nicht nur Geschäftsmann, nein, er hätte Schauspieler werden können, so durchdringend sind seine Gesten, so eindrucksvoll seine Grimasse und so ausdrucksstark seine Worte.

Die Mannschaft der Lokalredaktion ist fassungslos und muss gleichzeitig anerkennen, dass vor ihnen ein Fachmann steht, ein Könner, der sein Handwerk versteht.

Die meisten sehen sich ratlos an.

Jeder von ihnen scheint plötzlich seine letzten Berichte und die Titelzeilen vor Augen zu haben. Waren damit Leser hinter dem Ofen hervorzulocken? Neue Kunden anzuwerben?

Ob sie sich eingestehen, dass ihre Schreiberei der Zeitung schadet, ist nicht aus ihren Mienen abzulesen. Betroffen sind alle.

Woran ihre Phantasielosigkeit liegt? Eine Antwort hätte jeder gehabt, und es wäre dieselbe gewesen: Ihr Chef ist mit allem zufrieden, was sie ihm unter die Nase reiben. Ist es da noch nötig, sich mehr ins Zeug zu legen? Wer würde das schon tun?

Christian fällt aus dem Rahmen. Das liegt daran, dass er gerade erst eingestellt worden ist und alles versucht, festen Fuß zu fassen.

„Strengen Sie Ihr Hirn an! Entwickeln Sie schöpferische Fähigkeiten!"

Als er dies in den Raum grölt, zittert sein Körper, und Christian fragt sich, wie man so viel Masse in Bewegung setzen kann.

Nicht genug damit!

Seine Arme mit gespreizten Fingern fahren in die Höhe, als wollten sie jemand umbringen. Er drückt sein Gesäß nach hinten und steht wie ein Flitzbogen vorn an der Schmalseite des Tisches und stützt sich mit beiden Händen auf seiner Oberfläche ab.

Das macht nicht nur Eindruck, sondern Angst. Er droht ihnen.

Als der Youngster dies sah, stellt er sich vor, wie sein Gewicht die Glasplatte zum Bersten bringt. Das hätte wenigstens die Sitzung gesprengt. Aber nichts dergleichen passiert.

„Ihre Phantasie muss sprudeln! Aus der Fülle der Ideen kristallisieren sich Bilder heraus, Wortspiele, Kopfleisten, Schwerpunkte und was weiß ich. Wenden und drehen sie diese - und, wenn es sein muss: im Kreis -. Je öfter, desto wahrscheinlicher lässt sich Spreu von Weizen trennen!", beschwört er seine Mitarbeiter. Er war ruhiger geworden, spricht in gemäßigter Tonlage und blickt die Mannschaft über seine Halbbrille, die bis auf die Nasenspitze gerutscht ist, unverwandt an.

Manchmal hat man den Eindruck, dass er seine Augen zukneift, um seine Mitarbeiter besser erkennen zu können. Aber auch das ist sicher nur ein Trick, Menschen zu verunsichern, mit denen er zu tun hat.

Christians Mitstreiter starren beschämt auf den Tisch. Keiner sieht dem Chefredakteur direkt in die Augen. Ausgenommen der junge Journalist, denn er hat nichts zu verbergen.

Der Boss greift plötzlich in den Zeitungsberg und zieht ein weiteres Exemplar heraus, entfaltet es mit solcher Gewalt, dass es bis zur Mitte einreißt, als niemand das Wort ergreift.

Noch hat er sich in der Gewalt. Plötzlich schlägt er mit der Faust auf den Tisch. „Hat keiner unter ihnen den Mut, mir zu antworten?"

Niemand will sich in die Nesseln setzen. Jeder wäre der Unterlegene, zumal seine Argumente stechen.

Dann eilt er noch einmal um den Tisch und pflanzt sich vor seiner Redakteurin auf, die das Gesundheitsressort - Stadtteil übergreifend - der Lokalredaktion zu vertreten hat. Macht sich noch größer als er ist, in dem er sich auf Zehenspitzen stellt. Sie dagegen macht sie kleiner als sie schon ist.

Wie das?

So: Rücken krümmen und Arme ineinander verschränken. So kann man sich an den Oberarmen absichern, dachte sie wohl.

Was für ein Irrtum.

„Sie sind eine erfahrene Redakteurin!", herrscht er sie an, und sie zuckt zusammen, „zwanzigtausend Leser in einem Vierteljahr verloren!

Hat sie das nicht beunruhigt? Oder ist diese Entwicklung an Ihnen vorüber gegangen? Das sind fünftausend Abonnenten oder mehr! Was sagen Sie dazu?"

„Was wollen Sie hören? „ gibt sie beleidigt von sich, weil er ausgerechnet sie als Älteste angesprochen hat.

„Wehren Sie sich doch!", ruft Christian ihr über den Tisch hinweg zu. Obwohl er weiß, dass er den Ärger oder sogar den Zorn des Chefs auf sich ziehen wird, ergänzt er: „Sie sind wirklich eine hervorragende Redakteurin, die es nicht nötig hat, abgekanzelt zu werden…Im Übrigen sind verlorene Leser nicht nur durch Redakteure zu vertreten, das Konzept der ganzen Firma muss bei der Analyse in Frage gestellt werden!"

Wenn Blicke töten könnten. Der Boss kämpft mit sich, hebt an, etwas zu erwidern oder den jungen Mitarbeiter in die Schranken zu weisen, doch sein Mund bleibt bis auf verzogene Lippen geschlossen. Er weiß sehr wohl, dass Christian von der Aue allein durch seine Erfahrungen in Kriegsgebieten ein gleichwertiger Gegner ist.

Dann prustet er aber doch mit hochrotem Kopf los:

„ So kommen Sie mir nicht davon, Herr von der Aue. Sie sind nicht gefragt worden! Wenn Sie wenigstens Argumente geliefert hätten, aber dazu sind auch Sie nicht in der Lage. Ich lehne Leute ab, die aus allen Schiebladen Kritik hervorzaubern,   aber keine Änderungsvorschläge im Kopf haben, sozusagen hirnlos daherreden! Wir sprechen uns noch! „

Christian schaut seinem Chef frech ins Gesicht. Er kennt aus dem Feld die Gernegroß, die rummotzen, weil sie selbst unzufrieden sind oder keine Anerkennung finden, und sicher wird er mitbekommen haben, dass der junge Redakteur für solche Ausbrüche nur ein Lächeln übrig hat.

Dann dreht er sich wieder zur der Redakteurin hin:

„Nichts also! Als angesehene Autorin unseres Ressorts und einer bekannten Zeitung nichts? Gar nichts?"

Er wendet sich von ihr ab, hopst mit seinem rechten Bein, wie das Kinder tun, zu seinem Platz zurück. Gelenkig ist er auch noch, denkt Christian.

„Nichts!... Nichts!.. Nichts!..... Wunderbar! Nichts ist besser als gar nichts!" Die letzten Worte gehen in seinem Geschrei unter.

Christian blickt in die Luft.

Er fühlt sich nicht angesprochen. Schließlich ist er der jüngste Journalist in der Runde.

„Ab heute leite ich dieses Ressort. Wenn ...."

Er hält plötzlich inne. Die Worte versiegen in seiner Kehle. Hat er das Gefühl, zu weit gegangen zu sein? Nein. Ihm geht es nicht um seine Journalisten, sondern um Zahlen, um Abonnenten, um Umsatz und Leser.

Immer noch hält er die eingerissene Seite in der Hand, wedelte mit ihr herum, strafft sie und liest unüberhörbar:

„Reisende, Vorsicht die Koffermafia ist am Werk!"

Er lässt seine Worte nur einen Augenblick wirken. Dann sagt er:

„Was für eine Headline für ein Thema, das sonst nichts hergeben würde. Aber hier, hier werden Reisende angesprochen, die unterwegs sind, die Urlaub machen, an die See fahren oder ins Gebirge, und Menschen, die beabsichtigen, das häusliche Umfeld für ein paar schöne Tage zu verlassen. Ich sage Ihnen, das ist eine Überschrift, die Leser brachte."

Alle mustern ihren Neuen von oben bis unten.

„Ja, Herr von der Aue hat in der vorigen Woche kein gutes Thema gefunden. Da hat er sich eins einfallen lassen. Er hoffte, mit ihm jene anzusprechen, die hiervon unmittelbar betroffen sind. Mit der Produktion war abgesprochen, die ersten Buchstaben der Überschrift zu vergrößern und in Rot zu setzen. Das stach sofort in die Augen.

Ein gestelltes Foto. Darauf ein durch die Kriminalpolizei geschnappter Täter. Würze für den Artikel. Am Schluss des Berichts lässt er einen Kommissar zu Worte kommen, der allerlei Tipps abgegeben hat. Alles in allem, der Beitrag zog Leser an, denn die Nachfrage nach dieser Ausgabe war größer als bisher."

Zuerst geht dem jungen Reporter das Lob aalglatt die Kehle herunter.

Wenig später die Ernüchterung!

Christian, den Kopf benutzen!

Der Boss wollte ihn reinlegen und vor den anderen bloßstellen, ganz sicher. Gerade eben ist allen offenbart worden, wie hirnlos er sei, und jetzt das Lob?

Es ist dem Boss gelungen!

Aus den Mienen seiner Mitarbeiter kann man ableiten: sie sind nicht sauer auf den Macho, nein, auf Christian. Der Chefredakteur hat es tatsächlich verstanden, ihren Argwohn und Neid mit einer Banalität auszulösen und Abneigung gegen ihn zu schüren. Wieso konnte er das schaffen?

Die Ablehnung besteht zu Unrecht! Er hat nie Kolleginnen und Kollegen angeschwärzt, nie deren Arbeit verächtlich beurteilt, nie erkennen lassen, dass die Zeitung wirklich langweilig sei.

Als der Chefredakteur die Konferenz beendet, verlassen die anderen Kollegen zusammen den Raum. Christian wird nicht gefragt, ob er mitkommen wolle. Er nahm dies als Brüskierung wahr, und ärgerte sich darüber. Da legt man eine Hand für jemand ins Feuer, und dann dies...

Verzwickte Zusammenhänge

Christian ist genervt. Diese Sch...leute...

Er rennt in sein Büro, wirft die Tür wütend zu. Was kann er tun, seinen Ärger abzureagieren?

Ablenken, hämmert es in seinem Kopf!

Aber wie?

Da sieht er auf seinem Schreibtisch die von ihm gestohlene Zeitungsseite mit ihrer Headline. Im Nu ist er gedanklich bei der Architektin. Er streicht mit der Schmalseite seiner rechten Hand über das Papier, macht es lesbar.

Die Headline Im Sumpf versunken tanzt vor seinen Augen.

Die Schlagzeile könnte von ihm stammen! Ein Lächeln fliegt über sein Gesicht.

In der Kriegsberichterstattung lernt man schnell, wie und womit Leser in die Zange genommen werden können. Da jeder Krieg zerstört, vernichtet, ausrottet, bedarf es schrecklicher, einprägsamer Fotos, deren Unterschrift die ganzen Grausamkeiten des Terrors offenbaren. Für stille Wörter, für Sanftheit und Schönheit der Sprache gibt es keinen Raum. Martialisch, bestialisch - aber an der Wahrheit muss - seiner Meinung nach - der Text ausgerichtet sein. Dann wirkt er.

Natürlich gibt es zu Headlines der Lokalredaktion große Unterschiede. Wirkung bei den Lesern wird erzielt, wenn Rätselhaftes, Unglaubliches, Ekelhaftes, aber auch Verworfenes im Mittelpunkt stehen. Der Journalist hat in seinem Koffer-Beitrag die Angst in der Vordergrund gehievt, was sicher nicht fair ist.

Der Inhalt des Zeitungsberichtes über Moritz Frau ist nicht sehr lang. Er enthält Ungereimtheiten, Unvollständigkeiten und Nebulöses.

Im Vordergrund steht das Gebäude. Es wird einerseits als geniales Werk gelobt, aber andererseits von Kritikern zerrissen.

Hat sie sich deshalb aus dem Staub gemacht? War sie so verletzt, dass sie diesen Schritt als einzige Konsequenz ansah?

Was, fragt der Journalist weiter, muss man aus der Anrede ableiten, mit der sie sich ansprechen ließ? Mal gab sie sich mit Anna Sommeralm, mal mit Anna Sommeralm-Bischhoff, und – seltener – aber auch mit Anna Bischhoff aus, was sie nicht korrigierte. Und feststeht, dass sie in der ehemaligen *DDR* geboren wurde.

Wer ist sie wirklich?

Immerhin ist sie noch mit Moritz Sommeralm verheiratet. Ist dieser Mann die Ursache ihres Verschwindens, weil die Ehe Risse bekommen hat? Schließlich ist ihr Ehemann einige Jahre älter als sie. Außerdem lässt der *Facebook*-Beitrag von Mustafa Hamarani auf eine persönliche Bindung schließen. Wussten die beiden Kinder vom Vorhaben der Mutter? Anzumerken in diesem Zusammenhang ist, schreibt der Autor, dass die Tochter auf den Namen Friederike Sommeralm hört, der Sohn dagegen Arien Bischhoff genannt wird. War er ein Fehltritt der Architektin? Eine Mädchensünde? Die Haut des jungen Mannes ist leicht gebräunt. Woher kommt demnach der Vater?

Bei neuen Erkenntnissen, versichert der Schreiber im letzten Satz, wird man die Leser selbstverständlich weiter informieren.

Der Zeitungsmann legt den Artikel zur Seite. Er nimmt sich vor, Zuhause noch einmal über das Erfahrene nachzudenken und gegebenenfalls Verknüpfungen im Leben der Sommeralms zu ergründen. Dazu bedarf es vieler Einzelschritte und natürlich einiger Gespräche mit Moritz selbst. Christian verlässt das Gebäude wohl als letzter und macht sich durch die Grünanlagen auf den Weg in die Budapester Straße

Er ist inzwischen bei den Gerichten gelandet, passiert den Straßentunnel und springt die Stufen der flachen Treppe auf den höher gelegenen Gartenteil mit seiner Rollschuh- und im Winter Eisbahn – nach oben. Der Park wird breiter und das Geräusch der Autos, Motorräder und Busse leiser. Ob es die zurücktretenden Hintergrundgeräusche sind oder die innere Unruhe über die ungeklärten Geschehnisse um Moritz Sommeralm und seiner Familie, weiß er nicht. Seine Gedanken kreuzen sich, wirbeln durcheinander und suchen nach einer Struktur. Endlich tummeln sie sich nur wieder um die Nachmittagssitzung zusammen mit seinen Kolleginnen oder Kollegen, alle im Fokus des Chefredakteurs.

Sehnsucht – 06.06.

Heute ist nicht der Tag des Reporters.
Die Suche in der *Commerzbibliothek* bleibt erfolglos.
In der Redaktion hat er mit Franziska, seiner Sekretärin, Ärger. Sein Artikel über Studiengebühren will nicht gelingen, und draußen herrscht Untergangsstimmung. Diese drückt aufs Gemüt und betäubt auch ihn.
Feuchtigkeit in der Luft.
Kühl. Zu kühl.
Der Journalist verlässt das Büro gegen fünf Uhr nachmittags. Er hofft, noch einigermaßen trocken nach Haus zu kommen, als er sich entscheidet, zu Fuß den botanischen Garten und die Wallanlagen zu durchqueren. Seine Cordjacke schützt nämlich nicht vor Nässe.
Es riecht dumpf und erdig.

Christian hat inzwischen den *Wallgraben* hinter sich gelassen und steuert die Unterführung Jungiusstraße an. Noch ist sie fünfzig Meter von ihm entfernt. Hinter ihr auf der rechten Seite ein Kinderspielplatz, rechts das Untersuchungsgefängnis. Jedes Mal, wenn er die hohen Mauern sieht, hat er mit Atemnot zu kämpfen.

Schon im Sonnenlicht überfallen seine Mauersteine und seine vergitterten Fenster - Löcher nur - Menschen, Beklemmung macht sich breit, Hoffnungslosigkeit.

Wie sehr sich diese Ausstrahlung bei schlechtem Wetter verstärkt, wird ihm bewusst, als er zum Himmel blickt: schwarze Berge haben sich aufgetürmt. Er beginnt leicht zu laufen.

Noch hat er die Gerichtsgebäude nicht erreicht.

Überall mannshohe Büsche.

Heute ähneln sie Monstern, die sich im Wind aufzurichten scheinen und in sich zusammenfallen.

Am Himmel zucken erste Blitze.

Der Journalist beschleunigt sein Tempo.

Jetzt zur Entspannung eine Stippvisite bei Max! Er schmunzelt über die Aussichten, die ihn erwarten könnten.

Dichter, weißer Nebel wabert aus dem Tunnel.

Dieser verschluckt den Eingang. Wie ist das möglich? Sollte er trotzdem durchlaufen?

Da stehen sie plötzlich vor ihm.

Sie gehen Hand in Hand, bilden eine Kette quer vor der Öffnung. Einen Meter vor ihnen sieht er, dass es sich um Ausländer handelt, Afghanen oder Pakistani und um einen Afrikaner.

„Stopp, du Scheißkerl!". Klares Deutsch.

„Geld her!", röhrt ein Zweiter.

Christian versucht, sich die Gesichter einzuprägen: Dreitagebart, *Bert Brecht* Brille; buntes Käppi schräg, Brillis; Hakennase, eingerollte Ohren; Fischmaul, grobe Backenknochen, Glatze.

Seine Fähigkeit... angeeignet, gelernt als Fotograf.

Er wippt auf der Stelle, fuchtelt mit der linken Hand in der Luft herum, dreht seine Hüfte in alle Richtungen. Die Männer werden sicher gedacht haben, dass sie es mit einem Verrückten zu tun hätten. Seine Bewegungen verbergen, dass er mit der rechten Hand hinter sein

Jackenrevers greift, die Kleinstkamera in Gang zu setzen, deren Linsen durch den Schlitz oben lugen. Es klappt. Zwar ist er nicht davon überzeugt, gute Aufnahmen zu machen, aber die Qualität des Objektivs mit der Fähigkeit, auch bei Dunkelheit die Wirklichkeit einigermaßen abzudecken, reicht für etwaige Beweise.

„Keine Faxen!"

Woher diese Männer wohl das Wort Faxen kennen? Sind es Deutsche, hier geboren?

„Ich habe keins hier!", ruft Christian ihnen entgegen, aber sie verhöhnen ihn. Blitzschnell, wie verabredet, bilden sie einen Kreis um ihn, es gibt kein Entwischen, sie lachen schmierig. So ist es meist bei Überfällen, sinniert der Reporter, viele gegen einen. Welche Feigheit!

„So, Du Wichser", dabei kommt er einen Schritt auf den Journalisten zu, „entweder Geld oder mein Messer in deiner Brust!" Er streicht genussvoll mit der Klinge über Christians Jackett wie Frisöre über ein Lederband, wenn sie das Rasiermesser wetzen.

Dann betasten sie ihn.

Während der Stämmigste die Arme seines Gegners nach unten drückt und sich auf Christians Schuhe stellt, der schreit vor Schmerz auf, grapschen zwei an seinen Gesäßtaschen herum. Sie werden nichts finden. Der Schwarze fühlt geschickt seine Brust ab.

Er findet die Geldbörse und blickt ihn triumphierend an. Dann zeigt er sie den anderen, reißt sie auf und merkt, dass nur fünf Euro drinstecken.

Am liebsten hätte ihm der Journalist seine Knie in den Unterleib gejagt, jedoch kann er seine Füße nicht von der Stelle bewegen.

Ohnmacht lähmt das Hirn.

Man ist gefangen, wenn man nicht denken kann.

Sein Gegenüber rastet aus.

„Deine Kreditkarte, los. Ab zur Bank! Ein paar Tausender sind drin."

Der Afrikaner lockert seine Stellung, und genau das reichte dem Opfer, um sein Knie in dessen Genitalien zu stoßen. Er heult auf. Ein Schwein, das abgestochen wird, kann nicht erbärmlicher schreien.

Der Bebrillte hat Christians Gegenwehr beobachtet und sich mit einem gewaltigen Boxhieb in dessen Unterleib gerächt. Der Journalist krümmt sich. Er spürt, wie es in seiner Unterhose warm wird.

Blut!

Panik überfällt ihn.

Keine Schramme in den brenzligsten Lebenslagen seiner Tätigkeit abbekommen, und hier sein edelstes Stück verletzt.

Sterne tanzen vor seinen Pupillen.

„Jetzt machen wir Dich fertig!", rotzt der Schwarze ihn an, dessen Qualen abgeklungen sind.

„Abhauen!", blökt einer.

„Polizei!"

Man lässt von ihm ab, und rennt in Richtung Stephansplatz davon. Wie das? Der Reporter hat den fremden Ruf überhört. Sein Penis brennt, als habe er sich in einen Ameisenhaufen gesetzt.

Im Nu sind die Vier verschwunden.

Christian wird ohnmächtig.

Überraschung - 07.06.

Die Wirkung der Narkose verfliegt, und während der Patient durch seine Augenlider linst, sieht er - verschwommen - zwei Riesen vor sich. Außerdem ist ihm, als stehe er unter einem Wasserfall. Automatisch dreht sich sein Kopf zum Fenster hin.

Jetzt wird ihm klar: es gießt in Strömen. Bäche rinnen die Scheiben hinunter. Erinnerungen kommen zurück: Gestern Abend, das aufkommende Gewitter, der Überfall...

Sie tragen weiße Kittel. Offensichtlich Ärzte.

„Wie bin ich hergekommen?", fragt Christian zögerlich.

„Wir sind Chirurgen und keine Detektive oder Polizisten", sagt einer der beiden.

„Sie wurden eingeliefert, und wir haben sie sofort untersucht. Sie waren am Penis verletzt. Mit mehreren Stichen haben wir die Wunde verschlossen, die blutete, als hätten Sie ein Messer im Bauch."

Das überfallene Opfer wird hellwach.

„Also doch eine Verletzung durch den Faustschlag!", gibt er von sich. Aber niemand hört ihm zu.

Der Journalist sieht die vier jungen Männer in seinem Hirn vorbeiziehen, die ihm den Weg versperrten und eine Kette am Eingang des Tunnels bildeten.

„In drei Wochen sehen wir Sie wieder. Sie hatten Glück. Die Verletzung ist nur oberflächlich. Sie werden daher nichts nach behalten, wenn Sie unseren Rat ernst nehmen: Vier Wochen keinen Sex!"

„Überhaupt keinen!", ergänzt der andere Arzt.

„In einer halben Stunde bringen Sie die Schwestern ins Foyer. Sie werden erwartet."

„Von wem?"

Die beiden Männer scheinen seine Frage überhört zu haben, sagen auf Wiedersehen und verlassen den Raum.

Der junge Mann überlegt.

Keinen Sex?

Max? Was ist, wenn sie...

Würde der Boss ausrasten, wenn er hört, was passiert ist?

Die Zeitungen werden hierüber berichten. Hoffentlich schreibt man nicht, an welchem Körperteil das Opfer verletzt wurde. Die Leute im Verlag würden ihn doch nur hopp nehmen. Und sich ins Fäustchen lachen! Wenn man allerdings wüsste, dass er einer spannenden Story auf der Spur ist, wer weiß, wie man dann reagieren würde.

Tatsächlich, nach dreißig Minuten stürmen zwei junge Mädchen ins Zimmer und holen ihn ab.

„Können wir denn sicher gehen?", fragt eine rothaarige Lernschwester. Bei solchem Satz ist bei vielen Patienten der Ärger vorprogrammiert. Auch beim Journalisten. Können wir, dumme Kuh! , denkt er, statt es auszusprechen!

Dennoch lässt sich Christian widerstandslos einhaken und zu dritt schreiten sie den Gang entlang zum Fahrstuhl, ab in die Eingangshalle. Zwei Polizisten kommen auf die Dreiergruppe zu.

„Herr von der Aue?", wird er angesprochen. Bevor der Journalist antworten kann, ziehen sich die beiden Schwestern mit einem Grienen zurück. Im Nu verschwinden sie in einem Gang.

„Was wollen Sie von mir?"

„Sie sind in den *Wallanlagen* überfallen worden. Wir möchten eine Schilderung des Tathergangs und eine Beschreibung der Täter."

„Und das unmittelbar nach einer OP?"

Der Pechvogel schaut sich um.

Um den Tresen zig Personen. Ärzte hasten durch die Halle, Geräte werden in großer Eile von einer zur anderen Seite geschoben und verschwinden hinter Schiebetüren. Dass es in den Foyers der Krankenhäuser immer so hektisch zugehen muss, ist schwerlich zu verstehen. Nicht alle Einlieferungen erfolgen doch in letzter Minute.

„Wo bin ich hier?"

Statt dass Christian eine Antwort bekommt, marschieren Polizisten voran, öffnen die erste Tür und fordern ihn auf, Platz zu nehmen und zu berichten. Christian eiert hinterher. Die vernähten Hautfetzen schmerzen. Außerdem brennen sie abscheulich. Sein Gedächtnis ist inzwischen zur vollen Leistungsfähigkeit zurückgekehrt. Er erinnert sich an alle Einzelheiten. Dann fällt ihm ein, dass er einen Film abgespult hatte. Ein Griff ans Revers! Der Reporter zerrt die Kleinstbildkamera heraus, öffnet ihren Verschluss.

„Hier die Minikassette mit den Bildern vom Überfall."

Überrascht über so viel Glück, sagen beide gleichzeitig:

„Danke!"

Christian lächelt. Man wird die Gangster überführen, da ist er sich sicher. Vielleicht sind sie bereits in einer der vielen Listen der Polizei gespeichert.

„Sie hören von uns. Vermeiden Sie den Park."

Darauf verabschiedet man sich höflich.

Als der Patient in die Eingangshalle zurückkommt, stockt sein Atem. Was hat der denn hier zu suchen?

Einbildung? Eine Fata Morgana?

Moritz Sommeralm eilt auf ihn zu.

„Eins zu Eins!", ruft er grinsend aus.

Wie? Was soll dieser Quatsch?

Der Journalist will sich abwenden, wird aber am Ärmel zurückgehalten.

„Nun mal langsam! Ich bringe Sie jetzt mit meinem Wagen nach Haus!", sagt Dr. Sommeralm verschmitzt. Christian nimmt seinen Vorschlag sofort an, hätte ihn auch gar nicht ablehnen können. Er fühlt sich noch ziemlich schwach. Aber was meint der Mann mit Eins zu Eins?

Die Gästetoilette war die Rettung. Der Journalist bittet seinen Begleiter, einen Augenblick zu warten. Schon verschwindet er hinter der Tür mit dem großen M. Er ist plötzlich allein. Wie gut.

Eine Kabine wird Schutz gewähren.

Gesagt, getan.

Nachdenken, Christian, Eins zu Eins. Christian lässt ihre Begegnungen vor seinen Augen ablaufen. Er stößt auf ein zweites Treffen nach zwei Monaten, er hatte Dr. Sommeralm angerufen. Sie verabredeten sich bei *Gnosa*. Da man aber dort kaum persönliche Dinge besprechen kann – Tische und Sessel stehen fast zusammen gepfercht nebeneinander – machten sie sich auf die Suche nach einer besseren Möglichkeit. Sie standen plötzlich vor einem Lofthouse-Café in einem Hinterhof der *Langen Reihe*. Ein Lokal über mehrere Ebenen, Durchblick bis zum Dach, unterbrochen durch Drähte, Rohre und Stahlträger.

Hier passierte es!

Dr. Sommeralm veränderte sich in Sekunden, der Journalist sah die Blutleere in seinem Gesicht, starrte auf dessen Augen, die ihm verschleiert vorkamen. Der Mann rang nach Luft. Sein rechter Arm stand aufrecht, die geballte Faust schien zu verkrampfen. Dann schoss der rechte Zeigefinger in die Höhe, der Arm senkte sich und deutete eine Richtung an. Christian verfolgte sie: War die Aktentasche gemeint? Was sollte das? Aus vielen Begebenheiten im Irakkrieg wusste er, dass man schnell reagieren musste. Er riss die Aktentasche an sich, öffnete sie. Die kleine Flasche (mit der roten Flüssigkeit) in der linken Seitentasche sprang sofort in seine Augen. Er kannte das Zeug: *Nitro*. Ärzte und Sanitäter im Kriegsgebiet hatten es immer bei sich. Der Journalist wusste, was zu tun war, oft genug beobachtet. Er umfasste Dr. Sommeralm mit dem linken Arm von hinten. Das verhinderte ein Zusammensacken und vom Stuhlfallen. Dann zog er die Verschlusskappe vom schmalen Hals ab, schob sie zwischen seine fast zusammengekniffenen Zähne, benutzte die freie Hand, den Mund des Patienten aufzudrücken, und als das gelang, sprühte er mit der rechten Hand dreimal in den Rachen. Es dauerte nur wenige Minuten, dann war der Anfall vorbei.

„Das Herz!", hauchte Dr. Sommeralm ihm zitternd zu.

Noch war ihm die Verängstigung anzusehen.

„Danke!", hörte Christian.

Mein Gott, das ist der Schlüssel!

Als Christian zurückkommt, sieht er, wie der Schuldirektor in der Vorhalle auf und ab spaziert. Wahrscheinlich denkt auch er über seine Worte nach.

Im Auto klärt Dr. Sommeralm seinen Gast auf. Er erzählt, was sich zugetragen hätte und wie er den Qualm aus dem Tunnel habe sehen können und Umrisse von Menschen, und wie er glaubte, jemand retten zu müssen, weil Feuer ausgebrochen wäre. Dann habe er einen Mann wahrgenommen, und das wäre eben er gewesen, und den Einfall gehabt, Polizei zu schreien, womit tatsächlich die Flucht der Jugendlichen ausgelöst worden sei.

Nebenbei erfährt der Journalist, dass Moritz Sommeralm fast täglich diese Strecke zu Fuß geht.

„Nach der anstrengenden Arbeit in der Schule, ist ein ausgedehnter Spaziergang erholsam!"

„Mm!"

Christian schießt durchs Hirn, dass er einen Schutzengel zur Seite hatte.

„So, jetzt bringe ich Sie in Ihre Wohnung!"

Was hat dieser Mann bloß mit ihm vor? Christian traut dem Frieden nicht. Wieder eine Unverschämtheit wie zu Anfang der Bekanntschaft? Ihm erscheint die Aufforderung viel zu freundlich. Er wird eines Besseren belehrt.

„Wie wäre es, würden wir uns duzen?" Der Zeitungsschreiber bejaht sofort. Eine Freundschaft hat ihre ersten Wurzeln geschlagen. Kaum im Auto, sagt er:

„Verkleistern ist für die Farbfotografie kein passendes Wort!" Christian starrt ihn an.

„Verkleistern ist ein plastischer Begriff, aber für die Farbfotografie ist er nicht anwendbar. Ich habe mich geirrt. Farben trennen Dinge, holen auch Gegensätze hervor oder schaffen Harmonie. Bunte Bilder haben genau wie schwarzweiße ihre Berechtigung!"

„Natürlich", antwortet der Journalist und nickt. Vergnügt. Ihm hat das Schicksal ein Geschenk überreicht. Noch unterwegs telefoniert Moritz Sommeralm mit Max, und es ist ein sehr inniges Gespräch. Das trifft Christian in seiner tiefsten Seele. Moritz und Max sind ein Paar...Euphorie passé, an ihrer Stelle Resignation.

Eine Bitte – 08.06.

Max quengelt seit einer Woche herum und lässt auch Dienstag, gestern, nicht locker. Sie wolle unbedingt von den Männern lernen, wie man fotografiert. Wahrscheinlich nur ein Spleen.

Christian sagt ihr, dass sie mit Moritz auf Tour gehen solle. Er wird Motive finden, an denen sie ihre Blicke schärfen kann. Sie antwortet, dass sie darauf bestehe, zu dritt loszufahren. Sie meint, dass sechs Augen mehr als vier sehen.

Genau das wollte ihr verborgener Liebhaber vermeiden.

Ihre Nähe zu Moritz, ihre Zutraulichkeit würde ihn krank machen. Er leidet sowieso schon, sobald sie sich alle verabredet haben. Aber bisher beschränkten sich die Treffen auf Cafés in der Nähe. Auch im *Gnosa*. Es gibt hier wenig Intimes.

Als ihn beide in seiner Wohnung besuchen, es ist ein Zufall, staunen sie über Christians Fotos, die die Wände zieren. Na, ja, von Zieren kann nicht die Rede sein, zu viele Bilder auf engstem Raum, das verschafft keinen Genuss, dem Journalisten allerdings bringen sie Genugtuung. Ein Teil stammt nämlich von ihm, ein anderer von verschiedenen gegenwärtigen und auch längst verstorbenen Künstlern.

Die Vielfalt der Objekte und die Unterschiedlichkeit ihrer Beleuchtung und Einstellung würden jeden Fotografen ansprechen. Zu seinen Bildern kann er zum Teil sagen, dass er in den kriegerischen

Auseinandersetzungen ein Gespür für Motive, Licht und Aktualität entwickelt hatte, was auch Fremde bei der Betrachtung finden. Immerhin hatte er erst mit 17 Jahren mit dem Fotografieren begonnen.

Auch jetzt in seiner Wohnung hat der Journalist bei diesem Besuch ein komisches Gefühl. Wenn sie zu dritt zusammen sind, bleibt ihm die Außenseiterrolle, er ist ewig das dritte Rad am Wagen. Wirklich, eine Katastrophe. Und seine Aussichten auf Annäherung bei Max sind immer denkbar schlecht.

Würde Christian ihr zuraunen können, was er für sie empfände, kann sie ihm bei ihrem Temperament sonst wo hin jagen, erführe Moritz von seiner Beichte, wird er die Bande zu ihm kappen, was der junge Mann verstehen würde.

Nein…schilt er sich. Die Freundschaft zu Moritz wird nicht in Frage gestellt, sie nicht belastet, und sich bei Max zurückgehalten.

Außerdem glaubt er auch, dass jeder Versuch von ihm verfehlt wäre, weil Max zu Moritz halten wird, einem Partner, dem die Verletzungen, Enttäuschungen, Kränkungen und Missachtung aus dem Gesicht fliehen wollen, aber zu bleiben verdammt sind.

Sein täglicher Kampf mit sich selbst ist erbarmungslos. Immer stellt der Tageblattschreiber dieselben Fragen. Wie auch jetzt. Passen die Zwei zusammen? Ist Moritz dieser Frau gewachsen? Werden ihn nicht ihre Ideen erdrücken? Kann sie ihre Lebensfreude auf einen gedemütigten Mann übertragen?

Um sich nicht zu verraten, eilt er in die Küche, bereitet Kaffee vor. Dennoch lassen ihn beide nicht los.

Filmgrößen passieren seinen Kopf, Fernsehstars, Medaillengewinner, Fußballidole, Politiker. Man kommt schnell auf Namen wie *Willy Brandt, Gerhard Schröder, F. Beckenbauer, Dieter Bohlen, Uschi Glas* – neue Partner, Altersunterschiede inbegriffen.

Neues Glück? Wie lange hält 's, hat es gehalten?

Christian schiebt diese Gedanken beiseite. Im Augenblick ist ihm Moritz wichtiger.

Die Tageszeitungsleser des Hamburger Blattes werden vom Hocker gerissen, wenn sie von dieser Lebensgeschichte erfahren, schwirrt durch seinen Kopf. Zwar kennt er bisher von ihr nur Ansätze, aber sie reichen aus, dem Verlag die Blätter aus der Hand zu reißen. Dazu Historisches, die bürgerkriegsähnlichen Zusammenstöße und Hinterhalte in einem fremden Land, in das sich Anna geflüchtet hatte, ein grausamer Buschkrieg vielleicht, wenn sie sich in Kambodscha aufhielt, in Nordkorea oder in Äthiopien?

Moritz ruft laut durch die Wohnung nach Christian:
„He, Chefjournalist, was für herrliche Schnappschüsse auf deinem Flur. Natürlich zu eng aufgehängt und schlecht belichtet. Nicht die Fotos selbst, die Lichtverhältnisse lassen zu wünschen übrigen. Diese brauchen mehrere Strahler! Dennoch, wunderbare Motive!"
„Ein besonderes Foto im Visier? , fragt der Journalist aus der Küche.
„Das von *Herbert Tobias!*"
„Das liebe ich auch. Was ihm vor die Linse kam, machte er zu einem Ereignis, hier Berlin *Gedächtniskirche*. Schreckliche Wirklichkeit, im Hintergrund die zerstörte Stadt – das Bild musste im Sommer 1945 entstanden sein ‐ und vom Vordergrund geht ein ganz klein bisschen Zauber aus, die sich in einer Pfütze spiegelnden Umrisse der Ruine und die beiden – wohl Jungen – auf dem Fahrrad.
Hoffnungsvoll, das Leben hatte nach dem Krieg wieder begonnen."
„Das empfinde ich genauso!"
Was für eine Sensibilität! Wie kann man sie bis in sein Alter bewahren? Vielleicht sind es die jungen Leute in seiner Schule, vielleicht sogar seine Frau und die Kinder?
„Ich nicht. Mir ist es zu dunkel. Von Zauber spüre ich nichts!", lässt Max sie wissen.
Sie schweigen einen Augenblick und Christian sieht, wie beide von Bild zu Bild schreiten, hier und da verweilen.
Er muss an seinen Verlag denken, an den lokalen Sektor der Zeitung und seinen Auftrag. Um sich abzulenken, ruft er:
„Los, herkommen, der Kaffee ist fertig!"

Die beiden zwängen sich gleichzeitig durch den Türrahmen und lachen sich darüber tot. Christian zeigt auf den Küchentisch, stellt ein paar Becher hin, Tütenmilch und eine Dose Kekse.

„Mehr steht nicht zur Verfügung. Wären wir verabredet, hätte ich ein fabelhaftes Essen gezaubert!"

„Das holen wir nach!", wiehert Max.

„Wie ist es nun, begleiten Sie uns?"

„Wenn ich überzeugt werde, dass Sie echtes Interesse an der Fotografie haben und Sie sogar durch meine Galerie in ihrem Wunsch bestärkt worden sind", gibt ihr der Stadtschreiber zu verstehen.

„Bin ich. Mir hat das letzte Porträt am meisten gefallen", sagt Max nach einer Weile.

„Gehen wir noch einmal hin!", lässt Moritz verlauten, steht von seinem Platz auf und geht in den Flur. Die beiden folgen ihm.

„Sie meinen das Frauenprofil? Sie hieß *Hildegard Knef!*"

„Ihr Konterfei macht sie unvergesslich. Warum uns so ein Bild nicht loslässt, hat *Cocteau* gesagt: Es ist die geheimnisvolle Poesie, der immaterielle Sexappeal!", sagt Christian.

„Wie soll das eine normale Frau wie ich verstehen?"

„*Cocteau*", entgegnet er sanft, um die Stimmung des Bildes, auf das sie sehen, nicht zu stören, „er war ein Genius. Später mehr."

„Immaterieller Sexappeal bedeutet, dass ihre erotische Ausstrahlung gar nichts mit Geschäft zu tun hat, sie ist keine Hure, keine Lebedame. Dadurch, dass der Fotograf nur Zweidrittel ihres Antlitzes und ihrer blonden Haare beleuchtet und fast alles rundherum schwarz oder dunkel lässt, gibt er ihr den Anstrich einer sympathischen aber wohl begehrenden Frau", fügt Moritz hinzu.

Max hört konzentriert zu. Sie fragt nach, lässt sich noch einmal Licht und Schatten erklären, geht nun allein sogar zum Berlinfoto zurück, und meint, sie habe es jetzt besser verstanden.

„Ich möchte unbedingt fotografieren lernen, vielleicht gelingt mir auch, etwas festzuhalten, was sonst verloren geht!"

Moritz und Christian sehen sich an.

Es ist ein stilles Einverständnis.

In diesem Augenblick hat sich der Journalist endlich dem Wunsch von Max gebeugt.

Als die beiden die Wohnung verlassen haben, überlegt Christian noch einmal, ob er diese Verbindungen durch Veröffentlichung eines Familienschicksals aufs Spiel setzen soll. Wäre er dann an Moritz Stelle, er würde die Freundschaft kündigen. Der Journalist schätzte Moritz inzwischen so sehr und verehrte ihn, dass er möglicherweise seinen Lokal-Journalisten-Job in der Zeitung aufgeben würde, - ein Zeitungsverlag wie dieser bietet sicher genügend andere Arbeitsmöglichkeiten - um sich mehr dem Geschehen von Moritz Familie zu widmen, und die Privatsphäre seines neuen Freundes auch in Zukunft zu respektieren.

Ausflug – 15.06.

Bald darauf gibt es einen Bilderbuch-Sommersonntag: strahlend blauer Himmel, Lämmerwölkchen, warm, dreiundzwanzig Grad, wie geschaffen, um auf Foto-Jagd zu gehen.

Christian freut sich nun doch auf diesen Tag, und als Moritz unten klingelt und ihn zur Abfahrt abholt, ist er in null Komma nichts unten.

Was er sieht, gibt ihm erst einmal den Rest. Max ist bereits im Fond, zieht gerade ihre Lippen nach.

Warum hat Moritz sie zuerst abgeholt? Hat er bestimmt nicht, nein, er wird dort übernachtet haben! Sofort ziehen diese Gedanken eine Gänsehaut nach sich. Der Journalist weiß, dass eine solche Frage unbeantwortet bleiben würde, und er stellt sie daher gar nicht erst. Er legt seinen Metallkoffer in den Kofferraum, drückt die Klappe mit Wucht hinunter, vielleicht lenkt ihn das ab.

Bald landen sie auf der Autobahn.

Sträucher und Schilder, Parkplätze und Häuser fliegen vorbei. Moritz fährt rasant! Etwa beflügelt durch die letzte Nacht?

Hätte man sich für farbige Fotos entschieden, wären sie gemächlich auf Nebenstrecken durch die holsteinische Landschaft gefahren, hätte Gärten, Parks und Wälder aufs Korn genommen: und die entwickelten Farbfotos hätten Max gelehrt, wie unvollkommen das Auge

Farbskalen – gelb (*Raps*), tief grün, rosé, rot (*Mohn*), blau (*Kornblumen*) *und weiß – abgrenzen kann, sinniert der Mitfahrer.*
Eine Kamera dagegen ist untrügerisch.

Frühlingszeit und Sommertage, Herbstmonate und Winter am Meer... Gibt's Unterschiede?
Natürlich... gewisse Nuancen in den Lichtverhältnissen und natürlich durch Naturgewalten, Sturm, Windböen, Regen, Ebbe und Flut sowie durch Hochwasser. Der Strand ist und bleibt sandfarben getönt, mal dunkler, mal heller, je nachdem, wie feucht er ist.
Der *Strandhafer* wiegt sich im Winde wie in jedem anderen Monat auch und richtet unbeeindruckt seine Halme gegen den Himmel, manchmal zertreten und oft flitzbogenartig zum Boden geneigt.
Meist treiben ein paar Balken im Meer, selten stecken Holzbuhnen ihre Spitze aus dem Wasser, selbst wenn Ebbe ist.
Strandkörbe sind ästhetische Objekte.

Sie müsse Gegenstände anpeilen, sagt Moritz, während er sich ihr zuwendet, ihr zublinzelt, was dem Schreiber nicht entging.
Ärgerliches Indiz für ihre Vertrautheit, überlegt dieser und zieht eine Flunsch. Keiner der beiden sieht sie, Gott sei Dank.
„Gegenstände", fährt Moritz fort, nachdem er sich längst wieder nach vorn orientiert hat, „die sich im Wechselspiel von Licht und Schatten nur scheinbar bewegen."
Vielleicht kann sie ihre Linse auf Pfahlbauten richten, auf Geäst, deren Spitzen aus dem Boden herauslugen, und auf Strandgut wie Eimer, Seile, Flaschen, Bretter, Plastik und auch Türen. Dann ermahnt er sie, dass sie sich ihre Motive merken müsse, und genau dieselben wollten Chris und er knipsen, damit man die Fotos vergleichen kann.
Christian hört von ihm das erste Mal seinen Kosenamen.
Danach ist jeder mit sich selbst beschäftigt.

Die Sonne im Rücken. Es geht zügig voran.
Der Strand ist vollkommen leer.

Vor den großen Sommerferien kommen Leute, viele Pensionäre und Rentner, sowie Eltern oder nur Mütter mit Kleinkindern erst um elf Uhr. Dann ist es bereits wärmer.

Moritz breitet in der Nähe des Wassers eine Unterlage aus, Max legt zwei große Badelaken darüber, und das dritte Rad am Wagen staunt, als er ihr zusieht. Ihre harmonischen Bewegungen verführen ihn sekundenlang ins Land der Träume. Ach könnte er doch...
Dann wird gepicknickt.
Nun ist es soweit.
Moritz fordert Max auf, den Strand entlang zu wandern und nach Motiven zu suchen.
„Eine Stunde Zeit! Keine Minute länger, wenn möglich kürzer. Danach mache ich mich auf den Weg", sagt er, „nachdem du uns die Stellen genau beschrieben hast, wo deine Fotos entstanden sind."
Ich Langweiler!
Moritz hat weiter als der Journalist gedacht – und das wurmt ihn. Sei nicht albern, schimpft er mit sich. Bot Moritz Vorschlag nicht auch die Chance, sich näher zu kommen? Wie hat er es geschafft, sie allein zum Aufbruch zu bewegen, ohne sie zu verletzen?, fragt Christian sich.
Warum hatte er nicht den Einfall?
Moritz hat mehr drauf! ... geistert es durch Christians Hirn.
Hat er nicht! Der Journalist wiegelt ab. Moritz ist verliebt. Die einfachste Erklärung für sein Verhalten!
Sie steht auf ohne Widerrede und marschiert los. Sie hält ihre kleine Olympus abschussbereit in der rechten Hand. Wahrscheinlich stammt diese aus den achtziger Jahren, nicht digital. Sie geht zuerst in Richtung Norden mit der Sonne im Rücken.
Was würde sie auswählen? Wird sie weiche, fließende Formen aufnehmen oder kantige, konturenstarke Gegenstände bevorzugen? Hoffentlich achtet sie auf Sonnenstrahlen und Verdunklungen. Beide können die Harmonie eines Bildes stören!
Sie dreht sich um und winkt stürmisch. Dann sehen die Männer, wie sie sich hinkniet und ein Bild auf dem Boden macht. Vielleicht ein Seil? Eine Erhebung ist vom Rastplatz aus nicht auszumachen.

Moritz' Sohn

Moritz muss bemerkt haben, dass ihr sein Freund nachschaut und sich dieser wohl seine Gedanken macht.

„Fraulich, nicht wahr?"

Hierauf antwortet Christian nicht. Er will sich nicht verraten.

Als Max weit entfernt war, dreht sich der junge Mann ganz zu Moritz hin und schaut ihn erwartungsvoll an. Dieser bastelt an seiner Kamera herum. Will er dem Jüngeren etwas sagen? Dem ist so.

„Ist was nicht in Ordnung?", kommt der Journalist ihm zuvor.

„Doch, doch, ich nehme immer mehrere Apparate mit. Diese Kamera hier", und er zeigt auf seine *Hasselblad-Spiegelreflex*, „ist für schwarz-weiße Fotos. Antiquiert, aber ihre Stärke: Gestochen scharfe Bilder".

„Feiner Einfall, das mit getrennter Motivsuche", sagt Christian und nickte mit dem Kopf.

„Ein Vergleich aller Bilder wird einiges über schwarz-weiße Fotografie verdeutlichen".

„Hm!"

Moritz wechselt die Linse seiner *Leica*, schraubt einen Filter davor und legt sie vor sich hin.

Der Journalist nimmt sie auf, streichelt sie zärtlich, Leicas sind seine Leidenschaft. Er dreht und wendet sie nach allen Seiten. Ein Modell aus den siebziger Jahren, für viele Kenner die Schönste, die es je gab. Auch für ihn. Natürlich antiquiert, aber was macht 's?

Dann holt Moritz aus der Innentasche seiner Jacke eine digitale *KompaktSDkamera* mit eingebautem Zoomobjektiv heraus.

„Für alle Fälle vorbereitet!", gibt er lächelnd von sich.

„Das Porträt von *Monika Bleibtreu* in deiner Wohnung - da staunst du, dass es mir aufgefallen ist - hätte ich nur mit der *Hasselblad* gemacht. Stammt es von dir?"

„Ja!"

Christian überlegt einen Augenblick. Ob er die drei Fernsehfolgen über *Thomas Mann* gesehen hat? *Monika Bleibtreu* spielt dabei die Ehefrau von *Thomas Mann*. Er erinnert sich, was für eine großartige Schauspielerin sie ist.

„Du hast keine *Hasselblad?*", fragt er ihn überraschend.

„Doch, aber jetzt leider funktionsuntüchtig."

Sie sehen sich in die Augen. Seine Sinne sind angespannt, wie es dem jungen Mann scheint. Wahrscheinlich geht dem Schulleiter - wie ihm - der damalige Dreiteiler durch den Kopf oder er rätselt herum, mit welcher Kamera sein Gegenüber das Foto geknipst hat.

Währenddessen holt sich Christian das Porträt ins Gedächtnis zurück. Er sieht es vor sich. Er hatte nur zwei Drittel ihres Antlitzes und ihrer Haare beleuchtet und fast alles rundherum schwarz oder dunkel belassen. Sie war das Ergebnis seiner Intuition und der *Voigtländer Spiegelreflex-Kamera.*

„Gelungen!"

Hat sie vielleicht doch in dem Augenblick, als Christian die Aufnahme machte, an *Tadzio* gedacht, der ihren Mann aus dem Gleichgewicht geworfen hat? Hat sie nicht schon längst seine homoerotische Ader entdeckt? Ihr Blick auf dem Porträt erschien ihm damals nicht nur traurig, sondern ein bisschen fassungslos. Aber wer wäre es nicht bei einem Genie gewesen?

„Es ist eine meiner besten Aufnahmen!", gibt Christian von sich.

Darauf legt er die Kamera zurück auf ihren Platz.

„Ich mache eine Aufnahme von dir!", sagt er, einem Einfall folgend.

„Darf ich?"

„Warum?"

„Weil es das erste Portrait nach meinem Stellenwechsel wäre!"

„Nein", sagt Moritz mit brutaler Direktheit.

Seine unvorhergesehene Schroffheit versetzt dem jungen Mann einen ziemlichen Stich, doch sagt er sich, dass Moritz plötzlicher Stimmungswechsel mit der Vergangenheit zu tun haben wird. Und also schiebt er seine eigenen Gefühle wie ein Federstrich beiseite.

Dann entschuldigt er sich. Seit dem Verschwinden seiner Frau hätte er keine Aufnahme von sich gemacht und machen lassen, sagt er. Nanu, sie haben doch kaum von ihr gesprochen, und dass sie von der Bildfläche verschwunden war, hat Christian nicht von ihm, sondern aus seinen Recherchen erfahren. Der Journalist lässt sich seine Kenntnis hierüber nicht anmerken, vielleicht hätte Moritz dann seine Neugierde als penetrant empfunden.

Kurz darauf tippt der Ältere dem Jüngeren von hinten auf die Schulter. Dieser kniet nämlich auf der Decke, zieht von der Mitte aus mit langen Armen die Ecken gerade.

„Du darfst doch ein Foto von mir schießen, aber wohlgemerkt, nur ein einziges. Einverstanden?"

„Na, klar, danke!"

„Ein neu gewonnener Freund ist das wert!", flüstert er verhalten. Noch ist seine Fröhlichkeit von vorhin nicht ganz zurückgekehrt. Fehlt ihm vielleicht Max? Wo sie sich nämlich aufhält, verbreitet sich eine himmlische Atmosphäre.

Und im Augenblick ist sie unterwegs...

Wie kann der junge Mann nun seine Gefühlswelt beeinflussen?

Was kann er tun, um ihn jetzt abzulenken?

„Hast du ein Bild von deinem Sohn dabei?"

„Wieso?", entgegnet Moritz und seine Stimme klingt weicher als vorher.

Christians Idee hat gezündet.

„Weil du gesagt hattest, dass er und ich uns ähnlich wären."

Moritz überlegt. Vielleicht erinnert er sich nicht mehr daran.

„Hm!"

Der Journalist wartet.

Er hat Zeit. Max ist noch nicht wieder aufgetaucht.

Trotz seines Ausrutschers geht's ihm gut.

Er hat Moritz als einen verletzlichen Mann kennen gelernt, was den Umgang mit ihm erleichtert.

Nach einer Weile sagt Moritz freundlich:

„Möchtest du es wirklich sehen?"

„Natürlich!", antwortet Christian bedenkenlos.

Moritz zieht ein Foto aus der Brieftasche, blickt es sich selbst an, obwohl er es sicher tausendmal angeschaut hatte, beugt sich zu dem Journalisten hin und gibt ihm mit zitternder Stimme zu verstehen:

„Arien!"

Während er Christian das Porträt reicht, schaut der Journalist offen in dessen Gesicht.

Es hat nur für Sekunden Züge schmerzlicher Traurigkeit angenommen, etwas, was der damalige Kriegsberichterstatter in Madrid kurz nach dem Attentat erlebt hatte, als eine Frau mit ihrem toten Kind, ein kleines Mädchen, den U-Bahnschacht herauf kam. Sie stürzte sich auf ihn, starrte ihn mit leeren Augen und bittender Geste an, ein Wunder wahr zu machen, und musste doch fühlen, dass ihr niemand helfen konnte.

Dann riss Moritz den Redakteur - jetzt gefasst - aus seinen Erinnerungen heraus.

„Vor sechs Jahren, 1998."

Dem Journalisten bleibt die Spucke weg. Er sieht einen Jungen, zerbrechlich und schön. Er erinnert ihn an *Tadzio*, den vierzehnjährigen Polen (*Tod in Venedig*). Arien ist nur einige Jahre älter.

Ein Farbfoto.

Keine blonden, sondern schwarze Haare, ein Lockenkopf. Bemerkenswerte Kulleraugen, und die sind blau. Noch ungewöhnlicher als schon sein Aussehen. Sein Gesicht: länglich – wie *Modigliani* sie auf die Leinwand gezaubert hatte - und hellbraun.

Christian geht mit den Augen näher an das Foto heran. Als ob er dadurch weitere Einzelheiten wahrnehmen kann. Dann sieht er zu Moritz auf, und fast scheint es, als ob Stolz aus dessen Augen blitzt. Bevor Christian es zurückgibt, hält er es in einem größeren Abstand von sich weg. So saugt er es ein, solange, bis es sein Bewusstsein gespeichert hat.

Arien ein Mischling!

Plötzlich flitzt ein heller Fleck, so etwas wie ein brennendes Wurfgeschoss auf den Journalisten zu – eingebildet nur – vergrößert sich und taucht das Foto in gleißendes Licht. Instinktiv wischt er mit seinem Arm über sein Gesicht. Ihn überfällt ein Gedanke, unverhofft, wie eine Böe: Arien ist das Problem der Familie. Weshalb?

Als Moritz das Bild wieder in seiner Brieftasche verstaut, findet Christian seine Sprache wieder.

„Von Ähnlichkeit mit mir kann keine Rede sein!", sagt der junge Mann und grinst Moritz an.

„Wer so aussieht, wird kaum einen Doppelgänger finden", fügt er achselzuckend hinzu; „niemand kann ihm das Wasser reichen."

„Dein Sohn; ist seine Mutter Asiatin?"

„Nein, Annas Filius, er war bereits auf der Welt, als wir uns das erste Mal sahen!"

„Bildhübsch!"

„Ja", haucht Moritz seinem Freund entgegen, Wehmut in der Stimme. Als er Moritz anblickt, sieht dieser Tränen.

„Sein Vater?"

„Sie hat nie ein Wort über ihn verloren, vielleicht, weil es nur eine Nacht gab."

Am besten, nicht weiter fragen, offensichtlich löst die Erinnerung an den Jungen Depressionen aus. Früher oder später wird Moritz vom Jungen erzählen, sagt sich der Journalist.

Dann äußert Moritz noch:

„Ich hätte Arien gern adoptiert. Meine Frau war dagegen."

Jetzt ist Schweigen geboten!

Es ist manchmal besser, nichts zu sagen, nur weigert sich Christians Herz, es möchte ihn trösten. Aber mit einer inneren Kraftanstrengung – wie er sie so oft im Kriegsgeschehen einsetzte - bezwingt er sich und schweigt tatsächlich. Eins allerdings wird ihm klar: Moritz ist ihm jetzt noch näher gekommen.

Laufschritte.

Die Männer horchen auf.

„Ich bin zurück!", ruft Max schon von weitem und lächelt ihnen zu; die Gegenwart hat alle wieder im Griff.

Sie erklärt ihnen, wie schwierig es gewesen sei, gute Motive zu finden, aber sie sei fündig geworden und habe sechs Bilder geknipst. Dann beschreibt sie die Stellen, etwas hektisch, ein bisschen wirr. Christian hört kaum zu, er blickt sie lieber an. Ihre Haare sind von der Anstrengung feucht, Strähnen hängen in ihrem Gesicht. Genau das aber mag der Journalist, weil sie ihr ein bisschen Verworfenheit verleiht. Außerdem stellt er sich Max nun im triefenden Badeanzug vor und hat ihre Körperkonturen im Auge.

Gefährlich!

Max plappert drauf los, Moritz verschwindet mit seinen drei Kameras. Christian fällt nichts ein, was er sagen kann. Er denkt nur an ihre Figur mit seinen ausladenden Umrissen. Unglaublich! Schon heute Morgen sehnte er sich nach dieser Frau.

Um seine Gefühle jetzt wieder auf ein Normalmaß zu bringen, dreht er sich zum Meer hin und sucht in der Ferne den Übergang von Wasser und Strand. Da flitzt unvorhergesehen ein junger Mann, vielleicht fünfzehn sechzehn Jahre, an ihnen vorbei, eine Traumfigur, groß, stattlich und braun. Ein *Tadzio*. Im Nu hat er seine Sehnsucht vollends hinter sich gelassen.

„Was hast du?", fragt Max, streicht sich eine Haarsträhne aus der Stirn und rückt näher an Christian heran.

„Schicksale spielen mit den Menschen, findest du nicht auch?"
„Was? Verstehe ich nicht!" Der Journalist antwortet nicht mehr.

„Wollen wir uns nicht auch duzen?", fragt sie völlig zusammenhanglos mit dem vorher Gesagten. Sie hat es gerade eben getan. Warum sollte sich Moritz Freund sträuben? Er willigt ein. Später fragt er sich, ob die Entscheidung vernünftig gewesen ist. Das 'Sie' schafft eher Abstand, denkt er. Doch die Frage hat sich längst erledigt.

Müdigkeit überfällt ihn, als ob er zentnerschwere Lasten geschleppt hat. Christian fällt auf das Badetuch und schläft sofort ein.

Zwei Stunden später tritt man die Rückfahrt an, die Aufnahmen noch in den Kameras. Max und er sitzen im Fond. Jetzt hat 's Max erwischt, sie schläft an seinen Schultern ein, und der Journalist lässt es sich gefallen. Ab und zu blickt Moritz über seine Schulter nach hinten. Ganz geheuer ist ihm nicht bei dem, was er sieht.

Einladung 18.06

Moritz hat Christian zu sich eingeladen. Dieser nimmt die Einladung an. Der Besuch in seiner Wohnung ist nicht ohne Brisanz, ohne

Gefahr für die Freundschaft, wie er sinniert. Eine schnelle Bindung, eine zügige Vertrautheit bergen Zündstoff in sich. So ist er aufgeregt, als er an der Wohnungstür läutet. Moritz öffnet sie und reicht ihm die Hand, sagt überschwänglich danke, dass er gekommen sei und bittet ihn, seine Lederjacke abzulegen und ihm zu folgen.

Ein erster Blick genügt, um festzustellen, dass es sich um eine Wohnung mit erlesenem Geschmack handelt.

Ein *Dali* neben der Garderobe - ein Pferd mit erigiertem Penis, in Schach gehalten von einer Reiterin -. Ob je ein Psychologe den Flur betreten hat? Wie hätte er den Zusammenhang von Bild und Bewohner gedeutet?

Darunter indische Akt-Kunst, gemalt auf Elfenbein, postkartengroß. Der Journalist staunt. Leider hat er dieses Riesenland noch nicht bereisen können, bedauert er.

Auf der Erde zwischen zwei Türen eine tanzende Tempeltänzerin, Bronze, wahrscheinlich aus Thailand, daneben ein Stapel neuer Bücher.

Moritz geleitet ihn in sein Arbeitszimmer, fragt nach einem Getränkewunsch und lässt den jungen Mann einen Augenblick allein.

Derselbe Eindruck.

Ein weißes Bücherbord entlang der fensterlosen Wandseite, davor eine in Schienen laufende Leiter, die hätte Christian auch gern. Sie erlaubt, die obersten Bücher an der Decke zu greifen. Gegenüber vorm Seitenfenster eine segeltuchbespannte *Corbusier* -Liege mit der Rückenlehne zum Glas, hinten an der schmalen Zimmerseite ein Kapitänstisch, ein zweisitziges Sofa, zwei Ohrensessel und ein *Eileen-Gray-Tisch*, auf dem eine türkisfarbene Vase mit hellblauem Rittersporn steht.

Altes und modernes Mobiliar, welch eine Symbiose.

Sie passen zusammen. Ein harmonischer Gegensatz, kein Widerspruch, ein Hauch von Gegenwart und der Atem der Vergangenheit. Der Journalist ist fasziniert.

Im Regal hängen zwei Lithografien, die Berliner Gedächtniskirche von *HW Schulz*, 1957 und Buhnen auf Sylt von *Eglau*, 1968. Hier menschliche Zerstörung, dort Eingriffe der Menschen in die Natur zum Schutz, welche ein Gegensatz! Ob Moritz die Bilder deshalb nebeneinander aufgehängt hat?

Christian nimmt Platz in einem der Ohrensessel, als Moritz mit einem Tablett ins Zimmer jongliert.

„Kein untalentierter Ober, nur wackeln Flasche und Gläser beängstigend", prustet er heraus.

„Schon umgesehen?", fragt er.

„Und ob! Dennoch wenig mitbekommen. Dazu braucht man ein paar Minuten mehr."

Christian ist so begeistert, dass er sich nicht zurückhalten kann:

„Man könnte meinen, dass Material und Form der modernen Stahlkonstruktion des Möbeldesigners und Architekten mit der Wärme des Holzes und der Ästhetik antiquarischen Linienführung des Sekretärs aus dem neunzehnten Jahrhundert unvereinbar sind. Irrtum! Mein Kompliment!"

„Empfinde ich ebenso. Glas und polierte Stahlrohre, ein Vorschlag meiner Frau."

„Auch Innenarchitektin?", fragt Christian ihn.

Er hat Moritz natürlich nicht erzählt, dass er Recherchen im Verlag angestellt und einiges über seine Frau in den Zeitungen gefunden hat. Auch kennt Moritz nicht seine Absicht, ihr Verschwinden in der Presse neu aufzurollen, vielleicht kann sie auf diese Weise entdeckt werden.

Ob er das wirklich möchte?

Außerdem wünscht der Chefredakteur in den nächsten Wochen Informationen über sie zu lesen, und diese muss Christian liefern, damit hätte er die Probezeit bestanden, wie er seinen Newcomer wissen lässt. Daher eilt es.

„Darf ich Dir einen Kosenamen verpassen? Chris vielleicht?"

„Natürlich! " Chris schaut seinen Freund an länger, lächelt verhalten (und ist erfreut!) „In der Schule wurde ich nur so angeredet."

„Chris, du hattest dich für meinen Sohn interessiert. War es nicht so?"

„Habe ich, allein der Schönheit wegen", antwortet Chris und grinst sein Gegenüber verschmitzt an.

„Nein, weil er dein Sohn ist, wenn auch Stiefsohn. Ein Teil von dir, deiner Frau und eurem Leben!"

„Mm! Sagte ich, dass ihr euch ähnelt?"

„Ja!"

„Tut Ihr. Leidenschaft mit krankhafter Intensität!"

„Kein Kompliment, oder?" Christians Miene verzieht sich zu einer skeptischen und unglaublichen Fratze. Krankhafte Intensität ? wiederholte er im Kopf. Was wollte Moritz damit zum Ausdruck bringen?

„So oder so. Du hast sie in den Kriegsfotos und den Kriegsberichten zum Ausdruck gebracht, mein Sohn in seiner Arbeit und seinen Gedichten."

„ Ich habe mich zuerst als Fotograf versucht, dann lernte ich, mit der Sprache umzugehen", antwortete Chris ihm.

„Die Sprache ist wie ein Virus, hat *William Burroughs* herausgefunden. Er befällt den Kopf, breitet sich im Hirn aus, setzt sich fest und treibt sein Unwesen. Mit ihm wird die Sprache zur Ballerina: tänzerisch, leichtfüßig, beschwingt und plastisch. Oder zum Eleven, umständlich, schwerfällig und unvollkommen!", gibt Moritz zum Besten, womit er seine Kenntnisse sprachlicher Fähigkeiten heraushebt.

„Philosophierst du? Wahrscheinlich zu hoch für mich!", sagt der Journalist und macht ihn glauben, dass er resigniere.

„Ist es das wirklich? Ich möchte nur die Wirkung zum Ausdruck bringen, die von der Sprache ausgehen kann."

„Ein Vergleich?"

„Was für Artikel von Dir! Ich habe alle gelesen, bildhaft, präzise und treffend!" „Und Arien ?..."

Moritz Hände zittern. Er fährt sich mit der Hand übers schüttere Haar, greift in seine Jackentasche und zieht einen ausgefransten und zerknitterten Zettel heraus, offenbar ein viel gelesenes Papier.

„Ein Gedichts-Torso, pubertär, zwar..."

Chris hat das Gefühl, dass Moritz verlegen ist, weil er sich so aufregt. Er kann seinem Blick nicht standhalten. Seine Augen irren unruhig sein Bücherregal auf und ab.

„Es muss dir nicht peinlich sein!", flüstert ihm sein Freund zu.

„Das Alter, das in Gedichten Emotionen herausschreit, ist maßlos. Denke doch an *Rimbaud*."

Chris lässt Moritz sekundenlang aus den Augen, damit dieser zu sich selbst findet. Gleichzeitig huscht ein Lächeln über sein Gesicht, denn in diesem Augenblick ist ihm klar geworden, dass Moritz ihn seiner Sprache wegen von Anfang an mochte.

Fast glaubt der Journalist, vor Stolz rot geworden zu sein, so heiß fühlt sich sein Gesicht an. Ein Lob von einem belesenen und gelesenen Autor tut ihm angesichts seiner Misserfolge in der Redaktion gut. Außerdem ist Moritz eine anerkannte Persönlichkeit in der germanistischen Gegenwartsliteratur.

„Lies es vor!"

Das Gedicht

Moritz setzt sich auf die Erde.
Im Schneidersitz kann man herrlich lesen!
Chris kommt dazu. „Mit 20 Jahren verfasst. Er war selbst noch mit einundzwanzig in der Pubertät. Kaum zu glauben!"

Moritz wurde ganz und gar zum Schauspieler. Gute Lehrer haben das in sich. Er beginnt verhalten, zieht die Silben. Chris hat das Gefühl, als stehe er an einer Reling und schaut in die Ferne:

Sehnsucht mir im Körper brennt;
dann verstärkt er den Ton, hebt seine Hände empor, donnert die Worte in den Äther:

Oh Götter, habt Erbarmen;
fällt in eine ängstliche, gedämpfte Stimmlage:

meine Seele, die verrennt;
wird resignierend leise

Gefühle, die verarmen;
schwingt sich in eine triumphale Höhe:

Jung und Alt im Rausch vereint;

und stürzt erschüttert in die Tiefe, quälend im Klang, und hechelnd wie ein erschöpfter Hund:

wie schnell der Feuerball verglüht!

Moritz hält einen Augenblick inne. Er ist aufgewühlt, und sein Zuhörer stellt sich vor, wie er als väterlicher Freund die tiefe Enttäuschung seines Sohnes nachempfindet, wahrscheinlich, führt sie in den Abgrund.

Kaum hat sich Moritz wieder gefangen, lässt er vernehmen:

Und Körperlust verglimmt;
Seine Worte kommen langsam und abgehackt aus seiner Kehle, fast nur geraunt, aber klar:

Wenn Begehren wohl verfrüht
den drängend Wunsch vernimmt.
Chris lässt seine Augen geschlossen, wagt nichts zu sagen in der Hoffnung, dass ein fröhlicher Schluss folgt. Und tatsächlich: Moritz schmettert befreiend los:

Junge Körper sich ertasten;

wird sanft im Tonfall; und der junge Mann schmeckt die Münder, die sich berühren:

Lippen streicheln, Zungen kosten;
vernimmt sein Flüstern, spürt den warmen Hauch seines Atems:

Geschöpf, Geliebtes, lass mich rasten;
Und lauschte der kräftigen Stimme, die mit Nachdruck den Willen herausposaunte:

Ich bleib' bei Dir.

Esslingen, 20. Febr, 2000

Der Journalist lehnte sich zurück, öffnete die Augen, schaute Moritz an, der verklärt vor ihm hockte, und er stellte sich Arien vor, der ein junges Geschöpf – Mädchen oder Junge – aber noch nicht gefunden hatte.

Stille.

Ohne ein Wort zu wechseln, waren sich beide einig: Rhythmus und Sprache müssen für Minuten im Bewusstsein ausklingen, nachwirken.

Nach der Besinnung bittet Christian darum, das Gedicht noch einmal selbst lesen zu dürfen, um seinen Inhalt allein von den Worten her zu erfassen, und Moritz überreicht im die Seite.

„Bitte ganz behutsam mit ihr umgehen, sie ist schon eingerissen und manchmal schlecht leserlich!"

Was wird sich der Junge gedacht haben, als er den Vers Jung und Alt im Rausch vereint niederschrieb? Hatte er erste Sexerlebnisse mit einer viel älteren Person? Und zieht er daraus den Schluss, dass sie für ihn zu früh waren, weil die Körperlust schnell verglühte? Wünschte er sich einen jüngeren oder gleichaltrigen Körper, glaubte er dadurch den Feuerball erhalten zu können? War dieses Gedicht nicht sogar ein Schrei? Offenbarte es nicht eine schmerzliche Enttäuschung und Sehnsucht nach Jugend?

Waren die Gefühle des jungen Mannes nicht auch die Beschreibung einer tiefen Depression? Natürlich erinnert sich Christian an seine eigene pubertäre Traumwelt, und oft genug erlebte er den Wechsel von himmelhochjauchzend zu Tode betrübt. Aber beides waren keine nachhaltigen Situationen, hier jedoch werden die Götter angefleht, weil sich die Seele verrannt hat.

Man muss Geduld aufbringen!

Arien ist ein Glied der familiären Kette von Moritz Umfeld. Irgendwie werden gezielt oder unwillkürlich weitere Exzerpte des jungen Mannes auftauchen, wenn die beiden Männer vertrauter miteinander sind.

Max oder Moritz? – 02.08

Christian hat seine Mitarbeiter über sein Vorhaben unvollkommen informiert. Er hat ihnen die Namen verschwiegen. Kennt man sie, wird ein Schwelbrand zu lodernden Flammen, werden eigenmächtige Untersuchungen angestellt, wird entblättert. Man kann dann nichts mehr tun.

Sein Verhalten hat etwas Gutes.

Die gesamte Redaktion hat ihm verziehen, man redet wieder mit ihm, er ist nun anerkannt, ein dazugehöriger Redakteur. Erste Anzeichen offenbaren sich, als er seine Aufzeichnungen über die *St.Pauli-*Badeanstalt zur Bearbeitung an den Ressortreferenten weiterreicht.

Christian hat nur einen Wunsch: Den Lokalteil ihrer Zeitung zu beleben. Exklusivinformationen hierzu hat er im Kopf, obwohl ihm Vieles im Leben von Moritz noch fremd ist. In jedem Fall lassen sich Einzelteile noch nicht miteinander verknüpfen.

Moritz gegenüber hat er sich nicht geäußert. Noch nicht. Die Angst, dass dieser empört den Vorschlag ablehnt, selbst wenn man ihm versichern würde, dass man ihn schützen würde. Aber... wie sollte das gehen?

Es ist kühler geworden, ungemütlich, seit Tagen Regen, Regen, Regen und ein strammer Wind. Manchmal spielt das Klima verrückt wie die Seele. Chris war mit sich nicht im Reinen.

Tage waren vergangen.

Max scheint überall.

Wenn Chris aufwacht, glaubt er, ihre Stimme zu vernehmen. Wenn er einkauft, glaubt er, sie zu sehen, wenn er träumt, liegt sie neben ihm. Der junge Mann hat Bedenken über seine eigenen Gefühle.

Fragen.

Dieselben morgens, mittags, abends: Hält er diesem seelischen Druck stand? Sollte er Moritz wegen Max fallen lassen?

Skepsis macht sich breit.

Sie ist ein schlechter Ratgeber, eine fragwürdige Haltung. Alles bleibt unklar. Es gibt keine Entscheidung. Sie ist wie das Zögern an der Front, wenn ein Soldat blitzschnell schießen sollte - eher als der Feind. Die Drei treffen sich oft. Werten die Fotos von Max aus. Sie hat noch die Fehler eines Anfängers gemacht – die Belichtung verzogen, die Nähe zum Sujet falsch eingeschätzt - aber gute Objekte gefunden. Das stärkt ihr Selbstbewusstsein.

Der Journalist beobachtet die beiden und nimmt jede Regung wahr, die sich in den Gesichtern und Gesten der beiden abzeichnet. Ist das schon Liebe? Macht sie sich so bemerkbar?

Max ruft Moritz regelmäßig an.

Und weil dies oft in Chris' Beisein ist, lässt sich daraus ableiten, dass Max ihn als geschlechtslosen Freund betrachtet. Bitter. Trotzdem spitzt der Journalist immer wieder die Ohren, wenn die beiden miteinander telefonieren. Oft genug hört er (oder sieht es an ihren Mundbewegungen, sollte sie sich kurz mit dem Handy entfernt haben) dass Moritz morgens oder nachmittags vorbeikommen möge und oft genug vernimmt er, dass sie sich noch spät nachts verabreden. Sicher bleibt Moritz über Nacht. Max ist nicht gerade leise, selbst wenn sie tuschelt.

Ist der Journalist neidisch?

Er sieht Moritz an, wie zufrieden dieser war, wenn man sich nach so einer Nacht trifft. Das ärgert ihn. Wahrscheinlich ist der Journalist nicht neidisch sondern eifersüchtig. Während Neid mit einem Menschen lebt, einen nachhaltigen Charakterzug darstellt, und ständig zum Ausdruck kommt, ist Eifersucht ein zeitlich begrenztes Gefühl. Irgendwann vergeht sie, lässt den Menschen in Ruhe, jedoch nur, wen man mit der betreffenden Person Schluss gemacht hat. Das ist der große Unterschied, sinnierte Christian. Er ist Mitte zwanzig und unverbraucht, das müsste doch eigentlich für eine junge Frau Anreiz sein, sich um ihn zu bemühen. Jugend, und dazu zählt er sich doch noch, ist in jedem Fall stürmischer, ausdauernder, lustiger und unberechenbarer. Sind das nicht schöne Attribute?

Max lässt Christian gegenüber keine besondere Regung erkennen. Wie würde sie auf seine Zuneigung reagieren? Sie ist nun schon ein halbes Jahr mit Moritz bekannt und befreundet, wahrscheinlich sind ihr inzwischen viele Details seines Lebens bekannt. Würde man sich unter diesen Umständen anders verhalten als sie?

Ihre Zuneigung kommt auch zum Tragen, wenn Christian sich mit ihr trifft. Max erzählt immer wieder vom Schulleiter, aber nie von Anna oder den Kindern. Was weiß sie wirklich? Kann Ihr Gerede vielleicht sogar ein Schutz gegen den Journalisten sein?

Christian spielt derweilen alle Varianten von seinen möglichen Reaktionen im Kopf durch: Wenn er ihr seine Liebe gesteht, wenn er sich für sie entscheiden würde, wenn er Moritz die Treue hält und wenn er Max aufgeben würde. Er gelangt immer zur selben Frage:

Was soll er tun?

Wenn Moritz Max durch ihn verlieren würde, wären seine Anstrengungen für die Zeitung umsonst gewesen. Man wird ihn davonjagen, Moritz ebenso wie der Chefredakteur. Und was würde aus dem Schulleiter werden? Würde er nicht zusammenbrechen?

Für den Journalist steht eins längst felsenfest im Raum:

Ohne Moritz Einwilligung wird es keine Veröffentlichung seiner Lebensgeschichte geben. Wie er den Freund dazu bewegen kann schlummert - wie ein ungezeugtes Baby – im großen Teich.

Schnappte Christian seinem Freund die junge Geschäftsfrau weg, konnte er von vornherein Freundschaft und Publikation an den Nagel hängen. Löste er sich innerlich von Max, dann besteht wenigstens die Chance für den Bericht in der Zeitung, oder sogar noch mehr. Schließlich veröffentlicht der Verlag auch regelmäßig Romane.

Schon tritt ihm der Boss auf die Füße, endlich die Katze aus dem Sack zu lassen... Aber Chris ist noch nicht so weit. Sein körperliches Begehren kämpft mit der Zuneigung zum Schulleiter wie in einem Boxfight, es ging auf und ab. Eine Veröffentlichung würde eventuell Chris Zukunft absichern, die Freundschaft zu Max erhalten, Chris würde ihr wahrscheinlich nur kurzfristig Spaß bereiten, vielleicht ein Jahr, und was dann? Brauchte sie nicht mehr Anerkennung, mehr Geld, als er hat und ein bekanntes Umfeld, dass er nicht mitbringt? Ist sie denn wirklich auf Äußerlichkeiten bedacht? Auf materielle Werte? Macht er sich mit diesen Überlegungen nicht etwas vor? Es sind ja nur

Hypothesen, aber irgendwie ist was Richtiges dran! Die einzige Voraussetzung hierzu ist, dass Moritz sein Einverständnis zur Veröffentlichung geben müsste.

Schlafenszeit!
Wieder eine Nacht, in der Morpheus Arme nicht ausreichen, Christian in den Schlaf zu wiegen. Das Endlosband spult sich stündlich ab. Er wälzt sich von links nach rechts, zieht seinen Schlafanzug aus und wechselt in ein Nachthemd, wäscht sich ein paarmal die Hände, dreht den Wasserhahn auf und hofft, die Kühle aus dem Hahn würde ihn beruhigen. Nichts da! Schließlich setzt er sich an den Küchentisch und beginnt, eine Schnitte Brot mit Käse und Marmelade zu schmieren.

Das Telefon läutet, was Chris wütend macht.
Nachts um zwei Uhr!
Mensch, ruft er, du Trottel bist doch wach!
Dann wieder: Wer erlaubt sich, ihn zu stören und davon auszugehen, dass er erfreut darüber sein wird?
Chris denkt sofort an Max. Im selben Augenblick glätten sich seine zwei Falten auf der Stirn. Sie erscheinen nur, wenn er außer sich ist, wie jetzt. Nun aber fegt ein leichtes Grinsen über seinen Mund.
Hörer abnehmen!
Hoffnung überflutet ihn. Wenn es nicht Max ist...unverschämt, denkt der Journalist.
Sie ist es nicht.
Der Chef vielleicht?
„Hallo, ja...?" Ein Mann, der seinen Mitarbeiter immer Rätsel aufgibt?
Nein, unglaublich.
Es ist Moritz.
Christian vernimmt ein schnelles, kurzes Atmen, ja beinahe ein Hecheln. Er presst den Hörer ans Ohr, um besser zu verstehen.
Moritz stottert. Er... habe... sich entschieden....
Chris stutzt.
Wofür? Wogegen? Chris' Ärger ist vollkommen verraucht, stattdessen kriecht Angst über seine Haut.

„Für dich! „

Mein Gott, verzichtet Moritz zu seinen Gunsten auf Max? Wie konnte sein Freund von den Gefühlen des Jüngeren zur jungen Frau erfahren haben? Wann und wo?

„Schreibe meine Geschichte! Ich diktiere, du formulierst und ergänzt. Mache ein Buch draus!"

Christian ist sprachlos. Er gleitet in Zeitlupe auf den Boden. Die Kinnlade sinkt nach unten.

„Moment!" ruft er und streckt die Beine von sich, stützt seinen linken Arm mit dem Telefon auf seinem Oberschenkel ab. Noch immer ist er fassungslos.

„Warum?"

Zu mehr Wörtern ist Chris nicht fähig. Wie sollte er auch? Wie kommt Moritz zu dieser Bitte? Und im Übrigen: Er selbst wollte Moritz ein Buch über dessen Vita andienen, und genau umgekehrt ist es jetzt gekommen. Unvorstellbar. Was kann Moritz zu diesem Entschluss gebracht haben? Etwa Max? Sicher wollte der Schulleiter seine Vergangenheit loswerden, sie auslöschen. Allein schafft er es nicht.

Chris drückt das Handy noch kräftiger an die Ohrmuschel. Geräusche beim Teilnehmer machen ihn erschrocken. Dann hört er noch einmal Moritz Stimme - allerdings fast erstickend:

„Man muss die Asche der Vergangenheit hinter sich lassen, das Feuer der Zukunft nach vorn tragen. Nenn' es auch das Feuer des Seins! Die einzige Chance für ein neues Leben!"

„Und warum ich? „

„Ich habe zu Arien stets Vertrauen gehabt. Du bist wie mein Sohn, erinnerst du dich?"

„Mm."

„Muss ich jetzt zusagen?"

„Ja", gibt er ohne Erklärung und fordernd von sich.

Dem Redakteur fehlen klare Gedanken. Er ist verwirrt.

Damit hat er nicht gerechnet, hat es auch nicht gewollt. Denn Moritz Lebenslauf zu Papier bringen, heißt noch nicht, dass sich seine Hoffnungen erfüllen. Außerdem: das Leben des Freundes wird ihm vielleicht zu vertraut. Gibt es beizeiten ein Entrinnen? Furcht überfällt ihn.

Die Verantwortung, die er übernehmen würde, wird Last auf seinen Schultern sein. Können diese sie wirklich tragen?

Und was ist mit dem Zeitungsbericht? Kann und darf er überhaupt daran denken?

Die Antwort fliegt trotz der Bedenken aus ihm heraus, ohne dass er sie steuern kann, und er weiß auch nicht zu sagen, warum.

„Ja, Moritz, ja!"

Moritz atmet tief aus, seine Stimme klingt bewegt.

„Danke, bis Morgen!"

Gedanken an Max will Chris nicht mehr verschwenden. Wird aber dadurch nicht die Freundschaft in Mitleidenschaft zu Moritz gezogen, gar zerstört, oder wenn das nicht eintritt, im Laufe der Zeit zermürbt?

Geduld!

Freundschaften können über Jahre halten, auch wenn man sich selten sieht und wenig voneinander hört. Darüber hinaus werden Karten manchmal neu gemischt.

Eine Zugfahrt 04.08.

Im *ICE* nach Stuttgart.

Wochenende.

Chris hat seinen Laptop geöffnet, um alles, was er über Moritz und Familie bisher gehört hat, aus dem Kopf nochmals zusammenzutragen, damit nichts verloren geht. Neue Gedanken fasst er in Stichworten zusammen, u.a.

Ausbildung (der Architektin), Friederike (Wohnort und Leben), Arien (Studium und Beziehung zum Stiefvater), u.v.m.

Er wird sie Zuhause zu Ende denken.

Als der Journalist Ariens Namen aufschreibt, erinnert er sich sofort an dessen Gedicht. Diese Sehnsucht, die aus den letzten Zeilen spricht, und die Enttäuschung zu Anfang der lyrischen Zeilen, geben die Widersprüchlichkeit eines jungen Menschen wieder, das Hin- und -hergerissensein, die Pubertät, Sturm und Drang. Wieder kommt ihm

Rimbaud in den Sinn, den er sehr verehrt, weil dessen Verse eine solche Vielfalt von Gefühlen offenbaren, dass man schwindelig werden kann. Leider war die Kreativität des jungen Dichters zeitlich ungewöhnlich kurz.

Neben und vor ihm sind die Plätze unbesetzt.

Christian kann ohne Störungen arbeiten.

Frankfurt liegt bereits hinter ihm, als er beginnt, sich Gedanken über Motive seiner Fahrt zu machen.

Warum ist er auf dem Weg nach Süddeutschland? Antwort: Um sich Konstruktion und Gebäudekomplex von Anna anzusehen. Seine Vorstellung: Art des Baus, Formen und Material lassen auf den Charakter der Erbauerin schließen oder doch wenigsten einiges aus ihrem Charakter erahnen.

Moritz wird mit ihm zwar über die Einweihung sprechen, vielleicht auch über Annas Schöpfung selbst, aber wird er objektiv bleiben? Kann er es? Hat er nicht schon geäußert, dass dieser Auftrag es gewesen ist, der ihre Trennung begünstigte? Entschuldigt er das eingefrorene Verhältnis nicht immer wieder mit der Entfernung, die monatelang zwischen ihnen lag? Kann räumliche Trennung der einzige Grund eines Zerwürfnisses sein? Nach Chris Dafürhalten nicht. Und hat Moritz ihn nicht auch wissen lassen, dass sie beide schon vorher über Annas Ideen gestritten haben? Ein weiterer Anhaltspunkt ihrer Loslösung?

Nur ein eigener Eindruck wird dazu beitragen können, die Wahrheit zu finden. Und dieser sollte sich ohne Vorurteil nur am Objekt herauskristallisieren. Sein Anliegen, das er mit einer Besichtigung verbindet. Ohne Begleitung, versteht sich.

Moritz weiß von diesem Besuch in Esslingen nichts. Er hätte mitgewollt, glaubt der Freund.

In welchem Hotel hat Anna Unterkunft gesucht? Wäre es nicht angebracht, mit Leuten von dort zu reden?

Anna hat ihre Familie eingeladen. Anwesend waren laut Artikel Friederike, Arien und Moritz. Wo leben die erwachsenen Kinder? Studieren sie?

Zeitungsberichte über Annas Gebäude selbst hat er sich nicht angesehen, es sollte bei den Eckdaten zu Beginn des Objekts und am Ende bleiben. Man muss so ein Gebäude ohne Vorurteil auf sich wirken lassen, dann kann man es vielleicht einschätzen, vielleicht...

Christians Vorstellungen sind: Zuerst eigene Gedanken zu Papier bringen, dann Gefühle, die die Bauweise auslösen wird, Empfindungen, die das Interieur hinterlässt, Atmosphäre, die architektonischen Besonderheiten entströmt, durchleben.

Nach Besuch und Führung würde er im Verlagsarchiv Zeitungsartikel und Bildberichte in deutschen Illustrierten durchstöbern. Vielleicht gibt es Beschreibungen, Erklärungen und Kritik, und mit ihnen wird er seine Wahrnehmungen vergleichen.

Skepsis wird zu seinem täglichen Begleiter.

Ist er der Aufgabe gewachsen, die Moritz ihm übertragen hat?

Kann er seinen Vorstellungen und seinem Diktat bedingungslos folgen oder muss man sogar eigene Ideen einfließen lassen? Zwingen Sichtweisen und Einschätzungen nicht zum Widerspruch?

Was muss Moritz' Biografie der letzten Jahre, die er mit Anna zusammengelebt hat, enthalten? Darf man als verdingter Schreiber Kapitel streichen, Sätze verwerfen und Worte ersetzen?

Christian merkt, dass er nicht weiterkommt und sich immer mehr in seinen Ideen verrennt.

Froh darüber, dass ausgerufen wird:

„In wenigen Minuten erreichen wir den Hauptbahnhof von Stuttgart."

Beinahe wie im Flieger.

Beim Aussteigen wird er die Treppe hinuntergeschubst, so drückt jemand von hinten, mit Koffern beladen, gegen seine Beine. Er fällt auf den Bahnsteig. Niemand hilft. Seinen Laptop hat er so geschickt unter den Arm gepresst, dass ihm nichts passiert.

Die Menschen hasten dem Ausgang zu, rücksichtslos, als ob die Welt von ihrer Ankunft abhängt. Wahrscheinlich waren die meisten hierfür viel zu unbedeutend, wie er selbst. Draußen nimmt er sich ein Taxi und lässt sich gleich nach Esslingen chauffieren.

„Sie wollen sicher zum neuen Wahrzeichen der Stadt. Täglich kommen Besucher an."

Christian bejaht, lässt den Fahrer reden und hört nicht zu. Schließlich will er keine fremden Meinungen vernehmen. Daher bittet er ihn endlich zu schweigen, und schafft sich einen ungnädigen Fahrer, dem sicher Umwege einfallen werden.

Als dieser Chris absetzt sind 45 Minuten vergangen. Viel zu viele.

Egal, er ist da, reicht das geforderte Geld nach vorn, legt noch einen Zehner drauf, worauf der Fahrer strahlt, und steigt aus.

Was er vor sich sieht, ist phänomenal.

Annas Konstruktion

Im Hintergrund ein sechseckiger Betonturm, und der wirkt auf den Betrachter aggressiv.

Davor eine Rotunde, ein Zylinder, der das Sechseck überragt.

Beide verbunden durch einen Glas-Steg.

Christian überlegt, warum das hintere Gebäude dieses Gefühl vermittelt. Aggression ist eine Kampfansage. Bei Tieren eine Haltung, die sie einnehmen, wenn man sie angreift. Aus ihrer Wildheit heraus, Heftigkeit auch, und erfordert Abwehr.

Das muss man nicht verwerfen.

Dem Journalist liegt solche Natürlichkeit.

Viele werden das neue Wahrzeichen der Stadt ablehnen. Andere ihm bedingungslos zustimmen, dazwischen? ... gibt es nichts.

Chris sucht nach einem anderen Wort, um den abwertenden, noch nicht überdachten Eindruck abzumildern. Vielleicht Radikalität? Ja..., Fassade und sein Drumherum sind radikal.

In keinem Land der Erde, das er kennt, ist er auf so einen Bau gestoßen. Und es waren viele Länder, in denen er Fotos gemacht hatte, Aufnahmen, die er sporadisch schoss oder wohlüberlegt und mit vielen Einstellungen knipste.

Dem Redakteur ist, als ob Anna keine Rücksicht auf architektonische Grundsätze genommen hat, auf Klarheit und Harmonie. Die

Frage, die sich der Journalist stellt, ist nur, ob ihr Bau dennoch Berechtigung hat?

Hat die Absage an Traditionen mit ihrem Charakter zu tun? Hat Moritz ihm nicht zu verstehen gegeben, dass Anna erstarrten Strukturen den Fehdehandschuh hingeworfen hat?

In seinem Kopf meldeten sich andere Sparten der Gesellschaft, in denen sich ähnliche Prozesse entwickelt haben. Wie ist die Entwicklung in der Musik? Man muss nur an *Schönberg* und *Alban* Berg denken, von denen gesagt wird, dass sie das tonale System aufgelöst haben, oft Neue Musik genannt. Oder in der Malerei suchen, an *Picasso* denken, an seinen Expressionismus, Kubismus - oft heute unter dem Begriff Postmoderne zusammengefasst. Ihm kommen für die Literatur *Franz Kafka* und *August Strindberg* in den Sinn, sie alle stellen mit ihren Darstellungen damals gegenwärtiges Denken und Leben in Frage.

Alle haben sich von der Tradition entfernt.

Bei Annas Gebäude ist alles anders. Und in keinem Fall schön, aber das Hirn fängt zu denken an. Im Übrigen ist Schönheit relativ.

Doch Aggressivität im Bau?

Nackter Beton ist wie eine robuste Masse, wie graue Felsen der Gebirge, Jahrtausende der Sommerhitze und den Winterstürmen ausgesetzt, die Härte ausstrahlen, Unbarmherzigkeit, vielleicht Unmenschlichkeit.

Vorurteil?

Gleich vorn im Eingang ist eine Tafel angebracht. Man wird darauf hingewiesen, dass es sich um zwei fast selbständige, in der Grundform entgegen gesetzte geometrische Figuren, handle, um Kreis und Sechseck.

Schattierungen des Lebens?

Treffen sie auf Anna zu?

Christian fühlt sich ihr verbunden.

Neben dem Text ein Aufriss, ein Stahlgeripppe, das durch Beton geschlossen ist.

Er spaziert um den Bau herum und betrachtet die aus dem Kern heraus geschossenen asymmetrisch gegeneinander und nach oben und unten versetzten, geschlossenen Logen, Verschlägen vergleichbar, die

Räume des Gebäudes. Sie erscheinen ihm wie Schachteln, in die Atmosphäre geschleudert, schwebend und losgelöst vom Mittelpunkt, allerdings durch eine Art Plattform mit dem Stahl verbunden und durch Rohre von ihren Rändern zum Beton abgestützt. Räume ohne Anbindung an das übrige Leben?

Einsame Zimmer?

Kein hautnaher Kontakt von Raum zu Raum? Ist es das, was sich Menschen heute wünschen? Nicht ständig in Anspruch genommen werden mit Belanglosigkeiten, Gesprächen über Hausarbeiten, Gartenpflege, Verwandtenbesuchen?

Man muss Wege zurücklegen, um Menschen derselben und anderer Etagen zu treffen. Wer dennoch kommt, nimmt Belastungen auf sich. Ein Zeichen von Zuneigung, oder weil ein Treffen nötig ist?

Chris ist der Konstruktion gegenüber nicht mehr abgeneigt.

Wollte Anna zum Ausdruck bringen, dass der normale Alltag keiner Aufmerksamkeit bedarf? War ihr Ehemann für sie Normalität, die sie hinter sich lassen möchte?

Riesige Stahlträger reichen von den Außenkanten der Kästen bis auf den Sockel, wo sie im Beton verschwinden. Sie und Stützrohre geben dem Äußeren einen futuristischen Anstrich. Dem Journalist ist, als ob er vor der verwirrenden Takelage eines Riesenkatamarans stände. Höchste Ingenieurkunst, allerdings verblüffend.

Er denkt plötzlich an die *Rickmer-Rickmers*, der schöne Segler – heute Museumsschiff - auf der Elbe gleich neben den Landungsbrücken mit seinen ästhetischen Masten und ihrem Segelwerk.

Im Gegensatz dazu Annas Konstruktion.

Manche würden sie zerrissen nennen.

Kann man und darf man diese Beurteilung auf Anna übertragen?

Ist die Konstrukteurin nur dem Prinzip der Wirtschaftlichkeit gefolgt und nicht der menschlichen Wärme, nach der sich jeder Arbeitnehmer sehnt, wenn er im Unternehmen eingebunden ist? Berührungen, die man nur über Hindernisse und Zeitaufwand suchen kann?

Der Betrachter findet noch keine schlüssigen Erklärungen.

Wer ist Anna, die sich so etwas ausgedacht hat? Eigenwilligkeit und Einzigartigkeit der Konstruktion – ist sie so wie ihr Gebäude, eine extravagante, emanzipierte Frau? Nie Anhängsel eines Mannes gewesen, sein Dekorationsgegenstand?

War und ist das ihr Wesen, ihr Sein?

Das überstehende Satteldach mit marineblauen Ziegeln und eingelassenen Metallplättchen glitzert in der Sonne.

Antipode zum tristen Grau des Betons. Ein Hoffnungsschimmer im Dasein der Menschen? Ja, sogar Fröhlichkeit, die von den Dachpfannen ausgeht?

Chris wendet sich nun der Rotunde zu.

Sie, die beschwingt und durchsichtig wirkt, Leichtigkeit im Gegensatz zur Blockschwere.

Eine Gruppe von Leuten wird von einer jungen Frau in blauem Kostüm durch die Eingangshalle geführt. Chris schließt sich ihr... nicht an. Das wird er bei einer weiteren Besichtigung nachholen. Jetzt keine Gehirnmanipulation, keinen Einfluss auf seine Eindrücke und Assoziationen, denkt er.

Ein Zylinder aus Glas und Stahl, eine Kuppel, die sich dem Himmel entgegenstreckt. Schiebefenster, die weit wie Flügeltüren geöffnet sind. Ihm geht der Blick nach oben durch und durch, und er hat das Gefühl, dass ihn vorbeiziehende Wolken auf eine Reise mitnehmen. Träume begleiten ihn.

Als der Redakteur wieder zu sich kommt, landet er noch einmal bei seiner Konstrukteurin.

Ob man den Bau nicht einmal in der Tageszeitung vorstellen sollte? Sicher für manche Leser hochinteressant. Aber geht man dann nicht das Risiko ein, dass andere Zeitungsredaktionen Recherchen eingehen? Würde ihm vielleicht sogar der Auftrag durch die Lappen gehen? Stellte man das Gebäude allerdings anderen berühmten Bauwerken gegenüber, *Daniel Libeskind – Imperial War Museum North* (Manchester), *Leo Ming Pei – Bank of China* (Hongkong) und *Frank Gehry – Neuer*

Zollhof (Düsseldorf) , wäre Neutralität gewahrt. Dieser brisante Vergleich könnte von einer näheren Untersuchung Annas Esslinger Bau ablenken.

Christian schreitet die Marmortreppe aus der Mitte der Eingangshalle ins erste Stockwerk hoch. Sie ist so erhaben, dass Gehen oder Laufen eine Missachtung ihrer Schönheit wäre. Der Handlauf ist aus gebürstetem Stahl. Eine Kombination von Stein und Metall, von Alter und moderner Technik.

Anna muss beides lieben. Ähnelt sie diesem Outfit, elegant, beschwingt, leichtfüßig und doch von großer Tiefe begleitet?

Lichtfülle, die diesen fast wandlosen Glasbau durchflutet.

Stahltreppen an den Seiten mit freien Stufen, gehalten durch Seile, die vom nächst folgenden 'Rundsteg' um den Zylinder jeder Etage ausgehen. Eine beinahe raue Schönheit.

Wer das wahrnimmt, kann sich der Harmonie von Metall, Glas, Form und Farbe nicht entziehen. Eine vergleichbare Materialästhetik hatte Chris noch nie erlebt

Ihm ist, als schwebe er in einer anderen Welt.

Er setzt sich auf einen der schwarzen Korbsessel, die mitten in der Eingangshalle um eckige Eichtische gruppiert sind. Erneut der Gegensatz von Luftigkeit und Schwerfälligkeit, vielleicht sogar von Lebenslust und Verdrossenheit.

Der Mann verlässt die Anlage und begibt sich in die Stadt. Es wird vielen Betrachtern so ergehen. Man muss sich ausruhen, das Gesehene in Ruhe verinnerlichen.

Der Zusammenhang von Annas Bau und ihrem Gehirn, ihren Gedanken, ihrem Charakter und ihrer Seele will ihm nicht aus dem Sinn gehen. Er muss an ein Zitat denken, dass ein bekannter Münchner Schriftsteller von sich gegeben hatte, in etwa war es so: 'Das Haus ist der Mann. Und wenn ein Künstler sich ein Heim baut, so spiegelt sich sein wahres Wesen darin oft viel klarer wider.'*

*Fritz von Ostini,1909, über die Villa des Malers Franz von Stuck – erbaut in den letzten Jahren des 19.Jahrhunderts, zitiert aus der Apotheken Umschau)

Er würde versuchen, ähnliche Gedanken im Text von Moritz zu finden, sollte dieser das Gebäude in seinen Ausführungen genau beschreiben. Vielleicht hat Moritz ähnliche Ideen wie er selbst (als er den Gebäude-Komplex bei Einweihung betrachtete), vielleicht aber liegt Christian mit seinen Gedanken auf einem Irrweg.

Chris Zukunft voller Zweifel

Als Chris abends den Zug besteigt, weiß er eins: Er ist mit Moritz auf eine signifikante Persönlichkeit gestoßen, die ein Buch, vielleicht eine Novelle, über ihn und Annas Leben rechtfertigt.

Soll er über die Aufgabe glücklich sein? Nur Schreiber zu sein, reicht das für ein zufriedenes Dasein aus? Solche Gedanken muss man verwerfen, geht es ihm durch den Kopf, schließlich hofft er, für die Tageszeitung etwas Spannendes auf die Beine zu stellen, und das verspricht deren Vergangenheit allemal. Außerdem hat Moritz deutlich hervorgehoben, dass er mitformulieren und ergänzen solle, und da sei seine Kreativität gefordert.

Trotz Moritz Einlassungen bleiben dem Journalisten Friederike und Arien fremd, auch wenn er bereits Fotos von ihnen gesehen hat, und Arien ihm durch das sehnsuchtsvolle Gedicht sympathisch geworden ist.

Die gleichmäßige Geschwindigkeit des *ICE*, das leichte Rattern der Waggons bei Schienenabzweigungen, das Sausen der vorbei rasenden Züge in den Süden, die heulenden Windgeräusche beim Passieren größerer Bahnhöfe tragen zu seinem gegenwärtigen Befinden bei: Müdigkeit. Christian wollte die Augen schließen. Nur ein paar Minuten Schlaf, denkt er. Aber Geräusche von den Sitzen gegenüber halten ihn davon ab. Erst einmal jedenfalls. Ein junger Mann in einem Anthrazitjackett und weißen Revers – das könnte von Joop sein – und ohne Strümpfe in handgenähten brauen Budapestern fummelt in einer schwarzen Ledertasche herum. Was für ein Flanier-Outfit. Sein Laptop kommt zum Vorschein. Der Journalist schaut anfänglich noch an ihm vorbei nach draußen, aber seine Augendeckel fallen nach unten. Er sieht die wechselnden Landschaften verschwommen

Vorbei fliegen, bald aber nicht mehr die Drähte der elektrischen Leitungen, die sich zu heben und zu senken scheinen. Er war trotz der tippenden Finger des Nachbars eingeschlafen.

Als der *ICE* Hannover erreicht, wacht Christian erst auf. Sein Abteil ist wieder leer, sein Laptop liegt auf seinem Schoß, niemand hat ihn also bestohlen. Draußen herrscht Dunkelheit. Das Ende der Bahnfahrt ist in Sicht. Noch eine gute Stunde, und man wird *Hamburg Dammtor* erreichen. Er steht kurz auf, reckt seine Arme, vertritt sich die Beine, bückt sich ein paar Mal und lässt sich wieder in den Sessel fallen.

Alleinsein im unbelebten Umfeld lässt gut denken!

Christian schließt seine Augen, sein Bewusstsein sucht Moritz.

Er sieht den Mann vor sich, den er schon in unterschiedlichsten Verfassungen getroffen hat, mal freundlich, mal skeptisch, mal abweisend. Merkwürdig, dass dieser nun doch wieder Ähnlichkeiten zwischen seinem Stiefsohn Arien und ihn entdeckt hat. Hat Moritz diese Feststellung als Begründung für seine Entscheidung nur gewählt, damit ihm jemand bei der Aufarbeitung seiner Vergangenheit hilft? Was wäre das für ein mieser Grund?

Nein, Moritz hat Vertrauen zu seinem neuen Freund, einwandfrei!

Aber warum will er das Geschehen nicht selbst aufschreiben, er ist doch ein erprobter Autor? Hat er etwa Angst, dass ihm seine nahe Vergangenheit wieder überwältigt und auf den Boden zwingt, wenn er selbst zur Feder greift?

Wieso hat er übrigens nie über seine Tochter Friederike gesprochen? Trennt die beiden irgendein Erlebnis oder eine Auseinandersetzung? Beim Gedanken an Friederike rückt auch Arien in Christians Blickfeld. Der Journalist sieht das Zeitungsbild vor sich, in dem die gesamte Familie zusammenstand, im Hintergrund klatschten die Gäste Beifall, Arien und Friederike mit Körperberührung. Sofort kommt ihm der Gedanke, das Foto aus dem Archiv zu holen, zu vergrößern, um aus den Gesichtern irgendetwas, vielleicht aber auch nur die Stimmung abzulesen. Wer weiß, was sich dahinter verbirgt? Lüneburg! Eine Zäsur? Warum?

Er legt fest, wie er mit der Arbeit vorgehen wird. In jedem Fall ist das Geschehen als erstes unter dem Aspekt der Zeitungsleser zu betrachten - er hat die Story für die Tageszeitung noch nicht ganz verworfen - als zweites unter dem Anspruch seines Freundes. Ob man beides nebeneinander erarbeiten kann, muss offenbleiben. Anfänglich wird es wohl keine großen Schwierigkeiten geben! In wieweit Moritz einer Artikelserie zustimmen wird, war auch noch nicht geklärt. Egal, erst mal heißt es, mit Moritz zu reden.

Ein Taxi bringt ihn in die *Budapester Straße*. Der einzige Wunsch des Journalisten besteht in einem Bier, das er im Kühlschrank findet. Ab in die Heia! Christian schläft bis um sieben morgens des nächsten Tages.

Moritz Erläuterungen – 08.08.2004

Chris' Kopf raucht. Seine Augen scheinen zu kreisen, Worte von Moritz verwischen zu einem undefinierbaren Brei. Unsystematisch vorgebrachte Lebensphasen tragen zum Chaos bei.

Wer kann schon stundenlang einem Redner zuhören?

Christian bittet um eine Kaffeepause. Moritz eilt sofort in die Küche, er ist doch ein guter Menschenkenner. Was der Redakteur behalten hat, fasst dieser während dessen trotz der Anspannung kurz zusammen. Man würde sonst alles vergessen oder falsch einordnen.

Der Publizist und Schulleiter eröffnet in groben Zügen seine Vergangenheit, erste Begegnungen mit seiner Frau, Ausschnitte aus ihrer gemeinsamen Zeit, das Erwachsenwerden der Kinder.

Bald schon kehrt Moritz mit zwei dampfenden Kaffeetassen zurück.

„Hier!", sagt Moritz, „der stärkt", dann stellt er die Getränke auf dem Glastisch ab.

„Die Vertiefung meiner Erklärungen und vor allen Dingen die Zusammenhänge bekommst du im Diktat mit oder, sollte ich mal schweigen (dabei lachte Moritz sympathisch auf) kannst du in meinen Tagebüchern nachlesen. Du findest sie immer vorn im Regal."

Moritz zeigt auf die Bücherwand, ohne den Standort seiner Aufzeichnungen zu markieren.

„Durch die - ich muss gestehen noch seichten - mündlichen Informationen über meine Familie wird es leichter sein, die Inhalte zu verstehen. Dann fallen dir auch Ungereimtheiten auf, Widersprüche gegebenenfalls. Jedenfalls kannst du Strukturen, Entwicklungen, Schicksalsschläge, Umfeld und politische Herausforderungen besser einschätzen. In diesem Zusammenhang möchte ich dir noch eine Empfehlung geben: Fällt dir irgendetwas auf, das dir komisch erscheint, z.B. dass ich bereits hierüber gesprochen hatte, mache auf den entsprechenden Seiten unten Anmerkungen, die du entweder allein bearbeitest oder, wenn du nicht weiter weißt, wir gemeinsam durchgehen können. So sind wir sicher, dass wir nichts vergessen. Hinterher löschen wir die Hinweise."

Der Journalist nickt seinem Gegenüber müde zu.

„Es sollte übrigens zum Verständnis ein erstes Kapital meinen Ausführungen voranstehen, und dies wäre die jetzige Gegenwart. Hier könnte der Leser auf das Entstehen unserer Freundschaft geführt werden, von einem Dritten beschrieben mit dir als Hauptperson. Durch die Gegenwart fühlt sich der Leser unmittelbar angesprochen. Du erscheinst als 'er'.

Ich werde in meinen Ausführungen - sie gehören zum zweiten Kapitel - aus meiner subjektiven Sicht in der ersten Person 'Ich' in der Vergangenheit reden. Schließlich gehören ja diese Jahre tatsächlich der Vergangenheit an. Dadurch vermeidet man eine Verwechslung der Sichtweisen. Im Übrigen bietet das 'Ich' große Chancen, den Leser in seinem Inneren zu berühren, weil er sich mit mir identifizieren kann, mitfühlt."

„Einverstanden, ich hatte schon zu schreiben begonnen!"

„Donnerwetter, wie das? Hast du den dritten Blick?"

„Nein, nein!", lachte Christian und musste an seine Absichten denken. Um sich nicht zu verraten, drehte er sich von Moritz weg und wühlte in irgendwelchen Papieren herum.

„Im letzten dritten Kapitel wird der Leser wieder in die Gegenwart geführt, und da bleibe ich bei meinem 'Ich'. Aber dazu später mehr."

Christian versteht Moritz gut.

Für ihn geht diese Unterscheidung in Ordnung.

Allgemein verbindet er mit den Ausführungen die Chance, an der Suche nach Anna behilflich zu sein. Die Augen eines Außenstehenden sind offener als die des Betroffenen, geht es ihm durch den Kopf, und der ist nicht durch subjektives Empfinden vernebelt. Moritz könnte vielleicht den Wald vor Bäumen nicht erkennen.

Christian legt sich nun endgültig fest, wie er mit der Arbeit weiter vorgehen wird. Er hatte Vieles – wie eben erwähnt - vom ersten Teil bereits verfasst, nämlich seine Suche nach spannender Unterhaltung. Der zweite umfassendere über die Familiensaga bleibt Moritz vorbehalten, Christians Anmerkungen könnten nachträglich zu Änderungen im Text führen. Ob das Buch damit abgeschlossen werden kann, bleibt offen. Großartig wäre es, würde man herausfinden, wo sich Anna aufhält und gegebenenfalls könnte Moritz sie noch einmal aufsuchen. Das könnte dem dritten Teil entsprechen. Das Schreiben wird viele Stunden beanspruchen. Daneben hat sich Christian vorgenommen, mit dem Vorstand zu sprechen, vielleicht lässt es sich einrichten, dass er mit der Hälfte der Arbeitszeit im Stadtteiljournal beschäftigt bleibt. Damit hätte er auch Möglichkeiten und Zeit, zusätzlich eigene Recherchen über Anna anzustellen.

Kurz vorm Diktatbeginn – 09.08.2004

Der Tag des Diktats rückt näher. Die Männer sind sich einig, dass es keinen Aufschub mehr geben darf. Man vereinbart das nächste Wochenende.

Als Christian Moritz sonnabends aufsucht, überrascht ihn dessen Büro. Überall liegt etwas herum, auf dem Sekretär, auf den Stühlen, auf den Boden, ja sogar die Fensterbänke sind vollgepackt: Zettel, Zeitungsausschnitte, Gegenstände, kleinere Utensilien, Fotos und Skizzen.

Was für ein Durcheinander! Das ist Christians erster Eindruck. Wer soll sich denn hier zurechtfinden?

„Nein ist es nicht!", murrt Moritz auf, der Christians Gedanken an dessen Miene abgelesen hat.

„Sie erinnern mich an Einzelheiten, an Ereignisse, an besondere Erlebnisse."

Christian stutzt, als er zwei gerahmte Federstrichzeichnungen entdeckt.

Er hebt sie auf, schreitet zum Fenster. Das hellere Licht könnte ihm beim Betrachten beistehen. Er fährt mit den Ellenbogen über das Glas und befreit es von Staub.

„Ganz berühmte Bilder von *Renée Sintenis*, allerdings aus ihrem Nachlass. Anna schenkte sie mir, weil sie diese mit Arien in Verbindung brachte, dessen Konturen ebenso zart waren, wie die Umrisse des Jungen. Sie sprach von weicher Empfindsamkeit."

Aus beiden Lithografien leuchten Anmut und Schönheit heraus: 1. ein Junge – vielleicht zwölf Jahre – mit einem Pony und 2. wohl zwei Jungen (im selben Alter), aneinander geschmiegt, nackt.

Sofort hat Christian das Gedicht des damals Sechzehnjährigen vor Augen und das Foto. Dazu manche Einzelheit, die Moritz irgendwann einmal andeutete, z.B.: Wer ist der Vater? Ist der junge Mann unglücklich, weil er seinen Erzeuger nicht kennt und seine Mutter darüber nie spricht?

Moritz Tränen am Strand regten Christian damals sehr auf, ja, sie verwirrten ihn. Wird Moritz Liebe zu Arien nicht von ihm erwidert?

Der reinste Irrsinn.

Wieso liegt auch eine Lithographie von *Arne Petersen* zwischen den anderen Unterlagen, Briefen, Zeitungen, Bildern, Photos, Notizen und dem undefinierbaren Zeug? Gibt sie – *Frau und Kaktus*, tituliert – durch das stachelige Gewächs ihre Abwehrbereitschaft preis? Lassen auch die Nähte – sie erinnern an Stacheldraht – auf eine Abschottung schließen?

Wer von den beiden ist denn mit dem Künstler bekannt? Für wen hat er es angefertigt? Wessen Sicht spiegelt das Bild wieder? Da Moritz es zu den übrigen auf dem Boden verbreiteten Erinnerungsstücken gelegt hat, wird er wohl dokumentieren wollen, wie er inzwischen das Verhältnis von sich und seiner Frau sieht. Die edle Kette um ihren Hals könnte bedeuten, dass sie den Luxus liebt, und den kann Moritz in keinem Fall bieten. Vielleicht ein Grund der Entfremdung?

Genug damit. Zurück zu Arien.

Was verbirgt sich hinter dem jungen Mann? Gibt es noch Texte von ihm?

„Hast du nicht irgendeinen Brief oder ein Schriftstück, eine Postkarte, die dir der Junge geschrieben hat? Ich würde sie gern sehen."

„Doch, habe ich. Ich werde sie rausrücken, wenn ich mich mit Arien beschäftige. Vielleicht sollte man ein Original-Schreiben des Jungen mitdrucken, der Leser wird sich dann in Ariens Gefühlswelt versetzen können."

Wer weiß, denkt Christian, ob es dazu kommt. Moritz hat sich schließlich des Öfteren als wankelmütig erwiesen. Was ist, wenn Max ihm dazwischen funkt, weil sie durch die Anspannung ihres Freundes zu kurz kommt?

Also müsste er weiterhin eigene Recherchen über Anna und die Kinder verfolgen. Dazu gehören Annas Geburtsort aufzusuchen, Friederike zu befragen und Nachforschungen in Tübingen über Arien anzustellen, wo und wie er dort gelebt und studiert hat.

Tolle Idee! , sinniert er. Dann verlöre er auch nicht die Stadtteilgeschichte aus den Augen. Auch in diesem Fall sind Einzelheiten, die er herausgefunden haben könnte, aufzuschreiben.

Ein Tagebuch für die eigenen Recherchen! Der unabdingbare, unabhängige Parallelschritt zu Moritz Diktat. Klar, dass beides gleichzeitig Kraft und Konzentration kostet. Na und ?

Sollte er Erfolg haben, wird man ihn belohnen. Vielleicht Abteilungsleiter?

Ein wichtiges Gespräch – 10.08.2004

Vorstand- und Aufsichtsratsvorsitzende des Verlages erwarten Christian von der Aue um zehn Uhr. Ihre schriftliche Antwort auf seine Bitte ist kurz, aber nicht unfreundlich. Daher geht der Journalist davon aus, dass sein Plan genehmigt werden könnte, die Arbeitsstunden auf die Hälfte zu verringern. Gleichzeitig würde das bedeuten, die Probezeit zu verlängern. Das wäre in jedem Fall eine Art Arbeitsplatzsicherung. Er hofft aber, dass man zusätzlich anbieten wird, ihn bis zum 10.02. des nächsten Jahres zu beschäftigen. Schließlich ist er wegen seiner Kriegsberichtserstattung einschließlich der einprägsamen Fotos überall auf den Etagen bekannt. Sein geringer Erfolg in der Lokalredaktion schmälert bisher sein Ansehen nicht, wie er in zahlreichen Gesprächen festgestellt hat. Gut Ding will Weile haben, so die Devise.

Tatsächlich wird er außerordentlich entgegenkommend behandelt. Man weist ihn darauf hin, dass ein Vertragsrücktritt immer noch in seiner Probezeit (bis zum 10. August) läge und daher keinerlei Einwand von der Unternehmensführung in Frage komme, würde er jetzt kündigen. Man würde ihn aber gern weiter beschäftigen, allerdings müsse er erklären, warum er diesen Schritt gewählt habe. Chris antwortet, dass er es begrüßen würde, könnte man das von ihm und Moritz vorgesehene Buchprojekt im Verlag umsetzen, weil es seiner Meinung nach gut ins Literaturprogramm des Unternehmens passe.

Sie bitten ihren Journalisten daher, dies näher zu erläutern.

„Es geht um die Familie der berühmten Architektin Anna Sommeralm, die am 11. September 2002, ein Jahr nach dem Attentat auf das *World Trade Center* in New York spurlos von der Erde verschwunden wäre. Alle Recherchen des Ehemannes und des in Deutschland bekannten Literaturpublizisten Dr. Moritz Sommeralm wären vergeblich gewesen. Auch die Polizei war nicht fündig geworden. Die damalige Presse hätte ausführlich hierüber berichtet, besonders aber ihren fertiggestellten Gebäudekomplex in Esslingen herausgestellt und gewürdigt."

„Ich kann Ihnen nicht folgen", sagt der Vorstandsvorsitzende mit einem sehr skeptischen Blick.

„Wieso erwähnen Sie das schreckliche New Yorker Ereignis? Wollen Sie uns nur darauf hinweisen, dass die zufällige Nähe von Terrorakt und Verschwinden der Ehefrau eine historische Dimension hat und somit das Buch von – wie war der Name?"

„Moritz Sommeralm!" – in die Reihe unserer geschichtlich orientierten Veröffentlichungen eingereiht werden kann?

Im Übrigen: Welcher Zusammenhang soll zwischen den beiden Ereignissen bestehen?"

„Ich muss Ihnen eine sichere Antwort schuldig bleiben. Ich glaube aber, dass die Flucht von Anna aus Deutschland zu diesem Termin ein Hinweis auf eine Begründung ihrer Entscheidung liefern kann!"

„Das können Sie so nicht im Raum stehen lassen. Sie müssen uns verdeutlichen, was Sie meinen!"

„Gut!"

„Vorher möchte ich gern erfahren, ob Sie sich die Konstruktion der Architektin selbst angesehen oder eine Führung mitgemacht haben", fragt der Aufsichtsratsvorsitzende verschwörerisch lächelnd, als habe er den Journalisten irgendwie überführt.

„Ein berechtigte Frage. Ja, ich habe mir das Gebäude (ohne Vorkenntnisse) genau angesehen, habe es vorher unterlassen, mich tiefer über unsere Zeitungsbeiträge zur Einweihung zu informieren als eben nur, dass die Einweihung am 16.08.2002 stattfand, und über den Personenkreis, der eingeladen war. Ihr Abtauchen geschah am 11.09. desselben Jahres."

„Keinerlei Anhaltspunkte?"

„Lassen Sie mich die Beantwortung der Frage auf später verschieben!", entgegnet er geheimnisvoll. Dabei hofft er, dass man vergessen wird, was man wissen wollte. Die Erklärungen, die er in petto hat, sind ja auch noch ziemlich nebulös.

„Das Gebäude von Anna Sommeralm habe ich als radikal bezeichnet. Radikal, weil die Architektin traditionelle Ansichten und Bauweisen durch absolut Neues ersetzte. Sie zog ihrerseits einen Schlussstrich unter herkömmliche Formen. Sie nahm mit dem Konstrukt eine totale Trennung von Vergangenheit und Gegenwart vor. Ihrer Gegenwart, ihres Objektes. Entsprach das auch ihrer Gesinnung zu ihrem Dasein?

Der Terrorakt von New York war ebenso radikal. Mit ihm wollte man einerseits etwas beseitigen, vernichten, andererseits eine neue Ära einleiten: Großangelegte Zerstörungen der westlichen Kultur, eine völlig andere Richtung als bisher einschlagen.

Das muss die Architektin vielleicht empfunden haben. Was bot sich mehr an als am 11.09. zu verschwinden?"

„Mit ihrem Verschwinden hätte sie demnach einen Schlussstrich unter ihr bisheriges Leben gezogen, ist es das, was Sie sagen wollen?"
„Ja!"

Dann sagt Chris, dass die ersten Recherchen Dinge ans Tageslicht befördert haben, die in den damaligen Nachrichten nicht erwähnt wurden, denn Anna Sommeralm, die sich oft auch mit Anna Sommeralm-Bischhoff auswies, stammt aus der ehemaligen *DDR*, geb. 1962 in Greifswald/Vorpommern. Es war gerade jene Zeit, als die Bundesrepublik Deutschland unter *Konrad Adenauer* und seinem Wirtschaftsminister *Ludwig Erhard* einen nie geahnten Aufschwung erlebte. Im gleichen Jahr begann die Kubakrise, die den jungen Präsidenten der USA *John F. Kennedy* herausforderte. Die Deutsche Demokratische Republik schickte sich gerade an, durch die eingeführte Wehrpflicht das Parkett militärischer Repräsentanten des Ostblocks zu betreten. Anna Bischhoff absolvierte eine Ausbildung im Bauhandwerk (in Greifswald) und studierte anfänglich in Leipzig (Beginn 1986), nach der Wiedervereinigung in Braunschweig (ab 1990) Architektur. Das Jahr ihres Wohnortwechsels ist noch zu klären.

Ihre Anstellung in der berühmten Architektursozietät Hamerani & Partner in Hamburg geht auf das Jahr 1995 zurück.

„Sie brachte einen Sohn mit, Arien Bischhoff genannt, dessen Vater bisher ungenannt blieb. Der Junge wurde geboren, als die Mutter 18 Jahre alt war, also 1980. Demnach lebte der Junge lange Zeit (bis man in die Bundesrepublik kam) in der damaligen deutschen demokratischen Republik und musste auch jahrelang in der *FDJ* – Freie Deutsche Jugend – Mitglied gewesen sein. Er hat eine hellbraune Hautfarbe, was auf asiatische Herkunft (eventuell Vietnam) schließen lässt. Ich lernte ihn durch ein Gedicht kennen, das mir sein Vater vorlas. Es ist voller Emotionen, und erst glaubte ich, *Arthur Rimbaud* vor mir zu haben. Wann Frau Sommeralm aus der sog. DDR in die BRD übergesiedelt ist, muss noch geklärt werden."
„Also ein hoch sensibler, auch gefährdeter Junge?"
„Vielleicht!"

„Ihr Ehemann", fährt er fort, „wollte den Jungen adoptieren, was sie aber ohne Begründungen (jedenfalls sind diese nicht bekannt) ablehnte.

Moritz Sommeralms leibliche Tochter Friederike", ergänzt der Redakteur, „und sein Stiefsohn studierten schon während der Esslinger Bauzeit in Paris und Tübingen.

.Friederike war in jungen Jahren nach Paris gegangen, sie hatte mit sechzehn das Abitur geschafft.

Man traf sich zum Festakt der Gebäude-Fertigstellung.

Das nur zur Vollständigkeit!"

„Aus meiner Perspektive eine hochbrisante Familiensaga, wenn es eine Auflösung gibt!", sagt der Vorstandsvorsitzende süffisant lächelnd.

„Aber wenn nicht, was dann?" „Ich möchte zum Abschluss noch ein Statement für den Druck des Buches abgeben:

Die historischen Hintergründe der Familie sowie die Stellung, die beide Eheleute in der Gesellschaft einnehmen, bilden - meiner Meinung nach - eine hervorragende Basis für einen spannungsgeladenen Roman. Dazu gehören auch Perspektiven, die Annas Leben in der damaligen *DDR* bestimmten. Wenn man herausfindet, wohin Anna nach der Einweihungsfeier (2002) geflüchtet ist oder entführt wurde, wenn man mehr über die Kinder erfährt und ihre Beziehungen zu den Eltern offenlegt, auch etwas Neues in der Verbindung von Sohn und Tochter hört, gegebenenfalls internationale Entwicklungen berücksichtigt, könnte das Buch zu einem Bestseller werden.

Der Ehemann Moritz Sommeralm hat sich bereit erklärt, mit mir die letzten Jahre der noch intakten Familie und die Zeit danach - diese allerdings kurz - durchzugehen. Fertigstellung Januar."

„Das wäre rechtzeitig, um das Buch zur Buchmesse in Leipzig herauszubringen. Aber wie steht es mit Artikeln für unsere Tageszeitung? Wann würden wir mit einer Veröffentlichung beginnen?", fragt eines der Vorstandsmitglieder.

„Die Darstellung von grandiosen Gebäuden der nahen Vergangenheit - von berühmten Architekten - und eben der Bau in Esslingen - könnte man vielleicht als eine Art Einführung betrachten und diese in der ersten Novemberwoche publizieren. Dann kann man mit veränderten Namen vielleicht – ich weiß noch nicht, wie man das am besten machen könnte – mit der Suche nach Anna beginnen, nachdem die Leserschaft mit ihrer Konstruktion vertraut gemacht worden ist."

„Na, ja, es bleibt zu hoffen, dass eine Parallelbearbeitung keine Komplikationen mit sich bringt!", sagt der Stellvertreter der Chefs.

„Wir sind aber mit einer Beurlaubung für ein halbes Jahr einverstanden!", wendet sich der Vorstandsvorsitzende unvorhersehbar direkt an Christian von der Aue.

„Es scheint viele Ungereimtheiten zu geben, ein Puzzle!

Reizvoll .

Lösen Sie es! „

Damit wird der Journalist entlassen.

Buch 2

Aus Moritz Tagebuch

Moritz Erklärungen zu seinen Aufzeichnungen (2004)

Überlegungen zum Buch

Ich bin jetzt so weit.

Ich lasse meine ehelichen Lebensjahre Revue passieren und konzentriere mich auf wenige Jahre von 2001 bis 2004. Begegnungen, Empfindungen, Gedanken, Ereignisse dieser Zeit werde ich meinem Freund und Journalisten Christian von der Aue diktieren.

Im Nachherein sieht manches weniger dramatisch aus als es damals war. Je tiefer man in der Vergangenheit gräbt, desto sanfter werden die Geschehnisse. Frühere Bedrohungen verlieren so oft ihren Schrecken. Sie sind sicher nicht vergessen, aber im Bewusstsein irgendwo in einer verschwiegenen Ecke des Hirns archiviert.

Eins möchte ich vorweg sagen: Es gibt Ereignisse, Entwicklungen und Entscheidungen, die man nicht im Voraus sehen oder erahnen kann. Das soll keine Entschuldigung sein, aber so ist es nun mal. Das Sprichwort jeder ist seines Glückes Schmied trifft nicht immer die eigene Vita. Ich werde übrigens auch nicht alles erzählen, jedenfalls das nicht, was ich längst überwunden habe. Dennoch bleibt genügend für die Aufzeichnungen übrig. Ich bitte Christian noch um Aufschub meiner Aufzeichnungen. Er willigte sofort ein, weil auch er ebenso Ordnung in seine Gedanken bringen muss.

Drei Jahre (ab 2001) waren ein Inferno. Und ich hatte erheblich dazu beigetragen, weil ich eher einem *Hamlet* glich als einem *Lear*. 2001 lehrten gleichzeitig Mörder der Welt, wie verletzlich sie ist.

Der Reihe nach!

Es heißt immer, dass man eine Apokalypse erlebt haben müsse, um wie ein Phoenix aus der Asche aufzusteigen zu können. Ich war in der Hölle. Die Qualen zogen sich Anfang 2004 zurück. Ich lernte Maximiliane- kurz Max - kennen. Noch habe ich das Chaos mit Anna nicht ganz überwunden, es wird noch einige Tage geben... Nachwehen, sollte ich Anna finden.

Wird Max mich weiterhin begleiten?

Vier Jahre waren es nach meiner ersten Ehe, als mich Anna während unserer Anfangsbegegnung in einen Rausch versetzte, hoch über Hamburg auf einer unfertigen Baustelle in der Dorotheenstraße. Nie hatte ich bisher einen vergleichbaren Sex-Orkan erlebt. Fast fühle ich jetzt noch den Druck ihrer Hüften, höre das schnellere Atmen vor der Ekstase, spüre ein vollkommenes Glück. Das war Liebe ohne Einschränkungen!

Während mein Schicksal gradlinig war, muss Annas verworren oder verwegen gelaufen sein, in dem sie Erfahrungen sammelte, obwohl sie so jung war. Bis hierhin hatte ich vom guten Sex keine Ahnung. Wir waren ineinander verkeilt im Stehen gegen eine Säule gepresst und auf nacktem Beton neben einen Steinhaufen. Das Umfeld verschwamm bei der überschäumenden Aktivität von Körper und Seele. So ging es fünf Jahre. Ich habe meine Augenränder während unserer gemeinsamen Ehe nie verloren. Das verflixte siebente Jahr änderte alles.

Es begann inmitten unseres ersten Aktes zu regnen. Die Tropfen schlugen auf unsere nackte Haut. Es war wunderbar, weil die sie warm und wir unendlich erhitzt waren.

Von da ab war ich Anna erlegen. Wer mich hätte sehen können, wäre sicher bestürzt gewesen. Mein glasiger Blick hätte alles verraten. Aber genau deshalb lebte Anna viele Jahre täglich in mir. Im siebten Jahr unserer Verbindung gierte Anna unvorhergesehen nach Anerkennung und Triumph. Hätte sie von Henry Miller (Anm. d. Autors: Henry Miller, Reise in ein altes Land, Skizze) 'Wenn man achtzig wird' beherzigt: Es kommt nämlich auf die kleinen Dinge im Leben an, und nicht auf Ruhm, Erfolg und Reichtum, oder von Woody Allen (Anm. d. Autor: Woody Allen in: Die Jahre sind mein Lebensglück, S. 62), dann hätte sie sich vielleicht nicht aus dem Staub gemacht. Sicher war das allerdings nicht, und nachprüfbar ebenso wenig.

Woody Allen äußerte sich zig Jahre (2005) nach Millers Statement ähnlich in einem Interview 2005 mit dem Titel: Ich pfeife auf mein Vermächtnis. 'Es sind ganz einfache Situationen', (aber ...d.V.) 'große Momente von bestechender Banalität.'

Arien.
Er war in meinem Kopf eingebrannt wie ein Nagel in einem Brett eingeschlagen. Und der tut immer weh!
Ich hatte versagt. Man glaubt es kaum.
Ein alter Schulmeister und Philosoph handelte kopflos. Er wird die Last sein Leben lang tragen müssen.

Da sind Arien und ich miteinander glücklich, lassen uns über Annas Gebäude im Gleichklang aus, genießen das Orchester (mit Bachkantaten auf alten Instrumenten), und feixen bei Annas Vortrag über die Bedeutung der Architektur. Und plötzlich wird einer von uns zu einer Entscheidung gedrängt, die das ganze Leben umkrempeln würde.

Christian fragte mich neulich, warum ich Anna wegen des Jungen nicht zur Rede gestellt hätte. . Ich antwortete ihm, dass ich Anna nicht verletzen wollte. Er meinte, ein fadenscheiniger Grund.
„Und warum", hakte er nach, „bist du nicht an seinen Geburtsort gefahren oder dahin, wo er aufgewachsen war? Vielleicht hätte es Erklärungen gegeben."
Und das stimmte.
Ich gab keine weitere Erklärung ab. Ich hätte mich nur bloßstellen müssen!
„Wenn wir mit meinen Ausführungen fertig sind, dann kannst du dir die Zeit ans Bein binden und die Plätze der Familie Bischhoff aufsuchen, würdest du das für mich tun?", ließ ich verlauten
„Selbstverständlich!", sagte Christian.
„Beginnen wir!"
Mir fällt in diesem Zusammenhang noch etwas ein, was zum Verstehen der Geschehnisse hilfreich sein könnte. Die Zeit nach meiner Herzoperation werde ich nur in wenigen Abschnitten beleuchten, weil sie zwar meinen erbärmlichen Zustand deutlich machen würde, der sich aber durch die Bekanntschaft mit Max verflüchtigte. Darin enthalten

sind zwei Begebenheiten, die ich aus meinen Tagebucheintragungen und schriftstellerischen Passagen ungekürzt übernehmen werde. Einerseits sind es meine Depressionen, die mich nach Annas Verschwinden eineinhalb Jahre begleiteten, andererseits handelt es sich um meine erste Begegnung mit Max. Würde ich beides aus dem Kopf beschreiben, gingen sicherlich viele Einzelheiten verloren. Man sollte diese Abschnitte grau unterlegen, was ich aber unterlassen muss. Verleger schätzen keine Extrawünsche.

Währenddessen wird der Journalist seine Einwendungen unter den Seiten meines Diktats abarbeiten, gegebenenfalls sogar in den Text und gegebenenfalls einige Orte des Geschehens bzw. der Nähe zu den Schicksalen von Anna und Arien besuchen. Seine Recherchen füge ich meinen eigenen Seiten als Anhang bei oder lasse sie im letzten Abschnitt in meinem weiteren Diktat auferstehen. Sie gehören in den Schluss meiner Geschichte.

Gedanken und Entscheidungen
2001 (Mai) – 2004 (Dez.)

Verabredung – im Mai (2001)

Anna hatte sich zurückgezogen, innerlich von mir getrennt, seit Monaten hatte sie nichts mehr zu sagen. Allerdings: wir wohnten noch zusammen. In unserer Wohnung war es still geworden, weil Anna schwieg. Ihr waren die Worte ausgegangen. Stattdessen hat sich zwischen uns ein tiefer Abgrund aufgetan.

Ich versuchte, sie zu einem Gespräch zu bewegen, um wenigsten Spielregeln aufzustellen. Sollten wir dazu nicht in der Lage sein, muss einer von uns stumm ausziehen.

So jedenfalls konnte es nicht weitergehen.

Mir machte der gegenwärtige Zustand zu schaffen. Mehr noch, er machte mich krank. Mein Körper brannte vor Schmerzen.

Nicht wirkliche. Aber jeder weiß, dass seelisches Leid körperliche Folgen hat. Wann wird es soweit sein?

Lustlos ging ich meinem Beruf nach.

Ich fühlte mich immer noch zu Anna hingezogen.

Ich hätte gern mit jemand hierüber gesprochen. Aber mit wem? Ein Arzt kam für mich nicht in Frage, Psychotherapeuten verabscheute ich, Freunde hatte ich keine, jedenfalls keine, mit denen ich intime Dinge besprechen konnte, Arien war zu jung, unser Sohn, und Friederike, unsere Tochter, könnte eher Annas Partei ergreifen.

Frauen halten zusammen, wenn es um Partnerschaften geht.

Mein Kollegium fragte, was mit mir los wäre. Ich zuckte mit den Schultern und beließ es dabei.

Über die Schule legte sich ein trostloser Schleier, unter den Lehrern herrschte gedämpfte Stimmung. Schließlich war ich Chef des Hauses und gab den Ton an.

Anna pfiff respektlos, wenn sie morgens ins Büro ging.

Ein Auf-Wiedersehen blieb aus.

Ob ihre Fröhlichkeit von ihren Erfolgen herrührte oder von einer neuen Liaison wusste ich nicht.

Wir sind keine Partner mehr, Verbündete. Sie ist mir fremd geworden, und gerade deshalb will sie mich vielleicht zur Weißglut bringen, mir ihre Verachtung zeigen.

Tatsache war ihre Ignoranz.

Nach vielen Ehejahren Jahren eines gemeinsamen Weges sollte unsere Bindung einfach so beendet sein? Hat unsere Familie mit Friederike und Arien den Todesstoß bekommen?

Eines Tages kam von Anna doch ein Terminvorschlag.

Endlich.

Kaum lag der Hörer auf der Gabel, ich hatte ihn akzeptiert, hatte ich ihre Stimme im Ohr. Es war kein Angebot, sie hatte den Zeitpunkt bestimmt. War ihre Stimme nicht sogar scheinheilig? Hat sie mir nur die Offerte unterbreitet, um mich zu testen?

Nein, Anna war fair. War sie das wirklich?

Ich log mir in die eigene Tasche, jetzt schämte ich mich.

Ich notierte Tag und Zeit im Kalender. So war ich sicher, nichts zu vergessen oder durcheinander zu bringen.

Wir wollten uns im *Hotel Hafen Hamburg* treffen. Vorweg um zwölf einen Aperitif oben im Turm, das Mittagessen unten im Restaurant.

Zeit mit Anna?

Ich wartete auf Anna seit einer Stunde.

Der Blick nach draußen ist atemberaubend, drüben auf der anderen Seite des Stromes die Docks und *Steinwerder*, gegenüber das gelbe Musicalzelt für 'König der Löwen', in der Ferne nach links die neue Hafencity mit dem *Hanseatic Trade Center*.

Zweige und Blätter der Bäume bewegten sich leicht im Wind, kurze Wellen schlugen an die Pontons der Landungsbrücken, die Luft war warm, nicht heiß.

Ideales Wetter. Auch für ein vertrauensvolles Gespräch.

Zwischen den nach Süden gleitenden Wolken immer wieder tief blauer Himmel.

Anna verspätete sich immer wieder.

Ich würde ihr gern verzeihen, käme sie jetzt. Vielleicht hatte sie sich bereits auf einen der reservierten Plätze im Speisesaal gesetzt. Ich stellte mein Glas auf den Tresen und fuhr mit dem Fahrstuhl ins Restaurant.

Sie saß nicht am bestellten Tisch.

Mir hätte ihre Gleichgültigkeit in ihrer Stimme, ihre Kälte in der Tonlage, die schneidender war als im Winter der Ostwind, der aus Sibirien über die Ostsee fegt, Warnung sein müssen.

Nun half alles Gezeter nichts.

Ich spürte, wie sich mein Blutdruck hoch schraubte. Gegen derartige Irritationen war ich gewappnet, denn Kreislauftabletten habe ich immer bei mir. Eine einzige genügt. Ich warf sie in den Rachen und ließ sie mit Mineralwasser die Kehle hinunterrutschen.

Welche Folgen würde es auslösen, wenn ich bei ihr wieder ein Auge zudrücke? Würde sie dann nicht gleich über mich herfallen, ich hätte ihr verziehen, um im besten Licht dazustehen? Dabei hat mir daran nie etwas gelegen. Ich muss nicht gefallen...

Sollten wir einen weiteren Versuch starten? Käme das nicht einem Nachgeben gleich? Wäre er nicht ein Eingeständnis meiner eigenen Schwäche?

Ich würde mir selbst nicht treu bleiben. Meine Geduld war eigentlich längst ausgereizt. Dies war die letzte Chance.

Wie lange ging es jetzt schon so?

Ich schaute wieder auf die Uhr. Zehn Minuten nach eins. Anna wollte um zwölf Uhr hier sein.

Eine halbe Stunde gab ich ihr noch!

Ich blieb gleich unten im Restaurant.

„Bringen Sie mir ein Glas *Dornfelder* 2000er, trocken", sagte ich zum Ober, als dieser vorbei rauschte und mich gereizt ansah. Seit einer Stunde hielt er den Tisch frei ohne Umsatz, ohne Trinkgeld. Muss man da nicht in Fahrt geraten? Verspätungen von Anna waren mir nicht unbekannt. Ich entschuldigte sie mit ihrer Arbeit, die tatsächlich überhandnahm. Einmal berühmt geworden, und schon hagelt es Aufträge. Sie war zu eitel, diese abzulehnen.

Heute hätte nichts im Wege stehen dürfen.

Das Stadthaus in Esslingen, ihr Gebäude, war fertig gestellt, in Rekordzeit hochgezogen und ebenso schnell ausgestaltet. Fabelhaft! In ungefähr vierzehn Tagen wird die Einweihung gefeiert. Was immer passieren wird, ich werde dort erscheinen. Arien und ich wollen uns treffen.

Es ist ein Sensationsbau, und seine Konstruktion schlägt europaweit Wellen und rief die größten Architekten auf den Plan, die ihn begutachteten, meistens begeistert.

Was mochte passiert sein? Freitags sind die Straßen überlastet, ging es mir durch den Kopf. Vom *Ferdinandskai* hierher dauert es mit dem Auto zwanzig Minuten. Wenn's hochkommt eine halbe Stunde. Man muss immer über das Nadelöhr *Rödingsmarkt!* War sie in einen Unfall verwickelt?

Quatsch! Ausgerechnet heute?

War vielleicht am späten Morgen ein bedeutender Auftrag eingegangen, und hatte man sie mit einer umgehenden Antwort betraut?

Nein, das konnte es auch nicht sein.

Was dann?

Fühlte sie sich plötzlich nicht? Ist sie ohnmächtig geworden? Unwahrscheinlich! Sie war zäh, wie Frauen dieses Kalibers sind, die sich Auszeiten nahm, wenn sie glaubte, dass es an der Zeit sei. Ohne Rücksicht auf Verluste. Dann lebte sie nur für sich selbst. Für niemand sonst. Auch nicht für mich, als es noch zwischen uns klappte.

Ich sah ihr das bis jetzt nach.

Ich schaute wieder auf die Uhr. Noch zehn Minuten.

Unpünktlichkeit ist Diebstahl an der Zeit. Sie verkürzt das gelebte Leben. Ich hasste es, ihr ausgesetzt zu sein.

Ich erhob mich, ging zur Tür, setzte mich, stand auf, blickte nach draußen, dann wieder auf die Treppe, ich war voller Unruhe.

Es war irgendetwas passiert, war mein Gedanke.

Der Ober war aufdringlich.

„Vielleicht ein Süppchen, der Herr?"

„Ja, bringen Sie irgendetwas!"

„Nein, das tue ich nicht! Bei zwölf Suppen ist die Auswahl zu groß. Wie wäre es mit einer *Hamburger Aalsuppe?"*

Ich schüttelte den Kopf.

„Nein? Dann Kürbissuppe auf saurer Sahne?"

„Ja, bei der Temperatur ist diese gerade richtig!"

Der Kellner eilte in die Küche. Kürbissuppe? Seit wann esse ich sie gern? Ich versuchte das Gericht auf der Karte zu finden, um Zeit zu schinden, glitt mit den Augen die Einzelpositionen von oben nach unten entlang. Wo sind Suppen ausgewiesen? Ah, hier. Neun Euro sechzig, eine Unverschämtheit. Kürbis. Das ist Wasser pur, und dann der Preis. Völlig überzogen.

Meine Frau war nicht in Sicht.

Das gediegene Interieur, die Rose neben ihrem Teller und die angenehmen Gäste munterten mich nicht auf.

Verrückt, auszuharren.

Es war etwas in mir, das mir zu warten befahl und im Gegenzug etwas, das mich drängte, zu gehen.

Ich bekam Gänsehaut als ich daran dachte, dass ein anderer Mann meinen Platz einnehmen könnte. Aber warum sollte das so sein? Unser letztes Betterlebnis lag allerdings fünf Monate zurück. Sie machte dafür ihren angestrengten Beruf verantwortlich, als wir noch miteinander sprachen, und tatsächlich war sie ständig auf Achse oder in Esslingen, um den Bau zu beaufsichtigen. Im Übrigen sagte ich mir, dass man bei einer so langen Ehe Abstriche machen müsste, was den Sex betrifft. An seine Stelle rutschen andere Werte. Ein anderer Mann? Wenn sie in Hamburg war, kam sie abends nach Haus, wenn auch meist sehr spät. Und außerdem kann sich eine Frau, die inzwischen zur Berühmtheit geworden ist, kaum leisten, fremdzugehen.

Die Kürbissuppe schmeckte scheußlich. Im Nachherein gab ich zu, dass meine Stimmung für das miese Prädikat verantwortlich war. Dennoch wurmten mich Preis und verfehlte Schlemmerei. Endlich überwand ich meine Arroganz: Sie hätte mich anzurufen, nicht ich sie. Ich zückte mein Handy. Die Zentrale meldete sich. Ich fragte, ob man mich mit meiner Frau verbinden könnte. Nein, das wäre unmöglich. Um 11 Uhr habe sie das Haus verlassen. Ich zitterte, als ich bezahlte. Nur weg von hier.

Die Doppeltür des Restaurants schlug krachend zu.

Farbwechsel – Juni 2001

Ich stand an der Ampel und wartete auf Grün.

Um mich herum ein Pulk von Menschen, der sich durch Zustrom vom Hauptbahnhof aufblähte. Die Köpfe einheitlich ausgerichtet: auf das leuchtende Rot.

Weit und breit kein PKW, kein Bus, kein Motorrad. Jeder hätte die Straße gefahrlos überqueren können. Aber nein, man unterwarf sich der Maschine, die nicht denken kann und vom bedarfsgerechten Schalten keine Ahnung hat. Ich gehörte dazu. Ich hielt mich an die Regeln, kraftlos, sie zu durchbrechen.

Anna ging mir durch den Kopf.

Sie hätte alle Farben hemmungslos missachtet und wäre über die Straße geeilt, sich sogar zwischen Fahrzeugen hindurchlavierend oder sie aufgefordert, anzuhalten. Sie war oft rigoros.

Hier wäre es angebracht gewesen.

Immer noch keine Erlaubnis loszugehen. Die Schaltung hatte versagt.

Die Rotphase hatte sich verlängert.

Dann war es so weit.

Inzwischen zu einem großen Schwarm angewachsen, schoben sich die Leute teilnahmslos nach drüben. Körperberührung inbegriffen. Ein Wegstehlen mit unsteten Blicken. Auf dem gegenüberliegenden Bürgersteig angekommen, stob man auseinander. Viele machten sich in Richtung Alster und Kunsthalle auf den Weg. Meine Richtung war entgegengesetzt: Lange Reihe.

Einige Passanten kamen entgegen.

Die Lange Reihe war fast menschenleer.

Das lag sicher an ihrer Enge, die die Hitze einfängt. Die rechte Seite stand zudem voll in der Sonne.

Die hiesigen Bewohner hatten sich verkrochen und hockten in ihren kühlen Wohnungen. Altbauten bieten dafür die Gewähr. Die Hitze hatte Norddeutschland seit vier Tagen im Griff und lähmte das Leben. Ich erinnerte mich nicht, dass es jemals Mitte Juni so unerträglich gewesen war, seit dem ich in der Stadt wohne... Das ist lange.

Blätter der jungen Baumkronen und Äste hingen schlaff herunter. Sträucher und Blumen in den Parks vertrockneten. Appelle der Politiker, den Pflanzen Wasser zu geben, verhallten.

Auch mir war es zu heiß. Nur konnte ich mich nicht in die Wohnung zurückziehen. Es gab weder für Schüler frei... noch für Kollegen einen Rückzug ins Lehrerzimmer.

Ich mag keine Hitze.

Der Schweißgeruch, manchmal vermischt mit dem Gestank alter Klamotten, säuerlich und muffig, raubte mir den Verstand. Wenn sich billiges Parfum dazugesellt, mein Gott, der Atem stockt.

Mir kamen zwei junge Frauen entgegen, nebeneinander, und füllten den Bürgersteig aus. Ich drückte mich in den Eingang eines Frisörsalons, um sie vorbei zu lassen. Ihre Blusen haben feuchte Ränder unter den Armen. Wasser perlte ihren Hals hinunter. Feuchte Haarsträhnen verdeckten ihre Visagen. Ich roch eine gut geschwitzte Wolke - natürlich ungeduscht. Dahinter in gehörigem Abstand zwei Männer oben ohne. Bauch und Brust übten nur wenig Anziehungskraft aus.

Plärrende Kinder auf der anderen Seite. Sie kennen noch nicht die Würze des Körpers. Ich war angeekelt. Machte ich auf andere einen besseren Eindruck?

Müsste ich... denn ich bin schlank und transpiriere nicht. Aber es waren keine Leute da, die auf mich aufmerksam sein könnten.

Außerdem: Mein Alter.

Versagen

Der folgende Tag hatte auch mich nicht ungeschoren gelassen. Das Gymnasium war ein Nachkriegsgebäude: Vorgefertigte Teile, Leichtbau.

Die Sonne heizte die Wandplatten auf. Sie strahlten in alle Hohlräume. Aus dem Haus wurde ein Backofen. Fast alle Jugendlichen hingen in den Seilen, gearbeitet wurde auf minimaler Ebene.

Mein Schreibtisch zierten unzählige Flaschen: *Cola, Deit, Mineralwasser*. Auch ein Glas stand zur Verfügung, aber das fristete ein jämmerliches Dasein, es blieb nämlich unbenutzt. Der schnelle Griff zum Flaschenhals versprach eher Erfrischung als das umständliche Eingießen in einen Becher. Dafür nahm ich erschlaffte Arme in Kauf. Unmengen von Flüssigkeiten verschwanden in meinem Bauch. Die Folgen? Sie lagen auf der Hand. Eine Zeitlang verkniff ich mir den Gang zu den Waschräumen, weil er zu mühsam schien. Ich hoffte auf die Wallanlagen, wo es überall Büsche und Bäume gab. Aber ständig wuselten irgendwo Leute herum. So musste ich jetzt, auf dem Nachhauseweg, irgendeine Gaststätte ansteuern, und zwar so schnell wie möglich.

Ich drückte mich dicht an den Mauern und Schaufenstern der Fassaden auf der linken Seite der Ausfallstraße vorbei, um den schmalen Schattenstreifen an der Häuserzeile auszunutzen, den die Sonne noch übrig ließ. Fahrdamm und die Straßenseite drüben erstrahlten in unerträglicher Helligkeit.

Endlich, nach hundert Metern eine Kneipe!

Schon hatte ich die Tür hinter mir geschlossen. Ich nahm einen leeren Barhocker wahr, warf meine Tasche darauf, bestellte ein Bier.

Viele Gäste.

Es war gerammelt voll und roch bestialisch. Alles trank Bier und prostete sich zu.

Das einzige Getränk, das den Durst wirklich löschen soll, lassen Kenner verlauten.

Meine Blicke konnten den dichten Qualm billiger Zigaretten kaum durchschneiden. Ich stolperte über Pumps, Sandalen, Schuhe und Körper, öffnete die Schwingtür, über der ein Schild kaum noch lesbar hing – WC -, schlängelte mich im Vorraum nach links, und nahm die erste Kabine. Alles klappte wie am Schnürchen. Entspannt zog ich den Reißverschluss wieder hoch, was ganz leicht ging. Es war schließlich eine Designerhose, und da stimmt eben alles.

Doch was war das?

Ich merkte, wie sich von hinten eine Hand vorn an mir zu schaffen machte. Ich schaute nach unten, nahm einen bloßen Arm, eine schmale Hand mit tomatenrot gefärbten Nägeln wahr, demnach eine Frau, deren Busen ich gleich darauf in meinem Rücken und ihren Atem an meinem Hals spürte.

Ein Blick auf ihre Beine, verstohlen nur. Er ließ mich einen roten Rock erkennen.

Sie war geschickt.

Schlängelte sich durch Schlitz und Unterhose hindurch und gelangte bald zu ihrem Ziel, und mir war, als wäre sie über dessen Lebendigkeit überrascht. Denn sie hielt einen Augenblick inne und gab einen undefinierbaren Laut von sich. Meine extreme Männlichkeit verdrängte die ersten schwachen Anzeichen von Scham und machten mich stolz. Ein zweifelhaftes Empfinden, wie ich hinterher herausfand. Eins aber war klar: Anna hatte den Liebhaber in mir zur Nutzlosigkeit degradiert. Und jetzt konnte ich mich beweisen.

Daher wehrte ich mich nicht und ließ es mit mir geschehen.

Hinzu kam, dass ich verblüfft über den Überraschungscoup war, den sie landete - betäubt durch den undefinierbaren und übermächtigen Geruch von *Sagrotan* .

Als ihre Fingerkuppen mich da streichelten, wo niemand Fremdes sonst Zugang hatte, packte mich eine solche Lust, dass ich vollends wehrlos wurde, unterstützt durch Angst, jeden Augenblick entdeckt zu werden. Dass sie, die eigentlich eine Art Gegenwehr hätte herausfordern müssen, das Vergnügen an ihrem Tun und mein Begehren verstärkte, war mir in diesem Augenblick ein Rätsel und auch gleichgültig. Ich drückte meinen Unterleib nach vorn, wodurch ich wie ein Flitzbogen vor ihr stand.

Gewandt und zärtlich manövrierte sie ihre Bewegungen und schließlich nahm sie ihre Lippen zur Hilfe.

Augenblicke, die mir schon lange fehlten.

Es waren nur Sekunden, als ich von der Flut der Gefühle erlöst wurde und gleichzeitig zusammenzuckte, weil mein Gewissen zu rumoren begann, mir vorwarf, etwas Unanständiges getan zu haben, und das willenlos.

Mir stieg die Schamesröte ins Gesicht.

„Einhundert Euro", sagte sie, „kostet es, wenn man sein Geschäft in den Räumen 'Ladies only' verrichtet", hielt die Hand auf und ließ mich nicht aus der Kabine treten. Sie hatte die Miene eines verschlagenen Luders.

Sie war ein Raubvogel, ihre Augen hatten etwas Drohendes. Sie stank aus dem Mund.

Ich fummelte in meiner Hosentasche herum, zog mein Portemonnaie umständlich aus dem äußersten Zipfel heraus, entnahm den verlangten Schein.

„Na, bitte! Hat dir doch Jux gemacht, Alter, oder etwa nicht?" Dann verschwand sie.

Während ich, von ihrer Gegenwart befreit, darüber nachdachte, stolperte ich blindlings in die Herrentoilette, wusch mir die Hände, ließ für Sekunden kaltes Wasser über meinen Puls laufen, um ruhiger zu werden,   riss Papier aus dem Halter, trocknete mich in Windeseile, strich meine Haare aus der Stirn und ging gemächlichen Schrittes in den Schankraum und tat so, als wäre nichts gewesen. Mein Herz allerdings pochte.

Der Wirt sah mich nachdenklich an.

„Probleme?", fragte er und verzog den Mundwinkel zu einem Grinsen, als ob er wüsste, was da vorgefallen war.

Ich stürzte das abgestandene Bier hinunter, der inneren Erregung und der Peinlichkeit wegen schaute ich niemand an. Meine Augen irrten durch die Gaststube, während ich in meiner Jackentasche nach Geld herum stocherte, legte zwei Euro fünfzig auf den Tresen, und verließ die Gaststätte fluchtartig. Als ich die Tür schloss, schlug mir die noch immer auf der Stadt lastende, flirrende Luft entgegen, so dass mir einen Augenblick der Atem stockte. Dennoch musste es etwas kühler geworden sein, was auch der Schatten bestätigte, der nun Fußgängerwege und Fahrdamm bedeckte.

Ab nach Hause

Ich zitterte, als ich auf dem Bürgersteig stand, blickte ängstlich nach allen Seiten, um mich zu vergewissern, ob sie zurückkommt und mich sogar sucht.

Warum sollte sie? Fragte ich mich.

Ich drehte mich verunsichert in Wegrichtung nach links, marschierte in Riesenschritten los, soweit es ging.

Die Gegend hatte sich belebt, und Leute aus den anliegenden Hausfluren und sonst woher strömten in Bäckereien, Schlachterläden und Supermärkte, um sich für den Abend und den nächsten Tag mit Lebensmitteln einzudecken, was mir mehr Ruhe gab. Ich sah die wogende Menge vor und hinter mir, ebenso auf der gegenüberliegenden Straßenseite, und sie glich einem rotierender Sog, einem Wirbel, der alle menschlichen Konturen verwischt und den Individuen ihr Gesicht raubt.

Es war noch warm, eine Temperatur, die sich auf meine Lunge legte und mich lähmte. Es sollte noch einige Tage heiß bleiben. Das verhieß der Wetterbericht.

Ich verließ die Hauptstraße, bog zur Alster ab. Das Geräusch von Bussen und Autos verstummte. Irgendetwas trieb meine Beine an, die Füße holten ohne meinen Willen kräftig aus und fanden sich im Laufschritt wieder. War es Angst?

Aber wovor?

Schuldbewusstsein?

Ich schüttelte diese Gedanken ab, wie Hunde ihr regendurchnässtes Fell, statt dessen bemühte ich mich, sie zu ordnen. Und sie kreisten um das eben Erlebte, um die verräucherte Kneipe, den selbstgefälligen Wirt, die vermeintliche Nutte und den Sex.

Gehörte alles zusammen?

Plötzlich verstärkte sich mein Tempo, mir war, als müsste ich um mein Leben rennen.

Was für eine Dummheit!

Schließlich hatte mich niemand verfolgt.

Endlich, nach einigen hundert Metern fiel ich in einen leichten Trott; bald in eine ruhige Gangart.

Mein Herz schlug wieder im üblichen Takt.

Ich versuchte, meine Gedanken auf Anna zu lenken, auf ihr abweisendes Verhalten, auf ihr Schweigen, aber noch waren die flüchtigen Minuten gegenwärtig.

Und hatten diese nicht auch mit Anna zu tun?

Warum hatte ich mich nicht gewehrt?

War es möglich, dass ich Anna aus meinem Inneren zu verbannen hoffte? Ich schalt mich dieser Überlegung wegen, denn niemand kann eine jahrelange, gemeinsame Vergangenheit durch einen Sekundentreff auslöschen.

Es stimmte schon: Es hat mir gefallen, auch wenn es unanständig war, mehr noch, würdelos. Die Begierde steigerte sich sogar, als ich mir der Gefahr bewusst wurde, entdeckt zu werden. Eine Kleinigkeit wäre es gewesen.

Was ist, wenn sie krank war? Frauen ihres Gewerbes haben mit unzähligen Männern Kontakt. Nicht auszudenken, was für eine Krankheit ich mir geholt haben kann.

War es Rache, die mich trieb? Wie sollte Anna je davon erfahren, wenn nicht durch mich und nur dann, wenn wir miteinander reden? Rache ohne darüber zu sprechen, ist wirkungslos. Außerdem war ich vorher nie auf diese Idee gekommen.

Was war's dann?

Antwort auf Annas Lieblosigkeit? Früher streichelte sie mich im Vorübergehen, glitten ihre Fingerkuppen über meinen Handrücken, fuhr sie mit gespreizten Fingern durch mein Haar, und ich wusste, dass wir zusammen gehören.

Ich sagte mir, dass es der Reiz des Ordinären war, die Gewissheit eines schnellen Vergnügens. Spaß ohne Verpflichtungen, und niemand wird ihn mir zum Vorwurf machen können. Weil niemand davon erfahren wird. Nur ich selbst stand mir im Wege.

Endlich langte ich im Hofweg an, wo wir wohnten.

Ich erreichte das fünfstöckige Gebäude inmitten von Stadthäusern, das über dem Eingang als City-Palais ausgewiesen ist und vielen Hamburgern durch Journalisten bekannt gemacht wurde, als es vor mehreren Jahren restauriert und in altem, neuen Gewand die schon vornehme Gegend bereicherte. Ich durchschritt den zehn Meter langen Vorgarten, öffnete das holzgeschnitzte Portal und betrat die Eingangshalle, die durch die seitlichen Sprossenfenster der Außenwand - Licht durchflutet - den Weg zu den Marmorstufen freigab. Rechts und links von ihnen blank geputzte Messingläufe, die alten Leuten und müden Bewohnern Beistand leisten, und früher meinen Kindern als Rutsche dienten. Dahinter die hohen Spiegel, gehalten von zwei Putten auf jeder Seite, umrandet von gemalten Ranken und Blumen, an der Decke

Harfe und Flöte spielende Engel um einen Rosenkranz aus Gold verziertem Gips. Die Zeitungsschreiber hatten seinerzeit nicht übertrieben, denn das Haus gleicht eher einem ehrwürdigen Schlösschen oder Herrenhaus aus dem siebzehnten Jahrhundert, und wer trotz der Gegenwart noch träumen kann, sieht sich bald ins Barock versetzt und das Entree von Adeligen betreten.

Ich nahm das alles nicht wahr.

Ich hastete die vier Stufen nach oben, zog die altersschwache Sperre des aufgearbeiteten Fahrstuhls auf und verschwand in seinem Gehäuse. Die Renovierung hatte er gut überstanden. Die Farben leuchteten frisch, der Spiegel an der einen Seite vergrößert sein Inneres.

Scheinbar, versteht sich.

Er bot zwei Personen Platz. Vielleicht noch ein Kind. Ich grinste mich an, fand aber, dass ich erbärmlich aussah. Schäbige Erlebnisse hinterlassen Spuren.

Jetzt juckelte das Vehikel nach oben, es quietschte und ächzte in allen Fugen, die Kabine schaukelte leicht. Ich wagte noch einen zweiten Blick in den Spiegel. Schweißperlen hatten die Stirn übersät. Sie machten mir klar, wie es um mich stand, nämlich schlecht.

Ich versuchte nicht einmal, ein Tempotaschentuch aus der Aktentasche zu fischen, sondern benutzte einen Ärmel. Meine Frau wäre aus der Haut gefahren, hätte sie's gesehen.

'Ein *Signum*hemd hat eine bessere Behandlung verdient!', hätte sie mir zugeraunt. Und bestimmt richtig böse! Nicht dass sie laut wurde, wenn sie mich persönlich angriff, nein, im Gegenteil. Je leiser, desto durchschlagender. Disziplin bedeutete ihr alles.

Amputation – Rückblicke – November 2001

Zuerst denkt man, wenn man nicht mehr miteinander spricht, dass es eine Marotte ist, ein Zerwürfnis, ein Racheakt, etwas von kurzer Dauer. Sind die ersten sprachlosen Wochen vergangen, gibt es Schritte, sich anzunähern, ein Blick vielleicht, eine Geste, einen Guten Morgen, Versöhnung.

Meine Versuche liefen ins Leere.

Anna löste sich von mir. Sie leitete einen Prozess ein, der in einer Trennung mündete. Ein Fortgehen ohne Wiederkehr.

Zuerst waren es nur Stunden, die ich auf sie wartete. Manchmal kämpfte ich bereits mit Dämonen, die ein Feuer in mir schürten, dass sie Liebhaber habe. Anna konnte nicht für mich da sein, verteidigte ich ihr Verhalten, weil sie im Betrieb so viel leisten musste. Sie war eine Frau mit vielen architektonischen Ideen. Wer seinen Beruf mit Engagement und Leidenschaft ausübt, wie sie, konnte kaum Muße für ein Privatleben haben.

Es war ein langsamer Rückzug, ein Abstieg in Raten aus schönster Höhe, auf dem ich immer wieder Chancen witterte und sie wahrnahm; vergeblich. Später nahm sein Tempo zu, ein überstürztes Ende folgte.

Für mich war das Auseinandergehen eine Amputation. Man hat sie nicht schmerzfrei. Auch nach der Operation.

Es gab keine Zugeständnisse.

Nach außen blieben wir zusammen, bis Friederike und Arien ihre Examina in der Tasche haben würden. So war einmal unsere Absprache, als wir über solche Entwicklungen sprachen.

Ich erinnerte mich an den Tag, an dem sich der Konflikt entzündete. Auch den Termin werde ich nie vergessen: 23.06.2001, Ariens 21ster Geburtstag.

Er war eindrucksvoll.

Anna lauschte in ihrem Büro einem Vortrag von *Peter Eisenmann* aus New York. Er sprach über die Stelen in Berlin, seine Erfindung.

Anna sprudelte heraus, was sie bewegte, kaum hatte sie die Wohnung betreten. Sie hatte sich verspätet, doch ich verzieh ihr.

Ich hatte Kerzen angezündet, eine Karaffe Rotwein auf den Couchtisch gestellt, und schon zu lesen begonnen.

Anna sagte wörtlich:

„Ein bemerkenswerter Mann, ein bedeutender Architekt. Da spricht er zu uns, den Angestellten und Mitarbeitern unserer Sozietät, als sei es selbstverständlich. Was es nicht war. Natürlich nicht! Wir haben weder ein vergleichbares Schicksal noch einen ähnlichen Hintergrund."

Er sagte, dass die Stelen an das schreckliche Geschehen des Dritten Reiches, an das Menschen verachtende Auslöschen einer Gruppe von Bürgern mit dem unvorstellbaren Leid der Betroffenen erinnern sollen, und kein Vorwurf kam über seine Lippen, keine Anklage.

Während ihrer Erzählung kuschelte sich Anna an mich. Sie suchte Vertrautheit.

Ich gab ihr Zuneigung, und legte ihren Kopf an meine Brust.

Sie hatte sich ganz auf die linke Seite des zweisitzigen Sofas gesetzt und ihre Beine angezogen. Ich saß rechts.

Endlich war ihr ersehnter Körper in greifbarer Nähe, der Duft ihres Parfums umspielte meine Nase, ihr Kopf ruhte inzwischen in meinen Händen. Ich streichelte sie sanft.

Plötzlich sprang sie auf, strahlte mich an und verschwand im Badezimmer. Mir war, als wären wir in die ersten Wochen unseres Kennenlernens zurückgekehrt, die wir Sturm- und Drangperiode nannten. Ich liebte sie damals, ich liebte sie noch immer.

Nun war sie hier bei mir.

Sie öffnete die Badezimmertür zu einem winzigen Spalt: mich damit neugierig zu machen, wie sie meinte, oder mir einzuheizen, wie ich erwiderte.

Sie glitt in mein Schlafzimmer.

Ich hatte mich meiner Sachen entledigt, stand direkt in ihrem Blickfeld wie der Herrgott mich geschaffen hat.

Frische schwirrte mir mit dem Luftzug des geöffneten Fensters entgegen. Sie flog wie ein Vogel mit ausgebreitetem Gefieder in meine geöffneten Arme, ich griff fest zu und drehte sie in einem Wirbel um meine eigene Achse. Sie lachte verschmitzt, während ich sie gegen unsere geliebte Säule drückte, Aufforderung für sie, die Arme um meinen Kopf zu legen und die Beine anzuziehen, sie um meine Hüfte zu schwingen, als hangle sie sich an einer Palme hoch.

Ihr Busen war stramm.

Ich wusste genau, was sie mochte und wie sie sich am meisten amüsierte. Wir waren immer noch ein eingespieltes Liebespaar.

Das Telefon schrillte.

Ausgerechnet jetzt.

Statt es läuten zu lassen, drückte Anna mich zur Seite. Ich sackte gleichzeitig wie ein Kartenhaus zusammen, das sich unser Sohn in der Kindheit ständig aufgebaut hatte, um es durch ein Blatt, aus der Mitte seines Aufbaus heraus gezogen, zum Einsturz zu bringen. Genauso war mir zu Mute.

Während sie ins Bad stürzte, den Hörer in der Hand, kehrte ich der Säule den Rücken, warf mir einen Bademantel über und strauchelte beinahe gedemütigt in mein Arbeitszimmer.

Sie kehrte vom Gespräch verändert zurück.

Sie muss geahnt haben, wer anrief, als es klingelte. Zu schnell war sie in die Gegenwart zurückgekehrt. Eigentlich unter dieser Voraussetzung schäbig, mich zum Sex zu animieren, den sie gar nicht wollte. „Arien", flüsterte sie. Ich sagte nichts.

Sie ließ mich nicht wissen, was den Jungen dazu brachte, jetzt anzurufen, obwohl wir heute Morgen mit ihm sprachen.

Wir gratulierten gemeinsam zum 21sten Geburtstag.

Mir verschlug 's die Sprache.

Wie kann es sein, dass ein Sohn mehr Einfluss auf die Mutter ausübt als der Ehemann? Wieso konnte Anna nach dem Gespräch nicht abschalten und ihre Rangelei mit mir fortsetzen, verzögert versteht sich, aber doch sehnsüchtig? Was musste in ihr vorgegangen sein, mich einfach sitzen zu lassen? Ein Gespräch hätte mich beruhigt, aber der Rückzug wirbelte mich durcheinander! Ich hatte Wut im Bauch. Ich nahm mir einen Cognac, kurz danach wich die vorher empfundene Hoffnung auf eine gemeinsame Zukunft dem Gefühl der Ausweglosigkeit.

Hatte sie, als wir loslegten, überhaupt an mich gedacht? War nur sie sich nahe? Die Chance, einen schwelenden Brand zu löschen, war vertan.

15.08.2004 – Anmerkungen von Christian

Es ist das erste Mal, dass der Name Arien fällt. Was für eine Beziehung pflegte Anna mit ihm? Wieso konnte sie nach dem Gespräch nicht mehr mit Moritz zusammen sein? Welche Bedeutung für sie hatte der 21ste Geburtstag des Sohnes? Mehr über den Jungen in Erfahrung bringen! Vielleicht sollte man unverzüglich dessen Aufenthalt in Tübingen überprüfen, vielleicht aber Ariens Geburtsort Mecklenburg/Vorpommern, aufsuchen sowie den Wohnort der Familie. Würde das einiges klären?

Schlaflos – 20.3.2002

Die Nächte, in denen ich keinen Schlaf fand, häuften sich. Zerschlagen ging ich in die Schule, erschöpft kehrte ich heim.

Dazwischen die reinste Quälerei.

Das Kollegium machte einen Bogen um mich. Wenn mich jemand von weitem sah, nahm er Umwege in Kauf, man mied mich, wo immer es ging. War ein Treffen unvermeidlich, meinte man, müssten die Ursachen der Entfremdung auf den Tisch. Ich sollte besser, sagte meine Stellvertreterin, Frau Drögemöller, zwei, drei Tage zuhause bleiben, um mich zu erholen. Sie stände als gute Vertreterin Gewehr bei Fuß, und in den Klassen werde nichts aus dem Ruder laufen.

Wäre mir nach einem Gespräch wohler, erzählte mir Anna ihre Version? Wusste sie überhaupt, welche Torturen ich durchmachte? Wusste sie, dass ich mit ihrer Erklärung Klarheit über mich gewönne?

Es gibt kein grundloses Auseinanderleben.

In jedem Fall ist es leichter, die Zukunft anzupeilen, wenn die Geheimnisse voreinander abgebaut werden, wenn man Position bezieht. Dagegen heißt Schweigen des Partners, dass man nicht für voll genommen wird, dass man schuldig ist. Die Zerrüttung einer Ehe entwickelt sich, sie ist nicht einfach da, es sei denn, dass der eine von beiden eine neue große Liebe gefunden hat. Aber dann sollte man nicht von Zerrüttung reden, nur von Trennung. Das war zwischen uns nicht der Fall.

Immer wieder ging ich die Geschichte unserer Familie zurück. Suchte Anhaltspunkte, Anzeichen einer Auflösung, Misstrauen vielleicht oder Desinteresse.

Ich lernte Anna im *Funkeck* kennen. Man schrieb das Jahr 1993. Es war ein Insidercafé in der Rothenbaumchaussee. Treffpunkt der Redakteure, Nachrichtensprecher und Schauspieler vom norddeutschen Rundfunk.

Sie saß aufreizend an einem kleinen runden Tisch direkt am Fenster zur Terrasse. Neben ihr ein freier Sessel, altmodisch, aus dem sechziger Jahren, aber gemütlich. Ich setzte mich zu ihr, denn alle anderen Plätze waren besetzt.

Ich sah sie vor mir, ihre mehrfach gefärbten Haarsträhnen, ihre bescheuerte Frisur, ihr Dekolleté, ihre roten engen Jeans, und ich fragte mich, wie man da hineinschlüpfen könne, und ihre Jugend. Sie wollte um jeden Preis auffallen, und hoffte, dass jemand sie in die große Welt entführte.

Ich nahm ihr alle Chancen.

Sie erzählte mir, dass sie Architektur in Braunschweig studiere und gerade ein Praktikum habe.

„Wollen Sie mal sehen, auf welchem Bau ich gelandet bin?"

Ich sagte zu und bezahlte.

Sie nahm mich an die Hand und lief mit mir los. Sie gefiel mir. Sie gefiel mir sehr.

Ich ließ mich treiben.

Da sich meine Erfahrungen mit Frauen in Grenzen hielten, und so etwas wie sie hatte ich noch nie erlebt, war mir alles recht. Sie beschleunigte ihre Schritte, machte ein Handzeichen zum Himmel und sagte, dass es gleich regnen werde, und bis dahin müssten wir die Baustelle erreicht haben. Bei Kühle und Feuchtigkeit sei jede Stadt hässlich und jeder Bau erscheint düster.

Bald darauf erreichten wir ihr Ziel, drei Hochhäuser in der *Dorotheenstraße* nebeneinander, das eine Haus noch im Bau.

Sie ließ mich wissen, dass wir durch einen Bauwagen - sie wies nach vorn - steigen müssten, für den sie den Schlüssel habe, dann kämen wir hinter der Absperrung heraus, sie umzingelte die gesamte Baustelle.

Mir kamen erste Bedenken.

Darf man außerhalb der Arbeitszeit den Platz überhaupt betreten? Hatte sie eine Extragenehmigung hierfür? Ganz sicher nicht. Jedenfalls sah sie nicht danach aus. Dennoch, ich ergab mich meinem Schicksal, war ich bisher niemals einer jungen Studentin gefolgt, die den Männern den Kopf verdreht. Schuld daran ist ihr Äußeres. Ob sie wirklich studierte? Eigentlich machte sie nicht den Eindruck, und die wenigen Worte, die wir wechselten, ließen nicht darauf schließen. Ist sie vielleicht eine Schwindlerin?

Sie lief jetzt vor mir, und ich benutzte die Gelegenheit, ihren Rücken zu betrachten, die Beine nach ihrer Länge abzuschätzen, und ich überraschte mich, als meine Blicke ihren strammen Po in den roten Jeans hinunter glitten.

Ein leichter Regen setzte ein, Vorboten eines Gewitters, das sich auf der anderen Seite des Sees, dem Kleinod (*Außenalster*) in mitten der Stadt zusammenbraute.

„Kommen Sie!", sagte das Mädchen, „wir müssen in den neunten Stock, wo ich heute gearbeitet habe, Innenwände mauern musste."

Das Haus habe zwölf Etagen, legte sie nach.

„Handarbeit. Pure Handarbeit!", lachte sie.

Wir kletterten Betontreppen hinauf und später eine Leiter. Sie meinte, dass aus meinen Augen Angst spräche, und sie hatte Recht. Ich laufe nicht gern in ungesicherten Räumen herum, die im neunten Stock liegen. Sie wies mich an, in der Mitte am Fahrstuhlschacht zu bleiben, auch von da habe ich eine Superaussicht, was stimmte. Ich sah über die *Alster*, erkannte die *Kennedy*brücke, machte den Turm des Rathauses aus, ließ meine Augen weiter nach Norden schweifen, konnte den *Michel* erkennen, das Wahrzeichen Hamburgs, gelangte zum Telemichel. Sie dagegen turnte leichtfüßig herum, übersprang Schuttberge, wagte sich an die unvollendete Außenwand, an der das Baugerüst verankert war.

Ich hatte das Gefühl, einen Kobold um mich zu haben, einen Irrwisch, der aus Übermut die tollsten Kapriolen schlug. Sie hopste, tanzte, schlug Purzelbäume, und plötzlich flogen ihre Pumps durch die Luft, prallten gegen einen Ziegelberg und rutschten in Zeitlupe auf den Boden. Sie lachte, sang "Auf Regen folgt Sonne" und stand vor mir. Wie sie ihre Jeans so schnell ausgezogen hatte, konnte ich nicht sagen. Jedenfalls lagen sie irgendwo auf der Erde.

Blitze zuckten über Hamburgs Kleinod, begleitet von dichtem Regen, so dass man die Hand vor Augen nicht mehr sehen konnte, graue Wolkenungetüme rasten über uns hinweg, ab und zu einen Spalt am Himmel öffnend, und es schien, als ob uns der Mond beobachten wollte. Mir war unheimlich zu Mute.

Die Konturen der unfertigen Türöffnungen und Fensterlöcher wirkten gespenstisch schwarz, aber das Mädchen hatte keinerlei Furcht.

Jetzt stand sie vor mir. Ohne Hose, presste ihren Leib gegen meinen Bauch, schlug ihr linkes Bein um mein rechtes. Ihre beiden Hände schob sie hinter meinen Körper in meine Taille, und glitt mit ihnen nach unten. Meine Furcht war dahin.

Obwohl es donnerte, blitzte und in Strömen goss, und der Weltuntergang nahe schien, mir machte es Spaß. Ich ließ mir gefallen, was sie anstellte und genoss, auch wenn mich ihre entschlossene Miene erschreckte. Meine Sehnsucht nach Erfüllung wuchs in mir zu einer unbändigen Kraft.

Ich wusste, dass es nun kein Zurück mehr gab, aber ich wollte es auch nicht. 1994 heirateten wir. Aus der ersten Begegnung waren mehrere Jahre geworden, uns hielt lange niemand auf. Dann das verflixte 7te Jahr.

Friederike – 12.08.2002

Die Hitze lastete auf der Stadt. Schon seit Tagen.

Ich saß am Schreibtisch. Neben mir das Geräusch eines Verdunsters, er muss ständig mit Wasser aufgefüllt werden. Lästig.

Es klingelte. Auch das noch!

Anna?

Ich sprang auf und rannte zur Flurtür. Während ich lief, blickte ich an mir herunter. In Unterhosen. Nein, das musste ich ihr nicht zumuten, auch wenn sie mich in dieser Aufmachung und auch mehr als tausendmal gesehen hat.

„Gleich!", rief ich aufgeregt, man möge eine Sekunde warten, und ich streifte mir hastig meine Khakihosen über. Ein Dreher vorm Spiegel, ja... so, jetzt sah ich doch etwas zivilisierter aus.

Ich öffnete die Tür... und prallte zurück.

Es war nicht Anna...

„ Friederike?"

Meine Tochter blickte mich aufreizend an. Sie war 18 Jahre. Ich erlag ihren Blicken und strahlte. Allerdings schwieg ich, weil meine Kehle zugeschnürt schien. Vor Überraschung?

Sie hängte sich an meinen Hals und umarmte mich.

Ihre Nähe tat gut.

Sie sagte, sie wolle mich trösten und aufrichten.

Kaum ausgesprochen, schoss es mir durch den Kopf, dass Anna über uns geredet haben muss.

Das irritierte mich!

Wir hatten uns gegenseitig versichert, woanders solange nicht über unsere Situation zu reden, bis diese wirklich geklärt ist.

Egal, wer weiß, was hinter Friederikes liebevoller Aktivität steckte. Könnte sie auch geflunkert haben? Wird sie nicht eher wegen meiner Frau gekommen sein? Die beiden hatten ein gutes Verhältnis miteinander. Was trieb sie von Paris nach Hamburg? Doch nicht allein das Elternhaus? Hatte sie selbst Probleme mit ihrem Partner? Wollte sie sich mit Anna austauschen?

Ich antwortete weder auf ihre Worte, noch auf ihre Gesten.

„Wie bist du hergekommen?"

Sie sagte, dass sie mit ihrem kleinen *Renault* gekommen sei, der unten im Halteverbot stände, dass die Fahrt anstrengend war, aber sie habe über Vieles nachdenken können, Musik gehört, zwischendurch irgendwo ein paar Minuten geschlafen, und viel Espresso getrunken.

Es sprudelte aus ihr heraus.

Ich brauchte sie natürlich nicht mehr herein zu bitten, sie hatte längst ihre Tasche auf die Erde geknallt, und ich hörte sie durch alle Räume staksen.

Es wäre alles wie früher, brüllte sie über den Flur, bis auf den neuen Potholder, den sie noch nicht kennen würde. Sie hätte in Paris auch nach einem so reizenden Möbelstück gesucht, aber englische Möbel gäbe es dort kaum, und sie hätte so gern ein bisschen Heimat in ihrer Wohnung geatmet. Dann rief sie:

„Bekommt der Besuch einen starken Kaffee, einen Cognac inklusive? Das war sie, genau wie meine Frau, fordern konnten beide.

Sie war jetzt in meinem Arbeitszimmer, blätterte in meinen Korrekturen herum, was mich beinahe ärgerte, öffnete das Fenster, atmete die schwere Luft von draußen ein, holte eine Zigarettenschachtel aus ihrer Jeanstasche, allerdings hatte sie keine Streichhölzer dabei. Ungewöhnlich für eine Raucherin. Wahrscheinlich hatte sie unterwegs den Wagen vollgequalmt, und dazu braucht man viele Streichhölzer, wenn man sie während der Fahrt ansteckt. Und das wird sie getan haben. Ich kannte meine Tochter. Etwas maßlos.

Ihr Auto verfügte über keinen Zigarettenanzünder....

Sie nahm sich vom Sims Kaminhölzer, jedes einzelne mehr als zwanzig Zentimeter lang, riss aus purem Übermut gleich zwei an, sog an der Zigarette, die rot aufglühte, halb verbrannte und zog einen viel zu kräftigen Zug ein, Folge, sie musste husten. Ganz sicher hatte sie nicht vergessen, dass in unserer Wohnung nicht geraucht werden durfte, jedenfalls kümmerte sie sich einen Dreck darum.

Ich ließ sie gewähren.

Sie war hier, und das zählte.

Sie fummelte am Radio herum, spürte einen Sender mit Chansons auf. Ich liebte diese Kunst, meist melancholisch, tiefsinnig und sehnsuchtsvoll, Töne und Texte. Oft genug musste ich dabei an Edith Piaf denken oder Jacques Brel.

Plötzlich ertönte eine sanfte Gitarre ohne Text – Jazz, wie mir schien, eine Mixtur aus altem und neuem Soul. Ich erinnerte mich an *Wyclef Jean*, den ich einmal in London gehört hatte, ich vergaß diesen eigenwilligen Sound nicht mehr. Er ist aber nicht vergleichbar mit der einmaligen französischen Ausprägung.

Ließen uns diese melancholischen Töne nicht in eine zu traurige Stimmung abdriften? , überlegte ich. Schon wollte ich zu erkennen geben, dass sie den Sender wechseln sollte...

Dann begann Jessica Born mit ihrem unverwechselbaren Jazzstyle einen Blues hinzuhauchen. Ich wusste, dass sie von Kritikern mit Lobeshymnen überhäuft wurde. Ich liebte sie auch.

Mir war, als ob Friederike sie begleitete, als ich auf ihren Mund schaute.

Darauf schaltete meine Tochter das Radio aus und sagte:

„Beeindruckend. Würde man den folgenden Text statt ihren in ihre Stimme legen, dann ginge sie ebenso unter die Haut. Hör mal zu, Pa, ich spreche und summe – je nachdem - dir mal drei Strophen vor, nicht sehr gekonnt, aber – so glaube ich – du wirst den traurigen und sehnsuchtsvollen, poetischen Song mögen. Hörst du zu?"

„Darauf kannst du dich verlassen, schließlich ist es das erste Mal, dass ich einen Text von Dir gesungen, gepfiffen oder gesummt höre und dem sicher besonderen Inhalt folgen darf. Wie auch immer, fang an!"

In schmalen Straßen spielen Kinder –
an Häuserfronten ohne Gärten –
sie hopsen, drehen sich, sind Finder –
sie brauchen nicht zu werten. –
Doch ihre Armut ist zu spüren –
namenlos ihr Vater ist –
no names ihren Körper zieren –
sie haben keine List,
wenn man sie hänselt –
Sie sehen, wenn die Mutter weint –
sie zählen ihre Falten –
auch wenn die Liebe sie vereint –
Leere lässt sich nicht gestalten, wenn
es an allem fehlt.

Als sie die Strophen beendet hatte, zu singen aufhörte, schaute ich sie fragend an. Statt dass ich auf ihren Quasigesang einging, fragte ich sie, ob sie ihrer Ausbildung ade gesagt hätte und sich nun in der Musik versuche.

„Pa!", sagte sie entrüstet. „Gefiel der Text?"

„Sehr, Blues und Wehmut passen zusammen!" Deine Nuancierung war top."

„Der Text ist von Arien!", platzte sie heraus.

Mir blieb die Spucke im Hals stecken! Arien, mein Gott, seine Gedichte aus der Sturm und Drangperiode über Sehnsucht und Einsamkeit waren mir ein Begriff. Danach hatte ich nichts mehr von ihm gelesen, wusste nicht, dass er immer noch Verse schreibt, was mich im ersten Augenblick freute. Feststeht allerdings auch, dass die Zeilen keine Freude verbreiten.

Ich grübelte weiter.

Hat Arien sie in einer depressiven Haltung gedichtet? Hat er an sich gedacht?

Was für eine Beziehung unterhielten die beiden? Friederike und ihr drei Jahre älterer ‚Halbbruder' mussten sich gut verstehen!

141

Dann sagte ich mir: Wer dichtet, ist kreativ. Stellte aber meine Überlegungen sofort in Frage.

Ich schalt mich für meinen oberflächlichen Denkansatz...

Eine Wertung für einen Autor bei so wenigen Vorlagen? Ausgeschlossen!

Nein, in keinem Fall!

Die Verse sind herzzerreißend.

Das Kind leidet. Fehlt ein Vater, ist man schon gebrandmarkt. Ist er sogar unbekannt, wird man argwöhnisch belächelt.

Dieses Dasein ist trostlos.

Außenseiter.

Und schauen sie in das traurige Antlitz ihrer Mütter, sehen sie die Falten, wahrscheinlich Sorgenfalten. Besonders, wenn die Väter nicht einmal den Unterhalt zahlen.

Fehlende Markennamen am Körper oder in den Ranzen, wie Nike, Adidas Bogner, Lacoste, lassen sie vor den Mitschülern   allein sein.

Verbarg sich hinter den Worten nicht Ariens Leben? Anna hatte es abgelehnt, über den Kindesvater zu sprechen. Wollte sie es nicht? Konnte sie es nicht? Hatte Anna vielleicht den Liebesakt verschlafen? Friederike war jedenfalls bei vollem Bewusstsein und höchstem Vergnügen gezeugt, ihre Mutter war Französin und hatte einen traumhaften Charme. Fast jeder Mann drehte sich nach ihr um. Sie war meine erste Ehefrau. Wir trennten uns 1990. Mein Gott, fiel es mir ein, das verflixte 7. Jahr.

Zurück zu Anna!

War sie - als sie vielleicht ohnmächtig war - vergewaltigt worden, und ist der Junge das Resultat eines Verbrechens, eines Verbrechers?

Was war mit Arien? Hatte er seine Pubertäts-Sensibilität noch nicht abgelegt? Wenn nicht, war er dann für die Zukunft lebensfähig genug? Wer sich das Leid der Welt aufbürdet, muss daran zerbrechen.

Wieso hatte sich seine Mutter immer in Schweigen gehüllt? Friederike hatte ich aufgeklärt, im Übrigen hatte sie ihre Mutter in Paris wiedergetroffen.

Brachte ich bei Anna das Thema Ariens Erzeuger aufs Tapet, blockte sie ab. Hierüber gab es keine Diskussion. Und ich war zu feige, verbohrter nachzufragen, penetrant mit meiner Neugier zu nerven. Bloß sie nicht verletzen...

Ich kam mit einem doppelten Espresso für meine Tochter zurück, der Cognac stand neben dem Rauchtisch. Sie hatte sich aufs Sofa gesetzt, die Beine hoch gelegt und klopfte mit der Hand auf die freie Fläche neben sich. Ich sollte mich zu ihr setzen.

Ich tat nichts lieber als das.

„Und nun zu deiner Ehe, Pa! „, gab sie sorgenvoll von sich. Auf ihrer Stirn hatten sich zwei winzige Falten gebildet.

„Du denkst vielleicht, dass ich viel zu jung bin, um über intime Dinge zu reden. Aber da irrst du dich, Pa, denn ich habe in Paris eben auch schon einiges erlebt, eigentlich sogar schon in der Abiturklasse!"

Ich nickte verständnisvoll mit dem Kopf, obwohl ich an ihren Aussagen zweifelte.

Sie legte ihren Kopf gegen meine Schulter, fuhr dann mit ihren Fingern durch mein spärliches Haar, sagte, dass sie mich verstehe, und ihre Anteilnahme war ehrlich. Mein Gefühl wird mich nicht getäuscht haben. Sie habe Mitleid, gab sie mir zu verstehen, aber ich müsste auch akzeptieren, dass sie die Situation nicht beurteilen werde, schließlich

16.08. 2004 - Anmerkungen von Christian

Über Friederike hatte sich Moritz vorher kaum geäußert. Völlig neu war ihm(Chris), dass die Tochter Friederike bei den Eltern und später (nach deren Trennung 1989) allein bei Moritz aufgewachsen war. Seine erste Ehe dauerte 7 Jahre. Man muss nun herausfinden, wie die beiden Kinder Friederike und Arien zueinander standen. Friederikes Vater und Ariens Mutter heirateten im Jahr 1994. Demnach waren beide Kinder mehrere Jahre nur mit einem Elternteil aufgewachsen. Sie waren nicht verwandt. Arien in der sog. DDR. Sie waren also keine Geschwister, was der Journalist früher glaubte. Wann kam der Junge in die BRD? Recherchen anstellen!

Gab es zwischen ihnen eine sexuelle Bindung?

Wie waren Friederike mit Anna und Arien mit Moritz verbunden? Friederike könnte und sollte befragt werden.

wäre Anna auch ihre Mutter, wenn auch nur Pflegemutter, die sie Anfang 1994 das erste Mal mit Bewusstsein wahrgenommen hatte.

„Da war ich 11 Jahre!", ließ sie verlauten.

Wahrscheinlich wollte Friederike zum Ausdruck bringen, dass beide Elternteile dieselben Rechte haben, ging's mir damals durch den Kopf.

Ich nickte mit dem Kopf, froh, dass meine Tochter neutral blieb, so brauchte ich ihr auch nicht die Einzelheiten unseres Zerwürfnisses zu unterbreiten. Sie kuschelte sich an mich, nachdem sie die Zigarette im Ascher ausgedrückt hatte und sagte, dass sie von mir erwarte, die Trennung gelassener zu sehen. Sie richtete sich auf und starrte mir in die Augen.

„Ihr lebt viele Jahre zusammen, glaube ich, nicht wahr? Meinst du nicht, dass bei solcher Dauer Ecken Kurven bekommen? Man schleift sich ab, Ideenquellen versiegen. Oder?"

Ich nickte wieder. Was sie sagte stimmte. Aber ohne Schmerzen geht so etwas nicht ab. Konnte sie das nachempfinden?

„Ich habe Jacques den Laufpass gegeben. Er war mir bereits nach drei Monaten über!", gab sie von sich, äußerlich gleichgültig, dennoch spürte ich, dass ihr die Entscheidung schwer gefallen sein musste. Ihre Augen wurden feucht.

Deshalb war sie nach Haus gekommen. Davon war ich überzeugt. Man kann Einschnitte im Leben besser verkraften, wenn man mit Menschen zusammen ist, die man lieb hat. Außerdem war sie ja immer noch sehr jung, und schnelle Trennungen verursachen tiefe Wunden. Jeder Jungverliebte kennt diese Phasen.

„Was hältst du davon, wenn wir noch Essen gehen?",
fragte sie plötzlich.

„Eine guter Gedanke!"

„Wann kommt Anna?"

Ich sagte, dass ich das nie wüsste, sie ließe sich nicht unter Druck setzen.

Friederike holte sich ihre Tasche vom Flur, entnahm ihr ein Reisenecessaire und spazierte lachend ins Bad. Sie war schon früher eine

Künstlerin, was ihre Aufmachung anging. Sie wird frisch und wach aussehen, wenn sie zurückkehrt. Währenddessen rief ich im *Atlantik* an, bestellte einen Tisch für drei Personen,

Vielleicht kam Anna doch noch beizeiten.

Sie kam nicht.

Ich staunte, als Friederike aus dem Bad kam. Längere Wimpern, Lidschatten, zart braune Gesichtshaut ohne Unebenheiten, eine rassige Frisur, sie hatte ihre Haare hochgesteckt, fast glaubte ich, eine junge Frau aus den dreißiger Jahren zu sehen, ein Hauch von Hut, passend zur Tolle.

Wir machten uns beide auf den Weg. Sie hängte sich bei mir ein. Suchte sie Wärme?

Man kann vom *Hofweg* zu Fuß gehen, was wir taten.

Sie fragte, ob Anna immer so spät nach Haus käme, und ich sagte ihr die Wahrheit: Ja. Wer weiß, welche Gründe sie habe, meinte sie. Vielleicht arbeite sie tatsächlich, denn besessen war sie seit sie in der Sozietät wäre und an den großen Objekten beteiligt sei.

„Sie ist eine eigenwillige Frau, und das war sie immer!"

So gesehen, dachte ich, kann ich ihr nicht widersprechen.

Geplänkel

Friederikes strafender Blick traf ins Herz.

Ich wollte meine Schritte beschleunigen, um ihrer Strenge zu entgehen, sie jedoch drosselte meine Anstrengungen. Sie blieb stehen, sah mir lange in die Augen und zog mich langsam weiter.

Sie sagte, dass sie schon mehrere Monate über mich nachdenke. Ob ich mir denn gar nicht im Klaren wäre, dass unsere Ehe aus den Fugen geraten sei? Zwei Menschen, die so konträr wären, was sich im Laufe der Jahre verstärkt haben müsste, dürften nicht zusammen bleiben.

Obwohl Jacques ein liebevoller Mann war, mit dem sie das Bett teilte, passten sie nicht zusammen.

„Aber das ist es ja!", sprudelte es aus ihr heraus, womit ich wenig anfangen konnte.

„Er schenkte mir Veilchen, holte Brötchen, tröstete mich bei schlechten Noten, machte mir Mut beim Lernen, sorgte sich um meine Überweisungen und war obendrein ein guter Liebhaber. Aber ich konnte ihn nicht mehr ertragen."

Ich drängte sie, weiter zu gehen, und wenig später lag die Außenalster vor uns. Einige Segelboote kreuzten herum. Um uns spielten Mücken in der Abendsonne.

Ihr Redefluss versiegte bei dieser Aussicht für Sekunden.

Sie schielte mich von der Seite an und dachte sicher, ich solle endlich zur Besinnung kommen.

Man könnte meinen, dass Jacques nur Vorwand war, vielleicht erfunden, hinter seinem Namen könnte ich mich verbergen...

„Jacques kroch in mich hinein, las mir meine Wünsche von den Lippen ab. Immer wenn er glaubte, mich mit seinen Nettigkeiten, seiner Zärtlichkeit überschwemmen zu müssen, dachte ich an einen Macho, der sagt, wo's lang geht, das Tempo bestimmt und die Zeiten festlegt."

Neulich habe sie im gerammelt vollen Audimax gesessen, in der zweiten Reihe unterhalb des Sprechpults, neben ihr wäre ein Sitz frei gewesen. Da kam ein Student von oben herunter, er hatte sich verspätet, setzte sich neben sie, und glotzte sie unentwegt an, so dass der Professor seine Vorlesung unterbrach. Die Knie des jungen Mannes berührten ihre, kaum hätte er die Sitzfläche heruntergeklappt und sich in den Stuhl geflegelt, und bewegten sich sachte. Eine Unverschämtheit.

„Ich war irritiert, verbot mir seine Zudringlichkeit, lauthals!"

Der Professor habe sie unter dem Gelächter der Kommilitonen heraus komplimentiert.

„So ein Kerl ist unmöglich, aber er schafft klare Verhältnisse, die Positionen sind bekannt. Man weiß, woran man ist. Eine Nacht, ein Tag, noch eine Nacht, das reicht!"

Sie war wie meine Frau.

Sie hatte sehr eigene Vorstellungen... ihnen folgen Entscheidungen, die nur ihr auf den Leib geschnitten sind.

Warum war sie gekommen? Was verheimlichte sie mir? War es etwa Anna, die sie hergebeten hat?

Schon in der Aufmachung ähnelten sich beide Frauen, auch wenn Friederike so viel jünger ist.

„Jedenfalls musste Jacques das Feld räumen!", hörte ich sie sagen.

Nun wäre sie frei, was nicht mit Zügellosigkeit gleichzusetzen ist.

„Sind Beziehungen wirklich so einfach gestrickt?", fragte ich, um etwas zu sagen.

Eins stimmte, dachte ich, Anna führte seit Monaten ein Leben ohne mich, und sie kam gut zurecht, wie es schien. Bestens sogar. Denn sie hatte weder das Lachen verlernt noch ihren Witz verloren. Ich hörte ihn oft, wenn sie mit anderen telefonierte.

Wann gab es erste Vorboten? Leere überfiel mein Bewusstsein. Friederike bemerkte meinen Zustand und drückte mir einen Kuss auf die Wange.

Ich beschloss, in meinen Tagebüchern zu stöbern. Ich erinnerte mich, dass ich diesbezüglich irgendwann Notizen hierüber gemacht hatte.

Anna hatte mich einmal Bremsklotz genannt, allerdings auch mein eigener. Sie hatte Recht. Jede Irritation, durch sie verursacht, jede Spannung ließ mein Denken erstarren. Manchmal bemitleidete ich mich selbst, jammerte herum und fiel in eine Art Lethargie.

„Nun sag doch was, Pa!", gab sie mir zu verstehen. Ohne eine Antwort abzuwarten, plapperte sie ungeniert weiter.

Mein Interesse, ihr zuzuhören, löste sich auf wie der Nebel an einem sonnigen Herbstmorgen.

„Im Laufe von Jahren nutzen Oberflächen ab und werden Kanten rund", meinte sie, und ich fand, ziemlich altklug. Außerdem hatte sie sich vorher schon so geäußert.

Ich schwieg. Was sollte man darauf antworten?

Schwarz und weiß, gut und schlecht, zwei Spielarten des Daseins, so ein Unsinn!

Dennoch hielt ich meinen Mund.

Hinterher schalt ich mich. Ich hätte Friederike in die Schranken weisen sollen.

Jeder weiß, dass eine halbe Stunde dreißig Minuten hat. Meist verrinnen sie im Fluge. Jetzt war mir, als liefen wir schon Stunden herum. So vollgeredet hatte sie mich - oder sage ich besser: um und dumm geredet?

Was hatte meine Tochter von mir eigentlich mitbekommen? Sie war seit kurzem in Paris. Und vorher? Eindrücke von Kindern sind zwar nachhaltig, allerdings haben Anna und ich nie vor ihren Augen gestritten. Auseinandersetzungen, Angiftungen wurden auf die Nacht verschoben, oder wenn beide in der Schule waren.

Friederike konnte sich kein Urteil über das Leben ihrer Mutter und über meins erlauben.

Was wusste sie von meinem Beruf, auch wenn sie elf Jahre (mit zweimaligem Überspringen einer Klasse) zur Schule gegangen ist? Die Welt der Schüler ist nicht die der Lehrer, auch wenn beide stundenlang dasselbe Gebäude beherrschen.

Nein, es gibt Unterschiede.

Ich ließ Friederikes eindringlichen Erzählungen einfach an meinen Ohren vorbeirauschen, was nicht nett war.

Sie hatte es nicht bemerkt, wagte ich vor mir zu behaupten. Das war ein Irrtum. Sie hatte meine Überheblichkeit später angeprangert.

Ich tat so, als wäre ich der ideale Zuhörer mit gespitzten Ohren, wachen Blicken und einem aufmerksamen Hirn. Es war Unehrlichkeit, eine Lüge. Vorspiegelung falscher Tatsachen, eine Haltung, die Menschen gut kennen.

Wenn Anna, ging' s durch meinen Kopf, nun doch zeitig nach Hause gekommen sein sollte, wir aber gerade die Wohnung verlassen hatten? Wieso hatte ich nicht daran gedacht, eine Nachricht zu hinterlassen? Vorhaltungen meiner Tochter wären mir erspart geblieben.

Ich fühlte mich unwohl. Ich befahl mir, den Abend trotz meiner Resignation durchzuhalten.

Unergründliches - 15.08.2002

Friederike hat mir ihre Entscheidung mitgeteilt und sie wahr gemacht. Anna und sie waren einen Tag vor mir nach Stuttgart geflogen, ich konnte sie donnerstags nicht begleiten. Anna wäre auch dagegen gewesen.

Merkwürdig, Friederike hat immer schon ihren eigenen Willen gehabt, und wenig dazu beigetragen, anderen eine Freude zu bereiten, es sei denn, sie würde selbst Spaß an ihrer Entscheidung haben. Ich erinnere mich nicht daran, dass sie jemals nur meinetwegen Zeit geopfert hatte. Mitschüler, aber auch das Lehrpersonal stempelten sie als eigenwillig ab, ja sogar als egozentrisch. Im letzten Zeugnis stand dann auch in der Kopfleiste, dass sie von sich aus mehr Kontakte zur ihrer Klasse suchen müsste. Als junge Frau und in ihrem Domizil wird sie diese Eigenschaft vielleicht sogar noch kultiviert haben, wer weiß. Feststeht, dass sie sich die Butter nicht vom Brot nehmen ließ. Wie sie so ein besonderes Verhältnis zu Arien aufbauen konnte, vermag ich nicht zu beantworten.

Dass meine Tochter unter diesem Aspekt Anna vorzog, kann man es ihr verdenken? In ihrem Alter versteht man sich mit Menschen des gleichen Geschlechts gut und oft besser als mit Männern. Frauen halten zusammen. Friederike (wohlgemerkt nicht Mädchen gleichen Alters) hatte Anna als junge Frau - bei ihrer ersten Begegnung - gleich ins Herz geschlossen. Im Laufe der nächsten Jahre wuchsen die beiden zusammen und hielten wie Pech und Schwefel zusammen. Anna wurde ihr Vorbild. Das könnte, fiel es mir wie Schuppen von den Augen, die Erklärung sein.

Friederike stand auf Annas Seite, ahnte ich, weil sie sich ähnelten. Ich fragte mich, ob ihre Trennung sie umgemodelt hat?

Zwar lebten Anna und ich noch zusammen, aber es ist eine Frage der Zeit, wann unser Schlussstrich gezogen wird. Und das könnte das Motiv für Friederike gewesen sein, ihren Freund aufzugeben. Ich weiß nicht, ich weiß nicht...

Als sie mir offenbarte, nicht mit mir zu fliegen, habe ich in ihrem Antlitz ein verlegenes Lächeln gesehen, vielleicht eine Andeutung nur, die ausreichte, sie zu entlarven. Ihre Nettigkeit bei Ankunft und Anschmiegsamkeit beim Essen im Hotel Atlantik waren gespielt.

Schwindelei. Aber sollte man der Tochter nicht verzeihen?

Sie war nicht meinetwegen nach Hamburg gekommen. Sie war von Anna dazu aufgefordert worden.

Meine Vermutung!

Ich fühlte mich nach ihrem Abflug wie eine Fahne, die im Wind flatterte und ständig die Richtung wechselte, weil der Wind ohne Vorankündigung gedreht hatte.

Sollte ich Annas Einladung zur Einweihung in den Wind schlagen? Sie hatte mich ausdrücklich um meine Anwesenheit gebeten, doch was wollte sie damit bezwecken?

Ich als Aushängeschild?

Nein, ein so großer Staat war mit mir nicht zu machen. Außerdem war ich völlig unbekannt, und um sie herum werden sich nur die Großen aus Politik, Kultur und Architektur die Hand geben.

Sie als Mittelpunkt?

Schon eher.

Die Welt der Schule ist begrenzt, ihre dagegen global.

Sollte dieser Gegensatz die Weltoffenheit ihres Berufes und die Enge meines Daseins erklären, und damit die Welten, die uns trennen?

Spuren zu suchen, ist qualvoll.

Mir kamen Bedenken, den Tag mitzufeiern, weil ich Randfigur bleiben würde.

Was mich bewog, doch Annas Wunsch nachzukommen, war Arien, der darauf bestand, mich vom Flughafen abzuholen. Unser Kontakt war seit Monaten spärlich. Ich wusste nichts Neues mehr von ihm, und Veränderungen in seinem Leben erfuhr ich nur durch Friederike, möglicherweise gefiltert. Daher hatte ich mir vorgenommen, den Jungen zu einem Wochenende einzuladen und mit ihm zu reden, wenn ihm danach zu Mute sein wird.

Mich überzog Ärger bei diesem Gedanken.

Es war immer dasselbe. Ich versuchte mich in die Lage anderer Menschen hineinzuversetzen und danach zu reagieren, nicht aber zu fordern, ein Charakterzug, den Anna in sich trug, und, wie mir schien, Friederike auch. Ich war zu zögerlich.

Selbst wenn ich mir jetzt vornehme, meinen Sohn gegen seinen Willen zum Reden zu zwingen, so wusste ich, dass ich das nicht tun werde, wenn ich davor stehe. Ob es Achtung vor ihm war oder meine

Schwäche, eine eindeutige Antwort konnte ich nicht geben. Allerdings hätte Anna eine Entgegnung parat: Ich sei immer schon ein Zauderer gewesen, und ich ergänzte im Kopf: in ihren Augen war ich ein Schwächling.

Mit meinen Gedanken, Arien zum Reden zu bringen, machte ich mir allerdings etwas vor. Ich hatte doch schon lange gemerkt, dass er sich von mir nie etwas sagen ließ, und zwingen konnte ich ihn schon gar nicht. Am besten, er würde bestimmen, was in dieser Hinsicht zu tun ist, nun mein Denkansatz. Mal sehen...

Arien – 16.08.2002

Der Flieger landete nach einer Stunde Flugzeit von Hamburg um zwölf Uhr auf dem Rollfeld des Stuttgarter Flughafens. Auf dem Weg zum Ausgang gab es keine Verzögerungen, weil ich kein Gepäck hatte.

Für einen Tag braucht man nichts.

Als sich die Türen zur Ankunftshalle öffneten, sah ich vor der Sperre Hunderte von Leuten, die ihre Lieben, Geschäftsfreunde oder Bekannten erwarteten. Ich konnte Arien nicht ausmachen, denn niemand überragte die Menge. Er war ein Meter neunzig groß.

Ich war enttäuscht.

Dann erblickte ich in den Strahlen der elektrischen Spots von der Decke das glänzende, schwarze Haar meines Sohnes. Ein Lächeln überzog mein Gesicht.

Meine Enttäuschung verzog sich - wie sie gekommen war - im Nu.

Er wirkte von weitem auf mich entspannt, sah außerdem munter aus. Seine Schritte waren energisch, seine Körperbewegung geschmeidig. Er gefiel mir mehr als beim letzten Mal, als er uns in Hamburg besuchte. Damals schien er abgeschlafft und ohne Spannkraft.

Sein weißes Hemd, die Ärmel aufgekrempelt, den Kragen hochgeschlagen, betonte die hellbraune Farbe seiner Haut. Er war wirklich eine Erscheinung, mit der man sich Kontakte wünschte. Bestimmt wird sich jedes Mädchen nach ihm umsehen, ging's mir durch den Kopf, und ich schmunzelte vor mich hin.

Als er mich entdeckte, rannte er auf mich zu und umarmte mich heftig, als hätten wir uns jahrelang nicht mehr gesehen. Er küsste mich links und rechts auf die Wangen, und damit überraschte er mich. Seit seinem siebzehnten Lebensjahr habe ich darauf verzichten müssen. Ein wohliges Gefühl durchströmte meinen Körper.

Sollten seine Gefühle für mich zurückgekehrt sein? Ich war ihm immer zugeneigt, er aber hatte mich seit dem Ende seiner Pubertät abgelehnt und jeden Körperkontakt vermieden, was mir schwer zu schaffen machte.

Zuneigung braucht ab und zu Hautberührung.

Sein Wagen stand im Halteverbot vorm Flughafeneingang.

Glück gehabt: Kein Strafmandat, und das wäre teuer geworden.

Ab ging' s nach Esslingen.

Auf der Fahrt spricht Arien überhaupt nicht mit mir. Ich musste hierüber nachdenken: die überschäumende Begrüßung vorhin und der Gegensatz dazu im Auto.

Schweigen ist in vielen Beziehungen die Ankündigung einer ernsten Auseinandersetzung, möglicherweise eines Sturms, manchmal wohl auch nur Ausdruck von Verlegenheit und Angst.

Wovor hatte er Furcht?

Er machte mir vor, sich auf den Verkehr zu konzentrieren, obwohl er die Strecke mit und ohne meine Frau hundertmal gefahren ist. Er kannte sie in und auswendig. So bugsierte er uns in kürzester Zeit zu Annas Gebäude. Die Rotunde, die ich aus ihren Zeichnungen kannte und über die wir uns unterhalten und gestritten hatten, ist schon in der Altstadt sichtbar.

Jetzt tauchte der sechseckige Turm auf, der zweite Teil des Gebäudekomplexes, nicht zu übersehen, weil er auf einer winzigen Erhebung errichtet worden ist.

Obwohl rundherum Einbahnstraßen, landete Arien mit Geschick genau vor dem Portal des Glaszylinders. Ich stieg aus, wartete auf ihn, bis er den Wagen unten in der Garage abgestellt hatte.

Wir betraten sein Foyer.

Anna stand inmitten ihrer Bewunderer und Kritiker.

Sie hatte eine Gruppe von auserwählten Gästen und eine Schar von Journalisten vor Beginn der Feier um und durch 'ihre' Gebäude geführt, deren Grundrisse sie gerade erläuterte, – Sechseck und Kreis – und auf deren Materialgegensatz sie jetzt hinwies.

Dann nahm sie uns wahr, bat ihre Besucher um Entschuldigung und eilte uns entgegen.

In ihrem Gefolge Friederike.

Unsere Tochter stand ihrer Stiefmutter um nichts nach. Elegant, strahlende Augen. Ab und zu warf sie ihrer Mutter einen stolzen Blick zu.

Anna nahm zuerst Arien in die Arme, dann gab sie mir die Hand.

Damit versetzte sie mir wieder einen Stich. Manchmal dachte ich, dass das gezielt war.

Friederike nahm hiervon keine Notiz, warf sich Arien unbekümmert an den Hals und küsste ihn ab. Man spürte ihre Ebenbürtigkeit.

Ein Bad in geschwisterlicher Zuneigung?

Arien ließ es sich gefallen, wenn auch mit gewisser Scheu. War ihm doch alles peinlich? Ich hatte seinetwegen Sorgen.

Der Wechsel seines Studienfaches vor drei Monaten machte mich hellhörig, seine Wahl könnte mit seiner seelischen Verfassung begründet sein: Psychologie. Aber warum nur?

Arien ist vom Schicksal gnädig behandelt worden. Er könnte den Himmel erklimmen. Er hat einen scharfen Intellekt, sieht gut aus und hat Charme. War es eine schleichende Krankheit, die seiner Psyche zusetzte? Glaubte er, durch die neue Studienrichtung Hilfe zu bekommen? Sind Psychologen nicht selbst ein Fall für Psychiater? Ließen seine Augen nicht einen Funken von Sehnsucht erkennen? Unerfüllte Liebe? Plötzlich fesselte ein junger Mann seine Aufmerksamkeit, der in der Gruppe der Besucher stand und zu ihm hinüber schielte? Er mochte achtzehn sein, sein längliches Gesicht war eben, seine Haarpracht überwältigend: blond, in der Mitte des Schädels gescheitelt. Die Haare fielen über seine Ohren. Ein auffallender Kopf, ernste Miene und, wie ich glaubte, Schalk in den Augen. Ein junger Mann, der selbst mich begeisterte. Ich gäbe etwas darum, hätte ich Schüler dieses Kalibers in meinen Klassen.

Moritz, sagte ich dann zu mir, *nicht so vorschnell mit einem Urteil.*

Arien spürte seine Blicke und schaute zurück. Ihre Augen hefteten sekundenlang aneinander, dann wandte sich mein Sohn Anna zu.

Atmosphäre

Gedämpftes Glas, Aluminiumstreben, eine Marmortreppe in der Mitte des Raumes in den ersten Stock, ein durchsichtiger Fahrstuhl gegenüber dem Eingang und breite Stufen mit glänzenden Handläufen rechts und links atmeten Ästhetik und Eleganz.

Beides passte zu Anna.

Arien flitzte nach oben, wartete auf mich, und als ich bei ihm anlangte, außer Puste, weil ich meinte, dass ich ebenso schnell folgen müsste, hatte er sich bereits auf den Weg in das zweite Stockwerk gemacht. Er stiefelte die rechte, der Rundung angepasste, blaue Metalltreppe mit gerasterten Stufen nach oben. Ich ließ mich nicht lumpen, ignorierte meine Herzkrankheit und eilte die Treppe links hinterher.

Arien drehte sich auf der Hälfte zu mir, wedelte wie ein Schuljunge mit den Händen und strahlte mich an, statt sich auf die Konstruktion zu konzentrieren. Ich hatte das Gefühl, dass er sich in seine Kindheit hineinversetzt fühlte, wo ihm solche Spielchen immer einen Heidenspaß machten.

Wir trafen uns am ersten Wandelsteg, einer von vielen, der jedes Stockwerk ziert und dem Besucher einen erhabenen Eindruck nach unten verschafft.

Wir blickten gleichzeitig hinunter.

Die Halle füllte sich langsam, einige Leute nahmen schon in den extra für die Feier aufgestellten Stuhlreihen Platz.

Anna wird bald über den Bau zu den eingeladenen Gästen reden. Noch war eine Stunde bis zum Beginn der Feier Zeit. Umgeben von einer Menschenschar, die ihren Worten angespannt lauschte, betrat Anna jetzt die Mitteltreppe, blieb auf der ersten Stufe stehen, erläuterte ihre Einzelteile - und ihre einprägsame Stimme hallte durch den Raum - wies mit ihren Händen auf die Glaskuppel und schritt majestätisch weiter.

Sie, im Zentrum der Aufmerksamkeit.

Das war, was sie als Architektin gesucht hatte und durch diesen Bau erntete. Nicht Stille, nicht Zurückgezogenheit, nein, Öffentlichkeit und Anerkennung.

Hier wurden sie ihr zuteil.

Hat sie der Erfolg, den die Presse schon vor Monaten bejubelte, für mich blind gemacht? Mir ging durch den Kopf, dass es so nicht war. Innere Abkehr ist ein Prozess, kein punktuelles Ereignis.

Ich wurde traurig.

Arien stieß mir in die Seite, um mich von meinen Gedanken abzulenken. Er musste sie aus meiner Miene abgelesen haben. Ich kenne mein Gesicht, wenn ich über Anna grübelte: Falten auf der Stirn, heruntergezogene Lippenwinkel und die Augenlider zu Schlitzen verengt.

Arien gab mir mit dem Kopf ein Zeichnen. Ich sollte mich umsehen.

Was ich erst jetzt bemerkte, war faszinierend:

Lichtflut, die den wandlosen Glasbau durchbrandete, die den nach innen frei schwebenden Treppen ein leuchtendes Blau überstülpt, der Farbe des indischen Ozeans; funkelnde Stahlseile, die die einzelnen Rundgänge zum Halt miteinander verbinden - beinahe eine betörende Harmonie. Mir war, als schwebte ich in eine andere Welt. Als ob ich Flügel bekäme, ja, als ob ich flöge und neue Perspektiven mein Dasein bereicherten.

Als mir Anna vor Monaten von dieser Rotunde erzählte, aber mich nicht wissen ließ, wie sie alle Elemente in Einklang zu bringen dachte, hatte ich die allerorts gebauten Glaskörper vor Augen mit einem Gestänge kaum zu entwirrender Rohre unter Decken, Dächern und Kuppeln, wie man sie aus modernen Bahnhöfen und Flughäfen kennt, und ich bekam Angst. Angst darüber, dass ihre Konstruktion eine Nachahmung wäre, nichts Neues.

Hier war wirklich alles anders.

Ein Unikat.

Hat Anna mit diesem Gebäude endlich ihre innere Ruhe gefunden? Ist die Suche nach ihrer Selbstverwirklichung damit beendet, die sie beschwor, als sie der Sozietät beitrat?

Endlich langten wir oben an. Ich atmete schwer, stützte meine Arme auf der Brüstung des Laufstegs ab und sog die Luft ein, die durch die geöffneten Fenster hereinströmte. Dass ich mir bei meinen Gesundheitsproblemen den Aufstieg zumutete, verrückt! Aber wie schnell wird man wieder jung, wenn man glücklich ist? Arien hatte mich mitgerissen. Ich spürte seine Wärme, ich fühlte mich ihm so nahe, als er seine Arme um meine Schulter legte. Wir schauten uns an, seine Augen glänzten, ein leichtes Lächeln zog über seinen Mund.

„Moritz!", hauchte er mir ins Ohr, „ich liebe dich wie damals als Knabe. Für Jahre warst du mir entglitten. Eine Erklärung habe ich dafür nicht. Aber seit ich hier im Süden lebe, hat sich Vieles geändert. Auch in meinem Herzen. Jetzt noch mehr als je zuvor. Glaube es mir!"

Mein Herz schien sich zu überschlagen. Keine Schmerzen. Überschäumende Freude. Dankbarkeit! Ich lächelte glücklich. Ich fühlte dabei, wie sich mein Mund nach oben wölbte und über der Oberlippe Fältchen herbeizauberte. Ich riss den jungen Mann instinktiv an mich. Zuerst glaubte ich, er hätte sich erschreckt. Nein, das war es nicht. Tränen rannen über sein Gesicht. Nachdem ich ihn auf die Wangen geküsst hatte, fiel mir nichts Besseres spontan zu sagen ein:

„Ich dich auch. Was immer kommt, ich halte zu dir, bin bei dir!" Hinterher wunderte ich mich über mich selbst. Was sollte denn mit dem Jungen passieren? Was immer kommt, was meinte ich damit. Die Worte waren nicht überlegt. Sie kamen aus dem Unterbewusstsein. Darauf sagten wir nichts mehr und genossen, zusammen zu sein. Manchmal hatte mir Arien in die Seite gekniffen, dann ergriff er meine Hände, kaum losgelassen, boxte er mich lachend. Hier hielt sich außer uns niemand auf. Der Ausblick ist überwältigend. Bis auf mehrere Kirchtürme überragt die Rundung Häuser, Fabriken, Schornsteine und sonstige Anlagen der Stadt. Eine einmalige Silhouette, deren Hintergrund die leichten Hügel der Landschaft bilden.

Arien und ich

Der durchsichtige Fahrstuhl brachte uns ins Foyer zurück. Anna sah uns vom ersten Stock zu, als wir ausstiegen, winkte und bedeutete uns, sich zu ihnen zu gesellen, was Arien mit einem Kopfschütteln beantwortete.

„Du musst dir den zweiten Teil noch ansehen. Sie wird in ihrer Rede darauf zu sprechen kommen!"

Der Junge war besser über sie unterrichtet als ich, ging 's mir durch den Kopf. Dann beruhigte ich mich, in dem ich mir ihre gemeinsamen Treffen vorstellte und die Diskussionen, die sie gehabt haben könnten, wie Anna und ich, als sie sich mit den ersten Entwürfen herumschlug. So vergaß ich nachzufragen, zumal wir inzwischen vor dem Sechseck standen.

Mir war, als bekäme ich einen Schock.

Ein Betonklotz mit Sehschlitzen, ein grauer sechseckiger Block mit asymmetrisch herausgeschossenen Logen, fast frei hängend, vorn gestützt auf Säulen, die sich in das Fundament bohren.

Arien hatte meine Reaktion erwartet. Seine Gesichtszüge verrieten ihn. Er grinste mich von oben herab an. Ihm ging es wohl so wie mir, allerdings hatte er die Entstehung miterlebt, wie er mir erklärte.

„Die versetzten Kästen sind von der Presse als schwebende Menschenkäfige bezeichnet worden", sagte mein Sohn und grinste abschätzend. „Das denkst du auch, ist es nicht so?"

Ich antwortete, dass ich mir ein Urteil nach einem ersten Eindruck nicht erlauben möchte, aber ich empfinde das Gebäude schon als außerordentlich eigenwillig.

„Das war der Streit zwischen Anna und mir", ließ Arien mich wissen.

Nicht das, was er sagte, machte mich stutzig, sondern, dass er meine Frau - wie ich - einfach Anna nannte.

Wie kam Arien dazu, sie mit Vornamen anzureden? Bei mir war das anders, schließlich war ich nicht sein leiblicher Vater. Dass Arien sensibel war, wusste ich von früher.

Er fühlte, dass er mich mit dieser Anrede seiner Mutter verletzt haben könnte und verbesserte sich:

„Mama, natürlich!"

Ich nickte, gab aber keinen Kommentar ab. Was hätte er bewirken können? Er und Friederike reden, wenn sie sich über uns austauschen, offensichtlich über Anna und Moritz, und Arien wird meine Frau auch im täglichen Umgang so ansprechen.

Respektlos?

157

Die Jugend ist anders geworden, wiegelte ich innerlich ab.

„Als man ihr den Artikel unter die Nase rieb", sagte Arien unvermittelt, „war sie empört!"

„So?"

„Sie hat den ganzen Abend mit mir 'rum gemotzt!"

Arien ergriff meinen Arm und zog mich um das Gebäude herum.

„Selbstverwirklichung, dass ich nicht lache!"

Mein Sohn überraschte mich mit seiner Kritik. In diesem Augenblick waren wir uns sehr nahe.

„Die Fenster auf der Frontseite gewähren einen fantastischen Blick, allerdings nur in den obersten Stockwerken!", meinte er. Vielleicht wollte er meine Frau nun in Schutz nehmen.

Ich dachte darüber nach, für wen der Bau vorgesehen war. Mir fiel ein, dass er für die städtische Verwaltung gedacht war und in zwei Monaten zum Rathaus gekürt werden sollte.

„Immer nur: ich habe, ich tue, ich mache. Ich.", hörte ich ihn plötzlich sagen, eher schimpfen.

„Was meinst du?", fragte ich.

Arien wehrte ab. Offensichtlich wollte er nicht weiter diskutieren.

Gingen ihm auch wie mir die Fernseh-Sendungen über die Selbstsuche auf den Keks? Unterdrückte Jugendliche, die Moderatoren präsentierten, oder Frauen auf dem Weg zur Emanzipation?

Dass sich ausgerechnet Arien hiermit herumschlug...

„Moritz", ich störte mich jetzt nicht mehr daran, „wie verwirklicht man sich?"

„Wie?"

„Selbstverwirklichung... Zum Kotzen. Ist doch Egozentrik pur! Oder?"

„Daran ist was Richtiges!", entgegnete ich, mir noch nicht im Klaren darüber, was ich über Annas Schöpfung und über sie sagen sollte.

„Anna hat", und seine Stimme war voller Aggression, wütend beinahe, was mich verwirrte, „das Gebäude für sich konstruiert!"

„Wieso für sich?"

Hatte sich mein Sohn gründlicher mit ihrer Architektur beschäftigt als ich? War es das, was Anna bei mir vermisste?

„Diese Schubladen sind bis auf die Sicht nach draußen kaum für Leute geeignet. Wenn man arbeitet, muss man sich wohl fühlen."

„Wenn sie eingerichtet sind, könnten sie vielleicht sogar gute Laune ausstrahlen", gab ich von mir und wusste, dass die Antwort kaum befriedigend war.

„Weißt du, was ich glaube?"

Arien hatte sich wieder im Zaum. Er sprach jetzt leiser, verhaltener, pointiert.

„Ihr gefiel 's, und den Auftraggebern auch, denn es war klar, dass die Konstruktion einmalig in Deutschland ist, gegenwärtig jedenfalls, und ihnen massenhaft Besucher beschert."

„Wir müssen zurück zu den Festgästen und Architekten, denn in wenigen Minuten beginnt als erstes das Konzert, Arien."

Er sah mich an. Enttäuscht.

Zu Recht.

Daher sagte ich noch und hoffte ihn, zu besänftigen:

„Ich glaube auch, dass derjenige, der etwas nur für sich selbst tut, um sich, wie er sagt, selbst zu finden, egoistisch denkt und handelt. Aus meinem Beruf allein lässt sich ableiten, dass man selbst gar nicht so wichtig ist. Wichtig ist, dass andere von dem etwas mitnehmen, was man ihnen geben kann. Was Vernünftiges natürlich, vielleicht sogar etwas Gutes!"

Arien hakte mich die letzten Meter unseres Abstechers ein und so betraten wir gemeinsam wieder die Rotunde.

„Der Streitpunkt mit Mama."

„Und?"

„Missstimmung!"

Arien war sehr viel reifer geworden, dachte ich.

Anna's Meisterwerk

Wir kamen zu spät.

Platz gab es nur noch in der letzten Reihe. Vorn die städtischen Honoratioren. Dahinter politische Abgeordnete, Unternehmer und Bürger der Stadt. Anna hatte darauf gedrungen, auch einfache Leute einzuladen. Damit wollte sie Gegnern entgegentreten, die behauptet hatten, dass nur elitäres Publikum erwünscht sei.

Als sich Anna als Letzte setzte, begann das Amsterdam Baroque Orchestra. Es war berühmt, weil es Bachkantaten auf alten Instrumenten spielt, auf denen Musiker das fast Überirdische der Musik zum Leben erwecken. Sie trägt die Menschen in eine andere Welt fort, so wie Anna es mit ihrer Konstruktion vorhatte, anfänglich leicht, bewegt und sanft, wie es das eindrucksvolle Entree des Zylinders vermittelt, bis Pauken und Trompeten die Menschen aus ihrer Andacht herausreißen und sie ihre Unzulänglichkeit erahnen lassen, die im Haupthaus zum Ausdruck kommen sollte.

Anna saß in der ersten Reihe.

Links von ihr der Ministerpräsident des Landes, rechts der Bürgermeister und seine Stellvertreterin. Neben dem Landesvater der Bischof und Annas Chef.

Alle hörten den Klängen fassungslos zu. Ihre Augen waren geschlossen, die Musik konnte ungestört in ihre Herzen strömen. Natürlich musste man sich innerlich geöffnet haben.

Schließlich folgten Reden, endlich stand Anna am Pult, erläuterte, wie ihr das Konzept Nächte geraubt habe.

„Dann hatte ich einen Traum: zwei fast selbständige, in der Grundform entgegengesetzte geometrische Figuren, Kreis und Sechseck, zu entwerfen und eine bauliche Gestalt zu finden, die die Schattierungen des Lebens widerspiegelt."

Das war gekonnt, dachte ich.

„Und er machte mir Angst. Das, was ich sah, war zu gewaltig, zu weit weg von der Normalität. Ich versuchte es dennoch, aber die Angst blieb!"

Man musste Anna einfach mögen: die Architektin, die so offenherzig über ihre Anstrengungen und Emotionen redete, Gefühle zeigte und den Ort der Konstruktionsentstehung verriet: das Schlafzimmer.

Schmunzeln und Anerkennung konnte man aus den Gesichtern der Zuhörer ablesen. Wie wird der Ehemann glücklich sein, mit dem sie zusammenlebte!

Ich kannte sie anders, sehr viel anders. Emotionslos, hart.

160

Arien stieß mir in die Rippen.

„Du bist wesentlich an ihrer Idee der beiden Körper beteiligt!", flüsterte er mir stolz zu.

Ich nickte, allerdings empfand ich meine Mitwirkung als destruktiv. Der Betonklotz, schwerfällig und erdrückend, ist ihr bestimmt in den Sinn gekommen, als sie über mich nachdachte. Sie dagegen sah sich feinfühlig, filigran, entsprach dem Glasbau, aber nicht zerbrechlich, viel mehr lebensbejahend und fröhlich.

Ich hörte sie sagen:

„Die Kuppel", - und alle Besucher richteten ihre Blicke nach oben - „die sich zum Himmel hin öffnet, begrenzt gleichzeitig unsere Wünsche und unsere Anliegen."

Was für ein Eingeständnis, überlegte ich. Bäume wachsen nicht in den Himmel.

„Ein bittere und dennoch tröstliche Erkenntnis!", fuhr Anna gedämpft fort. Tröstliche Erkenntnis, wer dieses Wortpaar in Zusammenhang mit der Rotunde und der Kuppel verstanden hat, wird ihre Selbstkritik mit Genugtuung aufgreifen und das schon längst gefasste Urteil über sie bestätigt finden: Eine kluge Frau, eine Frau, die bewiesen hat, dass Architektur nicht nur Männersache ist, nein, eine Person, die trotz ihrer Berühmtheit Mensch geblieben ist.

Ich glaubte, dass sie obendrein mit der Absenkung ihrer Stimme dieser Aussage Energie einhauchen wollte. Sie sollte unter die Haut gehen, verinnerlicht werden.

Was gelang.

Es war mucksmäuschenstill.

Ich fühlte, dass die Pause gewollt war. Sie hatte die Rede vorher einstudiert, jeden Gedanken strukturiert, jede Aussage hinterfragt, ihre Professionalität war unverkennbar.

„Ob mir meine Vorstellungen gelungen sind, müssen Sie und die künftigen Mitarbeiter und Besucher des Hauses entscheiden."

Applaus.

Bravorufe.

Das Auditorium erhob sich, um Anna mit Ovationen zu ehren.

Sie trat von einem Fuß auf den anderen, aus scheinbarer Verlegenheit, was nur nachempfinden konnte, wer sie näher kannte.

Sie wartete einen Augenblick, bis die Klatscherei abgeklungen war und bedeutete, dass man noch ein paar Minuten Geduld aufbringen müsse und sich setzen möge. Ihre bittende Geste, ihre Miene, die eine Entschuldigung für die Dauer der Rede ausdrückte, ließen keine Zweifel aufkommen, ihr den Wunsch zu versagen.

Sie kannte die Reaktionen ihrer Zuhörer, weil sie das Instrument beherrschte, andere zu faszinieren.

Eigenschaften, die mir fehlen.

Eigentlich hatte ich gehofft, dass sie mit der Vollendung ihrer Gebäude wieder zu ihrer früheren Natürlichkeit zurückkehren würde. Ich gäbe etwas darum, allerdings konnte ich nicht nachempfinden, wie es ist, wenn man berühmt geworden ist und mit bedeutenden Persönlichkeiten zusammenkommt. Vielleicht färbt das so ab, dass man sich selbst nicht mehr aus deren Dunstkreis entfernen kann und zu sich selbst kommt.

Die Leute schauten gebannt auf sie.

Die Stille war für sie das Zeichen, fortzufahren.

„Gestatten Sie mir, eine letzte Idee zu äußern. Dann ziehe ich mich zurück", ließ sie lachend die Menge vernehmen, „und überlasse Sie dem herrlichen Buffet, das die Stadt für uns herrichten ließ."

„Weißt du, worum es sich handelt?", tuschelte ich Arien ins Ohr.

Er senkte seinen Kopf, schien nachzudenken.

„Ja, ich erinnere mich wieder!", raunte er mir abfällig zu, was mich etwas stutzig machte. Warum diese innere Abwehr?

„Irgendwas über Architektur. Sein Wesen und so ...!"

Bloß nicht, dachte ich.

Grundsätzliche Statements werden schnell peinlich.

Das wäre schade.

„Ich habe meinen Mitstreitern zu danken. Ohne sie wäre das Bauwerk nicht entstanden, und meinem Chef, der mir freie Hand ließ", gab Anna strahlend von sich und beugte sich zu Mustafa Hamerani herunter.

Jetzt hörte sich das an, als wäre ein Oscar verliehen worden und eine Schauspielerin dankte allen, die am Film beteiligt waren, hohl und überflüssig.

Der Architekt erhob sich, grüßte in die Menge.

Beifall.

„Bei ihm habe ich gelernt, dass man von seiner Arbeit besessen sein muss, jedenfalls genügen dann nicht mehr nur Zeichentisch, Lineal, Logarithmen und Formeln."

Aha, dachte ich, doch nicht so bescheiden. Eine Frau mit Leidenschaft, auf alle Fälle im Beruf.

„Was jeder von uns möchte, ist, dass Betrachter und Nutzer angeregt werden, über das Objekt nachzudenken und es nicht nur ästhetisch oder hässlich zu empfinden."

Anna hielt einen Augenblick inne.

Darüber sind sich Fachleute und solche, die es sein wollen, immer schon einig gewesen, sinnierte ich.

Wieder diese Wartehaltung, das Verharren, damit die Worte genügend Wirkung erzeugen.

Ich schaute meiner Frau voll ins Antlitz, sie wird es aus der Entfernung kaum registriert haben. Und doch war mir, als sähe sie zu Arien und mir herüber. Wir beide nickten ihr zu. Ich dachte an telepathische Kräfte, die wir beide unabhängig voneinander   zu ihr auf die Reise schickten. Ganz besonders ich wusste, was es heißt, einem auserlesenen Kreis von geladenen Gästen Nachdenkliches zu servieren. Und das hatte Anna wirklich getan.

Sehr mutig. Denn nicht immer ist man dafür offen.

Wie wird sie den Absprung finden?

Mir war zu Mute, als würde sie mir eine Nuss zu knacken aufgeben, einen Hinweis einfließen lassen, der mich betrifft. Ich konnte nur nicht sagen, warum ich diesen Gedanken hatte.

Er war da.

Annas Züge waren straff, ihre Augen loderten wie Feuerstellen. Sie stand aufrecht am Pult, voller Spannkraft, auf ihren Ellbogen abgestützt, und es war, als ob sie gleich explodieren würde.

Das Publikum hing gebannt an ihren Lippen.

Arien neben mir wartete - wie alle anderen - ungeduldig auf etwas Entscheidendes.

Und da schoss es aus ihr heraus:

„Leidenschaft für das, was man tut, würzt den Intellekt, und wenn er von der Seele begleitet wird, dann hat man Chancen, etwas Neues zu schaffen, kreativ zu werden."

Ihre künstlerische Ader steckte in ihren geometrischen Figuren! Ihre ausgefallene Kreativität in den Logen. Ihr Enthusiasmus war wie ein Orkan, der meine damaligen Einwendungen hierzu niederwalzte. War aber das Gesagte nicht Eigenlob?

Ich schalt mich. Anna nur aus meiner Perspektive zu beurteilen, war nicht fair. Dennoch machte ich mir das Zugeständnis, dass es unbestritten war, Anna wollte seit drei, vier Jahren im Vordergrund stehen. Wie sagt man? Der erste Mann an der 'Spritze' sein, nein, die erste Frau. Wollte sie der Premierministerin des vereinigten Königreichs *Margaret Thatcher* aus den achtziger Jahren (eiserne Lady) – eben nur auf einem anderen Sektor – nacheifern? Ich sah das Bild vor mir und grinste.

Sie brauchte die Bühne und sie war ihr Star.

„Was ist?" , fragte Arien, wohl, weil er mein Grinsen wahrnahm.

„Man darf sich von ihr nicht beherrschen lassen! Das ist mir erst in den letzten Monaten zu Bewusstsein gekommen. Man muss bei ihr 'man' selbst bleiben, sonst wird man erdrückt."

„Das stimmt!", hauchte mir Arien ins Ohr. „Sie fordert von anderen zu viel, und was ist sie bereit zu geben?"

„Als sie noch jung war, hatte sie mich völlig gefangen genommen.!"

Wehmut überfiel mich.

Arien ließ mir allerdings keine Zeit, umfassend zu antworten.

„So habe ich sie auch schon erlebt!".

Fast hätte ich sein Flüstern nicht verstanden. Aber ich tat es. In meinem Kopf sah ich Fragezeichen kreuz und quer fliegen. Was wollte unser Sohn mit seinen Worten zum Ausdruck bringen? Über den Sex seiner Mutter konnte er überhaupt nichts wissen, denn nie war er dabei, wenn wir es beide trieben. Nicht ein einziges Mal waren die Kinder im Haus, als wir uns vergnügten. Hatte der Junge seine Mutter etwa mit einem Liebhaber erwischt?

Immer noch Stille...

Sie ließ ihre Sätze wieder wirken, verharrte Sekunden mit einem fragenden Blick, mit geöffneten, ausgestreckten Händen, die nach Antworten suchten.

Was bewegte sie zu diesen Äußerungen?

Niemand wird irgendeine Hinterhältigkeit vermuten. Im Gegenteil: die Rede strotzte vor Ehrlichkeit, wird man sagen.

Wahrscheinlich waren wir - mein Sohn und ich - die einzigen, die anders dachten.

„Die Tragik des Architekten"..., donnerte es durch die Reihen, was mich wachrüttelte, Arien aus meinem Hirn verdrängte und in die Gegenwart zurückholte... „besteht darin, dass das, was er konstruiert und gebaut hat, im Allgemeinen unveränderlich ist, oft sogar nur wenige Jahre erhalten bleibt. Unverändert, weil man Elemente und Segmente installiert hat, die dem Wandel nicht angepasst werden können und daher oft wertlos werden, auch wenn Historiker sie hofieren. Ganz schlimm ist es, wenn die Abrissbirne die einzige Alternative bildet, die einen künftigen Neubau zulässt. Renovierungen können dieses Problem nicht lösen. „

Ich horchte auf. Was waren das für Töne?

Meinte sie, dass die konstruierten Objekte im Lauf der nächsten Jahre nicht verändert werden können, obwohl der Erbauer sich dazu aufgefordert fühlt, weil Neues Raum greifen soll?

„Was heißt das?" stellte Anna sich selbst die Frage, trank einen Schluck Wasser und ließ ihn langsam die Kehle hinunterlaufen. Konnte man durch ihre tiefgründigen Aussagen auf ihre Zukunft schließen? Kritisches über ihre eigene Arbeit? Unter anderem! Das erste Mal, das ich von Anna sehr Persönliches, eigentlich Resignation verspürte.

Allerdings schien mir ihre Ansicht nicht persönlich genug zu sein, eher sehr global.

Mich rüttelte der Satz trotzdem gehörig durch.

„Lassen Sie mich nun meine letzten Worte hierzu hinzufügen, die Frage beantworten, die ich stellte:

Alle Gebäude der Gegenwart richten ihre Blicke in die Vergangenheit; zwar mögen sie revolutionär sein und vielleicht sogar noch viele Jahre in der Zukunft stehen, aber im eigentlichen Sinne werden sie später durch 'Modernes' abgelöst, manchmal sogar noch in der Schaffensperiode des Konstrukteurs. Sie verschwinden von der Erdoberfläche. Zwar gibt es Bauten, die man entweder nicht einfach abreißen kann oder will, weil man sie erhalten möchte, um Teile einer bestimmten Baukultur der Nachwelt zu erhalten. Ich denke an den Bauhausstil, an Häuser der wilhelminischen Zeit, an Barockkirchen, an Burgen, Schlösser, Stadtmauern, Türme und alte Häuserzeilen. Beispiele im Norden bieten Lüneburg, Hildesheim, Lübeck, Rendsburg und Bremen und mir kommen einige Architekten in den Sinn, deren Entwürfe und ihre Umsetzung unter Denkmalschutz gestellt wurden wie bei *Mies von der Rohe* oder *Friedensreich Hundertwasser* (Bahnhof Uelzen).

Wie anders geht es jenen, die Veränderungen immer wieder neu in das einbeziehen können, was sie schaffen. Maler müssen das Alte nicht vernichten, um an seine Stelle Neues zu setzen. Sie legen es zur Seite. Sie sind sogar in der Lage, das erschaffene Gemälde als Vorlage für ihre veränderte Gefühlswelt, für eine andere Perspektive und für moderne Auffassung zu wählen. Ob sie das tun oder nicht! Sie haben aber die Chance hierzu! Wenn, dann stehen plötzlich zwei Bilder mit denselben oder ähnlichen Motiven nebeneinander, und doch unterscheiden sie sich wie das Heute vom Gestern und die Zukunft von der Gegenwart.

Rufen wir uns hierzu *Max Liebermann* ins Bewusstsein, sein Sujet - der Garten - bleibt derselbe, wechselnde Stimmungen durch eine in den Jahreszeiten sich verändernde Natur vermitteln uns ein neues Original.

Wahrscheinlich bleibt sogar die Leidenschaft eines Malers über Jahrzehnte erhalten, die uns Architekten mit dem Ende der Arbeiten am Objekt verlässt und immer von neuem entfacht werden muss. Dass dann noch die Zeiträume zwischen Konstruktion, Bau und Vollendung eines Objektes (z.B. einer Brücke, einer Halle, einer Kirche oder eines Gebäudes) ungleich länger sind, als das Entstehen eines Gemäldes, erschwert das Architektendasein und könnte zum Erlahmen ihrer Kraft beitragen.

Genug davon!"

Wer meine Frau etwas näher kannte oder sie jetzt längere Zeit anblickte, musste die Melancholie spüren, die in ihrem Erklärungsversuch verborgen war und sich in ihrer Miene widerspiegelte.

Wenn man Ergebnisse seiner Kunst in dieser Weise in Frage stellt, ging's mir durch den Kopf, dann sind persönliche Veränderungen absehbar. Eine Geheimbotschaft für mich?

Ich überlegte einen Augenblick, ließ die Tätigkeit eines Architekten vor meinen Augen entstehen, ließ ihm ein bedeutendes Bauwerk errichten und projizierte es in die Zukunft.

Mir fiel es wie Schuppen von den Augen.

Das, was er schafft, mag ein Kunstwerk sein, jedenfalls in der Gegenwart, aber die Zukunft stellt andere Anforderungen.

„Das ist mit der Dichtung nicht zu vergleichen!", flüsterte mir Arien ins Ohr.

„Solange man Verse schreibt, können Worte ausgetauscht, Zeilen gestrichen oder anders geordnet werden, schon hat man einen neuen Wortklang und löst veränderte Empfindungen aus. Auch darüber hatten Anna und ich schon miteinander gesprochen!"

Ich überhörte bewusst Anna!

Ich drehte mich zu Arien hin, sah ihn mit ernsten Blicken an, weil seine Aussage eine tiefe Verbundenheit zwischen beiden deutlich machte, die mir zu Arien fehlte. Aber schließlich ist der Junge auch ihr Sohn, nicht wahr?

„Sie sehen, verehrte Gäste, selbst Architekten haben ihre Probleme!", und Anna lachte befreiend auf, ja, sie schmunzelte der Menge süffisant zu als wollte sie sagen; wir sind eben auch nur Menschen mit begrenzten Möglichkeiten. Anna verneigte sich, wurde beklatscht, und durch eine Handbewegung gab sie zu verstehen, dass man endlich den Hunger stillen und Durst löschen könnte. Sie glitt wie eine Gazelle vom Podium und schritt, von Hunderten von Augen verfolgt, durch die Menge zu Arien und mir, neben ihr Friederike. Wir umarmten uns alle, und anfänglich hoffte ich, die Wärme wahrzunehmen, die ich früher bei jeder körperlichen Berührung gewohnt war.

Nichts davon.

Mich presste sie nur Sekunden an ihren Busen, und wandte sich an Arien, den sie regelrecht festhielt. Ich nahm mir als Ersatz Friederike, und diese ließ sich meine Zuneigung gefallen.

Rückflug – 16.08.

Der Stuttgarter Flughafen glich einem Ameisenhaufen.
Ich staunte.
Für mich hat diese Stadt, ihre Bahnhöfe, der Airport, das Verkehrssystem kleinbürgerlichen Charakter. Ein Vorurteil, wie ich wusste, und ich konnte nicht einmal sagen, woher ich es übernommen hatte.
An den Sperren zu den Flugsteigen Schlangen von betagten Menschen. Wahrscheinlich auf der Flucht nach Mallorca oder Gran Canaria. Es war Reisezeit der Rentner und Pensionäre. Dazwischen gestylte Unternehmer, korrekte Direktoren, Leute aus dem Mittelmanagement und gut gekleidetes Bürgertum.
Es ging langsam voran.
Argwöhnische Blicke, - Kontrolleure in Zivil (ohne Uniform vertraut man in Deutschland kaum einem Bediensteten) - blickten verstohlen auf Monitore. Wird man die BH in Herrenaktentaschen identifizieren, die länglich-blauen Tabletten als das entlarven, was sie sind? Und sind da nicht Zeitschriften im Handkoffer, deren Titelbilder auf Pornographie deuten?
Die Beamten zeigten keine Regungen.
Ich schlüpfte durch den Durchleuchtungsbogen und stand auf dem Wandelgang zu den Warteräumen. Die Stewardessen baten zum Einstieg nach Hamburg.
Wenig Menschen vor diesem Schalter.
Die Weltstadt war nicht gefragt.
Ich setzte mich ans Fenster, weil meine Reihe frei blieb. Wenn wir oben sind, werde ich mich über alle Sitze fläzen.
Als der Flieger startete und wenig später durch die Wolken in höhere Regionen vorstieß, fühlte ich mich allein gelassen. Der Rest der Familie speiste genüsslich, während ich auf dem Weg nach Haus und in die einsame Wohnung war. Quatsch, sagte ich mir sofort. Anna war

meilenweit von mir entfernt, Friederike hatte sie in ihren Bann gezogen und mit Arien hatte ich's mir durch Feigheit verdorben.

Ich begann nachzudenken.

Nachzudenken über den Verlauf dieses Tages. Ich kümmerte mich nicht mehr um das Drumherum im Flieger, scherte mich nicht um die Stewardessen, die mir Kaffee anboten und mir Zeitungen unter die Nase hielten, alles, was ich nicht haben wollte.

Ich wehrte mich, schwieg.

Ich grübelte, nein, ich musste überlegen. Wenn ich es jetzt nicht tat, dann würde Vieles verloren gehen. Ich spürte, wie wach mein Verstand war und wie klar er die Geschehnisse in die Gegenwart katapultierte.

Das muss man ausnutzen.

In meinem Hirn vermischte sich das Dröhnen der Triebwerke mit Ariens Aufschrei, den ich noch im Ohr hatte, mit seinem Anschnauzer, den er gegen Anna abschoss. Ich wusste, dass es eine Antwort auf ihre eindeutige Anweisung war, mich nicht zum Bahnhof zu begleiten, sondern mit ihr, Friederike und einigen Gästen am Galadinner teilzunehmen, das in ein paar Minuten stattfände.

Wir Vier standen, als Arien schrie, Gott sei Dank vor dem Eingang der Rotunde, Luft schnappen, und Friederike, um eine Zigarette zu rauchen, außerdem musste ich mich umgehend auf den Weg machen, wenn ich das Flugzeug nach Hamburg erreichen wollte.

Wir waren allein.

„Ich habe keinen Bock auf dein Scheiß-Dinner. Die Leute können mich mal!", brüllte Arien zu Anna hinüber, die einen Meter vom ihm entfernt auf ihren Pumps balancierte.

Anna war sprachlos, so entsetzt war sie.

Sie knickte mit einem Schrei um, und Friederike stützte sie sofort ab.

„Ich bringe Moritz weg!", blies Arien seiner Mutter trotzdem ins Gesicht. Seine Verletzlichkeit war ebenso groß wie seine Empörung.

Anna starrte den Jungen entgeistert an, kämpfte mit sich und dem Schmerz im Knöchel, wie ich es ihrer Miene entnahm und sagte trügerisch sanft:

„Das willst du mir an einem solchen Tag doch nicht antun?"

169

Ich Dummkopf stand Anna bei, obwohl es mir lieber gewesen wäre, käme Arien noch ein Stück des Weges mit mir. Denn noch immer hatte ich das Gefühl, dass er mich jetzt brauchte und dass er etwas loswerden wollte, was ihm am Herzen lag. Mir kam in diesem Augenblick für Sekunden nur der junge Mann in den Sinn, der auf Arien starrte und auf seine Gegenblicke. Mir schien es jetzt, als wären sie verstört gewesen, in jedem Fall aber fragend?

Kann man denn so etwas im Vorübergehen beurteilen? , fragte ich mich. Die Frage blieb offen.

Und doch...

So beließ ich es dabei zu sagen, dass seine Mutter Recht hätte. Ein solcher Tag muss würdig begangen werden, und dazu gehören ein Festessen und Menschen, die man liebt.

„Weder die schönsten Tischreden noch die klügsten Trinksprüche bleiben haften, sondern die Nähe und Wärme geliebter Menschen, die das Ereignis miterleben."

Große Worte von mir.

Ich machte mich lächerlich.

Arien erstarrte zur Salzsäule. Da war mir klar, ich hatte meinem Sohn im Regen stehen gelassen, hatte mich von ihm entfernt.

Er stand wie eine Bohnenstange vor mir. Wenn er bloß nicht die Hand gegen mich erhebt, flehte ich innerlich. Er kniff seine Augen zusammen, zerrte seine Wangen in die Breite. Der Mund reichte beinahe an die Ohren.

Er verbreitete Furcht. Sein Gesicht spiegelte Verachtung wider. Nur gegen mich, gegen wen denn sonst?

Der Groll, den er gegen seine Mutter hegte, schien angesichts ihres Stöhnens und ihres Schmerzes verflogen. Seine Selbstsicherheit hatte ihn verlassen. Sie hatte es wieder geschafft.

Mitleid erheischen, erleichtert Vorhaben.

Wehmut und Trauer lagen in seinem Gesichtsausdruck, als er sagte:

„Wenn du meinst...!"

Ich sah in Ariens Augen außerdem ein Quäntchen Angst. Wovor? Bildete ich sie mir nur ein?

Ich hatte versagt.

Er gab mir nicht einmal die Hand. Er sagte nur:

„Hi!"

Ich küsste Friederike und strich über ihren Kopf.

Die Verabschiedung mit Anna wurde zur Farce. Sie nickte mir zu.

Ich erhob mich kurz, der Flieger war inzwischen über Frankfurt, wie der Kapitän verlauten ließ, und setzte mich auf die andere Seite des Ganges.

Neuer Sitz, neuer Blickwinkel, neue Gedanken.

Irrtum!

Wieder kommt mir Arien in den Sinn.

Kaum hatten wir uns angenähert, ist er mir entglitten. Es war meine Schuld, nicht seine.

Unsere gemeinsamen Stunden hatte ich unter anderem damit verbracht, ihn zu beobachten. Hatte seine Haltung verfolgt, seine raschen Bewegungen registriert. Er war mir fremd geworden, schließlich hatte er sich nach dem Abitur völlig von mir zurückgezogen.

Vieles an ihm hatte sich verändert.

Davor waren wir eine Familie, waren aneinander gewohnt. Selbstverständlichkeiten wurden nicht erwähnt, sie wurden gehandhabt. Gewohnheiten haben die Eigenschaft, Richtschnur zu sein, die dem Tagesgeschehen einen Rahmen gibt, es abzusichern.

Vorhanden war hiervon nichts mehr. Aber der Junge war wieder auf mich zugegangen. Das hatte mich glücklich gemacht.

Etwas war mir heute aufgefallen.

Mutter und Sohn ähnelten sich nicht mehr.

Früher hatte Arien den Tonfall seiner Mutter angenommen, verwandte ihre Gesten, redete wie sie, trug sogar das gleiche T-Shirt, und manchmal glaubte ich, dass er die Kraft von ihr geerbt hatte, die Bestimmtheit in Entscheidungen und den herben Gesichtsausdruck, auch das Lächeln.

Hatte er denn nichts mehr von alledem?

Was war in der Zwischenzeit passiert?

Ohne dass ich etwas dafür konnte, standen mir Tränen in den Augen. Ich hätte bei der Feier bleiben müssen. Und ich hätte ihm beistehen müssen.

Chance vertan.

Ob ich sein Vertrauen zurückgewinnen kann, wer wollte das in diesem Augenblick sagen? Dann kam mir eine Idee: Ich werde ihn schon zum nächsten Wochenende einladen, weil ich allein sein werde. Anna hat einen Auftrag in Stockholm zu erledigen.

Das Flugzeug setzte zur Landung an. In einer Stunde werde ich zu Hause sein, das tröstete mich.

Telefonieren kann man die ganze Nacht.

Gequälte Seele – 17.08.

Ich nahm eine Taxe. Kaum saß ich im Fond, hatte ich wieder die Abschiedsszene in Esslingen vor Augen.

Arien, Arien, Arien...

Mir war als würde ich ihn rufen, und doch kam kein Wort aus meiner Kehle.

Ich sah ihn vor mir. Die flackernden Augen, den unsteten Blick, den Zorn, als Anna ihm befal zu bleiben. Sie wagte es, einem erwachsenen Sohn die Pistole auf die Brust zu setzen.

Die Dinge überschlugen sich.

Er war frustriert. Total.

Das Blut schoss ihm in die Wangen, im Nu färbten sie sich knallrot. Er war wütend, sah sich eingeschränkt, blockiert. Und das stimmte. Genauso erteilte sie auch mir Befehle, unumstößliche Anweisungen.

Dann sein augenblicklicher Zusammenbruch, sein Nachgeben, seine Ohnmacht. Warum nur?

Ihre Sanftheit war Bosheit, denn beides beherrschte sie, in jedem Fall gegen mich.

Sagte sie nicht: „Das willst du deiner Mutter doch nicht antun?"

Legte sie in diesen Satz nicht ihre ganze Verzweiflung?

Konnte er sich überhaupt noch gegen sie entscheiden? Was wäre gewesen, hätte Arien mich zum Bahnhof gebracht und wäre sofort danach zurückgekehrt? Selbst wenn er nicht zum Dinner pünktlich gewesen wäre, hätten Freunde und Offizielle ein Auge zugedrückt - nach so einem Tag! Schließlich hatte er den Vater seltener als seine Mutter gesehen. Und das wusste jeder.

Nein, in Anna hatte sich etwas zusammengebraut, was mit mir zusammenhing: ihre Ablehnung, und gleichzeitig musste es Angst sein, die sie befiel, Angst, dass ich zu vertraut mit ihrem Sohn werden könnte, oder er mit mir.

Zu kurz gedacht?

Fragen, die quälten und keine Antwort erhielten.

Friederike stand mit offenem Mund da. Es war nicht zu fassen, was gerade ablief.

Anna, die ausrastete, ihr Bruder, der seine Mutter frustriert ungehörig in die Schranken wies.

Wie sollte sie das begreifen?

Hatten Mutter und Sohn nicht ein inniges Verhältnis? War Arien nicht oft auf der Baustelle und nahm am Fortschritt des Gebäudes teil? Wie konnte Anna nur...

Ist Ariens Ausbruch nicht doch begreifbar?

Während sich meine Tochter mit dem Verhältnis von Bruder und Mutter zu beschäftigen schien, machte ich mir Gedanken über die Geschwister.

Hatten sich beide nicht im letzten Jahr des Öfteren besucht?

Hatten sie! , gab ich mir zur Antwort. Kurz und bündig.

Arien war fast jeden Monat einmal in Paris. Friederike alle acht Wochen in Stuttgart.

Im Übrigen war ihre Beziehung ohne Wenn und Aber hervorragend. Friederike, die drei Jahre jünger als er ist, und mit ihm zusammen das Abitur machte, war stolz auf ihren Bruder. Schließlich sah er rassig aus. Außerdem: Ihre gemeinsamen Vorbereitungen zur Prüfung, ihre Stunden, die sie und ihr Freund in der Disco verbrachten, schmiedeten sie zusammen.

So war die Wiederholung der elften Klasse für Arien ein Glücksfall. Wann können schon Geschwister gleichzeitig ein Examen machen?

Friederike kannte den Jungen in und auswendig, und davor wird auch Intimes nicht Halt gemacht haben.

Und wie nett war Friederike auf Arien zugegangen, als sie ankamen!

Ich kam nicht zur Ruhe.

Ich lief im Zimmer herum und setzte mich am Ende auf meinen harten Holzstuhl am Schreibtisch. Er war ohne Kissen. Dadurch hielt ich mich auf den Beinen, selbst wenn ich müde war.

Ein sinnvoller Trick.

Ich war die Ursache des Krachs. Der Grund von Annas Notlage, ihrer Besorgnis, von Ariens Widerstand.

Als ich mich nicht bereit erklärte, den Festakt mitzumachen, hätte ich es läuten hören müssen, dass es Probleme geben wird.

Mein Menschenverstand hatte sich zurückgezogen, war schlafen gegangen, Schlaf, einen Wunsch, den ich jetzt habe.

Ich aber war verblendet, sah eine Chance für Anna und mich. Die Kinder hätten uns beiden helfen können, meine zweifelhafte Einbildung. Arien hat sich bisher nicht zu meinem Vorschlag geäußert. Ein paar Tage hat er hierzu noch Zeit.

Am Anleger – 24.08.2002

Mein Schädel brummte seit Tagen, weil ich kaum ein Auge zugemacht habe. Mir war, als lebte ich unter einer Dunstglocke. Die vier wöchentlichen Stunden, die ich zu unterrichten habe, übernahmen Kollegen.

Arien ließ mich zappeln.

Ich hatte ihn zwischen zwei Stühle gesetzt.

Zwischen Anna und mir.

Sie, eine charismatische Erscheinung, nobel angezogen, eine Macherin, die eine blendende Rede hielt, eine blitzgescheite Frau, berühmt, umworben, und ich, ein Zweifler, ein Mann, der morgens damit erwachte, etwas aufschieben zu müssen.

Was nützt ein ebenbürtiger Intellekt, der zu zögerlich in seinen Entscheidungen ist? Der manchmal gar nicht oder wenig agiert?

Innerlich gewährte ich ihm bis zum vorgesehenen Abfahrtstag Zeit, Bescheid zu sagen. Im gleichen Augenblick, als ich dies bedachte, wurde mir klar, dass diese Art der Großzügigkeit nichts anderes als Kleinmut war. Bekäme ich es doch einmal fertig, ein deutliches Ja oder Nein auszustoßen oder... so geht es nicht!

174

Vorgestern hatte Arien zugesagt.

„Wo treffen wir uns?", fragte er ohne Kommentar.

Ich hatte hierüber gegrübelt.

Unsere intensivsten Begegnungen waren im Urlaub.

Jahrelang hatten wir unser Quartier in Norddorf/Amrum aufgeschlagen, hatten im *Hotel Seeblick* gewohnt und die Nordsee zu unserem Partner gemacht. Sie war unser Spielgefährte, bestimmte den Tagesablauf, und wir haben sie genossen.

Sie ist anders als die Ostsee. Natürlicher, rauer.

Einmal wählten wir statt Amrum das Ostseebad Scharbeutz aus. Buchten für drei Wochen.

„Dorfteich!"

Das war die klare Aussage der Kinder. Wir packten früher als vorgesehen unsere Koffer.

„Am Anleger in Dagebüll!*" Arien war einverstanden.

Wir legten die Uhrzeit fest.

Ob er die Verabredung mit denselben Erinnerungen verknüpft hatte, wer weiß?

Ich hoffte, die Vergangenheit zurückzuholen.

Wir alle fühlten uns damals wohl.

Wenn wir dies Gefühl wiederbeleben könnten, ist es nicht mehr weit zur Offenheit und zum Vertrauen. Und bieten dafür nicht unsere vernachlässigte familiären Bande eine Basis?

Ich war skeptisch.

Dennoch: Die Stippvisite bot eine Chance hierzu. Sie war einen Versuch wert.

Ich stand vorn am Wasser.

Die Wellen umspielten die Duckdalben und schlugen an den Schiffsrumpf. Ich sog den Geruch des Brackwassers ein, der herb und intensiv war. Mir geläufig und angenehm. Andere stört er. Er gehört aber, wie Möwen, zum Meer, zur Nordsee, was am ewigen Wechsel von Ebbe und Flut liegt.

Eine Besonderheit dieser Küste.

*Von Dagebüll, nördlich von Husum, gingen Fähren nach Föhr und Amrum.

Die Fähre, abfahrbereit, schaukelte leicht im Wind. Autos waren verladen, bis zum Lösen der Leinen noch zehn Minuten.

Arien war noch nicht aufgetaucht.

Da sah ich ihn, den Hügel herunter kommen am Hotel vorbei, über die Bahnschienen gehen, die Sporttasche auf dem Rücken, zwei Gurte strammten den Hals.

Er winkte mit den freien Händen, ich lief ihm entgegen. Seine Tasche sprang auf und ab.

Er zwängte seinen Kopf durch die Bügel und stellte die Tasche ab, umarmte mich.

Ein guter Anfang, dachte ich.

Er hatte seinen Wagen vorn auf dem Parkplatz abgestellt, wie ich mein Auto.

Ich beobachtete ihn und sah, wie er zwei krächzende Kormorane verfolgte. Vielleicht nahmen sie seine Träume mit aufs Meer.

Er atmete die schwere Luft mit der Nase ein und mit dem Mund aus, als ob er sich wieder an sie gewöhnen müsste.

„Gehen wir!", sagte er.

Er hob sein Gepäck mit Leichtigkeit auf, schnallte meinen Rucksack um, und beide gingen wir über die Gangway ins Innere. Wir fanden einen Platz direkt am Fenster. Arien bestellte gleich einen kräftigen Heringstopf, ich hatte keinen Hunger.

Dennoch schmeckte auch mir das Bier, das wir beide bestellt hatten. Gesprochen hatten wir nicht. Wahrscheinlich war Arien von der langen Fahrt müde. Am besten, wenn er sich gleich im Hotel aufs Ohr legt. Wir hatten keinen Platz im *Seeblick* bekommen, dafür aber zwei Einzelzimmer bei *Hüttmann*.

Der junge Mann an der Rezeption nahm unsere Adressen auf.

„Dr. Sommeralm?"

„Ja... und das ist mein Sohn!"

„Bischhoff mit... Nachnamen?"

Seine Stimme wurde brüchig.

Wieso fragte er? Was stellte er sich zwischen mir und meinem Sohn vor? Mann und Freund statt Sohn und Vater? Ein eigener heimlicher Wunsch?

176

„Es gab kein Doppelzimmer, als ich meine Bestellung aufgab!",
meinte ich erklären zu müssen.

Warum eigentlich? Ich war niemand Rechenschaft schuldig.
Schon gar nicht, wenn es nichts zu rechtfertigen gab. Dennoch: wir
beide waren abgestempelt. Der junge Mann wird dafür sorgen, dass dem
Personal die Nachricht wie ein Lauffeuer zu Ohren kommt. Das ist in
allen Hotels der Welt dasselbe. Man informiert die anderen. Schließlich
sind bei innigen Verbindungen solche Altersunterschiede nicht allzu
häufig.

Mich kümmerte es nicht.

Ein Menu

Die Leute im Speisesaal waren gepflegt, gestylt, nicht meine Kra-
genweite. Aber nun waren wir hier.

Arien hatte zwei Stunden geschlafen. Ich war froh darüber. Eine
Autofahrt über achthundert Kilometer strengt auch jüngere Leute an.
Wer weiß, was er am Vorabend getrieben hatte.

Wahrscheinlich seine Freundin über Nacht da behalten, und sie
mehrere Male glücklich gemacht. Das wird ihm Vorwürfe von ihr erspart haben. Ich musste unwillkürlich an meine Jugend denken, an
Anna und mich und wie wir uns amüsierten. Frauen sind unersättlich,
ging 's mir durchs Hirn.

Als er den geschmackvollen Essraum betrat, ich hatte einen Sei-
tenplatz mit Wiesenblick gerade noch vor einem anderen Paar ergattert,
das mich böse musterte, drehten sich fast alle Gäste um.

Es waren viele, fünfzig oder mehr.

Zunächst wahrscheinlich, weil seine imposante Erscheinung den
Eingang ausfüllte. Ein stattlicher junger Mann, der einen Moment im
Türrahmen stehen blieb.

Seine schwarzblauen Haare mussten jeden beeindrucken. Das
ovale Gesicht war makellos. Der Stehkragen seines weißen Hemdes verstärkte den Gegensatz der hellbraunen Haut zum dunklen Schopf. Ein
Inder, wird jeder gedacht haben. Zu wem gehörte er? Die Kellner wussten bereits Bescheid. Ich spürte die Neugier und bemerkte erstaunte

Mienen. Natürlich, werden sich die Besucher gesagt haben, ein allein sitzender Herr, hier...

Geld öffnet alle Pforten, selbst morsche.

Dann wandte man die Augen von mir.

Auffallen wollte man nicht, allerdings wollte man auf das Besondere ungern verzichten. Kurze flüchtige Blicke schaffen Abhilfe. Bleiben sie meist nicht unauffällig?

Ich sah mich tatsächlich von allen Seiten angeblinzelt.

Arien setzte sich mir gegenüber. Er sah wirklich zum Anbeißen aus, und ich konnte jedes Mädchen verstehen, das ihn sah und sicher in Gedanken auszog. Vielleicht waren unter den Leuten sogar Mütter, die sich so einen Schwiegersohn wünschten, wenn er doch nur normal gewesen wäre. Aber einen, der mit einem so viel älteren Mann speist? Wie die beiden sich ansehen! Verdächtig.

Nein, nichts für die Tochter...

Arien war gut drauf.

„Was denkst du?", fragte ich.

Er buchstabierte laut:

„Friedrich...Richard...Ida...Emil...Dora...Emil...Richard.Ida...Kaufmann...Emil!"

„Wieso das?", fragte ich ihn verunsichert.

Dann erzählte er, dass er das letzte Mal mit Anna und Friederike hier gewesen wäre, als er sechzehn wurde, und Anna behauptete, man müsse so einen Tag feiern, der das Erwachsenendasein einläutet. Er erinnerte sich noch genau daran, dass Friederike protestierte, es schwachsinnig fand und als Quatsch bezeichnete. Erwachsen werde man, wenn man erwachsen wird. Biologisches Alter.

Da er ein ziemlich bedeppertes Gesicht gemacht haben muss, flötete sie lauthals und gönnerhaft:

„Der Kopf bestimmt, wann 's soweit ist. Und Dein Körper! Dein Unterteil!"

Es wäre laut genug gewesen. Anna hätte es mit bekommen. Seine Schwester, das kleine Biest, hatte es erreicht, ihre Mutter zu ärgern. Es klappte auf der Stelle.

Anna wäre den Tag über eingeschnappt gewesen und hätte weder mit ihr noch mit ihm gesprochen. Dann wäre es seiner Schwester zu bunt gewesen. Abends habe sie ihn vom Abendbrottisch in die Disco gezerrt.

„Und?", fragte ich neugierig.

„Was und?"

Was darauf passierte, wollte ich wissen.

„Friederike verschwand mit einem Jungen, der wie ein Italiener aussah. Richtig rassig. Von seinem Körper konnte man nur träumen!"

„Und du?"

„Ich bin in dieser Nacht tatsächlich erwachsen geworden!"

Ich musste einfach laut lachen.

Man drehte sich entrüstet zu uns um. Dass dieses Paar nun auch noch impertinent auffällt, setzte allem die Krone auf.

Aufgebrachte Blicke verrieten diesen Eindruck.

Meine Frau hatte sich den Geburtstag anders vorgestellt, ganz sicher. Ernst und würdevoll, feierlich bei Kerzenlicht und mit guten Gesprächen.

Ob Anna im Nachherein auch bewusst geworden ist, dass Friederike erste Anzeichen eines Willens zeigte, der ihrem glich? Und wird sie nicht darüber erschrocken gewesen sein, dass Friederike schon mit siebzehn Jahren Männer begehrte?

Anna wird am nächsten Morgen sicherlich festgestellt haben, was passiert war. Ob sie dabei auch über sich selbst nachdachte und ihr eigenes Leben ins Gedächtnis zurückrief? Die beiden Frauen waren sich ähnlich.

Ich überlegte, ob ich Arien ermuntern sollte, mehr über seine Abenteuer zu berichten. Ich besiegte meine Neugier. Ich wies den Gedanken von mir. Er soll allein darauf kommen. Als eine Kellnerin unsere Bestellung aufnahm, und Arien das Teuerste ausgewählt hatte, rümpfte sie leicht die Nase. Ich hatte es genau gesehen.

„Irgendwas nicht in Ordnung?", fragte ich sie und mit Genugtuung sah ich ihre Verlegenheit.

Mir schwebte ein Gericht vor, das nicht auf der Speisekarte war. Ich sagte ihr, was ich wünschte und sie antwortete pikiert, dass sie ihren Chef danach fragen müsse.

„Tun sie das!"

Sie kam nicht mehr zurück.

Der Chef de Cuisine stand unvermittelt neben mir. Wieder drehten sich viele Gäste um. Ihnen passten diese Extravaganzen offensichtlich nicht. Wohlwollend nahm er auf, was ich haben wollte:

„Cannilinisuppe auf Grünkohl, danach bunten Reissalat mit Artischockenherzen, als Dessert Pfirsichsorbet."

„Vegetarier?"

„Nein, was mit dem Herzen.

Sein Gesicht überzog ein leichtes Schmunzeln oder war es Anerkennung, die er mir zollte?

„Als Wein empfehle ich einen 86er spanischen *Ardanza* aus Rioja Alta, das Beste zu Ihrem Gericht." Das war sicher eine grandiose Wahl. Wenn schon, denn schon!", sagte ich mir. Gut! Unsere Erwartungen wurden erfüllt. Mehr als das. Kellner fegten um uns herum, standen entfernt im Hintergrund, wenn wir sie nicht benötigten, und die Menschen rissen sich ihre Münder auf. Genau das, was ich jetzt wollte. Die können mich doch alle! Arien suchte darauf sein Zimmer auf, und ich machte noch einen Spaziergang an den Deich.

Wahrheiten – 25.08.2002

Der nächste Tag.

Arien schritt einige Meter vor mir her.

Er sprang über Kuhlen, wich geschickt den spitzen Scherben aus, die aus dem Schotter herausquollen.

Der Sommer war da.

Braune Halme, Risse im Boden, betäubender Gestank des Brackwassers, unverkennbar, heiße Tage waren eingezogen.

Mir war, als zöge mich ein Hund, der Meter vorweg an einer Leine trabte. Es war schwer auszumachen, wer wen drangsalierte.

Manchmal wandte sich Arien mir zu.

Er presste seine hohlen Fäuste gegen die Augen.

„Ein Jagd-Glas!", rief er und schielte hindurch.

Erinnerungen aus seiner Kindheit. Dabei verzog er seinen Mund zu einem schadenfrohen Grinsen. War er wirklich noch ein Kind?

180

Manchmal hatte ich den Eindruck, insbesondere, wenn es galt, Antworten auszuweichen. Aber sagt man nicht, dass in jedem erwachsenen Mann ein bisschen Kind stecke?

Dachte er an unsere gemeinsamen Ferien?

Damals wollte er mir weismachen, dass man so Geheimnisse enthüllte, Gegenstände sogar vergrößerte.

Allerdings muss ich gestehen, dass ich so tat, als ob dies möglich wäre.

Arien grient mich frech an, blickte mir in die Augen. Was suchte er in meinem Gesicht zu ergründen? Zufriedenheit konnte es nicht sein, denn er wusste, dass ich unzufrieden war.

Ach, es war einfach nur ein Spiel, mit dem er mir das Gefühl vermittelte, wieder in seine Jugend zurückversetzt worden zu sein. Es könnte aber auch sein, dass er hoffte, die Unbeschwertheit wieder zu finden. Die Zeit ohne Verpflichtungen, die Minuten der Spielereien, die Wochen der Freuden.

Oder war es Abwehr gegen mögliche Fragen? Fragen, die seinen Alltag betreffen?

Arien hatte bisher kein Wort gesagt.

Er sah sehr hübsch aus. Unverbraucht, wenn auch manchmal verängstigt, als habe man ihn ertappt. Wer weiß, wobei? Ich fühlte, dass ich noch keinen Zugang zu ihm gefunden habe. Ja, er war freundlich, nett, höflich. Was aber möchte man von einem Menschen, den man liebt? Sein Vertrauen. Dann sprudeln die Worte. Berühren das Herz, dringen in die Tiefe.

Ich hatte mir zurecht gelegt, was ich fragen wollte. Ich durfte nicht mit der Tür ins Haus fallen. Meine Worte sollten ihn zum Reden bringen. Sie mussten so behutsam, aber eindringlich sein, dass er sich genötigt fühlt, ebenfalls zu plaudern.

Etwa so:

Wie gefällt dir der jetzige Studiengang?

Stammt dein Psychotherapeut von der Uni?

Was studiert dein Mitbewohner?

Hat Anna dir die Entstehungsgeschichte ihrer Konstruktion erläutert?

Harmlose Fragen, nicht wahr?

Seine Stellungnahmen werde ich nicht unterbrechen. Ich werde ihn reden lassen.

Als ich hierüber nachdachte, hopste Arien gerade über den fast versiegten Graben rechter Hand zu den Wiesen. Dann klatschte er in die Hände und hunderte Gänse erhoben sich verängstigt schnatternd in die Lüfte. Wollte er nur die Eleganz von Start und Landung der Tiere genießen? Oder wollte er uns von den wichtigeren Dingen fernhalten, von der Aussprache, die wir uns vorgenommen hatten? Ja, ich glaube, der Junge fürchtete sich vor meinen Erwartungen, betrachtete mein Anliegen vielleicht sogar als Inquisition. Offenbarung seines Lebens.

Ich werde seine Informationen wiederholen, winzige Unklarheiten formulieren, sie werden zu Ergänzungen zwingen. Außerdem Erklärungen hinterfragen, allerdings verhalten. Das wirkt meist.

Sollte er nur spärlich erzählen, werde ich den Fragenkatalog vervollständigen.

Zum Beispiel:

Ist dein Mitbewohner oft unterwegs?

Ja, so könnte ich mehr aus seiner Welt erfahren. Vielleicht kommt er von selbst auf Anna, wann sie bei ihm bleibt und wie oft.

Jetzt war die Gelegenheit dazu.

Wir waren in Nebel angekommen, der Weg ist breiter, so dass zwei Leute bequem nebeneinander gehen können. Ich rief ihn zu mir, als er gerade durch ein Fernrohr, wie sie an vielen Aussichtspunkten installiert sind, schauen wollte. Es war aufs Watt nach Föhr ausgerichtet.

Ich wollte jetzt sprechen, mein Plan könnte greifen!

Meine Zunge aber war wie gelähmt.

Kein Wort kam mir über die Lippen. Die Distanz zwischen uns war zu groß. Vielleicht sogar unüberwindlich. Jugend und Alter haben nichts gemein, allenfalls ihre Wurzeln.

Man muss sich nichts vormachen.

Was Arien wohl gerade im Kopf hatte?

Jugend denkt unbeschwerter, leichter, dennoch nimmt sie das Leichte ernst.

Das ist ja das Verrückte, man passt nicht mehr zusammen, selbst wenn man zusammen gehört. Ein Paradoxon.

Sehnsucht überfiel mich.

Ich war alt. Und ich spürte mein Alter neben seiner Jugendlichkeit. Es stand vor mir, ist mir ins Gesicht geschrieben, unwiderruflich.

Es gibt kein Zurück.

Ich entschuldigte sein Schweigen.

Er sollte besser zuerst zu sprechen beginnen, nicht ich. Und dann könnte ich einhaken, ihm auf den Zahn fühlen. Was für ein hässlicher Gedanke.

Weg damit!

Ich möchte nur von ihm hören, wie Anna von mir spricht.

„Die Fähre dahinten, wann wird sie anlegen?", und Arien zeigte aufs offene Meer, auf die Fahrrinne.

Ich blickte hoch, verdattert, erwartete ich doch einen anderen Dialog. Dummkopf, dachte ich.

Ich schaute auf die Uhr.

„In einer halben Stunde!", schätzte ich.

„Schaffen wir's zum Anleger?"

Ich sah Arien an. Er musste meiner Miene angesehen haben, dass sie Ungläubigkeit, Erstaunen ausdrückte.

„Wenn wir uns beeilen!"

„Dann los!" Und schon war er mir zwanzig Meter voraus. Ich hechelte hinterher.

Rief noch:

„Ein alter Mann ist doch kein D-Zug!" Und selbst merkte ich, dass dahinter nicht nur Spott steckte, sondern die pure Wahrheit.

Melancholie überzog mich.

Überraschung

Arien bog links zur Mole ein, als ich die Watt-Promenade erreichte. Ich atmete schwer. Meine Brust tat weh.

Man kann keinen Vergleich mit Jugendlichen aufnehmen. Ihre Pumpe läuft wie ein Uhrwerk.

Ich drosselte die Laufgeschwindigkeit, eigentlich wurde sie eher zum müden Gang. Ich fasste an die Rippen und kreiselte mit der rechten Hand ums Herz. Das tat gut. Es schien zu helfen. Die Schmerzattacken, die mich stoßweise überfielen, ließen nach.

Dennoch: Mein Zustand war besorgniserregend. Das musste ich zugeben. Kurzatmigkeit nach wenigen Laufminuten, innerer Aufruhr, wenn meine Vorstellungen unerfüllt blieben. Wie jetzt, wo sich der Junge einer Unterhaltung entzog.

Was verbarg seine Haltung? Warum wollte er nicht mit mir reden? Ich bin kein Unmensch. Und ich bin tolerant. Also was könnte es ihm ausmachen, sich mir anzuvertrauen? Hatte sich seine Freundin von ihm getrennt? Versagte er beim Sex? Hat er Angst vorm Studium? Was für Geheimnisse belasteten ihn?

Belasten?

Dunkle Rätsel haben etwas Beunruhigendes, Zerstörerisches. Man bezieht sie auf sich. Wie ich, dem jetzt Anna in den Sinn kam. Und Arien.

Ich sollte nicht über sie sinnieren. Ich versuchte krampfhaft, mir etwas anderes vorzustellen: Meine Schule...

Ach, was!

Ohne nachzudenken blickte ich übers Wasser in die Ferne. Ein Kulpschwarm flatterte in einen breiten Bogen über mich hinweg.

Das Wittdüner Becken zur Ostseite der Insel beherbergt viele Vogelarten. Jetzt allerdings stand' s unter Flut.

Graue Wolkenberge zogen vom Festland auf. Föhrs Strände, Häuser und Bäume versanken blitzschnell im Dunst. Das Meer spielte mit seiner Grenzenlosigkeit, die es sonst nur zur Westseite offenbart. Hier ist sie eine Fata Morgana.

Ich blieb stehen und schaute hinüber zur Küste, deren Richtung jeder kennt. Man muss sie nicht sehen, man kennt sich aus, wo sie liegt. Dennoch, eingehüllt in einen Schleier, beschlich mich Angst. Sie überfiel mich regelmäßig, seit ich Kreislaufstörungen habe. Zwei Jahre schon.

Wer weiß, was sich zusammenbraute?

Vorboten eines Unwetters? Zeichen einer Auseinandersetzung ? 'Du bist verrückt', sagte ich mir. Es gibt keine Zusammenhänge zwischen Atmosphäre und Seele.

Arien hatte die Rampe erreicht, über die in wenigen Augenblicken Autos schleichen, rumpeln - der geriffelte Stahlboden hinterlässt diese Geräusche - und Besucher schieben werden. Warum diese immer hasten, drängen und von hinten stoßen? Unerklärlich!

Manchmal stolpern Leute.

Was wollte Arien an der Fähre? Sie war nur Vorwand.

Natürlich!

Das Dunkel lüftete sich, als ich mich dem Schiff näherte. Die Konturen der wartenden Menschen wurden deutlicher.

Arien ruderte gegen den Strom der Menschen. Er hatte inzwischen die Treppe erreicht. Meine Augen folgten ihm.

Was ich sah, versetzte mir einen neuen Schock. Ich hörte das Schlagen meines Herzens, es war beinahe, als ob meine Brust zerspringen wollte: Friederike.

Ausgeschlossen! Oh doch, es stimmte, sie war es.

Wie Arien und Friederike sich auf dem Schiff begrüßten?

Innig vertraut.

Arien legte seinen Arm um sie, zusammen schritten sie die Rampe hinauf. Wie ein Liebespaar.

Ich stutzte noch mehr, als Friederike ihren Kopf an seinen legte. Mein Gott, lief zwischen ihnen etwas ab, was nicht sein durfte? Hatte sich Arien bei der Einweihungsfeier von Annas Gebäude nicht erschrocken von den Liebkosungen seiner Schwester gezeigt, um ihre Beziehung zu verheimlichen?

War denn die ganz Familie kaputt?

Friederike hatte im Internet gebucht. Im *Seeblick*.

Gut, dass sie nicht hier war. Ich hätte sie heute nicht mehr ertragen können. Sie war mit Arien Essen gegangen.

Beide hatten mich nicht einmal gefragt mitzukommen. Sie waren sich erschütternd einig.

Ja, das waren sie.

Anna wird informiert sein. Zu glatt verliefen ihre Gespräche und Anordnungen, die die Kinder befolgten.

Oder bildete ich mir das alles nur ein? Wie unlogisch von mir zu glauben, dass ich irgendetwas hätte beeinflussen können, wenn ich bei Arien übernachtet hätte, und er und Friederike bereits ein Paar waren?

Ich musste an meinen Vater denken, der Anna von vornherein ablehnte, als ich sie beschrieb. Dann stellte ich sie ihm vor. Ihr Besuch war eine Katastrophe. Er kündigte mir die Verwandtschaft, wenn ich sie nicht sausen ließe. Was ich nicht tat.

Ich liebte sie nämlich.

Sieben Jahre - eine aufregende, anregende Ehe.

Als ich mir das sagte, war mir klar, dass ich auch nichts anderes von den beiden erwarten sollte.

Mir kamen Bedenken. Friederike und Arien?

Wäre sie dann nicht nach Stuttgart zu ihm gezogen oder er nach Paris? Übermäßige Entfernung erstickt Liebe im Keim. Man kann nicht Wochenende für Wochenende auf Achse sein. Ich werde mir ein Herz fassen. Fragen.

Wir werden morgen früh gemeinsam frühstücken. Ihr Wunsch. Ich machte mir Mut.

An Schlaf war nicht zu denken...

In der Einsamkeit meines Zimmers verschlimmerte sich mein Zustand. Ich heulte. War es ein Nervenzusammenbruch? Liefen mir die Tränen, weil ich mich selbst bemitleidete?

Ich blickte in den Spiegel.

Was ich sah, war eine Fratze.

Wie soll man hoffen, wenn man sein Gesicht verliert?

Meine letzten Sicherheiten waren dahin.

Hatte ich noch auf Arien gesetzt, so musste ich gestehen, dass ich mich geirrt hatte. Friederike hatte sich längst für Anna entschieden, jedenfalls ließ das ihre Entscheidung vermuten, mit ihr nach Stuttgart zu fliegen.

Sie ließ mich allein, obwohl sie mir Stunden vorher vorgaukelte, wie sie mich liebte.

Ich war isoliert.

Isoliert, weil ich versagt habe. Nicht bei meiner Tochter. Sie war einfach gegangen. Nein, bei Arien.

Isolation tötet, allerdings im Schneckentempo.

Es gibt bestimmt noch Hoffnungen, dass wir alle zusammenfinden. Sie muss es geben, sagte ich mir. Nichts im Geschehen löst sich einfach nur auf, verschwindet für immer. Menschen gehören zusammen. Sie können nicht allein leben, allenfalls für kurze Zeit. Miteinander Reden ist der Puls des Atems. Entfernt sich der Partner, zieht sich der Freund zurück, ziehen die Kinder leine, schlagen die Nachbarn ihre Türen zu, trocknen die Lungen aus. Der Tod kommt schleichend. In der ganzen Welt schreit man nach Zuwendung, nach Hautberührung, nach Wörtern, die verbinden. Ich schließe mich dem an.

Ich fühlte mich ausgeschlossen. Meine Lebensgeister schienen geknebelt. Alleingelassen mit meinen Vorstellungen, Kräften und mit meinem Inneren.

Voraussetzungen, dass alles im Menschen erlahmt? Bei mir auch? Der Strohhalm war mir entglitten. Ein winziger Hauch hatte ihn fortgetragen.

Vorbei, vorbei! Jammerte ich.

Übertrieb ich nicht?

Könnte ich doch wütend über mich sein. Könnte ich mich gegen mich selbst wehren.

Nein, ich war frustriert.

Was nun? Alles verspielt!

Ich bestellte eine Flasche trocknen Burgunder aufs Zimmer, legte mich ins Bett und sann über uns nach.

Mir ging's besser. Hoffnungen beleben. Das spürte ich jetzt.

Frühstück – 26.08.

Friederike saß bereits an einem Vierertisch direkt am Fenster zur Terrasse, als ich den Saal betrat. Der heiße Kaffee vor ihr dampfte. Ein betörender Duft durchzog den Frühstücksraum.

Noch gab es keine weiteren Gäste.

Ich eilte zu ihr und strahlte.

Die hübsche Tischdekoration, auserlesenes Geschirr, fröhliche Servietten und kleine gelbe Röschen strahlten Atmosphäre aus, die sich auf mich übertragen hatte.

Gestern noch hatte ich meine Tochter verdammt, weil ich mich von Arien betrogen sah. Heute habe ich eine andere Meinung, eine großzügigere.

Friederike war ernst.

Das Grau in ihrem Teint und die tiefen Augenränder ließen keinen Zweifel daran, dass sie übernächtigt war. Das Filterstück ihrer Zigarette, die sie wohl draußen geraucht hatte, hing noch zwischen den Lippen. Sie nuckelte nur am Mundstück. Das störte mich, ich sagte aber nichts, um jeden Ärger zu vermeiden.

Sie entschuldigte ihr Kommen. Dabei sprach sie undeutlich, was mich ärgerte. Endlich nahm sie den letzten Rest ihres Glühstängels aus dem Mund.

„Es ging nicht anders!", sagte sie.

Arien hätte sie darum gebeten, nicht, um mir auszuweichen, sondern um ihre Hilfe in Anspruch zu nehmen. Er habe, sagte sie, mir nun mal das Wochenende versprochen, und davon wollte er Gebrauch machen, irgendwie. Sonst wäre er nach Paris gekommen.

Kannte Friederike ihn so gut? Was schweißte meine Kinder zusammen? War es mehr als das geschwisterliche Band?

Ich fühlte, dass Friederike ein besonderes Geschick hat, Zweifel zu säen. Das war ihr gelungen, als sie sich für Anna entschied, auch, als sie Arien stürmisch begrüßte. Und jetzt wieder. Ähnliches habe ich schon mehrere Male bei Anna erlebt, zuletzt, als sie sich mit mir verabredete oder als wir durch einen Anruf gestört wurden, der uns oder mir? den Spaß verdarb, die Annäherung verhinderte.

Ausgerechnet Arien, der angerufen hatte.

Warum habe ich mich nicht um seine Belange gekümmert? Ich hätte Annas Konstruktion *Konstruktion* sein lassen sollen. Was sollte Arien sich noch mit ihr beschäftigen? Er kannte sie in- und auswendig. Hatte sie ihn nicht oft genug aufgefordert, ihr Gesellschaft zu leisten? Hatte er nicht selbst gesagt, dass die Baustelle sein Zuhause geworden ist? War es nötig, die Treppen der Rotunde hoch zu stiefeln, obendrein getrennt, jeder auf einer Seite? Reichte der Minutenatem von Arien in der Kuppel aus, mich zu entschädigen?

Nein, allerdings hatte er mir gut getan.

Warum dachte ich nur an mich? Warum nicht an ihn?

Dann das Sechseck. Das mich benebelte, mir aber nicht Arien zuführte. Alles hing mit Anna zusammen, und genau das hat mich erblinden lassen.

Wie kann ein Blinder erwarten, wieder sehen zu können?

Anna war mir keinen Schritt näher gekommen, im Gegenteil, sie hat mir Arien entzogen und Friederike verzaubert. Ihre Gestalt, ihr Auftreten, ihre Rede, ihr Gehabe, schließlich ihre Ideen und letztlich das Gebäude haben meine Tochter in ihren Bann gezogen, und ich hatte mich wie ein Schuljunge benommen.

Hoffnungen gehegt. Träume gehabt.

Perdu.

„War es etwas Lebensbedrohendes?", fragte ich zaghaft.

„Wie bitte?"

Friederike hatte mich genau verstanden.

Ich sah' s ihren Augen an.

Ich hörte, wie sie sagte, dass ich mir keine Sorgen machen sollte, sie passe schon auf ihren Bruder auf. Ich glaubte, nicht richtig verstanden zu haben. Wie denn das? Wollte sie etwa ihre Zelte in Paris abbrechen?

Sie behandelte mich wie ein unmündiges Kind.

Das muss man sich nicht von einer Tochter gefallen lassen!

Ungehörig, fand ich. Wenn sie glaubte, dass ich alles akzeptierte, was sie von sich gibt, dann irrte sie sich. Man kann nicht einfach zum Tagesgeschehen übergehen als habe man nichts mitbekommen.

Blut schoss mir ins Gesicht.

Jetzt war ich wirklich geladen.

Ich schob meinen Stuhl energisch zurück.

Ich wollte richtig loslegen. Man darf sich nicht alles von seinen Kindern gefallen lassen!

Mein Herz!

Instinktiv fuhr meine rechte Hand an die Brust.

Stiche!

Meine Beine wollten versagen, aber ich nahm mich mit aller Kraft zusammen: ich stützte mich mit einer Hand auf der Tischplatte ab, mit der anderen riss ich den Reißverschluss meiner Handtasche auf, ergriff die Nitro-Flasche und jagte mir drei Spritzer in den Rachen. Die Wirkung kam bald.

Während ich noch hektisch nach Luft schnappte, spürte ich, wie sich der Schmerz zurückzog. Dennoch, mir war, als wäre ich in einem Zustand totaler Erschöpfung, jede Reaktion verlangsamte sich.

Ich glitt auf den Stuhl zurück.

„Entschuldige!", gab ich von mir.

Friederike hatte die Augen weit aufgerissen. Sie sah, dass das Blut aus meinem Gesicht gewichen war.

Entsetzen in ihren Pupillen.

„Moritz!", schrie sie verängstigt.

Ich nickte nur, Zeichen, das ich lebte.

„Pa, Arien hat die Nacht nicht mit mir verbracht, damit ich seine Geheimnisse weitergebe!", gab Friederike kleinlaut von sich.

„Lebensbedrohend? Nein!", ergänzte sie.

Was für Geheimnisse waren das?

Was für Gedanken hatte Friederike? Sorgen um ihren Bruder? Auch Sorgen um mich? Ich meinte, ja. Und das wäre wohltuend. Vielleicht sollte man solche Zustände manchmal simulieren.

Natürlich hatte Friederike Recht. Ihr Bruder hatte ihr sicher das Versprechen abgeluchst, bei mir kein Wort über ihren Gedankenaustausch zu verlieren. Vielleicht hatte er sogar mit Liebesentzug gedroht.

Friederike schenkte mir Kaffee ein, während ich mich aufraffte, zur Rezeption zu gehen.

Noch wankte ich. Aber mir ging's etwas besser.

„Rufen Sie meinen Sohn an und sagen sie ihm, dass seine Schwester und ich bereits frühstücken!"

Die Angestellte sah mich mit großen Augen an, als ob ich irgendetwas verpasst hätte, nach dem Motto, wissen Sie denn nicht?

„Herr Dr. Sommeralm, Ihr Sohn hat heute Morgen um 6:30 ausgecheckt und die Fähre nach Dagebüll um 7:15 genommen."

Sicher eine Täuschung!

Sie wiederholte ihre Mitteilung.

Ihre Worte wirbelten mir im Kopf herum, vermischten sich, und übrig blieb, dass Arien nicht mehr hier war. Ich merkte, wie ich langsam am Tresen herunterrutschte. Ein würdeloser Zustand.

„Abgehauen! Einfach so."

Mir wurde schwarz vor Augen.

Wie mich Friederike später informierte, trug man mich in einen Nebenraum, rief nach einem Arzt, der unter den Gästen weilte, und der gab mir eine Spritze, die mich nach einem kurzen Augenblick wieder in die Gegenwart zurückholte. Sie hatten mich seitwärts auf den Boden gelegt. Friederike sagte mir, dass man befürchtete, ich könnte mich verschlucken.

„Ein Schock!", meinte der Arzt.

„Sie sollten ihr Herz schonen!"

Doch wie? Ich glaubte, ich sah empört zu ihm auf, nein, vielmehr starrte ich ihn an.

Diese scheinheiligen Worte!

Man findet immer genug Menschen, die sagen, was man zu tun habe. Sollte man nicht wenigstens Fachleuten trauen?

Ich war eher skeptisch.

Lieber nicht!

Tränen liefen meiner Tochter übers Gesicht. Schämte sie sich vielleicht? Hätte sie mit mir geredet, wären uns diese Erfahrungen erspart geblieben.

Verständnis

Die pralle Sonne gewann an Höhe, allerdings waren der Morgen noch jung und die Temperatur angenehm. Ich war auf dem Weg zum Strand. Ich wollte im flachen Wasser auf und ab gehen.

Das kleine Wäldchen mit dem Duft der Kiefern und der Frische der Nacht hatte ich hinter mir gelassen. Ich pilgerte auf dem Bohlenweg durch das lange Tal bis zur Aussichtsplattform vorn am Strand. Kein Mensch war unterwegs. Das Meer hatte sich zurückgezogen, dem schon mächtigen Strand zusätzlich Raum verschafft. Man läuft jetzt von den Dünen bis zum Wasser eine Viertelstunde. Ich hatte meine Sandalen abgestreift, war barfuß. Auf der Strandhälfte hörte ich schon das Kreischen der Möwen, sah kurz darauf das lustige Tippeln der Strandläufer und die eleganten Flüge der Seeschwalben.

Wäre es mir doch vergönnt, fliegen zu können!

Ich würde Arien einholen.

Menschliche Fähigkeiten sind sehr begrenzt, sinnierte ich, und dies mussten *Dädalus* und *Ikarus* mit dem Leben bezahlen.

Ich dagegen hatte nur Träume.

Ich stolzierte über einen Streifen von zertretenen, gebrochenen oder ganzen Muscheln, und sie knirschten unter meinen Füßen. Musik in meinen Ohren, denn es waren vertraute Laute.

Der Boden war feucht und kühl.

Das Handy schnarrte.

Ausgerechnet jetzt.

Ich schimpfte.

Sollte ich es bedienen?

Jeder kennt das bohrende Gefühl der Neugierde. Auch ich. Also beschloss ich, das Gespräch anzunehmen. Wer weiß, was ich sonst versäumen würde.

Ich fummelte im Rucksack herum. Griff in alle Taschen.

Ich musste an Anna denken. Schalt mich, denn ich dachte pausenlos an sie und immer zuerst. Sie wird nicht anrufen!

Das vierte Klingeln löste bei mir die höchste Alarmstufe aus.

Zu spät! Nach dem letzten Halbton: Stille.

Friederike? Hatte sie etwas vergessen?

„Ah, hier ist es", platzte ich heraus,

Es steckte im äußersten Zipfel der Hosentasche.

Ich drückte die Sprechtaste

Lächerlich, wo der Anrufer längst über alle Berge war.

Kopflose Reaktion, schalt ich mich.

Ich dachte an Arien, bei dem es mir zu viele Fragezeichen gab. Mir war als trüge er Melancholie in sich. Er war nicht mehr befreit wie auf der Treppe von Annas Rotunde. Was war passiert?

Er war unberechenbar geworden. Man kann doch nicht einfach von einer Einladung mir nichts dir nichts verschwinden.

Vielleicht hatte er mich angerufen. Der schnelle Abbruch der Verbindung würde sich dann an die übrigen Ungereimtheiten reihen.

Eigentlich lässt man ein Handy des Öfteren klingeln. Oder irrte ich mich?

Verschwinden, ohne Abschied, nun, nicht gerade nachahmenswert, aber manchmal verständlich, wenn er mit einem Schlussstrich verbunden ist. Was sicher nicht der Fall war. Abneigung gegen mich schloss ich aus, Mutlosigkeit, das könnte eine Erklärung sein, noch eher Peinlichkeit, Scham vielleicht.

Peinlichkeit? Ein guter Grund!

Eigentlich musste ich mich in allen Gründen ausschließen. Es war sein Charakter und sein gegenwärtiger Zustand.

Was haben sich Menschen zu sagen, die monatelang nicht mehr miteinander geredet haben, jedenfalls nicht vertraut?

Gehen daher nicht ständig Freundschaften zu Bruch?

Erneut meldete sich das Handy.

Dieses Mal war ich schneller.

„Arien?"

Rauschen im Mikrofon. Wohl vom Wind, dachte ich.

Dann: Worte wie Schlieren!

Weinen?

Ich horchte konzentriert.

Schniefen, Husten , dann Töne, als ob jemand Schleim hochzieht.

„Arien?"

„Mm!"

„Schön, dass du anrufst!"

„Böse?", hörte ich.

„Wo bist du?"

Ich ärgerte mich über meine Frage. Wie belanglos sie war.

„Bei Husum, glaube ich!"

Ich war besorgt. Sehr besorgt.

Die überstürzte Abreise meines Sohnes glich eher der Entscheidung eines Pubertierenden als eines ausgewachsenen Mannes. Und das war er.

„Kann ich dir helfen?", sagte ich zärtlich ins Telefon.

„Nein... Niemand...! Aber... danke", stotterte mein Sohn.

Ich sah ihn vor mir, glaubte eine Art Verzweiflung herauszuhören, Hilflosigkeit, auch Trauer. Anlass hierzu waren Stimmlage und sein Sprechen. Er schien mir ein Nervenbündel.

War es so?

„Du musst wissen", hörte ich mich sagen, während meine Stimme zitterte, „dass ich ohne Einschränkungen für dich da bin!"

Ein gedehntes Dankeschön!

„Pa, ich erkläre alles", der Junge begann zu weinen, „wenn..." sein Schluchzen machte es mir fast unmöglich ihm zu folgen, „ich Gewissheit habe... Gewissheit verstehst du?", japste Arien in den Lautsprecher...

„Klarheit!"

Er brach das Gespräch ab.

Ich war verunsichert. Ich lief wie ein aufgescheuchtes Huhn hin und her. Versuchte, ihn anzurufen, verwählte mich zuerst, bekam beim zweiten Versuch keine Verbindung.

Was meinte Arien? Klarheit, worüber? Über sich selbst?

Kann man seine eigenen Fähigkeiten beurteilen? Man kann, viele sogar. Aber eindeutig und klar?

Es gibt doch nur Klarheit, wenn keine Zweifel möglich sind. Wo sollte das sein?

Meinte Arien etwa, Zensuren in der Universität, die meist nicht zu korrigieren sind, ärztliche Bulletins, die einer bombensicheren Diagnose entstammen oder richterliche Entscheidungen, die auf unwiderlegbaren Geständnissen beruhen?

Sollte sich hinter seiner Gewissheit die Exmatrikulation verbergen, eine Krankheit stehen oder hat er ein Delikt begangen?

Wann bekommt er Ergebnisse?

Ich kam mit meinen Überlegungen nicht weiter. Natürlich nicht. Wie sollte ich auch.

Wie sollte man Nöte nachvollziehen können, wenn man von ihnen keine Ahnung hat? Nichts, auch gar nichts weiß? Und Friederike, weiß sie etwas und verschweigt mir seine Gefühlswelt?

Ich machte kehrt und joggte mit Tempo den Strandaufgang zurück nach Norddorf.

Ausholende Bewegung stoppt den Denkprozess, Anstrengungen halten den Kopf in Schach.

So erging es mir jetzt.

Am nächsten Tag verließen Friederike und ich die Insel.

Am Airport

In die wartende Menge kam Leben.

Endlich öffneten sich die automatischen Türen zur Gepäckausgabe. Die Rede ist von der Ankunftshalle des Flughafens - Arrival.

Auch ich stand hinter einer Sperre, die übliche Barriere, die Menschenströme meist durch schmale Gänge schleust. Wie hier am Hamburger Flughafen.

Um einundzwanzig Uhr Landungen in Minutenabstand. Ankunft in geballter Ladung.

Jetzt spuckte der Flughafen die abgefertigten Leute einzeln oder in Gruppen aus.

Fünf Flugpassagiere.

Alle Fünf entschieden sich für die rechte Seite der Schleuse.

Es war am Ausgang heiß und feucht.

Die Ankömmlinge haben gleich einen nachhaltigen Eindruck der Weltstadt: Tropisches Klima. Sie werden bald merken, dass dem draußen nicht so ist. Fehlkonstruktion, vermute ich, weil die Decken zu tief hängen.

Man zieht Koffer hinter sich, schiebt Wagen durch die Türöffnung oder trägt Urlaubsgepäck. Man lächelt, lacht, ist braungebrannt, meist fröhlich und oft allein.

Weitere acht Reisende.

Zwei junge Männer, gestylt, Bankertypen, gegelte Haare, Lesebrille, Anzüge, Aktentaschen. Umarmungen. Die Männer ergreifen von den Pobacken ihrer Freundinnen Besitz, Lachen, verschämtes Antlitz. Die jungen Damen in sehr kurzen Röcken. Kaugummi. Personen aus dem Meer der Verblödung. Sie wollen auffallen, berühmt werden und sind nichts.

195

Eine Familie, drei Leute, ein Ehepaar und ein Kind. Rucksäcke auf dem Rücken, ein Hund, den Frauchen ängstlich an der Leine kurzhält. Rosen werden übergeben. Aha, dachte ich, der Vater der Frau.

Die Tür hatte sich längst wieder geschlossen.

Ich wurde unruhig, hatte Ahnungen, dass Anna nicht kommt. Was sich bestätigte.

Es war leer geworden.

Ich setzte mich, presste meinen Augen zu einem Schlitz zusammen, suchte etwas, woran ich mich halten konnte, und sah nur Zerrbilder der Menschen um mich herum. Sie wechselten ihre Erscheinung, wurden zu Arien.

Angst überfiel mich.

Ich riss die Augen weit auf. Spürte, wie sich meine Brauen spannten und die Stirn faltete. Ich fühlte, dass ich vom Wochenende erschöpft war und gleichzeitig gereizt. Ich wollte einfach los schreien und ließ es. Ich nahm immer zu viel Rücksicht auf meine Umwelt.

Dann stolzierte Anna durch die Sperre, majestätisch in Flanier-Outfit, wie ich fand, allerdings waren ihre Züge müde. Kein Wunder, wenn man verhandeln muss. Ich ertappte mich wieder dabei, wie ich sie in Schutz nahm. Hatte sie es verdient?

Ich stand auf, ging ihr entgegen, nahm ihr die Reisetasche ab.

Sie nickte, was so viel wie „danke" bedeutete, lächelte mich sekundenlang an. Kein ehrliches Lächeln, eins, was man Menschen zuwirft, die man nicht kennt. Verklemmt. Sie schritt neben mir.

Sie sagte: „Schön, dass du mich abholst. Gibt es hierfür Gründe?"

Ich war sauer.

Kraftlos, hierauf angemessen zu antworten.

Es gab für mich immer Gründe, meine Frau abzuholen, wo immer sie sich befand. Ich war für sie da. Ich wollte es auch sein.

Auch heute Abend, obwohl meine Gefühle für Zugeständnisse ambivalent waren. Vielleicht gab es dennoch Chancen für uns. Nachhaltigkeit hat noch niemand geschadet.

Meine Sehnsucht nach ihr verbarg ich seit Monaten. Sie hätte sie wohl auch nicht mitbekommen, wenn man sie meinen Augen hätte ablesen können. Würde ich mich immer noch offen zu ihr bekennen, hätte Anna sich bedrängt gefühlt. Das wusste ich. Ich kannte ihren Drang nach Unabhängigkeit und Freiheit.

Ich sagte ihr, als wir beide im Wagen saßen, was für ein Wochenende ich gehabt hätte und merkte zur gleichen Zeit, dass ich sie zunächst einmal hätte fragen sollen, wie es ihr ergangen wäre.

Ihre Miene sagte alles.

Dann verlor sie ihre Nerven und explodierte.

Sie habe mir vorher sagen können, dass eine Verabredung mit ihrem Sohn Illusion wäre, weil wir keine Bindung gehabt hätten. Sie hätte sich sowieso keinen Reim darauf machen können, dass ich den Vorschlag zu einem Treffen machte. Ein Vulkan, der erloschen ist, meinte sie, kann nicht wieder belebt werden. Aus allem entnahm ich, warum ich für den Bruch zwischen Arien und mir die Verantwortung tragen würde, was bei Gott nicht stimmte. Der Junge hatte jedes persönliche Gespräch abgelehnt, hatte sich zurückgezogen, wenn er nach Haus gekommen war und sich nur mit Anna beschäftigt.

Als sie hörte, dass er sich zuerst Klarheit verschaffen müsse, worüber auch immer, schalt sie mich einen Kleingeist. Natürlich müsse er das, denn jeder junge Mann suche nach der Wahrheit, die er noch nicht gefunden habe, Wahrheit für das Leben oder anders ausgedrückt, den Weg zum Glück.

„Aber du hast deine Kinder nie verstanden, weil du dich nie um sie gekümmert hast!", schrie sie, während ich beinahe die Kontrolle über das Fahrzeug bei ihrer ungeheuerlichen Anschuldigung verlor.

Anna behauptete einfach etwas. Sie stellte Dinge in den Raum, die nicht stimmten, und glaubte obendrein, was sie sagte. Sie hatte ganz und gar verdrängt, dass ich die letzten Jahre bis zum Abitur beider Kinder nachmittags immer deren Ansprechpartner war.

Was heißt übrigens deine Kinder? Mit Friederike hatte ich bisher ein ausnehmend gutes Verhältnis, und das bestand auch noch, als wir uns jetzt auf Amrum trafen, allerdings anfänglich getrübt, weil Friederike mich schmählich in Hamburg hintergangen hatte. Das musste auch ich erst einmal überwinden.

„Wie konntest du auch noch Friederike einladen, die vor ihrem Examen steht! Du bist ein Egoist, wie er im Buche steht", warf sie mir böse vor, ihre Stimme hatte das Krächzen einer Krähe angenommen.

Ich sagte nichts. Was sollte ich ihr auch antworten? Sie war von ihrer These so überzeugt, dass sie nichts hätte gelten lassen, was ich geantwortet hätte. Ich empfand in diesem Augenblick, dass sie ihre berufliche Tätigkeit unerbittlich gemacht hat, dass sie eine Frau geworden war, die nur die eigene Meinung gelten ließ.

„Ich werde sofort mit Arien sprechen, wenn wir Zuhause sind, Vieles wird sich klären", gab er leise von sich.

„Mein armer Sohn! Wie konnte er nur auf dich hereinfallen? Ein weltfremder Mann, ein Schulleiter, der in seinem Umfeld kaum erfährt, was draußen passiert. Ahnung vom Leben? Null-Kenntnis."

Die Inbrunst meiner Frau war erschreckend. Sie ähnelte religiösen Fanatikern. Mir fielen Zeugen *Jehovas* ein, Mitglieder von Scientology, muslimische Kämpfer der IS. Was war in sie gefahren? Hatte sie Hass gegen mich entwickelt, der jetzt zum Ausdruck kam? Wenn ja, warum? Können Frauen wirklich bösartiger als Männer denken und handeln? Ihr armer Sohn? Was sollte das bedeuten? Arm, weil ich der Ehemann war? Männerfreundschaften gehen oft in die Brüche, weil der eine dem anderen überlegen sein will, meist geht das aber stillschweigend ab, Frauenfreundschaften enden oft durch Eifersüchteleien, oder? Aber genau wusste ich darauf keine Antwort.

Durfte man diese Beleidigung ungestraft lassen? Jetzt langte es mir.

„Deine Glitzerwelt? Dein sprödes Gehabe vor Fachleuten und dein Buhlen um Anerkennung, das nennst du Ahnung vom Leben? Nein, Anna, das ist Schall und Rauch. Eine Persönlichkeit hängt nicht von eigenwilligen Konstruktionen ab, von Extravaganzen, nicht von Kleidung, nicht vom Aussehen", schrie ich, „nicht von Eleganz!"

Eine Katastrophe war eingeleitet. Nur ahnte ich nichts von ihr. Oder stellte mich blind.

„Es sind die kleinen Dinge des Lebens, die glücklich machen! Das Gaukeln der Schmetterlinge, ein hüpfendes Rotkelchen, die warmen Regentropfen, die die Haut liebkosen, das zärtliche Streicheln von behutsamen Händen!" Kaum gesagt, war mir, als ob mich ihre Blicke durchbohrten. Na, ja, ich hatte ihr doch einiges deutlich zu verstehen gegeben, was ich von all diesen Dingen hielt. Aber genau das sind sie, die uns voneinander getrennt haben. Friederike entsprach meiner Frau, äußerlich, vielleicht auch in ihren täglichen Gewohnheiten, nicht aber in ihrer Gesinnung. Sie hatte den philosophischen Touch von mir mitbekommen. Und Arien war ein in sich gekehrter junger Mann, noch ängstlich, ich wusste nur nicht, warum.

Ich hielt vor unserem Haus, Anna schoss aus dem Wagen, entledigte sich ihrer Pumps, flog förmlich über den Bürgersteig, rannte den kurzen Weg zur Treppe, stolperte diese hoch und verschwand im Portal. Als ich nach oben kam – ich wollte mich meiner Äußerungen wegen entschuldigen - hatte sie sich schon in ihr Zimmer verkrochen, sie telefonierte bereits mit ihrem Sohn.

Entscheidungen 28.08.

In meiner Schule war die Hölle los.

Aber der Reihe nach.

Ich machte mich vorzeitig auf den Weg zur Schule. Ich hatte nicht geschlafen. Keine Minute. Mich die ganze Nacht im Bett gewälzt, mir Vorwürfe gemacht, Anna verdammt, mich mit ihr versöhnt, wieder zerstritten und Arien bemitleidet. Alles im Endlosband.

Ich war ausgebrannt.

Annas unerklärliches Verhalten hatte mir den Rest gegeben. Hoffnungen, sie zurück zu gewinnen, hatten sich zurückgezogen. Nein, Anna hatte sich entschieden, ich sollte mir nichts einreden! Die Ära mit ihr war abgeschlossen. Basta! Ein Mensch kann einen anderen nicht so mit Bewusstsein und Hintergedanken verletzten, und dann doch in dessen Arme zurückzukehren.

Wie sollte es weitergehen?

Allein war ich nichts. Ein Rumpf ohne Kopf.

Ich beruhigte mich durch *Nitro* und *Tafil.* Sauerstoff und Tranquilizer. Zum Schlaf aber reichten die Mittel nicht aus. Sie verschafften mir Denkpausen. Ich war nicht mehr zornig, Zorn wäre auch lächerlich gewesen. Es gab keinen Trost. Nicht einmal den, dass ständig Tausende von Ehen geschieden werden.

Sollte ich mir vormachen, dass Anna es nicht wert war, über die Vergangenheit nachzudenken, wo sie mich so schäbig behandelt hat?

Ich forderte mich auf, ehrlich zu bleiben, mir gegenüber und der Familie. Anna und ich liebten uns viele Jahre lang. Die Zeit mit ihr hatte mir Kreativität beschert, Glück, wenn es dieses gibt und Freude. Sie hatte Gespräche mit sich gebracht, himmlische Gefühle entwickelt und die Fähigkeit, für einen anderen Menschen da zu sein, gestärkt.

Es ist grotesk zu glauben, dass solche Phasen ewig sind.

Anna wird nicht kehrt machen. Sie wird ihren eigenen Weg weiter verfolgen.

Ich schwor mir, dass diese Erkenntnis mein Verhalten bestimmen soll. Vielleicht wird's mir dann leichter fallen, sie ziehen zu lassen. Mag sein, dass wir auf diese Weise Freunde bleiben. Sie war eine interessante Frau und hat mein Leben bereichert. Vielleicht brauche ich auf sie nicht ganz zu verzichten.

Hoffentlich falle ich nicht wieder um.

Unsere Kinder?

Noch ließ sich nicht ausrechnen, wem sie sich zuwenden würden, Anna oder mir. Durch ihren Besuch auf Amrum hatte Friederike mir zu verstehen gegeben, dass sie mich noch mag, nicht verabscheut oder verurteilt, allerdings mit dem Eingeständnis, dass sie Arien 's wegen gekommen war. Ein Wermutstropfen, den man gut verkraften kann.

Lag ich mit meiner Zuversicht richtig?

Ariens Andeutungen krempelten mich um. Meine Freude über ihn, als ich ihn in Stuttgart wieder sah, war einer schrecklichen Furcht gewichen. Furcht, dass etwas Dramatisches in der Luft lag.

Ich musste mich entscheiden, ohne Aufschub.

Der Fußweg vom Hofweg zur Schule ist lang.

Bis zum botanischen Garten sind es zwei Kilometer.

Geräusche verebben, sobald man ihn betreten hat.

Im Allgemeinen lassen Sandwege den Körper schwingen. Das leichte Nachgeben des Bodens streichelt die Fußsohlen. Mit dem sanften Rhythmus der Schritte fällt man in einen gemächlichen Trott, läutet einen wohltuenden Spaziergang ein.

Hektik und Stress ade!

Rundherum Stille und Schönheit. Üppig blühende Hortensien an den Wegrändern und Hibisken.

Sie verbreiten gut Laune.

Heute sah ich nichts, fühlte nichts und roch nichts, obwohl die Nachtkühle und der Regen der vergangenen Stunden einen herrlichen Duft hinterließen. Ich lebte kaum noch.

Meine Vorsätze von gestern hatten sich aufgelöst. Sie waren vielleicht zu rigoros.

Ich ging mechanisch über die Treppen, schlug ohne Bewusstsein die schmalen Pfade durch Gebüsche und Blumenbeete ein, phantasielos, den Morgen einzuatmen.

Da, eine Bank.

Ich setzte mich. Suchte Erholung inmitten der Natur. Ich werde meine Gedanken ordnen, das nahm ich mir jetzt vor.

Hier sollte ich Entschlüsse fassen! Entscheidungen beruhigen, selbst wenn sie schweren Herzens getroffen werden. Mein Verstand arbeitete mit Hochdruck. Er spekulierte, machte Einwendungen, grenzte ein, schaltete aus.

Ich kämpfte mit mir. Zählte an den Hemdknöpfen ab, wie ich mich zu verhalten habe. Verwarf dieses Spiel.

Hatte ich nicht immer gute Absichten?

Jedenfalls teilte ich diese anderen mit. Gab Ratschläge. Wenn man im Dreck steckt, der Sumpf einen herunterzieht, sollte man an die Vergangenheit denken. Wie schön sie war. Eskimos sprechen nicht von Vergangenheit, fiel mir ein, sie nennen sie alte Tage. Ein geschickter Schachzug. Man vermeidet, ständig rückwärts zu blicken. Man muss nach vorn schauen, an die Zukunft denken.

Kein Schicksalsschlag ist umsonst, philosophierte ich. Könnte der letzte nicht einen neuen Lebensabschnitt einleiten?

Ich beobachtete eine Hummel, die in eine Hibiskusblüte krabbelte. Ich musste über ihre Aktivität lächeln. Erstaunlich, wie viel man wahrnimmt, wenn man nach allen Seiten offen ist. Was für Wunder die Natur entwickelt hat! Ich zog die Blüte dicht an mich heran und blinzelte in sie hinein.

Summen.

Ich sah, wie das Insekt heftig am Blütenstaub nippte. Was für eine Erfahrung. Der süßliche Duft betäubte mich beinahe. Ich fand ihn im Augenblick himmlisch.

Wenig später flog das Tier davon. Vielleicht glücklich?

Ich wusste, dass man das eigentlich nicht sagen kann. Dennoch stellte ich mir seine Welt so vor. Und mit ihr kam mir der Gedanke, dass es oft nur Kleinigkeiten sind, die uns verändern.

Ich fasste einen Entschluss.

Ich werde morgen zu Arien fliegen, einen Tag am Arbeitsplatz fehlen. Ich werde meine Stellvertreterin einweihen, andere nicht. Dann werde ich Arien aufzurichten versuchen.

Mit einem Mal sah ich in meinem Dasein wieder einen Sinn.

Mit dem Erlebnis, eine Hummel in ihrem Treiben zugeschaut zu haben und mit dem Gedanken an die Natur hatte sich die Leere verzogen, die mich einhüllte wie ein Kokon, ja, die mich gelähmt hatte. Ich blickte mich noch einmal um. Leere in der Natur gibt es nicht, sagte ich mir. Selbst in der Wüste gibt es Leben. Ich erinnerte mich plötzlich an den berühmten Film: Die Wüste lebt...

Leere ist ein Wort, das Menschen prägten, eine Empfindung, die aus der Seele kommen muss, dass nichts da ist. Mit ihr würde aber das Dasein sinnlos. Und das ist es nicht. Ich hatte meinen Lebensmut wieder gewonnen, mit Abstrichen, versteht sich. Aktiv werden, heißt, etwas ändern können. Nur Dasitzen und Nichtstun mündet in einer schrecklichen Katastrophe. Diese wollte ich verhindern.

Und Chancen bei Arien habe ich allemal. Sonst hätte er mich nicht angerufen. Das spürte ich. Mit Friederike komme ich ins Reine, so oder so, flüsterte ich mir zu. Ich blieb lange im Park. Mich überkam Müdigkeit. Morpheus rief mich.

Mehrere Stunden verspätet langte ich in der Schule an.

Ich ärgerte mich.

Ausgerechnet heute. Es war inzwischen elf Uhr. Sonst war ich immer der Erste im Büro. Ich wurde mit bösen Blicken empfangen.

„Endlich!", sagte ein Polizist. Mir kam zu Bewusstsein, dass ich vergessen hatte, ausgewählte Polizisten zu empfangen, die mit der Oberstufe über Drogen sprechen und dazu Filme zeigen wollten. Ich hatte selbst die Veranstaltung angeschoben.

Hausbesuch – 29.08.

Wie erwartet: Arien war ausgeflogen, als mir sein Kumpel die Tür der Wohnung öffnete - Arien und er teilten sich die Wohnung, jeder hatte ein Zimmer.

„Sommeralm, Ariens Vater!"

Ich reichte ihm die Hand.

Sofort schlug er ein und sagte:

„Benny Wegner!" Er ließ mich eintreten und meinte, dass ich vielleicht in Ariens Heiligtum warten könnte. Ich stutzte.

War sein freundlicher Vorschlag akzeptabel? , geisterte es sofort durch mein Hirn. Selbst wenn der junge Mann ein Freund von Arien wäre, so durfte er sich nicht herausnehmen, über dessen intime Sphäre zu entscheiden. Und ist ein eigener Raum nicht eine Art Intimbereich?

Er wies auf Ariens Zimmer, die Tür stand offen.

Ein kurzer Blick, wenn auch mein Augenwinkel von der Seite begrenzt war, bemerkte ich doch etwas: Hier herrschte Ordnung. Sie gab es in Ariens Bude Zuhause nicht. Ich staunte.

Rechts von mir lehnte ein Rennrad an der Wand. Vielleicht könnte ich es ja mal versuchen und die Stadt mit ihm besichtigen. Es ist sicher das meines Sohnes.

„Was meinen Sie, kann ich mir mal das Rad von Arien ausleihen, um die Zeit bis zu seiner Rückkehr zu überbrücken?!"

„Nein, nein, das ist mein Bike. Arien fährt nie Rad, er hat auch keins, er sagt, er laufe lieber, was er auch oft tut. Aber Sie können es benutzen, wenn Sie wollen!"

„Danke, das ist nett. Dann lass ich es doch lieber. Man weiß nie, ob was passiert, und dann ist Ihr schöner Drahtesel verbeult!"

Ich sah mir den Studienkollegen näher hatte. Ein erster Blick sagte mir, dass ich ihm nicht so ganz vertrauen sollte. Seine eng zusammen liegenden Augen drückten Verschlagenheit aus. Jedenfalls empfand ich sie so. Daher lehnte ich seine Aufforderung ab. Als ich gehen wollte, hielt er mich am Ärmel fest.

„Setzen Sie sich in mein Zimmer, ich habe keinerlei Vorbehalte bei seinem Vater. Auch Arien hat mein vollstes Vertrauen."

Ich überlegte. Wieso war Benny daran interessiert, dass ich bleibe? Aber der Vorschlag gefiel mir.

„Das ist sehr nett..." Zögerlich sagte ich: „Mach ich! ..."

Der junge Mann ließ mich wissen, dass er jetzt zur Vorlesung gehe, in zwei Stunden wäre er zurück.

„Vielleicht ist Arien bis dahin auch wieder da! Wir haben keine Vorlesung zusammen, ich studiere Germanistik, Arien jetzt Psychologie", ließ er mich ohne Emotionen wissen.

„Und da ist die Küche. Sie können sich eine Tasse Kaffee kochen, Maschine und Pulver stehen auf der Fensterbank."

„Danke, davon mache ich Gebrauch!"

„Bis gleich!"

Wo Arien wohl war? Vormittags schon das Zimmer aufgeräumt? War er die Nacht vielleicht gar nicht da? Dann wird er eine Freundin haben, das wird sein Problem sein. Aber warum? Ist sie so viel jünger als er, möglicherweise sogar hässlich, schämt er sich deshalb?

Auch die Küche war perfekt aufgeräumt und sauber.

Sieh einer an, junge Männer können auch gute Hausfrauen sein! Bei diesen Gedanken musste ich lächeln. Ich sorgte ja schon lange für mich allein, und unsere Putzhilfe schafft in zwei Stunden wöchentlich gerade mal Küche und Bad.

Aber ich bin ja auch kein junger Mann mehr.

Meine Frau war seit Monaten in Esslingen, kam nur ganz sporadisch nach Hamburg und mein Ansporn ist, ihr eine gute Atmosphäre zu präsentieren. Sie hat sie nie bemerkt.

Anna und Friederike hatten mich übrigens angelogen. Arien sollte es wieder gut gehen, sagten sie. Davon war ich nicht überzeugt, obwohl ich keine Gründe angeben konnte. Es war einfach Intuition. Und seine aufgeräumte Bude unterstützte meine These.

Die Frauen wollten mir nur gut zureden, meine Angst mildern, dachte ich. Sie wollten Rücksicht auf mich nehmen, und schätzten nicht ein, dass ihre Aussagen in Wirklichkeit rücksichtslos waren. Hatten sich beide gegen mich verschworen, um mich vor einer schrecklichen Wahrheit zu bewahren?

Hatten sie befürchtet, dass ich zusammenklappen würde? Anna kannte mich. Ich hasste Lügen, ich entlarvte sie immer. Umso eher hätte sie ehrlich sein müssen.

Blödmann, noch wusste ich gar nichts.

Der Kaffee war schnell zubereitet. Ich stellte den Becher auf den Schreibtisch seines Kumpels und sah mich um.

Ein karges Zimmer. An der Längswand ein vollgestelltes Bücherregal, in den untersten Borden war Literatur gestapelt, naja, wahrscheinlich Zurzeit nicht gebraucht. Gegenüber eine   Mahagoni-Kommode, ein Antikstück. Was mich verwunderte. Benny und Fan alter Möbel? Darüber hing ein Druck. Ich ging näher heran. Nein, es war eine Lithografie. Den Hintergrund bildeten unterbrochene, zum Teil nur angedeutete schwarz-weiße Linien – sehr lebendig. In der Mitte eine segelnde Möwe mit ausgebreiteten Flügeln in ästhetischen Kurven. Fabelhaft. Gefiel mir. Symbol der Freiheit, oder? Die Unterschrift war kaum zu entziffern: *Hein* 84. War auch unwichtig.

Sein Schreibtisch stand vorm Fenster, darauf Computer, Telefon und Briefwage, rechts ein Plastikkasten mit Schubladen, die mittlere war herausgezogen.

Schreibmaschinenpapier!

Ich suchte den Drucker. Ah, auf der Erde neben dem guten alten Stück, ein HP-Gerät.

Ich setzte mich trotz meiner Bedenken auf den Sessel. Er stand so, dass man das Regal im Auge hatte. Drei Meter von ihm entfernt.   Germanisten lesen oft ein zweites und drittes Buch nebeneinander, zum Vertiefen, Assoziieren oder nur zum einfach Nachschlagen. Ein Griff ins Regal im Sitzen erleichtert die Arbeit. Meine Augen liefen die Borde lang, suchten nach nichts, stellten aber viele Farben fest. Die Beschriftungen waren für mich schwer zu entziffern. Ich stand auf und ging näher an die Schätze heran. Tagsächlich, gute Literatur. Natürlich alle Klassiker. Hierüber freute ich mich. So viele Jugendliche lehnen sie ab. Zu altmodisch.

Dummköpfe.

Ich bestaunte Bennys Literaturvielfalt. Sie erfreute mich. Meine Pupillen glitten in Augenhöhe über das zweite Bord. Ich brauchte mich weder zu strecken noch zu bücken. In der Mitte das grüne Kompakt-wörterbuch von *Pons*, daneben der *Webster*. Daraus schloss ich, dass der Student auch Originaltexte aus GB lesen musste. Sein Einfluss auf Arien dürfte gut ein, ging's mir durch den Kopf.

Ich wollte mich schon wieder hinsetzen, da stolperten meine Blicke über ein Werk, das in Leder gebunden war (jedenfalls glaubte ich das) und keine Beschriftung aufwies. Ich griff es heraus, um zu sehen, welche Geheimnisse es verbergen würde.

Das durfte nicht wahr sein!

Wie kam es hierher?

Es war Ariens Tagebuch 2002...

Bis zum August, vollgekritzelt und beklebt mit Bildern, Zeitungs-artikeln und irgendwelchen Ausschnitten. Dazwischen Text. Als ich das Tagebuch undifferenziert durchgeblättert hatte, blieb ich am 16. März stecken. Ein Foto ganz oben, ein vernebeltes Umfeld mit der Band: *The Flaming Lips*.

Mein Gott.

Ich erinnerte mich sofort daran, dass Bilder von ihr in einem Klassenraum hingen, in denen Bandmitglieder Nebelmaschinen bedienten und Feuerwerkskörper in den Menge warfen. Eine exzentrische, brutale Rockband. Ich ließ die Wand von ihnen befreien. Ich hatte sie weder Life noch über CDs gehört. Bekannt war mir nur, dass Drogen eine Rolle spielten. Was hatte Arien damit zu tun?

Nahm er etwa Kokain? Was für eine Bedrohung quälte ihn? Bangte er um seine Zukunft? Jugendliche, die keine Perspektiven haben, wie verhalten sie sich? Schließen sie sich dubiosen Leuten an? Driften sie in die Drogenszene ab und unterliegen dem Angebot, das ihren Körper zerstört? Begehen sie Diebstähle oder versprechen nicht Erpressungen einen Ausweg?

Ich schüttelte den Kopf.

Ich glaubte, dass Arien auch gegen derartige Anfechtungen nicht widerstandsfähig genug war. Er hatte zwar eine gute Kindheit. Davon war ich überzeugt. Aber besagt das irgendetwas?

Benny machte über Ariens Zustand keine Andeutungen.

Mir wurde angst und bange. Was ist los mit ihm, dass er solche Band im Tagebuch festhielt. Imponierte ihm deren Gehabe?

Ich schaute auf die Uhr. Dreizehn Uhr fünfzehn. Arien war bis jetzt nicht zurückgekommen. Ich beschloss, die Wohnung zu verlassen, sobald Benny zurückgekehrt war.

Noch schnell einen Blick auf die letzte Seite. Da klebten extra geschriebene Zeilen auf Packpapier. Warum das? Die Vorderseite war bis auf eine Überschrift leer. Sie lautete:

23.6.2002 - Der reinste Wahnsinn.

Ich blätterte um. Was ich sah, war ein handschriftlicher Text mit hektischem Schriftbild (siehe Seite 210).

Ich überflog die Zeilen, sah einen Namen: Kim. Begeisterung über das Treffen. Mann oh Mann, handelte es sich um einen Jungen oder um ein Mädchen? Die unausgewogene Schrift machte mich nervös. Ein Lächeln zog aber über mein Antlitz. Bei Arien konnte es nur ein Mädchen sein. Kim, hatte Arien glücklich gemacht.

Da hörte ich, wie ein Schlüssel ins Schloss gesteckt wurde. Im Nu riss ich das Packpapier heraus, was unverantwortlich war, hatte ich doch gerade vorher so getan, als wäre ich anständig und aufrichtig, und verstaute es in meiner Jackentasche. Dann stellte ich Ariens Tagebuch schuldbewusst zurück

Ich bedankte mich bei Benny und machte mich auf den Weg. Unterwegs kam ich auf die Idee, in die Uni zu gehen, Ariens Fakultät aufzusuchen und mich in der Mensa umzusehen.

Vielleicht läuft mir mein Sohn irgendwo über den Weg.

Er tat es nicht.

Um neunzehn Uhr verließ ich die Stadt.

Kaum hatte ich im ICE meinen Platz eingenommen, griff ich in meine Jackeninnentasche. Ich schämte mich, als ich meine Hand im Innenfutter versenkte, aber meine Neugierde und zugleich Sorge um Arien lasteten auf mir, ich musste genau wissen, was mein Sohn geschrieben hatte. Vorhin war mir sicher Manches entgangen. Er hatte die Seite - wie mir bewusst wird - vor ein paar Tagen und vor dem

Besuch auf Amrum verfasst. Den Brief musste ich also noch einmal lesen.

Doch er war nicht da.

Mein Gott, verloren? Ich wusste genau, dass ich ihn verstaut hatte. Ich wurde nervös. Meine Hände zitterten. Irrte ich mich doch? Es musste schnell gehen (ihn verschwinden zu lassen), erinnerte ich mich. Wo war die Seite gelandet? Ich fand sie hinterm Einstecktuch. Wie er wohl in dieser kleinen Tasche gelandet war?

Rückwärts geschaut – 30.08.

Mir ging noch einmal der Abend mit Anna durch den Kopf, die Rückfahrt vom Flughafen mit der Auseinandersetzung. Erfolglosigkeit war vorprogrammiert. Hatte ich das nicht bereits erwähnt? Anna und ich hatten am Sonntagabend spät in der Nacht noch ein paar Worte gewechselt. Schließlich sind wir zivilisiert. Unser Gespräch verlief höflich und sachlich, wie es unter Fremden üblich ist.

Anna!

Sieben glückliche Jahre – trotz des Altersunterschiedes.

Und nun? Ich unterdrückte mein Gefühl für sie. Es war noch da!

Anna erläuterte mir, wie sie Arien beruhigt habe, fand aber auch keine Erklärung für seine gereizte Stimmung und für seine Befürchtungen. In welche Richtung diese gehen, habe sie nicht herausbekommen.

20.08.2004 Anmerkungen von Christian

Blinde Erkenntnis. Kim (siehe Brief) ein Mädchen? Komisch. Vielleicht doch ein Junge? Hörte einen Augenblick zu schreiben auf. (Moritz verschwand kurz in der Küche), nahm den Brief in die Hand. Die Augen glitten langsam von Zeile zu Zeile. Weiblich, männlich? War er bewusst offen gehalten? Vielleicht der junge Mann aus der Eröffnungsfeier? Moritz berichtete darüber. Hinweisen auf den Grund gehen. Moritz hatte es nicht getan, wenn man seinem Part Glauben schenken kann. Benny besuchen.

„Nun, das müsste jetzt vorbei sein", meinte sie und zog sich in ihr Zimmer zurück. Da ich vergeblich einzuschlafen versuchte, wählte ich Arien stündlich an. Handy und Festanschluss im Wechsel. Alle Bemühungen gingen ins Leere. Morgens um fünf Uhr startete ich den letzten Anruf. Ich war zwar mutlos geworden, hochgradig nervös. Ich tippte stattdessen Friederikes Nummer ein, sie schrie aufgebracht in den Hörer und, aus Furcht vor ihrer Schelte, hängte ich ein.

Dieses Mal war ich sorgsamer, wenn auch die Zahlen auf meiner Tastatur verschwammen. Irgendwie aber schaffte ich es, die richtige Nummer zu erwischen. Es klingelte bei ihm. Eins, zwei, drei, vier, fünf, sechs...zwölf.

Nichts!

Trenntaste.

Genug damit.

21.08.2004 - Anmerkungen von Christian

Max befragen! Möglicherweise wohnt der damalige Mitbewohner von Arien noch in der Wohnung, Glück, stände Ariens Tagebuch überdies noch in Bennys Bücherregal. Tagebücher verraten einen Autor. Die Weltliteratur hat viele veröffentlicht. Auch von jungen Leuten. Oft Sehnsüchte im Vordergrund. Hatte Moritz den Brief abgehakt? Wahrscheinlich. Aber durfte man das? Abgesehen von der nervösen und hektischen Schrift, war der Inhalt seelenschwer. Arien im Rausch, als er die Zeilen zu Papier brachte? Ein Sexerlebnis, das ihn umwarf. Demnach für ihn unbekannt. Wen könnte man im Nachherein befragen? Hatte vielleicht Benny irgendetwas mitbekommen? Kannte er die Person, die Arien umarmte? Junge Menschen sprechen über Liebe. Wieviel wusste Benny? Hatte Arien Kim auch mit nach Haus gebracht?
Ohne Moritz hinfahren!

Am 21.5. ans schwarze Brett der
Pauline Wesnerschinde geheftet,
Student bietet Nachhilfein
Deutsch und Philosophie.
Bitte melden. Mein Name
folgt + Adresse. Am 20.6 (erst)
kam ein Anruf, am 21. stand
die Person vor meiner Haustür.
Vereinbarung: Beginn 2.7. Sehr
sympathisch. Sie hieß Kim.
Traf Kim in der Mensa, saßen
an einem Tisch. Kim fragt, ob
wir joggten wollten. Ich sagte
zu. Wir gingen zum Wohnsitz
von Kim.
Kim meinte, der Bruder
habe meine Größe. Er sei jetzt
Austauschschüler in den USA.
Dessen Sachen passten. Als wir
die Sachen anziehen wollten,
stand Kim nackend vor
mir. Ich wurde rot. Mir wurde
anders. Wir küssten uns
plötzlich. Dann passierte es
am 23.6. Ich konnte es nicht
fassen. Wunderbar. Wir joggten
hinterher.
(Ins Tagebuch legen!)

Der nächste Morgen

Aufstehen Moritz! Frisch rasiert, sieht die Welt sauberer aus. Rasierwasser von *Harley Davidson*! Kaffee aufsetzen!

Bald darauf war ich auf der Straße.

Der Morgen war angenehm frisch, die Luft klar.

Um halb sieben saß ich an meinem Arbeitstisch. Der Hausmeister hatte gerade die Türen aufgeschlossen. Er grüßte kurz. Ihm passte es nie, wenn ich so früh erschien, weil er sich kontrolliert fühlte. Nichts lag mir ferner als Personal und Kollegen zu überwachen, allerdings war's manchmal nötig.

Wird der denn zu Haus rausgeschmissen? Soll der Hausmeister bei einem Kollegen abgelassen haben. Kann doch gleich die Nacht über bleiben!

Ein anderer, der zuhörte, hatte nichts Eiligeres zu tun als mir die Worte zu hinterbringen. Lehrer mögen nicht gemaßregelt werden. Schon gar nicht von 'untergeordneten' Leuten. Da hält man zusammen.

Ich nahm mir vor, den Mann zur Brust zu nehmen, wenn's an der Zeit ist. Jetzt hatte ich anderes zu tun.

Eine Kollegin klopfte an die Tür, betrat ohne Aufforderung mein Zimmer.

Eine Unverschämtheit!

Sie kam mit sichtbarer Sorglosigkeit auf mich zu und bat mich, sie nach Hause gehen zu lassen.

„Meine Regel hat eben eingesetzt."

So sind junge Leute! Man spricht ohne Scheu über intimste Geheimnisse. Unglaublich! Oft breitet man sogar Erlebnisse aus. Meinem besten Freund würde ich sie nicht anvertrauen.

Ihr Haar fiel zu beiden Seiten herab, zerzaust, ihre Bluse offenbarte einen Mega-Busen, dieser klebte ohne Halter straff im Kleid. Sah wahnsinnig aus. Wie sollen Schüler und junge Männer einen solchen Anblick ohne Reaktion ertragen? Selbst mir fiel's schwer. Aber das war ihr gleichgültig.

Wie ein Film zog Anna an meinen Augen vorbei; ich hatte plötzlich ihre Bewegungen im Auge, ihre Gegenwehr, wenn wir uns liebten.

Dann der wunderbare Schrei! Wieder hatte ich es geschafft. Wie soll ich trotz unserer Krise vergessen, was war?

„Lassen sie mich nun gehen?", herrschte die Kollegin mich wenig damenhaft an, warf ihren Kopf nach hinten, um ihrem Wunsch Ausdruck zu verleihen, wie sie wohl dachte.

„Wie bitte?"

Ich hatte mich erhoben, meine Arme auf meinem Sessel abgestützt, stand also wie ein Flitzbogen hinter der Lehne, weil diese nicht hoch genug war und sagte:

„Was sagten Sie, warum?"

Das war - weiß Gott nicht - nicht galant, vielmehr bösartig, hinterlistig sogar. Meine bisherige Erfahrung war, dass man intime Belange ungern wiederholt, selbst wenn man keine große Scham hat.

Ich hätte mein Vergnügen dran gehabt.

Sie tat es nicht.

„Sie wissen schon!", schoss sie spitz ab. Dann ging sie.

„Danke", zischte sie mir noch entgegen, als sie in der offenen Tür stand, „ihre spontane Zustimmung tut gut!"

Nichts als Ärger!

So hatte ich sie noch nicht erlebt.

Selbst in meinem Alter bleibt man vor Überraschungen nicht verschont. Ich akzeptierte stillschweigend.

Die Nachricht - 01.09.

Freitags nach vierzehn Uhr war das Schulgebäude von Schülern verwaist. Der Hausmeister und seine Hilfskraft trugen dazu bei. Bei ihren täglichen Rundgängen nach Unterrichtsschluss (15 Uhr) ekelten sie die letzten Paare aus manchen Ecken und dem Keller.

Sie waren unbeliebt.

Ein Teil des Kollegiums blieb oft noch da. Ursachen: persönliche Gespräche, Fachkonferenzen, Vorbereitungen für Veranstaltungen.

Es war bereits fünfzehn Uhr dreißig.

Ich betrat unser Lehrerzimmer im ersten Stock. Ich wollte mich vergewissern, dass alles seine Ordnung hatte. Lehrer sind oft schusselig, mit fremden Vermögen leicht sorglos, meistens in Eile. Kaffeemaschinen mussten häufig ersetzt werden, weil sie nächtelang liefen, Telefone werden selten ins Büro umgeschaltet, und einmal warf der Kopierer Hunderte von Seiten aus. Mir war bewusst, dass man ständig aufpassen musste.

Meine Nerven lagen blank.

Die Nacht, die ich mir um die Ohren schlug, die Kollegin, die mich übertölpelte und die Stille auf den Fluren. In meinem Büro läutete das Telefon. Als ich es erreichte, hatte der Teilnehmer aufgelegt. Niemand hat heute Geduld, haderte ich.

Neuer Ärger stieg in mir auf, mich erfasste eine eigenartige Unruhe, mein Herz begann zu rasen.

Jetzt war's das Büro, in dem es klingelte. Meine Bürochefin war immer bis sechzehn Uhr im Haus. Heute standen einige Lehrer um sie herum und tranken Sekt. Man lachte. Irgendjemand hatte einen Witz erzählt. Mir fiel ein, dass sie Geburtstag hatte, was ich peinlicherweise vergaß. Sie nahm den Hörer ab.

Alle hörten den Namen Sommeralm. Dann hätte sie, erzählte man hinterher, Schluchzen und Jammern vernommen, schrie auf, warf den Hörer unbeherrscht in die Ablage. Warum sagte sie es weiter?

Ich sah sie böse an.

Ihr Gesicht war blutleer geworden. Ich ahnte Schlimmstes, denn meine Frau rief seit Monaten hier nicht mehr an. Bewahrheiteten sich meine Ängste? Mir war, als ob ein Messerstich meine Eingeweide zerriss, meinen Magen zertrümmerte und mein Herz zerschnitt. Ich krümmte mich. Mein Ende? Meine Nerven waren durchgebrannt. Jemand schrie. Sofort arbeitete mein Hirn wieder. Es war alles Einbildung oder doch nicht?

Ich wollte den Hörer in die Hand nehmen, er fiel hinunter. Meine Hände zitterten, meine Augenlider flatterten. Ein Kollege sprang mir zur Seite, ergriff die Telefonstrippe, zog sie mit dem Hörer hoch und drückte mir diesen in die Hand.

Ich presste die Muschel fest an mein Ohr, damit niemand mithören konnte. Irrtum, alle waren mit von der Partie.

Meine Frau schrie ins Mikrofon. Sie heulte. Ihr Kreischen machte jedes Verstehen fast zunichte. Ich entzifferte nur ein Wort: „Arien..."

„Wa(h) as... Sa(ha)g...test du?" hörte ich mich stottern.

Was hatte das alles zu bedeuten?

Zusammennehmen, Moritz!

Beruhige dich!

Ich drehte mich zu meinen Mitarbeitern hin, nickte ihnen zu und tat, als ob es mir gut ginge. Lügner! Sekunden später war mir klar, ich hatte mich lächerlich gemacht. Grotesk.

„Unfall."

Pause. Meine Frau hechelte, heulte und wimmerte.

Ein entsetzlicher Schrei!

„Tot, auf dem Weg ins Krankenhaus: verstorben!", ein schurrendes Geräusch am anderen Ende, dann ein Bumsen.

Ich schrie erbärmlich. Meine Haut spannte sich, als ob sie platzen müsste.

Der Hörer hing längst neben der Gabel.

Die Nachricht schnürte mir die Kehle zu.

Gespenstische Stille!

Alle hatten mitbekommen, was passiert war. Auf ihren Gesichtern Ohnmacht, was sollten sie angesichts solcher Mitteilung auch tun?

„Ihre Frau ist gestürzt, wir richten sie auf!", eine derbe Stimme im Telefon. „Sie ruft zurück!"

„Verstor...!", brüllte ich ins Telefon und verschluckte die letzte Silbe vor Verzweiflung. Ich hatte unbewusst die Augen aufgerissen, den Mund auseinander gezogen.

Eine Fratze soll nichts gegen mein Entsetzen gewesen sein. Es war totale Resignation. Was für einen Sinn hatte das Leben noch? Keinem schien ich zuletzt verbundener.

„Arien! tot!", bellte ich, anders hätte man mein Gejammer nicht deuten können. Er wäre einem abgestochenen Schwein ähnlich gewesen, berichtete man mir später.

Mein Geschrei hallte durch die Gänge der Schule. Man hatte eingehängt.

„Arien, Arien!"

Tränen schossen mir aus den Augen wie Bäche. Der ganze Körper vibrierte. Mein Herz zerriss…Der Schmerz betäubte meine Bestürzung, meine Fassungslosigkeit. Ich wurde für kurze Zeit ohnmächtig, wie man mich wissen ließ.

Der Kollege soll das Telefon auf die Gabel zurückgelegt haben, während die Angestellte den Notarzt rief.

Man legte mich auf die Erde so hin, dass ich mich nicht verschlucken konnte. Man fand in meiner Hose Nitro und betätigte es. Nach drei Minuten war der Notarztwagen da. Es war derselbe wie vor wenigen Tagen.

Die Vorbereitung zum Eingriff – 01.09

Ich lag noch auf der Liege des Notarztwagens

Annas Worte dröhnten in meinem Kopf. Sie klammerten sich an mich, sie wollten mich erledigen.

Unerträgliche Schmerzen in meiner linken Brust. Ich begann zu heulen. Er war so jung. Unfall? Was für ein Unfall? Jemand presste mich aufs Laken.

„Ruhig bleiben!"

Schon war die Nadel im Arm. Neben mir ein Gestänge aus Flaschen. Eine Schnur führte vom Handgelenk dahin. Infusion, das war mir klar. Ich fiel in Ohnmacht. Als ich aufwachte, lag ich auf einem Krankenhausbett. Man schob mich durch lange Gänge. Die beiden Pfleger lachten.

Schon wieder meine Frau vor Augen. Ihr Geschrei in den Ohren. Immer noch Tränen. Sie versiegten im Kissen. Es roch nach Desinfektionsmitteln, Äther und *Sagrotan*. Ich wälzte mich unruhig hin und her. Ein Pfleger stellte sich hinten auf eine Querstange des Bettes und stieß sich – wie Kinder auf einem Roller – mit einem Fuß auf den Boden ab. Der andere lief an der Seite mit, den Infusionsständer in der linken Faust.

Wir rasten – mein Gefühl – vorbei an Schwestern, Ärzten und sonstigem Personal. Man konnte sie durch die gefärbten Kittel unterscheiden, die ich von früher kannte: grün, blau, grau. Ich zitterte.

„Nehmen Sie sich zusammen, gezappelt wird nicht! Infarkte werden täglich eingeliefert!", pustete mir der Mitläufer zu.

Bösartig.

Unterhalb meines Herzens mehr Druck, Schlieren trübten meine Blicke. Ängste. Sie krochen von den Zehen über die Beine nach oben. Nun waren sie am Schädel angelangt. Der begann sich zu bewegen. Ohne meinen Willen, wie die Hände bei alten Menschen zittern oder die Arme bei *Parkinson*-Patienten hin- und her schleudern.

Später erinnerte ich mich an meinen Motorradunfall. Es gab zwar nur einen Sturz auf die Straße, Hautabschürfungen, dazu allerdings undefinierbares Kopfwackeln.

„Vom Stress", sagte ein Arzt, „das geht vorbei". Stimmte. Nur bei Aufregungen kehrt es zurück. Beim mündlichen Staatsexamen musste ich meinen Zustand akzeptieren und der prüfende Professor auch. Ihm muss es leichter als mir gefallen sein, denn er fühlte sich bei unserer Diskussion in keiner Weise gestört. Ich dagegen sah meine Felle schwimmen...

Wir glitten an offenen Nischen vorbei, an Schwesternstationen, an Krankenzimmern und Treppenhäusern.

Das Beobachten und Denken lenkte mich ab. Ich wurde etwas ruhiger. Offensichtlich näherten wir uns den Behandlungsräumen für Herzbeschwerden. Eine breite und hohe Fahrstuhltür rumpelt auf. Man stieß mit der Bettschmalseite gegen die Türverschalung. Das Gestell quietschte. Mir war, als säubere ich den Boden eines Kochtopfes mit einem scheuerstarken Metall-Knäuel. Ein Arzt kam irgendwoher, meckerte herum und meinte, dass man den Pfleger in die Wäscherei stecken sollte, man benötige behutsame Helfer. Mir war, als herrschte überall ein Durcheinander. Aber wer als Patient kann das schon beurteilen? Krankenhäuser sind beinahe wie Kaufhäuser oder bewachte Parkhäuser. Diese Gedanken trieben mir ein Grinsen ins Gesicht.

„Was gibt's hier zu lachen?", rief mir der Pfleger zu. Darauf antwortete ich nicht, er wird's nicht begreifen.

Eine Flügeltüre öffnet sich. Wir waren am Ziel. Zwei in Klarsichtfolien gehüllte Wesen - Vogelscheuchen ähnlich - übernahmen das Bett, die Pfleger verschwanden. Es waren Frauen oder Mädchen, sie verrieten sich durch ihre Stimmen. Ihre Plastikhauben verdeckten ihre Haare. Die eine machte sich an meinem Oberarm zu schaffen –lieblos -, die andere zog vor meinen Augen eine Spritze auf. Man werde mir jetzt ein Medikament verpassen, das mich ruhig stellen würde.

„Der Eingriff funktioniert nur bei totaler Regungslosigkeit und Vollbewusstsein."

Aber alles sei Routine, und wenn wirklich was passiere, ein Beatmungsgerät stehe immer zur Seite.

Fabelhaft! Das baut doch auf!

Da man täglich zehn Herzkranke versorge, weiß man, was im Falle eines Falles zu tun sei. Aber dieser Fall trete unter Hunderten von Katheter-Eingriffen nur einmal auf. Endlich wuchteten mich beide mit Gewalt auf die linke Seite, dabei war ich ein Leichtgewicht und zerrten am Unterhemd, das sich verheddert hatte. Dann zogen sie es mir über den Kopf aus.

Sie grienten.

„Man wird Sie rasieren, gleich kommt ein Pfleger!"

Wenigstens das, dachte ich.

Sie werde mich gleich stechen, sagte die eine, wenn die Prozedur da unten hinter uns liegt. Ich sah, wie sie ihren Kopf zur Seite drehte, sie war rot geworden, als der Mann den Rasierapparat ansetzte. Selbst in solchen Situationen ist man noch lebendig, dachte ich.

„So ein Pikser", meinte die Schwester, als sie mit der Spritze nach der Rasur herumfuchtelte, „ sei nichts gegen die Betäubung, die der Arzt der Leiste zufüge."

Als nächstes war der Oberschenkel dran.

„Jetzt!"

Der Gebrauch des Geräts war perfekt. Wirklich.

Die Wirkung brauche eine gewisse Zeit. Ich solle die Augen schließen, meinte die andere, dann setze sie eher ein und

„das wollen wir bestimmt!"

Dummes Gerede. Und das vor einem Eingriff!
Mich überkam ein Gefühl der Gleichgültigkeit.

Studentenbesuch – 01.09.2002

Zuerst beugte sich nur ein Arzt über meine Liege. Ich las: Prof. Dr. Warnecke, Chefarzt. Dann sah ich eine Menge junger Leute. „Studenten!", gab er von sich. Sie alle trugen Mundschutz. Sie blickten ihren Chef an, gewillt, die Erklärungen abzuwarten, die nicht kamen.

Es herrschte Stille.

„Sie sind ohnmächtig geworden? Warum?", fragte er so leise, dass ihn wohl niemand verstanden hatte.

„Ein Anruf meiner Frau!"

„Und der hat Sie so mitgenommen?"

Mir kamen Tränen in die Augen. Ich wollte losschreien, doch etwas hielt mich zurück.

Man müsse alles genau wissen, denn schon allein die Kenntnis über die Ursache erleichtere den aufwendigen Einsatz. Außerdem gehöre zu einer Behandlung immer auch das Mitgefühl, und das könne man nicht durch Schweigen erwerben, vielmehr durch Erläuterungen, meinte er.

„Mein Sohn hatte einen tödlichen Unfall!"

„Schrecklich."

Nun könne er begreifen, was in mir vorgegangen wäre. So ein Vorfall würde jeden aus der Bahn werfen. Der Schock habe mein Herz stocken lassen.

Die Schwestern hatten inzwischen den Monitor in mein Blickfeld gerückt, der Arzt hob die Gummi- und Plastiktücher über meinem Unterleib an, zeigte den Studenten die Stelle, in die er gleich in den Körper eindringen wird, ließ sich eine aufgezogene Spritze reichen und stach mit ihr in die Leistengegend.

Seine Stimme war verändert, sie war fordernd und sachlich. Ich bin zum Objekt geworden.

Man werde gleich den Katheter ansetzen, der genau in die Vene passe, ihn langsam ins Herz vortreiben, dann eine Flüssigkeit entlassen, die Hitze verursache, alles per Computer, aber das Organ durchsichtig machen, womit Aufnahmen verknüpft sind, ließ er die Personenschar um sich wissen, die andächtig zuhörte und seine Arbeit mit aufgerissenen Augen bewunderte.

Ich merkte nichts mehr vom Vorschub, ich spürte nur, wie seine Hände sekundenlang auf die Halterung der Kanüle klopften, dann aufhörten, wieder mit den Bewegungen begannen, sie beendeten. Ich hatte meine Augen geschlossen. Ich hörte das Atmen der Menschen, manchmal ein Rascheln, jetzt wieder ein leichtes Schurren, dann seine Stimme. Sie war hart.

„Flüssigkeit!"

Ich fühlte, wie Bäche durch meine Brust rannten, zu brennenden Wellen wurden und sich durch das Gewebe nach unten schlängelten. Ich zitterte und merkte, dass jemand meinen linken Arm streichelte. Schon ließ die Wärme wieder nach.

Dann hörte ich, wie der Professor sagte, dass es das schon gewesen wäre. Und an die Studenten gerichtet:

„Die Vorstellung ist vorbei. Wir sehen uns in zwei Stunden im Hörsaal B!" Geräuschvoll verließ man den Raum, man brauchte keine Rücksicht mehr zu nehmen.

Als sie den Operationsort geräumt hatten, wurde ich von der Liege aufs Bett verfrachtet, und da stand bereits jemand, der mich wissen ließ, dass jetzt seine Aufgabe gekommen sei. Auch er sei Arzt. Er werde den Einschnitt an der Leiste zudrücken, zehn Minuten lang. Das strenge an. Ich dürfte mich nicht bewegen, damit er nicht von der Wunde abrutsche. Danach bekäme ich einen Verband, der dazu beitragen soll, dass sich der Blutkreislauf normalisiert.

Er presste seine beiden Fäuste auf die Wunde, während er mich ansah. Das tat weh.

Am Abend suchte mich der Professor auf. Ein langer Arbeitstag. Seine Miene war ernst. Seine Gesichtszüge schienen mir schlaff. Aber kann man das bei der Tätigkeit verdenken?

„Sie werden morgen am Herzen operiert. Die Durchblutung ist so schlecht geworden, dass wir keine Stents mehr setzen können. Sie bekommen vier Bypässe. Die Operation wird mehrere Stunden in Anspruch nehmen. Aus Ihrer Bauchhöhle und aus Ihrem linken Bein werden Venen entfernt und für das Herz verwendet."

Entsetzen in meiner Miene. Angst. Eine solche Mitteilung ohne Vorwarnung – was für eine Arroganz! Kann ein Mediziner denn nicht meine Wehrlosigkeit gegen solche Nachricht spüren?

Mir wurde schwindlig. Ich wollte nicht mehr zuhören. Ohne einen Befehl fielen die Augenlider nach unten. Wie unter einem Schleier vernahm ich:

„Danach werden Sie wahrscheinlich zehn Tage hier im Krankenhaus verbringen, dann müssen Sie in eine Reha gebracht werden. Alles das werden wir von hier aus regeln."

Wieso lässt er mich das wissen? Wollte er mir damit Sicherheit einflößen?

Wovor?

„Während der Operation schließen wir Sie an eine Herz-Lungen-Maschine an."

Auch das noch! Die Technik ist untrüglich, oder? Sie funktioniert wie die Präzision der Flieger-Steuerung beim Flug. Was für Lügen. Programme, logistische Systeme und Software versagen oft genug.

„Keine Angst, um Sie herum sind immer genügend gute Ärzte, die Sie versorgen. Eine Schwester nimmt nun noch besondere Daten auf, will sagen, Telefonnummern, E-Mail-Adressen der Angehörigen usf. Der Anästhesist wird in einer Stunde vorbeikommen und mit Ihnen weitere Einzelheiten besprechen. Versuchen Sie nach seiner Visite zu schlafen. Sie werden ein Schlafmittel bekommen. Alles Gute!"

Mit einem kräftigen Händedruck verabschiedete er sich, drehte sich zur Tür hin und schritt aus dem Zimmer. Er drehte sich nicht mehr um.

Das war's.

Operation ohne Aufschub! Ich fühlte mich noch kranker. Kurz vorm Tod.

Arien und Anna geisterten in meinem Kopf herum. Was wird? Kann meine Frau alles dort unten und allein schaffen? Sollte sie Friederike nicht unterstützen? Warum habe ich keinen Einwand verlauten lassen? Feigling.

Aua, mein Bauch... Die Narbe der Bypass-OP soll lang sein. Man wird sie immer sehen können. Ein gezeichneter Schulleiter...

Aber der Professor wird seine Gründe haben. Man musste ihm vertrauen, er galt als Kapazität.

Nach der Operation – 02./03. September

Die Operation hatte ich hinter mir. Zur Beobachtung hatte man mich in die Intensivstation gebracht. Es dauerte Minuten nach dem Aufwachen, bis ich voll bei Bewusstsein war. Noch fand ich mich nicht zurecht. Das Drehen meines Kopfes tat weh. Wer weiß, was man mit mir alles angestellt hatte... Schnüre verbanden mich mit Monitoren und Gestellen, wie ich sah.

„Antibiotika und Natrium!", ließ mich jemand wissen.

Als ob mich das jetzt interessierte. Endlich nahm ich auch eine Schwester wahr, die von Bett zu Bett eilte, um die Atmung zu kontrollieren. Bis auf das Luftholen der Patienten, den Geräuschen von Sauerstoffmasken und ihren Schritten war sonst nichts zu hören....

Die Schwester telefonierte mit einem Arzt. Ich nahm ständig seinen Titel wahr: Ja, Herr Doktor, ja... nein Herr Doktor... diese Unterwürfigkeit.

Er stand wenig später an meinem Bett. Er beugte sich über mich. „Alles gut verlaufen!", hauchte er mir zu!

Eine Vene hätte man dem linken Bein entnommen, eine weitere wäre im Bauch entfernt. Wunderbare Bypässe nun! Dann schlug er die Bettdecke zurück und begutachtete die Verbände an Bein und Brustkorb.

„Sehr gut! Begeben Sie sich ruhig wieder in Morpheus Arme! " Mich überfiel ein Gefühl der Verlassenheit.

Überraschung - 04. September 2002

Schon zwei Tage danach fand ich mich auf der alten Station wieder. Ich versuchte, die Augen zu öffnen. Offensichtlich klebte irgendetwas zusammen. Ein Wimpern-Ruck, und ich konnte sehen. Mein Gott, ich lebe! Ich blickte ängstlich um mich. Tatsächlich, es war mein altes Zimmer, die Bilder an den Wänden verrieten 's. Ich rieb mir die Stirn so, als ob ich diese auslöschen könnte, sie störten mich. Diese grellen Farben...

Nochmals ein Rundblick.

Die vielen Schläuche, die sonst wo her kamen und sonst wo hin führten, verwirrten mich. Hinter mir surrte leise der Ventilator eines Monitors. Man ist der Technik ausgesetzt.

Arien stand mir plötzlich vor Augen. Wie gut er aussieht! Was war mit ihm? Plötzlich war ich mir bewusst: Er war die Ursache meines Infarkts.

„Arien, Arien!", rief ich.

Was war noch passiert? Ich erinnerte mich an Annas Anruf in der Schule. Meine Füße zuckten.

„Ruhig liegen!" ranzte mich ein Scheusal an. Ihr grobes Gesicht hing beinahe in meinem. Ich wollte los blöken, doch ich hatte nicht genug Luft. Schwestern nutzen die Ohnmacht ihrer Opfer aus! Das ist die Wahrheit.

„Die Wunden sind noch nicht verheilt!"

Bei diesem Satz flogen ihre Arme an meine Hüften, ihre Hände drückten mein Untergestell auf die Unterlage zurück.

„Sie haben auch im linken Bein einen Riesenschnitt!", grunzte sie, und ich spürte Feuchtigkeit auf meiner Stirn.

„Nicht bewegen!"

Diese ständige Bevormundung, was sollte das? Man ist in Krankenhausbetten Schwestern, Pflegern und Ärzten ausgeliefert, schrie es in mir.

„Arien, Anna!"

Ich versuchte, mich aufzurichten. Drückte meine Unterarme auf die Matratze. „Aua!" Die vermeintliche Stütze brach weg.

„Sehen Sie, das kommt davon...!", sagte sie und lächelte mich an. Diese widerliche Schadenfreude...

„So, so ergeht 's einem, der nicht gehorcht."

„Stellen Sie mir das Keilkissen etwas höher!", herrschte ich sie an.

„Wie reden Sie denn mit uns, die wir nur für unsere Patienten da sind?"

„Ja, so!"

Es war sehr hell im Zimmer, was mich störte. Daher drehte ich mich zum Fenster hin und wollte gerade sagen, man möge die Vorhänge verschließen. Nanu!

Das durfte doch nicht wahr sein! Wie vom Blitz getroffen schloss ich die Augen. Öffnete sie, verschloss sie ein zweites Mal. Feigling, Moritz, öffnen... und machte sie behutsam wieder auf. Die Nerven spielten mit mir, oder?

Ein Wunder!

Friederike am Fußende.

Sie starrte mich an. Das konnte doch nicht ernst gemeint sein! Mir wurde heiß und kalt. Ein elektrischer Schlag jagte über meine Haut. Ging das mit rechten Dingen zu? Mir war, als würde ich meine Unzufriedenheit verlieren. Noch einmal schloss und öffnete ich meine Pupillen. Keine Beeinträchtigungen meiner Emotionen durch die Operation, schrie es in mir. Die Herz-Lungenmaschine hatte mich nicht besiegt! Das konnte nur ein gutes Zeichen sein. Wenigstens eins.

Sie sah zu mir rüber. Sie war ungeschminkt. Ihr Haar trug sie offen, es fiel über die Schulter, damals als Teenager war's genauso.. Ihre Miene war undurchsichtig, vielleicht steif. Ich fand, diese Anspannung im Gesicht, die meine erste Frau hatte, als sie kurz vor der Geburt von Friederike stand.

Meine Augen wurden feucht. Friederike. Ich merkte, dass sich meine Lippen zu einem Schmunzeln verzogen: mir war, ob sich der Mund von Ohr zu Ohr erstrecken würde. Ich kannte dieses Bild von mir, es passierte nicht oft. Zuletzt, als ich mit Arien die Treppen im Glasbau empor stieg. Arien...

„Arien?"

„Ja Pa, er hatte nichts gemerkt."

War das ihre einzige Aussage dazu?

Ich fühlte unendliche Traurigkeit in mir, ihn nie wieder anrufen, nie mehr mit ihm reden zu können. Selbst wo wir uns nur selten trafen, er fehlte mir, die Aussicht, seine Stimme zu hören, sein Antlitz zu genießen, das mich bei der Einweihung immer noch gefangen hielt. Mir war, als wäre ich nur noch eine welke Blume, die bald entsorgt wird.

„Pa?" Wie wunderbar, so nannte sie mich immer als Teeny, wenigstens noch ein Kind!

„Der Notarzt sagte, er habe den Zusammenstoß gar nicht mehr mitbekommen. Daher sollen wir trotz des Ereignisses froh sein."

„Zusammenstoß? Froh?"

Mehr konnte ich nicht sagen, mir fehlten die Worte und mir war, als ob ich keine Luft mehr bekommen würde. Meine Brust schmerzte.

„Nicht husten!", rief mir eine Schwester zu.

„Arien?"

„Er ist mit seinem Rad über einen unbeschrankten Bahnübergang geradelt, geradewegs vor die Lok eines Intercityzugs!"

Ob er mir verziehen hatte, dass ich Anna nicht in die Schranken wies? War diese Begegnung vielleicht noch in seinem Kopf, als der Unfall passierte? War ich daran sogar Schuld?

Halt! Ich überlegte. Unfall mit einem Rad? Ein Geräusch von der Tür lenkte mich ab. Zwei Schwestern kamen mit einen Verbandswagen. Dann platzte es aus mir heraus:

„Mein Gott!"

Schrecken überfiel mich. Ich richtete mich plötzlich auf, streng untersagt. Aber gegen seine eigenen Empfindungen ist man oft machtlos. Ich sah den entgegenkommenden Zug vor mir, Arien auf den Schienen. Ich hörte förmlich, wie es krachte. Tränen drangen in meine Augen und liefen die Wangen hinunter. Mein Atem wurde kürzer und hektisch. Ich fiel auf mein Bett zurück. Meine Arme fielen an die Seite. Friederike nahm meine rechte

21.08. – Anmerkungen von Christian

Radunfall? Widerspruch. Siehe Moritz Besuch bei Arien.

Hand und legte sie liebevoll in ihre. Fürsorglich streichelte sie über die Haut.

„Nicht aufregen, Moritz, er hat sich, ohne es zu merken, von uns verabschiedet."

„Ich will sofort zu ihm!", herrschte ich Friederike an. „Man kann mich mit einem Notarztwagen hin bugsieren.

„Nach Tübingen?", fragte ein Arzt, der inzwischen das Zimmer unbemerkt betreten hatte. Sie kommen oft angeschlichen. Sie möchten den Überraschungseffekt ausnutzen, weil der Patient verstört ist, nichts von sich gibt. Immer diese Heimlichtuerei...

„Kommt nicht in Frage. Man kann Sie nicht transportieren, Herr Dr. Sommeralm!", sagte er, beugte sich über mich. Sein Atem war warm und unangenehm. Mit zwei Fingern zog er die Lider auseinander. „Sehr gut!", trompetete er.

Man braucht Zeit, um so ein Ereignis, so ein Unglück aus dem Kopf zu verbannen. Ich umso mehr, als Arien unser Kind war.

Plötzlich sah ich meinen Besuch in Tübingen im Kopf ablaufen. Warum blieb mir ein Rätsel. Ich sah mich im Flur stehen und umherblicken. Das Fahrrad...

Hatte der Mitbewohner nicht gesagt, dass Arien immer zu Fuß ginge und nie Fahrrad fuhr?

Ich spürte den Sog der Erschöpfung und tauchte ab. Es folgte ein langes Schweigen.

Wer Friederike wohl benachrichtigt hatte?

„Sei ganz ruhig, Pa, du musst erst wieder gesund sein, aufregen darfst du dich nicht. Es wäre viel schlimmer gewesen, hätte Arien eine schreckliche Krankheit gehabt. Aber so? Er muss vergnügt gewesen sein, denn er hatte eine Tasche dabei, und die Ärzte ließen Anna wissen, dass er Schokolade bei sich gehabt hätte und ein Geschenk, das unbeschädigt hinter den Gleisen gefunden wurde: Ein Buch: Heiße Schokolade, der Verfasser heißt Rachid O, in französisch. Kennst du es? Er war guter Dinge. Vielleicht hatte er sogar geträumt, als er den Bahnübergang ansteuerte."

„Das Buch kenne ich nicht."

„Pa, ich werd 's besorgen!"

Schon wieder Pa!

Wie lange hatte mich Friederike so nicht mehr angesprochen? Wenigstens ein Lichtblick. Ich zitterte. Vor Traurigkeit? Vor Glück?

War es vielleicht nur ihr schlechtes Gewissen oder mein mieser körperlicher Zustand? Nein, nein, Zuneigung, das, was unsere enge Beziehung früher zu mir immer ausgezeichnet hatte.

„Anna?"

„Sie regelt alles. Du und ich fahren zu ihr, sobald du wieder obenauf bist, vielleicht in zehn Tagen, meinte der Arzt vorhin. Würdest du das mit mir machen?"

Was für eine Frage, die mich ärgerte.

Plötzlich fühlte ich mich ausgelaugt. Er war nicht mein Sohn, aber ich liebte ihn wie meine Tochter. Wie steckt man so einen Einschnitt weg, seinen Sohn in so jungen Jahren zu verlieren? Der Klang seines Lachens in der Rotunde war immer noch in meinem Hirn verankert. Mir kam sein Brief in den Sinn, den er geschrieben hatte und den ich entwendete. Wie gut, das ich es tat. Es sprach so viel Lebensfreude aus den Zeilen...

21.08. 2004 –Anmerkungen von Christian

Da stimmte doch was nicht!

Der Mitbewohner hatte deutlich von sich gegeben, dass Arien gar nicht Rad gefahren wäre. Wieso dann der Unfall mit dem Drahtesel? Man muss dem nachgehen, ohne Moritz zu belasten.

Unfall! Hoffentlich wird es Polizei-Unterlagen geben. Diese müssen unbedingt eingesehen werden. Außerdem wird's noch dringender, den Mitbewohner ein weiteres Mal aufzusuchen. Und was für ein Buch war das, Heiße Schokolade?

Besorgen.

Allein auf Reise gehen. Erst wenn es Gewissheiten gibt, mit Friederike und Moritz sprechen. Max mitnehmen? Vier Augen sehen mehr als zwei. Besser nicht.

226

Zurück ins Leben – 10.09.2002

Wer schüttelte mich so kräftig? Was sollte das? Ich schlug zaghaft und ungnädig die Augen auf. Ich hatte so schön geschlafen... Die Umrisse einer Person tauchten vor mir auf, als ob sie aus dem Dunkeln kämen. Jetzt beugte sie sich über mich.

„ Wir hatten Sie in einen künstlichen Tiefschlaf versetzt", hörte ich dennoch weit weg von mir, als kämen die Worte aus einer anderen Welt. Ich schüttelte mich, fuhr mit den Händen die Beine entlang, streifte die Bettdecke von der Brust und sah meinen Professor vor mir, er lächelte freundlich.

„Es gab Anhaltspunkte, die uns zwangen, Sie innerlich zu beruhigen, damit sich Körper und Seele erholen konnten, was nun der Fall sein könnte", ließ er mich wissen.

„Allerdings sind Sie um einige Tage älter geworden", lachte er. „Wir haben heute den 10. Sept."

War das so lächerlich?

Tiefschlaf?

Hatte man mir mein Bewusstsein geraubt? Dürfen Ärzte über Patienten einfach so verfügen? Wer gab die Zustimmung? Anna? Friederike? Niemand verfügte dazu über eine Vollmacht.

„Und nun?"

„Sie bekommen gleich Besuch, Ihre Tochter..." Kaum ausgesprochen, richtete sich der Professor auf, gab mir die Hand und verschwand. Friederike besuchte mich tatsächlich. Sie hatte sich in unserer Wohnung einquartiert.

Nackte Wut - 12.09. 2002

Mein erster Blick nach draußen. Es regnete. Gutes oder schlechtes Omen? Den Pflanzen wird die Feuchtigkeit gefallen. Mir auch. Die Sommerhitze war endlich vorbei. Ich konzentrierte mich auf die Natur, was mich beruhigte. In der Nähe des Gebäudes flogen viele Vögel umher. Allerdings nur Leichtgewichte. Ich versuchte zu erkennen, ob es sich um Spatzen handelte, um Meisen, Rotkehlchen oder Buntfinken.

Die einzigen wohl, die ich unterscheiden konnte. Liebliche Geschöpfe, von denen für niemand Gefahr ausgehen wird. Anders dagegen Krähen, Raben oder Elstern.

Erst jetzt war mir klar, was der Professor gesagt hatte. Man hätte mich in einen Tiefschlaf versetzt. War ich tatsächlich so unruhig, wie er sagte?

Was war mit der Feier für Arien? Sollte diese nicht um den 12ten stattfinden? Hatte man sie schon verlegt? Durfte ich endlich das Krankenhaus verlassen? Der Professor hatte sich hierzu noch nicht genäußert, und ich war bei seinem Besuch noch nicht vollkommen bei mir. Ich war benommen. Mir war, als vernebelten tiefe, feuchte Wolken mein Hirn. Jetzt nach ein paar Stunden fühlte ich mich einigermaßen hergestellt. Meine linke Hand hing noch am Tropf. Künstliche Ernährung. Ich griff mit der rechten Hand an meine Brust. Ich fand sie eingefallen. Abgenommen! Die Verbände waren noch nicht entfernt. Auch der Oberschenkel meines linken Beins steckte noch unter Mull.

Gleich wird Friederike anmarschieren, der Stationsarzt hatte sie noch einmal vor einer halben Stunde avisiert, sie habe angerufen, sagte er. Rührend, wie sie mich nach der Operation aufgemuntert hatte.

Ich nahm Stimmengewirr auf dem Flur wahr. Stritt man sich? Die Tür wird aufgestoßen.

Das konnte doch nicht schon Friederike sein...

Sie war es, stampfte durch den Raum und blieb vor meinem Bett geräuschvoll stehen, drehte sich zum Esstisch hin an der Längswand und warf ihre Handtasche mit ziemlicher Wucht gegen die Steine, so dass der Verschluss nachgab. Allerlei Utensilien wie Papiere, ein Taschentuch, Portemonnaie, und einen Flakon fielen auf den Boden, das Glas zersprang unter Klirren, irgendetwas rollte unters Bett.

Na, das fing ja gut an.

Ihr Gesicht war knallrot. Sie wird sich doch nicht durch Puder so verunziert haben?

„Sie hat mich gestern im Stich gelassen!", schrie mir meine Tochter entgegen und begann zu heulen.

Was quatschte sie da? Ich verstand kein Wort.

„Wisch dir die Tränen aus den Augen, du hast keinen Grund zu flennen", zeterte ich.

„Erst überredete sie mich, mit ihr zusammen zur Einweihung zu fahren, dann auf dieser mitzufeiern, schließlich schrieb sie mehrere Briefe nach Paris, besuchte mich, und telefonierte ständig mit mir, und jetzt? Verräterin! Einfach abgehauen!"

„Was ist los? Drück dich bitte deutlicher aus und gröle hier nicht so 'rum!", antwortete ich ärgerlich.

„Keinen Grund zu flennen?" Friederike beugte sich über mein Bett, ich sah ihre Augen und bekam Angst. So wütend hatte ich sie nie erlebt.

„Ich flenne und schreie, wo ich will, und jetzt flenne und schreie ich vor dir!"

Die Tür wurde aufgestoßen, eine Schwester rauschte herein und trompete:

„Was ist hier los?" Dann starrte sie meine Tochter an, und schimpfte:

„Wie können Sie so unvernünftig sein? Ihr Vater ist schwer krank, und Sie benehmen sich wie die Axt im Walde!"

„Um es klar zu stellen: Ich kann mich hier äußern, wie ich es will. Im Übrigen ist mein Vater Privatpatient!"

„Was das mit Ihrem Benehmen zu tun hat, weiß ich nicht. Am besten, ich hole mal den Arzt. So geht es nämlich nicht!"

Dann fegte sie zornig nach draußen.

„Und?", fragte ich leise.

„Anna hat sich abgesetzt!"

„Wie bitte? Drücke dich verständlich aus!"

„Pa, entschuldige bitte. Anna ist verschwunden. Alles deutet daraufhin, dass sie Deutschland gestern, am 11.9. verlassen hat!"

„Wie?...Wohin?"

„Unbekannt!"

„Ohne was?"

„Aber dich kann das doch kaum berühren, ihr seid ja sowieso schon lange nicht mehr zusammen. Sie fühlte nichts mehr für dich, ihre

Sehnsucht nach ihrem Ehemann war gestorben. Sie hatte keine Illusionen mit dir. Nur mich, mich berührt das."

Ihr Ton hatte wieder an Lautstärke gewonnen.

„Was behauptest du? Wenn sie nichts mehr für mich empfand, wieso ist sie dann noch bei mir am Krankenhausbett gewesen?"

„Wer weiß?"

„Hörst Du, ich habe aber Sehnsucht!" geiferte ich. Ich sah Anna jetzt vor mir, es waren Bilder aus unserer ersten Begegnung im noch nicht fertiggestellten Hochhaus.

„Lachhaft!", motzte meine Tochter.

So kannte ich Friederike bisher nicht. Sie war immer schon sehr rechthaberisch, wenn man sie in die Enge trieb, und durchsetzungsfähig, aber laut war sie in meiner Gegenwart nie.

„Anna!", ihren Namen wollte ich ausstoßen, doch er entschlüpft nur leise meinem Mund. Mir fehlte Kraft, und sicher hätte mein Brustkorb bei einem Schrei verrückt gespielt.

„Warum?"

„Weiß der Kuckuck!"

„War es der Tod von Arien?"

„Schon möglich, bei dieser Bindung zu ihm!"

Bindung zu ihm?

„Wieso? War ihre Beziehung eine besondere?"

Mütter, dachte ich, haben oft enge Kontakte zu ihren Söhnen, jedenfalls mehr, als zu ihren Töchtern. Schließlich haben sie diese zur Welt gebracht und stellen das andere Geschlecht dar.

„Arien war ein liebenswerter junger Träumer", sagte Friederike jetzt in einer angemessenen Tonlage.

„Hätte ich ihn nicht so gut gekannt, würde ich ihn als pubertierenden Burschen bezeichnen. Aber das war er nicht, und du weißt es selbst. Du warst begeistert, als ihr beide die Rotunde besichtigt habt! Er wusste genau, was er wollte. Er wollte sie nicht mehr sehen! Anna hatte sich nämlich wie eine Klette (im Stoff) bei ihm verheddert. Diese hatte ihn verletzt und ihm jeglichen Freiraum genommen."

„Verstehe ich nicht!", hauchte ich und bekam eine Gänsehaut, die mich zum Zittern brachte.

„Gestern? Oh Gott! Gestern vor einem Jahr ..."

„Wie?"

Hatte sie denn vergessen, dass am 11.09. 2001 der Terroranschlag in New York auf das *World Trade Center* mit mehreren Flugzeugen mehr als 3000 Tote nach sich zog? (Anm. des Autors: DPA, das passierte am 11.Sept.2001: 'Vor einem Jahr wurde die Welt geschockt, islamistische Terroristen griffen wichtige Symbole amerikanischer Macht an')

Schon wieder geht mit Gepolter die Tür auf.

„Nimmt denn keiner Rücksicht?"

„Doch, wir, Herr Doktor Sommeralm. Wir wollen ihre Tochter höflichst bitten, den Raum zu verlassen und später wiederzukommen. Sie dürfen sich nicht aufregen, noch ist ihr Herz nicht so intakt, dass es von außen belastet werden darf, und Ihre Tochter hat sich wie ..." der Arzt stutzte kurz ... „ein zu Tode verletztes Tier gebärdet."

„Meine Tochter bleibt hier, basta!"

„Nun sind auch Sie noch so starrsinnig. Sie tragen für die Folgen allein die Verantwortung!", antwortete der Arzt resolut und eilte mit der Schwester zum Ausgang, gleichzeitig auf sie lautstark einredend.

„Was soll das? Das war vor einem Jahr...", dröhnte es im Raum, und Friederikes Stimme überschlug sich.

„Vielleicht gibt es einen Zusammenhang...!"

„Dich tangiert das mit Anna nicht so, aber mich.", wiederholte sich meine Tochter, wimmerte vor sich hin und ließ ihren Tränen freien Lauf, ohne auf die Besucher Rücksicht zu nehmen.

„Von wegen! Ich glaubte immer noch, einen Strohhalm ergriffen zu haben!", zischte ich ihr entgegen, verschluckte Luft und hustete. Die Schwester drehte sich blitzschnell um, fasste unter meine Achsel und zog mich nach oben, der Arzt klopfte auf meinen Rücken.

„Hören Sie mal!", ranzte er meine Tochter an.

Ich wusste, dass sie in Anna ihre beste Freundin sah, mit der sie wohl auch besprach, was ihr schon des Öfteren widerfahren war. So werden sie auch über den letzten Rausschmiss ihres Freundes geredet haben und sicher hatte Anna sie darin bestärkt. Frauen erzählen sich oft sehr diskrete Dinge, und manche behaupten, dass Intimes durchaus dabei ist. Vielleicht ist das der Grund, warum sich enge Bindungen zwischen zwei weiblichen Personen schnell wieder verflüchtigen. Immerhin wusste Friederike über meine Auseinandersetzungen und Entgleisungen mit Anna Bescheid. Wie weit Anna in den Erzählungen gegangen ist, wusste ich nicht, aber ich ahnte es. Denn Friederike hatte sich letztlich für meine Frau entschieden und nicht für ihren Vater. Daher ließ sie mich auch allein nach Stuttgart fliegen. Was nun Annas Verhältnis zu ihrem Sohn anging, konnte ich nicht nachvollziehen.

Mutter und Sohn gehen in vielen Familien immer wieder engste Verbindungen ein, die aber nicht erotische Sehnsüchte auslösen.

Nach wenigen Sekunden beruhigte sich mein Körper etwas, wenn er auch noch schwer atmete und nach mehr Luft rang. Behutsam legte der Doktor seine Hand auf meine Schulter und strich sie nach hinten weg. Ich fühlte, den Normalzustand zurückzukommen.

Dann besann ich mich auf Friederikes nebulöse Behauptung.

„Besondere Bindung zwischen Arien und seiner Mutter, wie? Verdammt, was willst du damit sagen?"

„Nochmals, Herr Doktor. Sie dürfen..."blökte ihm der Arzt zu.

„Hör mal, Pa, wo hattest du deine Augen? Du bist doch nicht blind. Beide diskutierten ständig nach der Arbeit bis über die Puppen, dann wurde es zu spät für Anna nach Haus zu fahren, sie blieb über Nacht bei ihm."

„Na und?", konterte ich.

„Es war nur ein Bett vorhanden!"

„Na und?", fragte ich mit hochgezogenen Augenbrauen trotzig. Unvorstellbar, was sie da andeutete, diese eifersüchtige Göre...

„Dir ist nicht zu helfen! Und damit du es endlich weißt: Anna war nicht hier!" „Wie bitte?"

Mein Schrei zerriss mir die Brust. Anna nicht hier gewesen...? Warum nicht? Werde ich denn nur mit Lügen gefüttert? Und was war mit Arien?

„Ich hätte dir das nicht sagen dürfen. Anna hatte mich darum gebeten."

„Und Arien?" Ich richtete mich auf, fiel auf die Matratze zurück, vergrub mein Gesicht im Kissen, jammerte und heulte vor Empörung. Meine eigene Tochter hatte mir etwas vorgegaukelt.

„Wie konntest du, Friederike!", wimmerte ich.

Trauer überzog mich. Die eigene Tochter... Ich schaute mich entsetzt im Zimmer um. Gott sei Dank! Das Personal hatte uns längst verlassen...Arien...

„Bring mir das Gedicht von Zuhause mit, Du weißt, welches, es liegt in der obersten Schublade meines Sekretärs", herrschte ich meine Tochter an.

„Pa, das bringt nichts!"

„Hast du verstanden?"

„Ja!" „Dann geh!"

Zwei Pfleger und ein Arzt stürmten ins Zimmer.

„Genug! Sie verlassen sofort den Raum," schleuderte der Doktor Friederike entgegen, „und Sie bekommen eine Injektion. Damit die liebe Seele Ruhe hat."

Die beiden Männer drehten mich auf die Seite, hielten mich fest, während mir der Arzt die Spritze in den Po jagte.

Versöhnung – 20.9.

Viele Tage ging es mir schlecht. Die Ärzte wollten mich noch einmal in einen Tiefschlaf befördern. Ich lehnte ab.

Ich überdachte, was sich hier im Zimmer zwischen meiner Tochter und mir abgespielt hatte. Und ich musste gestehen, dass ich mich auch nicht mit Ruhm bekleckert hatte. Ihrem Furiengebrüll hätte ich Ausgewogenheit oder Zurückhaltung entgegensetzen müssen. Und wie hatte ich mich verhalten? Fast nicht anders als sie. Und ich musste im Nachherein bestätigen, dass Anna und ich längst getrennt waren, ich wollte es in meiner männlichen Eitelkeit nur nicht wahrhaben. Mir kam immer wieder vor Augen, wie Anna mich bei ihrer Gebäude-Einweihung behandelt hatte: demütigend. Und mir kam ihre Flughafen-Ankunft (aus Stockholm) in den Sinn, wo sie mich abblitzen ließ und schließlich unsere Verabredung im *Hotel Hafen Hamburg*, die sie nicht eingehalten hatte. Sie war nicht einmal fähig dazu, mir hierfür eine Erklärung abzugeben.

Für Friederike war Annas unvorhergesehene Abwesenheit, nein, wahrscheinlich Flucht, einem Vulkan-Ausbruch ähnlich – eine Erschütterung in ihrem Leben, noch mit unabsehbaren Folgen. Und genau am 11.09. zu fliehen, das war durchdacht. Damals ging man davon aus, die westliche Welt empfindlich durcheinander zu wirbeln, vielleicht mehr noch, sie nach und nach zu Grunde zu richten. Ich erinnerte mich, dass einige Zeitungen und Zeitschriften von Schlussstrichziehen schrieben. (Welche es waren, dazu fehlt mir die Erinnerung). Ich glaubte, es war auch ein Journal. War es vielleicht der *Stern*: Eine Aufforderung an alle Muslime, sich völlig von der christlichen Welt zu distanzieren und sich zu lösen. War Annas Flucht auch eine Zäsur? Eine Loslösung?

Lässt man denn alles im Stich – einfach so? Nein, bestimmt nicht. Was hatte sie mitgenommen? Weiß Friederike davon?

Kann man ohne Andenken, ohne Accessoires so verschwinden? Sozusagen nackt? Ich konnte hierauf keine Antwort geben. Ich hätte das Gedicht von Arien eingesteckt, und sie? Vielleicht ein Tagebuch ihres Sohnes?

Friederike hatte sich bei mir entschuldigt. Sie schien untröstlich.

Bevor sie zu reden begann, ließ sie ihre Blicke durch den Raum wandern. Offensichtlich ging es ihr um ihre eigene innere Ruhe, die sie noch nicht gefunden hatte. Sie verharrte einen Moment auf einer Lithografie – Vogelflug - und schwang sich wohl in Gedanken auf die ausgebreiteten Schwingen einer Möwe, um dem Fiasko zu entrinnen.

„Es ist wunderbar. Die Harmonie von Linien und Bewegung faszinieren mich und spenden Kraft. Findest du das auch, Pa?"

Allein ihre Einlassung auf diese Grafik machten mich ein bisschen stolz auf meine Tochter, hatte sie es doch bei uns Zuhause gelernt, Kunst einzuschätzen und zu genießen. So hatte sie ja auch ihr Pariser Domizil mit modernen Möbeln und Antiquitäten ausgestattet, sehr nach meinem Sinn.

Mit der Betrachtung der Lithografie ging es ihr besser, fühlte ich.

Schließlich ist es kein Pappenstiel, wenn man seine Schuld einge-stehen muss und gleichzeitig offenlegt, wie man sich geirrt habe.

Sie sagte mir, dass sie ausgeflippt gewesen wäre. Eine solche Nach-richt über Anna zu bekommen, hätte sie völlig überfordert, dabei war das Architektenbüro noch freundlich und zurückhaltend. Auch dort hatte Annas Verschwinden einen Sturm heraufbeschworen. Mit solcher Überraschung hatte niemand gerechnet, zumal es bei Anna keine An-zeichen von Unzufriedenheit, Müdigkeit oder von körperlichem Ver-schleiß gegeben hätte. Im Gegenteil! Nie war Anna munterer als jetzt.

Die Architektin hätte sich in ihrer neuen Berühmtheit geaalt.

Sie, Friederike, hätte sich nur selbst gesehen, es gab nur ihr eigenes Ego. Dass sie sich so aufgeregt hätte, müsste ich verstehen. Annas Ver-halten vor ihrem Untertauchen und ihr persönliches Engagement hät-ten sie vernebelt und ihr eingetrichtert, wie nachhaltig dieses Mutter-Tochter-Verhältnis gewachsen war und nun durch Vertrauen und Zu-verlässigkeit fest in beider Leben verankert sei.

„Ich hatte es Dir ja schon erklärt!", flüsterte sie, und in ihrem Ant-litz glaubte ich Bitten und Hoffnungen zu erkennen, ich möge so groß-zügig wie immer sein.

Irgendwie hätte sich die Nachricht mit ihren persönlichen Gefüh-len verselbständigt. Es täte ihr auch leid, dass sie mich belogen hätte, was Annas Besuche anbelangt habe, sie wollte mich nicht aufregen, und der Professor hätte sie hierzu ermuntert. Sie habe es doch nur gut ge-meint.

Ich nickte ihr zu, blinzelte mit den Augen und sagte:

„Alles ist schon gut!"

Ich war froh, dass sie mich nach dieser Beichte einen Tag später wieder besucht hatte. Ich nahm sie in die Arme, soweit das im Bett möglich war, lächelte sie entwaffnend an und hauchte ihr nochmals zärtlich ins Ohr , alles sei vergeben, man müsste nun sehen, wie man über die nächsten Wochen und Monate käme und wie am besten bei der Suche vorgegangen werden sollte.

Sie streichelte meine Hände.

„Pa", hauchte sie mir zu, „dein Herz ist größer als dein Bauch, ich meine den vor deiner Operation!"

Ich hatte plötzlich Tränen in den Augen.

„Hast du mal in ihrem Zimmer nachgesehen, ob irgendwas fehlt und ob da ein Brief liegt, der einiges erklärt?"

„Nein, Pa, mache ich noch. Ich rufe dich an!"

„Tu das!"

„Pa, ich werde nun wieder zurück nach Paris fliegen, ich hatte mich in der Universitätsverwaltung für diese Tage abgemeldet, gegebenenfalls muss ich das Semester wiederholen, egal!"

„Das kannst du auch, ich werde morgen in die Reha nach Timmendorf in die *Curschmann*-Klinik gebracht. Mir sind von vornherein vier Wochen Aufenthalt genehmigt, und diese werde ich auch in Anspruch nehmen. Wer weiß, was dann auf mich zukommt. Dann werde ich noch einmal über alles nachdenken..."

Während ich sprach, sah ich, wie sie in ihrer Handtasche herumfummelte, froh darüber, dass diese neulich bei ihrem Wurfexzess nicht beschädigt worden ist. Dann holte sie ein gefaltetes Papier heraus, wedelte damit in der Luft herum und gab es mir.

„Es ist Ariens Gedicht. Bedenke aber, er war damals sehr, sehr jung!"

„Danke, dass du dran gedacht hast!" Ich ließ es in der Schublade meines Nachtisches verschwinden.

In der Reha-Klinik – 21.09.2002

Das mir zugewiesene Zimmer hatte einen himmlischen Ausblick zur Ostsee. Meine Augen wanderten den Strand entlang, richteten sich auf die Überseebrücke und von dort in das scheinbar endlose Meer. Diese Weite hatte mich schon immer an begeistert, und ich wünschte mir schon als Kind, hinter den Horizont zu schauen.

Mein Koffer lag schon auf der Ablage und wollte nur geöffnet werden. Mit wenigen Griffen hatte ich mich eingerichtet. Hoffentlich hatte ich in der Aufregung nichts vergessen. Wer sollte mir auch meine Sachen von Zuhause schicken? Da war niemand, die Polin zu umständlich, sie war nicht mal fähig, Briefmarken zu kaufen, weil sie nur wenige Brocken Deutsch sprach. Aber saubermachen, das konnte sie.

Ich stellte die Fotografien von Anna, Friederike, Arien und meinen Eltern auf die Kommode und die bauchige, blaue Vase mit dem langen Hals, die meine Frau so liebte wie ihren Schmuck, den sie immer am Hals trug. Ich werde dafür sorgen, dass sie immer eine Rose zieren wird, solange ich mich in Timmendorf aufhalte.

Auf den Fluren wuselten unzählige Leute herum, Frauen und Männer jeden Alters, Ärzte, Schwestern, Pfleger, Patienten, Besucher und Putzkolonnen. Ich nahm den Fahrstuhl und stand bald im Foyer der Klinik.

Am Tresen eine Menschentraube.

Wer hier offiziell mit einem Krankenwagen hertransportiert wird, hatte es einfacher, denn die dem Fahrer mitgegebenen Papiere und die Voranmeldungen von den Stationen der Krankenhäuser hatten schon Vieles im Vorfeld in die Wege leiten lassen. Die von draußen eingetretene Feuchtigkeit, das Ein- und Ausatmen der vielleicht dreißig Personen und das Gerede der Leute ließ die Luft schwer ertragen. Ich floh aus dieser stickigen und nervösen Atmosphäre. Draußen wird der Sauerstoff sauberer sein!

Stimmte nicht!

Direkt vorm Portal des Reha-Entrees standen mehrere Leute um einen meterhohen Aschenbecher herum. Ich meinte, er wäre ein umfunktionierter Blumenkübel in der Form eines flachen Sektglases gewesen. Man zog sich beinahe im gleichen Rhythmus den grauen Zigarettenqualm in den Rachen und ließ ihn zu den Lungenspitzen vordringen. Unten angekommen, stießen einige Raucher den letzten Rest des Giftes entspannt in die Luft nach draußen aus, gleichzeitig schienen Brust und Bauch zusammenfallen. Schon ging es an den nächsten Zug.

Als ich vorbei schlenderte, hielt man zu reden auf. Man wusste wohl, was ich dazu zu sagen hatte. Zwar wusste ich natürlich nicht, welche Gründe die Einlieferung in die Reha ausgelöst haben, es werden genug Herzinfarkte gewesen sein, die sich Raucher durch ihre Sucht zugezogen hatten. Am liebsten hätte ich losgepöbelt, meine Erziehung verbot mir eine derartige Reaktion. Ich ärgerte mich, dass diese ihren

Familien und der Gesellschaft gegenüber rücksichtslosen Menschen vor einer Klinik stehen durften. Im Laufe meines Aufenthaltes beschwerte ich mich deshalb bei der Geschäftsleitung, zumal zusätzlich Kippen einfach vorm Klinikeingang auf den Boden befördert wurden. Man antwortete mir, dass jeder seines eigenen Glückes Schmied sei.

Sonnenschein. Angenehme Temperaturen. Die Luft war klar und würzig. Vom Meer ein leichter Wind. Er brachte herrliche Luft ins Inland.

Die Tage waren ausgefüllt. Manchmal hatte ich sechs Veranstaltungen am Tag. Strandwandern, Faustball, Hocker-Gymnastik, Atemtraining, Yoga-Sitzungen, Gruppengespräche, Wassertreten. Mit den übrigen Rehabilitanten suchte ich kein Gespräch. Es genügte mir, wenn ich mich bei den Mahlzeiten ihrer verschiedenen Krankheitsgeschichten nicht verschließen konnte.

Eine unerträgliche Angewohnheit, dass erkrankte Leute ständig von ihrem Leid reden und breit erläutern, wie bei ihnen der Ablauf der Krankheit war, welche Ärzte besonders nett gewesen waren und wie man jetzt sein Leben ändern muss. Mich kotzte das an. Wenn man dann noch einiges aus der Familie einfließen ließ, dann reichte es mir, unabhängig davon, dass falsches Deutsch und ordinäre Manieren jede Nettigkeit in mir erstickten. Es ist schon eigenartig, dass viele fremde Menschen ihr Leben vor ihnen unbekannten Leuten ausbreiten. Lässt das nicht darauf schließen, dass man allein zu sein scheint oder einsam und mit dem Leben nur schlecht fertig wird? Ich brauchte das nicht oder sollte ich meine Erlebnisse anderen etwa aufbürden? Nein!

„Sie sind ziemlich arrogant, nicht wahr?", fragte mich Frau Kranz beim Abendbrot, als klar wurde, dass sie nächsten Tag abreiste. Das war starker *Tobak*, eigentlich unverschämt! Wieso wird man so schnell klassifiziert, ohne dass man sonst miteinander geredet hatte? Hatte sie Recht? War mir dieser Vorwurf nicht längst bekannt? Anna hatte ihn ausgesprochen, als ich ihr einen Vortrag über unsere Ehebeziehung hielt und diese philosophisch unterlegen wollte. Weiß Gott, das war zu viel! Moral und Ethik als die Grundlagen einer Zweierbeziehung herauszustellen! Ich wusste es eigentlich besser. Jedenfalls was unsere ersten fünf Jahre betraf. Sex in vielen Variationen war der echte Klebstoff zwischen uns, oder – man durfte es durchaus auch Liebe nennen. Vornehmlich körperliche. Schon sah ich Anna vor mir, als sie mir ihre Brust entgegenstreckte, ich solle es mal dazwischen versuchen... Erst dann kamen Akzeptanz und Achtung.

„Nur, wenn mir oberflächliches Gerede und für mich uninteressante Beiträge über das eigene schreckliche Dasein um die Ohren gehauen werden, und das jeden Tag mindestens zweimal. Das reicht, oder? Schließlich haben wir alle ein ähnliches Schicksal, und damit werden sich die Krankheitssymptome kaum großartig unterscheiden, und viele haben ganz sicher mit weit schwierigeren Schicksalsschlägen fertigzuwerden. Hier ist man gerade noch einmal davon gekommen, andere Lebenseinschläge konnten vielleicht nicht abgewehrt werden."

„Manche brauchen Hilfe. Wie leicht ist es, ihnen zuzuhören und Mitgefühle zu offenbaren. Sie sind es, die Menschen glücklich machen!"

„Verschonen Sie mich bitte mit Allgemeinplätzen."

Mit diesen Worten erhob ich mich, wünschte eine gute Rückfahrt und verschwand. Ich ging nicht auf mein Zimmer, vielmehr setzte ich mich in die Bibliothek vor den Kamin, entnahm dem Bücherschrank nach kurzer Suche ein kleines Büchlein und blätterte munter darin herum. Es hieß: *Monsieur Ibrahim und die Blumen des Korans*. Und die Zeilen brachten mich trotz meiner Misere immer wieder zum Schmunzeln. Dieser kleine, raffinierte, liebenswerte jüdische Junge Moses, wie er glaubte, dem Kaufmann ein Schnippchen geschlagen zu haben...

Nach einer Stunde stellte ich den Schatz zurück ins Regal und marschierte schmunzelnd aus dem Zimmer. Das Holz war fast herunter gebrannt, und im Übrigen war es Zeit, sich schlafen zu legen.

Dreißig Tage

Die Zeit verging wie im Flug. Die Übungen strengten mich an, aber sie gaben mir nach und nach das Gefühl, meine Kraft zurückzugewinnen, wenn auch meine Seele blutete. Der Tod von Arien hatte mich aus der Bahn geworfen, mein Herzinfarkt die Folge, und dann Annas Verschwinden. Ich machte mir ständig Gedanken, wohin sie vielleicht gegangen sein könnte. Ich versuchte, all ihre Aussagen zu verdichten, und ich stieß immer wieder auf ihre Einweihungsrede und die Hinweise auf die Malerei. Sie selbst hatte oft genug die Staffelei, Farben, Pinsel und sonstiges Zubehör eingepackt, wenn wir an die Nordsee fuhren. Dort entstanden sehr schöne Bilder, die mich manchmal an *Eglau* erinnerten, wenn sie Buhnen im Meer darstellte oder rücklaufendes Wasser auf die Leinwand brachte. Es waren keine Kopien, die Sie anfertigte, nein, dazu war Anna viel zu stolz, aber ein Aquarell erinnerte sehr an eine *Eglau-Lithografie* von 1968 - *Buhnen auf Sylt* -, die der Syltliebhaber in dunkel- und hellbraunen Tönen hielt, manche Holzstämme hoben sich aus der sonstigen Farbe durch weiß-rot-gezeichnete Oberteile ab. Die beruhigende Atmosphäre hatte uns damals bewogen, die erste von dreißig Lithografien dieses Sujets zu erstehen. Sie hängt heute in meinem Büro. Als ob Anna genau die Stelle, an der das Bild entstanden sein muss, wiederfand und erneut ein Abbild schuf, allerdings wählte sie für das Meer im oberen Teil ihres Aquarells ein zartes blau, bei *Eglau* leuchte es hell braun. Offensichtlich waren beide Bilder bei Ebbe entstanden. Ein weiteres Gemälde kam mir hier in den Sinn - ich weiß gar nicht - wann es entstanden ist und wohin Anna es gehängt, gestellt oder versteckt hatte. Sie liebte es nicht, fand es zu starr und übertrieben: Sonnenaufgang über dem Wattenmeer zwischen Amrum und Föhr. Ich war damals begeistert. Mir fiel allerdings ein, dass es ihr Sonnenaufgänge immer wieder angetan hatten, und sie manchmal allein an die See fuhr, um diese anschauen zu können.

Wo konnte man am Meer solche Sonnenaufgänge noch erleben? Dies war eine dumme Frage. Wasserflächen auf der Erde überwiegen, und so gibt es unendlich viele Strände, Inseln, Gebiete, in denen Sonnenstrahlen die

Ozeane und Buchten in eine glitzernde Oberfläche verwandeln.

Wohin würde ich mich bewegen, wäre mir diese Erscheinung so wichtig? Vielleicht nach Schweden mit seinen besonderen hellen Lichtverhältnissen oder eher nach Griechenland, oder sogar Indien? War es wirklich die Malerei, die sie zu ihrer Entscheidung gezwungen hatte, ich meinte, innerlich gezwungen?

Die verwerfliche Andeutung Friederikes, dass Anna bei Arien geschlafen hätte, und offensichtlich meinte,dass ihre Stiefmutter dem Inzest verfallen war, hatte ich sofort aus meinem Gedächtnis gestrichen. Anna und Inzest, dafür verficht sie eine zu ernste Meinung über Moral. Wahrscheinlich war sie geflohen, weil sie über den Tod ihres Sohnes nicht hinwegkam. Ich wusste, dass sie ihn sehr liebte und gleichzeitig behüten wollte, kannte sie doch seine Schwächen,insbesondere seine Unfähigkeit, sich für etwas entscheiden zu müssen. Er war für sie ein Problemkind, und ab seiner pubertären Phase auch für mich.

Wann die beiden zueinander fanden, vermochte ich nicht zu sagen. Es begann wohl, als sie die Aufsicht über ihr Gebäude übernahm und ihr Zuhause nach Süddeutschland verlegte. Arien begann seinerzeit das Studium in Tübingen. Ich fand wieder zu ihm oder er zu mir, als wir gemeinsam die Besichtigung ihrer Konstruktion einleiteten.

Der Aufenthalt in Timmendorf neigte sich dem Ende zu. Ich habe keine Kontakte geknüpft, eine Begründung dafür gab ich schon ab. Der Psychotherapeut gab mir beim Abschlussgespräch auf den Weg, die 'Schuld' von Annas Flucht, so nannte er ihren Rückzug, nicht auf mich zu beziehen.

„Es gibt viele Beispiele, in denen die Ehen auseinanderdriften oder gedriftet sind, und oft genug sind es Frauen gewesen, die sich vernachlässigt fühlten oder denen die eigene soziale Berühmtheit zu Kopf gestiegen ist. Dann verlässt man den Partner und hofft, in einemneuen Leben wieder Fuß zu fassen. Ebenso glauben auch manche Männer, durch jüngere Frauen wieder jung zu werden und lassen ihre Ehefrauen im Stich. Denken Sie an Willy Brandt. Im eigentlichen Sinne sollte man aber hierfür niemand die Verantwortung zuschreiben, denn die Bezieh-

30.8.2004 Anmerkungen von Christian

Unbedingt Bilder von Anna ansehen, das Ölgemälde vom Nordsee-Sonnenaufgang ausfindig machen. Prüfen, wo Anna regelmäßig Urlaub machte, auch allein (ohne Ehemann und Kinder) und gegebenenfalls Fotos oder eigene Gemälde hierbei identifizieren.

ungen leiden wahrscheinlich schon längere Zeit unter zunehmender Entfremdung!"

Ich überlegte, als ich dies hörte, seit wann sich Anna von mir abwandte, und es war tatsächlich der Beginn ihrer Konstruktion, die zwischen uns zu Meinungsverschiedenheiten beigetragen hat und auch zu richtigen deftigen Auseinandersetzungen.

Gleichzeitig versagte ich beim Sex.

Sie kam ständig spät nach Hause, war lustlos und ging zu Bett. Daraufhin wurde ich ärgerlich, bald auch wütend, und Wut behindert – nach meinen Erfahrungen – das Liebesleben empfindlich. So war's eine Katze, die sich in den Schwanz biss. Dass sie aber daraufhin morgens vergnügt wieder in die Firma fuhr, machte mich krank. Sicher wollte sie mir eins auswischen. Diese böse Ironie vergrößerte mein Unbehagen.

Man muss sich auch fragen, ob Partner Empfindungen, Gefühle, Ängste und Verzweiflung des anderen mitbekommen, und wenn, ob sie das überhaupt noch berührt. Jedenfalls ist das Leid eines Verlassenen oder einer Verlassenen riesengroß. Oft kommen die Menschen nicht mehr über den Verlust hinweg, leben mit dem Trauma, versagt zu haben und siechen dahin. Ich hatte schwer und lange mit Annas Ausbruch zu tun, verstärkt durch den Unmut über die eigene Tochter, die mit meiner Frau – wahrscheinlich auch hinter meinem Rücken – in Kumpanei kommunizierte.

Außerdem fand sie vielleicht auch in ihrem Umfeld und bei ihrem Chef große Akzeptanz, blieb daher länger im Büro, ließ sich des Öfteren ins Ausland zur Begutachtung von Objekten schicken und die Verhandlungen mit den Auftraggebern führen.

Als Friederike noch zur Schule ging, die letzten beiden Klassen besuchte, fand sie in meiner Tochter eine Gesprächspartnerin, und ich erinnerte mich, dass die beiden am Wochenende Vieles gemeinsam unternahmen.

„Es ist schwierig anerkennen zu müssen, dass so viele Wahnsinnsjahre nicht ausgereicht haben, unsere Verbindung zu erhalten, und ich muss gestehen, Anna geistert immer noch in meinem Kopf herum. Sie war so unglaublich kreativ, nicht nur in der Malerei, sondern auch in unserem Sex. Und eine Frau, die ihren Liebhaber immer wieder zu aufregenden Liebesspielen anregen kann, ist schwerlich zu verdrängen."

„Herr Dr. Sommeralm, man darf keine Beziehung mit einer neuen Verbindung vergleichen, die Menschen sind so verschieden gestrickt wie es Gesichter gibt. Man muss einfach neu beginnen, die Vergangenheit absolut hinter sich lassen, Sie Ihre gescheiterte Existenz, ihre aufgelöste Zweisamkeit. Tun Sie das. Ihre Frau braucht wahrscheinlich neue Partner, die sie wieder beflügeln, wobei sie deren Anerkennung und deren Hingabe als neue Aufgabe für sich begreift. Sie werden ins Gleichgewicht zurückfinden, wenn Sie eine neue Verbindung eingehen. Vielleicht sogar eine, in der Ihre Partnerin viel jünger ist als sie es sind, und die Schönheit ihres Körpers und die Sanftheit ihrer Haut Sie zusätzlich stimulieren. Außerdem dürfen Sie nicht an unterlassene Gespräche mit Ihrem Sohn denken. Sie haben ihm Ihre Liebe offenbart, haben ihm zu verstehen gegeben, dass Sie für ihn da sind. Er aber hat sich bei Ihrer leiblichen Tochter ausgeweint, sie ist offensichtlich für Mutter und Sohn eine Art Angelpunkt gewesen. Vielleicht würde Ihnen ein intimes Gespräch mit ihr guttun.

Noch ein Tipp: Sollten Sie Ihre Situation – wie auch immer – meistern, könnte ein Gespräch mit Ihrer Ehefrau von Nutzen sein. Sie werden keine Schmerzen mehr haben, dagegen einen gewissen Unmut in Wohlwollen ummünzen und sich für ihre neue Freundin stärken."

Die ersten Tage nach der Rückkehr – (ab) 22.10.2002

Genauso hatte ich mir meine Wohnung vorgestellt: kalt, leblos und stinkig. Mir flutete eine Welle von Mief entgegen, als ich die Eingangstür öffnete. Widerlich!

Meine Niederlage war vollkommen! Friederike in Paris, Arien tot, meine Frau verschwunden, ich in meinen eigenen staubigen, ungemachten Räumen. Totale Leere. Eine wunderbare Gegenwart, oder?

Die Polin hatte nicht saubergemacht. Nirgendwo Blumen zum Empfang. Doch! Eine verdorrte Sonnenblume am Balkonausgang. So freute man sich auf mich...

Ich glaubte, in der Reha dieses Tief überwunden zu haben. Davon konnte keine Rede sein. So bewusst ich mir über Annas Verhalten seit Monaten war, schließlich zog sie sich ja vollkommen zurück, so gegenwärtig war plötzlich wieder ihre Anwesenheit daheim. Und ich hatte sie nicht überwunden...

Überall geisterte sie herum, ob in der Küche in der Garderobe, im Lesezimmer oder ihrem Schlafzimmer. Viele Erinnerungen wurden wieder lebendig: In der Garderobe die kolorierten Federzeichnungen von jungen Sportlern, in der Küche die formschönste Espressomaschine von *Leysieffer*, das aufgeschlagene Buch auf dem Couchtisch: *Zeit der Abwesenheit* von *Philippe Besson*. Ihr unberührtes Arbeitszimmer, natürlich mit Schreibutensilien, Briefstapeln, Büchern, Zeitungsausschnitten u.v.m.

Meine Tochter konnte ich zurückbeordern. Das kam jedoch bei Anna nicht in Frage. Man kann einem jungen Menschen nur kurzfristig abverlangen, sein Eigenleben aufzugeben. Und dem ist Friederike nachgekommen. Ihr Verlust ist genau so schmerzlich wie meiner. Lohnte es sich, Anna ausfindig zu machen? Was hätte ich davon? Zurückholen konnte ich sie nicht mehr. Es hat immer etwas Endgültiges, alles im Stich zu lassen, das bisherige Leben aus dem Gedächtnis zu streichen, oder jedenfalls aus dem Umfeld zu verdammen.

Dennoch, auf der Rückfahrt hatte ich mir geschworen, nach Anna zu suchen. Ich möchte nichts als nur die Wahrheit erfahren: wer war sie wirklich? Was spielte sich in Ariens Bude ab? Warum hatte Anna sich von mir ohne Zugeständnisse, ohne Erklärungen gelöst? Was hatte ihr gefehlt?

Am besten, Detektive einschalten. Aber, wer sollte diese bezahlen? Je weiter sie gereist sein wird, desto teurer wird die Suche werden. Was wäre, würde sie nach Neuseeland gegangen sein? Aber warum gerade dahin?

Ich rief mich zur Ordnung: Fenster öffnen, den Koffer ins Schlafzimmer bringen, was trinken!

Genau in dieser Reihenfolge erledigte ich den mir auferlegten Auftrag.

Draußen herrschten wohl 18-20 Grad Temperatur, angenehm und den Kreislauf nicht belastend. Die Sonnenblume warf ich einfach über die Balkonbrüstung. Ich wusste natürlich, dass sich das nicht gehörte, aber ich scherte mich einen Dreck drum. Sollen die Leute im Parterre auch mal Ärger empfinden, und von wem, werden sie sicher nicht mitbekommen haben.

Ich fühlte Leere in mir.
Ein Vakuum im Kopf.
Ich suchte nach einem Ausweg. Woher kam dieser Zustand? In Timmendorf hatte ich ihn nicht. Wahrscheinlich anfangs durch die vielen Eindrücke, die auf mich einstürzten, später durch die täglichen Anwendungen.
Aber hier ist Nichts, nur meine Anwesenheit, und die hat für niemand Bedeutung.
Leere, das ist wohl totale Einsamkeit?
Hätte ich doch einen Gesprächspartner, dann wäre ich wenigstens nicht allein. Aber ich hatte selbst dafür gesorgt, dass sich meine Freunde und Freundinnen zurückgezogen haben, und einen Teil hat Anna auf ihre Seite bringen können. Ich hatte nicht gekämpft, ich habe alles über mich ergehen lassen. Monatelang war ich ein Schlappschwanz, ohne Antrieb, gedankenlos und entscheidungsgehemmt, noch bevor Anna das Weite suchte. Immer wieder kam mir zu Bewusstsein, wie ich Arien im Regen stehen ließ oder wie ich mich nicht wehrte, als Anna mich abservierte, weil ihr ein Telefongespräch wichtiger war.

In ihr Zimmer gehen, nachschauen, Moritz , flüsterte ich mir zu.
Ich kam nicht dazu.
Mir fiel nämlich ein, meine Post von der Concierge abzuholen. Das war wichtiger. Vielleicht ein Brief von Anna?
Im vornehmen Treppenhaus stank es nach gekochtem Fisch. Am Innenspiegel des Lifts hatte jemand Schokolade verschmiert. Diese Säue! Selbst im vornehmsten Gebäude der Straße.
Als ich vor ihr stand, sah ich ihrem Gesicht an, wie gelangweilt sie war, gleichzeitig maulfaul. Keine Frage nach meinem Wohlbefinden, kein Wort über meine lange Abwesenheit. Nun gut.

Es waren nur wenig Briefe, Postkarten und Zeitschriften, die sie mir übergab. Ich überflog die Absender. Ein Schreiber weckte meine Aufmerksamkeit. Ich stellte fest, dass ich doch noch lebte...Hamerani. Noch im Fahrstuhl riss ich den Umschlag ungeduldig auf. Dabei fielen die gesamten Poststücke auf den Boden, was mich ärgerte. Bücken war nicht meine Sache, zumal ich immer unter Rückenschmerzen litt. Im zweiten Stock stieg Frau Seiler dazu. Was will die denn, der Korb war doch auf dem Weg nach oben... Sie war in meinen Augen eine unleidliche, korpulente Frau, meist mürrisch, altjüngferlich, die mit ihrem Alter haderte. Ich fand sie auch noch liederlich, und das hob in keinem Fall meine Stimmung.

„Sie sind zu früh eingestiegen!", nuschelte ich ihr entgegen, ohne sie anzusehen. „Ich fahre nach oben."

„Meinen Sie nicht, dass ich das auch festgestellt habe?", entgegnete sie pampig.

„Mm!"

„Sind das Ihre Sachen?"

„Wessen denn sonst, " antwortete ich ebenso ungehalten, wie sie mir über den Mund gefahren war.

Als der Lift im fünften Stock landete, stellte ich meine Füße vor das geöffnete Eingangsgitter, eine Art Verriegelung des Fahrstuhlausgangs bei stehenden Lifts, und verhinderte eine schnelle Rückkehr ins Parterre, nahm die Schriftstücke mit herausfordernder Langsamkeit hoch, einige fielen noch einmal herunter und hoffte dabei, dass sich diese Frau richtig ärgerte. Ihrer Miene nach zu urteilen wurde sie sogar wütend. Sollte sie es eilig gehabt haben, dann hätte sie was sagen können, oder?

Der Brief von Hamerani war an mich persönlich gerichtet. Mir wurde mitgeteilt, dass die bisherige Suche nach Anna ergebnislos verlaufen wäre. Sie wäre nach Krakau geflogen und dort nicht wieder ausgereist. Sollte ich etwas von ihr hören, möge ich mich bitte melden. Zwar empfand ich dieses Schreiben als negativ, freute mich aber dennoch, dass man an mich gedacht hatte. Vielleicht wird es sogar hilfreich sein, mich mit dem Architekturbüro in Verbindung zu setzen.

Die Zeilen erinnerten mich wieder an meine Überlegungen im Bus. Ich werde mich in einer Detektei kundig machen, mit welchen Kosten man bei so einem Auftrag rechnen müsste.

Das Telefon läutete. Ich eilte an den Schreibtisch, denn mir war klar, dass der Anrufbeantworter nicht mehr funktionieren konnte, da er vor meiner Reha monatlich mindestens 30 Gespräche speicherte. So wird also kein Platz mehr vorhanden sein. Ich meldete mich.

„Hier ist Ihre Stellvertreterin aus der Schule. Das Kollegium hat mich beauftragt, Sie gleich nach Ihre Rückkehr zu besuchen, um Ihnen einen Empfangsstrauß zu überreichen."

„Das tut doch nicht nötig!"

„Blumen beleben die Wohnung, Das Kollegium will es so. Alle meinten, dass ihnen gleich jemand- nach so einer belastenden Zeit- eine Freude machen sollte Der Strauß kommt vom Herzen!"

„Meine Güte, ich bin ganz sprachlos!"

„Keine Angst, ich bleibe ganz kurz, weiß ich doch, dass so eine Busreise immer anstrengend ist. Ich würde in zehn Minuten bei Ihnen sein!"

„Wollen Sie das wirklich? Ich freue mich!"

Dann legte ich auf.

Natürlich ärgerte ich mich wieder.

Warum hatte ich nicht deutlich zu verstehen gegeben, dass der Besuch im Augenblick unpassend sein würde? Wahrscheinlich wäre er in meinem Zustand immer unpassend, ergänzte ich meine Gedanken.

Ich werde einfach nicht öffnen, schoss es mir in den Kopf!

Sollte sie doch sehen...

Ich schüttelte meinen Kopf. Nein, das wäre denkbar unanständig!

Wer weiß überhaupt, was meine Mitarbeiter außer dem letzten Anruf von Anna noch mitbekommen haben? Mein Bestreben als Boss der Schule war immer, nicht zu vertraulich mit den Mitarbeitern umzugehen, ohne unfreundlich zu sein. Zwischen Chef und Personal besteht von den Aufgaben her immer ein Abstand, hier die Führungskompetenzen mit Anweisungsrechten, dort die Lehrkompetenzen. Daher redete ich mein Kollegium auch immer mit 'Sie' an, und ebenso sprach man mit mir. Es gibt etliche Schulen, in denen das 'Du' die gängige Umfangsform ist. Begründet wird sie, indem die englische Sprache mit dem 'you' als Beweis angeführt wird. Das schaffe Vertrauen, wird behauptet. Die Gegenseite hält dagegen –allerdings ins Lächerliche gezogen – dass es leichter ist, jemand mit 'Sie' zu beschimpfen, bzw. zur Rechenschaft zu ziehen.

Ich hielt also nichts von dieser Art des Vertrauens, zumal auch in den meisten größeren Firmen wie an unserer Schule verfahren wird. Mit einem Kollegen duzte ich mich dennoch, ich kannte ihn aus meiner Jugendzeit, wir beiden machten gleichzeitig das Abitur in einer Klasse. Zu offiziellen Anlässen sprachen wir miteinander nur unpersönlich.

Ich hatte nie viel von Anna und mir erzählt, andererseits allerdings auch stolz berichtet, was für ein außergewöhnliches (eigenwilliges) Gebäude sie konstruiert und gebaut hätte. Und das Kollegium wusste, dass neben Arien eine Tochter existierte, die in Paris studierte.

Da ich Lehrpersonal ganz gut beurteilen konnte, auch, wie es denkt und empfindet, war ich mir damals schon im Klaren darüber, dass es vielleicht eine Person - Kollege oder Kollegin - gegeben haben wird, die einige Recherchen über mich und meine Familie angestellt hatte. Könnte darin nicht enthalten sein, dass Anna von der Bildfläche verschwunden war? Die Zeitungen hatten jedenfalls hierüber berichtet, wie Friederike mich informierte.

Man wird sehen.

Ich blickte an mir hinunter und fand mich abstoßend. So kann man die eigene Mitarbeiterin nicht empfangen, was immer geschehen sein mochte. In der Schule galt ich immer als seriös gekleidet. Ich legte darauf stets großen Wert. Nicht dass ich wie ein Star herumlief, was meinem Wesen auch ganz und gar widersprechen würde, aber ich zog mich oft modisch an- eher allerdings im Sommer und wenn die Stadt von einer Hitzeperiode drangsaliert wurde - konnte dabei mit meinen jüngeren Kollegen durchaus konkurrieren.

Ich eilte ins Badezimmer, erfrischte mich, cremte mich ein und wechselte die Wäsche, davon war immer genügend vorhanden. Außerdem hatte Anna ständig dafür gesorgt, dass ich auf praktische Kleidung in meinem Privatleben zurückgreifen konnte. Ein weißes *Nehru*-Hemd, ein blau gestreifter dünner Seiden-Schal, eine beige *Boss*-Hose mit kernigen Cotton-Drill, mit einer Taschenuhr und goldenen Kette (mein Markenzeichen in der Schule) in der Uhrentasche vorn, Cognac-Stiefeletten, als I-Tüpfel eine irische kurze blaue Weste mit einer paspelierten Tasche im oberen Drittel, natürlich ein Einstecktuch aus hellblauem Seidentwill. Ich drehte und wendete mich vor unserem drehbaren Standspiegel, fand mich ordentlich aussehend, zumal ich sogar etwas von der Sonne und den Strandspaziergängen gebräunt war. Ich war empfangsbereit. Mein Ärger war verflogen. Man muss Menschen, die anderen eine Freude machen möchten, und das war hier der Fall, respektieren. Mir fiel in diesem Augenblick der Dalai Lama ein, der seit seiner Jugend davon sprach, dass die Freude, die man anderen macht, zum Glück führe. Mir fehlte immer noch eine klare Begriffsbestimmung des Glücks und das mit ihm einhergehende Gefühl.

Meine Vertreterin

Ich war sehr neugierig, als meine Klingel läutete. Welchen Anblick meine Stellvertreterin wohl jetzt bietet? Immerhin hatten wir uns lange nicht in die Augen schauen können. Aber wie sollte sie schon aussehen? Vielleicht hätte sie sich ein neues Outfit verpasst, wäre sie im Hafen der Ehe gelandet, aber bei der war das kaum vorstellbar...
Gleich musste sie mit dem Fahrstuhl oben sein.

Ein Blick durch den Späher machte mich stutzig: das will meine Stellvertreterin sein? Vor einem halben Jahr sah sie wie eine kauzige Lehrerin aus, die nichts auf ihr Äußeres gab. Sie war zwar eine gute Verwalterin, aber ohne Charme und ohne jegliche Ausstrahlungskraft.
Was ich erblickte, war das Gegenteil.
Ich konnte es nicht fassen.
Ich war jetzt zwei Monate lang nicht mehr in der Schule, seit wann sie in dieser Aufmachung herumläuft, ich konnte es nicht sagen. Eins allerdings musste ich mir anlasten, ich hatte für meine Mitarbeiter seit Annas Rückzug kaum noch ein Auge.

Auch Frau Drögemöller ging in meiner Verzweiflung und Blindheit unter.

Ich überlegte kurz, an wen sie mich erinnerte. Ich war zwar nicht sehr firm in gesellschaftlichen Fragen, d.h. der Society, aber ab und zu tickerte ich durch entsprechende Sender des Fernsehens. Mein Favorit damals, als die Kinder noch im Haus waren: RTL mit *Frauke Ludowig*. In fünfzehn Minuten erfährt man Wichtiges aus dem Leben der Stars und Sternchen. So konnte ich meinen Kindern zeigen, dass ich durchaus up to date war. Einige Namen wie *Uschi Glas*, *Heidi Klum*, *Jenny Elvers Elbertshagen*, *Pamela Anderson* u.a. geisterten noch immer in meinem Kopf herum.

Der Strauß –in Papier gehüllt – war kugelig.

Ich sah durch den Spion hindurch ihre Hand noch einmal zur Klingel greifen. Ihre Frisur: hinreißend, fast ähnelte sie einigen Frauen aus den fünfziger Jahren. Links einen Scheitel, und die schulterlangen, schwarzen Haare fielen auf dieser Seite locker nach unten, waren stramm hinters Ohr gelegt, rechts dagegen schlängelten sich Wellen an ihrem Auge vorbei und erreichten die Brust in Herzhöhe.

Ovale Ohrringe. Ich erinnerte mich nicht, dass sie je welche trug.

Annas Ohrläppchen zierten meist Perlen, umgeben von feinem Golddraht. Kam sie im Gesicht gebräunt aus dem Urlaub zurück, bevorzugte sie schmale Weißgoldringe in der doppelten Größe eines Zweieurostücks. Manchmal ging sie als Zigeunerin durch.

Mein Gedächtnis arbeitete mit Hochdruck.

Wem ähnelte meine Vertreterin nun tatsächlich? Irgendein bekanntes Luder? Einer Society Lady?

Dita van Teese?

Dann stand mir diese Frau vor Augen. Das außergewöhnliche Rot der Lippen hatte sich mir eingebrannt. Sie machten den Mund zum Mittelpunkt ihrer Visage.

Ähnlich – feiner... fand ich – schöne Lippen kannte ich von Anna. Nur war die Farbe ihres Lippenstiftes dezenter.

Was war mit Frau Drögemöller passiert?

Ich öffnete die Tür einen Spalt weit, steckte meinen Kopf hindurch, lachte sie unwillkürlich an, drückte die Tür ganz zur Seite und meine Handbewegung zeigte an, dass sie in den Flur kommen sollte.

„Sie sehen ja großartig aus!", rief ich begeistert aus, und ich fand dies wirklich. Frauen mit Stil konnten mich immer in ihren Bann ziehen.

„Oh, das muss ich erwidern!"

„Der Strauß stammt vom Personal unseres Hauses, ohne Ausnahme. Darf ich Ihnen den überreichen?" Als sie das sagte, riss sie das bräunliche Papier von oben auf, streifte es dann nach unten und hielt es in der anderen Hand fest. Heraus kamen gebundene himmlisch gelbe Lilien. Ich übernahm sie, eilte in die Küche, bat sie zu folgen und mir beim Arrangement der Blumen zu helfen. Was sie sofort tat.

Während ich ein Gefäß im Unterschrank der Arbeitsplatte suchte , schnitt sie das Band an den Stielen auf, schnippelte circa zehn Zentimeter am Ende der Blumen ab, ließ die Stängel in ihrer geöffneten Hand locker nach allen Seiten fallen und stellte sie in die von mir gefundene Meißener Porzellan-Vase. Diese sah wie ein nach oben ausladender Kelch aus. Einem Sektglas ähnlich, aber ohne einen Stiel, wie er üblich ist.

Sie war ein von Anna gewonnener Preis für ein Aquarell in variierenden Blautönen und rot –Abendstimmung bei ablaufendem Wasser. Ich liebte es immer noch. Es hing im Korridor und wird durch einen Strahler beleuchtet. Da Anna alles hinter sich gelassen hatte, wird sie wahrscheinlich auch dieses, ihr Kleinod, aus ihrem Gedächtnis gestrichen haben. Schade. Dass sie nichts, gar nichts von ihren Lieblingsstücken mitgenommen hatte... Unverständlich für mich. Wie kann man ohne Andenken leben?

„Kommen Sie! Wir setzen uns einen Augenblick ins Balkonzimmer, und Sie erzählen mir von der Schule, dafür wäre ich Ihnen dankbar!"

Frau Drögemöller nahm sich der Blumen an und stellte sie auf unseren Glastisch neben der Ottomane. Der Platz war großartig gewählt. Ich hatte meine Stellvertreterin offensichtlich völlig unterschätzt. Woran hatte das gelegen? Hatte ich nur an mich und Anna gedacht?

Unser Gespräch dauerte eine halbe Stunde, war wohltuend und interessant. Dann sagte sie, dass sie mich nicht länger stören wollte und erhob sich. Ich war einverstanden, sagte aber dazu nichts. Ich wollte sie nicht verletzten. Ich ließ das Kollegium grüßen und ließ sie wissen, dass ich morgen zunächst den Hausarzt aufsuchen werde, der entscheiden muss, wie es mit mir weitergehen soll. Ich sagte ihr, dass ich frühestens in vierzehn Tagen wieder kommen werde. Sie nickte lächelnd mit dem Kopf, meinte, ich solle mir keine Sorgen machen, in der Schule liefe alles bestens ab. Hauptsache, ich käme innerlich stabilisiert wieder an den anstrengenden Arbeitsplatz zurück.

Sie hatte damit unsere Schule in der Budapester-Straße eindeutig skizziert.

Chaos – 28.10.2002

Eine Ansichtskarte im Briefkasten - Tage später. Als erstes sah ich eine himmlische Beleuchtung, Türkis-Meer, Palmen, Elefanten und Mahouts.

Etwa von Anna?

Ich drehte das Foto. Die Briefmarke war wohl beim Versuch, sie zu entfernen, zu Zweidritteln abgerissen.

Die Schrift verriet Friederike. Ist sie denn ein zweites Mal (in so kurzer Zeit) auf Achse? Bei dem heutigen Wetter – Kühle, fünfzehn Grad, bedeckter Himmel, kräftiger Nordwind –wär's verständlich.

Meine Enttäuschung über die Karte hielt sich allerdings in Grenzen. Erst mit dieser Nachricht erfuhr ich von ihrem neuen Trip. Wieso hatte sie mich nicht früher benachrichtigt? Vielleicht Angst, dass sie mich in einer kläglichen Stimmung wusste, wo sie selbst auf Reisen gegangen war?

Nein!

Sie war genauso wie ich betroffen.

Vielleicht noch intensiver.

Wenn man jung ist, haben Schicksalsschläge eine andere Dimension.

Ich konnte nicht beschreiben, und kann es auch heute nicht, welches Ausmaß bei anderen Paaren Verzweiflung des Partner ein Rückzug der Ehefrau hat und gleichzeitig wie Familienmitglieder mit ihr weiterleben und umgehen können. Ebenso war ich auch phantasielos, Friederikes Gefühlslage einzuschätzen, besonders deshalb nicht, weil das Verhältnis der beiden Frauen hauteng war.

Mir war es auch nicht möglich, in Worte zu kleiden, wie der Tod des jungen Sohnes Mutter und Stieftochter angesichts der Voraussetzungen durcheinanderwirbelte und in Atem hielt. Auch nicht, wie lange.

Mich warf jedenfalls beides um.

Mir fehlten allerdings Wissen und Erkenntnisse über die jeweiligen Beziehungen.

Friederike wird, und das war wahrscheinlich, ihretwegen Abwechslung gesucht haben, um die Erlebnisse zu verdrängen bzw. zu mildern. Meine Gedanken dazu: Am besten, mit jemand wegfahren, mit dem man vertraut ist. Mit einem jungen Mann könnten Genuss und Spaß die Wogen glätten.

Sie wird nicht allein geflogen sein.

Vielleicht mit dem Mann, den sie aus ihrer Wohnung geworfen hatte? Sprach sie nicht davon, wie gut sie sich mit ihm amüsiert hatte? Sagte sie nicht wörtlich: Total cooler Sex? Der Rausschmiss war mit seiner krankhaften Klammerung begründet, was ich verstand. Aber ging es mir mit Anna nicht genauso?

Nun gut.

Mal sehen, was sie von sich gegeben hatte und wo sie sich aufhielt. Elefanten ließen auf Indien schließen, Thailand, Kambodscha oder Vietnam. Der Stempel war mit der ramponierten Briefmarke unleserlich. Aber in kleiner Schrift war links unten zu erkennen, dass die Fotografie von einem Verlag aus Galle stammt.

Galle? Also doch Indien?

Das Internet lieferte die Antwort: Sri Lanka.

Eindeutig – so die Information - lockte die buddhistische Kultur mir ihren Pagoden, außerdem natürlich der indische Ozean und die weißen Strände.

Ich scrollte weiter: Ayurveda.

Das könnte die Antwort sein.

Mir fiel es wie Schuppen von den Augen: Das Land zieht Menschen an, weil eine Ayurveda-Kur höchste Entspannung durch Bewusstseins-Veränderung verspricht.

Allerdings war meine Frau hierfür nicht zu haben. Firlefanz nannte sie diese buddhistische Heilmethode.

Mir fiel ein, dass auf der Anrichte im Flur ein Brief lag, als ich aus Timmendorf zurückkam. Durch den Besuch von Frau Drögemöller hatte ich ihn vollkommen vergessen. Wie war dieser in die Wohnung gelangt? He, Moritz, Dummkopf, Friederike besitzt die Wohnungsschlüssel. Ich riss jetzt erst den Umschlag auf, das Schreiben war von meiner Tochter.

Hallo Pa,

ich hatte Dir ein Geschenk aus Sri Lanka mitgebracht, Du weißt schon, ich war dort, während Du noch so krank warst. Ich brauchte Erholung. Du hattest mir ja auch damals gesagt, dass Du Verständnis dafür hättest. Fand ich toll. Als Dankesgeste, mein Mitbringsel. Freust Du Dich? Es steht in meinem Zimmer an der schmalen Schrankwand links. Sieh es Dir an. Du hörst von mir. D.F./6.Okt.2002

Ich war also schon in Timmendorf, rechnete ich meinen Kuraufenthalt nach, als sie den Brief schrieb. Warum hatte sie mir keine Mail gesandt? Ich hatte natürlich meinen Laptop mitgenommen. Für Regentage und anwendungsfreie Zeit. Sie rief mich nur einmal an, erzählte aber nichts vom Geschenk. Ich werde es mir gleich ansehen.

Das Festnetz-Telefon läutete. Ich warf den Brief zur Seite und eilte in mein Büro: Meine Amtsärztin.

Sie sagte, sie habe festgestellt, dass es mir nicht sehr gut gehe. In der Schule hätte ich noch nichts zu suchen. Sie habe mit dem Hausarzt gesprochen. Die Krankschreibung sei bereits in der Schule. Sie schlug eine Physio-Therapie mit psychologischer Betreuung von 4 Wochen vor, diese außerhalb von Hamburg in einem Sanatorium durchzuführen, vielleicht Bad Gandersheim. Bitte kümmern Sie sich um eine Klinik.

„Darüber freue ich mich", gab ich zur Antwort und lächelte in den Hörer. „Ich werde mich sofort um einen entsprechenden Platz bemühen!"

„Viel Erfolg! Ich schicke Ihnen die Unterlagen, bitte auf Richtigkeit prüfen, ausfüllen, soweit noch erforderlich. Dann der Klinik zukommen lassen, man wird Ihnen einen Termin vorschlagen!"

Ich jubelte. Einen Monat noch einmal viele Anwendungen. Sie werden mir gut bekommen. Und dann einen Psychologen zur Seite haben. Bei Sympathie werde ich zukünftig meinen Mann wieder stehen können, ging's mir durch den Kopf.

Gute Gespräche... das verspricht Erfolg. Ich blickte in den Spiegel. Ich fand, dass sich mein Gesicht nach Ausgeglichenheit sehnte. Und sie kann man während einer Kur erwerben.

Eine zweite Kur –5. Nov. 2002

Friederike schrieb mir dahin eine SMS. Ich war erstaunt, dass mir plötzlich das Handy gefiel, das ich mir angeschafft hatte, ohne es bisher großartig benutzt zu haben. Wie es arbeitete, verstand ich nicht. Offensichtlich waren wir im D 1 Netz auf GSM-Basis. Aber musste man darüber Bescheid wissen? Die Hauptsache, es funktionierte. Für Kurznachrichten hervorragend geeignet.

Das war der Text:

'Was war mit dir los? Die Wohnung war schmutzig. Warum die vielen leeren Rotwein-Piccolos? Hattest du die paar Tage nach dem Krankenhaus bis zur Reha viel Besuch? Pa, solltest du jeden Abend zum Rotwein gegriffen haben, bitte gleich wieder abgewöhnen. Alkohol ist Gift. Nimm lieber mal 'ne Tüte. Da bekommst du auch einen Kick. Ich kann sie dir zukommen lassen. Kiffen ist gefahrlos, von Prozenten kannst du ins Gras beißen!'

'Stimmt! Fühle mich sauschlecht!', meine erste Antwort-Zeile. Dann: 'Ich und Gras? Etwa Hasch? Bisher im Leben keine Drogen genommen. Auch zukünftig nicht! Abhängigkeit ist nicht meine Welt.'

Meine Fingerkuppen griffen leider oft daneben, berührten den nächsten Buchstaben, und das kostete Zeit. Wenn die SMS beendet war, rast der Text durch den Äther. Fantastisch, dass man sich schnell gegenseitig informieren konnte.

Wenig später:

'Alter. Fake. Öffne den Laptop. Eine Mail für dich', kam zurück.

Ich blickte auf meinen Wecker. Gleich fünfzehn Uhr. Ich hatte beim Physiotherapeuten Dr. Rehder eine Besprechung. Noch ein paar Minuten.

Dann wird sie wohl einen längeren Text verfasst haben, dachte ich. Völlig ungewöhnlich seit drei Jahren! Was wollte sie mir sagen? Sollte ich ihn öffnen? Vorwürfe lesen?

Meine Neugierde gewann!

Das Sony-Gerät stand aufgeklappt auf dem Fensterbrett. Es war immer geöffnet. Einen Augenblick warten. Telekom war schnell aufgerufen.

Ihre Nachricht die einzige. Wer sollte mir auch noch schreiben? Von der Schule sollte freitags immer ein Wochenbericht kommen. Das fand ich sehr nett. Heute war Donnerstag. Frau Weber wird mich über schulisches Geschehen kundig machen. Abteilungsleiterin für gymnasiale Klassen. So war's verabredet. Zuletzt hatte sie mich Zuhause angerufen. Bis auf Probleme mit der Kantine und einige Ausrutscher von unseren Jugendlichen sowie einem Armbruch des Kollegen Hasan gab es keine bedeutsamen Vorkommnisse. Ob ich wirklich immer alles erfuhr?

Ich flog die Mail durch. Ausdrucken konnte ich sie während meiner Kurzeit nicht. Aber ich speicherte sie zur Sicherheit. Wer weiß, was Friederike von sich gibt, wenn ich wieder Zuhause sein werde.

„Habe ich nie gesagt..."

Egal.

Wie kam meine Tochter darauf, dass ich zu viel trinke? Verflixt, ich war daran selbst schuld, diese Scheißflaschen stehen zu lassen.

Dann folgte eine Passage über die Gefahr. Als ob ich das nicht alles selbst wüsste. Ich und abhängig? Quatsch. Außerdem stand ich jetzt unter ärztlicher Kontrolle.

Tatsächlich, da stand 's noch mal schwarz auf weiß: ich sollte kiffen, möglichst nur Tüten.

Jeden Morgen einen Joint. Der wäre nicht dramatisch. Es käme auch auf die Sorte an. Nie Marokkaner, und keinen schwarzen Afghanen. Nicht gleich mit einem Bong einsteigen. Was hieß das denn?

'Meine Blätter stammen aus den Niederlanden. Du bleibst clean, nicht high, vielmehr gut gestimmt! '

Ich werde weder kiffen, noch auf mein kleines Fläschchen am Abend verzichten!

Ich hatte keine Lust zu antworten. Was sollte das auch, ich werde ihr Zeug nicht anfordern und nicht inhalieren. Fertig, da bedarf es hierauf keiner Antwort. Ach doch, danke sagen für das ominöse Mitbringsel. Was das sollte? Schlechtes Gewissen? Könnte sein... Mir fiel ein, dass ich versäumt habe, in Annas Zimmer zu gehen. Ich versuchte, zu recherchieren, warum ich es nicht getan hatte. Na ja, ich werd 's nachholen und mich dann darüber auslassen.

Zeit, mich auf den Weg zu machen. Als ich in seinem Sprechzimmer anklopfte, öffnete der Doktor bereits die Tür von innen.

„Kommen Sie!"

Er sagte, er habe mit dem Psychologen gesprochen. Dieser hätte gemeint, dass ich unbedingt joggen sollte, Bewegungen bringen den Kopf in Ordnung. Ich sollte sehr langsam anfangen, schließlich hätte ich 4 Bypässe, dann aber nach einer Woche täglich mindestens eine Stunde laufen und in Schritten zulegen. Am besten morgens an die Luft gehen, weil dann der ganze Tag noch vor mir läge und meine Eindrücke wirken könnten.

Laufen war nie mein Fall. Überhaupt war ich keine Sportskanone wie so viele andere Patienten.

„Ich versuche es!"

„Wenn Sie heute schon loslegen wollen, komme ich mit. Zeige Ihnen das Wo und Wie, Sie lernen zwischen Laufstrecken zu gehen und auch stehen zu bleiben, um richtig tief durchzuatmen. Was halten Sie davon?"

Mir passte dieser Vorschlag nicht. Ich sah ihn entsetzt an, nahm mich aber zusammen und antwortete:

„Gut! Wann treffen wir uns?"

„Gleich nach diesem Gespräch!"

Wie eine Droge

Umgezogen wartete ich auf meinen Lehrer. Was der mir wohl beibringen wird? Ich forderte mich auf, skeptisch zu bleiben. Alle euphorischen Leute verlieren meiner Meinung nach die Realität aus den Augen, Euphorie vernebelt die Sinne, das, was Friederike mit einem Kick bezeichnete.

„Wenn man ein Laufpensum beendet", sagte der Physio-Therapeut, „natürlich nicht gleich beim ersten Mal, kribbelt die Haut, man glüht. Glücksgefühle jagen durchs Gehirn. Gefühle, die frei machen und durchatmen lassen. Steht der Körper vor einer totalen Erschöpfung, stößt er körpereigene Opiate aus, um den Muskelschmerz oder die Herzschwäche auf den letzten Metern aus dem Bewusstsein zu verdrängen. Besser gesagt: zu überlagern. Man erlebt einen Rauschzustand (runner's high) – der Körper läuft wie gedopt - und genau das ist es, was zum Beispiel Marathonläufer empfinden. Er wird zum Ansporn, sich immer wieder zu verausgaben."

„Davon hörte ich auch schon!", meinte ich, sagen zu müssen.

„Als Anfänger werden Sie sich im Laufe eines regelmäßigen Joggens ständig steigern wollen – und hier besteht bereits die Gefahr einer Sucht. Sie aber ist bis zu einem gewissen Grad gesund, weil alle Muskeln herausgefordert werden und den Menschen stärken. Man muss allerdings seine Grenzen einkalkulieren, Sie also zum Beispiel Ihre Bypässe und Ihr Alter. Bis zu einem Flash muss man es nicht kommen lassen, Glück empfinden ernsthafte Sportler trotzdem."

Mir fiel ein, dass unsere Schule in der zwölften Klasse Skaten als Sport - Leistungskurs auf Vorschlag unseres Sportlehrers anbot, und immer wieder war dasselbe von den meisten Teilnehmern zu hören: Das Gerät vermittle eine Freiheit und Unabhängigkeit, die sie zum Jubeln bringt. Sie drückten sich anders aus, sie sprachen von absoluter Geilheit.

Auf ging's!
„Anfänglich kleinste Schritte, langsam laufen!"
Wir bogen von der Hauptstraße aufs Friedhofsgelände ab.
„Schmerzen auf der Herzseite?", wandte sich Dr. Wolf an mich.
„Nein!", konnte ich mit ruhigem Gewissen antworten. Wenn man sich so langsam bewegt wie wir...
Gleich hinter dem Eingang dehnte sich nach links ein großes Terrain aus, in dem Verstorbene ihre Ruhestätte fanden und finden. Auf einer Bank war ein Penner eingeschlafen. Er hatte ein sauberes gelbes T-Shirt an. Sein Kopf war auf die linke Schulter gesackt, so dass man sein Alter nicht schätzen konnte. Seine Schulter wird von der Banklehne gestützt. Vor ihm auf der Erde stand eine Blechbüchse, sicherlich gedacht für Leute, die vorbeigingen.
Aufforderung für ein kleines Opfer.
Die Büchse war noch leer. Was hatte sich der Schläfer gedacht, als er sie aufstellte? Hier wird ihm niemand einen roten Heller geben. Die Menschen, die hierher kommen, denken an die Toten, an die Pflege des Grabes, an den Kummer, den sie hatten. Meistens sind es Frauen...
Viele von ihnen sind hochbetagt, zum Teil gebrechlich, in keinem Fall großzügig. Das haben Grabbesucher so an sich. Sie haben andere Sorgen als Bettlern Geld zu geben.

Gleich umgaben uns Stille und Beschaulichkeit. Ab und zu sahen wir eine Greisin, die aber in einem der vielen Grabreihen verschwand.
Mein Begleiter griente mich an, während wir einen schmalen Pfad einschlugen, der uns hintereinander traben ließ. Er vorne weg, damit ich ihm nacheifern und nachmachen konnte.
„Können Sie sich vorstellen", drehte er sich zu mir hin, „ warum ich mit Ihnen hierher gelaufen bin?"

Ich überlegte.

„Keine Störungen!", antwortete ich in einem unfertigen Satz, „und Alleinsein, damit ich mich auf 's Laufen konzentrieren kann!"

„Gut mitgedacht. Außerdem gibt es viele Bänke, sollten sie eher erschöpft sein, als ich mir das vorgestellt habe, und es gibt kleine ungestörte Plätze und Anlagen, auf denen im Stand Atemübungen über Schmerzattacken hinweg helfen. Niemand sieht auch zu, Müdigkeit oder sogar Erschöpfung ist vielen Leuten peinlich."

Ich ließ meine Blicke schweifen. Ich nahm die herrlichen Baumkronen wahr, die sich leicht im Wind bewegten. Viele Rhododendren schirmen Ruhstätten ab. Wirklich ein schönes Stück Erde.

Ob man als Läufer Willkommen ist?

Die meisten Menschen mögen Leben, Seelen auch? Der Rhythmus unserer Schritte drang tief in den Boden ein. Hoffentlich störten sie nicht den Frieden der Verstorbenen. Diese Gedanken äußerte ich, als wir auf einem Rondell innehielten.

„Ah, der Herr ist Philosoph?"

„Nicht gleich so sarkastisch werden! Waren meine Überlegungen so abwegig?"

„Nein, im Gegenteil. Dies ist auch der Grund, warum ich nur beim ersten Joggen hierher gehe und nur mit Menschen, die bisher kaum Sport gemacht haben, wie Sie, was in den Berichten zu lesen ist. Wir haben mit der Friedhofsverwaltung hierzu einen Sondervertrag abgeschlossen. Also, machen Sie sich keine weiteren Gedanken. Außerdem sind wir sehr umsichtig, finden Sie nicht?"

„Umsichtig genug?"

Mein Trainer lächelte leicht, antwortete aber nicht.

Auch gut!

Er ließ mich jetzt tief einatmen – mindestens bis zu zehn im Kopf zählen, dann ausatmen ebenso oft.

„Und nicht das Zählen vergessen, wenn möglich. Das wiederholen Sie jetzt fünfmal."

Mir gefiel dieses langsame Laufen. Wenn ich mich bewegte, mich gleichzeitig auf meinen Körper konzentrierte, konnte ich an nichts anderes denken. Man muss aber hart am Ball bleiben.

Als wir uns mal ausruhten, d.h. hinsetzten und die Augen gar nicht anders konnten, als die in einer Reihe hintereinander stehenden Grabsteine in unterschiedlicher Größe aufzunehmen, kam mir doch wieder Anna zu Bewusstsein.

Ich suchte Friedhöfe im Allgemeinen nicht auf. Ich sagte mir immer, ich lebe in der Gegenwart und nicht in der Vergangenheit. Leider hat sich das nun durch Annas Verschwinden geändert.

Generell hatte meine Mutter dafür gesorgt, dass ich Friedhöfe mied. Ich dachte an meine Kindheit zurück. Schauder erfasste mich. Meine Mama ließ keine Widerrede zu: einmal im Jahr wurden die Grabsteine der Verstorbenen gesäubert, man sprach von Gräbertournee, natürlich nur die der nahen Verwandtschaft.

Das passierte immer im Frühjahr. Kind und Kegel, die Familie und viele Nachbarn auf der Achse. Als ob man sich verabredet hätte.

Eine illustre Gesellschaft: Ausgediente Arbeitskleidung, ramponierte Lederstiefel, Schürzen mit Taschen. Sie enthielten Scheren, Bänder, Messer und Pinsel. In den Händen Eimer, Drahtbürsten, *Sidol ATA*, flüssige Seife.

An Wasser gab es keinen Mangel.

Die Grabmale der Liebsten hatten Vorrang.

Erst, wenn ihr Marmor wieder glänzte, wenn die Schrift in neuem Licht erschien, wurde zum Aufbruch geblasen. Mama befahl, wir gehorchten. Eine Mordsanstrengung für alles Kinder.

Eine Ausnahme für mich – auch jetzt noch – bildete Paris, Père Lachaise. Anna wollte mir partout den Friedhof zeigen, den sie – wie sie sagte – sehr liebte. Wenn sie sich in Paris aufhielt, war ein Besuch auf diesem Areal Pflicht. Einerseits wegen der Natur. Die ausladenden Schatten der zahlreichen hohen Bäume - Linden, Buchen und Ahorn – sorgten für Frische und Kühle, obwohl Paris Straßen unter der Hitze ächzten. Selbst Frauen tummelten sich mit Kind und Kegel unter dem Geäst, junge Mütter suchten auf Bänken und Steinplatten Schutz, vor sich den Kinderwagen, den sie zur Beruhigung der Kleinkinder hin- und herschoben. Anna zeigte mir unter anderem auch die Gräber von *Honoré de Balzac, Frédérik Chopin, Yves Montand* und *Édith Piaf* und war stolz, dass sie diese immer wieder fand. Nebenbei gesagt, waren wir fast jedes Jahr einmal in Frankreichs Metropole.

Dass ich jetzt an sie dachte, erwähnte ich nicht. Ich hätte dem Physio-Therapeuten nur sein Engagement verleidet. Ich selbst wusste, dass ich ein zweites Mal nicht hierher kommen werde. Das war aber auch nicht vorgesehen.

„Jetzt wird gemächlich zurück spaziert! Die letzte Runde!", sagte Dr. Rehder.

Ich freute mich darüber, zum Ausgang waren es noch einhundert Meter.

„Nichts überstürzen", ergänzte er.

„In den kommenden vier Wochen werden Sie eine Menge dazu lernen und mehr leisten als jetzt. Aber ich muss Sie ständig im Auge behalten, vielleicht werden Sie sonst leichtsinnig!", sagte er lachend. Das war gut gemeint!

Als wir in der Nähe des Ausgangs anlangten, sahen wir zwei Jungen, die sich gerade vorm Bettler aufstellten. Der eine beugte sich nach vorn. Weckte er den alten Mann? Sie wollten wohl mit ihm sprechen. Doch warum? Abwarten...

„Nicht gleich das Schlimmste vermuten!"

Die Zwei hatten die Gesichter auf den Bettler gerichtet, wir mussten uns mit der Rückseite begnügen. Ich wusste aus Seminaren: Erinnern kann man sich meist nur an Auffälligkeiten. Bei Menschen an Haarfarbe, Kleidung, Schuhwerk . Der linke Bursche trug auffällige weinrote? Schnürstiefel. Beide hatten blaue Jeans an, dreiviertellang! Normale T-Shirts, *petrol*, oder so etwas. Schon eine etwas ausgefallene Farbe, aber bei Jugendlichen nicht unüblich. Der zweite gestikulierte jetzt mit seinen Armen heftig, quatschte er auf den Bettler ein?

„Da läuft was!", schrie mir mein Nachbar zu.

„Ich renne hin! Sie nicht!"

Ich sah, dass sich der rechte Jugendliche plötzlich nach vorn beugte, beide Hände an die Rückwand der Bank stemmteund nach hinten drückte. Sie knallte auf den Boden. Der Bettler kippte hinterher.

112 anrufen!

Fast hatte Dr. Rehder die Jungen erreicht. Als sie ihn bemerkten, hörte ich ihr Lachen. Der Doktor tat das, was ein Arzt in solchen Fällen immer zu tun verpflichtet ist, sich um das Opfer kümmern. Das nutzten die beiden, schwangen sich auf Räder, die sie irgendwo in der Nähe versteckt hatten und pesten davon.

Ein Rad war weiß.

Feiglinge.

Der Bettler war bewusstlos. Mein Therapeut hievte ihn in die Seitenlage, winkelte das eine Bein an, den nahen Arm legte er in die Beuge und über dessen Kopf. Sein gelbes T-Shirt war an der Seite gerissen und schmutzig.

Als ich dort anlangte, öffnete der alte Mann die Augen. Dr. Rehder sprach ihn sofort an. Dem Opfer versagte die Stimme. Wenig später waren Notarztwagen und Polizei vor Ort. Die beiden jungen Männer wurden auf Grund der Auffälligkeiten noch in derselben Stunde geschnappt, mich bat man zur Aussage in die Revierwache zu kommen.

Ängste – Anfang November 2002

Die ausgefüllten Kur-Tage waren anstrengend und belastend. Sie hatten aber den Vorteil, dass ich über meine Misere wenig nachdachte und ich mich nicht ständig bemitleidete.

Mein Trainer war ein toller Kerl. Er joggte mit mir des Öfteren. Während unseres Laufens gab es viele Gespräche. Er war nicht nur Physio-Therapeut, sondern auch Psychologe.

„Erzählen Sie alles über ihren Sohn!"

Nichts lieber als das!

Ich ließ Ariens Jugend, seine Pubertät und die letzten zwei Jahre an mir vorüberziehen. Nie vorher hatte ich so kompakt über meinen Sohn nachgedacht, nie habe ich sein Verhalten klarer als jetzt gesehen. Ich erinnerte mich an viele Einzelheiten aus unseren Begegnungen, aber auch aus seinem Umfeld – Schule, Freunde, Sport. Dr. Rehder hörte andächtig zu. Ich redete während des Laufens, bestimmt mehr als sechzig Minuten. Nie hatte jemand meinen Worten so gelauscht wie er.

Warum aber interessierte er sich für Arien? , fragte ich mich abends, wenn ich allein in meinem Zimmer war. Meinetwegen? Seines Charakters wegen? Betrieb der Doktor sogar wissenschaftliche Forschungen über pubertäres Verhalten von jungen Burschen?

Mit jeder Minute spürte ich, wie der Junge in meine Erinnerung zurückkehrte und ihn mir näher brachte. Fast schien er neben mir zu sein, was natürlich eine Illusion war.

„Nach Ihren Erzählungen war Ihr Sohn äußerst sensibel. Offensichtlich hatte er diese Sensibilität auch über die schwierige Zeit des Erwachsenwerdens hinweg gerettet.

Ungewöhnlich.

Außerdem: War sein Verhältnis zur Mutter mit normalen Maßstäben zu messen?"

„Was ist schon normal?", gab ich mit einem verächtlichen Lächeln schroff von mir. Wenn diese Haltung nicht Sympathie gekostet hat, schalt ich mich, ohne eine Wort hierüber zu verlieren.

„Legt nicht die Mehrheit der Menschen fest, was normal ist?", fragte ich versöhnlich.

„Wie sich Ihr Sohn verhalten hat, erstaunlich!

Himmelhoch jauchzend zu Tode betrübt!

Fiel er Ihnen nicht um den Hals, als sie sich das neue Gebäude ihrer Frau ansahen? Seine plötzliche Abreise von Amrum fällt unter ein Stichwort: Enttäuschung, oder? Ich habe sehr darüber nachgedacht. Wusste auch nicht, dass wir so etwas besprechen werden. Vorgesehen war dieser Austausch der Gedanken bei mir nicht. Dann kam mir das Wort Depression in den Sinn.

Litt jemand in der Familie darunter? Wenn ja, er könnte sie in seinen Genen haben."

„Nicht, dass ich wüsste. Er ist aber nicht mein Sohn gewesen, sein Vater war möglicherweise ein Vietnamese. Der Junge war in der ehemaligen DDR zur Welt gekommen. Und Depressionen habe ich auch nicht bei meiner Frau festgestellt."

„Aber sie hat sich aus dem Staub gemacht. War die Ursache vielleicht ein depressiver Anfall?", fragte der Trainer.

„Sie liebte Leben und Sex!", sagte ich und nickte mit dem Kopf, um meine Auffassung zu bekräftigen.

„Ihr Gebäude in Esslingen ist sehr zerfahren, wie Sie es beschrieben, und ich teilweise auch im Internet beurteilt fand. Noch einmal zu Arien, oder wünschen Sie, es für heute dabei zu belassen?"

Ich sagte nein.

Letztlich möchte ich die Wahrheit über meinen Sohn herausfinden.

„Wenn Jugendliche, junge Burschen oder Männer diese Zerbrechlichkeit, Empfindsamkeit, Gefühlstiefe der Pubertät auch nach den Entwicklungsjahren beibehalten, dann könnten feminine Gene verantwortlich sein. Vielleicht war Arien sogar latent homosexuell.

Was wäre gewesen, wenn ihm die Zudringlichkeit seiner Mutter zuletzt zuwider war? Darüber sollte man nachdenken und nach Indizien hierfür suchen. Ich empfehle: Geburtsort aufsuchen und nach seinem Vater forschen."

Für mich ein völlig neuer Gedanke und abwegig.

„Arien und gay?", gab ich laut von mir. „Undenkbar."

Außerdem musste ich mir gestehen, ich hätte mich schwer getan.

„Wenn der eigene Sohn...Was für eine Katastrophe!"

„Nein, keine", hauchte mir der Doktor entgegen und lächelte.

„Stellen Sie sich vor, ihre Tochter Friederike hätte eine intime Freundin. Würden Sie sie ablehnen, aus dem Haus jagen? Dann verlören sie alles. Daher Fingerspitzengefühl zeigen, arrangieren Herr Patient! Es gibt keine Alternative."

„Gab es oder gibt es in Ihrer Schule niemand, der je aus dem Rahmen gefallen ist?"

„ Ja, es gab mal einen Kollegen, der mir mitteilte, dass er von einem Mädchen aus seiner Klasse aufgesucht worden ist, das er nicht kannte. Dann aber offenbarte sich das Geschöpf, er war ein Junge und erschien sonst niemals feminin d.h. in Kleidern und mit Perücke – wie an diesem Tag."

„Und Sie haben sich nicht um den Jungen gekümmert?", fragte der Trainer, Enttäuschung im Gesicht.

„Ich hätte nicht gewusst, wie ich mich verhalten sollte!"

„Gerade in der Gegenwart wird über Menschen diskutiert, die in einem fremden Körper leben. Frauen, die nichts sehnlicher wünschen, als Mann auftreten zu können, oder Männer, die wie weibliche Wesen empfinden und in deren Rolle schlüpfen möchten", ergänzte er. „Viele werden noch diskriminiert."

„Ich hatte darüber nie nachgedacht, weil es unsere Familie nicht betraf!"

„Wissen Sie, was *Inter* in der Geschlechterrolle meint?"

„Natürlich, Menschen ohne weibliche oder männliche Ausrichtung", erklärte ich.

„Sie meinen Zwitter?"

„Ja, absolute Seltenheit, eine Handvoll in Deutschland."

„Irrtum, Tausende!", ließ mich Dr. Rehder ein bisschen arrogant wissen. Aber das durfte ich ihm nicht ankreiden. Ich wollte von meinen Gefühlen ablenken, die man sicher meiner Visage ansah und sagte:

„Was für Dramen müssen sich in den Familien abspielen?"

„Eben, darum sind eigene Probleme oft nur Randprobleme."

„Aber einen Schreck haben Sie mir dennoch eingejagt: Arien als gay?"

„Schreck? Dr. Sommeralm, fünf Prozent der Bevölkerung sind homosexuell."

„Demnach vier Millionen allein in Deutschland!"

„...und angeboren, mein Lieber, nicht von außen erworben! Verachten, Nase rümpfen, sich ekeln... Ablehnung, das ist nicht christlich."

Wir beendeten unsere Unterhaltung.

Wir waren heute auch schon länger als sonst unterwegs. Insgesamt hatte ich mich sehr gesteigert. Ich lief zwar noch verhalten, aber ziemlich lange, und ich atmete jetzt tiefer ein und aus, bei den Atemübungen im Stand konnte ich den Vorgang inzwischen jeweils vierzehnmal wiederholen.

Friederike hatte des Öfteren eine SMS geschickt, Joints, Tüten und Bongs hatte sie nicht noch einmal erwähnt, ich auch nicht. Ich hatte ihr auch keine Vorwürfe mehr gemacht, dass sie Hasch rauchte-offensichtlich nicht zu wenig.

Sie wird doch inzwischen gelernt haben: alle Drogen zerstören Körper und Geist, Joints töten Hirnzellen ab. Wie konnte sie ein solches Risiko eingehen?

Auch wenn Hasch keine Sucht nach sich zieht, so ist es dennoch eine gefährliche Droge.

Apropos Bong, hatte mich im Internet kundig gemacht. Wozu es doch gut ist...Es handelt sich um eine Pfeife, die man zum Gras-Rauchen benutzt. Es gibt übrigens viele Sorten, bevorzugt werden solche aus Bambus. Ist sie deshalb nach Sri Lanka geflogen, um diese 'sozusagen' Original anzuschaffen?

Als ich wieder Zuhause angekommen war, lag ein Brief von ihr im Kasten. Was hatte mir meine Tochter so Wichtiges mitzuteilen? Hastig riss ich den Umschlag auf. Ihr Schreiben im Couvert war rot umrandet. Das musste eine besondere Bedeutung haben, hoffentlich nicht, dass ihr etwas zugestoßen oder sie irgendwo im Kittchen gelandet ist. Nicht überall ist Kiffen erlaubt. In Malaysia steht auf Drogen die Todesstrafe.

'Hallo Dad, nun ein paar mehr Informationen.. Ich habe das Studium hingeworfen. Bin mit meinem Freund - mit dem ich auf Sri Lanka war –über Colombo für mehrere Monate weiter geflogen und auf Weltreise. In Annas Zimmer - bei meiner Rückkehr (in deinem Domizil) nichts von ihr gefunden.'

Mit ihrer Reise hatte ich nicht gerechnet. Für ein paar Tage irgendwo mal ausspannen, ja. Mit einem Mann, natürlich! Aber mitten im Studium...Den Auftrag an sie, in Annas Zimmer nach Indizien ihres Untertauchens zu suchen, hatte ich völlig aus den Augen verloren.

Mir war plötzlich, als bliebe mein Herz stehen. Ich wollte schreien und bekam den Mund nicht auf. Ich trommelte mit den Fäusten auf dem Tisch herum. Der Schmerz ließ mich zur Besinnung über mein Verhalten kommen. Ich schimpfte mich aus.

Merkwürdige Parallelen zu Anna geisterte es in meinem Kopf herum.

Ist Friederikes Entscheidung auf Annas Verschwinden gewachsen? Fliehen vor... ja wovor?

Sie würde wahrscheinlich bald auf Neuseeland landen, heißt es weiter im Brief, beide hätten beschlossen, dort für 3 Monate zu arbeiten, um sich das Geld für die nächsten drei Monate zu verdienen.

Demnach werde ich längere Zeit ohne Kontakt zu ihr verbringen müssen. Sofort fühlte ich mich total verlassen. Friederike war ja doch die einzige Verbindung, die bis zuletzt mit Anna und mit Arien engen Kontakt pflegte.

Ich blickte an mir herunter.

Mein Outfit entsprach meiner Stimmung. Mein Hemd war aus der Hose gerutscht. Es hing verknittert über dem Bund. Egal, was soll's? Kein Hahn kräht danach.

Ich sollte mich beschäftigen.

Vielleicht die Kacheln in der Küche wischen? Lieber nicht, mein Rücken nimmt mir Bücken übel. Ich werde mich gesundschreiben lassen und die Schule ab übermorgen wieder aufsuchen!

Jetzt aber erst einmal eine Flasche Rotwein köpfen.

Schließlich werde ich sonst nicht von meiner Untergangsstimmung herunter kommen, dachte ich.

Eine zweite Flasche folgte. Damit begann das Fiasko.

15.09.2004 Anmerkungen von Christian

Der Gedanke, dass Arien homosexuell gewesen sein könnte, ist mir nicht ganz neu.

Als ich sein Gedicht damals las bzw. von Moritz gesprochen hörte, fand ich durchaus feminine Tendenzen darin, allerdings darf man nicht verkennen, dass Moritz die Reime vorgelesen und besonders betont hatte. Es ist zu prüfen, ob ein charakterlicher Wandel vom Hetero zum Homo durch mütterliche Nähe möglich ist, und ob Arien davon betroffen war.

Außerdem müsste unter dieser Voraussetzung auch Ariens Beziehung zu Friederike neu bewertet werden. Die Vermutung einer Depression (Arien) zwingt dazu, ärztliche Meinungen hierüber einzuholen?

Das Gedicht und den Song von ihm noch einmal einsehen. Moritz fragen, welche Position er in solchen Fragen heute einnimmt. Außerdem sollte er Tochter ins Verhör nehmen. Sie kann sicher über Homosexualität ihres Halbbruders sprechen.

Rückkehr – 23.11.2002

Ob man über mein Erscheinen erfreut war?

Man begrüßte mich freundlich, einige lächelten. Aber wie? Ihre Lippen waren leicht verzogen, die Augenbrauen verrutscht. Herzhaftes Lachen heißt Symmetrie im Gesicht. Das gab es nicht. Meine Stellvertreterin – wie mir das Büro sagte – wäre erkrankt.

Das Kollegium kam in mein Büro und jeder gab mir persönlich die Hand. Schön, dass Sie wieder da sind, das hörte ich nicht ein einziges Mal.

Ein neuer Tiefschlag. Ich ließ mir nichts anmerken.

Meine Büroleiterin hatte mir einen roten Dahlienstrauß auf den Schreibtisch gestellt. Herbstblumen. Ein Indiz für mein Alter? Ich mochte ihre in vielen Farben vorkommenden vollen Blüten, aber ich hasste ihre Entsorgung. Der Gestank ähnelt einer Jauchegrube.

Verdammt, man wollte mir nicht Schlechtes antun.

Der Tag ging schnell vorüber. Dr. May – Abteilungsleiter – hatte mir eine neue Kollegin vorgestellt und gemeint, ich sollte mal zu ihr in den Unterricht gehen, dann würde ich doch gleich einen Eindruck gewinnen. Ich ließ mich überreden. In Wirklichkeit wollte er mich nicht in der Nähe des Sekretariats wissen. Er wird wohl gedacht haben, dass ich Dinge erfahren könnte, die während meiner Abwesenheit wirklich passiert sind. Er hatte nicht Unrecht. Außerdem hätte ich in jedem Gespräch des Personals mit dem Kollegium oder bei Anrufen dazwischen gefunkt. Wer möchte das schon?

In der ersten Pause marschierte ich in allen drei Stockwerken durch die Korridore. Die Klientel sollte wieder auf mich aufmerksam werden:

'Ah, der Direktor ist wieder da! '

Eine nette Feststellung, nicht wahr? Jugendliche verfügen eben doch noch über ein gewisses Maß an Höflichkeit und Anstand, entgegen vieler Pressemitteilungen

Die Lehrerschaft?

'Oh Gott, der Alte! Weg hier!'

269

Wann hatte man die Räume, Toiletten und Klassenzimmer inspiziert? Sie wollte ich sehen, was mir auch teilweise gelang.

Unglaublich, das war geprahlt! Heruntergerissene Tapeten im dritten Stock, verschmutzte Pissoires, abgedeckt mit Pappe, herumstehende Besen im zweiten, auf dem Boden zwei Endstücke von Joints. Ich wurde verrückt. Gerade mit Marihuana durch die eigene Tochter konfrontiert, jetzt in der eigenen Schule festgestellt. Wir brauchen dringend eine Drogen-Kommission und Beratung durch Psychotherapeuten.

Im ersten Stock das Lehrerzimmer.

Privileg, damit das Personal nicht so weit zu laufen hatte.

Hübsche Bilder, säuberlich aufgestellte Papierkörbe.

Bei uns in der Schule galt offensichtlich: Wer zu den oberen Zehntausend gehört – also Leute des ersten Stocks – muss auch über Privilegien verfügen.

Ärger. Ärger. Ärger.

Ich schrieb an die Informationstafel im Aufenthaltsraum der Kolleginnen und Kollegen: Vierzehn Uhr fünfzehn, Konferenz, Raum dreiundvierzig – dritter Stock. Den Hausmeister bat ich, eine fahrbare Tafel gleichen Inhalts vorm Hauptausgang zu stellen: Unübersehbar.

Mir schlugen Empörung und Wut entgegen, ohne Vorankündigung ein Meeting einzuberufen. Was ist, wenn man etwas vorhatte? Ich verschränkte die Arme auf der Brust. Ich fühlte mich stark, was sicher erkannt worden ist. Außerdem hatte ich nichts zu verlieren, und nachsagen konnte man mir auch nichts, schließlich war ich seit Monaten krankgeschrieben.

Ich zog sofort vom Leder. Ohne Rücksicht.

„Was haben Sie sich gedacht? Verschmutzte Gänge, Überfüllte Papierkörbe, verstopfte Toiletten, abgerissene und beschmierte Tapeten!"

Ich fragte nach: Hatte denn keiner von Ihnen Augen im Kopf? Wie war diese Entwicklung möglich? Einige Antworten entsprachen dem *Hornberger Schießen*.

„Sie wissen selbst, dass das Geld an allen Ecken und Enden fehlt."

270

„Wer weiß das nicht? Könnte man deshalb nicht selbst zupacken? Was muten wir auch unseren Auszubildenden und den übrigen Tagesschülern zu?"

Das war wohl das verkehrteste, was ich sagen konnte.

Lehrer unterrichten, das ist ihre Aufgabe, nicht putzen.

„Die sind es doch, die den Mist verursachen!"

Ich wusste schon immer, dass Lehrkräfte außerordentlich schwierig sind. In den Unterrichtsräumen sind sie Könige und einige von ihnen zelebrieren hervorragende Stunden, andere erledigen ihre Arbeit ordentlich und ohne Tadel. Es gibt wirklich wenige Lehrpersonen, deren Stunden die Schüler ankotzen. Das muss ich zugestehen. Aber es könnte eben noch besser sein.

„Ist nicht Flexibilität unser Markenzeichen?", fragte ich mit einer sorgenvollen Miene. Ich empfand mit einem Mal eine Riesenlast, die die Führung einer großen Schule mit eintausend Schülerinnen und Schülern und mehr als einhundert Lehrkräften darstellte. Fast erdrückte sie meine Schultern, die sich zu beugen schienen, was pure Einbildung war.

„Machen Sie mir morgen Vorschläge, wie wir die Dinge ändern können!"

„Das kann man nicht so schnell!", antwortete ein älterer Kollege gereizt und mit den Händen in der Luft fuchtelnd. „Gut Ding will Weile haben!"

„Gut, bis übermorgen!", sagte Moritz Sommeralm, „damit Sie aber nicht glauben, dass ich Ihnen Ihre Freizeit stehlen wollte, sage ich Ihnen, dass bei gegebener Zeit diese von Ihnen zur Verfügung gestellte Stunde gutgeschrieben wird. Keiner soll behaupten, dass ich ein Unmensch bin."

Geräuschvoll verließ man den Raum, keiner grüßte zur Verabschiedung, geschweige denn, reichte mir seine Hand. Nicht einmal diese Ankündigung konnte das Kollegium versöhnen.

Wahrscheinlich hatte ich für alle Zeit verschissen.

Waren denn meine Anweisungen so inhuman? Sind es nicht doch die Lehrer, die eine gute Arbeitszeit haben, vierundzwanzig Stunden in der Woche vor den Klassen stehen, und mit insgesamt neunzig Tagen Ferien rechnen können? Das Lehrpersonal von Berufsschulen ist dem der Gymnasien gleichgestellt, was die Wochenstunden angeht und die Besoldung.

Vier Beiträge im Zeitraffer

1. Weihnachten 2002

Mein körperlicher Zustand war angeknackst. Ich war froh, dass mich Frau Drögemöller während der weihnachtlichen Vorwochen entlastete und alle notwendigen Arbeiten übernommen hatte. Allerdings leitete ich noch einmal die Konferenz, die Vorschläge des Kollegiums diskutierte und wichtige Entscheidungen hierzu traf. Es waren gute Auseinandersetzungen, und ich war glücklich darüber, dass einige Kolleginnen und Kollegen bereit waren, einfache Schäden zu beheben und sogar zwei Klassenräume neu zu streichen. Man ließ zwei Toiletten schließen

Die BILD wurde über deren Zustand informiert, und diese hatte nichts Eiligeres zu tun, als entsprechende Fotos im Hamburg-Teil zu veröffentlichen. Ein Sturm der Entrüstung in der Verwaltung folgte, aber plötzlich flossen Finanzmittel aus mir unbekannten 'Töpfen' - wie man Investitionsgelder bezeichnet, die nicht explizit im Haushaltsplan ausgewiesen waren.

20.09.2004 – Anmerkungen von Christian

Ist dieser Teil wirklich notwendig? Was sollte er offenbaren? Eine Klage über lehrendes Personal? Oder über unwillige und unerzogene Jugendliche? Oder eher über Moritz und dessen Charakter? Sollte er sogar eine politische Aussage enthalten, dass die Bildung im Argen liegt und das Haushalts-Geld der Schulen offensichtlich in andere Kanäle fließt? Rücksprache mit Moritz nehmen. Friederike und große Mengen von Drogen? Etwa auch bei Arien? Erinnern an das Geschenk, das Friederike von Sri Lanka mitgebracht hatte. Merken: Es steht am Kleiderschrank der Tochter. Unbedingt ansehen! Erinnern an die Frage, ob er die Durchsuchung von Annas Zimmer vergessen hatte.

Im Neuen Jahr konnte man das Schulgebäude wieder vorzeigen.

Ich dagegen hatte in der Weihnachtszeit so richtig mit dem Trinken begonnen, stand tagelang unter Alkohol, lallte bei meinen notwendigen Einkäufen und torkelte durch die Gegend. Ich war nämlich total einsam, und Friederike hatte mich im Stich gelassen, sie war - wie schon erwähnt - auf Weltreise. Sie wäre auch gar nicht aus Paris nach Hamburg gekommen, hätte ich nachgefragt. Ihre Begründung vorher war deutlich genug: Wenn ich zu trinken beginnen würde, käme ein Besuch und Gespräch bei und mit mir nicht in Frage.

„Ich hasse Menschen mit Prozenten im Blut!"

Verdammt, sie war doch meine Tochter...Außerdem kifft sie. Wo ist der Unterschied?

Ich glaubte ihr damals nicht.

Irrtum. Ich wurde eines besseren belehrt.

Meine Seele schrie förmlich. Gab es denn keinen Ausweg?

Nein!

Mir kam in den Sinn, dass Kiffer ähnlich wie Trinker sind oder umgekehrt, man sucht die positiven Energien, die bessere Stimmung. Wollten sich beide nicht in eine andere Welt versetzen, die neue Dimensionen offenbart?

Ich blieb allein und einsam. Es war das schrecklichste Weihnachten, das ich je erlebte. Vor Wut hämmerte ich mit den Fäusten gegen ihre Zimmertüre, ich habe sie zum Teil. eingeschlagen!

Nur war der Stoff ein anderer, fällt mir noch zum Kiffen ein.

Ich erinnerte mich wieder an ihren damaligen Vorschlag, statt Alkohol in mich hineinzuschütten, wie sie das nannte, eher Tüten zu rauchen, weil Gras nicht abhängig mache.

Heilig Abend.

Eine Flasche Rotwein hatte ich schon intus. Ich saß in meinem Büro und zappte durch die TV-Programme. Da sah ich im RTL einen Kerl auf der Mattscheibe, der gerade einen Raum durchstöberte, nach etwas suchte.

Eine Initialzündung für mich.

Ich grölte mir zu: 'Vergessen, Blödmann! Los, durchsuchen!'

Ich riss die Kleiderschränke auf, zog die Schubladen der Kommoden auf und warf alles auf die Erde. Ich war wie von Sinnen. Meine Augen eilten die Wände entlang, die Fenster hoch und runter und auch die Gardinen mussten dran glauben. Ich spürte meine wütenden Blicke, mein Rot auf den Wangen, mein schlagendes Herz.

Nochmals alles durchgehen.

Plötzlich...Na, da fehlen doch Bilder!... Eins, zwei, drei. Fotografien? Idiot! Bist du denn so nachlässig geworden? Waren es nicht Lithos? Handelte es sich nicht um eine Grafik von Rose? Ja, hier vorn, gleich an der Flurtür. Hinten am Fenster Fekete, nicht wahr? Hatte sie diese zur Restauration gebracht? Sie war doch immer penibel, In Kunst sogar eigenwillig. Sie akzeptierte nur einwandfreie Objekte.

Und das dritte Bild? Nichts half. Wäre doch nur ein Brief da!

Raus, Moritz! Irgendwo weiter saufen...

Ich irrte bei strömenden Regen durch den Hofweg. Das Licht der Laternen war dämmerig, kalte, aus dem Osten kommende Windböen ließen obendrein die Straßenlampen schaukeln.

Eine gespenstische Atmosphäre.

Die blätterlosen Zweige der ausladenden Linden schienen bei jedem Windstoß zu tanzen, ich duckte mich, weil ich glaubte, sie würden mich erschlagen. In den wohlhabenden Wohnungen brannten Kerzen in den Fenstern oder an Weihnachtsbäumen, diese standen oft direkt vor bodentiefen Scheiben. Ich suchte nach einer Kneipe. Nur Schnaps konnte mich von Gedanken und Vorstellungen über mein früheres und jetziges Leben, von diesen ekelhaften Bildern, befreien.

Da war sie dann. In der Hamburger Straße in der Nähe von U-Bahnhof Dehnheide. Eine trostlose Gegend, und wahrscheinlich mit vielen ärmlichen Menschen. Die Tür stand offen. Rauchschwaden drifteten nach draußen. Ist da etwa Feuer ausgebrochen? Ekelhaft. Nein, doch nicht. Ein herauskommendes Paar machte keinen verstörten Eindruck. Ihren Geruch hatte ich längst eingeatmet, sie stanken nach Bier und Schweiß.

18.10.2004 - Anmerkungen von Christian

Moritz fragen, ob er in seinen Tagebüchern nicht authentisches Material über das schreckliche Geschehen des Trinkerdaseins hatte. Ich erinnere mich, dass es im Schwedischen ein Buch von Britta Steenberg gibt, in dem diese – gleichzeitig wenn sie unter Drogen stand – Aufzeichnungen machte, so dass Außenstehende in ihre Gefühlswelt eindringen können. Zwar kennt jeder den Zustand des Betrunkenseins, aber in der Regel nur aus punktuellen Erlebnissen, und diese reichen nicht aus, die Wirkungen einer Sucht zu begreifen. Auftreiben! Moritz legt ein handgeschriebenes Dokument vom 2.Febr.2003 vor. Versuchen, es auf Druckschrift zu übertragen. Da Moritz über diese Phase seines Leben keine weiteren Angaben machte und seine Ausführungen über die Begegnung mit Max fortsetzte, und damit bereits in das Frühjahr 2004 vordrang, sollte Moritz wenigstens zwei Originalseiten seines Lebenslaufs über diese Monate einfügen – so sie da sind.

Übrigens – Als ich die letzten diktierten Seiten ein erstes Mal überarbeitete, und ich allein in Moritz Wohnung war, wagte ich es, das Mitbringsel von Friederike zu holen, es stand immer noch unausgepackt in ihrem Zimmer. Ich erinnerte mich sehr genau an den Hinweis von Moritz diesbezüglich. Es war ein Ölgemälde. Darauf ein Sonnenaufgang, betrachtet vom Strand aus mit dem Blick über eine große Bucht mit Palmen im Vordergrund. Der Himmel hatte sich schon rosa gefärbt. Unterschrift und Bezeichnung waren in einer fremden Schrift. Moritz bitten, diese irgendwo übersetzen zu lassen. Die Schrift ist rund, offensichtlich können die Buchstaben nicht zusammengeschrieben werden, stehen also nebeneinander im Raum. ...dem Arabischen. Vielleicht Vietnamesisch? Sollte Arien nicht vietnamesisches Blut in sich gehabt haben?

Moritz sagte, dass die Tagebücher nur bis Ende Jan.2003 reichten. (Er fügte hinzu, dass er noch in der Schule war und nur wenig trank). Ab Februar war er krankgeschrieben. Danach hätte er noch einen Beitrag vor seiner Einlieferung in einen Entzug im Mai 2003 gefunden, dazu politische Hinweise – warum er diese festgehalten hatte, konnte er nicht sagen, und letztlich hätte er noch Eindrücke über die erste Begegnung mit Max (2004) aufgeschrieben. Darüber war ich sehr froh. Allerdings sollte der gesamte Zeitraffer noch einmal überdacht werden. Ein Buchabschluss ist er nicht.

Morgens fand ich mich im Krankenhaus wieder, wo ich den Rausch ausgeschlafen haben soll. Was war passiert? Wer klärt mich auf? Ich griff als erstes in die Jackentaschen des zerknitterten Anzugs.
Die Brieftasche war weg. Natürlich, ich hatte diese Strafe verdient! Kleinlaut verließ ich die Klinik, sie war bei uns um die Ecke.
Ich hatte schon wieder Durst...

2. Handgeschriebenes Dokument - 2. Febr.2003
(übertragen in Druckschrift)

Ich kneife meine Augen zu, um besser sehen zu können.
Ich schaue durch das Wohnzimmer hindurch zur Küche. Ich sehe einen Tisch mit einer Flasche. Nein... da ist eine zweiter. Merkwürdig, denke ich. Wieso zwei? Mein Gott, drei Flaschen..., eins, zwei, drei auf zwei Tischen.
Das verstehe noch jemand.
Ich habe weder zwei Tische dahin gestellt, noch drei Flaschen deponiert. Vorhin hatte ich nur noch eine. Die letzte...
Irgendwas stimmt nicht.
Ich fühle mich schlecht.
Verlassen.
Im Augenblick nur allein.
Einsamkeit ist noch etwas anderes.
Davor habe ich Angst. Sie ist Prozess, schleicht sich ein.
Man sagt, dass Einsamkeit das Mitgefühl ...unleserlich (Anmerkung des Schreibers).
Ich möchte heulen. Keine Träne kommt 'raus!
Ich bin unleidlich. Vom Schuldienst freigestellt.

Unser Leben! Anna!
Zu zweit war alles leichter. Ich hatte mich in der Gewalt. Ja, wir haben beide manchen Abend gezecht. Aber eigentlich immer in Maßen. Wir diskutierten, stritten und versöhnten uns.
Miteinander reden schafft Nähe. Wo bist du Anna? Komm' zurück Friederike.

276

Blöde Weiber.

Anna, wieso?

Los einen Wein her!

Der Rotwein auf dem Küchentisch grinst mich an. Die obere Hälfte der Karaffe ist durchsichtig, die untere leuchtet burgunderrot. Noch ist genug Flüssiges drin. Ich nähere mich ihr. Die anderen Tische sind weg. War wohl nur ein Traum. Ein Gläschen würde mich beruhigen. Schlaf bringen. Alkohol hat das an sich. Die Augen schließen und abdriften, nicht mehr an Anna denken. Und Friederike.

Ich hole mein Glas aus dem Büro.

Es ist leer.

Die Karaffe... fällt mir ein. Blödes Wort.

Ich bleibe vor der Flüssigkeit stehen. Blinzele sie an. Herrlich, wie sie den Gaumen befeuchten wird, sie den Rachen nach unten fließen kann und einen leicht bitteren Geschmack hinterlassen wird. Ich sollte mir den Mund mit ihr ausspülen. Das betäubt.

Mm, welcher Duft. Himmlisch. Herb, herbstlich.

Los, jetzt einen richtigen Schluck!

Warum die Trennung?

Tränen!

Sie rinnen über mein Gesicht. Einfach so.

Wie kann ich sie bändigen?

Gar nicht?

Jetzt den Gaumen befeuchten! Wunderbar. Ein erster Schluck.

Sollte ich besser aufhören?

Warum? Wer achtet schon auf mich?

Niemand. Also was soll es. Nur im Hause bleiben, Moritz!

Mm, ein zweiter Schluck. Lächerlich. Mehr...hintereinander reinkippen...

In den letzten Monaten gab es oft Streit, richtigen Zoff mit Anna. Nichtigkeiten und Lächerlichkeiten, nasse Socken, angebrannte Suppe, ausgeschüttete Milch, verwelkte Rosen. Sie war so empfindlich! Fort mit den zerstörerischen Gedanken. Mir wird so anders. Mein Kopf fühlt sich benommen an. Meine Wimpern flattern. Komisch...Heulen beenden!

Duschen. Vorher den letzten Schluck.

Was ist denn da auf dem Grund? Was soll's. Die Möbel schaukeln. Ich tanze durchs Zimmer. Meine Klamotten fliegen, sonst wohin. Unterhosen und Socken anbehalten! Wenn jemand kommt. Ich springe in die tiefe Wanne. Sonst muss man die Beine anheben. Gut gegangen. Ich bin doch nicht voll!

Wie war das noch mit den Temperaturen? Rechts kalt, links warm? Vergessen? Nein, umgekehrt.

Rechts drehen. Voller Strahl erwischt mich auf dem Kopf und rinnt Hals und Nacken hinunter. Kalt! Das nasse Zeug klebt auf der Unterhose.

Runter von der Haut! Ich bin so müde. Gehe ins Bett. Bis morgen früh, wenn überhaupt, mir fehlt jegliche Kraft.

3. Erste und zweite Einweisung – Mai 2003 / Aug. 2003

Ich wurde in eine Entzugsklinik gebracht.

Nach dem ersten Entzug (6 Wochen) geisterten meine wirren Gedanken – ich nannte sie Teufelchen - im Kopf herum, brandeten hoch, wenn andere eine Weinflasche öffneten oder vor meinen Augen genüsslich aus einem Schwenker Cognac schlürften.

Schadenfreude.

„Prost Moritz oder Prost Alter."

Meine Tasse Tee in meiner Hand oder das Glas Macchiato vibrierten.

Wenn ich daran denke, wird mir noch schwindelig. Außerdem nahmen mir schlechte Stimmungen jegliche Kraft.

Genau einen Monat war ich trocken. Meinte schließlich, mich lässt Sprit unberührt, auch wenn ich mir ein kleines Gläschen gönnte. Die Redereien der Schwestern, Pfleger, Ärzte und Psychotherapeuten waren sicher übertrieben. Zu ähnlich waren ihre ständigen Litaneien hierüber.

Nur ein winziges. Ein klitzekleines.

Man könnte schon mal an Eierlikör nippen, und sollte mit einem von ihm getränkten Eis beginnen, meinte ein Rentner, den ich vom Einkaufen her kannte. Eierlikör hat kaum Prozente.

Tatsächlich suchte ich eine Bar in der Langen Reihe auf. Weit weg vom Hofweg. Ich wollte, dass mich niemand aus meiner Gegend sieht. Ich war immer noch einsam, und Anna hatte sich nicht gemeldet. Meine Depressionen hatten zugenommen. War das eine Ursache für meinen Entschluss? Ich sollte eigentlich keine Gründe für den Rückfall gelten lassen. Aber mein Wille war zu schwach.

Ekelhaft der Bier-Gestank!

Er hielt mich natürlich nicht vom erneuten Trinken ab. Er wird Woran das wirklich lag?

Ich war noch nicht reif für eine absolute Abstinenz. In der Klinik lehrte man uns, dass man erst in der Gosse liegen und beinahe verrecken müsse, bis man zur Besinnung kommen würde.

Genauso war es mir bald darauf ergangen. Die meisten Trinker schaffen es trotz einer langen, kontrollierten Entwöhnungszeit nicht,

24.Nov. 2004 Anmerkungen von Christian

Das Original war durch Flüssigkeiten verschmiert. Man konnte nicht alles lesen. Daher fehlen 4 – 5 Sätze. Mit Moritz gesprochen. Er hatte die Schrift am Bildrand auf der Uni enträtseln lassen. Name: Anna 'Bishov'. Sri Lanka. Am selben Tag holte er sich ein Visum für einen Monat. am 26ten aufbrechen.

Endlich. Ich werde derweilen nach Stuttgart fliegen, Tübingen und Ariens ehemaliges Domizil besuchen, vielleicht auch einen Abstecher nach Esslingen unternehmen, später außerdem nach Greifswald, der Geburtsstätte von ihm und Wohnort seiner Mutter. Wir werden mit dem Handy in Verbindung stehen. Ein Überarbeiten der geschriebenen Seiten nach den Einlassungen von Chris ist wahrscheinlich zusammen mit Moritz nicht mehr möglich, weil er das Ticket nach Sri Lanka bereits gelöst hat. Also muss ich die Korrektur allein richten. Wo wohl die fehlenden Bilder aus Annas Zimmer waren? Hatte Moritz nicht geäußert, er wollte bei örtlichen Galerien nachfragen?

der Sucht zu entkommen. Werden schwach, lassen sich überreden. Ich kannte viele von ihnen.

„Trink doch ein Gläschen! Mit mir! Wo wir uns so lange nicht gesehen haben..."

Ich weiß jetzt, wie Alkoholiker denken und fühlen. Denken ist das falsche Wort, handeln passt besser. Irrationalität inbegriffen.

Zweiter Entzug .
Volltrunken um Mitternacht aufgelesen.
Ein Hauseingang sollte mir wohl Schutz bieten.
Den gab es nicht.
Genau da wurde ich nämlich missbraucht und mit Tomatensaft übergossen. Das berichtete die Polizei: Zerkratzte Brust, ein Veilchen unterhalb des Auges, ein Ohrläppchen verletzt, Risse im Anus.
Eine Polizeistreife passierte zufällig meine Lagerstatt. Man sagte mir im Krankenhaus außerdem, als ich wieder voll bei Bewusstsein war, ich wäre unten herum nackend eingeliefert worden, die Beweise wären eindeutig. Die Schamröte stieg mir unweigerlich ins Gesicht. Verlegen blickte ich sonst wo hin, nicht aber das Personal an. Wie sollte ich diese Schande vor mir selbst ertragen?
Der Spiegel gab den Bediensteten im Krankenhaus Recht, jedenfalls was mein Gesicht betrifft.
Der mich verheerende Absturz war meine Rettung. Ich wollte endlich aus dem Teufelskreis heraus!
Ob sich mein Verstand gegen die Sucht durchsetzen würde?

Der zweite Entzugsaufenthalt war grausam. Ich habe nie in meinem Leben mehr gelitten als dort. Die Insassen nannten sie Entgiftungsklinik. Sie lag in der Nähe von Hannover. Das Programm war atemraubend anstrengend. Freie Zeit? Schlag ins Wasser!
Unaufhörliche Wiederholungen: Sport. kognitive Arbeitsphasen, Entspannungsmaßnahmen, autogenes Training, Gruppengespräche. Diese hasste ich. Breitgedrückter Mager-Quark. Jammern, jammern, jammern.

Hoffnung?

Ja, endlich.

Friederike hatte sie mir zurückgegeben.

„Pa, ich bin früher von der Weltreise zurückgekehrt."

Ich fragte nicht nach der Ursache. Sie wird mich aufklären.

Nicht, dass ich Anna suchen wollte, nein, dass ich sie beinahe überwand, war der Schlüssel zum Erfolg. Und genau das ereignete sich nach vier Wochen. Friederike bestärkte mich immer wieder. Sie sagte, sie wäre stolz auf ihren Vater, der so bedeutende Literatur geschaffen hat, und sie ermunterte mich zum Tischlern, ein Kurs wurde angeboten. Wie mir dieser Spaß machte, konnte ich zunächst nicht begreifen, aber es war so. Außerdem beschäftigte ich mich mit Lyrik und griff selbst zur Feder.

Endlich sah ich die Zukunft in einem viel besseren Licht. Psychotherapeuten halfen viermal die Woche. Meine Hilfsbereitschaft meldete sich wieder zu Wort. „Guter Zuhörer, Eigenschaft eines Chefs!", meinte der Arzt. Er machte mir Mut.

Sofort übernahm ich in kleinen Gruppen Englischunterricht.

Mit Erfolg.

Therapiesport war täglich im Tagesablauf. Dabei fand ich einen jüngeren Freund. Wir versuchten uns sportlich zu übertrumpfen. Ich lernte dabei, wie gut der Psyche erkämpfte Siege tun. So ließen sich auch Niederlagen verschmerzen, und die musste ich angesichts meines Alters oft einstecken.

„Revanche" meine Antwort.

Der junge Mann kam aus dem Kosovo. Er lebte in Wedel. Wir trafen uns nach unserem Zwangsaufenthalt oft in Hamburg. Manchmal fuhr ich zu ihm.

Hurra, trocken schon seit vielen Wochen!

Und es wird anhalten!

Natürlich hatte ich noch nicht meine frühere Einstellung zu Menschen zurückgewonnen, und ich war auch nicht immer ansprechbar, aber meine negative Einstellung zur Zukunft hatte sich verzogen. Allerdings verschloss ich mich noch größeren Schul-Veranstaltungen, die meine Vertreterin leitete. Sie war übrigens immer noch so attraktiv und dadurch fiel sie auch überall auf.

„Angenehm!", sagten die Leute.

4. Maximiliane - a) Beim Einkauf 02.03.2004

Markthalle.

Losgelassene Kunden. Sie gebärdeten sich wie viele Parteimitglieder der großen christlichen Partei nach ihrem überzeugenden Sieg bei der Bürgerschaftswahl in Hamburg, wo Ole von Beust am 29. Febr. im Amt bestätigt wurde. Ich werde diesen Tag nicht vergessen, er wurde zum wichtigsten für mich.

Eine Anzeige hatte dafür gesorgt: Laptops – fast geschenkt.

Ich hatte mich in der Schule für dreißig Minuten abgemeldet. Auf meinem Einkaufszettel stand: Getränke holen.

Das Kollegium hatte mich am 2. Nov. 2003 wohlwollend, aber zurückhaltend wieder aufgenommen. Man fragte nicht nach den Erfahrungen, die ich im Entzug gemacht hatte. Auch wurde das Thema Familie totgeschwiegen.

Gut so!

Die Markthalle war überfüllt. Der Boden war schmutzig, weil man den Schnee von draußen in der Vorhalle abklopfte. Er löste sich am Boden auf, und dieses Gemisch aus Wasser und Dreck wurde in alle Ecken getragen. Der feuchte Geruch nasser Kleidung, der Schweiß schwitzender Körper, die hetzende Meute ekelten mich an. Wieso musste ich auch gerade jetzt und heute hierher kommen?

Die Menschen schoben und drängten sich durch die Warengänge als wären sie Teil der Meute, die im Fußballstadium auf ihre Plätze strömte. Die, die noch eine Karre abbekommen hatten, waren glücklich dran. Mit ihr konnte man die Masse im Zaum halten. Nur ein einziger Wunsch: Den Laptop ergattern. Doch wo liegt er?

Niemand wurde darauf aufmerksam gemacht, dass es nur fünfhundert gab. Statt draußen ein Schild aufzustellen, dass die Sparaktion beendet war, passierte nichts.

Supermarktleitungen denken anders: Leute ins Geschäft locken, irgendetwas nehmen die Leute immer mit, die Dummerchen!

So auch hier.

Noch immer strömten Menschen in den Supermarkt.

Ich war ein ganz normaler Käufer. Ich hatte mir aus den Regalen einige Flaschen *Deit* gefischt. Bald stand ich in der Warteschlange an einer Kasse. Vielleicht zehn oder zwölf Leute vor mir. Der Gestank hatte sich in ihrer Nähe noch verstärkt, fand ich. Viele waren draußen ohne Kopfbedeckung geblieben, nun fiel ihnen strähniges, feuchtes Haar ins Gesicht.

Man sollte sich vorher die Kassiererin ansehen. Meine hatte von nichts eine Ahnung, schien es. Vor mir zwei Walküren mit Lila gefärbten, fettigen Haaren, vermummelt und dadurch wohl noch wuchtiger.

Stress für alle.

Stimmen wurden laut. Man meuterte.

Nur die ersten beiden hatten einen Laptop ergattert.

Wohlverpackt.

Das genervte grünhaarige Mädchen hinter dem Laufband öffnete die Pakete, in dem sie den Zeige- und Mittelfinger der rechten Hand unter den Deckel schob, da wo er einen Schlitz hinterlässt. Mit der linke presste sie dabei das Paket an ihre üppige Brust. Mit ihren müden Augen musste sie vorsichtig sein, weil sie sonst wohl ihre überlangen, schwarzen Fingernägel eingerissen hätte. Ihre Anstrengungen waren ihren geröteten Nasenflügeln anzusehen, die zusätzlich mit jeweils einem Bronze-Kügelchen die Aufmerksamkeit der Leute an sich ziehen sollte. Statt dass ich mir ihre Visagen näher ansah, verfolgte ich ärgerlich ihr Tun.

Mit einem Griff aus dem Stand hätte sie den losen Deckel herausgezogen und   den Laptop zusammen mit den übrigen Teilen wie Elektro-Kabel, Maus, Strips mit USB-Anschlüssen und Gebrauchsanweisung auf einmal in der Hand gehabt..

Was machte sie?

Zunächst einmal alles im Sitzen.

Ihr massiger Körper war nämlich nicht in der Lage, die Grenzen der schmalen Kassenbox zu sprengen – sprich: ihr Unterleib passte zwar auf den Stuhl, nicht aber auf die schmale, leere Fläche daneben.

Nun gut, ich hatte mich zu gedulden.

Die beiden Frauen haben sich verdünnisiert. Eine Kasse nebenan öffnete, und im Nu huschten beide in den nächsten Gang.

Gut, dass sie hier abgewandert sind. Wer weiß, was sich auf ihrem Kopf bewegt.

Es ging weiter.

Die beiden Laptopbesitzer waren längst abgefertigt.

Vor mir jetzt eine Frau, die ich das erste Mal mit Bewusstsein wahrnahm. Ihr Mantelkragen war hochgeschlagen, sie wirkte elegant wie eine Königin. Schade, meine Augen mussten sich mit dem Rücken begnügen.

Als sie sich in Zeitlupe über den Einkaufswagen beugte, ahnte ich, warum sie das tat. Ihr fehlte wohl der Durchblick. Ihr Kopf bewegte sich im Wagenkorb von rechts nach links, Lebensmittel und Waschartikel dicht vor der Nase. Plötzlich stieß eine Hand zu. Schon lag ein Paket Brot auf dem Laufband, jetzt Zucker und Scheuerpulver. Um das Gleichgewicht zu erhalten, klebte die rechte Hand am Wagenbügel oben. Dadurch setzte sie die Räder in Gang. Sie entfernte sich etwas vom Tresen.

Trinkprobleme? Sehschwierigkeiten? Vielleicht beides zusammen?

„Nicht an den Rand, in die Mitte!", herrschte die Kassiererin sie unwillig an. Von Neuem ein linkischer Griff in den Korb. Auch dieses Mal hatte sie noch Erfolg.

Es roch nach Alkohol.

Trotz der Aufforderung landeten die Waren am Rand des Laufbands. Unvermögen oder Trotz bei der Unhöflichkeit der Angestellten?

Dann schnellte ihr Körper hoch und ich sah ihr in die trüben grünen Augen, weil ich mich gedreht hatte.

Sie hatte ein außergewöhnlich feines Gesicht, viele Sommersprossen, rote, gekräuselte Haare, die auf dem Rücken unter dem Kragen verschwanden, vorn gab ihre Baskenmütze ein paar Locken frei. Eine Haarspange rechts über dem Ohr.

Eigenwillig.

Sie war up to date gekleidet, hatte keine Falten auf der Stirn und Krähenfüße an den Augenwinkeln, unverbraucht, die Lippen geschminkt, die Brauen schwarz nachgezogen. Mir blieb die Spucke im Hals stecken. Sie gefiel mir auf Anhieb. Dreißig Jahre? Von ihr ging trotz der Alkoholfahne ein eindringlicher Duft aus, wenn man ganz in der Nähe von ihrem Mund abgewandt schnupperte: Er kam mir bekannt vor. Sie ließ mich meinen Ärger vergessen.

Die Dauer ihres Ausladens hatte mich noch neugieriger gemacht, und ich schaute über ihre Schulter hinweg in den Wagen, ob ich noch lange dieses schöne Spiel mit ansehen könnte. Mein Herz schlug rasant. Wenn ich auch in die Schule zurück eilen musste, dies hier schien mir wichtiger. Sollte ich ihr noch helfen? Aber wie? Doch es war zu spät. Wieder einmal, ärgerte ich mich.

Hilfe kam nicht mehr in Frage.

Ein letzter Artikel, offensichtlich ein Likör. Warum sie den mit der rechten Hand ergreifen wollte, vermochte ich nicht zu erklären. Sie verfehlte jedenfalls, ihr Ziel, die Flasche, dann erwischte sie den Flaschenhals und zog den Gegenstand über den Wagenrand hinweg, wobei sie gleichzeitig die Karre weiter nach hinten drückte und seitlich selbst ausrutschte.

Das wird schiefgehen, signalisierte mein Hirn.

Ich ahnte, was jetzt kommt: Ihr Arm war zu kurz.

Statt einen Schritt seitwärts zu treten, landete ich durch einen Reflex direkt am Band. Sie verfehlte es und schlug mit dem Alkohol gegen seine äußere Verschalung. Das ließ sich die Flasche nicht zweimal gefallen, zerbarst und das sämige Zeug spritzte nach allen Seiten. Meine Hose sah bescheuert aus. Als ich sie entsetzt ansah, fielen mir wieder ihre Sommersprossen auf. Und ich musste lachen, die besprenkelte Hose ist mit ihnen vergleichbar. Ganz unten in der Nähe des Hosenumschlags ein Placken, von dem es schwer auf den Boden tropfte. Er hob sich vom Stoff-Farbton beige kräftig ab.

„Tun sie was!" grölte die Frau die Kassiererin an und tat so, als habe diese das Malheur verursacht. Statt dass sie mich zuerst ansprach, ich war der unmittelbar Beschädigte...

Das Mädchen drückte sich aus ihrem Kassen-Stuhl in die Senkrechte, der Stuhl schob sich an die hintere Verschalung ihrer Box. Sie hielt sich ängstlich mit der linken Hand an der Lehne fest, umschloss mit der rechten das Mikrophon - installiert an der Anzeigetafel – zog es mit Wucht zu sich und hielt es an den Mund:

„Kommen Sie bitte zur Kasse fünf", blökte sie hinein. Und an die verdutzte Frau gewandt gab sie kreischend von sich, was jedermann hörte:

„Haben Sie denn noch nicht genug? Das wird Sie teuer zu stehen kommen, einen so wertvollen Likör einfach runter zu schmeißen! Wenn man - wie Sie - „ und dabei glitten ihre Augen den Körper der Frau entlang vom Kopf bis zu den Füßen – „ so ansieht..."abrupt beendete sie ihre mögliche Anmache, ihre Blicke klebten am Boden fest. Als sie ihren Kopf wieder auf das Laufband richtete, verschwand der böse Ausdruck ihrer Blicke, sie hatte ihn in Ironie gewandelt.

Ich folgte ihren Augen.

Stimmt, dachte ich selbst. Denn wer läuft im tiefsten Winter mit hohen Pumps herum?

Mir tat die Frau richtig leid. Natürlich hatte sie Alkohol getrunken, man roch es einfach. Aber sie deshalb gleich anzumachen? Es ging doch keinerlei Gefahr von ihr aus...

Ob sie Kummer hatte wie ich damals? Ich versuchte, an ihren Händen einen Ehering zu entdecken.

Nichts.

Sie trug nicht einmal ein Armband.

Helfen, sagte ich mir ein zweites Mal innerlich!

„Was fällt Ihnen ein, eine Kundin so anzupöbeln? Noch nie was von Pech gehört?"

„Mischen Sie sich gefälligst nicht ein. Ah, da kommt ja schon der Geschäftsführer!"

Während alle auf den Chef warten, nahm ich in den Gesichtszügen der Frau eine Veränderung wahr. Sie sah mit einem Mal nicht mehr so neben sich stehend aus. Hatte der Schock den Alkoholstand heruntergedrückt? So etwas soll es doch geben, nicht wahr?

„Entschuldigen Sie. Natürlich bezahle ich die Reinigung. Wenn Sie aber einen Augenblick Zeit haben sollten, reinige ich Ihre Hose in meinem Geschäft um die Ecke mit heißem Wasser. Hundert Meter. Da drüben sehen Sie mein Studio: Bei Max! -MV"

Was für eine frauliche Stimme, dachte ich sofort. Mitgehen, sagte ich mir, vielleicht...

Der Geschäftsführer war sehr freundlich. Er bat die anderen Kunden an die nächste Kasse zu gehen, diese werde sofort geöffnet. Die Frau und ich blieben mit der Kassiererin und ihm allein.

„Machen Sie sich keine Gedanken. Das kann allen passieren. Die Putzkolonne ist schon benachrichtigt. Möchten Sie denn eine neue Flasche?"

„Nein danke, das war mir eine Lehre. Was ist mit der Bezahlung?"

„Vergessen Sie' s", ließ er sein Umfeld lächelnd wissen. Ganz sicher war er geschult, denn Großzügigkeit zahlt sich aus, das ist bekannt. Diese Kundin wird wiederkommen. Wie anders dachte doch die Kassiererin...

Ich blickte zu ihr 'rüber und lächelte sie triumphierend an. Ob sie ihre Niederlage begriffen hat?

„Ich habe nur die drei Flaschen *Deit!*", sagte ich und legte diese aufs Band. Missmutig tippte sie die Anzahl und den Preis ein.

„Kommen Sie", sagte Max, „wir haben uns einen Espresso verdient." Sie schob mich aus dem Vorraum auf die Straße, hakte mich unter:

„Hier entlang zu meinem Salon!" Als sie mich von der Seite anblickte, schaute ich genauso zurück. Vielleicht sogar faszinierter. Wir blickten uns in die Augen. Ihre Klarheit war zurückgekehrt.

Ich musste grienen.

„Was ist los? Habe ich was falsch gemacht?"

„Nein, im Gegenteil. Heißen Sie wirklich Max? Das passt wie die Faust aufs Auge. Ich werde Moritz gerufen!"

Max musste schallend lachen.

Was für eine komische Situation.

Wonnig das Grübchen am ihrem Kinn, das vorher nicht da war.
Ihre Haare waren inzwischen aus dem Mantel gerutscht. Fielen über die
Schulter. Mein Gott, was für ein echtes Kastanienrot. Träume vieler
Männer. Auch meiner.

Max und Moritz.

„Ich bin als Maximiliane Vossenwinkel im Geburtenregister ein-
getragen. Im Sportverein nannte man mich kurz und bündig Max. Wer
mag jemand mit so langen Namen schon anreden? Die wenigsten jedenfalls. So ist es bei Max geblieben. Außerdem wurde im Business aus
Vossenwinkel 'Voss'. Max Voss kann sich jeder leicht merken!"

„Und was besagt MV?"

In der verkürzten Handysprache interpretiert man MV/mv Mit
Vergnügen, kam mir in den Sinn. Könnte sich bei ihrer Existenzgrün-
dung im Hirn nicht doch etwas anderes eingenistet haben?

Etwa: Mega Vamp. Männer würden diese Wortwahl gut finden.
Davon war ich überzeugt. Sie wird doch ein Schmuse-Etablissement unterhalten! Sollte ich besser gleich in die Schule gehen und mich dort
umziehen? Aber was würde die Sekretärin sagen, die bekommt doch
alles mit. Sicher wird sie dann fragen:

„Hatten Sie denn Ihren Regen-Mantel im Supermarkt aufge-
knöpft?"

Auf meine Frage hatte Max nicht geantwortet, und später vergaß
ich diese.

Wie sollte Max die Hose schnell reinigen? Salon, nannte sie das
Geschäft. So? In dieser Gegend? Frisörsalon? Vielleicht Massagesalon?
Das würde nach *St. Pauli* passen. Doch ein Bordell?

Nein! Der Eindruck, den sie vermittelte, gab etwas anderes her. Es
handelte sich vielleicht sogar um eine elegante Boutique. Ihr Mantel
sieht eindeutig nach der Anfertigung durch einen Designer, vielleicht
Jil Sander, aus. Und die Pumps lassen schließlich auch auf den letzten
Schrei der Schuhhersteller schließen. Mal sehen. In jedem Fall war ihre
'Fahne' fortgeweht. Sie schien wieder nüchtern zu sein.

Ich werde sie begleiten...

b) Max und ich

Unterwegs zu Max' Salon

Wir gingen bis zur *Feldstraße* eingehakt. Wahrscheinlich fiel es ihr schwer, mit diesen hohen Absätzen sicher zu stolzieren, - anders kann man ja das Gehen auf ihren High Heels nicht bezeichnen. Der Boden war mit einer leichten Schneeschicht überzogen, die Straße war flocken -, aber nicht feuchtfrei.

Lärm.

Auto hinter Auto!

Kaum ein Wagen nahm auf Fußgänger Rücksicht. Man musste aufpassen, nicht verdreckt zu werden.

Ich war also kein Selbstzweck, sondern wichtige Stütze, ging's mir durch den Kopf, als wir beide schwiegen.

Für sie ein Glücksfall?

Ihre Ungeschicklichkeit war für mich ein guter Stern !

Ihre Stimme...

Welche einprägsame Tonlage. Rauchig, wie Hildegard Knef? Ich liebte die Schauspielerin, habe alle Filme von ihr Zuhause. Ich sah sie plötzlich im skandalumwitterten Streifen vor mir: Alraune. Welche Männer begeisterte sie nicht? Greise ausgeschlossen.

Max plapperte jetzt ohne Unterlass. Also ob sie sich entschuldigen wollte, warum sie gestern Abend gefeiert hätte. Das ging mich eigentlich nichts an. Ich hörte aber artig zu. Wer weiß, wozu das gut ist.

Ich spürte ihren Körper an meiner Seite. War sie nicht mehr als anlehnungsbedürftig? Provozierte sie mich sogar?

Wie konnte ich sie abstützen? Natürlich mit einem Arm um ihre Taille. Sie wehrte sich nicht. Wenn ich die Ursache ihrer Nettigkeit bin, ein himmlischer Gedanke.

Ich blickte sie an.

Wie hübsch sie war...

Die straffe Gesichtshaut war von der Kälte gerötet. Rote Bäckchen standen ihr gut. Wer mich in den letzten Monaten gesehen hatte, wird sie vermisst haben, mein Glänzen in den Augen und dazu die heitere Miene. Sie sind zurück.

Sie hat ein außergewöhnliches Profil!

Eng nebeneinanderliegende Nasenflügel.

Ihr Nasenhöcker konnte sie nicht verunzieren.

Was wird noch auf mich zukommen?

Wenn, dann habe ich wenigstens ihr Konterfei im Kopf.

Ich verlangsamte meine Schritte.

Jetzt mit ihr weitergehen. Gab es Vergleichspersonen? Nein! Dafür ist Aussehen zu eigenwillig oder einmalig.

Ich merkte, wie ich unwillkürlich lächelte.

Sie gab mir tatsächlich das Gefühl, nicht irgendwer zu sein, vielmehr ein alter Freund. Verband sie damit vielleicht ein bisschen mehr als Zuneigung? Bis jetzt - seit Annas Verschwinden - hatte ich keine nahen körperlichen Kontakte mit einer Frau bis auf Friederike. Aber diese zählen bei dieser Perspektive nicht.

Wir hatten den Kantstein erreicht.

Als für Sekunden kein Auto zu sehen war, landeten wir an der Feldstraße. Sie riss sich los, hopste nun auf die Fahrbahn und rannte vorn weg, ich hinterher. Sie machte für ihre Größe zu weite Schritte. Das konnte nicht gut gehen!

Ich wollte ihr zurufen, die Pumps auszuziehen, aber da stürzte sie schon am gegenüberliegenden Bordstein. Ich sprang nach vorn und griff unter ihre Arme, zog sie von der Straße und hievte sie hoch, ein Stiftabsatz lag auf der Fahrbahn.

Ihr Lächeln war voller Verlegenheit.

„Natürlich, Duplizität der Ereignisse!"

Wir standen ganz eng zusammen.

„Jetzt muss ich Sie wohl tragen!"

Sie ahnte nicht, wie ich mich darüber freute. Nicht dass der Absatz perdu war, ich war noch nie schadenfroh, sondern eine Gelegenheit...

„Los, ganz aufrichten! Seitlich von mir aufstellen."

Max akzeptierte mich.

Sie legte ihren rechten Arm um meinen Hals, wie Kleinkinder das bei ihrem Papi machen, ich bückte mich jetzt etwas, legte meinen rechten Arm um ihre Taille.

Ich wusste, dass ich jetzt über mein Ziel hinaus schießen könnte. Gefahr im Verzuge?

Ich griff mit der linken Hand unter ihre Kniekehlen.

Nicht missverstehen!

„Ich halte Sie, als müsste ich meine Braut über die Schwelle tragen."

Ehe sie sich versah, hing sie an meinem Körper.

Ich spürte beinahe ihre Nippel an meiner Brust... Doch wohl eher der Vater des Gedankens.

Himmlisch!

Wenn sie wüsste, wie mir zumute war.

Himmelhochjauchzend.

Bum, bum, bum...

Mein Herz pochte. Ich hörte die dumpfen Schläge. Sie klangen lieblich. Glücksgefühle für die Seele.

Wieder dieser herrliche Duft - anregend? Nein, verdammt...aufregend!

Ich musste unbedingt das Parfumlabel entdecken, doch wie?

Bloß dass sie nicht mitbekommt, was da bei mir ausgelöst worden ist...

„Sie haben sehr schöne grüne Augen", zitterte ich ihr aus Verlegenheit entgegen. Ich beugte meinen Kopf nach unten, schließlich musste ich mich verständlich machen. Fast eine Berührung mit ihrer Stirn,

„und ich darf mir das in meinem Alter erlauben, oder?"

Sie lachte immer noch.

„Kokettieren mit dem Alter beeindruckt nicht, ich weiß es besser!"

War das ein Zeichen auf...? Ich verdrängte sofort diesen wunderbaren Gedanken.

Schnell standen wir vor ihrem Geschäft. Ich löste die Umklammerung. Schon sah ich die Pumps durch die Gegend fliegen. Als ob sie ein junges Mädchen wäre, vital und auf Wirkung bedacht. Dann sprang sie auf Strümpfen die drei Stufen nach unten bis an die Tür ihres Salons.

Reinster Übermut!
Ging es ihr wie mir?

Tatsächlich. Durch die Scheiben sah ich Behandlungsplätze und Instrumentenrollis ... das Studio. Sie deuteten auf die Pflege der Nägel hin. Es musste aber wohl noch weitere Räume geben, in denen Füße gepflegt und massiert werden. Ein Nagelstudio umfasst eigentlich immer beides. Vielleicht gibt es zusätzlich auch Massagen.

Schon war sie drinnen. Ich eilte hinterher, beinahe wäre ich die Treppe hinab gestürzt. Man sollte mit seinen fünfzig Jahren niemand mehr blind folgen...Ihr Gewicht hatte ich nicht gespürt. Sie war leicht wie eine Feder. Später sah ich sie aus ihren Sachen gepellt. Ein bisschen (wohltuend) üppiger war sie doch, was mir behagte.

b2) Hosen- und Körperreinigung

Im Studio

Während Max hinter einer Glastür verschwand, blickte ich mich um. Der Raum war halbgerundet, links und rechts außen also die beiden Arbeitsplätze, die ich von draußen sah. Zwischen beiden ein Tisch mit der Kasse und Utensilien wie Stift- und Scherenhalter, tragbares Telefon und ein Stapel Papier, eingeklemmt in einer verzierten Messinghand, die aus Tunesien oder Marokko stammen könnte.

Plötzlich steckte Max ihren Kopf aus der Tür, rief mir zu, ich könnte mich da drüben –meine Blicke folgten ihrer Armrichtung – auch eben duschen und die Hose vor die Tür legen. Ein sauberer Bademantel läge in der Kommode, oberste Lade, im Übrigen wären alle notwendigen Cremes und Gels auf der Anrichte.

Also doch auch Massage...Kein Nagelstudio benötigt Duschkabinen, ein Massagesalon schon!

„Kalt hier, nicht wahr? Gasheizung läuft schon! Danach fallen wir dann über den Latte her, er ist in der Mache! Auch der Kamin knistert bereits."

Auch braucht man keinen Kamin, um Nägel auf Vordermann zu bringen. 'Eindeutig', sagte ich mir, ich bin hier in einem besonderen Etablissement. Egal oder vielleicht sogar, herrlich. Die Aussichten...

Dann zog sie ihren Kopf zurück.

Kamin? Wo ist der denn? Man wird sehen.

Hoffentlich ist der Bademantel groß genug. Ein Glück, dass ich sauberes Unterzeug angezogen habe. Mir kam in den Sinn: sollten die Ärmel zu eng sein, flippe ich aus, weil ich mich eingezwängt fühlen würde. Ich würde dann auf ihn verzichten. Im äußersten Notfall.

Max ließ mich noch wissen, dass man Fußbodenheizung habe, und ich also auch barfuß gehen könne, ohne sich gleich zu erkälten.

Wir trafen uns am Kassentresen wieder, Max umgab eine andere Duftwelle als vorhin, ich kannte, sie, vielleicht von Anna? Ich schnupperte, als Max sich zum Korb bückte, - irgendjemand hatte ihn wohl seitlich von der Kasse deponiert, Nachschub für den Kamin - Sandelholz, dachte ich. Ich mochte diese leichte Strenge, in ihrem Aroma wahrscheinlich gemildert durch Lavendel. Mein Odeur war herb, ich fand ihn unter zahlreichen Flaschen und Tuben auf der Konsole im Badezimmer, gleich im Vordergrund platziert, einen sechseckigen Flakon, 100 ml, für alles war gesorgt.

28. Nov. 2004 - Anmerkungen von Christian

Ein unfertiges Gedicht von Moritz fand ich in den Unterlagen, die er nach Moritz Abreise in dessen Räumen ordnete. Da es nach Friederikes Rückkehr geschrieben ist, hätte es eine weitere Strophe geben müssen, die zuversichtlich geendet hätte. Weiter suchen. vielleicht mit Glück... Gefunden... Die vollständigen Verse auf Seite 300... Die singhalesischen Buchstaben im Gemälde entsprachen nicht der deutschen Schreibweise. Moritz war in Colombo gelandet, er rief vom Flughafen an, es ginge ihm gut. Mir war inzwischen eingefallen: Moritz sollte die deutsche Botschaft aufzusuchen, dort hat man sicher Namen und Adresse von Anna gespeichert, wenn sie dann da ist. Er aber wollte zuerst die Galerie aufsuchen, in der das Bild gekauft wurde und dann gegebenenfalls in den Süden reisen, also zuerst die Westküste besuchen.

Ich hatte das Gefühl, dass sich Meeresluft um mich herum verbrei-
tete, oder war es eher abgestandenes Brackwasser, wie ich es auf dem
Anleger von Dagebüll erlebe, wenn der sich zum Land hin ausdehnende
Bodden sein Watt öffnet und der schwarze Schlick nur noch ab und zu
Wasserlachen zulässt? Ich habe ihn eigentlich immer in der Nase, fast
scheint es, als wäre ich mit ihm geboren.

Jetzt hörte ich sogar die Möwen über den Boden kreisen, sie suchten nach fetter Beute, die es in Überfluss gab.

Anna kam mir wieder in den Kopf, denn sie liebte die salzige, wür-
zige Nordseeluft, insbesondere, wenn wir am Strand über See-tang spa-
zierten und die Strandläufer verjagten. Anna sagte, sie würde sich bei
dem Geruch des Watts einen Athleten, einen Läufer vorstellen, der gerade ins Ziel eingelaufen war, ausgepumpt, verschwitzt, den Kopf auf
die Brust fallengelassen, noch hechelnd. Welcher Nordsee-Fan kennt
ihn nicht? Ich hatte mich immer noch nicht ganz von ihr gelöst. Sie
tauchte in meinem Bewusstsein zwar nur noch als Schatten auf, leider
genügte dieser manchmal, um sie in die unmittelbare Gegenwart zu ma-
növrieren.

Bis vor einem halben Jahr war für mich Annas Abnabelung be-
drohlich, ich berichtete darüber bereits, der Beweis: meine Kuren, und
ich musste mich für Wochen dreimal in die Hände von Ärzten, Physiotherapeuten und Psychologen begeben, es war meine Schwäche, die –
wie beschrieben - in Alkohol landete, mich beinahe zur Strecke brachte.

Immer wieder kehrt Annas Verhalten in mein Bewusstsein zurück.
Mal deutlicher, mal verhangen.

Das, was ich vor Annas Untertauchen mit ihr erlebte, schien mir
damals hinterhältig, einen Charakterzug, so dachte ich, den ich nicht
kannte. Heute sehe ich das anders. Sie konnte nicht anders.

Früher stellte sich ihr Verhalten so dar: Nach schlechten Tagen,
mieser Laune und Ignoranz war sie mir zugewandt, liebevoll und zärtlich. Ich erinnere nur an den Geburtstag von Arien und alles, was sich
abspielte. Mir fällt wieder die Szene am Flughafen ein, wo ich auf den
Flieger von Stockholm wartete, gleichzeitig musste ich an Besson denken, denn unsere Rückfahrt verlief schweigsam.

Solche Abwesenheit, bei gleichzeitiger Gegenwart und gemeinsamer Vergangenheit ist - wie der Schriftsteller sagt - eine Attacke, die Körper und Seele malträtiert. Sie tut maßlos weh, ohne dass man konkrete Schmerzen hat, ja, sie ließ mich verzweifeln, ich wurde depressiv.

Was war es, was uns trennte?
Uns fehlte die gemeinsame Plattform, oder sagen wir so, Anna hatte sich von ihr zurückgezogen, sie hatte sich von mir befreit.

Zurück zu meinem Odeur.
Ich musste die Augen zukneifen, um die winzige Schrift auf der Unterseite zu entziffern: Eau de Toilette, *Selma Coutage*, Paris, *Malice*.
Ob Max es unter all den anderen favorisierte, weil's mit seiner Größe aus den übrigen Fläschchen herausragte, diese mussten sich nämlich mit 50ml begnügen?
Nur der Größe wegen? – Nein, zu oberflächlich gedacht. Vielleicht hatte sie es so deponiert, dass Besucher darauf aufmerksam werden sollten, und sie hoffte, dass sich jemand seiner bediente, dem maskulinen Duft, den sie selbst liebte? Hatte Max etwa ähnliche Aromavorzüge wie Anna im Kopf?
In manchen Dingen gibt es unter Frauen Gemeinsamkeiten. War es in diesem Fall der Hautgout?

Der weiße Bademantel, zusammengelegt in einer offenen Kommodenschublade, fiel mit seinem Stehkragen aus dem Rahmen, war bis zu den Waden lang, was ich erhoffte, neuwertig, kuschelweich. Ich zog ihn über, die Ärmel waren weit genug, verknotete den Gürtel an der Taille, leider sperrte das Oberteil in Brusthöhe. Ähnliches erlebte ich oft genug bei neuen Jacketts.
Eigentlich konnte auch das nicht schaden, sagte ich mir, ich hatte zwar keine Heldenbrust, vom Waschbrettbauch ganz zu schweigen, aber ich konnte mein Obergestell durchaus sehen lassen, muskelgestärkt durch Kuren und Training im 'Fitnesscenter' *Budapester* Straße.
Max dagegen hatte einen roten Frottee-Blouson mit Kapuze übergestülpt, darunter in Nabelhöhe beginnend, vermute ich, eine türkisfarbene Trainingshose in Chiffonqualität, nicht ganz so durchsichtig wie

das Originalmaterial, man sah nur die Konturen des weißen Slips. Ich blinzelte auf ihre Füße, und tatsächlich, sie trug auch hier High-Heels (inzwischen als Wort gebräuchlich). Ich war sofort an *Marilyn Monroe* erinnert, deren Beine immer Männerblicke auf sich zogen. Fast jeder Mann ist von hohen Stift-Absätzen beeindruckt, sie scheinen eine Initialzündung auszulösen, auch bei mir. Meine Augen wanderten über Fesseln, Knie und Oberschenkel ins Ungewisse und träumten vom Entdeckerglück.

Max ließ mich mit einer Handbewegung wissen, ihr in die Pantry zu folgen, den Latte mitzunehmen, ihre ausgestreckte Hand wies nun, als wir den dampfenden Kaffee in Gläsern - ganz vornehm - ergriffen hatten, auf eine zweiflüglige Schiebetür, links von dieser leuchtete eine Schrift in Blau: Schulungssaal. Verschwörerisch lächelnd sagte sie:

„Ein Luxus. Ich ließ einen Kamin einbauen, ich liebe brennende Holzkloben, sie verbreiten wohltuende Wärme - und gerade im Souterrain ist Wärme die Voraussetzung für trockene Luft - und einen Duft von Kien, wenn es Kiefernholz ist, und das ist es heute", dabei zog sie die beiden Türflügel auseinander und vor meinen Augen tat sich ein großer Raum auf. Sofort nahm ich wahr, dass er wenig Mobiliar enthielt, dagegen waren die Wände mit Bildern zugekleistert. Ich musste allerdings gestehen: Hervorragende Drucke, außerdem Lithografien und Aquarelle, ein abwechslungsreiches Ensemble. Dazwischen ein Ölbild von *Lindloff – blauer Rittersporn, 1952* - insgesamt eine farbenprächtige Mischung, die die Sinne festhielt.

Ein zweisitziges Sofa vorm Feuer, links und rechts ein Beistelltisch, Acryl? Leicht und luftig.

Für zwei hagere Menschen reichte die Sitzfläche aus. Wenn eine der beiden Personen aber sehr füllig ist, was dann? Natürlich war der Raum nicht nur für mich ausgestattet, sondern auch für andere Gelegenheiten, auch für andere Männer?

Mein rechtes Bein berührte ihr linkes, als wir uns gleichzeitig hinsetzten. Ich konnte es nicht fassen, meine Augenlider vibrierten, bloß nicht rot werden...

Max lässt mich jubilieren

b3) Rangeleien

„Ein Riesensalon!"
Mit solchen lächerlichen Aussagen wollte ich meine Erregung verdrängen, mein Begehren unterdrücken. Ich hatte nach einer so langen Ruhephase Hunger nach Sex. Wenn mir dann noch jemand gegenübersteht, den ich mehr als mochte...Warum blieb ich untätig? Vielleicht die Angst vorm Versagen, obwohl es andere Anzeichen gab.
„Wie viele Mitarbeiterinnen, beschäftigen Sie denn?" , wollte ich wissen – eigentlich nur, um die unheimliche Augenblicksstille zu durchbrechen.
„Acht, Frauen. Die meisten von ihnen sind Teilzeitbeschäftigte, die beiden Männer arbeiten fünf Tage, jeweils mindestens acht Stunden."
„Und heute ist niemand anwesend?"
„Nein, wir hatten gestern Betriebsfest. Grund, warum ich getrunken habe. Was mich bewog, das Geschäft heute geschlossen zu halten!"
„Und die bestellten Kundinnen?"
„Alle telefonisch verschoben, sechzehn Frauen und 2 Männer!"
„Und was machen die männlichen Angestellten sonst? Beglücken..."
„Welche Phantasie, Moritz!", sagte Max und grinste mich herausfordernd an. Ich ging hierauf nicht ein, obwohl ich es gern getan hätte. Immer noch reagierte ich verkrampft. Weshalb, das blieb mir anfänglich ein Rätsel. Mein Verstand half mir. Hinter meiner Reaktion stand mein lähmender Charakterzug, meine Entschlusslosigkeit, meine Unentschlossenheit.
Wir saßen nun bald fünf Minuten nebeneinander, ohne ein Wort zu wechseln. Schmollte sie etwa? Ich spielte mit meinen Augendeckeln, mal verengte ich meine Sicht, mal riss ich die Augen weit auf. Wollte ich etwa so die Zeit überbrücken? Zuerst war ich mir darüber nicht im Klaren. Aus dem knisternde Feuer und den verkohlten Scheiten stieg

plötzlich Anna mit ihren langen Beinen heraus. Statt aufzuspringen oder mich abzuwenden, um das Thema endlich zu beenden, folgte ich ihr in Gedanken.

Moritz, zurück zu Max...
Hier ist alles leichter, flüsterte mein Gehirn.
Irrtum.

Was ich fühlte, war dies: einen ausgemergelten Körper, ein eingetrockneter Geist, welke Haut, Ängste. Nein, ich war eher ein Fall für ein Seniorenheim.

Ein Lächeln huschte dennoch über mein Gesicht, als ich Max' oben halb geöffnetes Frottee wahrnahm, diesen prallen, schönen Busen...er brachte meine Haut zu Kribbeln und die winzigen Körperhärchen in die Aufrechte. Heißt das nun, dass ich die Initiative ergreifen musste, sollte?
Hatte ich vergessen, wie man eine Frau erobert? Nein, ich glaube nicht.
Wie Max sich wohl verhalten wird?

Grenzen überschreiten!
Meine Bedenken über den Altersunterschied von zwanzig Jahren wischte ich endlich mit einer imaginären Handbewegung weg.
Du fühlst dich ab jetzt jung, beschwor ich mich, log mir in die Tasche; eine belegte Stimme unterbrach meine Gedanken... belegt, weil ich dahinter eine Erregung spürte, meiner ähnlich, also gemeinsame Empfindungen, vielleicht: Versuchen wir es doch, ohne Verzug...

„Ein Glas Sekt gefällig? Soll ich Musik auflegen? Und wie wäre es mit einer Kerze auf dem Kaminsims?" Max sprang zum Kamin, etwas Überraschendes passierte, sie zog ihren Blouson aus und sagte lachend:
„Viel zu heiß, hier!"
Ich hätte am liebsten gleich losgelegt, aber es gibt zwischen den Geschlechtern Unterschiede, er liegt zwischen zärtlichem Einstieg und kraftvoller Schnelligkeit; nein, Langsamkeit ist nicht die Sache des

männlichen Geschlechts. Verdammt, da schob sich doch wieder Annas Visage in mein Bewusstsein, meine Lehrmeisterin.

'Hau ab', säuselte ich ihr zu! Ich blinzelte Max an, ließ ihre Busen vor meinen Augen tanzen, und Anna zog sich empört zurück. Soll sie doch, ich war es oft genug.

Jetzt fühlte ich mich mit Max in einer Oase. Zu zweit einsam. Ich löste unmerklich den Gürtel. Gleichzeitig fiel ihre Chiffonhose nach unten. Gewollt?

Sie hatte noch einen Tanga an, vorn ein weißer Stofffetzen, hinten ein schmales Band.

Ein Griff zum Schalter, ich hörte das Knacken, die gedämmten Lampen erloschen, dagegen tauchte das lodernde Holz den Raum in ein diffuses, warmes Licht; hatte die blaue Stunde begonnen?

Als sie sich zum Sims des Kamins hin beugte, um zwei Kerzen anzuzünden, genoss ich das Flair, das von ihr ausging, sog ihre nackten runden Formen des Pos ein, ruhte mit meinem Blick Sekunden auf ihrem ebenmäßigen Rücken und verliebte mich im Nu in ihren Nacken.

Nanu, der Tanga hatte sich aufgelöst. Wie hatte sie das nur geschafft, ohne dass ich eine Bewegung mitbekam?

Meine Hoffnung, dachte ich, wird sich erfüllen.

Kleines, wunderbares, gerissenes Biest.

Unkontrollierbar musste ich breit lächeln. Egal.

Max drehte sich ganz zu mir hin, der reinste Wahnsinn, in ihren Augen diese Sehnsucht, bestimmt nicht nach einer Reise, nein, sie brannte für das, was uns beide verbinden könnte – sogar für längere Zeit? Plötzlich standen wir auf derselben Plattform.

Ich sprang vom Sofa auf, der geöffnete Bademantel ließ sich einen solchen Sprung nicht gefallen - ich hatte den Gürtel ja schon gelöst – und rutschte den Rücken hinunter. Ein kurzes Schütteln, da lag er nun auf dem Boden. Ich spürte ihre unbändige Lust. Mich hatte sie längst überrannt.

Ich ging auf sie zu, legte meine Arme auf ihre Schultern, streichelte den Hals, dann ertastete meine Zunge das rechte Ohr, das linke folgte und, ehe ich mich versah, zog ich ihren Oberkörper fest an meine Brust.

29.Nov. 204 –Anmerkungen von Christian

Ich fand tatsächlich das vollständige Gedicht.

Leichtigkeit getrunken,
Glas auf Glas.
Erste Funken
schenken fast Illusionen.

Mitgelacht und mitgelogen,
diese Welt zerstört,
den ersten Zauber umgebogen.
Der Teufel...ungehört.

Geschundene Glieder, blutendes Herz,
fressen an der Seele,
Schreie hallten voller Schmerz.
Ohnmacht in der Kehle...

Zweifel und Hoffnung
ein Drahtseilakt,
begleitet den Willenssprung
-ohne des Teufelsgesinnungstakt -
auf zur alten Stärke.

Die Sonne kriecht hinterm Horizont hervor,
geliebte Stunden kehren zurück,
aufgemacht das Lebenstor,
Freiheit Stück für Stück
öffnet die Sinne für 's Glück.

Moritz Sommeralm

Ich küsste sie, zuerst zaghaft, meine Zunge fuhr behutsam über ihre Lippen, kletterte den Nasenrücken hoch, berührte die Brauen. Dann löste sie sich von mir, trat einen Schritt zurück, während ich mich fragte, ob das Sofa für ein Tete à Tete groß genug war?

Muss es, antwortete ich mir selbst.

„Unbedingt", trompetete ich, ohne noch zu wissen, worauf sich das Wort beziehen sollte. Was hatte sie bloß vorgeschlagen? Sie drehte sich halb zu mir, und fragte:

„Wie bitte?" Zu dumm. Wie töricht ich war, jetzt nach einer Antwort zu suchen. Meine Rettung folgte auf dem Fuß. Mir fiel wieder ein, was sie vorhin gesagt hatte.

„Ich denke auch, eine CD würde die Atmosphäre abrunden.", säuselte ich, fast hätte mich meine Ratlosigkeit verraten.

„Aus dem Studio-Album Achterbahn von Mary Roos!", ließ sie mich wissen,

„Blaues Meer und warmer Wind."

Ermutigt durch ihren Tonfall und den leicht verzogenen Mund, fühlte ich eine lange nicht empfundene Stärke, ja Courage.

Ich sperrte die Ohren auf, wiegte mich leicht im Rhythmus, Max sollte mein Interesse erkennen und damit ihre Wahl bestätigen. Brauchte sie lockere Lieder, wenn sie sich in die Arme eines Liebhabers begibt? Egal, damit konnte ich heute gut fertig werden, wie ich spürte.

Mir gefiel der Text. Mary *Roos* mag ich, sie machte mich manchmal morgens wach, wenn sie ihre Titel in den Äther zwitscherte und ich aufstehen musste. Aber ich hatte noch einen anderen Gedanken: Wenn das nicht ein Wink mit dem Zaunpfahl war? Meine Eau de Toilette-Wahl, dieses Lied...

Ich wusste bis gestern nicht, dass ich schon bei den ersten Gedanken, Vorstellungen und Bildern von Sex - in nächster Nähe einer jungen nackten Frau - reagieren würde.

Ich tat es!

Das machte Hoffnung. Bestimmt habe ich süffisant gegrinst, mehr noch, bereits lustvoll geatmet. Vielleicht sogar gestöhnt?

Ein wunderbares Gefühl durchströmte meinen Körper, mir war, als ob heißes Blut durch die Venen rauschte. Ich hörte es förmlich, was natürlich eingebildet war.

Ich drehte mich etwas zur Seite, legte meine Arme um ihre Taille, hob sie zärtlich in die Luft – vielleicht einen halben Meter hoch - und legte sie sanft aufs Sofa. Ihr Gewicht kannte ich ja bereits von unserem kurzen Spaziergang, daher hatte ich keine Probleme mit ihr, zumal sie sich leichter zu machen schien, sie liebte wohl, getragen zu werden. Ich hatte gleich eine Vorstellung davon, welche Position sie am besten einnehmen sollte, als ich auf meinen Platz zurückkehrte.

Ich sah, wie sie mich triumphierend anblickte, als sie sich geschickt auf die mir zugewandte Seiten-Lehne hangelte.

Ihre Beine bildeten ein V.

Der reinste Wahnsinn. Jeder Mann liebt diese Winkel.

Da lag sie nun, die Sofalehne in ihrer Taille, fast könnte man meinen, beide seien eine Einheit. Fabelhaft designt, dachte ich. Der Künstler musste ein Ästhet gewesen sein und geahnt haben, wie sich Körper und Gegenstand ergänzen.

Die betörende Aussicht fachte meine Lust zu einer riesigen Flamme an. Mit einem Blick auf ihre Haut oberhalb des Nabels konnte ich mich im Zaum halten.

Sie war makellos schön.

Ich wollte, dass sie meine Männlichkeit genau vor Augen hatte.

Ich hörte von ihr noch, aber schon ganz weit weg, Silben, die sie langgezogen ausstieß:

„Oh...la...la...!".

Sie berührten meinen Stolz, denn ich ahnte, was sie bedeuten sollten, obwohl ich nichts dafür konnte. Der LIEBE GOTT ...nur mein Immunsystem gegen Liebesentzug hatte er nicht aktiviert, außerdem mich doch auch lange 'leiden' lassen. Sollte nun Gnade vor Recht ergehen?

Wie wunderbar das Leben sein kann...

Wie lange hatte ich auf ein solches Zusammentreffen gewartet und immer wieder gehofft. In all den Jahren hatte keine Frau angebissen, kein junges Mädchen mich jemals angeblinzelt, nichts.

Und nun dies...

War das Treffen ein Zufall?

Hatte man im Himmel mit mir doch ein Einsehen?

Ich wusste, dass es jede Frau erregt, wenn ich im Spiel soweit wie jetzt vorgedrungen war. Ich kippte langsam nach vorn, mein Kopf neben ihrem Antlitz, meine Schenkel auf ihren, meine Füße um ihre verhakt. Ich streichelte ihre Brustwarzen und küsste sie, alles ging wie von selbst im besten Timing. Langsam bewegte sich mein Körper auf und ab, ihre Finger hatten sich dort in meine Haut gekrallt.

War das die Initialzündung für die Zukunft? Erschöpft sahen wir uns beide an. Max sprang leichtfüßig auf die Beine, holte uns ein neues Glas Sekt, alkoholfrei, darum hatte ich gebeten. Zuerst war sie über meine Einschränkung verwirrt, akzeptierte sie. Später habe ich ihr von meiner Schwäche erzählt.

Buch 3

Der Stachel des Rochens (27.Nov. – 26.Dez.2004)

Ankunft in Colombo – 29.11. 2004

Knacken in den Lautsprechern.

„Hier spricht der Kapitän! Wir haben unsere Flughöhe verlassen und befinden uns im Anflug auf den Flughafen Colombos, Kutanayaka. Wir werden pünktlich um 10:Uhr 30 landen!"

Bald war es soweit...

Wenn Anna wüsste...

Besser nicht!

Ahnte sie oder hätte sie Kenntnis von meinem Entschluss, könnte sie fliehen oder sich eine Taktik ausdenken. Sie wäre mir überlegen.

Ihre Ahnungslosigkeit verschafft mir gute Karten...

Sind es Rachegefühle, die mich trieben? Ich will ehrlich sein. Sie überfallen mich immer wieder - wie jetzt. Ich nahm mir jedes Mal vor, mich von ihnen zu lösen, mich von ihnen zu befreien, aber wie? Könnte Anna dazu beitragen? Max schimpfte mit mir, und sie hatte allen Grund, denn ich hatte ja sie, die mich liebte.

Was ich mit Sicherheit zu meinem Flug nach Sri Lanka sagen konnte, war dies: Ich will die Dinge klären.

Aber welche Dinge?

Ich hoffte, dass sie mir zufallen werden...

Erst dann werde ich endgültig zur Ruhe kommen. Ob Anna das zulässt? Wird sie ehrlich sein? Wird sie mir die Hand reichen?

Aber was wollte ich eigentlich von ihr, sie demütigen? Ihr das Gefühl geben, was sie seinerzeit in mir ausgelöst hatte? Sie leiden zu lassen, wie ich gelitten hatte? Mein Verstand antwortet mit nein. Meine Seele mit ja.

Ich war sehr aufgeregt. Meine Schlappheit wohl die Ursache.

Vielleicht erfahre ich bald mehr. Christian wollte nach meinem Abflug sofort tätig werden. Er wird's tun, denn ich kenne niemand, der zuverlässiger als er ist. Und Vertrauen gehört zu den wunderbarsten Eigenschaften der Menschen, wenn man es denn praktiziert.

Überall rekelte man sich, nachdem der Kapitän die Schläfer geweckt hatte. Im Flieger kam Leben auf. Ich erhob mich, trat auf den Gang hinaus, griff an den Verschluss der Ablage über mir und hievte meinen Handkoffer nach unten. Ich war der erste, noch war niemand auf die Idee gekommen, ich kannte aber die Hektik kurz bevor ein Flugzeug auf dem Rollfeld aufsetzt. Dem wollte ich mich nicht aussetzen.

Die Wirkung war fatal.

Ein Großteil der Reisenden wollte mir nacheifern.

Nicht nachdenken, das Gleiche tun, sagten sich viele. Im Nu war im Gang ein Gewusel... Enge, Rücksichtslosigkeit, Schubsen, über manche Köpfe hinweg bewegten sich Taschen, Koffer, Beutel, Hüte, Laptops. Berührungen ließen nicht lange auf sich warten. Ärgerliche Ausrufe. Kinderplärren. Für sie war der Flug zu lang, wie ich finde. Wer viel mit Kindern zu tun hat, wie ich, der kennt deren Unduldsamkeit. Sie wollen immer beschäftigt werden.

Meine Sitznachbarin, eben aufgewacht, warf ihre Hände in die Luft, schüttelte sie wie verrückt, drehte sie nach allen Seiten, eine Übung, die man beim Yoga lernt. Ihr hat diese sicher nichts gebracht.

War mein Denken nicht elitär?

Kein guter Lande-Einstieg.

Unter ihren Achseln ein bräunlicher Fleck...sie hatte stundenlang die Arme über der üppigen Brust verschränkt und geschnarcht. Ich hatte sie nicht gestört. Schnarchen ertragen ist besser, als Gequatsche, womit sie mich zuerst überfiel. Sie war unförmig, roch streng, bevorzugte Tosca, was ich jetzt sah, als sie sich aus dem typischen Flakon über den Atomiseur mit dem penetranten Nass einsprühte. Nun wollte sie auch an meinem Koffer vorbei ans Ablagefach, in das sie ihr Zeug verstaut hatte. Soll sie doch, ich half ihr nicht...

Als ich das Flughafengebäude verließ, schlugen mir benzin- und ölgetränkte Luftschwaden entgegen.

Die Großstadt hatte mich wieder!

Die Sonne hatte die Kühle der Nacht längst verjagt. Es war bereits heiß draußen. Die Motoren startender Flugzeuge dröhnten herüber, vor den Eingangshallen des internationalen Airports gaben Taxifahrer im Leerlauf Gas, um sich bemerkbar zu machen, die Konkurrenz war groß. Viele Touristen suchten ein Taxi. Die singhalesische Regierung hatte vor kurzem verlauten lassen, dass die Tamil Tigers – als Terroristen bezeichnet - kurz vor einer Niederlage ständen, man könnte das Land wieder sicher bereisen.

Ich stieg in einen Benz, sein Glanz hatte mich beeindruckt.

„*Galle Face Hotel!*, karunaakaralaa!" (Bitte zum *Galle-Face-Hotel*).

Übrigens hatte ich die Unterkunft im Internet gefunden.

Darin zu surfen, hat schon seine Vorteile.

Man muss nur diszipliniert vorgehen.

Die wenigsten können das wohl, vielleicht weil sie Neugierde zermartert.

Der Fahrer starrte mich mit offenem Mund an, er hatte wohl noch nie erlebt, ein Fremder nannte sein Ziel in seiner Landessprache mit einer Bitte. Natürlich war mein Singhalesisch nichts als Augenwischerei. Vielleicht gibt es einen Sonderpreis. Ich hatte mir während des Flugs ein paar Sätze angelesen.

Unwillkürlich setzte er den noch stehenden Wagen - der Motor lief schon - kräftig unter Gas. Einige herumstehenden Taxi-Fahrer und Leute sprangen empört beiseite oder pressten sich erschreckt gegen die Absperrungen des Ausgangs, abgewandt vom Auspuff ihres Konkurrenten. Sie glaubten bestimmt, ein Irrer liefe Amok.

Schon nach den ersten einhundert Metern auf der breiten Ausfallstraße nach Colombo heizte sich das Innere des Autos auf. Verdammt, die Klimaanlage. Sie versagte ihren Dienst. Strafe für einen übermüdeten Gast, der sich in einem asiatischen Land ohne Verhandlungen und Kontrolle vom glänzenden Blech blenden ließ. Trotz meiner Müdigkeit, kam Ärger in mir auf. Wäre ich in Deutschland auch so überstürzt in ein Taxi gestiegen?

Über den Löffel barbiert! dachte ich.

Es wird nicht das erste Mal bleiben.

Das *Galle-Face*-Hotel ist ein imposantes Gebäude. Direkt am Meer. Es stammt aus der Besatzungszeit der Engländer. An der Zufahrtstraße hohe, herrliche Palmen. Ein majestätisches Portal, eine ausladende Treppe, wie man sie bei europäischen Schlössern kennt, wie ich sie in Erinnerung von Würzburg habe oder von zahlreichen Schlössern an der Loire und den königlichen Residenzen von Groß Britannien. Sicher war der Architekt von ihnen so begeistert, dass er sie übernommen hat. Die breite Auffahrt ließ zwei Autos nebeneinander nach oben fahren. Der Chauffeur lenkte den Wagen bis zu den ersten Stufen. Beflissene Stewards öffneten energisch, aber ehrerbietig die Türen des Benz. Sie ließen sich vom Fahrer das Gepäck aus dem Kofferraum geben, trugen es in die Lobby, deren Frische mir gut tat. Ihre Höhe überstieg zehn Meter.

Säulen und viel Holz, viktorianische Schreibtische, hinter denen sich die Rezeption für ankommende Gäste verbarg.

Gut, dass ich von Deutschland aus gebucht hatte.

Im Foyer wuselten viele Weiße, herum, die meisten wohl Europäer, ermüdet, verschwitzt, sie hatten Namen, Adresse und Lage des Hotels gegoogelt, wahrscheinlich auch herausgefunden, dass sich diese Unterkunft direkt am Meer befindet und sich von anderen Häusern der Stadt unterscheiden würde – von einer intimen Atmosphäre geprägt. Die Leute, die jedenfalls hierher kamen, haben die fast unterschiedslosen Luxuskästen, die in allen Hauptstädten der Welt wie Pilze aus der Erde schießen, satt.

Für Leute, die bereits gebucht hatten, stand ein besonderer Schreibtisch zur Verfügung. Eine bildhübsche Singhalesin und ein Burger (Anm. d. Autor: Burger stammen von unterschiedlichen Rassen ab. Es gibt viele *Burger*familien, deren einer Teil ein Einheimischer, der andere ein Europäer ist) bedienten mich sofort. Ich bekam eine Suite mit zwei Zimmern im dritten Stock mit bester Aussicht auf das Meer. Ich hatte mir ausgerechnet, dass ich mein Domizil mindestens eine Woche in Anspruch nehmen werde. Eine reine Vorsichtsmaßnahme, denn in Colombo oder am Meer unterzukommen, war äußerst schwer, wie mir Friederike vorher mitgeteilt hatte.

„Übrigens musst du unbedingt auf der Terrasse des Hotels Tee trinken, möglichst gleich bei Ankunft, er wird dich nämlich aufmöbeln."

Mein Rollkoffer stand hinter mir, ein Steward wartete daneben auf meine Anweisungen. Auch so etwas gibt es noch. In den meisten deutschen Hotels gibt es solche Hilfen nicht mehr. Es geht nicht mehr um Kundenservice, Kostenhöhen und Wirtschaftlichkeit bestimmen das Handeln. Er brachte mich zum altmodischen Fahrstuhl, den viele noch in dieser Form kennen, schließbares Stahl-Gitter am Ausgang, die Fahrten noch in Gang gesetzt durch einen Liftführer, König seines Amtes.

Mir war mulmig zumute, dass dieser aus Kurzsichtigkeit nicht das Gitter bedienen, geschweige denn, den Lift in Bewegung setzen kann. Der alte Mann belehrte mich eines Besseren. Wieder hatte ich arrogant gedacht.

Als ich einen 10 Rupien-Schein in meiner Hand wedeln ließ, lächelte er mich an. Seine Zahnlücken sagten mir, wie nötig er das Kleingeld haben wird. Gutes Trinkgeld öffnet manches Herz, ein Lächeln ist die Gegengabe. Zwei Rupien dagegen lösen verächtliche Blicke aus, die Annahme des Geld wird verweigert.

Friederike hatte Recht. Draußen auf der Terrasse war es kühler als im Fahrstuhl und den Fluren. Die leichte Brise vom Meer sorgte für diesen Komfort. Ein uralter, ausgemergelter Kellner in der Größe eines zwölfjährigen Kindes fragte mich nach meinen Wünschen, sein singendes Sopran-Englisch war kaum verständlich.

Moritz, konzentriere dich!

Ich bestellte ein Kännchen Tee und ein Schinkensandwich, wiederholte meinen Wunsch, was den alten Steward mit seinen nackten Füßen sofort zur Küche eilen ließ, wenig später kam er zurück. Offensichtlich hatten die Köche solche Bestellungen schon morgens vorbereitet, und Toasten dauert eben nur Sekunden. Den Tee schenkte der Mann mit großer Sicherheit ein, kein Tropfen fiel daneben, obwohl man der Tülle ihr Alter ansah, sie bestand nur noch aus gezackten Resten. Dafür entschuldigte er sich, es sei eben altes Geschirr. Ein Lächeln flitzte über mein Gesicht, als er sagte, „Singhalesen sind – wie Engländer – besonders traditionsbewusst."

So kann man das auch nennen. Egal. Der Tee war vorzüglich, aber schwarz wie die Nacht. Auf Zucker verzichtete ich, was den Steward nun seinerseits zum Lächeln zwang. Als er sich zurückgezogen hatte, genoss ich meinen Platz.

An einem Tisch singhalesische Eltern mit drei Kindern, die um die Tische fegten, die Waghalsigkeit ihres Tun noch nicht spürten und sich jeweils nach einer Runde abwechselnd an ihre Mama oder an ihren Papa kuschelten, die die kleinen Köpfchen liebevoll und sanft mit ihren Armen umhüllten. Das Kreischen der Kleinen war herzerweichend, es zeigte, wie sehr sie dieses Spiel genießen konnten, sich gleichzeitig im Schutz der Eltern aalten. Mama und Papa waren ihre Heimat, ihr Mittelpunkt, ihre Festung. Das Vertrauen der Kinder zu ihren Eltern ist vollkommen. Der ermunternde Anblick löste bei mir Tränen aus. Melancholie erfasste mich. Wo war mein Mittelpunkt geblieben? Ihn gab es nicht mehr oder noch nicht wieder. Vielleicht brauche ich nicht mehr lange zu warten, Max könnte ihn erneuern. Im Nu stand sie mir vor Augen und ich begann über sie zu träumen. Eine Stunde später lag ich bereits in Morpheus Armen. Ich musste erst einmal richtig schlafen.

Ein erstes Fax von Christian - 30.11.2004

Welche Überraschung. Das Hotelpersonal hatte um fünf Uhr morgens ein Fax durch die Türboden-Ritze geschoben. Wie praktisch. Man ist um die Gäste-Gunst bemüht...

Dennoch, inzwischen werden alle Bediensteten seinen Inhalt kennen, es war nämlich nackt, will sagen, man hatte keinen Umschlag gewählt, was mich ärgerte. Da ich es nicht mehr ändern konnte, unternahm ich erst mal nichts.

Mein Gott, was ich las, schrecklich. Ich begann zu flennen.

Warum hatten Anna und Friederike gelogen? Mir gesagt, dass Arien einen Unfall hatte? Er konnte gar nicht auf dem Fahrrad verunglückt sein, wie Christian mir heute Morgen schrieb. Nun bestätigte sich, was ich damals nur am Rande zur Kenntnisnahm, als mir Ariens Wohnungsgenosse sagte, dass sein Mitbewohner nie Rad führe – was ich verdrängte. Er bevorzugte Gehen, in Eile nahm er einen Bus.

Ich war einer infamen Lüge (von Friederike und Anna) aufgesessen.

Suizid?

Vielleicht umgebracht? Man hört so viel...
Eine weitere Frage, die ich Anna stellen muss.

Nun gestehe ich mir ein, dass ein Toter, ob durch Selbstmord oder durch einen Unfall, nicht wieder zum Leben erweckt werden kann, was konnte ich also mit dieser Information anfangen? Es gibt in der Art des Todes einen bedeutenden Unterschied, Suizid begeht man nicht ohne Grund. Was hätte Arien dazu bewegen können? Hatte er Depression, wie mein Therapeut es andeutete? Wodurch könnten diese ausgelöst sein oder wer und welche Umstände haben sie in Gang gesetzt?

Christian schrieb mir, dass er bei seinem Besuch in Tübingen ein Tagebuch im Keller gefunden habe, er würde mir dieses – ohne es gelesen zu haben – zusenden. Er ließ mich wissen, dass nicht er, sondern ich als erster Zugang zu ihm haben müsste.

„Das" las ich „gehöre sich so!" Feiner Kerl! Hoffentlich kommt es rechtzeitig an.

Gedankenspiele – 30.11.2004

Genau jetzt war ich wieder im 'Thema' drin. Was mich wurmte, nur konnte ich mich nicht wehren. Es bohrte in mir. Ich sprang aus dem Bett, rannte in den Räumen hin und her, was das Zittern meiner Glieder nicht unterband. Ich war gefangen in mir selbst.

Was wollte ich hier?

In jedem Fall wollte ich Anna nicht nur sehen. Das wäre geradezu verrückt, viel zu teuer und meinem Wesen nicht gerecht geworden.

Zurückholen?

Für wen?

311

Doch nicht für mich, die Ära war abgeschlossen, sie ist durch Max abgelöst.

Wollte ich erkunden, warum sie mich verlassen hatte?

Ja!

War das Eitelkeit?

Lebte ich jetzt nicht schon recht gut? Kannte ich nicht schon wieder Menschen, die man richtig lieb haben kann?

War es nur mein Ego, das mein jetziges Handeln bestimmte? Wollte ich hören, dass ich dafür nicht verantwortlich war? Auch wenn mich der damalige Psychologe in der Kurklinik wissen ließ, dass Trennungen immer durch beide Partner verschuldet sind, so hatte mich das nicht beruhigt. Immer wieder drehten sich meine Gedanken um unser Verhältnis, das sich in den letzten Monaten vor ihrem Verschwinden verschlechtert hatte. Da sie jünger war als ich, könnte meine nachlassende Lust für sie eine Ursache gewesen sein, aber auch hierüber war ich mir nicht im Klaren.

Wüsste ich Bescheid, könnte ich endgültig die Vergangenheit mit ihr vergessen. Was aber hätte ich wirklich davon? Hatte ich sie eigentlich nicht längst hinter mir gelassen?

Monate um Monate quälte ich mein Hirn. Zuerst glaubte ich, dass ich sie in die Arbeit getrieben hätte, weil ich selbst ein Workaholic war. Dann schob ich die Gründe auf mein Alter, mein Herz, meine ständige Kraftlosigkeit bis zur Operation. Ich sagte mir, dass ich versagt hatte und für eine lebenslange Bindung ungeeignet war. Im selben Augenblick aber zweifelte ich an dieser Bewertung und fand mich später durch andere bestätigt. Schließlich hatte sie mich verlassen. Was hatte sie bloß dazu veranlasst?

Etwa der Tod von Arien?

Ja und nein.

Ja, weil sie ein inniges Verhältnis zu ihm unterhielt, nein, weil man deshalb nicht vorm Leben wegläuft. Auch woanders konnte sie ihn nicht zurückholen. Hatte sie die viele Arbeit und schließlich ihr Bekanntheitsgrad zu ihrem Schritt veranlasst?

War das Verhältnis zu ihrem Chef gestört?

Hatte ich sie doch vertrieben, weil ich ungnädig wurde und scheinbar gleichgültig ihr gegenüber? Hatte ich nicht ihre Konstruktion genügend gewürdigt? Hätte ich nicht stiller bei Beginn ihres Rückzugs reagieren müssen? Vorwürfe in dieser Situation verschlimmern nur den misslichen Zustand. Dass meine Minderwertigkeitskomplexe meine Existenz bedrohten, nahm sie nicht wahr. Im Gegenteil, sie ließ sie mich fühlen, wenn sie mit mir über Ariens Stellung zu mir wütete oder ihren Arbeitsplatz und die Mitarbeiter lobte?

„Du hattest dich nicht um unseren Sohn gekümmert, als er dich als Vater dringend gebrauchte. Du konntest nicht mit seiner Loslösung fertig werden. Genau das hat unser Sohn gemerkt. So floh er zu mir, und ich musste ihn trösten. Wie anders ist zu verstehen, dass er dich auf Amrum verließ, sich Euch, Friederike und Dir, entzog.

Zu deiner Tochter fand er schnell zurück."

Warum?

„Zu dir nicht."

Mein Sexversagen war längst entkräftet. Aber davon konnte Anna natürlich nichts wissen. Dennoch, wie lange musste ich warten, um das zu erkennen?

Max und ich waren nämlich voller Lust, und daher maßlos, unser Verlangen wuchs zu einem Bergmassiv auf.

Da stand mir meine Studiobesitzerin plötzlich leibhaftig vor Augen, ich sah ihre Gesten, Bewegungen, ihr Mienenspiel, ich spürte ihre Gefühle. Sie war so vielseitig und auch so gegensätzlich, wie ich es nie erlebt habe. Sie konnte herzerweichend jammern und wenig später lauthals lachen, sie fiel mir um den Hals, küsste mich inständig und ließ mich betroffen stehen, wenn ihr eine Laus über die Leber gelaufen war. Sie begründete viele Entschlüsse mit männlicher Logik – wie man sagt – und verwarf diese mit unglaublichen Behauptungen. Das Zusammenleben war so bunt wie die Federn eines Pfaus, und ich genoss diese Ambivalenz, womit ich sagen will, dass ich Vieles aushalten konnte, war immer noch flexibel, was Anna abgestritten hatte. Meine Tragik war, dass ich damals Anna glaubte.

Übrigens ließ sich Äußeres leichter als ein Charakter beschreiben, auch wenn dieses letztlich Teil eines Menschen ist, seines Wesens. Max'

Kleider reichten von Folklore bis zum Chanel-Kostüm, von Jeans bis zur klassischen, schnittigen Marlene Dietrich Hose. Alles an ihr war schillernd und schwer greifbar. Und doch hatte sie etwas, was mich faszinierte, ihre Natürlichkeit.

Während Anna immer elegant wirkte, gepflegt und hübsch aussehen wollte, glich Max einem Chamäleon. Besonders ihre internationalen und heimischen Architektin-Erfolge hatte Anna süchtig nach Ruhm gemacht, nach Beifall eines Publikums oder Kritikers. Lag hierin vielleicht der Grund, dass ich Anna irgendwie vernachlässigte oder mich nicht gegen sie auflehnte?

Durch Max zu Beginn des Jahres hatte ich in mir wieder Eigenschaften entdeckt, die bei Anna verloren gingen.

Mein Minderwertigkeitskomplex hatte sich wahrscheinlich in meiner Kindheit entwickelt. Er hatte sich tief in mir eingenistet wie Magma eines noch tätigen Vulkans. Ich war ein schwächliches Kind, das Schülerinnen und Schüler dazu aufrief, mich zu mobben. Es war ja für sie leicht, weil ich keine Gegenwehr leistete. Später in meiner Jugend machte ich mir vor Angst in die Hosen, wenn sich mal ein Mädchen an mich heranmachte, was selten war. Als ich mein Staatsexamen machte, mit sehr gut abschloss, verhöhnten mich meine Mitstreiter:

„Professoren-Liebling!", tuschelte man. Mir blieben diese Worte nicht verborgen.

Genug mit diesen Überlegungen!

Ich drehte mich im Kreis.

Ich kam mir mit einem Mal lächerlich und uralt vor wie mein Großvater, als er noch lebte, der schon mit siebzig Jahren alles zehnmal wiederholte, was ich offensichtlich mit zweiundfünfzig schaffte.

Mein Verstand meldete sich Gott sei Dank energisch zu Wort: Wer einfach von der Bildfläche verschwindet und jahrelang nichts von sich hören lässt, der hat mit der Vergangenheit abgeschlossen. Basta! Also, was wollte ich noch hier? Ich kam ganz in die Gegenwart zurück.

Ich zog meinen leeren Koffer vom Schrank, packte die wenigen Sachen, die ich hatte, ein, verschloss ihn und stellte ihn vorn an die Ausgangstür. Morgen fliege ich zurück, das Hotel soll mir eine Flugkarte besorgen. Ich werde nach meiner Morgentoilette gleich an die Rezeption gehen.

Bloß weg hier.

War diese Entscheidung nicht einfach ekelhaft egoistisch?

Wenn ich sie verwirkliche, ist das Buchprojekt von Christian und mir gefährdet. Dieser Gedankenblitz hatte mich nach dem Frühstück doch eines Besseren belehrt. Nun war ich hier, nun werde ich auch meinen mir selbst gestellten Auftrag erfüllen.

Erste Schritte auf der Suche nach Anna – 01.12. 2004

Die deutsche Botschaft in Colombo - Alfred House *Avenue* - sollten Sie mit einer unserer Taxen aufsuchen. *Mit ihr* kommen Sie sicher dahin, und es geht schnell. Taxen da draußen fahren nur Umwege mit der Begründung, überall werde gebaut, Colombo sei im Baurausch. Außerdem – wer weiß – Tamil Tigers sind noch überall tätig."

Dieser Hinweis wunderte mich, hatte das Außenministerium doch gemeldet, man könnte wieder reisen.

Immer diese Ungenauigkeiten der Behörden!

„Wir haben gute Kontakte zum deutschen Botschafter, er nimmt oft sein Abendessen bei uns ein oder kommt mit Besuchern hierher!"

„Prüfen Sie bitte, wann die Botschaft geöffnet ist, halten Sie mir daraufhin einen Wagen zur Verfügung."

Ich blieb im kühlen Foyer des *Galle Face* Hotels, ein Kännchen Tee versüßte mir den Aufenthalt, beobachte das Kommen und Gehen der Gäste. Manchmal fegte ein hübsches einheimisches Geschöpf von Counter zu Counter, hinterließ Briefe, Blätter und Ordner. Die Telefone kamen nicht zur Ruhe. Der Geräuschpegel war selbst am Morgen hoch.

Das Hotel war stark frequentiert, Leute aus vielen Nationen nahmen die Mitarbeiter der Rezeption voll in Anspruch. Man fühlte sich gut aufgehoben. Die meisten Leute – so sagte man mir – bleiben drei bis vier Tage, um von hieraus Besuche zu den Sehenswürdigkeiten Colombos zu organisieren. Viele gibt es nicht.

315

„Herr Dr. Sommeralm, ein weiteres Fax für Sie, dieses Mal in einem Couvert, es tut uns leid, was heute Morgen passiert ist. Ein Trainee hat das verbockt."

„Schon in Ordnung, Jammern hilft nicht, was geschehen ist, ist geschehen."

Ein Schauder strich über die Haut, Furcht, wieder eine Hiobsbotschaft in der Hand zu halten.

Ich riss den Umschlag unsachgemäß auf.

Und in der Tat, es war eine.

Christian behauptet, dass Arien nicht der Sohn von Anna ist. Das würde erklären, warum sie ihn so hemmungslos einspannte, ihn ständig besuchte, sie ihn anmachte, als er mich zum Bahnhof nach der Einweihung ihres Gebäudes bringen wollte. Die verbale Attacke auf mich, der Junge habe sich längst von mir gelöst, war demnach eine widerliche, zweifelhafte Rechtfertigung.

Wer war Ariens Mutter?

Dann las ich: Seine Mutter war Annas Zwillingsschwester aus der ehemaligen DDR. Unfassbar.

Ich recherchierte sofort.

Im Jahre 1987 – also war der Junge damals sieben Jahre alt – wurden Anna und Arien von der Bundesrepublik Deutschland freigekauft. Warum hatte sich die Schwester einverstanden erklärt, ihren Filius ihrer Schwester anzuvertrauen, oder hatte sich alles ganz anders zugetragen? Hatten die Schwestern vielleicht sogar die Ausweise getauscht?

Lassen wir das...

Eins würde Anna etwas entlasten. Sie war in keinem Fall in einen Inzest verstrickt. Sollte ich so tun, als wüsste ich das noch nicht, wenn wir uns treffen werden? Keine Ahnung. Noch habe ich genügend Zeit, darüber nachzudenken. Warum aber sind wir alle so gelinkt worden?

Arien war mir bis zu seiner Pubertät sehr zugetan.

Er begleitete mich, wir kauften zusammen ein, ich ging mit ihm Schwimmen, wir segelten auf der Alster. Arien vorne weg. Er gab meist den Anstoß zu unseren Aktionen. Würde man das machen, wenn man sich ablehnt oder neutral gegenübersteht?

Nein!

Unmittelbar nach Ariens neuer Lebensphase dachte ich noch, dass er mir eigentlich etwas schulden würde, wo ich ihm ein solches Zuhause, Zutraulichkeit, Wärme und Nähe gegeben habe. Schließlich war er ja nicht mein eigener Sohn.

Ich erinnerte mich noch genau daran, dass ich den Jungen von Anfang an in mein Herz geschlossen hatte, ihn mehr als schätzte. Im Lauf der Jahre glaubte ich beinahe, dass er mein eigener Sohn war. Es dauerte, bis ich zu der Erkenntnis kam, dass mein Verhalten keineswegs eine Verpflichtung in sich trug. Vielmehr galt es, ihm Respekt, meinen Respekt zu zeigen, als er sich emanzipierte. Was ich anfänglich kaum tat. Statt ihn machen zu lassen, seine Freiheit allein zu erobern, nörgelte ich an ihm herum, fragte dauernd danach, wo er sich denn aufhalte und was das für Leute wären, mit denen er verkehre - oder ich maulte. Ich glaubte nämlich, dass er bewusst eine Distanz zwischen uns aufbaute, um die frühere Nähe endgültig aus seinem Hirn zu verbannen. Meine Dummheit zu glauben, ich trüge an dieser inneren Trennung Schuld, klang heute lächerlich. Jedenfalls ließ das auf mangelndes Selbstbewusstsein schließen und eigentlich auch auf Egoismus.

Wäre ich damals so erfahren in Fragen der Adoleszenz wie heute, hätte ich seine Suche nach Distanz von vornherein unterstützt.

Heute gibt es für mich keine Schuld der Kinder gegenüber den Eltern (was Anna wohl eingefordert hatte), nur weil man diese großzieht und viel entbehren muss. Meine Begründung, die mir in den Sinn kam, hört sich so an: Kinder werden einzig und allein durch Entscheidungen der Eltern gezeugt. Eine Mitwirkung der Nachkommen erübrigt sich durch sich selbst. Außerdem: muss es daher nicht so sein, dass Eltern selbstverständlich für ihren Nachwuchs sorgen müssen?

Ja, meine Antwort.

Wenn Kinder aber dankbar werden, sobald der Emanzipationsprozess beendet ist, dann lässt sich ihre Dankbarkeit als eine große Tugend formulieren. Drückte Arien diese nicht deutlich genug aus, als wir beide Annas Gebäude inspizierten, und wir über manche ihrer Ideen diskutierten? Und hatte er mich gegen den Willen seiner Mutter nicht zum Bahnhof bringen wollen? Wie blind bin ich nur gewesen, als ich seinen Vorschlag im Interesse seiner Mutter verwarf?

Nun gut.

Aus der zentralen Rezeption hörte ich meinen Namen rufen. Ich stand etwas schwerfällig von meinem Korbstuhl auf – ich spürte wie nie zuvor die Trägheit, die meinen Körper befallen hatte - und eilte dorthin. Mir wurde gesagt, dass die Taxe für mich vorgefahren wäre, sie wird mich jetzt zur Deutschen Botschaft bringen. Ich werde in zwanzig Minuten mit dem Botschafter sprechen können. Das allerdings klappte nicht. Was war geschehen? Im *Galle Face* Hotel bekam ich bei meiner Rückkehr keine Auskunft über die Abwesenheit des Botschafters. Nächsten Morgen allerdings las ich in der Presse, dass in Trincomalee - in der Nähe der deutschen Vertretung - ein Attentat verübt worden ist und der Botschafter sofort mit einem Hubschrauber an den Ort des Geschehens geflogen war. Ärgerlich! Aber in einem noch nicht befriedeten Land wird es immer wieder zu Störungen kommen. Die *Tamil - Tigers* (eine Minderheit unter der tamilischen Bevölkerung) agierten rücksichtslos, hatten sich überall unerkannt eingenistet und wenn es sein musste, wurden Väter und Söhne aus ihrer eigenen Rasse als Schutzschilde benutzt oder als Courier und Taxifahrer eingesetzt. Geschnappte Terroristen wurden in Autoreifen aufgehängt und angesteckt. Grauenhafte Seiten eines Guerillakrieges.

Ich fühlte die Angst, die sich durch Blicke der Rezeptionisten verstärkte. Ihre Versuche, mich zu beruhigen, halfen mir nicht. Ich weiß durch Christian, was eine heimtückische Kriegsführung bedeuten kann.

Galerien in Colombo - 06.12.2004

In der Rezeption listete man mir einige bekannte Galerien mit den Adressen auf und meinte, ich solle sie nacheinander abfahren. Vielleicht werde ich fündig, wenn es stimmte, dass Friederikes Bild tatsächlich in Colombo gekauft worden ist. Als ich es beschrieb, meinte man, und das zu Recht, solche Sonnenuntergänge lassen sich viele Künstler nicht entgehen, sie machen viel her. Dabei kam mir der Gedanke, dass

Anna sie immer wieder für Motive ihrer Bilder wählte, ob auf Bornholm, Amrum, Sylt oder am Bodensee.

„Die Fahrt wird einige Zeit in Anspruch nehmen", meinte man, „die Kunsthandlungen verteilen sich über die ganze Stadt! Ganz in der Nähe ist die Art Gallery Kalyathanaya. Sie bietet moderne, aber gegenständliche Gemälde an. Fragen Sie bitte nach dem Namen Ihrer Malerin."

Los ging's. Der Wagen: ein *Vauxhall* mit Aircondition.

Die himmlische Kühle, die bald einsetzte, ließ mich die Anstrengungen beinahe vergessen, die mir jedes Mal, wenn ich ein Geschäft betrat, zu schaffen machten. Manchmal sprach man kein Englisch, manchmal konnte ich die Angestellten ihres Singsangs wegen nicht verstehen. Auch mir war bekannt, wie Asiaten mit einer fremden Sprache umgehen, unbewusst natürlich, die Tonhöhe verzerrt einzelne Wörter.

Ich erzählte überall von dem Bild, das mir Friederike mitgebracht hatte, und hörte immer dasselbe. Solche Bilder seien zu Hauf im Angebot, überall in den Badeorten, besonders in den mondäneren wie Bentota. Aber dahin sollte ich mal fahren, denn wohlhabende Weiße mieten sich in den Luxushotels (am schönsten Strand der Westküste) meist ein paar Wochen ein, und dass mein Bild offensichtlich hier – wenn überhaupt – gemalt wurde, liegt auf der Hand.

„Viele Feriengäste nehmen sich als Erinnerung ein solches Kunstwerk mit. Der Sonnenuntergang kann in seiner ganzen Pracht eben nur im Westen Sri Lankas erlebt werden. Wenn die Sonne abends ins Meer tauchen wird, erfüllt ein rötlicher Schimmer die Luft, als rote Kugel scheint sie förmlich ins Wasser zu fallen. Daher versammeln sich auch immer viele Gäste spät abends am Strand. Das Hotel Triton, ein paar Kilometer von Bentota (nach Süden hin) entfernt, ein wahres Kleinod, stellt am Strand sogar Bänke für ihre Urlauber auf."

Trotz vieler Ratschläge und Erklärungen hatte ich mit meiner Suche kein Glück, Anna Bischhoff war unbekannt.

Hilfreiche Informationen – 07.12.2004

„Danke, dass Sie mir einen zweiten Termin in der Deutschen Botschaft besorgt haben", sagte ich an der Rezeption.

Man lächelte wohlwollend.

„Für uns sind die Gäste Könige!", meinte die zuständige Rezeptionistin sarkastisch, verriet aber ihre wirkliche Auffassung durch ihre heruntergezogenen Mundwinkel, „das haben Sie sicher schon gespürt."

Ich beließ es bei der Aussage, ging auf den Hotelvorhof und schaute nach einer freien Taxe im Garagenareal des Gebäudes. Ich hatte Glück.

Der Taxifahrer grinste mich an,

„Soll ich an der Botschaft auf Sie warten?"

„Natürlich!" ließ ich verlauten.

Dort war man sehr zuvorkommend. Der Sekretär entschuldigte sich für meinen letzten erfolglosen Besuch und ließ sich schildern, was ich von der Botschaft wollte.

„Bischhoff? Sommeralm? Bitte nehmen Sie Platz, wir befragen unser Archiv, ich komme unverzüglich zurück."

Erst nach zehn Minuten stand der Botschaftssekretär wieder vor mir.

„Es tut mir Leid, keinerlei Registrierung unter diesen zwei Namen. Wenn Sie aber meinen, dass sich Ihre Frau irgendwo um Trincomalee niedergelassen haben könnte, sollten Sie in diese Stadt fahren und gegebenenfalls im *Club Oceanic* Quartier beziehen. Von hier können Sie Touren nach Süden (Batticaloa) oder Norden (Nilaveli) unternehmen. Ich werde Sie in unserer Außenstelle ankündigen. Mehr kann ich erst einmal auch nicht tun."

Ich verabschiedete mich und ließ mich ins Hotel zurückbringen.

Eine Kunstausstellung – 08.12.2004

Am nächsten Tag machte ich mich auf den Weg nach Bentota. In der Rezeption empfahl man mir, dieses Mal mit der Bahn zu fahren.

„Sie sehen viel mehr als im Auto. Der Zug kriecht teilweise an der Küste entlang, ich sage gleiten, weil er schleicht, damit die Fahrgäste etwas von der schönen Aussicht mitbekommen!"

Natürlich wusste ich, dass sich eine Eisenbahngesellschaft hierum nicht kümmern wird. Dennoch schmunzelte ich.

„Überredet!"

Wir verabredeten, mich mit einem Hoteltaxi rechtzeitig zum Bahnhof zu bringen, wenn der nächste Abfahrtstermin am Hauptbahnhof ansteht."

„Wird erledigt!"

„Ich bin solange auf der Terrasse!"

Das war das ganze Gespräch.

Die Bedienstete verschwand irgendwo hinter dem Tresen. Kein weiterer Hinweis, was folgen könnte, wie lange die Fahrt nach Bentota dauert oder wie frequentiert diese Züge sind. Ich wusste aber, sie fahren in der Regel bis nach Galle.

Gesagt, getan!

Natürlich bekam ich einen Schreck: Die Bahnsteige waren überfüllt. Ärger stieg in mir auf, man hatte mich unaufgeklärt gelassen.

Die Menschen liefen – wie es schien – kopflos umher, in den Händen oder auf dem Kopf Gepäckstücke aller Art – Säcke, Pakete, Tüten, Körbe, Tücher – und versuchten, sich ihren Weg zu bahnen. Mich nahm ein Beamter unter seine Fittiche, führte mich vorn zu einem Wagen, der für Ausländer offensichtlich reserviert war, er war nämlich nur mäßig gefüllt. Es konnte losgehen.

Tatsächlich, es war eine außergewöhnliche Fahrt. Die Bahnschienen verliefen oft parallel zum Strand, der war manchmal nur zehn Meter von der Bahntrasse entfernt. Hohe Palmen reichten beinahe bis zum Wasser, Teile des oberen Strandes (nahe der unmittelbaren Besiedlung) sind mit Pflanzen überwuchert.

Kein Mensch im Wasser.

Man hielt an jedem Marktflecken, immer stiegen Unmengen von Menschen ein und aus. Überall auf den Bahnsteigen ein unübersichtliches Treiben. In größeren Orten wie Kalutara oder in den von Touristen geprägten Dörfern Beruwela, Alutgama, Hikkaduwa und andere hatte man ein paar Minuten Aufenthalt, konnte sich beim längeren Halt die Füße vertreten oder mit Proviant eindecken.

Endlich in Bentota.

Direkt am Wasser die großen Hotels, dahinter öffentliche Gebäude, ein kleiner Park, die Polizei, ein Steak-Restaurant, Geschäfte in budenähnlichen Garagen. Ich wanderte die Hauptstraße nach Süden in Richtung Induruwa. Auch hier ergossen sich Menschenmengen durch Straßen und Wege, Einheimische vermischt mit Europäern. Die Weißen trugen in der Regel Sandahlen, die Singhalesen eher nicht. Viele Männer im Sarong, Jugendliche in Uniformen ihrer Schulen, Frauen im Sari, gefertigt aus Baumwolle oder Seide.

Ich hielt Ausschau nach allen Seiten.

Noch hatte ich niemand gefragt. Ich wollte allein mein Ziel finden, ein Unterfangen, das mir Gegenden verschließen könnte, die abseits der Hauptstraße liegen. Da mir aber bekannt war, dass Galerien gern in Außenbezirke gehen, weil sich nur wenig Leute, meist Kenner, für sie interessieren, pilgerte ich ab und zu in Nebenstraßen. Kunstverständige, Fachleute und Bilder-Hobbyisten nehmen von der City entferntere Plätze und Umwege in Kauf, wie ich. Für die Mühsal wird man entschädigt. In den Ausstellungen warten meist ein reichhaltiges Angebot, Stille und Ruhe. Dies macht den Besuch angenehm. Außerdem macht jedes Kunstobjekt nachdenklich, denn es ist nie einfach so entstanden. Auch wenn es viele Leute gibt, die an der modernen Kunst zweifeln und hinter ihr keinen Sinn sehen, wird der Sachkenner danach suchen. Und er wird eher dann fündig, wenn er ein Bild zum Beispiel oder eine Skulptur ohne zeitliche Vorgaben betrachten kann. Und eins lässt sich vielleicht noch herausstellen: Kunst der Gegenwart ist immer auch ein Spiegelbild der Gesellschaft und ihrer Strömungen. Sich mit Kunst unter Zeitdruck zu beschäftigen, war daher nicht mein Ding.

Plötzlich sah ich in eine der Gassen links von der Durchgangsstraße eine Arkade, einen auf Säulen ruhenden Bogengang, überdacht. Als ich ihn erreichte, spürte ich, wie man durch eine offene Konstruktion - auch in manchen Häusern üblich - der Hitze ein Schnäppchen schlägt, weil der kühlende Wind vom Meer ungehindert durchwehen kann.

Da stand es, deutlich sichtbar: Art Exhibition (Kunstausstellung).
Ich jubelte innerlich.
Endlich.
Was für ein langgezogener Saal, staunte ich. Auf seinen Seiten abgeteilte Boxen, ihre Größe wohl sechs Quadratmeter, von der Mitte aus zu begehen, die auch von einer dortigen Sitzbank zu betrachten sind.
Ich war fasziniert. Das nahm mir meine Unsicherheit, die ich anfänglich spürte, als ich die Galerie betrat.
Eine außergewöhnliche Atmosphäre.
Der Galerist muss ein Kunstkenner sein, in jedem Fall wohl auch ein geschickter Geschäftsmann.
Einzelne Besucher konnten sich in die Boxen zurückziehen, sich näher an die Objekte herantasten, Farben, Motive und Komposition zu verinnerlichen. Fabelhaft belichtet, denn von draußen kam nur Dämmerlicht herein.

Jeweils ein großflächiges Ölgemälde beherrschte eine Wandseite. Aquarelle und kleinere Ölbilder mit ähnlichem Sujet – meist zu dritt oder viert in verschiedenen Höhen arrangiert – (auf einem der Schenkel des Ausstellungsraumes) ließen den Blick von Bild zu Bild wandern. Vergleiche helfen dem Betrachter auf der Suche nach dem Charakter eines Kunstwerks. Lithografien, gerahmt, nahmen die gegenüberliegende Wand in Anspruch.
Später fand ich auch eine Foto-Ausstellung im hinteren Teil der Galerie.
Ein Könner, der das Geschäft eingerichtet hatte.

Plötzlich stand ein Mann vor mir, mittleren Alters, wie mir schien. Ein faltenloses Gesicht, ein dichter, schwarzer Haarschopf, braune Augen, kräftige Brauen und eine altmodische Hornbrille auf der Nase, die Haut war leicht braun, mir kam der Kakao in den Sinn, den wir als Kinder immer getrunken hatten. Demnach ein Burger.

„Kann ich etwas für Sie tun?", fragte er höflich.

Ich antwortete ihm, ich wolle erst einmal allein durch die Räume wandern, um mir einen eigenen Eindruck ohne fremde Hilfe zu verschaffen, danach käme ich auf ihn zurück.

Er lächelte vielsagend.

Genau das hatte mir seinerzeit auch Friederike erzählt, d.h., dass das Land besonders gut zu bereisen wäre, weil die Menschen noch jene Freundlichkeit haben, die man in Europa nur noch auf dem Lande unverändert vorfindet. In den Städten - so äußerte sich meine Tochter - nimmt keiner auf den anderen Rücksicht, wirkt oft genug abweisend oder ist maulfaul, was sie in allen Großstädten - auch in Colombo - festgestellt habe.

Kein Bild dabei, das dem meiner Frau nahe kam.

Was nun?

Ich fragte den Singhalesen - er sagte mir, ihm gehöre diese Galerie seit zwanzig Jahren - ob ihm jemals eine blonde Frau, und ich beschrieb Annas Antlitz genauer, ein Gemälde angeboten habe, das einen Strand mit einem Sonnenuntergang darstelle.

„Diese Art der Bilder nehme ich nicht an, weil zu viele von ihnen in der Welt kursieren, aus Sri Lanka werden viele Länder beliefert. Sie entstehen meist draußen in freier Natur, will sagen, unmittelbar am Meer, Laienmaler, die das Motiv als eindrucksvoll ansehen. Was oft nicht der Wirklichkeit entspricht. Der gesamte Westen und Teile des Südens unserer Insel bilden den Entstehungsort."

Ich überlegte einen Augenblick, schloss die Augen. Sollte ich ihm mein Schicksal anvertrauen? Wird er es respektieren?

Dann schoss es aus mir heraus:

„Meine Frau hatte sich von mir getrennt, sie ließ mich wissen, dass sie sich verwirklichen müsse" , sagte ich betrübt. „Für mich hieß das, dass sie statt in der Architektur tätig zu sein, eine neue Aufgabe (weit weg von Deutschland) meistern wollte. Meine Tochter schenkte mir von ihr ein Bild, eben hier in Sri Lanka gemalt, wie die Unterschrift verriet. Ihr Name war in singhalesischen Buchstaben geschrieben."

„Und wie ist der Name?"

„Sie hatte im Namenszug des Bildes den Mädchennamen gewählt, Anna ...“

Der Burger schaute mich verdutzt an.

Was wird er sagen? Überlegte er nicht gerade, ob er sich an sie erinnerte? Ich wurde unsicher, begann leicht zu zittern.

„ Bis...hoff?“, hörte ich zaghaft. Das konnte nur Anna sein (in singhalesischen Buchstaben).

Bei mir brannten die Birnen durch. Ich sprang auf ihn zu, umarmte ihn, und zog ihn im Kreise mit mir, wie Kinder das machen, wenn sie im Reigen tanzen.

„Ja!“, schrie ich lachend, Tränen rannen meine Wangen herunter, und ich wischte sie nicht weg. Meine Freude war unverkennbar.

Offensichtlich glänzten meine Augen und meine Lippen spannten sich von Ohr zu Ohr, was den Boss der Bildersammlung dazu verleitete schmunzelnd zu äußern:

„Kommen Sie, ich zeige ihnen ein farbenprächtiges Aquarell, betitelt als *Swami Rock*, aber nicht den Felsen hat die Malerin für ihr Aquarell ausersehen, sondern den Eingang des berühmtesten Hindutempels Sri Lankas *Koneshwaram*, für gläubige Tamilen errichtet. Es ist von Anna, vor mehreren Monaten abgeliefert.“

Ich war sprachlos. Das Aquarell hing in einer Box allein auf der vom Mittelgang einsehbaren Wand. Es leuchtete in allen Farben und offenbarte das Portal zum Tempel sowie die Mauerseiten links und rechts. Darüber die typische Tempelform zu einem nach oben sich verjüngendem Dach, einer Pyramide gleich. An jeder scheinbaren Lücke eine Figur, Götter, Tiere, Menschen, und diese in bunter Abwechslung und unterschiedlichen Ausmaßen. Durch den Abstand, den ich vom Bild wählte, kamen die vielfältigen Figuren und Farben besonders gut zum Ausdruck. Wirklich ein Genuss.

„Sie hatte Wasserfarben gewählt, um die Wuchtigkeit des Tempels zu kaschieren, was ihr gelungen ist. Sie ist eine begnadete Künstlerin.“

„Ich kaufe Ihnen das Aquarell ab, beschenke mich sozusagen selbst „.

„Das freut mich, es kommt dann in die richtigen Hände, wie ich finde“, meinte der Galeriebesitzer.

Ich nickte dankbar mit dem Kopf.

„Wo steht dieser Hindutempel?"

„Auf der Ostseite der Insel, in Trincomalee, auf einem Felsen, von dem man einen hinreißenden Ausblick zum Meer hat. Sie wird zur Zeit der Entstehung ihres Werks irgendwo dort untergekommen sein, denn die Genauigkeit der Linien, Geschöpfe und Götter und die Vielseitigkeit der Figuren lassen darauf schließen, dass sie viel Zeit aufgewandt haben muss."

„Damit Sie sehen, was sich in meinem Haus alles verbirgt, zeige ich Ihnen noch einen Raum, indem ich viele berühmte Lithografien ausgestellt habe, kommen Sie!"

Was ich sah, ließ meinen Atem stocken.

„Anna Bis...hoff hatte drei an mich verkauft, weil sie Rupien brauchte, und ich habe die drei Lithos erstanden in der Annahme, ich könnte diese an den Mann bringen. Was bis jetzt nicht der Fall war. Für ihr neues Aquarell hatte ich ihr weniger Geld gegeben als Sie jetzt bezahlten. Ein kleines Äquivalent für die aufgekauften drei Exemplare.

Wie konnte Anna Bilder aus unserer Wohnung mitnehmen?

Ich überlegte einen Augenblick.

Hatte ich nicht...? Natürlich, ich nahm erst kürzlich ihr Zimmer in Augenschein. Warum hatte ich die leeren Wandstellen verdrängt? Warum hatte ich denn nicht versucht, in Galerien eine Antwort zu erhalten, ob sie zur Restauration abgegeben worden sind? Gab es darauf eine Antwort?

Ich hatte mein Vorhaben durch das Buchprojekt einfach vergessen. Ich ging näher an die Bilder heran. Es waren Annas: *Friedländer*, *Rohse* und *Fekete*. Plötzlich sah ich Annas Zimmer vor mir, als ich mit ihr zusammen vor ihrem Schminktisch saß. *Fekete* und *Friedländer* im Blick.

Anna war also hier. Wie gut, dass ich hierhergekommen bin, sagte ich mir und strahlte.

Ich hinterließ meine Adresse mit der Bitte, mir alle Bilder nach Deutschland zu senden, wohlverpackt und auch versichert, was er gern machen wollte.

Ein Blick noch einmal auf meine Errungenschaft.

Erst jetzt stellte ich dieselben Buchstaben unten auf dem linken Bildrand fest, natürlich, singhalesisch. Ich hatte sie damals (vom Sonnenuntergangsgemälde) nachzuzeichnen versucht.

„Danke", sagte ich, „es ist Zeit, nach Colombo zurückzukehren!"

Wir schüttelten uns die Hände, der Besitzer winkte sogar, als ich mich auf der Gasse noch einmal umdrehte.

Beglückt fuhr ich in die Hauptstadt zurück. Ich nahm mir eine Taxe, denn inzwischen war es heiß geworden, und unter den vielen Reisenden auf dem Bahnsteig zu warten und sich gegebenenfalls um einen Sitzplatz zu 'duellieren', das wollte ich mir nicht antun. Wahrscheinlich hätte ich meine Euphorie dann nicht mehr genießen können.

Die Landesstraße in Richtung Hauptstadt brach fast unter dem Verkehr zusammen.

Viele Autos, unzählige Fußgänger.

Menschen wogten in beide Richtungen am Rande entlang, Radfahrer mit Karren, die sie hinterher zogen, Radler bepackt mit Kisten und Körben, mit Heu und Kindern, manche transportierten Thunfisch auf der Gepäckablage, wohl mit einer Länge von einem Meter. Motorräder, die sich durch Lücken quälten. Elefanten, ausladende Laubzweige im Maul. Sie versperrten Teile der Straße. In Kalutara wurde es mir beinahe zu 'bunt'. Es war bestimmt besser zu Fuß zu gehen.

Für einen Weißen eine Illusion.

In der Hauptstraße der Stadt mit ihrer berühmten Pagoda hielt mein Fahrer sowieso, weil er einen Obulus in den Opferkasten stecken wollte. Ich sprang aus dem Wagen, rief ihm zu, er solle irgendwo rechts heranfahren, ich würde in ein Geschäft eilen.

Was ich tat.

Ich hatte es beim langsamen Vorbeischleichen bemerkt. Es hatte draußen ordnungslos Taschen, Tücher und Gürtel ausgehängt, daneben standen zwei Ansichtskartenständer und – gegen die Wand gelehnt - eingerahmte Drucke. Einer Eingebung zufolge betrat ich den Laden. Er war bis auf eine jüngere Frau leer. „Ich bin die Chefin", sagte sie in einwandfreiem Englisch. „Darf ich Ihnen behilflich sein?"

„Dürfen Sie!"

Dann erzählte ich von dem Ölgemälde, das mir Friederike nach Deutschland mitgebracht hatte.

Sie führte mich in den völlig überladenen hinteren Teil des Raumes, und da standen an einer Tür - wohl zur Toilette - drei Gemälde, zwei Sonnenuntergänge und ein Sonnenaufgang. Mir wurde in diesem Moment klar, dass der Verkauf von Kunst hier keine Rolle spielt, anders wäre diese Lagerung nicht zu verstehen. Dieses Bild hier, und sie zeigte auf das Gemälde mit der aufgehenden Sonne ist an der Nilavelibucht entstanden. Eins der schönsten Strände unseres Landes.

„Und woran erkennen Sie den Ort?"

„Keine Palmen am Strand, sehen Sie hier – *Tamarisken* - „

„Erinnern Sie sich, wer dort solche Bilder malt?"

„Nein, aber wäre ich eine Künstlerin und malte in der Natur, ich hätte ganz sicher diesen himmlischen Strand gewählt, allerdings nur, wenn der *Südwest-Monsun* (Mai bis August) herrscht. Dann ist es um Trincomalee relativ trocken. Während der *Nordost-Monsun* im Winter im Osten tobt, also jetzt und viel Regen mit sich bringt, sollte man sich einen Platz zum Malen und Zeichnen um Bentota und Ahungalle suchen."

Ach du meine Güte. Könnten denn nicht die Monsunwinde umgekehrt verlaufen?

„Danke für Ihre Mühe."

Die Ladeninhaberin sieht mich entsetzt und fragend an. Sie wird sicher gedacht haben, da redet man sich den Mund fusselig, und verkauft nichts. Diese Weißen...

Danke Christian 15.12.2004

Diese feuchte Hitze in Colombo.
Sie macht einen fertig.
Mich jedenfalls.
Vielleicht können andere sie besser ab als ich. Dazu der Staub in
der Luft, die Gase und der aufgewirbelter Unrat.
Warum ich noch nicht nach Trincomalee abgereist war, ist leicht
erklärt. Alle Taxen des Hotels waren unterwegs, und ich wollte nur mit
einem von *Galle Face* gemieteten Wagen fahren. Es fährt sich sicherer
mit einem bekannten Fahrer, oder? Wahrscheinlich kann mir dann
nichts passieren.
Nicht dass sich diese nur gut auskennen, was ich unterstellte, anderen Fahrern von außen werden die Verbindungen in alle Richtungen
des Landes ebenso bekannt sein, aber durch die Inanspruchnahme eines Hotelchauffeurs fährt man mit einem registrierten Mann. Außerdem kann man jederzeit das Hotel haftbar machen, wenn man - vom
Driver verschuldet - in einen Unfall verstrickt ist.
Wer aber weiß, woher die Leute von außen kommen, die solche
Fahrten auf der Straße anbieten? Eine Tour mit einem normalen Stra-
ßentaxi wird zwar viel billiger sein als ein Taxi aus dem Hotel, aber das
genügt in einem Staat, der durch eine Art Bürgerkrieg gebeutelt ist,
nicht für seine Wahl.

Ein neues Fax.
Christian ließ mich wissen, dass er noch einmal mit Ariens frühe-
rem Mitbewohner gesprochen habe, und der bestätigte, dass Arien tatsächlich mit einem fremden Jungen nach Haus gekommen wäre. Jedoch hätte der Student keine weiteren Erklärungen abgeben können,
weil er selbst auf Urlaub fuhr.
Mann!
Musste die Information denn sein? Konnte Christian nicht warten? Konnte er nicht selbst darauf kommen, dass mich jeder Gedanke
an Arien - insbesondere an seine sexuelle Orientierung - in Rage versetzen würde? Er musste doch in meinem Diktat gelesen haben, dass
mich mein Therapeut auf die Sensibilität meines Sohnes hingewiesen

hatte und diese in Verbindung mit Homosexualität brachte. Damals flippte ich aus. All das stand in meinen Aufzeichnungen.

Wollte der Wohnungskumpan Arien nachträglich in ein schlechtes Licht setzen? Mochten sich die beiden denn nicht?

Unsinn, schalt ich mich.

Als ich damals meinen Sohn aufsuchte, und nur seinen Kumpel antraf, hatte mich dieser sehr nett aufgenommen, sogar angeboten, in seinem Zimmer warten zu dürfen. Es kann also nicht sein, dass er Arien schlecht machen wollte. Und auch der Blickkontakt eines jungen Mannes in Annas Gebäude bei der Einweihung des Hauses genügt nicht, Arien homosexuelles Verhalten zu unterstellen.

Für mich war er eindeutig auf Frauen gepolt, auch wenn er mit vielen femininen Genen ausgestattet war.

Der Therapeut sagte mir während unseres Gesprächs, dass Arien außerordentlich sensitiv wäre, gefühlsintensiv und phantasievoll. Er war voller Emotionen, ergänzte ich. Daraus die Liebe zu Männern abzuleiten, wäre grotesk, zumal jeder Mann mit ihnen mehr oder weniger ausgestattet sein kann. Das gelte ebenso für Frauen mit männlichen Genen.

Wenn man dann noch feststellt, dass die betreffende Person unentschlossen handelt, immer zögerlich ist, und Zurückhaltung übt, was auf ein fehlendes Selbstbewusstsein schließen lasse, dann heißt das nicht, dass man das gleiche Geschlecht lieben muss. Alle diese Eigenschaften findet man nämlich auch bei Männern, die - wie ich - frauensüchtig sind. Das waren übrigens gerade die Charaktermerkmale, die Anna mir vorwarf.

Dabei war ich total auf Frauen fixiert.

Noch etwas zur Aussage von Christian: Der Besuch eines Jungen sagt nichts aus, gar nichts.

Es gibt immer gute Gründe, soziale Kontakte zu pflegen.

Etwa Nachhilfeunterricht?

Mir erging es nicht anders. Meine Eltern waren knapp bei Kasse. So war auch der Abschlag von ihnen für meinen Lebensunterhalt nicht hoch genug. Also musste ich dazu verdienen. Ich erteilte Unterricht, meist Deutsch, manchmal Politik.

Preis je Stunde: sechs deutsche Mark.

Warum wollte ich unbedingt beweisen, dass mit Arien alles in Ordnung war? Mein Gott, das kann so nicht stehen bleiben. Ist Homosexualität denn nicht in Ordnung? Anfänglich war ich der Meinung. Heute nicht mehr.

Dennoch war ich über Christians Ausführungen sehr sensibilisiert.

Wieso waren meine früheren Bedenken wieder in den Vordergrund meines Hirns gerutscht?

Wieso erregten sie mich so sehr? Christian schrieb weiter, dass mich Ariens Tagebuch aufklären wird. Es müsste nur schnell ankommen, damit ich Anna entlarven könnte, wenn sie mir etwas vormachen würde.

„Ich hatte auch in meiner Pubertät schwer mit mir gerungen, was alles in ein Tagebuch gehört. Schließlich hatte ich ihm viel Intimes anvertraut „, schrieb Christian.

'Verdammt, Christian, warum beendest du das Thema nicht?'

Ein überflüssiges Fax.

Ich ärgerte mich inzwischen grün und blau.

Ich zerknüllte das Fax, warf es in einen Papierkorb. Ich wollte mich nicht noch länger mit dieser Thematik auseinandersetzen.

„Dr. Sommeralm, wollen Sie etwa, dass auch dieses Fax unter dem Hotelpersonal publik wird?", herrschte mich ein junger Mann von der Rezeption an.

„Nein!", grölte ich zurück, empört, dass mich so ein unerfahrener Schnösel anmotzte. Und wer hatte denn schließlich zu verantworten, dass mein erstes Fax ohne Umschlag bei mir unter der Türritze landete?

Der wahrscheinlich Zwanzigjährige stöberte im Papierkorb herum. Er musste gesehen haben, wie ich meine Mitteilung, zerknautschte, danach in den Abfall beförderte. Er beugte sich tief, sein Kopf war beinahe im Korb selbst drin. Als er sie gefunden hatte, gab er sie mir zurück.

Ich schämte mich wegen meiner Unbedachtsamkeit..

Um mir zu helfen, atmete ich tief ein und aus.

Hilfe?

Fehlanzeige.

Als ich dann noch sah, wie der Bursche verächtlich über die Schulter blickte, seine Blicke auf mich richtete, schaukelte ich meinen Ärger hoch.

Ich glättete das Papier mit zitternden Händen und zuckenden Lidern, was ziemlich störte. Ich tat so, als ob ich mich wieder in das Fax vertiefte. Dem jungen Mann wollte ich keine weitere Gelegenheit bieten, mich anzupöbeln.

Unser Sohn...

Bloß das eigene Zimmer aufsuchen, sagte ich mir.

Ich schritt die Treppen nach oben, blieb stehen, als kein Steward zu sehen war, trommelte auf dem Geländer herum oder schob Fußmatten zur Seite, die auf den Podesten lagen. Darin lag meine Hoffnung, wieder auf Normaltemperatur abzugleiten.

Oben außer Puste angekommen, wartete ich am Ausgang der Treppe einen Augenblick. Dabei blickte ich doch wieder aufs Fax: Zwei Begriffe waren fett gedruckt und unterstrichen: Erziehung und Veranlagung.

Diese rührten in mir alte Wunden auf. Ich hatte mich damals nach allen Seiten informiert, wissenschaftliche Abhandlungen gelesen und meinen Hausarzt befragt. Irgendwann war das Thema durch, mit Arien konnte ich hierüber nicht reden.

Die Begriffe ließen mich aber nicht los. Sie steigerten meine Wut auf Christian.

Sie erschienen mir vor Augen wie ein Endlosband.

Ich glaubte, diese Frage längst gelöst zu haben. Wieso wühlte Christian sie wieder auf? Gab es neue wissenschaftliche Erkenntnisse?

Als ich am Schrankspiegel vorbei kam, sah ich mein verzerrtes Gesicht, die geschwollenen Adern unter den Augen, die Röte meiner Wangen.

Beende endlich diese überflüssigen Gedanken! Arien ist tot.

'Er war nicht in den Bann gleichgeschlechtlicher Liebe getaumelt, geschweige denn, gezogen worden, weder durch die Erziehung noch durch Veranlagung,'

schrie ich durch meine Hotelräume bockig.

Offensichtlich hatte Anna ihren Sohn zermürbt. Diese ihre ständige Anwesenheit, die Bevormundungen, die Forderungen, die sie stellte, haben ihn verzweifeln lassen.

Was hätte er wohl gesagt, wenn ihm zu Ohren gekommen wäre, dass Anna nicht seine Mutter war? Hätte er sich dann zurückgezogen? Oder wäre er noch vertrauter mit ihr umgegangen?

Wie hätte ich reagiert?

Unsinnige Frage, sagte ich mir.

Hätte der Junge mit Anna durchgehalten? Mein Psychotherapeut hatte erklärt, dass sich bei jedem irgendwann das wirkliche Gen Bahn bricht, im Falle der Homosexualität in der Regel bei Jungen früher – oft schon mit zwölf bis sechzehn Jahren, bei manchen später.

Arien war ein Spätentwickler.

Wenn dem so war, Anna musste dazu beigetragen haben.

Gerade in der Pubertät wünschen sich Menschen Unabhängigkeit und /oder eine eigene Lebensplanung und Gestaltung, obwohl die Erfahrung hierzu fehlt.

Anna hatte die Flügel ihres 'Sohnes' gestutzt, seine Sehnsucht nach Unabhängigkeit unterdrückt, sie hatte ihn bedenkenlos unfrei gemacht. Aus dieser Perspektive wäre ich auch ausgebrochen. Wahrscheinlich hätte ich nur einen anderen Weg eingeschlagen als der Junge.

Ich erinnere mich noch sehr genau an meine Eltern, die mich nach dem Abitur ins Leben geworfen hatten. Ich sollte mir irgendwo ein Zimmer nehmen und möglichst in einer anderen Stadt studieren.

Ich ging tatsächlich nach Göttingen.

Sie hatten es gut gemeint, was ich empfand, als ich dort Fuß gefasst habe. Der gegenseitigen Achtung und Liebe hat das keinen Abbruch getan. Im Gegenteil. Wie freute ich mich, während meiner Semesterferien für ein paar Wochen wieder das heimische Umfeld genießen zu können. Aber, ich musste dabei schmunzeln, vierzehn Tage Zuhause, das reichte...

An nächsten Tag sollte es losgehen.

Das Auto wurde heute Morgen zur Überholung gebracht, der Fahrer wird in aller Herrgottsfrühe um fünf Uhr bereitstehen, sagte man mir an der Rezeption. Ich bat darum, mir die Suite für Weihnachten freizuhalten und zahlte schon im Voraus. Ich wusste, dass man unterwegs immer alles absichern sollte.

Ich packte meine Tasche mit allen notwendigen Papieren, Bad-Utensilien und Medikamenten sowie Unterzeug, Strümpfen und Hemden. Was brauchte ich mehr? Meine Pullis und Hosen, Zeitschriften und Bücher ließ ich im Koffer und stellte ihn in einem Stauraum ab.

Ich fand keinen Schlaf.

Mich beschäftigte natürlich Anna, aber auch Arien und schließlich Max. Ich sprach abends noch eine halbe Stunde mit ihr. Die vergnügte klare Stimme machte mich froh. Max wartete sehnsüchtig auf mich, wie sie mir zuflüsterte. Ich weiß genau, warum...

Die Fahrt nach Trincomalee – 16.12.2004

Ein Blick auf die Uhr.

Es ist 3 Uhr 20 morgens. Um 5 Uhr sollte mein Fahrer mit einem kleinen Morris unten vor der Treppe auf mich warten. Da ich bisher wach geblieben bin, werde ich auch jetzt nicht mehr einschlafen. Was ist zu tun?

Aufstehen!

Ich duschte in aller Ruhe. Zog mich luftig an und trat auf den Balkon. Es ist herrlich frisch. Diese Abkühlungen in der Nacht müssten eigentlich genutzt werden, um draußen zu schlafen. Aber die Insekten sind nicht untätig, besser ist es, nachts unter ein Moskito-Netz zu schlüpfen. Die Malaria-Mücken schwirren fast überall herum. Die vielen Wasserstellen, verschmutzten Bäche und Tümpel bieten den Larven bis zum Insektendasein genügend Schutz.

Ich sprühte mich von oben bis unten mit Chemie ein. Man sagte mir, dass damit jede Alaska-Mücke von mir abgehalten wird, wäre ich dort. Also müsste dieses Mücken-Spray hier noch eher wirken oder besser.

Besser?

Wie sollte das möglich sein? Vielleicht leitet sie sofort den Tod des Tieres ein? Nein, nein, so etwas gibt es nicht.

Die Quälgeister werden sich nur aus dem Staube machen, sobald sie sich mir nähern.

Ich stieg leise – bewaffnet mit der Reisetasche - die Treppen nach unten. Nachts fährt der Lift nicht. Die Fahrstuhlführer werden sich Zuhause ausruhen.

Kein Mensch im Foyer. Hat das seine Richtigkeit?

Vorsichtig lugte ich durch einen schmalen Portalschlitz nach draußen. Da saß ein schlafender Portier auf der obersten Stufe. Ich schlich mich an ihm vorbei. Mein Fahrer war noch nicht da, dagegen stand ein Kleinwagen auf den Parkplätzen an der Seite. Ob das der Morris ist? Noch war es zu dunkel, um Auto-Marken zu erkennen.

Als ich am Fuße der Treppe anlangte, bog ein kleiner Morris von der Straße ins Hotelareal ein. Man blinkte mir zu. Noch einmal ein Blick auf die Uhr. Es war zwanzig Minuten vor fünf. Zu früh, dachte ich, aber besser eher als zu spät. So kommt man unbehelligt durch Colombo, wo in einer halben Stunde der Morgen-Verkehr einsetzen wird. Um sechs Uhr wird Rush-Hour sein, wie man mich gestern wissen ließ.

Der Chauffeur stieg aus.

„Dr. Sommeralm?"

„Ja."

„Ich heiße Gunathilak Perera. Nennen Sie mich einfach Guna. Kommen Sie. Ich fahre Sie nach Trincomalee wie bestellt!"

„Danke!"

Ich warf kurz einen Blick auf den Mann, dem ich anvertraut war. Nicht unsympathisch, dachte ich. Er muss ein Mischling sein, seine Haut: kaffeebraun. Er war stämmig und relativ klein wie viele Sizilianer sind, sein Haar war schwarz und gekräuselt. Später ließ mich Guna wissen, dass er die Gene eines portugiesischen Soldaten und einer tamilischen Frau in sich trage.

Das musste ich nicht wissen. Schließlich betrieb ich keine diesbezüglichen Studien. Alle Menschen sind für mich gleich... oder doch nicht? Der Bürgerkrieg auf Sri Lanka schien diesem Grundsatz nicht zu folgen.

Noch war ich ihm gegenüber skeptisch. Eine Erklärung dafür konnte ich nicht abgeben.

Ich nahm hinten im Fond Platz.

Es ist wirklich ein Kleinwagen.

Ich setzte mich schräg auf die Bank. Nach links die Füße gestellt, dagegen schob ich den Po in die rechte Ecke an die Autotür.

Mein Fahrer drehte sich nach hinten, blinzelte über seine Schulter hinweg. Er hatte eine längliche Kopfform.

Ich machte ein ziemlich bedeppertes Gesicht.

Er sagte:

„Sie mögen das Auto nicht. Aber man hatte Sie an der Rezeption informiert, auch dass es überholt wird. Außerdem ließ man Sie wissen, dass die Klima-Anlage nicht funktioniert.

Mit diesen Aussagen machte er deutlich, dass er der für mich zuständige Chauffeur ist. Beordert vom Hotel. Das beruhigte mich sehr.

Ab ging's ...

Die Morgendämmerung verblasste langsam. Straßen, Häuser und Vorgärten sind zu Drecksplätzen mutiert. Überall Bananen- und Kokosnussschalen, Plastikbeutel und Papierfetzen, ausgesaugte Kippen und Zigarettenstängel, Eimer, Töpfe, Pfannen, Bretter, Ziegel, Seile und nicht zuletzt Schuhe und Stiefel. Colombo ist eine staubige Stadt, eine Symbiose aus Armut und Schmutz. Ab und zu moderne Gebäude, meistens aber verfallene Häuser oder vergilbte Farben an den Hauswänden, unzählige Verkaufsbuden, die natürlich keiner hygienischen Kontrolle standhalten würden. Ich war froh, als wir Colombo hinter uns gelassen hatten in Richtung Kandy.

„Sehn Sie mal!"

„What a beautiful view!", entgegnete ich grinsend. Aber eigentlich gab es nichts Besonderes zu sehen.

Guna wies mal mit seinem Kopf, mal mit den Händen nach draußen, um mich auf weitere Sehenswürdigkeiten hinzuweisen, nur stand er mit seiner Meinung allein da. Ich nahm seine Erklärungen aber gelassen hin.

„Sri Lanka is a wonderful country, isn't it?"

„Wirklich, besonders Colombo!"

Der Wagen heulte auf. Ein schrecklicher Ton, hoch, knarrend, laut.

„Das fehlt mir noch!"

Ich erinnere mich nicht, dass mein *Panda* je ein vergleichbares Geräusch hervorgezaubert hatte.

Der Fahrer stoppte.

Kaum fünfzig Kilometer auf der Straße und schon dies...

„Gerade überholt...", fuhr ich den Fahrer an, obwohl er nichts dazu beitrug.

„Man kann sich nicht auf die Werkstätten verlassen!" brüllte er mich in der Landessprache resignierend an. Ich verstand ihn nicht, kombinierte aber diesen Inhalt.

Es ist wie bei uns. Wie oft muss man eine Reparatur bezahlen und nichts war passiert.

Er öffnete den Kühler. Er wusste, worauf es ankam. Hinter uns bildete sich sofort ein Stau. Man hupte.

Dampf entlud sich. Das Wasser im Kühler war zu heiß geworden.

„Brasnayak naeae!"

Was das wohl heißt?

Ich blickte auf seine nach außen gespreizten Arme und Finger, dann auf seine hochgezogene Schulter. Jetzt verstand ich ihn. Kein Problem.

„Bleiben Sie hier beim Auto. Ich hole eine Kanne Wasser!"

Er entnahm dem Kofferraum eine Kanne und eilte davon.

Kaum war er aus meinem Sichtfeld, kehrte er zurück. Er muss sich auskennen, dachte ich. Nach einer Viertelstunde ging es weiter, das Wasser hatte er nachgefüllt.

Der Morris kroch über die Landstraßen. Das Leben begann überall um sechs Uhr morgens. Hunderte stiefelten barfuß die Straße entlang, eilten mit Plastiktüten ausgestattet – zu Einkäufen oder zur Arbeit oder zu einem small talk zu Freunden. Mir war als wäre eine ganze Nation auf den Beinen. Nie habe ich in Europa so viele Menschen auf beiden Straßenseiten gehen sehen. Ab und zu stockte der Verkehr, wenn die Nähe eines Ortes erreicht war oder irgendwo ein winziger, aber brodelnder Markt auftauchte. Hunderte von Fliegen schwirrten um die Stände herum.

Ich muss eingeschlafen sein, und Guna hatte mich nicht geweckt, obwohl wir bereits Kandy passiert hatten. Aber was hätte ich hier schon tun wollen? Vielleicht lässt sich auf der Rückfahrt eine Pause einlegen. Die Stadt wird von allen Singhalesen gepriesen.

Eine Vollbremsung.

Sie schleuderte mich gegen den Vordersitz. Beim Rückstoß landete ich wieder an der Rückwand meiner Bank. Stottern des Motors folgte. Ich schlug die Augen weit auf und blickte auf die Uhr. Wir waren bereits 5 Stunden unterwegs. Habarana, wie Guna mich hat wissen lassen, lag hinter uns. Die Landstraße war schmal, ihr Rand stand voller Gestrüpp, dazwischen Sträucher mit herzförmigen oder üppigen Blättern, Bambus, etwas weiter weg dichter Wald – Palmen, alle Arten :*Palmyra, Talipot, Areka und Kokos* – etwas weiter der Baum der Reisenden, *Ravenale und* ganz in der Nähe ein *Jackbaum*.

Mir wurde klar: Hier musste der Dschungel beginnen. Keine Lehmhütten, keine Häuser, keine Fußgänger.

Was sollte die Bremsung?

Musste der Fahr ....

„Nein", grölte ich, als ich erkannte, was er vorhatte.

Im Nu hatte er den Morris gedreht, setzte ihn dreißig Meter zurück in eine kleine Einbuchtung, und wir verschwanden hinter Zweigen und Blattwerk.

„Get out!" Seine Finger stocherten in Richtung Boden.

Aha, hinlegen!

„Was ist los? What happens?"

„Samaharavita brasnayak!"

Wieder dieses Wort: brasnayak. Problem.

„Samaharavita...?"

„Likely"

„Hier am Dschungelrand? „

Ich sah durch das dichte Laub hindurch. Ein Pickup kam angetuckert. Vier Männer mit Kopftüchern auf der Pritsche, zerschlissene, bunt gescheckte Militärjacken, Maschinenpistolen im Anschlag. Wir hatten es eben und eben geschafft, uns zu verstecken. Sie blickten sich nicht einmal um, fuhren an uns vorbei. Wie konnte der Chauffeur so reagieren? Hatte er am Ton des Lastwagens erkannt, dass es sich um Aufständische handelte?

Steckte er etwa mit ihnen unter einer Decke? Hatte ich mich geirrt, als ich mich am Hotel für ihn entschied? Mir wurde angst und bange. War ich etwa in die Hände von Terroristen gefallen, die mich entführen und meine Familie oder die deutsche Botschaft erpressen wollen? Längst standen meine Haare am Körper zu Berge.

Ein Personenwagen von der anderen Seite.

Der Pickup stellte sich quer, blockierte die Fahrbahn.

Mein, Gott, was wird das werden, dachte ich. Das Fahrzeug stoppte vorm kleinen Laster. Der Fahrer presste meinen Schädel nach unten. Machte mir noch Zeichen, absolut geräuschlos zu bleiben. Dennoch hob ich meinen Kopf etwas an und sah, wie die vermeintlichen Soldaten auf den PKW zugingen, fünfzig Meter von uns entfernt.

Sie rissen die Türen auf. Grölten:

„Ende, karayoo!"(Kommt heraus, ihr Gangster)

Sie zerrten gleichzeitig – einer links, einer rechts - zwei Männer heraus. Junge Polizisten, wie es schien. Ihre Uniformen verrieten ihren Beruf. Noch halbe Jungs, dachte ich. Sie hatten ihre Arme erhoben, Zeichen, unbewaffnet zu sein. Ihre verzerrten Gesichter verrieten Angst.

Wegsehen, Moritz!

Ich konnte es nicht.

Wohin hatte ich mich bloß begeben? Offensichtlich in ein unübersichtliches Gebiet, das immer noch von Gewaltverbrechen beherrscht wird? Wie konnte ich nur den Reiseveranstaltern Glauben schenken? Man verschwieg den Touristen die Überfälle. Selbst die singhalesische Regierung hatte den Osten bereits freigegeben und das deutsche Außenministerium hatte diese Meldung verbreitet.

Ich zitterte. Ich fürchtete um die beiden Polizisten. Angriffe auf sie ist immer ein Verbrechen. Polizisten sind Ordnungshüter, mehr nicht. Ungefährlich für zivile Bürger. Das ist überall in der Welt so.

Die vier feigen Männer trieben die beiden jungen Männer trotz der erhobenen Hände nicht zimperlich, mit den Füßen stoßend, vor sich her zu ihrem Transporter. Dort schubsten sie ihre Opfer auf den hinteren Teil des Pickups und sprangen hinterher. Ich sah, wie einer mit einem Knüppel auf sie einschlug. Erbärmliche Schreie.

Danach eine gespenstische Ruhe.

Der Fahrer des Pickups schaltete den Motor ein. Leerlauf, wahrscheinlich der Lautstärke wegen. Zwei der Tamil-Tigers (?) sprangen noch einmal von der Pritsche auf die Straße und rannten zum PKW der Polizisten zurück, schoben ihn unter erheblichen Anstrengungen in den neben der Straße führenden Graben, der den PKW fast verschluckte. Beim Vorbeifahren konnte man ihn nicht mehr sehen. Sie sprinteten zurück. Auch sie müssen jung sein. Krallten sich an der Verschalung ihres Lasters fest und zogen sich hoch.

Der Fahrer setzte seinen Wagen in Bewegung.

Wendete plötzlich, fuhr an uns vorbei und verschwand hinter der nächsten Kurve, aus der zwei Motorräder – nebeneinander fahrend - geschossen kamen. Ihre Fahrer hatten nichts von der Entführung mitbekommen. Auch fuhren sie achtlos am PKW vorbei. Dieser war tatsächlich im Vorbeifahren nicht auszumachen.

Als dem Fahrer die Luft rein genug schien, wies er mich an, meine Kleidung abzuklopfen und mich wieder in den Fond zu setzen. Kurz darauf befanden wir uns wieder auf der Straße nach Trincomalee.

Wir machten eine Pause ein paar Kilometer weiter. Guna rauchte eine Zigarette. Wie ich an seinen Mundstellungen ablas, wollte er mir etwas in Englisch sagen. Offensichtlich war er nicht über sich selbst im Klaren.

„Be careful. Don't speak in Club Oceanic about the incident on the way."

Gutes Englisch, wie war das möglich? Hatte er den Satz auswendig gelernt? (Sprechen Sie nicht über den Vorfall im Hotel).

„Extremely life threatening."

Ich wunderte mich, stellte aber keine Fragen.

Ich wurde argwöhnisch. Warum sollte ich nicht von der Fahrt berichten? Es folgte ein Redefluss in der Landessprache, den ich nicht verstand. Seine Hand- und Fingerbewegungen, sein Augenaufschlag und seine Gesichtszüge vermittelten mir, wie wichtig seine Worte wären, und manchmal konnte ich ein, zwei Wort verstehen, wie Mahatmayaa, brasnayak naeae.

„You, no brasnayak! Obe dannee naehaeae!"

Er hielt einen Moment inne, um die Wirkung der Worte abzuwarten, stolz, dass er dieses kannte. Ich zückte meinen singhalesischen Sprachführer, den ich bisher noch nicht genutzt hatte.

Dhannee? Ich blätterte. Aber nicht verzweifelt, denn ich fand ein ähnliches Wort: dhannavaa. Beide mussten verwandt sein... Wissen. Ich musste kombinieren, aber wie? Obe, you? Du. Endlich kam ich dahinter, schließlich bin ich neben meinen Fächern Philosophie und Geographie auch Analytiker. Ich wusste, dass mahatmayaa der Herr oder der Mann heißt. Der Herr hat keine Probleme, du hast keine Probleme, (wenn) du von nichts weißt.

Bald darauf standen wir vor einer heruntergelassenen Schranke, dahinter ein weit geöffnetes Tor – gate – rechts und links von ihm bewaffnete Sicherheitsposten, die den Fahrer nach seinen Wünschen fragten, und als sie mich wahrnahmen, gaben sie den Weg zum Hotelgebäude frei. Dieses lag einige hundert Meter weiter direkt am Strand.

Überall bewaffnetes Militär. Man schlenderte zu zweit, zu dritt, stand hinter Schuppenwänden, an Palmen gelehnt, saß auf einer Pool-Liege und lungerte im Eingang des Grenzhäuschen zum Strand.

In früheren Heerlagern konnte es nicht anders gewesen sein. Man war hochgradig konzentriert.

Suchten sie jemand? Hatten sie die Terroristen noch nicht gestellt, die den Überfall auf die Außenstelle der Botschaft verübten?

Noch immer steckte mir die Angst unseres Erlebnisses in den Gliedern. Was ich gesehen hatte, erinnerte an einige Erzählungen von Christian. Im Krieg sind Soldaten der Gegner immer Terroristen, dabei sind im Privatleben die wenigsten von ihnen kampfeshungrig oder sogar mordlustig.

Ich war vollkommener Pazifist. Würde mir das im Falle eines Falles helfen?

Kriege haben noch nie eine Problem-Lösung mit sich gebracht aber Hunderttausende (Unschuldige) getötet. Andere eingesperrt, ihnen Land und Häuser weggenommen.

Wir hielten vor dem Portal des Luxushotels. Mein Körper vibrierte vor Aufregung. Ich hörte mein Herz pochen, seine Schläge ähnelten denen des *BigBen*.
„Hier ist meine Handynummer. Bitte verschwinden lassen, vielleicht hinter dem Revers. Eine Nadel ist dabei. Sie können mich jederzeit anrufen. Ich kenne das Gebiet wie meine Westentasche. Ich bin hier geboren."
Nanu? Guna sprach plötzlich wieder fließend Englisch?
Er musste mich von Anfang an getäuscht haben. Gehörte er gar nicht der Fahrer-Gruppe des *Galle Face* Hotels an? Er bog, ging 's mir durch den Kopf, von der Straße aufs Hotelgelände morgens lange vor fünf Uhr ein. Wie war es aber möglich, dass er das Gespräch der Rezeption mit mir fast wörtlich wiedergegeben hatte? Er musste im Hotel-Komplizen haben...

Im Hotel Club Oceanic – 17.12.2004

Die Leute von der Rezeption blickten mir entgegen. Freundlich? Ich weiß es nicht, offensichtlich schaute man scheel auf meinen Fahrer. War er hier bekannt? Ich glaubte es nicht. Wenn er den *Tigers* angehören sollte, wagt man sich nicht in die Höhle des Löwen.
Guna stellte neben mir das Gepäck ab, schob mir unauffällig einen zweiten Zettel in die Hand und verschwand.
Besser so.
Auf einem Zeitungsrand stand in Englisch:

> *Hier die Handynummer meines Cousins. Wenn Sie mich nicht erreichen: 0161-232 876 234 – anrufen, er kennt sich so aus wie ich. Sie können sich ihm unbedenklich anvertrauen. Er heißt Nirmela.*

Ich schaute mir die beiden Mitteilungen an. Die Handynummern unterschieden sich.

Da ich erst der dritte Gast war, der vor dem Tresen stand, und also warten musste, fragte ich über die Köpfe hinweg, wo eine To zu finden wäre. Ein Zeichen, und ich eilte in die mir gezeigte Richtung. Mein Gepäck ließ ich stehen. Es wird schon nicht gestohlen werden, dachte ich. In Sri Lanka sollen die Menschen noch ehrlich sein, hatte ich gelesen.

Und was ist mit Fremden? Von Deutschland wusste ich, dass man auf Bahnhöfen und Flughäfen ständig ermahnt wird, kein Gepäckstück ohne Aufsicht stehen zu lassen.

Auf der To befestigte ich den Cousin-Zettel hinter dem Revers. Die Nummer von Guna ließ ich im Schuh verschwinden.

Die Suite im zweiten Stock, die man mir zuwies, hatte zwei Balkons zum Meer hin. Einen schöneren Ausblick konnte man sich nicht wünschen. Er führt zwischen den herrlichen Palmen hindurch, am Swimmingpool entlang, zum Wasser.

Seine Farbe: türkis.

Die Entfernung zum Strand betrug 50 Meter. Sollte ich ein Bad nehmen? Die Fahrt hierher und das auf dem Boden-Liegen müssten eigentlich genügen, aus mir ein Ja herauszuholen. Taten sie nicht. Meine Trägheit hinderte mich daran. Man sollte nichts überstürzen! Ich duschte mich und ging an die Bar.

Der Barkeeper war freundlich. Ist man das nicht immer, wenn man ein Trinkgeld erwartet?

Seine sehr dunkle Hautfarbe ließ auf einen Tamilen schließen. Sein kantiges Gesicht und sein eckiger Kopf bestätigten mir seine Herkunft .Ich hatte schon in Colombo mitbekommen, dass man viele Tamilen im Hotelwesen beschäftigt. Außerdem gab es eine Menge Geschäfte, die Tamilen gehören, meistens sind es Schmuckläden, die sie führen. So lernte ich, dass der größte Teil dieser Volksgruppe friedlich ist, die Tamil-Tigers nur eine Minderheit darstellten, und diese kam vornehmlich aus dem hohen Norden, Jaffna wurde als deren Rückzugsort genannt.

Ich bestellte ein Sandwich und ein Bier. Ganz bescheiden!

Während der Barmann das Bier zapfte, fragte ich ihn nach einer weißen Frau, die irgendwo an dieser Küste leben sollte, eine Malerin, ihr Name wäre Anna. Dann zückte ich ein Foto und hielt es ihm unter die Nase. Er schaute nicht einmal drauf, aber schüttelte trotzdem den Kopf und meinte mit zwangsloser Selbstverständlichkeit, dass er gar nicht vom Hotelgrundstück käme, weil er immer arbeiten müsse. Wenn dem so war... ich blieb skeptisch.

Ich hasste zwar Penetranz, aber wie sollte ich sonst an den Einheimischen herankommen? Also ließ ich mir etwas Neues einfallen.

Als er mir das Glas Bier auf den Tresen stellte, drückte ich ihm das Foto einfach in die Hand. Dieses Mal klemmte er es zwischen Daumen und Zeigefinger, sah mich dabei ängstlich an. Dann die typische Verneinung mit beiden Schulterblättern.

Dennoch: Ein kurzes Aufleuchten in seinen Augen.

Er kannte sie.

Jetzt war ich mir sicher.

Ich überlegte, wie man Menschen friedlich zu Aussagen bewegen kann, die ihr Wissen nicht gern preisgeben?

Vielleicht durch ein erhöhtes Trinkgeld?

Ich beließ es aber bei diesen ersten Versuchen.

Von einer Kopie des von Anna gemalten Hindutempels fühlte er sich sofort angesprochen. Er ließ mich wissen, dass dieser Tempel hier in Trincomalee stände, von dort hätte man einen bewundernswerten Blick aufs Meer. Dann schwärmte er vom Bauwerk, gab mir den Ratschlag, ihn unbedingt aufzusuchen, am besten würde man mit einer Taxe dorthin kommen. Er sei Hindu und daher liebe er dieses Gotteshaus, natürlich auch, weil es das schönste auf Sri Lanka wäre. Er meinte, auch im Innern gäbe es Aufregendes zu sehen, menschliche Körper mit Tierköpfen, prächtig bekleidete Frauen und Männer und die typischen Hindu-Gottheiten, ihre Schönheit gilt auf der ganzen Insel als einmalig.

Ich ließ mich gleich am nächsten Tag zum *Swami Rock* chauffieren und war in der Tat begeistert. Ich sah mir die bunten, sitzenden, stehenden, liegenden Figuren an, die eigenartige Welt der Götter und Tiere, in Zweiergruppen berufsausübende Personen auf dem sich treppenförmig nach oben verjüngenden Spitzdach.

Eine Märchenwelt.

Kaum wieder draußen, hopsten Affen um mich herum, die mich böse anglotzten.

Ich beschloss, im Hotel weitere Leute zu befragen, aber auch zur Polizei zu gehen und ein Einwohnermeldeamt aufzusuchen, sollte es dieses hier geben.

Im Haus wollte mir niemand weiterhelfen oder mich unterstützen. Eine Weiße, die hier lebt? Warum sollte sie her gekommen sein? Vor zwei Jahren? Nicht dass man wüsste...natürlich gäbe es viele Europäer, die in Sri Lanka leben, die meisten allerdings an der Westküste in den Touristenzentren, wo sie Hotels und Geschäfte unterhalten. Außerdem lebten in Kandy mit seinem ausgewogenen Klima Engländer, Portugiesen und Holländer.

Deutsche?

Nein, nie gehört.

In Trincomalee?

Nein, jetzt schon gar nicht, die Zeiten wären zu unsicher. Ja, richtig, in *Nilaveli* Beach gäbe es eine Surfschule, die von einem Briten geführt wird. Vielleicht lebe sie mit ihm zusammen.

Auf zum Polizeirevier!

Die Leute auf der Polizeiwache in Trincomalee nahmen mir meine Geschichte nicht ab. Ihr Argwohn war penetrant.

Fake bestimmte ihr Denken.

Ihrer Meinung nach ließ sich kein Weißer von einer Frau hinters Licht führen. Außerdem wäre es unvorstellbar, dass sie ihrem Heimatland allein den Rücken gekehrt hat. Und die fabelhaft deutschen, organisierten Sicherheitskräfte hätten sie längst aufgestöbert, ein hervorragendes Überwachungssystem im Rücken. Nein, nein, sie glaubten meine Version nicht.

Außerdem hätte man unter den Engländern eins gelernt: die Privatsphäre von Menschen zu respektieren. Daher kümmerte man sich nicht um Fremde, es sei denn, sie würden den Einheimischen die Arbeit wegnehmen. Dann gäbe es sicher Leute, die Ausländer anschwärzen.

Ich war verzweifelt.

„Am besten Sie fragen in den umliegenden Dörfern nach – wie heißt die weiße Frau noch? "

„Anna",

„Anna!"

Sollte ich wirklich um Trincomalee herum von Ort zu Ort pilgern, um ihr auf die Spur zu kommen? Wer würde mir Erfolg garantieren? Niemand.

Unverrichteter Dinge kehrte ich zurück.

Dennoch: Mein Vorsatz war unvorstellbar fest in mir verankert: Ich wollte und musste sie finden. Nur wusste ich noch immer nicht, wie ich vorgehen sollte und konnte. Vielleicht hatte ja Christian irgendetwas herausgefunden. Ich hoffte bald auf weitere und nähere Informationen. Er hatte sich vorgenommen, Greifswald noch einmal aufzusuchen und danach Göttingen einen Besuch abzustatten.

Am Nachmittag nach den fehlenden Erfolgen auf der Polizeiwache und im Rathaus hatte ich mich in die Hotellobby gesetzt, mir einen Tee kommen lassen und mich zum Denken in eine Ecke verfrachtet. Es waren keine Gäste zu sehen, die meisten haben sich auf Sightseeing begeben.

Sprach nicht jemand von einer Surfschule an der *Nilaveli*-Küste?

Da musste ich hin... wenigstens fragen, bohrte es in mir. Überall in der Welt halten gleiche Nationalitäten zusammen, wenn sie aufeinander treffen. Vielleicht auch hier?

Wie?

Eine Taxe vom Hotel könnte mich als verdächtig einstufen lassen...

Da kam sie die Idee, unvermittelt: Es ist wohl sinnvoller, dachte ich, den Cousin von Guna anzurufen. Warum ich mir das sagte, wusste ich nicht. Reine Intuition. Ein Griff unters Revers des Jacketts. Die Sicherheitsnadel ließ sich leicht öffnen.

Die Handynummer war gut leserlich.

Mit zitternden Fingern drückte ich die Nummerntasten meines Smartphones.

Tuten. Nimm ab, flüsterte ich, nimm ab, los!

Und man tat es.

Ein Kind meldete sich in tamilischer Sprache. Instinktiv nannte ich nur den Namen:

„Nirmela" Und der war in Sekundenschnelle am Apparat.

Er wusste sofort, wer an der Strippe hing.

„Klar, mache ich. Nichts einfacher als das!

Jetzt zuhören", sagte er erneut in einem klaren Englisch:

„Morgen früh um 5:30 auf der Straße nach *Nilaveli*, nicht im Lichtkegel des Wärterhäuschen, ein hundert Meter von ihm entfernt.

Im Schatten der Bäume. Am besten, über den Strand wandern, man wird denken, Sie würden zum Baden gehen. „

Den Standort vorher inspizieren… Moritz, schoss es mir durchs Hirn.

„Wir haben zwei Stunden Zeit. Vielleicht sehen wir diese Frau am Strand, die oft morgens bei Sonnenaufgang zu sehen ist."

Mein Herz schlug höher. Er musste sie kennen. Meinte er die Frau, die in der Surfschule wohnte oder arbeitete?

Kaum Zusage und Anweisung verkraftet, nahm ich das Hotelgelände genau in Augenschein, spazierte an der Schranke vorbei bis zur Straße, auf der wir von Colombo kamen, warf einen kurzen Blick ins Wärterhäuschen und zählte die Anzahl der Leute. Die Tür stand offen. Übrigens ist das auch ein Kennzeichen des Landes. Man macht fast überall Durchzug, das schafft ein wenig Kühle.

Links war das kleine Wäldchen, von dem der Fahrer redete, rechts verließ man das Dorf nach Norden.

Hier hatte ich genug gesehen.

Ich machte kehrt und spazierte in die andere Richtung: Zum Strandausgang. Ein ziemlich verkommener Zaun trennte das Hotelgelände vom öffentlichen Strandsektor. Mehrere Löcher, manche in Medizinballgröße ließen auf sein Alter schließen.

Aufbruch 20.12.2004

Mir fiel ein, dass ich diesen ersten Besuch in *Nilaveli* bereits für Christian festgehalten hatte. Ich hatte beschrieben, wie ich über den Strand durchs Wäldchen zur Straße gelangte
Christian machte den Vorschlag ihn als Prolog vorzusehen. Was ich tat. Ein guter Gedanke.

Ich hatte mir ausgerechnet, dass mein Verschwinden im Hotel nur dann nicht bemerkt wird, wenn ich pünktlich zum Frühstück erscheinen würde. Und das wird zwischen sieben Uhr und sieben Uhr dreißig sein.
Es war inzwischen zehn Minuten nach sechs Uhr.
Genügend Minuten, um wenigstens Blicke nach dem langen Schweigen auszutauschen.

Tatsächlich war und blieb der Strand leer, wie ich das schon im Prolog festgehalten hatte.
Ich hatte kein Glück.
Ich haderte gleich mit meinem Schicksal. Ein Treffen sollte nicht sein.
Sofort wollten sich wieder Depressionen einschleichen. Ich wusste, sie würden mich nach unten drücken. Daher raunte ich mir innerlich zu, es übermorgen noch einmal zu versuchen, wenn mich der Fahrer abholen kann.
Das bejahte er nach meinen Rückruf.
Wir fuhren eine andere Strecke zurück, was mich verwunderte. Einen Schotterweg, eher eine ramponierte Piste mit Löchern übersät und mit kleinen Müllbergen an den Rändern.
Wir tuckerten zwanzig Minuten.

„Hier ist das Ziel! Der Weg geht nicht mehr weiter!", sagte der Fahrer und bremste.

Als er mich absetzte, war es kurz vor sieben Uhr.

„Geradeaus entlang durch die Büsche, fünf Minuten! Sie stoßen auf einen geschlossenen, zwei Meter hohen Bambus-Zaun, der eine nicht erkennbare Geheimtür verbirgt. Man kann sie nur von außen nach innen drücken. Zählen Sie zwanzig Schritte nach rechts wenn Sie angekommen sind."

Meeresfreuden – 20.12.2004

Sieben Uhr zwanzig morgens.

Von meiner Stippvisite in meiner Suite unbemerkt angelangt, zog ich mich aus und duschte.

Ein Blick vom Balkon: niemand am Strand. Das käme meinen jetzigen Wünschen entgegen, allein zu schwimmen, auch, um über den nächsten Besuch in Ruhe – morgen zur selben Zeit - nachzudenken. Im Wasser könnte ich entspannen und vom Adrenalinpush herunterkommen.

Das wäre nötig.

Meine trockene dreiviertellange Badehose gefiel mir. Ich hatte sie das erste Mal übergestreift, ein Geschenk von Max: Dezentes Blumenmuster, zwei Seitentaschen, eine zuknöpfbare Uhrentasche vorn.

Wenn sie mich darin sehen könnte...Ich bin gut in Schuss, über einen Meter fünfundachtzig groß, habe eine schlanke Taille und einen aufreizenden Po. Natürlich weiß Max das, aber wäre sie mit mir hier, so glaube ich, würde sie meine Figur und meinen inzwischen wieder drahtigen Körper noch mehr als Zuhause genießen.

Warum wollte ich lieber allein sein.??

Einerseits, weil ich beobachten und denken konnte, und das geht nur ungestört.

Hoffentlich ist um diese Zeit nach meinem Meeresbad noch ein Tisch frei. Ich brauchte Ruhe.

Wenn dem nicht so ist, muss man sich zu anderen Gästen setzen. Leider gebietet es die Höflichkeit zu antworten, wenn man befragt wird. Vielleicht sogar in meiner eigenen Sprache, in jedem Fall aber in Englisch:

'Was haben Sie denn bereits erlebt?
Waren Sie schon in Swami Rock?
Warum haben Sie dieses Hotel gewählt, usw.'

Andererseits, um meine Anwesenheit deutlicher zu dokumentieren. Erscheint man nicht, ist man Verdächtigungen ausgesetzt.

Auf ins Meer, Moritz!

Die Sonnenstrahlen hatten das Hotelareal erreicht. Die Beleuchtung in diesem Umfeld machte mich fassungslos. Der Sand schimmerte hellbraun und glitzerte leicht. Es sind Kristalle angeschwemmt - inzwischen mit Sandkörnern vermengt.

Der reseda-grüne Ozean ließ meinen Atem ein zweites Mal stocken. Kleine Wellen brachten das Meer zum Tanzen, ein Lichtgeplänkel in meinen Augen, ein Glitzern, wie ein Paillettenkleid.

Welche überirdische Schönheit.

Sprachlosigkeit übermannte mich, dann Demut.

Möwen zogen ihre Bahnen über dem Meer.

Mir war, als schlüpfte ich in die Haut eines der Tiere. Angetrieben durch einen kräftigen Flügelschlag bewegte ich mich schnell wie sie und beschwingt. Ich flitzte über dem Meer hinweg, fünf bis sieben Meter hoch. Es duftete nach Salz, Algen und Muscheln. Kann ein Vogel diese Gerüche spüren und auseinanderhalten? Wenn ja, müsste er nicht auch - wie ein Mensch - Gefühle haben und zeigen können?

Meine Augen starrten auf den Horizont.

Wie schnell die Sonne an Höhe, gewinnt!

Wie arm sind Menschen dran, die nicht an die See fahren können oder denen in den Hochhäusern der Großstädte und mitten auf dem Land ein solches Bild versagt bleibt.

In der Luft hing ein frischer Duft, der sich seidig um meinen Kopf zu legen schien. Auf dem Wasser ein paar Auslegerboote in dunstiger Morgenluft. Ich schwamm zwanzig Minuten, fühlte mich vom Wasser erfrischt und eilte in mein Zimmer, um mich für das Frühstück umzuziehen. Die Leitung hatte kein Erbarmen mit Badekleidung zu den Mahlzeiten. Das Personal grüßte freundlich, als ich an der Rezeption vorbei ging. Es war 7:35.

Am liebsten wäre ich auf dem Zimmer geblieben, hätte in Deutschland angerufen, um mit Christian zu sprechen. Würde das nicht klappen, am Computer habe ich immer zu tun, Nachlese zu starten oder Korrekturen in Angriff zu nehmen. Am ehesten hätte ich aber wohl überlegt, wie ich morgen vorgehen werde, wie ich mich bei Anna nach den vielen Jahren verhalten sollte. Mit innerer Ruhe könnte ich mir sogar das Gespräch vor Augen führen und mich auf die Auseinandersetzung noch besser vorbereiten.

So war die Reise bisher verlaufen:
Mit Stress, Stress, Stress. Der Flug, Colombo, Bentota, der Überfall auf der Autofahrt, der plötzliche Rückzug des Chauffeurs, das Schweigen der hiesigen Offiziellen zu Anna.
Manchmal hat man aber Glück.
Ich morgen auch?
Vielleicht hilft mir irgendjemand vom Hotelpersonal weiter.
Ich hatte genug mit meinem Schicksal gehadert. Vertane Jahre mit falschen Entscheidungen, Ohnmacht durch eigenes Verschulden. Denkblockaden.
Gibt es wirklich Menschen, die nur vom Pech verfolgt sind?
Undankbare Gedanken.
Sind die Freundschaften mit Max und Christian nicht großartige Glücksfälle?
Natürlich.

Manchmal war Anna an der See in Deutschland sehr früh draußen, damit sie mitbekam, wenn der erste winzige, gelbe Sonnenbogen gerade dem Wasser entsteigt. Es ist aber eine Illusion, wenn man glaubt, dem lange zusehen zu können. Der gekrümmte Streifen wird binnen Minuten größer und größer. Er wächst schnell zu einer prachtvollen knallgelben Kugel.

Nicht anders war es im Urlaub, mal am Strand vom sizilianischen Taormina, mal von Yngsjö im schwedischen Öland oder auf einer der griechischen Inseln, z. B. Karpathos oder Rhodos.

Anna sagte:

„Mir ist immer wie eine Reise auf den Wolken, Leichtigkeit im Gepäck, Schönheit im Nacken, Wind von vorn. So müssen *Astrid Lindgreens Pippi Langstrumpf* und *Selma Lagerlöfs* Nils Holgersson die Erde von oben genossen haben."

Und Anna?

Vielleicht verfolgt sie hier jeden Morgen und gerade jetzt Surfer, die auf den Wellen reiten, vielleicht aber denkt sie über die täglich wiederkehrende Vergänglichkeit dieser kurzen Sonnenphase nach ... und empfindet gleichzeitig Hoffnung, dass sie das Phänomen noch viele Jahre genießen kann.

Geträumt hatte Anna immer viel...

Verhör 21.12.2004

Der Ess-Saal war noch kühl. Dennoch liefen mehrere Ventilatoren an der Decke des Anbaus. Das war mir angenehm.

Kaum hatte ich mit dem Frühstück begonnen, stürmten zwei Stewards auf mich zu und redeten zuerst in Singhalesisch auf mich ein. Als sie mitbekamen, dass ich sie nicht verstehen würde, sprachen sie Englisch, es ist die dritte Sprache des Landes (Singhalesisch, Tamil, Englisch), den meisten Leuten im Tourismusgewerbe geht sie fast fließend von den Lippen. Im Ton verfälscht, wie ich das bereits erwähnte.

Man bat mich, in die Lobby zu kommen, zwei Männer würden auf mich warten.

„Sie haben von großer Dringlichkeit geredet. Man müsste mich unbedingt sprechen."

Ärger.

War es meine Neugierde, die mir einimpfte, den Stewards sofort zu folgen? Warum zögerte ich nicht? Wäre es nicht geboten gewesen, mein Frühstück in aller Ruhe zu beenden?

Sollte etwa der Stress wieder losgehen? Nein, es werden Vertreter der Botschaft sein. Möglicherweise hat man Anna gefunden...

Enttäuschung total: Nicht Botschaftspersonal, Polizei. Ich spürte, wie sich meine Haut spannte.

Sofort kam mir die Fahrt nach Trincomalee in Erinnerung, die Worte, die mein Fahrer benutzte, und sein Abgang im Hotel. Mir wurde mulmig. Obwohl ich nichts verbrochen hatte, mir war, als habe ich mich schuldig gemacht.

Nur warum?

Polizisten in diesem Land sind - so erzählte damals Friederike - nicht sehr gebildet. Es sind meist junge Männer, die sich berufen fühlten, dem Land im Bürgerkrieg zu helfen. Und schießen können sie allemal. Es muss auch der Reiz der Macht gewesen sein, denn die polizeilichen Befugnisse wurden wegen der Terroristen ausgedehnt. Schrecklich, wenn diese beiden - vorn am Tresen - kein oder nur unvollkommen Englisch sprechen, man ist leicht ihrer Willkür ausgesetzt, weil es Sprachschwierigkeiten geben wird. Und in solcher Zeit -gebeutelt durch Terror - kann man nicht von Anstand und Rücksicht ausgehen, auch nicht bei Gästen.

Aber Angst hatte ich bisher nicht.

Die beiden Männer sahen nicht vertrauenserweckend aus. Ich betrachtete sie eindringlich, sah ihre schmucke Uniform, die Sterne auf den Achselkappen, die Schnüre an den Brusttaschen. Sie gehörten offensichtlich dem Offizierskorps an. Ich sah ihre Pistolen am Halfter ihrer Hosen, der eine hatte wohl seine MP an der Wand abgestellt. Der Kleinere der beiden hatte keine Haare mehr, der Hochgewachsene dagegen eine gekräuselte, dichte, fettige Mähne.

Um mein ungutes Gefühl zu überspielen, sagte ich in Singhalesisch

„Oyala mate onaeaedhe, karunaa-karalaa?"

Was wünschen Sie bitte? Meine Stimme zitterte leicht, aber nur ganz kurz.

„Sprechen Sie Singhalesisch, Dr. Sommeralm?"

„No, only some words. „

Nein, nur ein paar Worte.

„So!", sagte der eine Polizist, „mein Eindruck ist ein anderer! Wir werden das heute noch in Erfahrung bringen!"

In Erfahrung bringen wiederholte ich im Kopf. Was hatte das zu bedeuten? Ich war doch Gast und nur das!

Ein unbehagliches Schweigen folgte.

„Wann sind Sie angekommen?"

„Das steht in der Anmeldung!", antwortete ich unwillig.

„Ich fragte, wann Sie angekommen sind, haben Sie mich verstanden?" Sein Ton verriet mir, dass es ernst werden könnte. Seine Miene – die herunter gezogenen Lippen und die Furchen auf der Stirn – bestätigte meinen Eindruck.

„Vor ein paar Tagen...!"

„Wie sind Sie hergekommen und von wo!", entglitt dem Längeren durch seine fast geschlossenen Lippen. Das hörte sich an, als habe er durch eine Flüstertüte mit zu kleiner Öffnung vorn gesäuselt.

Nicht gefallen lassen, sagte mir mein Verstand.

„Mäßigen Sie sich in Ihrem Ton!", entgegnete ich laut und aggressiv. „Sie haben mich als Tourist zu respektieren!"

„Wenn Sie denn Tourist sind..."

„Ich habe ein Auto im *Galle Face* Hotel gemietet und mehrere Tage vorher dort übernachtet."

„Was wollen Sie hier? Urlaub machen? Sich mit fragwürdigen Tamilen treffen?"

Ich wurde hellhörig. Mit fragwürdigen Tamilen treffen? Meinte er etwa Terroristen? Ich war doch gestern auf der hiesigen Polizei, hatte dort mein Anliegen vorgetragen und um Hilfe gebeten, und jetzt dies? Was wollte man genau wissen? Ich nahm mich zusammen. Wenn es sein muss, rufe ich die Botschaft an, die Telefonnummer hatte ich in das Handyfutteral gesteckt. Darauf tastete ich über meine Hosentaschen. Ja, das Handy war noch da. Ein zweites hatte ich oben im Zimmer gelassen.

Nein, so lasse ich mit mir nicht umgehen, sagte ich mir selbstbewusst.

„Sind Sie mit einem Chauffeur gekommen?", schob der Lange unfreundlich nach.

Taktik ändern, freundlich antworten, hämmerte es in meinen Kopf.

„Aber natürlich! Im *Galle Face* sagte man mir, dass man ohne überhaupt nicht fahren sollte, weil man vor Überfällen nicht sicher sein könnte."

Sollte ich vielleicht mit Dollars herumwedeln? Schon machte ich mich am Portemonnaie zu schaffen, das in der Gesäßtasche steckte. Aber nein, das könnte man falsch auslegen.

„Wo ist Ihr Fahrer?", fragte der Kleinere. Er musste der Chef von beiden sein. Als er den Mund weit aufmachte, stellte ich fest, dass ihm einige Zähne fehlten. Die restlichen waren rot gefärbt. Also gehörte er der *Bethel*-Gemeinde an.

Ich ekelte mich sehr.

Um dem Mundgeruch zu entgehen, setzte ich einen Schritt zurück.

„Gehen Sie bitte in den Raum nebenan", hörte ich den Rezeptionisten sagen, der hinter seinem Tresen hervorsprang und die Tür öffnete.

„Da sind Sie ungestört."

Das wollte ich überhaupt nicht. Mich behelligte hier sonst niemand. Ich hatte mir nichts vorzuwerfen. Aber mir schien, dass die Staatsgewalt das anders sah und vielleicht sogar Angst hatte, dass andere Hotelgäste etwas von ihrem aggressiven Verhör mitbekamen. So folgten sie der Aufforderung, und ich musste mich dem beugen.

Unaufgefordert nahm ich Platz. Es widerstrebte mir, von ihnen im Stehen angeschnauzt zu werden. Im Sitzen wirken Lautstärke und Gebaren abgeschwächt.

Die Zwei blieben vor mir stehen. Sie sahen sich gegenseitig an, tuschelten, was ich nicht verstand, und dann flüsterte mir der Lange gedehnt ins Ohr, als handle es sich um ein Geheimnis, das nur uns beide etwas anging:

„Ihr Fahrer ist ein Terrorist!"

„Heißt er", schoss es aus dem Kleineren wie ein Pfeil irritierend heraus: „Gunathilak Perera"?

„Ja, so nannte er sich, als ich vorm Hotel in den *Morris* stieg!"

„Es ist ein Deckname. In Wirklichkeit wird er Nihal Godamalle genannt und das ist dhemala!"

„Dhemele?"

„Sie kennen doch Land und Leute hier. Dhemele heißt Tamile."

„Davon verstehe ich nichts!", gab ich in einem Ton von mir, der vermuten ließ, dass ich böse wurde. „Ich bin das erste Mal auf Sri Lanka!"

„Dafür haben Sie interessante Kontakte, oder?"

Was damit wohl gemeint war?

„Er ist ein Muslim", geiferte der Lange. „So etwas merkt man doch am Geruch!

Und am Beten", ergänzte er. Am liebsten hätte ich ihm den Gestank seines Kumpanen um die Ohren geschlagen, ließ es aber. Die Folgen wären unabsehbar.

„Er hat nicht gebetet!"

„Noch verdächtiger!"

Dann ging der Kleinere zum Fenster, der Lange stellte sich an die Tür. Sie fürchteten wohl, dass ich durch die Scheiben springen könnte oder die Tür aufreiße, und draußen hätten sie weniger Macht, weil sich viele Touristen in der Lobby aufhalten könnten.

Der Boss der beiden rieb ein paar Sekunden mit dem rechten Zeigefinger am linken Daumen – vielleicht ein Zeichen, dass er darüber nachdachte, was er nun tun sollte, zückte dann einen Block aus seinem Blouson und einen Stift, begann zu schreiben. Kaum beendet, ließ er mich wissen, dass ich den Text nur zu unterschreiben hätte, dann könnte ich mich wieder frei bewegen.

„Unterschreiben? Was soll ich unterschreiben?"

„Was Sie eben vor uns ausgesagt haben. Wir sind zu zweit!", murmelte der Lange. Sein unsteter Blick sagte mir, dass die beiden eine Menge zu verbergen hatten und mich daher wohl schnell loswerden wollten. So eine Unterschrift würde den Kommandeur vielleicht bewegen, sie zu befördern. Man giert beim Verhör fast überall in der Welt nach Erfolgen.

„Und das wäre?"

„Ich sagte es bereits", polterte der Mann an der Tür los, den anderen widerlich angrinsend. Dann schob mir der führende Offizier das Blatt hin. Er hatte seine Notizen in Singhalesisch gekritzelt.

Dachte er wirklich, dass ich so blöd bin? Ich hob meine beiden Hände instinktiv bis zur Brust an, öffnete sie und gab auf diese Weise zu verstehen, dass ich nichts, gar nichts tun werde.

Ich kannte die Händehaltung von Buddha-Statuen:

Halt, Stopp, keinen Schritt weiter.

Wütend zog der Kleinere das Geschriebene zurück.

„Dann verhaften wir Sie jetzt und bringen Sie in das Kommissariat nach Trincomalee."

„Verhaften? Falsches Wort", gab ich sorglos zu verstehen", und er musste wieder meine Souveränität anerkennen, die von jedem Satz ausging.

„Sagen Sie besser Verschleppen!"

„Ah". Zu mehr ließen sich beide nicht verleiten...

„Sie haben also die Entführung mitbekommen?"

Wo war der Zusammenhang, ging es mir durch den Kopf? Aber muss ich den kennen?

„War es nicht 11 Uhr, als Sie ankamen?" Der Kleinere stand jetzt mit hängenden Schultern vor mir, seine Hände in den Hosentaschen vergraben – er musste sich wohl irgendwie stabilisieren - sein Gesicht war in eine übellaunige Grimasse verzerrt.

Hierauf ging ich nicht mehr ein. Meine Passivität war wahrscheinlich das einzige, was ihn schweigen ließ. Im Übrigen kam mir das Verhör wie eine Befragung im Quiz vor.

„Übrigens sind die Zellen klein und überfüllt. Sie werden sich mit anderen den winzigen Raum teilen müssen!", grinste er mich an. Angewidert vom feuchten Rot seiner Lippen und dem knalligen Sabber in ihren Ecken, drehte ich mich respektlos weg.

„Angstmachen? Fehlanzeige!"

Er muss sich über mich so aufgeregt haben, dass er zurück an seinen Fensterplatz schritt, sich dort den Mund an der Innenseite des Uniformarms wischte und sich seinem Zettel zuwandte.

Plumper Versuch, mich umzustimmen.

Verängstigen konnte man mich nicht, denn die Zeit der Angst hatte ich hinter mir gelassen. Diese hatte mich lang genug im Griff, hatte fast mein Leben zerstört und mich in den Alkohol getrieben.

Ich sah wieder Bilder in meinem Hirn vorbeiziehen, und eigentlich wollte ich nichts mehr mit ihnen zu tun haben. Mir wurde aber klar, dass ich immer noch nicht alles verkraftet hatte, irgendwo waren die Erlebnisse und Erfahrungen gespeichert und nur manchmal wagten sie sich heraus an die Oberfläche meines Denkens.

Ich kehrte mit meinen Gedanken in die Gegenwart zurück, froh, dass das wenigstens schnell und ohne Komplikationen klappte. Also bin ich doch weiter von dieser Zeit weg als ich eben feststellte. Gott sei Dank.

Die beiden forderten mich gleichzeitig auf, ihnen in den Jeep zu folgen, man wollte sofort zum Kommissariat. Der Klang ihrer Stimmen hatte sich verändert, beide kreischten mich wütend an.

Meine Geste mit den Händen verdeutlichte meinen Widerstand. Ich setzte meinen rechten Fuß blitzschnell nach vorn, beugte mich an dem Langen vorbei und ergriff die Türklinke. Der Lange erstarrte. Mit dem Überraschungscoup war ich draußen.

„Wie kannst du den vorbeilassen, Idiot!", brüllte der Kleine den Langen an. Beide kamen sofort hinterher.

Ich musste an der Rezeption vorbei, an der mehrere Touristen warteten, zwei wurden gerade beraten.

„Meinen Schlüssel bitte, Zimmer 214"

„Ihr Fach ist leer, tut uns Leid. Schauen Sie bitte in Ihren Taschen nach, ob sie ihn sozusagen verlegt haben!"

Hatte ich nicht.

Mir schwante Schreckliches.

Ich bat einen Steward mich zu begleiten und gab ziemlich betont von mir:

„Hier weiß man nie, was passiert!"

Der Lange machte sofort Anstalten mitzukommen. Der Kleinere blieb in der Nähe des Tresens stehen. Er wollte wohl sicherstellen, dass ich ihm nicht entwischte.

So stiefelten wir zu dritt in den 2. Stock, ich ohne Schlüssel. Was ich wahrnahm, als ich die offene Zimmertür sah, ließ mir den Atem stocken. Alles war durchwühlt.

Ich flippte aus. Ich brüllte so laut, dass das Personal zusammenlief: „Bastards, unallowed search of my room and devastation (unerlaubte Durchsuchung meines Zimmers und Verwüstung)".

Ich zitterte am ganzen Leib. Ich kümmerte mich nicht um den Tumult, den ich auslöste. Fünfzehn oder zwanzig Bedienstete sowie einige Gäste sahen sich die Bescherung an und warteten im Gang, begierig mitzubekommen, was folgen wird. Das tat mir gut. Ich beruhigte mich etwas.

Genossen von den beiden Polizisten oder sie selbst waren hier, während ich frühstückte und später verhört wurde. Ich war restlos sauer. Wer hatte sie hineingelassen? Mit der Rezeption unter einer Decke? Nicht zu glauben! Wahrscheinlich für ein kleines Handgeld. Korruption an allen Ecken und Enden.

Mein Handy lag nicht auf dem Nachttisch, demnach hat man es eingezogen. Auch der Steward stand mit offenem Mund da, als er den durchwühlten Raum betrat. Die Schränke standen offen und waren leer, die Kleidung lag kreuz und quer auf dem Boden, die Zeitungen waren zerrissen, das Badezeug aus dem Waschbecken auf den Balkon befördert, auf die Erde versteht sich, geworfen also, und die Sandalen lagen auf der Anrichte. Der Polizist blieb wohlweislich draußen. Ich eilte ins Bad, verschloss die Tür hinter mir und bediente mein zweites Handy.

Es meldete sich tatsächlich jemand aus der Dependance der Botschaft, dem ich den Sachverhalt mitteilte.

„Wir kommen zur Polizeistation. In einer Stunde. Halten Sie sich bis dahin wacker", sagte jemand in gutem Deutsch. „Wir kennen den Chef. Unberechenbar und ein Flegel!"

Bevor wir mit dem Jeep starteten, wandte ich mich an die Rezeption, etwas ungehobelt, aber ich glaubte, dass man sich sonst keinen Respekt verschaffen konnte.

Ich wünsche den Chef oder dessen Vertreter zu sprechen, was ich übertrieben laut über den Tresen pustete. Als man sich weigerte, die

Nachricht weiter zu geben, fiel ich aus der Rolle. Aber wie sollte ich mich auch wehren?

„Sie holen mir unverzüglich die Führung. Wenn einem der Schlüssel aus dem Fach hier gestohlen wird und wenn ein gemietetes Zimmer von Fremden durchsucht wird, ist das ein Problem des Hotels. Wenn daraufhin das Eigentum eines Gastes durchgefilzt, das Handy gestohlen und die Sachen aus den Schränken und Fächern herausgerissen werden, verstreut auf dem Boden landen, dann stimmt etwas hier nicht!", schrie ich und alle Gäste, die herumstanden, bekamen meine Ausfälle mit und empörten sich mit mir, wie ich feststellte.

Ein kleiner Trost.

Dass sich übrigens meine Erfahrungen wie ein Lauffeuer durch das Hotel fraßen, erfuhr ich später.

Natürlich wusste ich von vornherein, dass mir die Bekanntheit dieses Vorfalls nicht helfen würde, aber sie wird wohl als Aufforderungen verstanden worden sein, im Hotel und auch sonst vorsichtig zu agieren und alle Augen offen zu halten.

Der Direktor des Hotels stürmte mit erhobenen, gestikulierenden Händen auf mich zu.

„Bitte verzeihen Sie. Ich bin untröstlich! Das Verhalten von Leuten aus der Polizei und der Hotel-Rezeption ist unglaublich", gab er empört von sich, reichte mir die Hand und schüttelte sie.

Ich glaubte ihm. Er machte auf mich jedenfalls einen ehrlichen Eindruck.

Ich erwiderte kurz:

„Ich werde sofort Anzeige erstatten, aber nicht bei der Ortspolizei!", erwiderte ich immer noch relativ erregt.

Der lange Polizist drängte mich nach draußen, der Chef folgte uns. Sie hatten sich im Foyer in vollem Bewusstsein nicht geäußert, denn ganz sicher waren sie in die Durchsuchung verstrickt. Ob sie aber eine Bestrafung fürchten mussten, da hatte ich meine Zweifel.

Man raste mit mir in die Innenstadt von Trincomalee. Martinshorn und Blaulicht fegten die Straßen leer. Am größten Polizeigebäude Ost-Sri-Lankas angelangt, zog man mich aus dem Wagen. Sie behandelten mich wie einen Schwerverbrecher, legten mir Handfessel an.

Entwürdigend.

Sie wollten mir das Genick brechen, irgendwie, um mich zum Nachgeben zwingen.

Der in einer zu knappen Uniform steckende Kommissar der Revierwache kam mir mit der Selbstgefälligkeit eines Bin Laden entgegen. Ein kurzes verächtliches Kopfnicken folgte. Der Kleinere meiner Begleiter erklärte, worum es sich handelte und sagte abschließend:

„Herr Dr. Sommeralm behauptet, aus privaten Gründen hier zu sein. Er nahm sich aber als Chauffeur einen Terroristen, saß in einem mit Gewehren beladenen Auto und ist zum Zeitpunkt der Entführung unserer beiden Leute in jener Gegend gesehen worden. Zwei Motorradfahrer haben hierzu die Bestätigung unterzeichnet. Außerdem spricht er singhalesisch, was auf gewisse Kontakte schließen lässt."

„Herr Dr. Sommeralm, Sie brauchen nur dieses Papierstück zu unterzeichnen, und wir bringen Sie sofort ins Hotel zurück!"

Als er mit dem Papier unter meiner Nase herumfuchtelte, lächelte ich ihn herausfordernd an. Er aber hielt sich noch zurück, und ich bewunderte seinen Willen, über den er zweifellos verfügte. Es ist nämlich außerordentlich schwierig, sich zusammenzunehmen, wenn man provoziert wird.

„Wir wollen nur Ihr Bestes!", flötete der Kommandeur der Revierwache in mein linkes Ohr. Sein Ton war immer noch ohne Emotionen.

„Ich tue nichts dergleichen! Erstens muss ich lesen und verstehen, was da geschrieben steht, und zweitens möchte ich mit der deutschen Botschaft sprechen."

„Sie trauen uns wohl nicht?", hörte ich und gleichzeitig den Unterschied im Ton zum Vorhergesagten.

„Wie sollte ich, wenn man ohne Durchsuchungsbefehl mein Hotelzimmer durchgewühlt und meine Sachen beschädigt hat?"

„Herr Dr. Sommeralm", grölte mich jetzt der Chef an, gereizt, im Raum auf- und abrennend, mal sich mir nähernd und vor mir aufstellend, dann zur Tür schreitend, um sie kurz zu öffnen. Warum? Wollte er hören und sehen, ob sich andere Leute an der Tür aufhielten und seine Worte mitbekommen wollten?

„Sie haben die Entführung miterlebt!", brüllte der Mann.

„Beweise her!", entgegnete ich ebenso lautstark.

Meine entschlossene und energische Miene machte meinen Widersacher stutzig. Diesen Augenblick nutzte ich. Ich hatte in meiner langen Berufszeit gelernt, dass man bei Unverschämtheiten nicht kuschen darf, dass man genauso reagieren sollte, wie es aus dem Wald herausschallt.

„Nichts wissen Sie. Ihr Bluff macht Sie lächerlich!"

Ich sah, wie er knallrot anlief, weil ich seine empfindlichste Stelle getroffen haben musste, seine Eitelkeit. Wahrscheinlich wird ihm durch den Kopf gegangen sein, dass seine Position durch mein Verhalten in Frage gestellt wurde.

Blender sollte man erniedrigen!

„Wo sind die Waffen? Zeigen Sie mir diese!", zischte ich ihm in seine Visage.

„Schon bei der Spurensicherung in Colombo!", giftete er zurück, aber immer in einer Lautstärke, die fast durchs ganze Haus hallte.

Ich ließ in meiner Arroganz nicht nach, was ich mir später vorwarf. Irgendwann genügt es, andere bloßzustellen. Ja, er tat mir sogar leid, denn sein Ruf wird leiden.

„Wer krakeelt, lügt", flüsterte ich ihm leise zu, sodass die beiden anderen Polizisten zu ihrem Leidwesen vom gesamtem Inhalt ausgeschlossen wurden. Man konnte ihre Enttäuschung aus ihren Gesten ableiten. Ob ihm nun meine Information fuchsig machte oder meine penetrante Arroganz, jedenfalls muss ich ihn noch einmal tief getroffen haben.

Lärm von draußen. Mir war, als führe ein gepanzertes Fahrzeug auf den Hof. Durchs Fenster sah ich, wie der singhalesische Fahrer ausstieg, aus dem Innenraum trat ein Weißer in luftiger Kleidung mit offenem Kragen, Krawatte auf Halbmast, als erster aus, dann sprangen weitere Personen in grünen Uniformen auf die Straße. Der vorhin noch vor Selbstbewusstsein strotzende Kommissar wurde so schnell höflich, wie ein nach Bakschisch ersuchender Bettler in Colombos Straßen.

Schon war man in Verhörzimmer. Es waren Angehörige der deutschen Botschaft und Militär, das Nationalgardisten in den USA ähnelte.

Kurzer Wortwechsel zwischen den hiesigen Kommandeur und dem Offizier des Militärs. Was da geredet wurde, mir blieb' s verschlossen. Verständlich bei meinen paar Brocken, die ich in deren Sprache benutzen konnte. Jedenfalls sank der Kommandeur in sich zusammen, als er vom Begleiter der deutschen Vertretung, anscheinend einem Angehörigen des hiesigen Secret Service zurecht gestaucht wurde.

An mich gewandt sagte der Geheimdienstmann, dass solche Vorgänge nicht mehr passieren werden. Dafür lege er seine Hand ins Feuer.

„Aber Sie stehen unter Arrest!"

„Und was bedeutet das?", grummelte ich, besorgt, dass ich jetzt im Hotel überwacht werde.

„Sie sind mit einem Rebellen unterwegs gewesen. Das ist bewiesen, denn Sie sind nicht mit einem Hoteltaxi gekommen, der Mann hatte offensichtlich nur so getan, als käme er mit einem Auftragszettel aus der Rezeption!"

„Können Sie sich bitte um ein aus meinem Zimmer gestohlenes Handy kümmern?"

„Das wird schwierig sein!"

Ich wurde ins Hotel zurückgebracht.

Ich machte einen erneuten Rundgang um das Hotel, um das Gebiet zu sehen, in dem ich mich ab jetzt bewegen durfte.

Ich vertrödelte den Tag, ärgerte mich über mich selbst und mein Phlegma. Abends lag von der Polizei ein Brief in meinem Fach. Darin wurde mir mitgeteilt, dass meine Frau in den ersten Wintermonaten des laufenden   Jahres ihr Visum bis 2006 verlängern ließ und mit unbekanntem Ziel im April abgereist sei. Immerhin war das ein Lebenszeichen und die Bestätigung, dass sie sich noch im Lande aufhalten müsste. Man entschuldigte sich für die Unannehmlichkeiten, die man mir bisher bereitet hätte und deshalb möglicherweise noch zwei bis drei Tage bis zur Entdeckung der Entführer zumuten müsste.

Wie schnell kann so etwas gehen, dachte ich. Da rutscht man ahnungslos und unschuldig in irgendetwas hinein und wird möglicherweise umgebracht. Der Sprache unkundig, ohne Freunde, einen Anwalt abgelehnt, so ist man diesen machtbesessenen Monstern ausgesetzt, die nichts anderes zu tun hatten als Terroristen und *Tamil-Tigers* zu jagen

und Erfolge vorzuzeigen, damit sie befördert werden oder Prämien ein-
kassieren können. Wenigstens hatte man nun die Order, mich human
zu behandeln, und ich bin mir sicher, dass das eingehalten wird. Wie
gut, dass die Verhältnisse in Europa eben doch anders sind. In jedem
Fall bin ich noch einmal davon gekommen und habe zusätzlich Unter-
stützung erhalten.

Nächtlicher Überfall

Morgens um vier Uhr – ich hatte nicht geschlafen und auch nicht
schlafen wollen, um Zeit zum Nachdenken zu gewinnen – öffnete ich
meine Tür zum Gang hin, und tatsächlich, man hatte beim Aufgang zu
den Stockwerken hin einen jungen Mann abgestellt, der offensichtlich
meine Zimmertür in den Augen behalten sollte. Er hatte eine Uniform
an, also war er ein Polizist. Er lehnte sich gegen die Wand und schien
zu schlafen. Ich störte ihn nicht, schloss mein Zimmer wieder ab und
trat auf den Balkon.

Die Nacht war schwarz. Ab und zu meinte der Mond es gut. Für
Sekunden tauchte er die Umgebung in ein spärliches Licht. Eine leichte
Brise vom Meer schlug mir entgegen. Sie strich über die Baumkronen
der Palmen, deren Wedel ein verhalten scharrendes Geräusch von sich
gaben, wenn sie sich berührten. Nicht vorhersehbare Hilfe für meinen
nächsten Versuch, Anna zu überraschen und zu sprechen, wenn sie am
Strand erscheinen sollte. Unachtsamkeiten könnten hierdurch über-
tönt werden.

Noch einmal überraschte mich der Mond. Zwei gebeugte Gestalten huschten in seinem Licht über den Strand. Was war das?

So früh?

Am Wachhäuschen glühten zwei Zigaretten auf. Zwei Männer
standen im Türeingang. Jetzt ging der eine an den Strand und pinkelte
gleich hinter der Schranke.

Altes Schwein, dachte ich. Wenn das des Öfteren passiert, werden
sie mit einem penetranten Gestank zu tun haben.

Als er zurückkam, löste ihn der zweite ab. Das spärliche Licht aus dem Wachhäuschen beleuchtete seine Uniform. Er zeigte keinerlei Vorsicht, konzentrierte sich nur auf seinen Hosenschlitz.

Was sollte hier schon passieren? Aufständische hatten das Hotel bisher verschont, auch, weil es gut bewacht schien.

Während er sich ebenso wie der erste Polizist   entleerte, verschwand der andere im Aufenthaltsraum. Die Lampe drinnen wurde ausgeknipst.

Ich beruhigte mich.

Der Soldat draußen ließ sich Zeit.

Wieder verschwanden die Wolken um die Mondsichel, das trübe Licht aber reichte mir zu erkennen, dass sich die beiden finsteren Männer unter einer Palme gegen den Zaun pressten und sich zum Schutz in die Hocke setzten. Ganz sicher wären sie bei Dunkelheit nicht wahrnehmbar. Ich holte sie mit meinem von den Dieben meines Zimmers übersehenen Nachtglas näher heran. Ihre Köpfe steckten in einem schwarzen Tuch, an Mund und Augen ausgeschnitten.

Terroristen?

Größte Unruhe erfasste mich.

Ich war plötzlich wie gelähmt.

Konnte ich unter diesen Umständen mein Vorhaben starten?

Als sich der Mond wieder verdunkelte, sah ich, wie sie sich in der Hocke zum Grundstückseingang bewegten.

Alles ging blitzschnell.

Der Polizist war immer noch mit dem Hosenschlitz beschäftigt und pustete seinen Zigarettenqualm gegen den Himmel, genießerisch wie mir schien, den Kopf schräg zum Himmel nach oben gerichtet.

So konnte er die beiden Männer weder wahrnehmen noch hören, zumal auch die gleichmäßig ans Ufer rollenden Wellen und der Sand jedes andere Geräusch verschlangen.

Der erste Vermummte schlich lautlos an ihm vorbei. Er postierte sich jenseits der Schranke hinter seinem Rücken, der zweite stand jetzt in der Eingangstür. Er horchte nach innen ins Wachhäuschen. Das Schnarchen kam ihm entgegen. Ein kurzes Heben des Armes, das dem anderen einen Befehl zu erteilen schien. Beide führten ihre Arbeit gleichzeitig aus.

Draußen krallten sich zwei Hände um den Hals des Soldaten, was ich noch erkennen konnte. Das Mondlicht erlosch unbarmherzig.

Kein Schrei.

Ohne Reaktion war der Mann draußen zusammengesunken.

Heute war der Mond mein Freund. Er gab nur für Sekunden einen schmalen Streifen, der auf das Wachhäuschen fiel, frei. Genau in diesem Augenblick wurde die Tür aufgedrückt und wenig später erschien die maskierte Gestalt, ein Messer am Gürtel verschwinden lassend. Mein Nachtglas ist verlässlich, wenn nur ein wenig Helligkeit herrschte. So leise, wie sie gekommen waren, machten sie sich aus dem Staub.

Was sollte ich tun? Die Rezeption benachrichtigen? Kann sie die Ermordeten wieder zum Leben erwecken? Nein. Und wenn ich nun noch derjenige wäre – ein unter Arrest stehender Ausländer -, der den Vorfall anzeigt, würde man mir dann Glauben schenken, von alledem nichts gewusst zu haben? Wurde ich nicht schon mit Rebellen in Verbindung gebracht, nur weil ich einen tamilischen Fahrer von Colombo nach Trincomalee hatte?

Sollte ich mich dennoch auf den Weg machen? Noch hatte ich mich nicht entschieden. Noch war ich zu aufgeregt.

Wann wird man den Mord bemerken? Sicher erst morgens, wenn die Wachablösung folgt, und das war bisher immer um sieben Uhr dreißig oder wenn die ersten Gäste schwimmen gingen, meist sogar später.

Man wird einen Aufschrei hören, und um Gäste zu beruhigen, wird man den Vorfall unter der Decke halten. Also hätte ich wohl bis um 8 Uhr Zeit, bis man das gesamte Gebiet nach Spuren abgesucht hatte. Ich würde bis dahin längst zurück sein.

Wahrscheinlich hatten sich die Mörder längst verdünnisiert. Sie haben überall Zuspruch und Freunde. Sie erscheinen unerwartet und genau da, wo Menschen am sichersten zu sein glauben. Sie finden ständig Mittel und Wege, Lücken in der gegnerischen Taktik, Schwachstellen in der Planung und menschliches Versagen auszunutzen. Ich öffnete noch einmal die Tür zum Flur, hängte das Schild an ihrer Gangseite auf: Don't disturb. Der junge Mann bewegte sich nicht. Er hatte mich nicht gehört. Wer konnte ihm das verdenken? Vier Uhr dreißig.

Ich rief meinen Fahrer Nirmela an. Aus diesem Grund telefonierte ich von der Toilette aus. Es war unwahrscheinlich, dass sich Leute - ein Stockwerk höher oder tiefer - in den dortigen Waschräumen aufhielten. Dafür war es zu früh. Wenn man aber duschen sollte, konnte man sowieso nichts mitbekommen. Ich bat ihn, in einer halben Stunde am bekannten Ort vorbei zu fahren. Ich hatte mich entschieden und werde jetzt starten. Die Tamil - Tigers hatten mich in meiner Absicht gestärkt. Der Weg war mir bekannt.

Der nächste Versuch

Schnell zurück auf den Balkon, sagte ich mir. Ein paar Sekunden warten und horchen, leise auf die Brüstung klettern, den Stamm der Kletterpflanze ergreifen und nach unten absetzen, so sprach ich mit mir selbst, um mir Mut zu machen. Fehler könnten tödlich werden.

In Windeseile lief ich gebeugt durch dichtes Buschwerk am Zaun entlang und robbte durch das von den nächtlichen Besuchern offensichtlich vergrößerte Loch des kaputten Drahtgitters an den Strand. Hoffentlich gibt es Regen, dachte ich und richtete meine gefalteten Hände gen Himmel.

Ob der liebe Gott mich erhört, wo ich ein totaler Kirchenabstinenzler bin?

' Ich verspreche, mich zu bessern!'

Nirmela war ein zuverlässiger junger Mann. Er hatte mir erzählt, dass er in Matara Chemie studiert habe. Man merkte dies an seinem Verhalten. Höflich, zurückhaltend und hilfreich.

Er brachte mich ohne Zwischenfälle wieder an den Nilaveli-Strand, setzte mich an einem Felsen ab, der den Zugang zum Wasser markierte. Ob Anna wohl schon da ist? An der Nordsee gehörte sie zu den ersten Badegästen, meist morgens um sechs Uhr zum Sonnenaufgang.

Ich ließ meine Blicke (gegen den Sonnaufgang) an der der Küste entlang zum Norden streifen. Im Hintergrund Fischerboote, vor ihnen am Strand drei Fischer. Sie flickten Netze.

Gleich einhundert Meter von mir:

Da war sie.

Verblüfft, als sie mich wahrnahm. Ihre Augen entsetzt auf mich gerichtet.

Was für ein Glück (bei meiner begrenzten Zeit).

Sie saß im Sand, die Knie gebeugt, die Waden fast bis an den Körper gezogen. , Die Arme hatte sie um die Knie gelegt, davor die Finger ineinander verschränkt, so als ob man beten würde. Tat sie das? Ist sie hier gläubig geworden angesichts der Schönheit der Subtropen und des Geschenks des Landes: ein junger dunkelbrauner Bursche.

Dicht an sie gelehnt, hatte er im Schneidersitz Platz genommen. Ihre Schulten berührten sich. Sie strich über seinen schwarzen Wuschelkopf - eher Borsten als Haare - die wild und ungekämmt bis in die Stirn fielen und ihm ein draufgängerisches Aussehen gaben. Er war Tamile. Seine Kopfform war eckig.

Ich ging ihnen ein paar Schritte näher. Die spärlichen Bartstoppeln machten ihn nicht älter als er war. Er schien noch keine zwanzig Jahre zu sein, ja, sein Gesicht war unverbraucht und jung.

Sein Lächeln ließ seine weißen Zähne schimmern.

Aus seinen Augen war abzulesen, dass er ein entschlossener junger Kerl war, der zupacken wird, wenn der Gegner zum Handeln zwingt. Sein Körper war drahtig, sein Sixpack (er trug nur einen Sarong) verriet regelmäßiges Training. War es das, was Anna gesucht hatte? War er ihr Glück?

Bei mir konnte man während der Ehe mit Sportlichkeit kaum einen Staat machen, durch Max ist das jetzt anders geworden, sie forderte mich ständig heraus, und ich ließ mich nicht lumpen, ging jeden zweiten Tag zum Trimmen.

„Ich sage dir gleich", gab Anna anmaßend von sich, und ihre Arme fuchtelten in der Luft herum „ich komme nicht mit zurück und werde dich nicht begleiten, wenn es das ist, was du wolltest!"

Dann legte sie einen Arm auf seine Schultern und gab ihm einen Kuss auf die Wange. Wahrscheinlich um mich zu schockieren. Jedenfalls bildete ihr bitterer Gesichtsausdruck eine Art Verachtung ab.

„Hatte ich mich so geäußert?", zischte ich ihr entgegen, und Ärger kroch in mir hoch, weil sie mich nicht einmal begrüßte hatte und sofort angriffsfreudig die Initiative ergriff.

„Ja, hattest du!"

Das war ja noch schöner! Ich hatte noch keinen Laut von mir gegeben. So überrascht war ich, sie am Strand vorzufinden.

Immer noch attraktiv. Ich konnte mich sofort in den jungen Tamilen hineinversetzen. Sie war begehrenswert:

Unverändert, schlank und braun. Ihre Brüste lugten halb unter einem Mini-BH hervor, sie waren straff.

Dennoch!

Für mich war jeder Reiz dahin.

Gedankenaustausch

Einige Meter vor ihnen stand die Staffelei mit einem, wie ich von weitem erkennen konnte, unfertigem Ölbild einer Badeszene, am Ufer zwei Auslegerboote, ein paar am Wasser spielende Kinder, ein Horizont aus Rot und Orange.

„Hatte ich nicht!" entgegnete ich erbost, während ich auf die beiden langsam zuging. Sein verstörter Blick irritierte mich. Er hatte Angst um Anna.

Ich musste mich zusammennehmen. Ich wurde wütend. Und das ist für mein Vorhaben gefährlich, weil Anna mir dann überlegen sein wird. Sie schien nämlich sehr gefestigt, offensichtlich durch den jungen Burschen.

„Nein, deshalb bin ich nicht hier!", rief ich ihr zu und ging weitere Schritte nach vorn. Waren es noch zehn Meter zu ihnen?

„Warum dann?" Sie erhoffte wohl gleich eine Antwort. Als ich schwieg, wollte sie mir sicher eins auswischen:

„Ich möchte jetzt malen!", ließ sie mich pampig wissen, sprang leichtfüßig auf und machte einen Schritt zur Staffelei.

Ihre Miene konnte verächtlicher nicht sein, dann wies sie aufs Meer. „Bei Sonnenaufgang darf man keinen Moment verschwenden."

Während sie so redete, schien sie mich abzuschätzen. Ihre Gesichtszüge ließen darauf schließen, dass ich ihr nicht nur ungelegen kam, sondern auch, dass sie widerwillig auf meine Fragen antworten würde.

Wenn überhaupt.

Ich war außerstande, ein Wort zu sagen. Meine Kehle war wie zugeschnürt.

Was hieß in ihrem Sinne verschwenden?

Eine Unverschämtheit.

Der Bursche hatte sich neben sie gestellt. Ihre Oberarme berührten sich. Vergeudete sie nicht genügend Stunden, Wochen und Monate mit diesem Jungen, dessen Gesicht eigentlich noch ein Kind abgab, wäre da nicht der drahtige Körper, der einem jungen Panther ähnelte, wie ich jetzt sah.

Ich schimpfte im Stillen mit mir. Wie konnte ich so anmaßend sein, über ihn zu urteilen?

Ihr plötzlicher Drang zu malen, war lächerlich. War sie denn so naiv zu glauben, ich nehme ihr so einen Unsinn ab? Sie lebte seit zwei Jahren hier, konnte jeden Morgen einen Sonnenaufgang erleben, und trotzdem war ihr die Malerei wichtiger als ich, den sie zwei Jahre nicht gesehen hatte.

Welche Missachtung...

Ob sie erkannte, dass ich gealtert bin? Wird sie sich vielleicht die Frage stellen, worin die Ursache zu suchen war?

Nein, ihr Interesse an mir schien gleich Null zu sein. Das begann schon in Hamburg.

Sie lebte - meiner Meinung nach - nur noch in der Gegenwart. Wer sich auch nur mit sich selbst beschäftigt, wie sie es mich schon die letzten Monate unseres Zusammenlebens gelehrt hatte, mit seinem Körper und seinem Geist, dem sind andere Luft.

War ich anders?

Ja, ja, ja! Nicht ich verließ sie, sondern sie mich.

Ich hatte sie bedingungslos geliebt. Ihr immer verziehen, jedes Mal nachgegeben, wenn sie mich verletzte.

Die Ankunft am Flughafen in Hamburg, es war ihr Direktflug von Stockholm, kam mir in den Sinn.

Die Liebe hatte mich blind gemacht. Da sie mir aber immer wieder zu verstehen gab, dass sie verrückt auf Sex mit mir war, hatte ich ihre Egozentrik verdrängt. Noch am Ankunftsabend hoffte ich, mit ihr ins

Bett zu steigen. Nichts da! Noch ausgeprägter wurde dieser Charakterzug, als sich die Liaison mit Arien entwickelte.

Ich betrachtete den Jungen, dessen lebhafte Augen unser Wechselspiel verfolgte, obwohl er sicher nichts mit ihm anfangen konnte. Er
sah nicht danach aus, dass er Deutsch gelernt hatte. Als er feststellte,
dass ich ihn ansah, wich er meinem Blick aus.

Mir gefiel der Junge aber, denn er schien außerordentlich munter
zu sein, vielleicht sogar interessiert, wer ich war und was ich von seiner
Geliebten wollte. Anna verhielt sich wie eine Glucke. Sie legte ihren
Arm um seinen Nacken, schmiegte ihren Kopf an seinen und sagte nebenbei:

„Nishanta".

„Wie ich vermute, dein Lover!"

Wieder so eine abfällige Bemerkung, die sie beleidigen musste.

„Lover?" schrie sie mir mit aufgerissenen Augen entgegen.

Meine Impertinenz hatte sie maßlos erbost. Und ich empfand,
dass ich meine innere Rachephase von damals, gegen sie, noch in mir
hatte. Irgendwie. Ich muss wohl wieder in meine Kindheit zurückversetzt worden sein. Anders war mein Verhalten nicht zu begreifen.

„Ja...", sagte ich langgezogen, hielt einen Augenblick inne, und
stieß darauf mit brutaler Abfälligkeit aus:

„auf Deutsch: Liebhaber!" .

Das musste sie noch mehr in Rage versetzen. Um jedes ihrer
Worte von vornherein im Keim zu ersticken, legte ich nach:

„Wie damals, als du deinen Sohn verführtest und Inzest begingst!
War es nicht ähnlich?"

Triumphierend starrte ich sie an. Endlich war es raus, was mich
früher belastete und immer noch in meinem Kopf herumgeisterte, obwohl mich Christian über die wahren verwandtschaftlichen Verhältnisse informierte. Ich glaubte ihm, aber zweifelte doch!

Was konnte ich tun, um eine Bestätigung von ihr zu hören? Vielleicht erpressen? Nein, das kam nicht infrage.

Eher, ihre Taktik benutzen!

Und welche sollte das sein, marterte mich mein Hirn?

Sie hatte es unterlassen, mir zu sagen, dass Arien der Sohn ihrer Schwester sei.

Eine, ihre Lebenslüge, die uns die gesamten Jahre begleitete.

Nachdenken, Moritz!

Das konnte ich. Lange Zeit und dabei analysieren, einordnen und danach entscheiden.

Ich hab's! : So zu verfahren, wie sie es mir vorgemacht hatte: einfach ihr vorzuenthalten, dass ich über sie und Arien Bescheid wusste.

Mag sein, dass sie deshalb reden wird. Wenn einem Inzest vorgeworfen wird, ist das eine der schlimmsten menschlichen Anschuldigungen. Wer wird das auf sich sitzen lassen wollen?

Gibt sie das wahre Verhältnis zu Arien zu, wird bei mir vielleicht wieder innere Ruhe einkehren.

„Ariens Tod hätte dich in die Realität zurückführen müssen!", ließ ich sie wissen, und diese Aussage stand einfach so nackt im Raum, ohne Hintergrund zum Vorhergesagten. Sie schoss aus mir heraus, die Wirkung hatte ich nicht vorher bedacht. Bloß jetzt schnell ablenken, dachte ich, und um ihr meine Gleichgültigkeit unter die Nase zu reiben, schaute ich in die Luft, bloß ihr nicht in die Augen sehen!

Der Strand war immer noch menschenleer. Auseinandersetzungen mit Folgen würden keine Zeugen haben. Ich dachte an den Jungen, den sie sicher gleich auffordern wird, mir zu zeigen, wer hier das Sagen hat. Sie musste sich wohl an die Vergangenheit erinnert haben, die mich als schwächlichen Mann auswies. Zwar stimmte das so nicht, ich war nur gegen jede körperliche Auseinandersetzung, im Übrigen Pazifist.

Käme es zu Verletzungen von ihm oder ihr, wie würde sich der Junge verhalten, was würde die Polizei glauben?

Der Junge? Würde er nicht in ihrem Sinne aussagen?

Natürlich.

Soldaten und Polizisten in und um Trincomalee werden ihm keinen Glauben schenken. Dafür war der Hass zwischen den Volksgruppen und Widersachern zu groß.

„Ariens Tod? Idiotisch!", fauchte sie mir ins Gesicht, kam ganz nahe an mich heran, so dass sich die Nasen beinahe berührten. Ihr Atem war hektisch. Ihre Augen hatten eine stechende Starre angenommen. Sie wandelten sich plötzlich in ein brennendes Feuer. Mir schien, als ob die Flammen gleich auf mich überflogen.

Ich sprang einen Schritt zurück.

„Für ihn bin ich nicht verantwortlich und war es nie! Alles, was sich zwischen uns ereignete, trug den Stempel seines Einverständnisses", pustete sie mir geschwollen entgegen.

„Er war ein selbständiger, eigenverantwortlicher-, erwachsener junger Mann!"

Ich musste husten. Eine solche Fehlinterpretation.

„Mein Eindruck war ein anderer. Du hattest ihn abhängig gemacht, er war dir hörig. Anders kann man die Szene bei der Einweihung deines Gebäudes nicht auslegen."

„Selbst wenn es so gewesen wäre", kreischte sie wie ein Marktweib. Ihre Tränen konnte sie nicht zurückhalten.

„Wir liebten uns!"

Unkontrolliertes Gerede!

Aber daraus leitete ich ab, sie hatte den Tod ihres Sohnes auch noch nicht verkraftet.

Mir ging es mit Anna damals eigentlich genauso wie ihr mit Arien. Tausendmal flüsterte ich mir zu, dass sie keinen Platz in meinem Herzen mehr verdient habe. Sie aber war hartnäckig, versteckte sich in meinem Hirn, und irgendwann schoss sie wieder hervor.

Manchmal ist man nicht Herr seiner Nerven.

Der Junge musste entsetzt von ihrem Anfall gewesen sein, er drückte seinen Rücken gegen ihren, und beide landeten – wie aneinander gekettet im Sand. Vertrautheit pur.

Er liebte sie, und das machte ihn mir noch sympathischer.

Sie beruhigte sich schnell.

Er drehte sich zu ihr hin, strich sanft über ihre Stirn, küsste sie auf die Wange, streichelte ihre Hände, und nahm wieder seine Yogastellung ein, die ihm etwas von Größe und Souveränität verlieh.

Gedanken um Arien

Ich musste an Arien denken.

Ich erinnerte mich in diesem Augenblick daran, dass sie die Arbeiten auf ihrer süddeutschen Baustelle mehrere Monate Tag und Nacht begleitete. Sie war die Konstrukteurin des Gebäudes, sie wachte über die Einhaltung ihrer Vorgaben. Sie hielt sich nur in Hamburg auf, wenn es bauliche Veränderungen gab, die neu gezeichnet und berechnet werden mussten, sonst lebte sie in Süddeutschland. Nun war der Bau-Komplex beendet, und es bestand keine Notwendigkeit mehr, Tage dort unten zu verbringen. Sie musste von Berufs wegen Ariens Nähe aufgeben. Darüber hinaus wurde Anna in ihrem Architektenbüro in Hamburg dringend gebraucht. Sie war die Stararchitektin des Hauses. Daher könnte ihn ein Gefühl der Einsamkeit übermannt haben, das verheerende Folgen haben sollte. War es aber wirklich so?

Meiner ehrlichen Meinung nach: nein, so war es nicht.

Sein Tagebuch wird einiges offenbaren. Vielleicht wird es mich heute erreichen oder morgen. Christian hatte es längst per Eilboten abgesandt. Mir schoss eine vermeintlich gute Idee in den Kopf, ihr das zum Schluss unserer Begegnung zu sagen und den Vorschlag zu unterbreiten, ihr das Tagebuch noch vor meiner Abreise zu bringen, das wird sie dazu bewegen, sich mit mir noch einmal zu treffen.

Ich strahlte innerlich.

Wenn sie es in der Hand hält, wird sie endlich Farbe bekennen müssen oder gedemütigt verzweifeln. Ich glaubte nämlich, dass sie es hier nur deshalb aushielt, weil sie an Ariens unbedingte Liebe glaubte.

Selbst wo er nicht mehr lebte, kann auch verflossene Liebe ein Anker sein, an dem man sich festhält. Nishanta diente nur ihrem körperlichen Bedürfnis, dem Sex, und den hätte sie so bedingungslos in Deutschland nicht bekommen.

Ich hoffte, dass Christian heut oder morgen weiteres Licht in Ariens Vergangenheit bringen wird, er wollte ja auch noch einmal dessen Wohnungsgenossen aufsuchen.

Gegenseitige Verletzungen

Ich habe mit dir nichts zu klären!", tönte sie, indem sie ihren Körper straffte und mit einer Handbewegung die Gesichtshaut glättete: Zeichen eines zurückeroberten Selbstbewusstseins!

Ihre Stimme eiskalt.

Mir war, als wäre ich zwischen zwei Eisbergen eingeklemmt. Gänsehaut überzog mich.

Wieder wurde ich wütend auf mich.

Anna verstand es immer noch, aus dem tiefsten Versteck meines Hirns an die Oberfläche zu kommen.

Max allerdings war auch sehr schnell im Kopf präsent.... Sie stellte sich hemmungslos neben sie. Ihre Natürlichkeit, ihr fraulicher Charme überwältigten mich erneut, Anna zog sich – so wie ich unserer Beziehung daheim sah – ins Unterbewusstsein zurück.

Jetzt ging's mir besser.

Anna kann mich mal...

„Anna!", sagte ich – noch ein ganz leichtes Zittern bei der Namensnennung in der Stimme. Dann löst sich dieses in Nichts auf.

„Warum hast du mich allein gelassen?", flüsterte ich ohne Unsicherheit in der Stimmlage, sachlich und neutral.

„Nicht deinetwegen!" Ihr verkrampftes Lächeln warf Fragen auf.

„Immer noch so eitel?"

Ihr Lebenswille war zurück, sinnierte ich, ein gutes Zeichen. Auch wenn zu ihrem Charakter gehörte, andere bloßzustellen und von ihrer Welt abzulenken, bei mir verpuffte ihr Angriff.

„Immer noch die Hauptrolle spielen wollen? Du warst mir schon lange schnuppe."

Verdammt! Ein böser Satz!

Sehnsüchtig blickte sie auf Nishanta. Ein liebevolles Lächeln huschte über ihr Gesicht. Machte sie sich etwas vor? Ein Chamäleon, dachte ich.

Ihre kleinen Augenfalten verschwanden. Ihr glattes Gesicht machte sie jünger. So habe ich den ersten Sex mit ihr in Erinnerung. Wir beide auf der Baustelle, ganz oben mit Alsterblick, sie nackend und ich ohne Hosen. Wildes junges Mädchen! Gieriger Nimmersatt. Nishanta war ihr ganz nahe. Sie sog seine Ruhe und Gelassenheit ein wie ein Schwamm das Wasser. Hätte er unsere Sprache verstanden, wäre es mit seiner Ausgeglichenheit am Ende gewesen. Eifersucht hätte ihn zerfressen. Dann hörte ich aufrüttelnde, leise Töne:

„Was sollte ich noch in einem Land ohne ihn? Ich habe ihn geliebt!"

Ihre Stimme wechselte ins Tremolo:

„Anders als dich. Für dich war in mir kein Platz mehr vorhanden."

Aha, dachte ich. Meinetwegen hat sie demnach nicht ihre Heimat verlassen. Wo also war hierzu der Grund?

Gedankenspiele

Hatte sie nicht schon bei der Eröffnung ihres Gebäudes in ihrer Rede betont, sie könne sich auch einen anderen Beruf vorstellen? Erwähnte sie nicht damals sogar, dass sie Malerei faszinierte? Hatte sie nicht erzählt, dass man als Architekt meist schnell in Vergessenheit gerät? Spätere Änderungen am Gebäude, an einem Stadion, an einer Brücke, z.B. Erweiterungen, Verschönerungen, sonstige Veränderungen, im Allgemeinen Korrekturen waren später selten möglich. Die Malerei lässt aber Vieles zu. Man kann die Perspektiven verändern, man kann hinzufügen oder wegnehmen, man kann sogar die Farben wechseln, und man kann sich immer wieder neu in Erinnerung bringen.

Aber dieses Berufswechsels wegen muss man nicht alle Zelte Zuhause abbrechen. Das war mir klar.

Nein, es musste einen oder mehrere andere Gründe geben.

Könnte es nicht sein, dass sie generell einen Schlussstrich unter das bisherige Leben ziehen wollte? Waren ihr die häuslichen Verbindungen und die hiesige Unternehmung allmählich zu einer Belastung geworden? Jeder kannte sie, man wollte sich mit ihr sehen lassen, man wollte ihre Ratschläge. Sie war eine Getriebene.

Verschwinden war wohl die Alternative. Ob sie sich nicht im Klaren war, dass ein anderer unbekannter Ort allein hierzu nicht ausreicht, allenfalls dass sie dort zu sich selbst findet, befreit von allen Zwängen? Der Tod von Arien gab ihr die Möglichkeit dazu.

Arien erschien vor meinen Augen, wie ich ihn damals auf den Weg von Norddorf nach Wittdün in Höhe Steenodde von meinem Zerwürfnis mit Anna berichtete und er Reißaus nahm und sich auf der Promenade in der Nähe des Anlegers auf eine Bank setzte, den Kopf in seine verschränkten Arme bettete und flennte. Ich blieb zurück und brauchte Minuten bis ich bei ihm war. Dann schaute er auf, mich starrten zwei angsterfüllte Augen an, die man von Kindern kennt, bei einer Dummheit ertappt. Damals wusste ich noch nichts von seinem intimen Verhältnis zu seiner Mutter.

Nach seinem Tod kehrte dieses Geschehen immer wieder in meine Erinnerung zurück. Es wühlte mich jedes Mal neu auf: Hatte sich Arien meinetwegen das Leben genommen? In unseren Gesprächen an der Nordsee hatte er erfahren, dass seine Mutter und ich nicht nur im Clinch lagen, sondern uns Welten trennten. Was ich in diesem Zusammenhang nicht begriff war, dass Frederike nicht mit ihm über unsere Entfremdung gesprochen haben sollte. Beide waren sehr miteinander vertraut und da bot sich doch das Thema (ihrer Mutter) geradezu an. Allerdings hatte sie unsere Trennung mit leichter Hand weggewischt. Sie meinte damals ja, ich hätte mir längst sagen müssen, dass Anna und ich auseinanderdriften müssten, wo sie ständig überall in Deutschland Baustellen besuchen musste, ich dagegen durch die Schule ortsgebunden war. Dahinter steckte ja auch, dass sie mich eher als weltfremd einschätzte, weil ich kaum außer Hause kam und meist nur mit Jugendlichen zu tun hatte.

Waren seine Gewissensbisse (über mich) Ursache für den Suizid?

Das wäre schrecklich, und wenn dem so war, werde ich mir ewig Vorwürfe machen.

Anna muss hierüber Auskunft geben und mich dadurch entlasten. Wenn sie dem Sohn gleich von Anfang ihrer Liaison an offenbart hätte, er sei nicht ihr Sohn, sondern ihre Schwester seine Mutter, entfiele ein Selbstmord meinetwegen.

War es für sie nicht einfacher, als Mutter dazustehen, die ihren Sohn bedingungslos liebte?

Alles Gründe, warum ich jetzt hier am Strand stand.

Übrigens war ich auch jetzt der Meinung, dass Arien das wahre Verhältnis zu Anna nicht kannte. Sie hatte es ihm wie mir bestimmt auch verschwiegen.

Wäre der ahnungslose Arien auch dann zum Selbstmörder geworden, hätte ich ihm nichts von der Ausweglosigkeit meines Lebens erzählt und von meiner Verzweiflung, die mich zum Trinker werden ließ? Unser Treffen auf Amrum fand nach Annas Einweihungsfeier und kurz vor seinem Tod statt. Könnte seine Entscheidung durch meine Schwäche begünstigt oder sogar gefallen sein? In mir keimte bei all diese Gedanken neue Wut.

„Du hast Arien in den Tod getrieben, das ist die Wahrheit!", wütete ich plötzlich hemmungslos. Das kaschiert mein Versagen! dachte ich.

Ich war nicht Herr meiner Sinne.

„Wenn du in solche Situation gerätst", sagte mein Psychotherapeut während einer Behandlung einmal, „dann musst du die Augen schließen, tief einatmen, damit sich die Bauchdecke wölbt, und langsam die Luft entweichen lassen. Wenn du gleichzeitig mit den Fingern spielen kannst, sie ineinander verhakelst, dann müsstest du von deiner Wut herunterkommen. „

Was ich in diesem Augenblick tat. Mir war es gleichgültig, was Anna bei dieser Zeremonie über mich dachte.

Tatsächlich, ich beruhigte mich.

Vielleicht... ging es mir danach durch den Kopf ... wird sie zugeben, dass sie Ariens Tod zu verantworten hat und mich freispricht. Eigentlich war ich immer mehr von ihrer als von meiner Schuld überzeugt, ohne wirklich zu wissen, ob das stimmte. Dennoch gönnte mir der Zweifel an meiner These selten Ruhe.

Eins hatte ich in den Jahren unseres gemeinsamen Lebens gelernt: bei ihr ist Angriff die beste Verteidigung! Und den hatte ich eben gestartet.

Anna sprang wieder auf, machte einen Satz auf mich zu, als ob sie mich umrennen oder umstoßen wollte. Ich hatte sie an ihrer empfindlichsten Stelle getroffen.

„Saukerl, du widerlicher Besserwisser, hirnloses Schwein!", kreischte sie.

Tränen rannen über ihre Wangen, die mich allerdings nicht erweichten. Auch dieses Verhalten kannte ich zur Genüge, und sie ließ sie immer fließen, wenn sie etwas erreichen wollte. Sie war im Umgang mit mir immer erfindungsreich, oft äußerst raffiniert. Jetzt kam mir allerdings selbst Zweifel. Ich hatte sie maßlos verletzt.

„Erst ist es der Inzest", heulte sie, und fast konnte ich kein Wort verstehen, „und nun ist es ein Mord! Was fällt dir noch ein? Nichts von allem trifft zu! Ich flüchtete nicht, weil ich irgendetwas am Stecken hatte, schon gar nicht einen Mord."

„Wer würde dir glauben, wenn er die wirklichen Zusammenhänge erführe? Niemand, Anna!"

„Es war nicht das, was mich forttrieb!"

„Denk' lieber daran, wie du diesen Burschen vor einem gleichen Schicksal bewahren kannst. Es ist leicht, Jungen seines Alters abhängig zu machen und beide Male ist es dir gelungen!", grölte ich zurück.

Sie war so geladen, dass unter ihrer leicht gebräunten Haut die Röte herausstach, die ihr Gesicht und ihre Ohren befallen hatte. Sie musste maßlos zornig sein, empört über das, was ich gesagt hatte.

Plötzlich hörte ich eine überschlagende Stimme in einer Tonhöhe, die mir bei Anna völlig unbekannt war:

„Arien war nicht mein Sohn!"

Log sie jetzt schon wieder, um mich zu irritieren?

Es waren genau dieselben Worte, die Christian mir mitteilte. Was war damals in der DDR abgelaufen?

„Arien war der Sohn meiner Zwillingsschwester. Sie wollte nicht, dass er in der *Deutschen Demokratischen Republik* groß wird."

Mir schwindelte der Kopf.

Nicht ihre jetzige Erklärung machte mir zu schaffen, weil ich sie kannte. Nein, mir stellte sich die Frage: wie haben die Schwestern es möglich gemacht, dass der Junge mit Anna in die Bundesrepublik gehen durfte?

Diese Frage jetzt?

Sie war abwegig. Ich schleuderte sie fort, wandte mich der Beziehung von Arien und Anna zu.

Einen Inzest hatte es demnach nie gegeben. Meine Behauptung war Schall und Rauch. Peinlich für mich.

Aber ihre Schuld.

Bestehen bleibt, dass Arien 16 Jahre war, als Anna ihn verführte. Das stand, so und so, sicher fest.

„Nishanta!", explodierte ich ebenso laut erregt wie sie, „ist jung, mehr als zwanzig Jahre jünger als du. Schulbildung? Wahrscheinlich Fehlanzeige, geschweige denn, dass er denken kann.

Was..., was bitte... hat er zu bieten? „

Die Buchstaben tänzelten angesichts meiner fehlenden Beherrschung in der Luft herum. Wird meine gezogene Wortlänge ihre Aufmerksamkeit erzeugen?

Ich war ein Ekel.

Beherrscht von dem niederen Beweggrund, sie klein zu halten, schien mir Demütigung der geeignete Schlag gegen ihre Hochmütigkeit zu sein.

Demütigen und Resignation in Annas Gefühlswelt. Sie könnte mein Vorhaben begünstigen.

„Was?" schrie sie, „dieser Junge ist zwanzig Jahre, ein Mann, der mich in seinem Alter glücklicher macht, als du es in allen Jahren unserer Ehe geschafft hast. Er ist jemand, der mit Frauen umzugehen versteht. Ein geborener Liebhaber wie es auch Arien war. Du ...wirst das nie begreifen", sprudelte es aus ihr heraus.

„Arien hatte ich verloren! Mein Versagen? Vielleicht. Daher musste ich fort, allein sein, mit mir ins Gericht gehen ... und neu anfangen!"

Ihr ganzer Körper bebte, aber dennoch sprach sie mit fester Stimme, was mich überraschte, auch wenn diese Worte ihrer Kehle nur stoßend entwichen. Damals gab ihr Arien Halt, heute war es Nishanta. Ihre Haltung, ihre Worte, ihre Gesten machten eins klar: Sie hatte Arien geliebt, nun war es Nishanta.

Meine Position wackelte.

„Zum Leben gehört mehr als nur der Unterleib!", brüllte ich.

Hinterher wusste ich, dass ich mich lächerlich gemacht habe. Ich hasste es, wenn man Selbstverständlichkeiten als Argumente wählte. Nun machte ich selbst den Fehler.

Dennoch, ich hatte das Gefühl, dass sie meine Banalität in ihrem augenblicklichen Zustand nicht erkannte.

Ich traf sie erneut unter der Gürtellinie.

„Meinst du? Mir reicht er!" flüsterte sie nun, ein Lächeln flog über ihr Gesicht, das Nishanta sofort registrierte. Er ahnte, dass es über ihn ging, und er freute sich, als Anna ihn in die Arme nahm.

„Deine Selbstgefälligkeit...Beleidigungen sind keine Gesprächsbasis!" Sie schmiegte sich noch enger an den Tamilen, als suche sie bei ihm Schutz. Seine Augen schielten über ihre Schulter zu mir. Mir war, als wollte er sich mit mir duellieren.

Im Falle eines Falles wird er seinen geschmeidigen Körper gegen mich einsetzen.

Feindseligkeiten

Nishanta unterbrach meine Überlegungen, die ich mir eben trotz der Spannung, unter der ich stand, gönnte. Er musste meine Explosion als Angriff auf Anna verstanden haben.

Ich sah plötzlich seinen Körper durch die Luft fliegen wie ein Kung-Fu-Kämpfer, die Beine vorweg, seitwärts der parallel zum Boden schwebende Leib. Dieser hätte mich unweigerlich getroffen. Vorbereitet durch seine Miene machte ich einen Riesenschritt zur Seite, Nishanta landete daher im Sand.

Das machte ihn noch gefährlicher. Seine weißen Zähne waren das einzige in seiner Visage, was strahlte. Fletschte er sie nicht wie ein verletztes Tier, wie ein Tiger? Während ich überlegte, wie ich weiterhin reagieren sollte, flog er ein zweites Mal gegen mich.

Ich sah ihn deutlich auf mich zukommen, seine Knie waren gebeugt. Sie streiften meine Hüfte, als ich ausweichen wollte. Ich schrie. War es Schmerz oder war es nur Angst? Ich blieb dennoch auf dem Boden stehen.

Taktikwechsel?

Nishanta verwirrte mich. Der Bursche stellte sich plötzlich vor mir auf. Blitzschnell kombinierte ich wie Nick Knatterton: Mein Gegenüber war ein Kopf kleiner als ich, eine Chance für mich? Dann schoss es mir durch den Kopf, er war stabiler und durchtrainierter als ich. Er war mir überlegen. Allein das Alter machte die Unterschiede deutlich. Außerdem konnte ich nicht nachvollziehen, wie Kung-Fu-Kämpfer solche Momente in Bewegung oder sonstige Aktionen umsetzen. Während ich nachdachte, rammte er mir seinen Kopf in den Bauch, was mich zu Boden streckte. Schon war Nishanta über mir, saß auf meiner Brust und griff mit beiden Händen an meinen Hals.

Er wollte mich erwürgen. Unverkennbar.

Ich bekam so einen Schreck, dass meine Kräfte über mich hinauswuchsen und ich ihm – für ihn völlig überraschend – meine Knie mit einem Schwung in den Rücken stieß, fast bohrte. Er schoss über meinen Körper in den Sand. Ein Kopf-Wurf.

Ich lernte ihn beim Judo in meiner Jugend kennen. Unerklärlich blieb mir, wie ich mich an ihn erinnerte. Sekunden lagen unsere Schädel so dicht übereinander, dass jeder die Pupillen des anderen erkennen konnte.

Im selben Augenblick war ich frei.

Anna hatte sich erhoben und sah wie ein gepeinigtes Reh aus, das gerade in einen Scheinwerfer stierte und wie gelähmt seinem Tod entgegensah.

„Halt ihn zurück!" schrie ich ihr zu.
Doch sie ließ ihn gewähren...

Hatte sie etwa die Hoffnung, dass er mich töten würde? Ihre Lippen hatten sich zu einem Halbmond nach unten geformt, und ich glaubte darin ein höhnisches Grinsen zu erblicken.

Niemand war bis jetzt am Strand, niemand wäre Zeuge geworden, vielleicht später nur das Wasser, wohin sie meinen leblosen Körper schleppen könnten. Unsinn, sagte ich mir darauf. Anna war zwar egozentrisch, aber so bösartig war sie nicht. Außerdem wäre sie ihres Lebens nie mehr froh geworden, und das konnte sie an zehn Fingern abzählen, würde man meinen Leichnam finden.

Anna war nicht gewalttätig.

Nishanta hatte plötzlich ein Messer in der rechten Hand. Er tänzelte um mich herum wie ein Boxer, stach mit der offenen Klinge in den Raum, schnellte mit der Hand zurück und wartete wohl auf eine Gelegenheit, mich zu verletzen. Die fremdländischen Flüche hörten sich wie das Röhren von Hirschen in der Brunft an.

Er keuchte.

Seine Anspannung könnte zu Fehlern führen. Ich stand in der Abwehr, aber war hellwach, setzte einen Schritt nach vorn, zuckte mit dem Oberkörper zurück, was wohl an Bewegungen von Robotern erinnerte.

Das reizte ihn immer mehr. Was wird er tun? Immer noch trippelte der junge Mann um mich herum, vorstoßend und zurückspringend wie ein eleganter Fechter, dann stach er zu.

Er war schneller als ich, natürlich.

Er traf mich an der Brust. Es war ein Kratzer, aber ich blutete. Er wich zurück.

Annas Stimme brachte ihn zu Verstand. Ich wusste, dass sie ihn irgendwann zurückhalten würde. Wollte sie nur sehen, wie weit man bei mir gehen könnte?

Auch ich war außer Puste.

Einen Augenblick herrschte Schweigen.

Die Sonne hatte längst eine Höhe erreicht, die das Land in Helligkeit und das Meer in Blau tauchte. Ihre Strahlen waren aber noch ohne Kraft, so dass die Morgenfrische jede Müdigkeit wegfegte.

Hinter mir sah ich jetzt einige Männer Netze entwirren, die man achtlos auf einen Haufen geworfen hatte. Man hatte uns noch nicht entdeckt, sonst wäre man sicher neugierig zu uns gekommen. Wer in der Welt lässt sich schon eine Schlägerei entgehen?

Annas Miene drückte vorwurfsvolles Erstaunen aus, sie hatte wohl nicht damit gerechnet, dass ihr der junge Mann auf diese Weise beistehen würde. Vielleicht auch, wie ich jugendliches Geschick durch fast bewegungsloses Verhalten pariert habe. Sie wusste, dass ich diesen Kampf durch mentale Stärke überstanden hatte.

„Dein Lover hätte mich beinahe umgebracht. Mein Gott, was hättest du dann gemacht?"

Darauf antwortete sie nicht.

„Wäre dein Sohn auch für dich so in die Bresche gesprungen?"

Den Satz stieß ich triumphierend aus, weil ich annahm, sie damit erneut verletzen zu können, und merkte sogleich, wie unüberlegt er war, und das ärgerte mich. Sie hatte mir doch bereits zu verstehen gegeben, dass Arien nicht ihr Sohn war.

Während sich Nishanta wieder neben sie setzte und betreten auf den Boden starrte, sagte sie - wieder zur Ruhe - gekommen:

„Mein Sohn? Moritz, du bist doch sonst so ein ekelhafter Perfektionist. Hast du bei deinen Nachforschungen versagt, wie so oft im Leben oder hatte dein Hirn während deiner Sauftour so gelitten? Arien war der leibliche Sohn meiner Zwillingsschwester! Ich sagte es vorhin bereits!"

Ihre Überheblichkeit machte jetzt meinem Herzen zu schaffen. Ich schloss meine Augen und tat so, als ob ich eine Antwort suchte. Aber ich dachte an Max und bildete mir ein, sie spräche zu mir: Vergiss die Frechheiten, es ist ihre Art der Notwehr, sie ist am Ende.

Ich ließ sie einen Augenblick zappeln. Ich wünschte mir, dass sie mich als Verlierer sah. Umso intensiver könnte mein nächster Ausbruch verstanden werden:

„Du hast Arien, ihren Sohn, missbraucht und ihn gefügig gemacht. Das ist deine Schuld, die du auf dich geladen hast! Und du hast ihm nichts – genauso wie mir - und Friederike von dieser verwandtschaftlichen Konstruktion gesagt. Er musste glauben, was er sah und fühlte, du seist seine Mutter!"

Ich war wütend, auch über mich. Immer wieder kam ich auf sie, und meine Reaktionen offenbarten, dass ich sie nicht überwunden habe. Ein schwaches Statement. Außerdem geisterten in meinem Hirn ununterbrochen Rachegedanken herum – eigentlich für alles, was uns früher verband. Nein, das war nicht gut.

Sie gab ihrem Liebhaber ein Zeichen, redete ein paar Worte mit ihm in Tamil. Also hatte sie seine Sprache erlernt, was mich in Erstaunen versetzte. Sprachbegabt, wie ich niemand sonst kannte. Sie beherrschte Englisch, Französisch, Italienisch und Schwedisch, was sie je nach Herkunft ausländischer Ingenieure und Architekten anwenden konnte. Sie hätte eigentlich Singhalesisch lernen müssen, das ist hier die Amtssprache.

Warum also Erstaunen?

Die Antwort?

Simpel.

Wenn man liebt, möchte man seine Partnerin oder seinen Partner natürlich verstehen. Liebesworte tun der Seele gut.

Nishanta war in ihr Domizil gelaufen und kam sehr schnell zurück. In der Hand ein Buch, der Einband rot. Er wusste, wo es Zuhause zu finden war.

„Ariens letztes Tagebuch, das ich fand. Aus dem Jahre 2002, April bis Anfang Mai. Lies das Gedicht hier!", und sie schlug eine Seite auf, worin ein Lesezeichen steckte. Im selben Augenblick kam mir das Gedicht aus Ariens pubertärer Jugend in den Kopf, das ich Christian vorgelesen hatte. Es war voller Emotionen.

Wird dieses auch so sein?

Anna sagte, dass sie aus diesen Zeilen Kraft schöpfe.

„Er hat sich meinetwegen wahrscheinlich das Leben genommen, weil er mich liebte und wir uns räumlich trennen mussten, was zu dieser Zeit vorauszusehen war."

Ich überflog die Verse. Emotionale, wohlklingende und rhythmisch, die von Liebe handeln und ihrer Unumstößlichkeit. Sie wird daher bis zum Lebensende halten und kettet zwei Menschen aneinander wie zwei ihr ganzes Leben zusammengehörige Schwäne, las ich.

„Er meinte uns!", hauchte sie. „Die Trennung war die Initialzündung für sein Tun."

Dass Anna in Tränen ausbrach, ich konnte es verstehen. Der Junge war so begabt, legte seine ganze Gefühlswelt in ein paar Zeilen.

Ich war sehr skeptisch. Ich kannte manche Verse von ihm , sie berührten immer das Gemüt, ließen Leser Himmel-Hoch jauchzen und gleichzeitig zu Tode betrüben. Es musste sich meiner Meinung nach um ein älteres Gedicht handeln, seine Sprache, fand ich, hatte sich aber seit seiner Jugend verändert. Vielleicht lässt das mir von Christian zugesandte Tagebuch eine zeitliche Fixierung noch zu.

Anna blickte mich unverwandt an. Sie wartete auf meine Antwort. Ich werde schwindeln, ihr nicht mehr wehtun, sie leidet immer noch, und das genügt.

„Sehr hübsch!", ließ ich sie erleichtert wissen (weil ich mich moralisch endlich entschieden hatte).

„Gekonnt, Arien war fast ein Poet. Er legte in seine Texte so viele Emotionen, gute und schlechte, das Gedicht offenbart seine innere positive Haltung zum Leben."

„Danke!" sagte sie.

„Wir sind beide an seinem Tod nicht schuldig. Er selbst wollte ihn, um den furchtbaren Schmerzen aus dem Weg zu gehen. Wahrscheinlich konnte er sich auch die Zukunft von uns beiden nicht vorstellen, denn sicher wollte er dich nicht verletzten, wenn er mir nach Hamburg gefolgt wäre, oder wenn wir uns offen zueinander bekannt hätten.

Für ihn war der Suizid der einzige Ausweg."

Unbedacht äußerte ich:

„Es gibt noch ein Tagebuch. Ich erwarte es jeden Tag. Christian hatte es im Keller ihrer Wohnung unter den Büchern seines Mitstreiters in abgestellten Kartons entdeckt. Es muss das allerletzte sein. Arien hatte es zwischen den Monaten Juni und August 2002 beschrieben, wie mir Christian sagte. Wenn du es haben möchtest... Du warst seine Muse, es gehört in jedem Fall dir."

Ob sie auf diesen Schmus reagiert?

Wieder mies von mir.

War es aber nicht die einzige Möglichkeit, sie aus der Reserve zu locken. Natürlich werde ich die wichtigsten Seiten lesen, aber nicht aus Neugierde. Ich will nur von ihm eine Bestätigung über das Verhältnis zu Anna haben und Eindrücke von der Person, die sich Kim nannte.

Anna wollte das Tagebuch natürlich besitzen.

Ja, sie drängte mich, es ihr sofort zu übergeben, morgen oder übermorgen.

„Du musst schon noch warten, noch ist es nicht angekommen!"

Sie ging davon aus, dass, wenn sie es besitzt, dann meine Mission erfüllt sein dürfte. Aber ob sie darüber nachdachte, ob ich in ihm herumblättern würde, vermochte ich nicht zu sagen. Sie wird sich das aber vorstellen können, denn oft genug hatte ich mich nicht als 'edel' erwiesen.

Sie sah an meinen Gesichtszügen, dass ich noch etwas loswerden wollte:

„Ich weiß nicht, wann ich wieder aus dem Hotel schleichen kann. Es treiben sich so viele singhalesische Soldaten da herum, und meine Bewachung wird nicht immer schlafen. Ich versuche, am 25.12. bei dir zu sein, einverstanden?" Anna nickte.

Sie gab mir nicht die Hand. Sie war noch einmal aufgestanden, stellte sich an Nishantas Seite, legte ihren Arm um seine Taille, drückte ihn eng an sich. Sie war in sicheren Händen.

Von mir war es nicht fair, sie im Unklaren zu lassen, dass ich am selben Tag abends zurück nach Deutschland fliegen werde, ich musste mich also gleich nach dem Besuch bei Anna auf den Weg machen.

Nirmala hatte, ohne nachzufragen, sofort zugesagt, mich nach Colombo zu bringen, und zwar auf nicht üblichen Straßen. Aber war das wirklich wichtig, dass Anna hierüber die Wahrheit erfährt? Ich glaubte nicht. Auch für sie wird mit mir nach Übergabe des Tagebuchs die Verbindung abgeschlossen sein, allerdings weiß ich nicht, ob ich mit meinen Gedanken richtig liege.

Anna machte jetzt einen müden Eindruck. Dann raffte sie sich auf , ihre Augen begannen zu glänzen. Sie sprach leise und betont: „Entweder ich hätte dir und Friederike gebeichtet, dass Arien nicht mein Sohn ist, dann hätte ich wahrscheinlich nie seine Empfindungen für mich erleben können, oder ich verschwieg den wahren Verwandtschaftsgrad, dann wäre ich seiner Sohn/Mutterliebe gewiss, dachte ich damals. Und ich hatte richtig gehandelt, er liebte mich ohne Einschränkungen."

Merkwürdig, dass ihr diese Aussage noch wichtig war. Sie steht in keinem Zusammenhang des vorher Gesagten. Das Geständnis löste in mir nichts mehr aus. Es bestätigte, dass in dieser Unterlassung der Schüssel zu seiner bedingungslosen Liebe steckte und wahrscheinlich zum Selbstmord führte. Ihre Lebenslüge und ihr Egoismus, der ihn zu einem unfreien jungen Mann machten, sind Ursache seiner Entscheidung.

Ich stapfte im tiefen Sand los, , ohne mich umzudrehen. Ich ging davon aus, dass Nishanta froh war, seine Geliebte wieder für sich allein zu haben. Ihre Zärtlichkeit wollte ich nicht mehr stören.

Auftrag

Schwarze Wolkenberge am Himmel.
Gefährten des Monsuns.
Dramatischer Anblick.
Gleich werden sie sich entladen.
Das tuk-tuk holperte über die gelöcherte Straße.
„Mehr Gas geben", schrie ich dem Fahrer zu.
Die Vorstellung, bei strömendem Regen in einem offenen Dreirad-Roller zu sitzen, das kann nicht gut sein. Erstens ist die Gefahr für Mann und Technik riesengroß. Bei Regen wird der Fahrer nicht weit sehen können. Wer weiß, ob er überhaupt noch Hindernisse wahrnehmen kann. Zweitens die Straße! Mann-o-Mann, diese Löcher! Mindestens zehn Zentimeter tief. Zwar war bei Trockenheit der Chauffeur ein

Meister des Umgehens, aber wenn man die Hand nicht mehr vor Augen sehen kann, ich weiß nicht, ich weiß nicht...

Als wir am Eingangstor meines Hotels vorbei fuhren, begann es zu tröpfeln. Leicht.

Aber ich wusste, der Schein trügt.

Ich hoffte, es bis zum Zaun ohne große Regengüsse zu schaffen. Durch das Riesenloch hindurchgerobbt, könnten mich die Pflanzen ein bisschen schützen. Aber die Natur ist unerbittlich, und der Monsun sowieso!

Es prasselte los - wie aus Eimern gegossen - , als ich das Wäldchen erreichte. Noch blieb ich trocken. Die Blätter der Bäume boten kurzfristig Schutz. Warten?

Nein, ich musste mich gleich beim Frühstück sehen lassen. Natürlich gesäubert und vor allen Dingen trocken. Nur dann wird man meine Abwesenheit nicht wahrnehmen, bzw. feststellen können. Vorher ging's an meiner Bewachung vorbei. Sollte sie vom vorgesetzten Offizier gefragt werden, kann sie ruhigen Gewissens sagen:

„Er ist hier gerade vorübergegangen. Kam aus seinem Zimmer!"

Daher musste sie mich unbedingt auf dem Flur registrieren.

Ich zog die Stiefeletten aus und drückte sie unter meine Achsel. So ging's besser.

Völlig durchnässt, robbte ich durch die Zaunöffnung hindurch, der Boden war schmierig, ich verdreckte von oben bis unten.

Ein Vorteil des Regens: Niemand hielt sich draußen auf. Bei dem Wasser, was die Wolken entluden, kein Wunder!

An den Balkons angekommen, sah ich nur geschlossene Türen. Nur meine Balkontür schlug hin und her. Ach du lieber Gott, da werden sich Sturzbäche ins Zimmer ergießen oder ergossen haben. Bloß nicht!

Man sah auch keine Soldaten und Wachleute. Das ist im Ausland anders als bei uns. Wetterkatastrophen sind keine Ausrede, wenn es um Außendienst ging.

Ich hievte mich an der Bougainvillea hoch. Ihr Stamm war glitschig und ekelhaft.

Dennoch. Es gab keine andere Lösung.

Hände und Beine schmerzten. Später stellte ich fest , dass ich an den Waden und Oberschenkeln tiefe Wunden hatte. Ein teuer erkaufter Besuch.

Ich spürte nur Schmerz in Händen und Beinen.

Tatsächlich, Wasser stand im Zimmer. Wie kann man dieses zurück befördern?

Ich hob die Matratze an, vermutete darunter Bretter. Und sie waren da. Ich zog eine Bohle heraus und schob die Wassermassen über den Balkontürschwelle nach draußen. Was für eine Anstrengung. Aber ich war erfolgreich. Jetzt unter die Dusche, neue Sachen angezogen und raus auf den Flur.

Nach einigen Minuten stand ich auf dem Gang zu den Zimmern. Der Wachmann schreckte auf, sah mich und grüßte.

Die Uhr zeigte sieben Uhr zwanzig. Pünktlich zum Frühstück

Der Wolkenbruch war vorüber, nun ein leichter Regen, und der wird den Balkon nicht erreichen. Das darin gestaute Wasser kann nun abfließen, dachte ich. Ein Außenrohr verband ihn nämlich mit der Abflussröhre, die am Fuße der Brüstung eingelegt war. So geschah es. Da es keinen Teppich in meinem Raum gab, wird es schnell wieder trocken sein. Auch das bekommt man kostenlos von den Tropen und Subtropen geschenkt. In Windeseile einen Wechsel.

Als ich das Foyer betrat, rief mir der Rezeptionist zu, ein Päckchen per Eilboten wäre angekommen. Er drehte sich kurz um, nahm es aus meinem Brief- und Schlüsselfach, reichte es mir über den Tresen. Ein Blick genügte, es war von Christian, wahrscheinlich Ariens letztes Tagebuch.

Im Frühstückssaal war es gerammelt voll. Das war man hier gewohnt. Die meisten Gäste gehen früh schlafen und stehen relativ früh auf. Sie möchten gern den Sonnenaufgang genießen, so scheint es.

Man machte sich etwas vor.

Der Grund ist die Schlaflosigkeit in der nächtlichen Wärme von weit über zwanzig Grad. Air-Condition vermeiden viele Leute. Das Geräusch macht nervös und die Zimmer kühlen aus. Erkältungen sind vorprogrammiert.

Ein Rundblick genügte, und ich sah einen Tisch mit nur einer Dame. Ich fragte sie, ob ich bei ihr Platz nehmen könnte, natürlich in Englisch. Sie schien eine Dame der besseren englischen Gesellschaft zu sein.

Falsch geraten.

„Ich spreche Deutsch wie Sie!"

„Woher haben Sie gemerkt, dass ich Deutscher bin?"

„Ich habe Sie schon des Öfteren beobachtet, schließlich mich erkundigt!"

„Umso besser!", gab ich überrascht von mir, zog den Stuhl aus seiner gegenwärtigen Position und setzte mich neben sie.

„Muss das so dicht sein?"

„Ja", flüsterte ich, hier sind einige Spione an Bord, die gern hören wollen, was gesprochen wird. Man traut uns nicht.", sagte ich.

„Ich verstehe. Das kenne ich aus meiner Heimat, ich bin Russin und komme aus St. Petersburg."

„Na sowas!" gurgelte ich ihr entgegen und schmunzelte.

Sie gefiel mir. Umgekehrt wohl auch.

Hatte man immer noch nicht den nächtlichen Überall entdeckt? Wann war denn der Wachwechsel?

Plötzlich Geschrei, das von der Rezeption in den Frühstückssaal dröhnte. Man hörte Gerenne, dann die schweren Stiefel der Soldaten. Ein Durcheinander an Stimmen.

Türen wurden aufgerissen. Offensichtlich ein Offizier grölte in den Raum, sichtlich erregt,

„Hat jemand heute Nacht den Angriff auf unser Wachhaus zum Strand hin mitbekommen? Die Tamil-Tigers haben unserem Strandpersonal, das für uns seine Pflichten erfüllen wollte, hinterhältig den Hals durchgeschnitten."

Mir war, als ächzten alle Fremden. Das hatten sie wahrscheinlich noch nicht erlebt, aber auch nicht erwartet. Schließlich war das Gebiet um Trincomalee von den Behörden für den Tourismus wieder freigegeben worden. Konfrontiert mit dieser Situation schrie eine Frau,

„Sind wir denn jetzt sicher?"

Der Offizier nickte.

„Natürlich, wir haben alle Kräfte mobilisiert. Wir sind eine Spezialeinheit, suchen jede Stelle ab, um die Mörder dingfest zu machen, auch sie erwartet der Tod."

„Du lieber Gott!" flüsterte mir meine Nachbarin ins Ohr. Eine intime Geste, nicht wahr?

Ein Begleiter des Offiziers musste sie gesehen haben. Ahnungsvoll flog er förmlich an unseren Tisch, das Gesicht verzerrt, seine Augen starr auf uns gerichtet, einen scheinbaren Erfolg im Nacken, und er blökte,

„Sie haben etwas bemerkt, ja?"

Er war so siegesgewiss, dass er das Kopfschütteln der Russin übersah.

„Nein, hab ich nicht! „ zischte ihm die Russin ins Gesicht.

„Alte Frauen haben anderes zu tun. Wenn man dann noch nichts hören kann...", log sie jammernd.

Raffinesse. Schlagfertig, ging's mir durchs Hirn.

„Sie, ja Sie! Sie haben sicher etwas wahrgenommen?", wandte er sich an mich und trat dicht an mich heran, so dass ich den Atem eines Süchtigen spüren und den geröteten Rachen sehen konnte.

Sein Grinsen wird ihm noch vergehen. Hoffte er, mich zu entlarven?

„Warum ausgerechnet ich? Natürlich nicht!"

„Weil Sie uns bekannt sind!"

Wenig später kreuzte eine Kommission auf.

Zwei Leute von ihr besetzten gleich den Ausgang...

Aha, weglaufen gab es nun nicht mehr... Was mache ich bloß, dachte ich ein bisschen amüsiert, ein bisschen skeptisch?

Die Anweisungen des Kommissionschefs waren eindeutig: Die Gänge absichern, Anfang und Ende abriegeln.

Keiner konnte entwischen. Acht von ihnen nahmen die Befragung an jedem Tisch vor.

So ein Quatsch.

Wer will schon der Willkür ausgesetzt sein, sollte man wirklich irgendeine nächtliche Entdeckung gemacht haben?

Sie schienen jeden zu verdächtigen. Alt und Jung, niemand wurde verschont.

Unbegreiflich und lächerlich.

Ich wurde besonders lange befragt. Aber ich hatte den besten Fürsprecher, den man sich vorstellen konnte, nämlich den Polizisten und als Helfer den herrlichen Regen, der alle Spuren verwischt hatte.

Der größte Teil der Touristen war nämlich im Rentenalter. Also kamen sie in der Regel für nichts infrage.

Was für Laien, diese Kommission. Und sie sollten die Bevölkerung schützen? Geschweige denn, dass sie zu Nachforschungen fähig ist. Ich musste an die Verhöre denken, die man mit mir angestellt hatte.

Laienhaftes Handeln, dumme Wortwechsel. Nichts als Luftblasen, selbst der Kommissar war ein Stümper. Das hatte ich schnell mit meiner Antikriegsgesinnung erkannt.

Die Prozedur dauerte dreißig Minuten. Man formierte sich am Ausgang zu einer Kompanie, zog im Gleichschritt ab. Wenigstens das schien zu klappen.

Die Stiefel schurrten auf den Holzdielen.

Die Russin und ich blickten uns an. Ich bat sie, sollte sie heute noch nach Trincomalee fahren, einen Polsterumschlag zur Post mitzunehmen:

„Einschreiben, Registered! Warten bis die Briefmarken abgestempelt sind, sonst entfernt man sie später und verdient damit ein Zubrot!" Sie grinste.

„Und was will der Herr verbergen?"

„Nichts, es ist ein Tagebuch für einen Roman, den ich meinem Freund schicke, der nimmt die Überarbeitung vor!"

„Wer weiß, wer weiß..., mache ich, wenn es so ist, wie Sie sagen!"

„Es ist so!", entgegnete ich augenzwinkernd und lachte ihr ins Antlitz.

Ich erkannte, dass Sie mir vertraute.

Zurück in meinen Raum, verfolgt durch meinen Bewacher. Dieser störte mich nicht. Er ist ein einfältiger junger Mann, der während seiner Pflichtausübung schläft. Ein bisschen war der Boden bereits getrocknet. Ich öffnete die Balkontür und ließ die feuchte Luft ins Zimmer.

Einen Schritt nach vorn

Ich hatte jetzt genügend Zeit, meine Vergangenheit mit Anna im Kopf und auch Arien noch einmal Revue passieren zu lassen, in die Ereignisse nach ihrem Verschwinden abzutauchen und mich mit den Ergebnissen meiner Nachforschungen und Christians Untersuchungen über Ariens Tod und über die Zwillingsschwestern zu widmen.

Ich saß inzwischen auf dem Balkon. Seine Pfützen waren verdampft. Letztes Wasser im Abflussrohr versickert. In den Tropen und Subtropen verdunstet jede Feuchtigkeit in Stunden. Problem für Reisbauern, dachte ich.
Ran ans Tagebuch!
Letztes Drittel.
Suchte in Daten nahe Annas Gebäude-Einweihung.

Tübingen, 14.06. 2004
Ich habe es satt, mich
ständig mit Anna
herumschlagen zu müssen. Sie engt mich
maßlos ein. Ich brauche Freiheit.
Habe mich am 21.5. im Tübinger-
Gymnasium als Nachhilfelehrer für Deutsch
angeboten, bisher keine Resonanz.

Tübingen, 20.06.2004
Gestern Anruf, Kim Bergmann, wollte
Deutschhilfe. Sehr höflich, 16 Jahre. Erster
Arbeitstag 2.7. zehn Uhr.
Stimme sehr höflich, Kim sehr zurückhaltend.

Als ich dies las, fiel mir ein, dass ich selbst als Student Nachhilfe-Unterricht gegeben hatte. Der monatliche Scheck von den Eltern reichte selten aus... Ich musste schmunzeln.

Weiterblättern, Moritz!

Tübingen, 23.6 .2004
Traf Kim in der Mensa. Fuhren zum
Umziehen ins Haus seiner Eltern, der
Bruder hätte wohl meine
Kleidergröße. Joggte in dessen Sachen.

Handschriftliches Extrablatt, hinten
angeheftet.

Esslingen, 29.06.2004/Tübingen
Anna hatte mich zu sich
beordert. Sie legt den
letzten Schliff ans Gebäude, ihre Schöpfung
total cool.
Bald ist die Feier, wie sie sagte. Ich soll dabei
sein. Moritz wird auch kommen.
Mit dem Prof. das Hausarbeitsthema
besprochen. Ich darf es selbst formulieren.
Mir fehlt aber jegliche Phantasie.

Weiter, weiter!, ermunterte ich mich.

Esslingen, 30.06. 2004
Anna und ich hatten einen
Superstreit. Ich will nicht mehr zur
Verfügung stehen, wenn sie
es will. Sie will es immer.
Zuneigung zu Anna als Geliebte passé.
Geliebter von Anna?
Habe sie satt. Ich werde wahnsinnig.
Alles abgedroschen zwischen uns?

Tübingen 05.07.2004
Anna ist aus Wut weg. Sie schrie. Der Mitmieter
klopfte an die Wand.
Besser so. Ich muss es
ihr mit Kim sagen. Heute konnte ich es nicht.

Moritz, hörte ich in meinem Inneren. Ich lief ins Zimmer. Schaute in den Spiegel. Mein Gesicht schien mir wie das eines Kobolds.
Was hatte das zu bedeuten?
Moritz, das von dir aus dem Tagebuch herausgerissene Blatt...Wo ist es?

Was wollte Arien sagen?

Plötzlich ein Gedankenblitz. Hastig griff ich in Ariens Tagebuchseiten hinten, blätterte die letzten Seiten (Daten) durch:
Da fehlten doch ein paar Tage. Gaben sie eine Erklärung ab? Hatte sich vielleicht ein Blatt zwischen anderen Seiten versteckt?

Suchen, rief ich mir selbst zu.
Ich sah Anna in Gedanken vor mir.
Eine ältere Frau schläft mit ihrem eigenen Sohn. Hatte Arien sich das wirklich vor Augen gehalten? Wenn ja, dann hätte er einen Knacks wegbekommen müssen. Sich irgendwann schuldig gefühlt. Auch verzweifelt? Kann man solchen Gewissensbissen entkommen, der Schande? Nein, niemals .

Dass Arien nebenbei unterrichten wollte... hatten sie denn nicht genug Geld hingeschickt? War sein Scheck zu kläglich bemessen?
Mir war, als säße Arien vor mir. Er weinte.

Ich setzte mich noch einmal auf den Balkon.
Vorhin schien mir der Stuhl aus Rohrgeflecht gemütlich, jetzt war mir, als wäre er hart wie Eisen. Die Luft war immer noch feucht, aber der Himmel war blau. Auf meiner Stirn Schweiß.

Ich sah die Teufelchen in meinem Gehirn, hörte die bösen Geister. Trommelte mit meinen Fäusten unrhythmisch auf den vor mir stehenden Tisch, sprang auf, schubste den Sitz gegen die Wand, trampelte auf den Fliesen herum, ich war ratlos.

Was war das mit Kim?

Ruhe, Moritz, verdammt!

Musste ich Anna tatsächlich noch einmal sehen? Was wäre, bliebe ich weg?

Dein Versprechen...

Ich drückte meine Hand auf den Lehnen ab, um mir selbst Halt zu geben, unterstützt durch die Füße, die ich auf den Boden presste.

Die Wahrheit

Das Tagebuch...

Jeden Zwischenraum überprüfen, Moritz

Die Zeit verstrich. Ich war noch nicht fündig geworden. Das erste Drittel des Buches hatte ich schon zweimal durchgesehen: Fehlanzeige. Kein weiteres Schriftstück.

Sollte ich aufhören? Nein!

Plötzlich hatte ich das Gefühl, dass ein Zwischenraum verdickt erschien. Ich blätterte rasant um. Hurra, ein gefaltetes Extrablatt. Ich glätte es sorgfältig, um mit meinen feuchten Händen nichts zu verschmieren...

...und las:

Wird Anna
das verkraften? Nein, nein, nein. Und nun
noch dieser bildhübsche Schüler.
Sie wird sich gedemütigt fühlen.
Wie denkt Moritz? Hält er zu mir? Vielleicht
weil er ein Mann ist? Vielleicht, weil er
ihr den Schmerz gönnt, den sie ihm
zugefügt hatte? Wer weiß?

Umwenden, Moritz:
Endlich, da ist ein vorher nicht erwähntes Datum:

> *Tübingen, 02.07.2002*
> *Es war der reinste Wahnsinn. Was mit*
> *mir und Kim ein zweites Mal passiert.*
> *Zwei männliche Geschöpfe, der eine schon*
> *volljährig, der andere zu*
> *Beginn seiner Emanzipation, unerfahren,*
> *ohne Sexerfahrungen, wie er sagte. Aber mir*
> *fehlten sie ebenso (mit einer Person des*
> *gleichen Geschlechts).*
> *Schriebe ich das alles auf, was sich*
> *zwischen uns abspielte, ich*
> *glaube, ich würde erstaunt sein oder mich*
> *erschreckt fühlen, denn es hatte mir*
> *ja Spaß gemacht, meinen Körper erregt*
> *und meine Seele beglückt. Er war so voller*
> *Sehnsucht und Zärtlichkeit. Hatte ich ihn*
> *nicht enttäuscht? Es war Bestätigung.*

Wie war's in meinem Alter mit mir? Nein, nein, ich war immer scharf auf Mädchen, ging's mir durch den Kopf und ich ließ manche Frauengeschichte an meinem Augen vorbeiziehen.

> *Was für ein Abend. Er war der größte in*
> *meinem Leben. Spaß total. Gefühle ohne*
> *Muss. Nichts geplant, Intuitiv.*
> *Neue Welten kennengelernt.*

> *Machten sie mich schuldig?*
> *Kim?*
> *Er blieb bis zum Morgen. Er war selig.*
> *Wie bringe ich es Anna bei? Darf man sich*
> *offenbaren? Wird sie sauer sein? Sich*
> *fremdschämen? Wird sie mich*

verabscheuen, wird sie sich vor mir ekeln?
Hatte ich Gene in mir, die erst durch Kim
aufgewacht sind?
Alles gleichgültig, ich liebe ihn.
Anna muss ihn verkraften, sie ist meine Mutter.

Durfte ich das Tagebuch Anna übergeben? Wird sie Arien wegen Verrats zur Hölle wünschen? Heulen, heulen, heulen...
Konnte ich das verantworten?
Reichte die Liebe des drahtigen Tamilen aus, ihr die nötige Stärke zu verleihen? Sein unbändiges Begehren könnte trösten, doch wie lange hält es? Nur den Zustand eines Rausches? Wird Anna darüber nachdenken können, warum es zu dieser Eskalation gekommen war? Warum ihr vermeintliche Sohn ihr nun auch noch diese für sie schreckliche, demütigende Beleidigung angetan hat? Käme sie vielleicht auf den Gedanken, dass Arien ihr eine Lebenslüge vorgelebt hat? War ihre etwa ein Bumerang?
Fragen, Fragen.

Musste Arien sich wegen der Trennung gleich das Leben nehmen, wenn die Zeit zwischen zwei Menschen abgelaufen ist? Und wenn die Folgezeit ein völlig andere Richtung eingeschlagen hat?
Nein.
Das Ende einer solchen Zweierbeziehung war voraussehbar, denn eine Frau in ihrem Alter und ein Junge in seinem, welch ein Abstand! Zwar gibt es immer wieder Verbindungen zwischen Alt und Jung, aber halten diese auch?
Claire Goll hatte mit achtzig Jahren noch einen jugendlichen Liebhaber von zwanzig. Aber schon nach einem Jahr flaute die Liebe ab. Nur war Claire so klug, dass sie dem jungen Mann alle Entscheidungsfreiheiten offen ließ. So konnte sie ihn noch ein weiteres Jahr sporadisch genießen.
Ihr Verhältnis war allerdings eine Eintagsfliege, meine Meinung. Annas aber nicht. Ich werde Max noch einmal anrufen. Ich schaute auf die Uhr. In einer Stunde wird in Deutschland mittags sein. Ich müsste sie erreichen. Ich werde sie fragen, was sie an meiner Stelle machen

würde, das Tagebuch nicht weitergeben (was meinem Versprechen widersprach), die in Frage kommenden Seiten, Ariens - Erläuterungen und Begründungen - verschwinden lassen?

Max

Es war Zeit für einen Anruf. Max war direkt am Telefon. Wie gut! Sie war munter, machte alberne Witze und lachte.

Ich schilderte ihr kurz, worum es ging, wobei ich beim Tagebuch länger verweilte. Das musste man (meiner Meinung) nach erst einmal begreifen.

Sie war im gleichen Augenblick, als ich meinen Wunsch vortrug, sachlich und überlegt.

„Versetze dich in seine Lage. Er nahm sich das Leben, auch wie du es meinst, wegen seiner Mutter, die er nicht brüskieren wollte, nicht verletzen, wahrscheinlich, weil sie schon genug durch seine Erklärung leiden wird. Er wollte sie nicht noch tiefer in Depressionen (die er selbst oft genug gehabt hat, wie du mir sagtest) stürzen, er wollte sie schützen. Tu du es auch.

Rache? Verschafft sie nur Genugtuung?

Zu wenig, Moritz.“

Dass sie darauf kam, dass ich Rachegedanken hatte, war unglaublich. Was für eine einfühlsame Frau. Aber hat Sie Recht?

Dann flüsterte sie ins Mikrophon:

„Wachse über dich hinaus, du hast es oft genug getan, auch in unserem Verhältnis. Nichts ist wichtiger, als dass man in der Lage ist, jemand zu lieben. Und du tust es. Und ich auch.

Freue dich lieber auf deine Rückkehr. Ich kann sie nicht abwarten.“

Nein, so einfach ließ sich das Problem nicht lösen!

Anna hatte mit einer Lebenslüge unsere Beziehung eingeleitet und diese beibehalten. Dasselbe hatte sie mit Arien praktiziert. Und sie hatte mich verlassen, ohne mit mir zu reden, sie hatte zu meinen Depressionen geführt, zu meinen Eskapaden. Und sie ließ es zu, dass mich ihr Lover erwürgen bez. erstechen wollte.

Warum sollte man sie schonen?

Fundort

Lärm am Strand.
Er kam von den Spurensuchern, die immer noch hofften, Zigaret-
tenkippen zu finden, ein verlorenes Kleidungsstück aufzuspüren und
andere Indizien des Überfalls zu entdecken. Ihnen war aufgefallen, dass
die Mörder nur diesen Weg genommen haben können. Manchmal sah
ich zehn Soldaten, die ihre Köpfe zusammen steckten, und dann alle
wieder auseinanderstoben. Hauptsache war für mich, dass ich nichts
hinterlassen hatte. Was könnte es auch gewesen sein? Meine Jackentaschen hatte ich zugeknöpft, die Hosentaschen an der Seite benutzte ich
nur für Taschentücher, die Po-Tasche nahm die Geldbörse auf, die ich
dieses Mal in den Rucksack verbannt hatte.
     Jetzt Gebrüll am Zaun. Ein Soldat in der Hocke. Er hatte offen-
sichtlich Beweismaterial fast am Zaundurchgang gefunden, den ich benutzte.
     Mein Fernglas...
     Ich sah, dass die anderen hinzu stürzten, sich den corpus delicti
ansahen. Zuerst konnte ich nicht erkennen, worum es sich handelte,
bis einer einen Schuh oder so etwas in die Höhe hielt, der darauf in
einem Plastikbeutel verschwand.
     Mir schwindelte.
     Gehörte er etwa mir?
     Ich sprang ins Zimmer zurück, durchstöberte jeden Winkel nach
meinen Stiefeletten, die ich heute Morgen trug. Sie waren nicht da.
Spurlos verschwunden. Ich versuchte mich an sie zu erinnern. Ich hatte
sie am Ende des Wäldchens ausgezogen und unter den Arm geklemmt.
Dann war ich durchs Zaunloch gekrochen und im Schatten der Sträucher zum Gebäude gelaufen. Die Schuhe inzwischen unter meiner Achsel.
     Ich erinnerte mich, sie störten beim Hochklettern, weil ich den
Arm an den Körper drücken musste.
     Dieser fehlte fast beim Greifen der Bougainvillea-Äste.

401

Mich überfiel Panik.

Herzstiche.

Was hatten die Ärzte damals gesagt: Unbedingt schlechten Stress vermeiden!

Ein Rezept bekam ich nicht.

Tabletten her!

Verdammt, dass ich mich - selbst bei Ungewissheiten wie hier - aus dem Gleichgewicht werfen ließ. Denn noch konnte ich nicht sagen, dass der gefundene Stiefel zu mir gehörte. Eher nicht. Wer trägt auf Ceylon schon Stiefel?

Es klopfte. Wer konnte das sein?

Überführt?

Ich rief: „Ikmanin ...mama enavaa... - ich komme schnell -.

Wieso sprach ich Singhalesisch?

Dummkopf.

Über mein Singhalesisch wollte man mir unterjubeln, dass ich mit den Tamil-Tigern unter einer Decken stecken würde.

Ich ließ den Besuch einen Augenblick warten, zerrte die verklemmte Schranktür auf. Vielleicht hatte ich sie dorthin abgestellt, ohne nachzudenken!

Tatsächlich...

Meine Augen kreisten auf dem Schrankboden herum, aber da stand nur ein Stiefel.

Das Klopfen wurde stürmischer.

Ich ging zur Außentür, öffnete sie einen Spalt, tat so, als ob ich überrascht wäre - sah einen Soldaten - mich überkam ein leichtes Zittern - und fragte durch die schmale Öffnung:

„Was wollen Sie?"

„Vermissen sie einen Schuh?"

„Nein", antwortete ich prompt, hoffentlich machte das Eindruck, dachte ich. Tat es nicht.

Er presste sich gegen die Tür und stand plötzlich im Zimmer.

Ein zweiter folgte.

Die Heerführung war geschickter geworden. Zwei gegen einen. Bei einem Gegner haben zwei immer Recht.

Dann bückten sie sich hektisch, schauten unter das Bett, hinter die Kommode, eilten ins Bad, zogen den Duschvorhang zur Seite...Nichts. Nun war der Balkon dran. Das auf dem Stuhl liegende Tagebuch ließ man unbeachtet. Ich stand immer neben ihnen, und darüber waren sie ungehalten. Sagten aber nichts. Ich sah ihren Ärger nur an ihren wütenden Gesten.

Ich hoffte, sie würden den Schrank übersehen. Aber sie waren gründlich. Sie zogen die Tür auf, die klemmte.

„Only one?" (Nur einen?)

„Kommen Sie mit" , herrschte mich einer der beiden an.

Triumphierend marschierte er vorn weg, der andere hinter mir her. Sie hatten gefunden, was sie suchten.

„Zum Offizier!", meinte der hintere Soldat schnodderig.

Kommissar? Offizier?

Nein es war der Captain, den ich schon vom ersten Verhör her kannte, und der auch im Hotel eingesetzt war. Er saß breitbeinig da. An sein vulgäres Gesicht erinnerte ich mich sofort. Er drehte unentwegt einen Stift in der rechten Hand zwischen Daumen und Zeigefinger. Er war nervös.

„Sie sehen so verängstigt aus, Dr. Sommeralm. Macht ihnen die Festnahme zu schaffen? Wenn ja, geben sie alles zu!" , schnarrte mir seine ekelhafte, hohe Stimme entgegen.

„Ich habe nichts zuzugeben, weil es nichts zuzugeben gibt!"

„Sie hatten in ihrem Schrank nur einen Schuh von einem Paar aufbewahrt, nicht wahr?"

„Stimmt! Wissen Sie warum?"

„Nein, wie sollte ich! Ich ahne es nur!"

„Ich wollte mir hier den anderen anfertigen lassen, weil Handarbeit bei Ihnen billiger ist als bei uns!"

„Wie bitte? Wollen Sie mir etwa einen Bären aufbinden? Ich habe noch nie gehört, dass jemand mit nur einem Schuh irgendwohin reist!", schmetterte er mir an den Kopf. Dann glotzte er mich entgeistert an. Schüttelte mit dem Kopf und sagte schroff:

„Schluss! Keine Märchen Meine Leute haben am Zaun einen Schuh gefunden. Vielleicht Ihr zweiter?"

„Das behaupten ihre Leute, nicht wahr?", gab ich hochnäsig zurück.

„Unsere Polizisten und Soldaten sind zuverlässig!"

„Mir bekannt!", antwortete ich und grinste. Was soll mir schon passieren? Ein fehlender Schuh besagt nichts.

„Wir haben den Einzelschuh aus dem Schrank konfisziert. Ein Beweis, dass Sie offensichtlich ohne Einwilligung der Polizei am Strand gewesen sind!"

„Zeigen Sie mir den anderen!"

Warum sich der Captain zierte, mir den Schuh vom Strand vorzulegen, weiß ich nicht. Zuerst weigerte er sich vollkommen, meiner Bitte nachzukommen, und als ich ihm den Begriff Blamage um die Ohren schlug , ließ er sich die Plastiktüte bringen, holte den anderen Halbstiefel heraus und wedelte rachsüchtig mit ihm vor seinem Bauch herum.

Auch dieser Schuh war schwarz, und es handelte sich um einen Halbstiefel. Genau wie mein Exemplar. Er grinste überlegen.

„Überführt!"

„Stellen sie ihn daneben!", röhrte ich ihn lauthals an. Ein Blick von mir hatte gereicht...

Jeder sah es deutlich: Zwei linke Stiefel.

Ich griente.

„Sie können gehen!", schrie er vollkommen von der Rolle.

Er war total sauer.

„Meinen Schuh her!", schrie ich ebenso. Man muss Gleiches mit Gleichem vergelten...

Der Captain forderte einen Soldaten wütend auf, ihn mir zurückzugeben. Ich spürte, er ließ seine Enttäuschung am Untergebenen ab.

Dieser kam diesem Befehl mit Verzögerung nach.

Ich ließ mir nichts anmerken.

Kaum im Zimmer angelangt, machte ich mich in den Ecken des Schranks zu schaffen, vielleicht war mein zweiter Stiefel irgendwohin gerutscht.

Er lag nicht da.

Also hatte ich ihn verloren. Ich ging noch einmal – allerdings in Gedanken ‑ den Weg von heute Morgen entlang. Mir fiel ein, dass ich die Schuhe kurz vor der ungewollten Zaunöffnung ausgezogen hatte. Läge er dort, hätte man ihn gefunden.

Wo war er? Hatte jemand Fremdes mein Zimmer wie neulich aufgesucht und durchschnüffelt?

Ein weiteres Verhör

Ich rief in der Hotelbar an und orderte ein Kännchen Tee.

Nach zehn Minuten: Er soll stärken, sagen Fachleute aus Singhalesischen Teeplantagen. Diese Schwindler.

Die Russin wollte sich nachmittags mit mir treffen. Ich hatte Glück, dass ich mich zum Frühstück an ihren Tisch setzte. Auch sie verurteilte den Bürgerkrieg, der aus der zweifelhaften, politischen Ordnung entstanden sein könnte. Der demokratisch gewählte Präsident hatte inzwischen die Uniform eines Diktators angezogen.

Durch ihn war Korruption an der Tagesordnung. Abgeordnete stimmten meist für ihn. Auch die Gegner. Woher das Geld wohl stammt?

Im Ausland verstehen sich Deutsche und Russen gut, dachte ich und grinste.

Dann werde ich ihr meine Sprechkassette an Christian übergeben. Natürlich wohl verpackt. Sie wird sie zur Post in Trincomalee bringen.

Eine große Hilfe. So war sie für mich eine wunderbare Verschwörerin. Dieser Vergleich gefiel mir.

Führe ich zur Post, würde ich sicher von einem Polizisten begleitet, und der wird dafür sorgen, dass man das Päckchen öffnet. Natürlich in nicht einsehbaren Räumen. Man traute mir nicht über den Weg.

Ich hörte draußen vom Strand wieder Lärm.

Ein Blick zum Zaun genügte.

Dieses Mal beugte sich ein Soldat auf den Boden.

Hurra, ein neues Beweisstück! Beweisschuh Nummer 2?

Noch einmal Hektik, ein zweites Mal Lauferei.

Gott sei Dank klopfte es bei mir nicht. Offensichtlich passten die Schuhe nicht zueinander.

Ich hörte, einen Stein aus meinem Herzen plumpsen.

Was wäre gewesen, hätte man den rechten gefunden? Hätte man mich doch geholt und eingesperrt?

Natürlich, hätte man.

Ich wusste von den katastrophalen Verhältnissen in den Gefängnissen. Zwanzig Leute in einem Raum, keine hygienische Toilette; natürlich nicht, denn Strafe musste sein, die Devise der Soldaten.

Ich steckte meinen linken Einzelschuh in einen undurchsichtigen Stoffbeutel und ging ins Foyer. Mein Bewacher folgte mir. Da saß die Russin schon in einem der Sessel eines Sitzarrangements, elegant die Beine übergeschlagen, ihr Hosenanzug war einen Blick wert. Es waren kurze Hosen. Ich dachte mir meinen Teil. Aufgetakelt war sie noch hübscher als heute Morgen. Knallrote Lippen, etwas über ihre Ränder gemalt, ein bisschen ordinär. Sie provozierte damit das Personal. Bestimmt bewusst.

Wir pilgerten gemütlich in Richtung Strand bis zum Zaun, von dort zum Wachhäuschen nach vorn, dann zurück zur Zaunöffnung. Das Loch hatte man vergrößert, der Boden rundherum war aufgewühlt. Für uns gab es nichts zu sehen. Die Russin machte eine Handbewegung in die entgegengesetzte Richtung zur Rückseite des Hotelgebäudes nahe des Balkons. Ich hatte sie auf dem Weg hierhin ganz und gar informiert.

Eigentlich war meine Redseligkeit unverzeihlich.

Mein Inneres sagte mir aber, dass ich mich einfach einmal ausquatschen musste. Und machte sie nicht einen vertrauenserweckenden Eindruck?

Sie hatte gespannt zugehört, und wenn ich mal in ihr Ohr tuschelte, schmiegte ich meinen Kopf an ihren. Das gefiel ihr sehr, wie es jeder Frau gefallen würde. Sie fühlte sich als meine Vertraute.

Ich musste noch einmal über mich nachdenken. Was war nun wirklich über mich gekommen, so offen mit ihr zu plaudern? War es nur mein Gefühl?

Sie kam mir zuvor und alle Wolken lösten sich in Nichts auf.

Sie sagte, dass sie früher unabhängige Zeitungsartikel geschrieben hätte, der politische Druck wäre noch in Maßen gewesen. Ich sagte mir, wenn sie Journalistin war, dann standen wir auf derselben Stufe.

Sie liebte darüber hinaus wohl meine Offenheit. Denn ich ließ nicht aus, dass ich Anna heute schon gesehen hätte und einen Kampf mit ihrem Liebhaber abwehren konnte.

Wenn man sie auf Grund unseres gemeinsamen Ausflugs befragen und über unsere Gespräche ausfragen würde unter der Androhung von Gewalt, könnte sie schwach werden? Ich glaubte das nicht, denn unser Nenner war ja die Abneigung gegen Diktaturen. Und sicher war sie manchmal in Russland gebranntes Kind. Sie wäre auch hier journalistisch tätig, privat sozusagen. Übrigens ein Zufall, dass wir auf *Miss Marple* zu sprechen kamen. Wir liebten sie gleichermaßen.

„Sind Sie heute Morgen hier entlang gegangen?"

„Ja, die Sträucher boten mir Schutz."

Da mein Bewacher im Gebäude blieb, als er mich mit einer Frau sah, konnten wir ungehemmt und unverfänglich die Blätter des Buschwerks zur Seite drücken. Dabei taten wir so, als rochen wir an den Blüten, die es zu Hauf gab.

Sie sah die Stiefelette unter einer Staude fast unter meinem Balkon. Sie ging in die Knie und ließ den Schuh in ihre Stola gleiten. Kein Mensch hätte das sehen können.

„Später", sagte sie. „Ich werde Sie in Ihrem Zimmer aufsuchen, gebe Ihnen dann das Beweisstück zurück. Das ist mir lieber, denn hier könnten uns Soldaten oder Polizisten mit Fernglas beobachten. Wer weiß das? Ihnen ist jetzt alles zuzutrauen!"

Sie besuchte mich tatsächlich eine halbe Stunde nach unserer Rückkehr in die Hotellobby. Übergab mir den Schuh, den ich im Beutel verschwinden ließ wie den anderen. Ich legte ihn aufs Bett, ich wollte ihn immer im Blick haben. Man weiß ja hier nie, dachte ich abstrus.

Mein Telefon läutete.

Die Rezeption.

„Ja, was möchten Sie von mir", pustete ich höflich in das Mikrophon.

„Sie werden erwartet!", hörte ich, dabei fiel mir auf, dass die Telefonistin heftig atmete. Hatte sie etwa einen...?

Unten angekommen, gesellten sich sofort zwei Soldaten an meine Seite.

„Ihre Hände bitte. Wir möchten nicht, dass Sie fliehen. Die Handschellen nehmen wir Ihnen in der Trinco-Kaserne ab.", flüsterte mir der linke von beiden ins Ohr.

Eine Unverschämtheit!

Verdammt, was sollte ich tun?

Ich sollte ihnen meine Hilfe verweigern! Dann aber sagte ich mir, dass ich den Kürzeren ziehen würde.

Man legte sie mir vor der Rezeption an, und die Leute rundherum staunten, sahen geschockt aus oder waren wohl skeptisch. Sie hatten sicher noch nicht die Erlebnisse, die ich hatte.

Man wollte, dass viele Gäste die Nase rümpften, wenn man mich angekettet sieht. Gleichzeitig diente ich als Warnung, dass das Auge des Staates wacht. Sie ahnten nicht, dass mir ihr Verhalten und mein Aussehen gleichgültig waren. Ich hatte ihnen gegenüber nichts zu verlieren.

Ich sagte einfach: Hurensöhne.

Das erleichterte, und ich schrie es in die Rezeption.

Ich ließ mich abführen. Bewusst.

Gott sei Dank hatte ich den Beutel mit den beiden Stiefeletten mitgenommen. Ich hielt ihn fest in den Händen trotz der Handschellen. Man brachte mich zum Jeep. Ziel: Kommandantur, wie mir mitgeteilt wurde. Wie ich feststellte, arbeiten auf Sri Lanka Polizei und Militär schlecht zusammen, vielleicht sogar gegeneinander.

Das Ziel beider Institutionen war dasselbe. Sie wollten mich aufs Kreuz zu legen.

Man wird nachgedacht haben, wie man mich anschmieren könnte. Man ließ mich meine Schuhe beschreiben, kam zunächst zur Überzeugung, dass ich auch Besitzer der infrage kommenden, später gefundenen Treter war. Gezeigt hatte man mir diese noch nicht.

„Ich trage nur Ledersohlen!", sagte ich ziemlich überheblich, „Sie können sich im Hotel und bei diesen Schuhen überzeugen", gab ich von mir. Als ich beide Schuhe aus meinem Plastikbeutel zog, und diese vor Offizieren und Soldaten hinstellte, staunten sie nicht schlecht. Sie mussten noch in Erinnerung haben – und so etwas spricht sich schnell herum – dass man nur einen Schuh bei mir im Schrank gefunden hatte. Ein großer, stattlicher Offizier, ein Burger, verglich die Paare. Ich zeigte auf die Unterseite. So drehten sie die anderen Stiefeletten um. Gummi! Wieder eine Niederlage.

Man gab mir einen Wink zum Gehen, immer noch nicht überzeugt von meiner Unschuld. Dann wiesen Sie mich zur Tür.

„Nein, nein, so geht das nicht!", sagte ich laut, aber ohne Ärger, „Sie haben mich hierher befördert, nun bringen Sie mich auch ins Hotel zurück." Sauer auf mich, kamen sie der Aufforderung nach.

In der Hotel-Lobby hielten sich viele Besucher auf. Als die Rezeptionisten mich sahen – ohne Handschellen – meinte ein männlicher Vertreter, dass sie gewusst hätten, dass deren Bemühungen im Sande verlaufen würden, ein Gast wie ich es war, lässt sich im Ausland nichts zu Schulden kommen.

Mehr Honig um den Bart geht nicht.

Ich fauchte sie an.

„Das sah vorhin anders aus. Sie hätten nachfragen können, was Sie nicht getan haben. Auch für Sie war mit mir irgendwas nicht Ordnung. Deshalb schwiegen Sie, und jetzt diese unverfrorene Lüge!"

Die Leute rundherum horchten auf. Dann Klatschen.

Warum? Weiß der Kuckuck.

Dann ließ ich mir den Schlüssel zu meinem Zimmer geben und verschwand stillschweigend.

Weihnacht 2004

Max und ich haben wieder telefoniert.

Endlich näherte sich das Ende unserer Trennung. Selbst ich fühlte mich richtig mies. Sie ließ mich wissen, wie sie sich freue, vorbei sei die Zeit des Wartens.

„Eine unwürdige Zeit."

Sie hätte ständig auf meine Bettseite geschielt und ihr war, als wäre ich da. Ein Trugschluss. Träume über mich hätten die Nächte nur noch aggressiver gemacht.

„Dennoch warst Du virtuell immer hier! Nur genügt das nicht!", sagte sie laut und lachte herzerfrischend.

In welchen Situationen sie mich wohl gesehen hatte?

Die einmonatige Phase des Alleinseins war eine Riesenbelastung. Meine Aktivitäten ließen mir tagsüber keine Zeit zum Nachdenken. Aber abends war es meistens um mich geschehen. Einsamkeit überkam mich, ich fühlte mich verlassen.

In Hamburg quälte mich mein Selbst, erst als Max und ich uns näher kannten, klappte es mit uns besser. Unsere Spannungen vorher hatten genügend Quellen. Mir fielen sofort Versagensängste ein, auch Zweifel an mir selbst. Anna hatte sie forciert. Und dann die Eifersucht.

Christian ist ein anziehender Typ, sieht gut aus, ist äußerst lebendig und dazu einfach klug. Jugend hat Vorzüge.

Außerdem ließ Christian seiner Zuneigung relativ freien Lauf. In jedem Fall hatte ich bemerkt, wie er Max ständig beobachtete. Auch Max schien nicht abgeneigt.

Ich lächelte.

Ich hatte mich aber endgültig durchgesetzt, sie fühlte bei mir Geborgenheit und Sicherheit.

Als ob Max meine Lippen gesehen hätte, unverkennbar zum Küssen zusammengezogen.

Sie war schneller. Ihre Küsse durch den Äther waren mit Geräuschen verbunden, ich schmeckte sie sogar. Wie gut mir das tat. Und übermorgen werde ich endlich wieder ihre Haut an meinem Körper spüren, und ihren Duft einatmen, ein wenig süßlich, ich erinnerte mich an Jasmin.

Die meisten Unklarheiten abgeräumt.

Im Reinen mit Anna und mir.

Ich wünschte, sie hat das Glück mit Nishanta für einhundert Jahre gepachtet.

Ich werde morgen früh nach Nilaveli (25.12.) gefahren, mein Chauffeur wird mich hinbringen.

Das allerletzte Tagebuch ist schon in meiner Umhängetasche. *Bloß nicht vergessen!*

Und am späten Morgen geht's ab nach Colombo. Um fünf Uhr nachmittags fliegt mein Flugzeug, Aufenthalt leider noch in Dubai. Mein Fahrer hatte mir zugesichert, mich in einem Mini auf Umwegen nach Colombo zu bringen (die Straßen seien sehr schmal); er wollte kein Risiko eingehen. Und der zweite Feiertag wird der Höhepunkt in diesem Jahr sein: Max morgens in die Arme schließen. Dann hat das Schreiben ein Ende und Christian kann die letzten Seiten zurechtstutzen.

Heilig Abend hatte ich im Hotel verbracht. Es gab bis Mitternacht keine großen Festlichkeiten. Wenig Protestanten, die schon abends feiern würden. Katholiken gehen erst einmal in die Mitternachtsmesse. Sie waren wohl in der Kirche in Trinco. Wenn sie zurück sind, werden sie sich bemerkbar machen. Das Gepäck lasse ich hier.

Es wird auf der Rückfahrt nur lästig sein. Meine Sachen sind ersetzbar. Sollte man mich suchen, wahrscheinlich sich sogar Zugang zu meinem Zimmer verschaffen, wird man über meinen ungepackten Koffer staunen. Man wird recherchieren und später auf dem Grundstück suchen. Das ist mir egal. Ich muss nichts mehr als meine Utensilien mit nach Hamburg nehmen.

Und dann verstaute ich Geld, Ticket und alle Unterlagen in meinem Blouson, geordnet für die Rückfahrt.

Dem Tee der Russin habe ich mich angeschlossen. Sie lachte, als ich sie fragte, ob ich mich zu ihr setzen könnte. Russinnen sind ziemlich verschlossen, sie war es nicht. Gut so, denn nur auf diese Weise kam ich zu meiner Postbotin. Übrigens hatte ich sie zu uns nach Hamburg eingeladen, vorher aber bei Max die Genehmigung eingeholt.

Singhalesischer Tee schmeckt himmlisch, würzig und ohne Duftstoffe, er ist sehr schwarz. Also stark. Ich wurde putzmunter. Vielleicht reicht das bis zum nächsten Morgen.

Abends saßen wir noch spät an der Bar. In dieser Hinsicht eine erste Adresse des Landes.

Mit dem Barkeeper allein.

Zuerst.

Er wienerte an den Gläsern herum, säuberte den Untergrund der zweihundert Gefäße und Flaschen, aber möglichst in unserer Nähe. Neugierde ist der stille Charakterzug der Barkeeper. Gesammelte Informationen werden weitergegeben, wie mein Fahrer mich wissen ließ. Bestochen also.

Natürlich nur Vermutungen. Entschuldigung. Gebranntes Kind scheut Feuer.

Wir boten dem Mann hinter dem Tresen keine Chance.

Um ein Uhr nachts wurde es lebendig. Da kamen sie aus der Kirche, unterwegs wohl schon Arakku (singalesisches alkoholhaltiges Getränk) gezischt.

Viele Leute plötzlich in der Bar. Welches Gequatsche. Draußen im Foyer funkelten die Kerzen des Plastik-Weihnachtsbaumes, um ihn herum vielleicht sechzig Gäste.

„Musik!"

Und dann wurde getanzt. Als ich mich davon schlich, um mich mit meinem Fahrer zu treffen, war es kurz vor sechs. Mein Aufpasser schlief selig auf der Treppe.

Ich habe keine Angst.

Der Lärm wird mir weiter zupass kommen.

Und so war es.

Nirmela kam, als ich gerade die Straße betrat. Mit fliegendem Start sprang ich auf sein *tuk-tuk*. Ab ging die Post. Um uns herum Stille. Als wir an der Hotelschranke vorbeifuhren, war kein Licht zu sehen. Auch hier hatte man Erschöpfungssiesta.

Das Bad im Meer

Bevor ich mich vom Tamilen verabschiedete, bat ich ihn, auf mich aufzupassen. Vielleicht irgendwo versteckt?

„Mich nicht aus den Augen lassen!"

Irgendwie immer bei mir bleiben und abwarten...

In Trinco später den Mini besorgen...

Ich kam an den Strand.

Anna saß schon wieder an ihrer Staffelei. Allein!

„Er ist zu seinen Eltern, kommt erst morgen Abend wieder!"

Als ich sie so da sitzen sah, stellte ich wieder fest, bei mir ist wirklich alles erloschen, keine Liebe, keine Bindung, nur Akzeptanz.

Ich ließ sie wissen, dass ich wieder wenig Zeit habe. Anna hörte konzentriert zu. Sie würde den Daumen drücken, dann kann nichts schief gehen.

„Wie wäre es, wenn wir beide Schwimmen gehen?"

„Natürlich, auch wenn es sehr früh ist."

Beide waren wir uns einig, dass man gleich ins Wasser laufen sollte.

„Das ist ganz ohne Risiko. Die Sonne ist noch nicht warm genug, dass man einen Sonnenbrand bekommt, wir können sogar nackt schwimmen, niemand ist weit und breit zu sehen."

Wollte sie mich in Versuchung bringen? Wollte sie ausprobieren, wie weit sie selbst noch gehen würde?

„Ein guter Gedanke!"

Er war mir insofern recht, als wir beide nicht so eng im Sand sitzen und aufeinander einreden werden.

Schon war Anna aus ihren wenigen Klamotten. Ich wagte einen Blick zu ihr und sie genoss ihn. Mir war, als wären wir in unserer Jugend im Sommer an der Ostsee.

„He Anna, mein Gott, was für einen schönen Körper Du noch hast! Glückwunsch." Das war keine Lüge. Junge Männer vermögen manche Frauen mehr als zu erfreuen, sie verändern sie, fantastisch. Ich musste an ihren Liebhaber denken.

„Dein Freund ist dafür verantwortlich. Er ist aber auch rassig. Seine Muskeln, sein Sixpack, seine sinnlichen Lippen, seine strahlenden Augen, und sein Hintern. Beinahe wie der junge Freund von Arien. Alles in allem, eine Augenweide."

Anna stutzte, was ich sofort bemerkte.

An ihrer Stelle wäre es mir auch so gegangen. Manchmal braucht man nur ein Wort und schon ist man im Thema...

Ich schwöre, ich wollte es nicht.

Was konnte ich tun, um sie abzulenken?

War es wirklich nur ihre Neugierde? Hatte sie nicht selbst schon an seiner Zuneigung gezweifelt? War es Angst, die sie überfiel? War sie sich nicht im Klaren darüber, dass ihre Theorie vom Trennungsschmerz eine Fata Morgana war? Wie viele Menschen gehen auseinander oder trennten sich, und begannen ein neues Leben? Auch Anna hatte einen neuen Weg eingeschlagen, aber wurde er nicht ständig getragen von Arien, der in ihrem Kopf herum geisterte?

„Sag das noch mal, was Du über Arien gesagt hast."

„Nein, Du kannst es im Tagebuch lesen, jetzt nicht, es ist zu kompliziert und würde auch zu lange dauern, müsste ich es erklären!"

„Lenke bitte nicht ab. Wir wollen uns nicht noch einmal erzürnen und böse auseinander gehen! Bitte was war mit Arien zuletzt?"

Ich versuchte, ihr Interesse auf sich selbst zu richten.

„Du kannst übrigens dicke mit Nishanta konkurrieren. Anders natürlich, mit Schönheit, straffer Haut, deinem Busen, welch' Genuss, und einer Wespentaille. Dazu der Po als Ausgleich für die Brust. Alles im faszinierenden Gleichgewicht!"

„Was soll das?", fragte sie fast schon empört, ich muss das mit Arien wissen!"

Ja, dachte ich, ich konnte sie begreifen. Arien hatte ihr Leben jahrelang bestimmt.

Aber in meinem Beisein ? Ausgeschlossen.

Dann lastet sie mir noch Ariens Freund an, irgendwie.

„Lass uns Schwimmen, ich erkläre es dir im Wasser!"

Anna war einverstanden. Die zwei Minuten, die sie noch auf die Folter gespannt wird, können es nicht sein…

Ich zog meine Sachen aus, legte sie an den Strand. Da er leer war, konnte man davon ausgehen, dass niemand an die Sachen herangeht. Die Polizei kann auch nicht holterdipolter auftauchen. Sie müsste schon festgestellt haben, dass ich nicht auf dem Grundstück zu finden wäre, was unwahrscheinlich ist. Man war gestern Abend betrunken.

Und wie sollte sie herausbekommen haben, dass ich bei Anna bin? Gar nicht.

Ich stand nackend vor Anna. Sie schaute an mir herunter und meinte, dass ich schlanker und drahtiger geworden bin.

„Hast Du etwa eine Partnerin gefunden, die es geschafft hat, dich zum Sport anzutreiben?"

„Ja, das stimmt."

„Wie schön Moritz. Das beruhigt mich. Wir sind beide im Gleichgewicht, nicht wahr?"

„Finde ich auch."

Ich wusste allerdings, dass dieser Satz kaum im Raum stehen bleiben durfte. Er trifft nicht den Nagel auf den Kopf. Ich war inzwischen im Gleichgewicht mit Max, auch wenn ich um Arien trauerte. Aber ich sah mein Leben und meine Zukunft vor mir!

„Geh schon vor. Ich lege das Tagebuch an deine Staffelei, wo deine Sachen liegen.

Es könnte sein, dass ich plötzlich weg muss, und so hast du es in jedem Fall! „

Anna zog die Brauen hoch, wahrscheinlich wird sie gedacht haben, wie sollte das denn gehen? Aber sie hakte nicht nach. Sie hopste – leicht wie eine Feder – den Strand entlang. Vielleicht fünfzig Meter. Sie sah so grazil aus wie eine Balletttänzerin. Ich schmunzelte, denn ich sah, wie sich ihr Busen bewegte. Mit drei Schritten war sie im Meer, warf sich in die Brandung, kraulte danach los. Ihre Arme schienen eine große Menge Wasser wegzuschaufeln – so sah es aus. Der rechte Arm „griff" nach vorn, die Körperdrehung folgte. Nun der linke Arm. Sie kam tatsächlich in riesigen Stößen voran.

Sie war wirklich sehr sportlich.

Schade, dass Nishanta nicht da ist. Er hätte ihre Probleme versiegen lassen. Weil sie sich ganz und gar auf ihn fixiert hätte. Solche Situationen lenken ab, Arien wäre für eine Zeit vergessen.

Dem war aber nicht so. Während sie winkte, ich sollte schnell ins Wasser kommen, lief ich am Strand bis zu der Stelle, von der sie ins Wasser flog.

Der erste Schritt endete in einer Wasserlache. Sie war lau warm. Eine Temperatur... Hätte man das auch in Deutschland an der Ost- oder Nordsee.

Dummkopf.

Ich riss das linke Bein hoch, sprang mit rechts, jetzt war ich richtig im Wasser, nun umgekehrt...mit links vom meeresbedeckten Boden abspringen...

Was passierte, weiß ich nicht. Ich hörte mich noch schreien. Panische Angst durchfuhr meinen Körper, begleitet von einem horrenden Schmerz am Fuß.

Später erzählte mir mein Fahrer, er habe in meiner unmittelbaren Nähe neben einem Boot gegessen und mich verfolgt. Er hätte mitbekommen, dass ich Anna folgen wollte, daher wäre er aufgestanden. Als ich meinen linken Fuß ins Wasser tauchte, wäre schon der Schrei gekommen, danach die Ohnmacht. Er hätte sofort geahnt, dass ich durch den Stachel eines Rochens verletzt worden bin. Das Tier hatte offensichtlich am Boden gelegen. Viele sonnen sich im flachen Wasser wie dieser. Sie sind von außen nicht auszumachen.

Er wäre ans Wasser gerannt und hätte mich aus dem Meer gezogen, an den Strand gelegt. Inzwischen war auch ein Fischer da. Der rief sofort das Militärkrankenhaus an. Wenig später hätte mich ein Krankenwagen nach Trinco transportiert.

Die Rückfahrt nach Trincomalee

Mir war als läge ich in einem deutschen Notarztwagen. Neben mir eine Gestalt, ganz in weiß.

„Was ist?", fragte ich noch mit zitternder Stimme.

„Sie sind vom Rochen geschlagen worden, sie müssen operiert werden, aber es wird keine große, schon gar nicht eine dramatische Operation werden. Aber alles braucht seine Zeit. Sie haben viel Blut verloren. Die Fische werden es genossen haben!"

„Was ist mit Anna?"

Der Arzt schaute mich verblüfft an.

„Sie waren mit einem Mann allein. Ein Fischer aus dem Dorf hatte uns benachrichtigt."

Das konnte nicht wahr sein. Ich wurde hellwach, obwohl mein Fuß sehr schmerzte. Ich zeigte auf die Stelle.

Der Arzt meinte, mein linker Fuß wäre in Mitleidenschaft gezogen worden. Ich nickte mit dem Kopf. Wir mussten gleich in Trinco sein.

Anna erschien vor meinen Augen. Das war mein letzter Eindruck, sagte ich mir. Sie kraulte wieder. Kam sie nicht zurück? Wo wollte sie hin? *Ach was, komm auf den Boden der Wirklichkeit zurück,* Moritz.

Sie ließ mich nicht los.

Warum hat mein Fahrer sie nicht gesehen und aus dem Wasser gelotst? Wie konnte ich feststellen, was mit ihr passiert ist? Hatte sie mitbekommen, dass ich wie ein Stein ins Wasser stürzte?

Verdammt, was sollte ich tun? Was konnte ich tun? Mir wurde schlecht. Bloß weg mit diesen Gedanken...erstmal beruhigte ich mich.

Ich konnte von Glück sagen, dass ich sofort operiert worden bin. Ich bekam nach Aussage der Schwestern – sie sprachen das übliche Englisch des Landes - eine leichte Betäubungsspritze, dann eine Injektion in den Oberschenkel, wie man sie bei einer Magenspiegelung in Deutschland bekommt, ausgerichtet auf zwanzig Minuten.

Als ich wieder bei mir war, lag ich in einem Parterrezimmer. Der Blick ging über meinen verbundenen linken Fuß nach draußen zur Krankenhausauffahrt hin, über die laufend Militärfahrzeuge anrauschten. Sie kamen meist schnell an, zu schnell. Die Brems-Pedalen quietschten erbärmlich.

Zu spät.

Ich sah, wie ein Jeep nicht mehr rechtzeitig die Kurve kriegte. Er raste in einen Anhänger des Vordermannes.

Man hielt. Ein ziemlicher Unfall.

Ein Blick zur Uhr. Es war zehn Uhr.

Schon wieder stand mir Anna vor Augen. Sie war weit draußen und hatte mit den Armen gewinkt, was wohl heißen sollte, ich möge nun endlich kommen. Sie wird sicher zurückgeschwommen sein, als sie sah, dass man mich fortbrachte. Der Arztkittel und die Tracht des Pflegers ließen sie natürlich auf einen Unfall schließen. Sie war schließlich versiert.

Ich hoffte, dass sich Krankenhaus und Hotel nicht kurzschlossen wie es auch Kommandantur und Polizei nicht taten.

Die Chance, aus dem Zimmer schleichen zu können, war nur dann groß. Ich wusste, ich musste erstens auf Leute achten, die in den Gängen herumwuselten. Und zweitens draußen auf den Verkehr.

Mein Humpeln wird störend und lästig sein. Es macht mir Sorgen, obwohl ich es noch nicht erprobt habe.

Ob alles so geht, wie ich es mir vorstellte?

Ich schlief sehr bald wieder ein, noch war ich zu erschöpft. Es war inzwischen elf Uhr geworden.

Kaum wieder aufgewacht, schaute ich auf die Uhr. Zur Mittagszeit musste ich das Krankenhaus unbedingt verlassen, andernfalls kann ich zum Abflug meines Fliegers Colombo nicht mehr erreichen. Man brachte mir wenig später eine Mahlzeit. Man hatte mich in eine Kammer gesteckt, ich lag dort allein. Rücksichtsvoll. Weiße Gäste werden bevorzugt.

Es gab Reis und Curry, dazu Hähnchen. Ein Glas Wasser und eine Banane rundeten meine Nahrung ab. Mir reichte das.

Mein Fuß schmerzte. Ich spürte so etwas wie ein leichtes Hämmern. Wenn ich den Fuß bewegte, ging dieses in ein Reißen über. Man sagte mir, die Betäubungsspritze würde nach vier Stunden ihre Wirkung verlieren. So war es auch. Dennoch musste ich Schmerz und fehlende Beweglichkeit ertragen, denn es gab keinen Aufschub der Reise. Außerdem: Gäbe es noch Plätze für Flugzeuge, die morgen oder übermorgen abheben?

Ich hatte bis um zwölf Uhr mittags noch zwanzig Minuten Zeit. Als ich meine Füße aus dem Bett heben wollte, schrie ich auf. Der Schmerz bohrte sich in mein Hirn. Aber es gab keine Alternative. Der Stock neben meinem Kopfende half mir. Mit ihm kann man wenigstens sicher humpeln.

Hose und Hemd lagen auf dem Stuhl am nahen Tisch.

Doch wo war der Blouson?

Nicht vorhanden...

Oh Gott, sollte daran mein Flug scheitern? Eine Gänsehaut überzog mich. Die Härchen der Arme und Beine standen längst wie Zinnsoldaten.

Gestohlen? Nicht auszudenken! Vielleicht war er im Schrank. Als ich seine Türen öffnete, betrat ein Arzt den Raum.

Der Operateur.

„Sie haben Glück gehabt. Das Tier hatte zwar seinen Stachel auf Ihren Fuß schnellen lassen, aber es muss ihn nur seitlich getroffen haben, die Wunde blieb ziemlich oberflächlich. Vor allen Dingen sind keine Sehnen verletzt. Aber dennoch müssen Sie sich schonen. Sie haben bis zu unserem Erscheinen am Strand viel Blut gelassen. Vielleicht sollten Sie sich noch einmal hinlegen und bis heute Nachmittag ruhen. Dann werden wir weiter sehen, einverstanden? Die Rechnung zahlen Sie bitte an der Kasse, wenn Sie das Haus verlassen. Sollen wir jemand vom Militär bitten, Sie wieder ins Hotel zu bringen?"

„Nein, nein, ich komme zurecht, nehme mir eine Taxe."

„Wie Sie wollen!"

„Mir fehlt mein Blouson. Hatte der Fahrer ihn nicht vom Strand mitgebracht?"

„Nein, nicht dass ich wüsste."

Mein Gott, was ist, wenn er liegenblieb? Meine Ausweise, mein Ticket?

Nein, Nirmela wird ihn mitgenommen haben.

Ich nickte mit dem Kopf und der Arzt zog sich zurück.

Zehn Minuten waren vergangen. Ich blickte voller Unruhe nach draußen. War mein Fahrer irgendwo zu sehen? Wie soll ich ihn unter den ankommenden Lastern finden? Ist er vielleicht schon auf dem Grundstück?

Hatte er sich so verhalten, wie ich es ihm vorschlug? Hoffentlich hatte er noch Anna gesehen und ihr Bescheid gegeben!

Ich faltete meine Hände.

Unanständiger konnte man nicht sein: GOTT anzurufen, Anna beizustehen und mir zu helfen, wo ich bisher nichts für die Kirche getan habe....

Lass nichts passiert sein.

Hoffentlich kommt Nirmela bald, dann wird er alles erklären.

Wie sollte mein Fahrer zum Eingang kommen, ohne gesehen zu werden? Müsste ich erst das Areal zu Fuß verlassen, um ihn zu treffen? Aber war er nicht schon mal hier? Sagte er nicht, er käme überall hin, er hätte überall Freunde. Damals ahnte ich, dass es sich um Korruption handeln müsste, und er bestätigte das.

Ich versuchte ihn innerhalb des Militärwagenparks zu entdecken. Dicht am Fenster stehend werde ich mehr erkennen. Ich konnte mich gut am Fensterbrett innen festhalten. Meine Augen streiften jeden Militärwagen, jeden Jeep.

In der Mittagszeit war der Platz absolut leer geräumt. Kam ein neuer Wagen aufs Gelände und hatte der Fahrer seine Position erreicht, eilte er mit großen Sätzen in den nächsten Eingang fünfzig Meter von meinem entfernt und verschwand dort. Wahrscheinlich ist da die Kantine, wo er seine Kumpels vermutet. Auch waren keine Bediensteten auf dem Hof.

Im Übrigen sorgt die unerträgliche Hitze für Ordnung. Niemand will sich der Sonne aussetzen.

Ein Lächeln flitzte über mein Gesicht.

Nur mein Tamile...

Ein Stein fiel mir vom Herzen.

Tatsächlich, er stand hinter einem Anhänger, schielte seitlich vorbei. Müsste mich eigentlich sehen. Aber die Scheiben werden die Sicht behindern, sie waren seit Wochen nicht gesäubert. Wie überall. Wo hatte er seinen Mini untergestellt?

Wer hatte ihn aufs Militärgelände gelassen?

Ich öffnete behutsam meine Zimmertür, nahm wahr, dass ich unmittelbar am Gebäudeausgang lag.

Der Gang leer, keine Schwester, kein Arzt oder Pfleger.

Humpelnd schlich ich mich nach draußen, stellte mich unter einem Balkon.

Schatten.

Der Gehstock war eine Riesenhilfe.

Wie konnte ich die Operation und das Gerät nur bezahlen? Der Fahrer kann das Geld nicht überbringen. Denn man wird zurückverfolgen, was mit mir passiert sein muss, wenn man den Verlust entdeckt.

Da fuhr Nirmela schon eine der Schneisen entlang zum Krankenhauseingang, an dem ich stand. Der Mini war schwarz und unauffällig. Der Zufall wollte es, dass eine weitere Kolonne Lastwagen in Schritttempo auf das Gelände lenkte und nach rechts abbog. Das könnte für noch mehr Wirrwarr sorgen und uns unbemerkt wegfahren lassen.

Ich sah die weißen Zähne meines Fahrers. Das Gesicht war sein Mund. Ich mochte ihn, und fand bestätigt, er war ein ehrlicher Bursche. Er sprang leichtfüßig aus dem Wagen, half mir auf den Vordersitz links, nahm mir meinen Stock ab, warf ihn nach hinten und hüpfte mit einem Satz auf den rechten Vordersitz, auf dem meine Windjacke lag. Ein Griff: alles war vorhanden. Ich lächelte glücklich. Er wird es nicht bereuen. Ab ging's . Niemand nahm von uns Notiz.

Das Gewusel war total. Mein Fahrer schlängelte sich an der Seite vorbei und schon waren wir draußen.

Bevor er zu reden anfing, drehte er den Wagen in Richtung Ausfallstraße, weg vom Meer, und wir waren unterwegs. Wir fuhren nicht die Hauptstraße weiter, sondern bogen in eine Sackgasse ein, die in einem Rondell mündete. Ein Außenstehender hätte nicht bemerkt, dass man zwischen zwei Gartengrundstücken weiter fahren konnte.

Der Tamile sagte:

„Jetzt sind wir außer Gefahr, diesen Weg kennt niemand, aber links und rechts wohnen Verwandte von mir. Sie werden jetzt den Weg sperren und eine Karre mit Heu dazwischenschieben!"

Sein Grinsen war befreiend.

Eine Irrfahrt (25.12.2004, nachmittags)

Wir werden nicht den direkten Weg nach Sigiriya, Dambulla, Kandy und Colombo nehmen. Zu gefährlich!

Wir wählen einen Long Cut über Anuradhapura und Kurunegala.

Kein Mensch wird uns auf dieser Route vermuten, wenn man Ihr Verschwinden im Hotel bemerkt haben sollte. Man wird länger suchen. Allerdings brauchen wir für diese Strecke mindestens vier Stunden bis zum Flughafen."

Die Straßen waren staubig. Im Winter hat der Südost-Monsum das Sagen. Regen fällt spärlich.

Hinter Kurunegala in einem winzigen Dorf mit nur einer Kreuzung kam uns eine Schar Elefanten mit ihren Mahauts entgegen, voll bepackt bis zum Rand, zusätzlich Baumstämme im Maul. Das könnte dauern, denn die Straßen sind eng, oft grenzen Häuser bis an den Rand des Asphalts. Nirmela setzte zurück und steuerte den Wagen rückwärts in eine Seitenstraße.

Inzwischen hatten sich viele neugierige Leute angesammelt: Singhalesen mit ihren typischen Saris und Sarongs. Einige festlich gekleidet in weißen Sarongs. So viele Elefanten auf einmal sieht man selten.

„Keine andere Straße?", fragte ich besorgt.

Eine nicht zu regulierende Unruhe erfasste mich.

„Nein!"

Der aufgewirbelte Staub ließ uns kaum atmen. Der Fahrer kurbelte die Fenster hoch. Die Hitze wurde noch unerträglicher. Das ging in keinem Fall, ich öffnete sie wieder.

Es ist besser zu verbrennen als zu ersticken, dachte ich. Ich sah meine Felle davon schwimmen. Jetzt wäre ein Motorrad angebracht.

Es ging sehr langsam. Langsamer als mein Fahrer dachte. Mal verlor ein Tier den Baumstamm, mal blieb es ohne Grund stehen.

„Im Großen und Ganzen sind sie berechenbar, aber wer weiß, was die Mahauts ihnen zugemutet haben."

Die Gegend ist dünnbesiedelt, was wohl am Klima liegt. Es sind die ausgemachten Trockenzonen, die das Leben der Menschen erschweren. Die Vegetation ist spärlich, manchmal hat man Kokospalmen angepflanzt, aber zu einem Wald konnten sich diese nicht verdichten. Wir erreichten einen Marktflecken. Wie in allen diesen Dörfern herrschte ein reges Leben, man ging hierhin und dahin, blieb mitten auf der Fahrbahn stehen, Schwatzen war angesagt. Karren, beladen mit Säcken, suchten sich ihren Weg, an den Straßenrändern Händler mit

Kokosnüssen, mit Obst und Gemüse, mit Tonwaren und Kleidung. Man hat nicht das Gefühl, dass die Menschen über ihre Armut unglücklich sind. Es wird viel gelacht. Als wir anhalten mussten, weil ein Mann mit einem Riesenfisch auf dem Gepäckträger seines Fahrrads unsere linke Fahrseite versperrte. Ein Junge sprang plötzlich an meine Wagentür. Er war so hübsch, dass mir die Spucke im Hals stecken blieb. Seine strähnigen schwarzen Haare reichten fast bis an die Stirn. Darunter braune glänzende Augen. Er kennt wohl noch keine Sorgen. Er bot Bananen an, und ich kaufte ihm eine ab.

In diesem Augenblick sagte ich mir, hier muss ich mit Max einmal Urlaub machen. Er nickte mir zu, als ich ihm einen Rupienschein in die Hand drückte. Er war viel zu viel wert.

In diesem Augenblick kam mir zu Bewusstsein, wie sträflich ich gehandelt habe, nicht ein paar Tage für das Land zu opfern, mir mehr Zeit genommen zu haben für die Bentota-Küste, für Galle, für Kandy, für die Tee-Plantage, überhaupt für das schöne Land mit seinen aufgeschlossenen, lachenden Menschen, auch für die Naturschutzgebiete. Ich hatte tatsächlich nur den Hindutempel von Trinco besichtigt. Ich schwöre, ich werde das mit Max nachholen. Wir werden meine nächsten Sommerferien dafür vorsehen.

Wir fuhren langsam weiter. Die Sonne schien unwiderstehlich, Schatten gab es wenig. Zwar gab es überall Kokospalmen, aber es gab keine dichten Wälder, die das darunter liegende Land beschattet hätten. Man war hier an der Trockenzone, in der es im Sommer mehr regnet als jetzt, wenn der Südwestmonsun über das Land fegt. Um Trinco bestimmt der Nordostmonsum zur Zeit das Klima: Trockenheit. Ich werde mir, wenn ich zurück in Hamburg bin, Literatur besorgen und vielleicht einen Film über das Land.

Zwanzig Kilometer vor Negombo.

Der Motor stotterte. Ich ahnte eine Katastrophe. Was nun? Ich konnte den Flieger nie und nimmer mehr erreichen, wenn wir nicht zügig weiter kamen. Die Mittagshitze war vorüber, meine Zeiger zeigten auf fünfzehn Uhr. Wer hätte das gedacht? Wir blieben auf freier Strecke stehen. Keine Menschen, ich sah ein paar Leute auf den Reisfeldern arbeiten. Man hätte uns sowieso nicht helfen können, schoss es mir durchs Hirn. Wir stiegen aus, und Nirmela winkte, wenn ein Auto in

Richtung Colombo vorbei kam. Das passierte selten, denn die Hauptstraße von Kurunegala verlief im Süden dieses Landweges, und die war sicher belebt.

Mein Herz klopfte unverschämt laut, mein Gesicht muss klein und ängstlich geworden sein, Angst brachte mein Blut zum Kochen. Was ist wenn ich das Flugzeug verpasse?

Im Gegensatz zu mir war mein Fahrer ruhig. Seine Schultern hoben und senkten sich. Sie sollten mir wohl sagen, dass es noch keinen Grund zur Panik gäbe. Und er sollte Recht bekommen. Ein Militärfahrzeug überholte uns. Es fuhr langsam, weil wir einen Teil des Weges blockierten. Man hielt an. Zwei Soldaten sprangen auf die Fahrbahn und kamen uns entgegen. Beide hatten eine sehr dekorierte Uniformjacke an und zwei Sterne auf den Achselklappen. Also Offiziere. Sie waren jung und sie waren freundlich. Sie lachten. Sie fragten den Fahrer in Singhalesisch, obwohl sie sofort mitbekommen haben, dass in seinen Adern Tamil-Blut floss. Da fiel mir ein, dass an diesem Bürgerkrieg nicht sehr viele Tamilen beteiligt waren, eine kleine Minderheit, beinahe nur ein paar Hundertschaften, das tamilische Volk war friedlich. Es war wie überall in der Welt, in Gebieten, in denen es Auseinandersetzungen zwischen der Staatsmacht gibt und Rebellen. Zwar haben diese ganze Landstriche besetzt und die darin lebende Bevölkerung stand unter deren Schreckensherrschaft.

Tamilen hatten im singhalesischen Teil des Landes, und das ist der größte Sektor, dieselben Rechte wie Singhalesen. Das ist die Wahrheit. Sie wird draußen in Europa und Amerika aber anders wiedergeben.

Fake. Einfach Fake.

So gehören viele Schmuckläden in Colombo und Kandy, in Galle und Bentota Tamilischen Familien. Auch können Tamilen überall in Sri Lanka studieren, Singhalesen dagegen wird ein Studium in Jaffna verwehrt.

Nirmela erklärte, dass er Fahrer für die deutsche Botschaft in Trincomalee wäre und der Botschafter ihm den Auftrag erteilt hätte, den deutschen Gast zum Flughafen zu bringen.

„So schnell wie möglich!".

Das war ebenso eine Lüge wie die, dass er für die deutsche Botschaft führe.

Dann ließ Nirmela die beiden wissen, dass man um 16:45 am Flugplatz sein müsste.

„Aber nun? Wie sollen wir es denn schaffen? Übrigens spricht mein Gast etwas Singhalesisch, woran man sehen kann, dass man mit einem gebildeten Mann unterwegs ist!"

Ich wechselte das Fahrzeug, Nirmela blieb zurück. Wir hatten vereinbart, dass er sein Geld per Scheck bekommen würde, er war einverstanden. Man vertraute mir.

Flughafen-Affären nachmittags- 25.12.2004 - 16:50

Wir waren sehr schnell auf dem Colombo-Flughafen.

Die Soldaten verabschiedeten sich am Eingang zu den Flugsteigen, bedankten sich, warum weiß ich nicht, und ihre wunderbaren weißen Zähne leuchteten als wäre es die Sonne über dem Meer.

An der Gepäckkontrolle hielt man mich auf.

„Keinen Koffer? Keinen Rucksack?"

„Nein, ich reise immer ohne irgendwelche Sachen. Das Schleppen ist mir zu anstrengend, ich kleide mich immer neu im Besuchsland ein!"

„So, warten Sie bitte. Wir holen den Boss unserer Offiziere!"

„Schnell bitte, mein Flieger geht in zehn Minuten."

Ich sah und hörte, wie eine Frau des Kontrollpersonals anrief. Es musste das Flugzeug sein.

„Ja, er steht am Gepäcklaufband, er muss noch von den Sicherheitsbehörden identifiziert werden!"

Identifiziert?

Hat man denn über mich geheime Unterlagen?

Ein höherer Beamter, offensichtlich ein Kommissar, holte mich aus der inzwischen aufgelaufenen Schlange heraus und wies auf einen extra Raum, in dem wir beide allein waren. Es handelte sich um eine winzige Kammer von sechs Quadratmetern, meine Schätzung, ohne Fenster. Niemand konnte uns beobachten.

„Wieso reisen Sie ohne Gepäck? Haben Sie Ihren Auftrag so kurzfristig erfüllen können, dass die Kleider am Körper die ganze Zeit reichten?"

„Wie bitte, ich verstehe nicht...ich hatte keinen Auftrag, war nur zu Besuch in Colombo und Trincomalee. „

„Einfach so? Ohne ein paar Sachen?"

„Nur mit meinem Laptop, wie Sie sehen, „ antwortete ich erregt. „Was erwarten Sie denn von mir?"

„Wer nach Trincomalee reist, ist verdächtig, es ist die Hochburg der tamilischen Rebellen."

„Ich habe mit keinem Rebellen etwas zu schaffen. Ich bin einzig und allein hergekommen, um meine Frau zu sehen, die in Nilaveli-Beach lebt!"

„Eine Weiße, die auf Sri Lanka lebt – weg von einer guten Zivilisation?"

„So ist es, sie malt, meist Sonnenaufgänge und Meerbewegungen, je nachdem!"

„Und was will sie damit? Die Tamilen durch deren Verkauf unterstützen?"

„Sie haben großartige Fantasie. Gibt es denn überhaupt tamilische Frauen, die als Rebellinnen durchgehen? Ich glaube nicht. diese Auseinandersetzung findet unter Männern statt."

„Das stimmt. Es gibt zwar Frauen in unserer singhalesischen Armee, im Untergrund bei den Tamilen-Rebellen kennen wir kein einziges weibliches Geschöpf."

„Sehen Sie!"

„Wie heißt die Frau?"

„Anna Bischhoff!"

„Gut, ich notiere den Namen, Sie können die Schranke passieren. Wir werden dort anrufen, Sie gegebenenfalls aus dem Flugzeug holen, wenn irgendetwas gegen Sie vorliegt."

Man wartete bereits auf mich, der Motor dröhnte bereits, kaum war ich über die Gangway im Flieger, schloss die Eingangstür. Eine Stewardess an der Tür bediente den Sicherheitshebel. Die Treppe wurde abgezogen.

Der Flieger hob ab, als ich in der 1. Reihe Platz genommen hatte.

„Wir weisen Ihnen Ihren Platz zu, wenn wir die Flughöhe erreicht haben, bitte gedulden Sie sich bis dahin!"

Da der Flughafen direkt am Meer liegt, sah ich nur noch Wasser unter mir. Überall kleine Nussschalen unterwegs, dabei waren es wahrscheinlich große Frachter, die Colombo ansteuerten oder vom Hauptstadthafen losgefahren sind.

Erste Kontakte im Flieger

Ein Knarren im Lausprecher, ein Räuspern, dann hörten die Fahrgäste:

„Wir haben unsere Reiseflughöhe erreicht, Sie können die Sicherheitsgurte lösen, die Toiletten wieder aufsuchen. Lassen Sie die Handys ausgeschaltet. Gleich werden Ihnen von unserer Crew ein Nachmittagstee und ein Stück Kuchen serviert. Ich melde mich, wenn es Interessantes draußen zu sehen gibt."

Ein Raunen ging durchs Flugzeug, wahrscheinlich dachten viele, dass der Aufstieg gar nicht so schlimm gewesen ist. In den Zeitungen werden Starten und Steilfliegen gefährlicher beschrieben. Draußen um uns herum blauer Himmel, die Wolken hatten sich verzogen. Man konnte bis zum Horizont sehen. Ich wurde von einer Stewardess aufgefordert, mich in die Mitte zu begeben, wo mein wirklicher Platz sei, direkt am Notausgang. Was mich erfreute. Hier haben die Beine wenigstens genügend Freiheit.

Fensterplatz!

Wunderbar, die Sicht hier war noch schöner, auch wenn die Tragflächen etwas störten. Der Mittelplatz war frei. Auf dem Gangplatz saß ein Junge. Ich schätzte: 11/12 Jahre. Seine Mutter saß auf der anderen Seite des Ganges. Na, da wird man nicht zur Ruhe kommen. Kinder in diesem Alter sind kaum zu bändigen. Und wenn das Fliegen für sie das erste oder zweite Mal war, umso aufregender. Jetzt jedenfalls ging's nach Hause. Kaum saß ich, drückte ich mich nach hinten in die Lehne. Schlafen war angesagt. Ob ich das schaffen werde?

Schon begann 's:

„Sind Sie auch aus Hamburg?"

Na, den werde ich hoch nehmen, dachte ich.

„Natürlich, sieht man das denn nicht?"

„Woran denn?"

„An meinem spärlichen Haar."

„Wieso?", fragte der Junge ziemlich ratlos.

„Der viele Regen, den kennst du doch, oder?"

„Ja, was hat der denn mit den Haaren zu tun?"

„Na hör mal, mein Kleiner, das solltest du aber wissen, du kommst doch auch aus der Hansestadt."

„Ja, wir wohnen in Othmarschen."

„Na, bitte. Wenn ständig Regen auf die Kopfhaut tropft, fallen die Haare aus!"

„Warum setzen Sie keine Mütze auf?"

„Weil Regen schön macht! Du weißt aber nicht sehr viel über das Wetter, obwohl du doch schon acht Jahre bist!"

„Ich bin 12!", grölte mir der Junge empört zu und wandte sich seiner Mutter zu.

„Lassen Sie bitte meinen Sohn in Ruhe. Wir haben einen unzufriedenen Opa in der Familie, das reicht!"

Mich schon mit dem Opa zu vergleichen, war ja auch nicht mein Fall, und ich ärgerte mich. Mein Vorhaben ist offensichtlich ins Gegenteil umgeschlagen. Demonstrativ band ich mir eine Schlafbrille um den Kopf. So, das habt ihr jetzt davon, ging's mir durch den Schädel. Ich musste dennoch dabei lächeln.

Ich hatte drei Stunden fest geschlafen. So müde war ich. Wachgerüttelt wurde ich nicht durch den Jungen, sondern durch eine Ansage aus dem Cockpit.

„Hier spricht der Kapitän", sagte er, „wir verlassen gleich unsere Reiseflughöhe und begeben uns in den Anflug auf Dubai."

Knacken. Musste man das wissen? Na, ja.

Eine Stewardess trat an unsere Platz-Reihe, beugte sich zu mir. Und sagte:

„Herr Dr. Sommeralm? Ich muss Sie kurz entführen. Bitte kommen Sie mit, es gibt eine besondere Nachricht für Sie."

Nanu, was hatte das zu bedeuten? Besondere Nachricht? Mühsam erhob ich mich aus meinem Sessel, die Mutter zog ihren Sohn von seinem Sitz, um mir Platz zu machen.

Der Junge grinste mich inzwischen an, spitzbübisch, als wären wir beide ein verschworenes Paar. Er hatte die Aufforderung der Flugbegleitung sehr wohl registriert und wohl auch gehört, was sie gesagt hatte. Ich drehte mich im Gang noch einmal um. Ich sah, wie mein kleiner Nachbar mit seiner Mutter sprach, ihr wohl erzählte, was er gehört hatte.

Eine niederschmetternde Nachricht

Eine Stewardess hielt vor dem Eingang zum Cockpit Wache wie die Garde-Infanteriesoldaten vor dem Buckingham-Palast in London. Beide hatten keine besondere Funktion.

Neben ihr offensichtlich ein weiterer Vertreter der Flugbegleitung.

„Moment bitte", sagte sie, während die andere zurück zu den Fahrgästen eilte.

„Herr Warning, unser Co-Pilot, wird Sie informieren!"

Darauf zog sie sich stillschweigend zurück, lockerte den Vorhang der ihren Bereich von dem der Fluggäste trennte, so dass wir allein waren.

„Herr Dr. Sommeralm, Entschuldigung, dass ich Sie während des Fluges belästigen muss. Eine Botschaft von *Condor* ließ uns wissen, dass Sie eventuell in Hamburg von Bediensteten unserer Gesellschaft in Empfang genommen werden. Man wird uns aber bis zur Landung noch einmal kontaktieren, wenn sich das nicht erledigt haben sollte!"

Mein Kopf begann sofort zu arbeiten. In Empfang genommen? Was soll das heißen? Handelte es vielleicht um mein Gepäck? Ging es um Anna? Hatte man festgestellt, dass ich das Hotel ohne Genehmigung verlassen hatte?

„War es das?", fragte ich.

„Ja", sagte der Co-Pilot freundlich.

„Ich hätte auch noch eine Frage an Sie?"

„Bitte!"

„Können Sie mir sagen, ob *Condor* Gründe für diese ungewöhnliche Maßnahme geäußert hatte?

„Nein, Herr Dr. Sommeralm, wir sind in solchen Fällen nur ausführende Organe, will sagen, wir müssen Sie nur sicher an die Herren übergeben, wenn diese Anordnung bestätigt wird. Sie hören aber noch von uns."

„Danke. Und wenn Sie keinen Anruf mehr bekommen, was dann?"

„Dann hat sich der erste Bescheid erledigt."

Damit drehte ich mich um, während eine Stewardess den Vorhang von außen wieder beiseite zog.

Ich ging gemessenen Schrittes an meinen Platz zurück, dennoch war ich aufgeregt. Mir ging durch den Kopf, dass man im Hotel mein leeres Zimmer entdeckt haben könnte und sofort die Polizei in Trinco benachrichtigt hatte, oder dass Annas Freund seine Geliebte nicht Zuhause vorfand, als er von seinem Elternbesuch zurückkkam. Auch er würde sicher die Polizei benachrichtigen. Wie die Abläufe dann sein werden, war reine Spekulation. Wahrscheinlich hat die Polizei Regierungsvertreter benachrichtigt, vielleicht sogar das singhalesische Außenministerium direkt angesprochen. Von dort wurde eine Verbindung zu *Condor* hergestellt.

Eigentlich war das völlig gleichgültig, sagte ich mir und verwarf die Gedanken.

Mein kleiner Nachbar hatte mich längst entdeckt. Er sprang von seinem Sitz, um mir Platz zu machen, was mich wunderte.

„Sie müssen entschuldigen, wenn ich vorhin etwas forsch war. Ich wusste ja nicht, dass Sie für die Crew offensichtlich ein bekannter Mann sind," gab seine Mutter von sich, als ich in Höhe unserer Plätze anlangte.

„Schon gut!"

Der Junge schlüpfte wieder in die enge Sitzreihe, in der er seiner Größe wegen noch gut stehen konnte, hievte sich auf seinen Sessel und starrte mich mit großen Augen an.

„Waren Sie beim Captain?"

„Das ist ausgeschlossen. Seit dem Terrorakt von vor drei Jahren auf amerikanische Einrichtungen bleibt die Tür zum Kapitän verschlossen, es sei denn, es ist was Schlimmes passiert."

Damit war der Junge wohl zufrieden. Sicher wird er seine Mutter danach fragen, worum es sich damals gehandelt habe.

Ich ließ mir einen Kaffee bringen, fragte den Jungen , ob er einen Getränkewunsch habe, und natürlich hätte er gern einen Kakao und ein Stück Kuchen.

Ich bestellte sofort.

Er meinte, ich wäre doch netter als er gedacht habe, ob ich denn auch Kinder hätte.

„Hatte, sagte ich, und habe ich!"

„Das verstehe ich nicht, meinte der Junge hilflos!"

„Mein Sohn ist verstorben - 'hatte' sagt das aus - meine Tochter studiert in Paris , also 'habe' ich noch eine Tochter, verstanden?"

„Ach so, aber sehr kompliziert" , lächelte mich das Kerlchen an, und meinte altklug:

„Es geht auch einfacher, oder?"

Jetzt musste ich schmunzeln.

Die Getränke und der Kuchen wurden von einer sehr jungen und hübschen Stewardess gebracht. Selbst mein Nachbar nickte wohlwollend mit dem Kopf. Sieh einer an, so ein Bengel findet auch schon Gefallen an hübschen Mädchen...

Ich bat ihn, nach dem Getränk nicht zu stören, ich müsste noch einmal sehr nachdenken.

„Über das Gespräch eben? Sie waren doch im Cockpit, ich habe es genau gesehen." Ganz schön altklug, dachte ich, aber besser als sprachlos.

„Du bist ja ein aufgewecktes Bürschchen ...!", sagte ich, und ließ seine Worte im Raum stehen.

„Von wegen Bürschchen... ich bin der beste in meiner Klasse."

Tatsächlich ließ mich der junge Kerl in Ruhe, vertiefte sich in irgend so ein Zeichentrickheft. So etwas hatten viele Flugzeuge an Bord.

Was könnte mit Anna passiert sein? Ob sie das Tagebuch gefunden hatte? Ich hatte es mir überlegt, ich hatte die entsprechenden Arien-Seiten herausgelöst. Eigentlich konnte man das nicht merken, denn es gab nur handgeschriebene Seitennummern, und ich habe die letzten einfach übermalt. So wäre ihr erspart, sich weiter aufzuregen. Allerdings hatte ich das von mir herausgerissene Statement wieder ins Buch gelegt. Denn das war unverfänglicher – ich war jedenfalls darauf reingefallen.

Sicher wird meine dumme, nicht vorgesehene Information über Kim in ihr bohren, aber sie könnte auch durch meine herausgetrennte Seite nur zu dem Schluss kommen, dass Kim sowohl ein männlicher als auch ein weiblicher Name ist, und ich hoffe, dass sie beim Mädchen landet. Das würde sicher auch wehtun, aber ein junges Geschöpf lässt Ariens Euphorie begreifbar werden. Außerdem lebt sie mit einem jungen Kerl zusammen, und der ist mehr als zwanzig Jahre jünger als sie. Der Vergleich, Moritz, hinkt, dachte ich.

Merkwürdig war, wie sie die Hände aus dem Wasser bewegte. Was wollte sie sagen oder waren das Verzweiflungsbewegungen? Hatte sie einen Krampf? Dann wäre ich in jedem Fall zu spät bei ihr angekommen, hätte ich losschwimmen können.

Und wird man nicht unters Wasser gezogen, wenn so etwas passiert? Könnte es ein Hai gewesen sein? Nein, die gab es hier nicht, da war ich mir sicher.

Habe ich mich schuldig gemacht? Nein, habe ich nicht, wie denn? Dass ich nicht hingeschwommen bin? Dass ich mir eine falsche Stelle für mein Schwimmstart gewählt habe? Niemand weiß, wo sich Rochen verbergen, man sieht sie nicht. Sie haben die Fähigkeit, sich restlos im Sand einzubuddeln. Es wäre furchtbar, wäre sie in Not geraten. Warum hatte nur mein Fahrer nichts bemerkt? War er so auf mich konzentriert, dass er das Umfeld nicht mehr wahrnahm?

Hätte ich umkehren müssen, um zu überprüfen, wo sie geblieben war? Ja, das ist so etwas wie Teilschuld, die hinter meinem Fehlverhalten steht. Aber hätte ich noch etwas tun können? Wenn etwas passiert wäre, wäre ich in jedem Fall zu spät gekommen. Wenn sie tatsächlich wieder an Land geschwommen wäre, und ich hätte sie noch gesehen, dann hätte mich das freigesprochen und beruhigt, allerdings hätte ich meinen Flieger verpasst.

Unterbrechung 26.12.2004 - früh morgens

Man näherte sich Wien, als ein Schnarren in den Lautsprechern ertönte.

„Zum Kotzen, ich sehe gerade den Film auf dem Monitor ", blökte ein junger Mann.

„Hier spricht der Kapitän:"

Seine Stimme schien verändert, er wirkte nervös oder erregt, wer wollte das festlegen?

„Verehrte Fluggäste:

Ein Zwischenstopp in Berlin (Flughafen Tegel) ist erforderlich!"

„Ich pfeife drauf!" schreit ein junges Mädchen mit rotem Kopf.

„Sie können von dort mit ihren Verwandten und Freunden per Handy klönen oder einen öffentlichen Fernsprecher benutzen!"

Unruhe.

„Ich will nach Hause!", heulte eine Frau.

„Blöder Flieger! Ich verpasse meinen Zug nach Lübeck!" „Wer ersetzt den Anschlussflug nach Kopenhagen?", piepste eine Dänin.

Verdammt.

„Hören Sie bitte weiter", lässt der Kapitän ärgerlich verlauten.

„Unsere Condor-Gesellschaft muss sich gewissen Umständen beugen."

„Wieso?", kam gleichzeitig aus mehreren Kehlen.

Zig aufgerissene Augen starren nach vorn zum Cockpit.

„Der soll doch mal rauskommen!", motzt ein Mann eine Stewardess giftig an. Sie zieht auch nur die Schultern hoch. Woher soll sie denn auch die Gründe kennen ...Außerdem weiß man doch, dass die Tür zum Cockpit nur bei größter Gefahr (für alle) geöffnet werden wird. Und im Übrigen wird in keinem Fall der Captain herauskommen.

Angst schlich durch meinen Körper. Ein schlechtes Gewissen strapaziert die Seele. Da stimmte was nicht, ging es mir durch den Kopf. Bloß keinen Herzanfall!

Mir schwante Schlimmes, irgendwie und dies war nicht an irgendetwas festzunageln. War ich die Ursache? So ein Quatsch, Moritz

Hatte man das Versprechen etwa gebrochen? Es sollte doch eventuell einen zweiten Anruf von der Gesellschaft geben. Will man mich gleich in Berlin kaltstellen? Wahrscheinlich wurde ich vergessen. Ganz sicher nicht gewollt. Der Kapitän hat wohl Stress, dachte ich.

Ich dachte an eine Auslieferung.

Ausliefern ohne konkreten Beweise?

Hör auf, Moritz!

Eine Demokratie, wie unsre, kann sich ins Recht greifende Aktionen ohne eindeutig bewiesene Anschuldigungen nicht erlauben. Gibt es denn zwischen beiden Staaten ein entsprechendes Auslieferungsabkommen?

Moritz, *vergiss diese zerstörerischen Gedanken!*

In Berlin werde ich mich bei Christian erkundigen. Vielleicht wartet er bereits mit Max im Airport Hamburg.

Ich sollte keine Befürchtungen haben…

Wieder dieses Schnarren in den Lautsprechern.

„Hier spricht noch einmal der Kapitän", krächzt es. Immer noch ist der Kapitän erregt, seine Stimme verriet Stress.

„Schnallen Sie sich bitte an."

Was sollte das denn?

„Ich habe jetzt eine traurige Botschaft!" Der Kapitän gönnte sich einen Augenblick Pause. Währenddessen eilten die Stewardessen durch die Gänge. Kopflos, schien mir.

Was hatte das zu bedeuten? Der Flieger fliegt doch gleichmäßig ruhig, nirgendwo hat sich Rauch gebildet. Hat man einen Terroristen an Bord?

„Sind wir in Gefahr?", grölte jemand von hinten.

„Nein!", rief eine Stewardess entschieden, sie stand inzwischen in der Mitte des Flugzeugganges, telefonierte. Mit dem Kapitän? Sie nickte ständig mit dem Kopf und man hörte: *Das mache ich gleich.* Dann beauftragte sie eine zweite Stewardess, nach vorn zu gehen, eventuell Gäste aus dem Bereich der Bordküche zu bitten, den Platz zu räumen. Da niemand da zu sein schien, zog sie den Vorhang zum Cockpit zu.

Nanu?

Wenig später wurde der Vorhang ein wenig zur Seite genommen und es erschien der Co-Pilot, den ich schon vorhin kennengelernt hatte. Was war passiert? Der Mann blickte ernst in die Runde, machte einen Schritt zur Seite und ergriff das Mikrophon. das mit allen Lautsprechern verbunden ist , sprach klar und deutlich,

„Schauen Sie bitte auf die Uhr. Es ist jetzt 5 Uhr morgens. Kann jemand sagen, wie spät es in Sri Lanka ist?"

„Ja, ungefähr 9 Uhr!", rief ein deutsch sprechender Singhalese mit rollendem 'r'.

„Halten Sie sich jetzt bitte fest, auch an Ihren Nachbarn", meinte der Co-Pilot.

„Solche Anweisung habe ich noch nie gehört", piepste die Frau von vorhin.

„Ein Naturereignis nie erlebten Ausmaßes, eine Katastrophe, beinahe eine Apokalypse. Ein Tsunami."

„Tsunami? Was ist das?"

„Heute Morgen um 5 Uhr 58 singhalesischer Zeit hat ein furchtbares Erdbeben vor Sumatra mit 9,1 auf der Richterskala die Bewohner um den indischen Ozean wachgerüttelt und Riesenwellen ausgelöst, die Indonesien, Thailand, Malaysia, Indien und Sri Lanka sowie weitere Anrainer – Staaten heimgesucht haben."

„Oh Gott, meine Freunde!"

„Man spricht von 6 bis 10 Meter hohen Wasserbergen. Tausende von Menschen sind überrascht worden, die Häuser an den Küsten sind zum großen Teil zerstört, die Palmen sind wie Strohhalme umgeknickt. Sri Lanka hat die gewaltige Flut, die mit den Wellen verbunden war, besonders um Trincomalee, Nilaveli, Batticaloa, Hambantota, Galle, Ambalangoda, Balapitaya, Beruwela, und Alutgamma, sowie Ampara, erfasst. Verankerte Boote rissen sich los und sind wie ein Stein durch die Luft geflogen, Menschen wurden ins Meer geschleudert, Kinder einfach vom Sog mitgerissen, und niemand konnte helfen."

Schreie unter den Fluggästen, Kinder flennten, entsetzte Gesichter, überall, und manche konnten vor Verstörung ihre Münder im Augenblick nicht schließen. Mir war klar, dass die meisten Urlauber von der Westküste kamen, in Bentota, Beruwela, Alutgama hatten sie Ferien gemacht. Mir kam sofort meine Bentota-Kunsthandlung in den Sinn. Sie lag fast am Meer.

Ich sah mich zaghaft um: nun ein kollektives Erstarren in den Gesichtern, Benommenheit. Frauen und Männer, gefesselt in ihren Sitzen, regungslos.

„Bitte beruhigen Sie sich, bitte nicht aufstehen, Sie bringen uns sonst unnötig in Gefahr!", rief der Co-Pilot mit lautem Organ. Ich war überzeugt: er musste sich durchsetzen und konnte dieses nur mit seiner Stimmengewalt. Die Stewardessen versuchten gleichzeitig, die Menschen zu beruhigen, indem sie sie von Reihe zu Reihe gingen und ein paar Worte wechselten oder die Fluggäste aufmunterten.

Hätte man diese Ansage nicht verschweigen müssen? Wäre es nicht besser gewesen, man hätte davon erst auf den Flughäfen gehört?

Ich fand auf diese Frage nur eine unzureichende Antwort. Hinterher wusste ich, sie lag begründet in der Hilfe für singhalesische Gäste, die zurückfliegen wollten.

„Ein entsetzliches Chaos an den Küsten," fuhr der Mann fort „Colombo stand unter einem Glücksstern, hat nur wenig von der Wucht des Wassers mitbekommen.

Die Wellen drangen zum Teil ins Innere des Landes vor, flossen zurück, nahmen in entgegengesetzter Richtung alles wieder mit, was sie zerstört hatten.

Wir landen in Berlin, weil eine Stunde später ein Sonderflugzeu nach Colombo fliegen wird. Wenn hier im Flieger - aus diesen Gründen - jemand zurück in seine Heimat möchte oder muss, kann er die bereitgestellte *Condor*-Maschine im Flughafen Tegel, Flugsteig 18, aufsuchen. Hier an Bord befinden sich nämlich mindestens sechzehn singhalesische Bürgerinnen und Bürger.

Bitte melden Sie sich bei mir nach meiner Ansage."

Verwirrung, Fassungslosigkeit dauerten an.

Tränen, Wimmern, Kreischen. Kinder klammerten sich an ihre Eltern.

Menschen schienen ihre Nachbarn mit Blicken zu durchbohren, als wollten sie von ihnen wissen, was man tun sollte.

Was sollten sie auch sonst machen?

Einige versuchten inzwischen Worte zu finden. Ja, gestern badeten sie zudem vor der Bentota-Küste im Meer. Spielte man nicht noch mit vielen neuen Freunden im Riesenpool vom *Triton* Wasserball? Was wird mit den Mitspielern sein? Spazierte man nicht früh morgens am Strand von Balapitiya, um nicht der Hitze ausgesetzt zu sein?

Sah man irgendetwas Bedeutsames? Etwas, das erahnen ließ... Nein!

„Wir haben den Anflug auf Berlin eingeleitet. Sie können Ihr Gepäck in den Ablagen über Ihren Sesseln lassen, alles in der Kabine wird überwacht."

Na gut.

Kein Unmut, nur Verständnis für das, was angeordnet wurde. Die Fluggäste verhielten sich fabelhaft, dachte ich. Und das stimmte.

Die Landung in Berlin-Tegel war reibungslos. Alle Reisenden wurden für wenige Minuten in einen Transfer-Raum gebracht, zwölf Singhalesen ließen sich zur Condor-Maschine (nach Sri Lanka) führen. Ich wurde nicht angesprochen. Demnach hatte sich meine 'Festnahme' wahrscheinlich erübrigt. Wenig später wurden wir wieder in unsere Maschine beordert.

Was mir jetzt durch den Kopf schoss, durfte ich gar nicht denken. Es war schäbig, egoistisch und mies. Aber war es nicht auch verständlich? Ich werde ein freier Mann sein. Ich unterstelle einfach, dass alle Unterlagen der Polizei oder des Militärs über mich dem Meer zum Opfer fielen. Leider auch das Haus von Anna und Nishanta. Also auch die beiden, wenn sie denn da waren. Der Junge wollte abends zurückkommen. Und wenn Anna nichts beim Schwimmen zugestoßen war, wird sie dieses Inferno nicht überlebt haben. Ihr Haus aus Palmwedeln stand 10 m vom Ufer entfernt.

Ich lehnte mich zurück. Horchte. Überall Tuscheln, manchmal eine gespenstische Ruhe. Kein Fluggast erhob sich und ging zur Toilette. Die Betroffenheit lähmte offensichtlich

Mich stupste der Zwölfjährige mit seinen kleinen Fingern zaghaft in die Seite.

„Waren Sie auch in einem Ort, der von den Wellen betroffen sein wird?"

„Meine Güte, du drückst dich ja fein aus. Wo hast du das gelernt?"

„Im Internat von St. Peter Ording!" „Donnerwetter!"

„Das ist cool da!"

„Deine Frage: Ja, ich war mehrere Tage in Trincomalee an der Ostküste, und da ist der Tsunami als erstes angekommen!"

„Was wollten Sie denn da?" „Na, du bist ja schön neugierig!"

„Ich habe meine Frau Anna besucht, sie malte jeden Morgen am Strand Ölbilder oder Aquarelle!"

„Ist sie eine Künstlerin?"

„Ja, das ist sie!"

„Und nun?"

„Ich warte auf einen Anruf, sonst muss ich wieder zurückfliegen, aber nicht heute, dafür bin ich zu alt, vielleicht in zwei Tagen, wenn sich alles etwas beruhigt hat!"

Hamburg, 26.12.2014, morgens 8 Uhr 30

Auf dem Hamburger Flughafen in Fuhlsbüttel herrschte eine merkwürdige Stille, man könnte von Grabesstille sprechen. Draußen warteten die Angehörigen mit ernsten Gesichtern, es war gerammelt voll, wie ich das von drinnen beobachtete.

Wo war Max.

Da, ich habe sie im Blick... Winke.

Nanu, Friederike neben ihr. Wie wunderbar. Meine Tochter. Wie kam sie her? An ihrer Seite Christian. Sein Arm um ihre Taille. Ich wurde verrückt. Was hatte sich bloß alles ereignet?

Da ich kein Gepäck hatte, stürmte ich durch die sich öffnenden Ausgänge direkt auf Max zu, die sich offensichtlich vorgedrängt hatte. Die Gesichter der Leute sagten mir, dass man sie informiert hatte oder sie hatten es selbst in ihren Handys durch Verwandte oder Freunde gehört.

Max breitete die Arme auseinander und ich flog hinein. „Wie bin ich froh, Max, ich liebe dich!"

„Na und ich erst..."

Sie lachte.

Plötzlich eine Traube um uns herum. Ich sah in die strahlenden Augen meiner Tochter und Christians. Dann küssten sie sich. Ich machte es mit Max so wie sie.

Alles war gut.

Ende

Epilog

Die verheerende Wirkung des Tsunamis auf die asiatischen Länder ist hinreichend dokumentiert. Die vielen Menschen, die ihr Leben ließen, werden den Lebenden in Erinnerung bleiben. Mir lagen hierfür DER SPIEGEL Nr. 2 vom 10.01.2005 mit dem Titel: *Der zerbrechliche Planet*, und GEO EPOCHE Nr. 16 – *Tsunami, Der Tod aus dem Meer* vor, außerdem zahlreiche Zeitungsartikel, Berichte, Buchausschnitte und Kurzgeschichten.

Von Anna Bischhoff war kein Lebenszeichen mehr aus Sri Lanka gekommen. Sie war vermutlich mit ihrem Freund Nishanta ertrunken. Ein Auslieferungsgesuch der singhalesischen Behörden gab es nicht mehr. Dr. Moritz Sommeralm und Max zogen zusammen. Max lebte sich schnell in der Wohnung von Moritz am *Hofweg* ein, behielt aber ihr Studio auf St. Pauli. Moritz leitete noch viele Jahre die Wirtschaftsschule mit Wirtschaftsgymnasium in der *Budapester Straße*. Max und ihr Lebenspartner flogen ein paar Jahre später wieder nach Sri Lanka. Friederike ließ sich überreden, ihr Studium in Hamburg fortzusetzen, um bei Christian von der Aue zu leben. Der Verlag hatte die Idee, in der Tageszeitung einen Roman zu veröffentlichen, aufgegeben. Die zunehmende Kommunikation über Handys, SMS und Mails und die auf alle Menschen zukommende Digitalisierung verwarf den Gedanken, eine Zeitung durch einen Roman spannender und lukrativer zu machen.

Das Buch von Dr. Moritz Sommeralm nach Überarbeitung von Christian von der Aue wurde später im selben Verlag, in dem Christian tätig war, publiziert. Christian ging zeitweilig wieder als Kriegsberichterstatter ins Ausland. Seine Fotos aus diesen Schauplätzen waren immer noch gekonnt und wurden verlangt. Andererseits lebte er aber mehrere Monate im Jahr in Hamburg mit Friederike zusammen.

Sri Lanka hat sich inzwischen von dem Ereignis erholt. Es hat lange gedauert, bis alle Schäden beseitigt worden sind. Noch heute gedenkt man der über dreißigtausend Opfer.